Harald Kaup

2152 A.D.

- FOG -

Roman

NOEL-Verlag

Originalausgabe
November 2021

NOEL-VERLAG
Hans-Stephan Link
Achstraße 28
D-82386 Oberhausen/Oberbayern

www.noel-verlag.de
info@noel-verlag.de

Die Deutsche Bibliothek verzeichnet diese Publikation in der Deutschen Nationalbibliografie, Frankfurt; ebenso die Bayerische Staatsbibliothek in München.

Autor: **Harald Kaup**
Umschlaggestaltung: NOEL-Verlag

1. Auflage
Printed in Germany
ISBN 978-3-96753-082-2

1. Einleitung

Anmerkung des Autors:

Ich beginne heute, 15.05.2021, das neue Buch.
Der Wahlkampf in Deutschland ist eröffnet und es ist völlig ungewiss, in welcher Konstellation unser Land in die nächste Legislaturperiode geführt wird. Okay, dann wird das Buch schon auf dem Markt sein und der treue Leser bzw. die treue Leserin wird es in den Händen halten.
Nachdenklich macht, dass beim politischen Gegner zuerst gesucht wird, wo die Schwachstellen, vielleicht aus der Historie, zu finden sind, statt eigene Ideen und Vorzüge der staunenden Wählerschaft zu präsentieren. Vielleicht, weil man keine hat? Für die allgemeine Haltung der Bürgerschaft scheint es sowas wie Grautöne nicht zu geben: entweder Weiß oder Schwarz. Entweder bist du meiner Meinung oder du bist mein Feind.
Nicht gut …
Ich fliehe jetzt in die Weiten des Universums, dorthin, wo die Menschheit 2.0 mit Thomas Raven, Dr. Anna Svenska und Jan Eggert tolerant sind und Unterschiede als Gewinn gesehen werden. Dabei: Ich hatte tatsächlich Wortfindungsschwierigkeiten und musste lange überlegen, bevor ich den Begriff ‚tolerant' in den Tiefen meines Gedächtnisses wiederfand. Ein schlechtes Zeichen, wie ich finde.

Davon abgesehen befinden wir uns in der dritten Corona-Welle, die durch Impfungen langsam abschwächt, aber wie immer beim nahen Ende, geht die Kurve zum Schluss noch einmal hoch – wahrscheinlich. Man warnt vor Welle Nummer 4.

Meine Welten: Ich bin darin nicht allein –
Willkommen liebe Leser und Leserinnen … und Dank für eure Zeit!

Rückblick:

An dieser Stelle sollen die Abläufe des letzten Buches in chronologischer Reihenfolge erwähnt werden, um der Leserschaft dieser Berichte einen Anschluss an die Geschehnisse zu ermöglichen.
Begonnen wurde mit dem persönlichen Problem einer gewissen Isabel-Maria, Tochter von Jane Scott, mit einem GENUI-Wissenschaftler, namens Gur-Daf. Letztgenannter hatte sich der Gen-Proben angenommen, die Lisa-Ann Ralen und Piet Muller aus dem Arsenal der ERDE, irgendwo im indischen Hochgebirge, erkämpft hatten. Gur-Daf hatte sich dabei zunächst auf eierlegende Haustiere, sprich Hühner, konzentriert und gleich mehrere Zuchtformen herangezogen. Für Isabel-Maria war das Pippikram und daher nervte sie ihren Mentor, was das Zeug hielt. Aufgaben erledigte sie nach dem Mini/Max-Prinzip: minimaler Aufwand und maximales Ergebnis. Damit traf sie beim GENUI-Wissenschaftler nicht immer, nein nie, ins Schwarze. Am Rande sei erwähnt, dass kein Geringerer als General Ron Dekker, zunächst zum Missfallen seiner holden Gattin, einen Trupp der besonders großen und schwarzen Hühner erhalten hatte und damit versuchte, umzugehen.
Nun, besagte Isabel-Maria schaffte es, mehr oder weniger elegant, von BRAIN-TOWERS den Rücken zugekehrt zu bekommen. Ron Dekker war der Mann, der die unzufriedene junge Frau ansprach und versuchte, sie für andere Dinge zu begeistern. Getreu dem Motto: Wir lassen niemanden zurück. Man stellte fest, dass Isabel-Maria ein psychisches Problem aufzuarbeiten hatte. Suzan schaltete sich ein und ihre Patientin entwickelte Interesse an den Marine-Einheiten und ging bei Ron in die Lehre – wenn man so will.

Ein wichtiger Aspekt des letzten Buches war, dass die OPEN HORIZON REVENGE auf Sendung ging. Damit ist gemeint, dass viele im weiten Kreis verteilte Funk-Drohnen ein Signal ausstrahlten und fremde Intelligenzen auf die Station aufmerksam machten. Man wollte neue Freunde kennenlernen.

Nun, zuerst lernte man mal wieder alte Bekannte kennen. Die nicht vorhandene VENDORA-Politik der Neuen Menschheit nach dem Motto: ‚Walter, guck mal, was die Blauen machen', konnte nicht ernsthaft als solide und partnerschaftliche Zusammenarbeit mit den VENDORA gelten.
Das rächte sich.
In diesem Zusammenhang tauchte eine zweite, schon bekannte, Spezies wieder einmal auf: Die MOLAR, galaktische Händler und Transporteure. Die, die nicht fragen, sondern handeln und transportieren. In der letzten Eigenschaft waren sie schließlich unterwegs und transportierten den VENDORA Krosdot zur O.H.R., wo dieser gleich einen Aufnahmeantrag in den INTERSTELLAREN VÖLKERBUND, kurz BUND, ausfüllte, bzw. mündlich bei Präsidentin Suli-Ko vortrug. Zähneknirschend und mit sehr ungutem Gefühl stimmte die Neue Menschheit, auf gutes Zureden von Suli-Ko, diesem Antrag zu. Das blaue Dankeschön gab es sogleich: Die MENSCHEN wurden aufgefordert, sofort VENDORA wegen Unterdrückung und Spionagetätigkeiten zu verlassen.
Geheimdienstoffizier Walter Steinbach schwor dem blauen Präsidenten, Vromat, dass er ihn persönlich zur Strecke bringen wolle, wenn er wieder Verrat an den MENSCHEN übt.
Die BASILIKA, mit der Einsatzgruppe VENDORA an Bord, nutzte recht rüde und unorthodoxe Methoden, um über die MOLAR etwas herauszufinden. Tatsächlich ging ihnen die SCHIEFLIT auf den Leim, als Walter den KOM-Ruf nachahmen ließ. Nachdem Walter drohte, jedes MOLAR-Schiff zu zerstören, wenn die Händler nicht kooperierten, lenkten sie ein und händigten den MENSCHEN einen Koffer aus, den sie im Auftrage der ANGUIDEN nach O.H.R. zum VENDORA-Abgesandten bringen sollten. Die wissenschaftliche Leiterin Dr. Claudia Stolberg entdeckte darauf ein Bakterium, welches sich auf der O.H.R. stark vermehren und dann mittels eines Zeta-Strahls zur tödlichen Bedrohung werden sollte. Die Schlangenwesen planten, die Raumstation nahezu ohne Gegenwehr zu übernehmen.
Der Rest des Vorjahresberichtes bestand aus den Vorbereitungen der ANGUIDEN-Abwehr. Eine Flotten-Allianz aus den MENSCHEN, den MANCHAR unter Tallek und den GENAR unter Ro-Latu gelang es, die anrückende Flotte aus ANGUIDEN- und TRAX-Schiffen vernichtend zu schlagen.

Eine nicht unerhebliche Rolle spielte dabei das neue Flaggschiff von AGUA, die ASF HOKA.

Zum Schluss des Berichtes prophezeite Walter Steinbach den VENDORA, dass sich die ANGUIDEN bitter an ihnen rächen würden. Walter landet auf VENDORA, um sich Vromat persönlich vorzunehmen. Leider war diese Aktion nicht von Erfolg beschieden. Die ANGUIDEN reagierten schneller, als selbst Walter das vermutet hatte und überraschten den Geheimdienstler bei seiner Aktion. Sie begannen auf VENDORA mit der Bombardierung der Städte. Vromat rannte kopflos in einen Pulk aufgebrachten Pöbels und wurde von diesem erschlagen. Die ASF HOKA und andere Schiffe kamen zu Hilfe und vernichteten die ANGUIDEN-Walzen. Walter wurde gerettet. Admiral Thomas Raven traf die Entscheidung, sich gänzlich von den VENDORA abzuwenden. Da er ihnen nicht traute, hinterließ er aber einen Beobachtungssatelliten.

Am Rande interessant: GREEN EARTH unter Mutti Dörte van Beek, der Siedlungsbürgermeisterin, erfuhr eine gewisse Aufwertung. Captain Jolene Smith erhielt ein D-Schiff (HIGHLANDER) und wurde dem Schutz dieser Welt zugeteilt. Am Schluss des Berichtes wurde auch die BASILIKA, mangels anderer Aufgaben und weil die aufstrebende Siedlung mehr und mehr Zuwanderer erwartete, ebenfalls nach GREEN EARTH versetzt.
Ein gewisser Tjorben, Luftaufsichtsbarackenoperator, wurde auf der HIGHLANDER beim Gefecht gegen die ANGUIDEN um O.H.R. zum Helden, weil er eine gewisse Karla nach einem Treffer aus dem Feuer holte. Die beiden MENSCHEN wurden dazu bestimmt, den neuen Raumhafen auf GREEN EARTH zu betreiben.

Beim Besiedlungsfest zum Schluss des Berichtes gab es drei Verlobungen zu feiern. Ein gewisser feierwütiger Jan Eggert hatte da kräftig mitgeholfen. Es waren die Paare, Tjorben und Karla, Walter und Cynthia, sowie überraschenderweise auch Captain Luigi Montineri, der seiner wissenschaftlichen Leiterin, Dr. Claudia Stolberg, ebenfalls die Ehe versprach.

Die Sicherheitschefin von AGUA Ekaterina Granowski erhielt einen zusätzlichen Auftrag: Koordination aller planetaren Verteidigungssysteme menschlich bewohnter Planeten. Sie wurde zum Major General befördert und bekam eine Dreadnought (Blue Fight) zur Verfügung – die KOPERNIKUS.

Im Zuge der Mobilmachung konnten auch die MONSUN, PHOEBE und die SIX FEET UNDER aus dem Zwergnebel NGC 185 herausgeholt werden.

Das Team RELAISSTATION unter der Leitung von Malte Freiherr von Avenwedde und Professor Chandrakanta Yadav hatte herausgefunden, dass die Verteilerstation in der ANDROMEDA-Galaxie liegt. Weitere Nachforschungen, auch betreffend BIG GREEN, müssen hinter der ANGUIDEN-Abwehr zurückstehen.

Ein Wort noch zum BUND:
Die VENDORA wurden nach den Vorfällen selbstverständlich vom BUND ausgeschlossen.
Zum Jahresende gab es darin folgende Vertreter:

- Suli-Ko, Präsidentin und GENUI
- Vurban, MANCHAR
- Sven Dieck, MENSCH
- Baal, MAROON
- Nunidu, SONA
- Darita, UBANGI
- Lar-Wus, GENAR

Und zum Schluss, Stationskommandant Roy Sharp fragte sich, womit er das verdient hatte, kam von den MANEKI, Kirili die Erste, als Abgesandte auf die O.H.R.

Der Beginn des Berichtes ist der 04. April 2152:

04.04.2152, 11:15 Uhr, GREEN EARTH, Einsatzgebiet, Bericht:

Das Marschgepäck einschließlich Waffen war schwer. Vor drei Kilometern waren wir in einer Senke gelandet und seitdem zum Ziel unterwegs. Wir, das waren ich als Truppführerin und die übliche Anzahl von zwölf Marines.
Es war trocken und sehr warm.
Ich schwitzte seit etwa zwei Kilometern. Etwas angestrengt musste ich daran denken, dass ich vor einem Vierteljahr die Last, die jetzt auf meinem Rücken lag, nicht einmal 1.000 Meter weit hätte tragen können. Das Marine-Spezialtraining, und meins sowieso, machten es möglich. Sicher, ich war noch sehr jung, aber dies war meine erste Bewährungsprobe als Truppführerin. Ich will da unbedingt durch. Fehler sollte und wollte ich keine machen.
Mein Scanner zeigte mir die Entfernung an: noch 500 Meter – ca.
„Stopp“, sagte ich leise ins Mikro und 12 Marines, etwa auseinandergezogen, blieben stehen. Die männlichen und weiblichen Spezialisten waren toll. Ihre Loyalität beispielhaft.
„Leather geht vor, dann Ronja, ich und dann der Rest – in einer Reihe hintereinander!“
Der Marine mit dem Einsatznamen Leather näherte sich mir.
Unterwegs schloss sich Ronja an.
„Leather, du nimmst Deckungsmöglichkeiten wahr!“
„Yeah, Boss“, knurrte der Veteran.
Boss – das war mein Funkname.
Damit war auch gleich meine Funktion klar.
Der Veteran ging geschickt vor. Halb geduckt schlich er sich dem Ziel an, dicht gefolgt von Ronja, dann ich und danach folgte der Rest der schwer bewaffneten Truppe. Nach etwa 250 Metern nahm ich mein Pad zur Hand und gönnte uns eine kurze Verschnaufpause. Die Anzeigen des technischen Gerätes waren alles andere als positiv.
Das würde schwer werden. Ich sah die Anzeigen von etwa 50 TRAX. Ein viereckiges Gebäude stand aus meiner/unserer Sicht etwa auf elf Uhr auf dem Gelände, auf drei Uhr ein rundes und in der Mitte der übliche Kegel für die TRAX-Fortpflanzung. Nach hundert weiteren Metern sah ich links und auch rechts einen halbhohen Gesteinswall.
„Paul, Leather, Suzi, Meik, Ben und Lale nach links und Deckung. Der Rest folgt mir nach rechts.“

Gehorsam teilte sich der Trupp auf. Ich positionierte mich so, dass ich an der linken Seite der rechten Deckung zu liegen kam – fast also mittig zum Einsatzort. Von hier musste mein Scanner noch besser funktionieren. Ich zog das Ding aus der Beintasche und versetzte es in den Aktiv-Modus.

„Unsere Zielperson ist im Kegel", flüsterte ich über Funk und verfluchte gleichzeitig dieses Detail. Die Fortpflanzungsgebäude wurden in der Regel ganz besonders gut bewacht und gesichert. Da war nichts mehr mit heimlich und so. Aus einem sicherlich nachvollziehbaren Grund hatte ich meinen Einsatzkräften nämlich verboten, die Schutzschirme einzuschalten. Sie sollten nicht geortet werden können. Und nun mussten wir uns hier mit allen TRAX vor Ort ein Gefecht liefern. Es war ausgeschlossen, dass man in den Kegel kam, ohne eine groß angelegte Abwehraktion der Insektoiden heraufzubeschwören.

Okay, dann sollte das eben so ein, dachte ich entschlossen. Gleichzeitig überlegte ich, wie ich meine Leute heil aus dieser Mission bringen konnte.

„Anka, du bleibst hier und wirst unser Notlazarett bilden!"

„Verstanden."

Die Angesprochene nahm im Liegen ihren Rucksack herunter und legte ihn neben sich.

Ich analysierte das Terrain. Ich musste für eine Ablenkung sorgen.

„Paul, Leather, Suzi und Meik! Ihr geht im großen Bogen über die neun Uhr-Position auf das 11-Uhr Ziel zu. Deckung suchen und Angriff auf mein Kommando. Und los!"

Ich sah aus den Augenwinkeln, dass die angesprochenen vier Marines auf dem Weg waren.

„Ben und Lale. Ihr bleibt irgendwo auf der 8-Uhr-Position und seht zu, dass ihr freies Schussfeld habt. Eure Ziele kommen aus dem Kegel."

„Verstanden!" Die restlichen zwei Marines aus der Gruppe ‚links' verließen die Deckung und robbten sich mehr oder wenig in die angegebene Richtung.

Ich sah auf die Marines zu meiner Rechten: „Hadat und Wolf weiträumig auf Position 1 Uhr. Deckung und auf meine Befehle warten!"

„Verstanden!" Die beiden Marines huschten davon.

„Ronja, du bleibst hier und am Ende dieser Deckung rechts. Du bist für Anka verantwortlich."

„Verstanden!“ Die Marine robbte zum rechten Rand der steinernen Deckung.
„Finja und Fish! Ihr bleibt bei mir. Wir holen die Zielperson dort heraus.“
Die beiden nickten mir zu. Zwei Originale, wie ich wusste. Echte Typen. Nur Finja hieß auch so. Der Typ hatte den Namen Fish erhalten, weil er am weitesten tauchen konnte. Schade, dass ich dieses Talent hier eher nicht einsetzen konnte. Auf jeden Fall zwei Leute, die mit mir durch dick und dünn gehen würden.
Nun hieß es warten, bis die ausgeschickten Marines ihre Stellung erreicht hatten. Ich sah auf mein Pad und verfolgte die Bewegungen meiner ausgeschickten Leute. Im Lager selbst schien man noch nichts gemerkt zu haben. Im Moment hielten sich etwa zwei Dutzend TRAX zwischen den Gebäuden auf.
„Einsatzgruppe 11-Uhr auf Position“, hörte ich in meinem Helmlautsprecher. Ich musste grinsen. Bei derlei Einsatzaufteilungen waren die Namen der Gruppen nicht festgelegt. Mit ‚11-Uhr‘ konnte ich aber was anfangen. Die ersten vier Marines waren einsatzklar. Nun war es nicht überraschend, dass die anderen Gruppen die Bezeichnungen übernahmen.
„8-Uhr, klar!“
Es dauerte noch etwas, denn Hadat und Wolf hatten einen längeren Weg. Aber auch dann meldete 1-Uhr seine Bereitschaft.
„Wenn ich den Angriff befehle, Schutzschirme einschalten und Feuer frei!“
„11-Uhr, o.k.“
„8-Uhr, o.k.“
„1-Uhr, o.k.“
Ich atmete kräftig durch. Wenn ich Bedenken hatte, dann nur wegen meiner Leute und der Zielperson. Ich würde klarkommen. Ich entsicherte mein kurzläufiges Gewehr. Wir verwendeten Munition, die wie Raketen aus den Läufen kam. Sie hatten Eigenantrieb, daher kaum Rückschlag, und der Lärm hielt sich mit einem Zischen in erfreulich engen und leisen Grenzen. Ich lugte um den Geröllwall herum.
Zwischen mir und dem Kegelhaus sowie dem Ziel auf 11-Uhr waren eine Menge Bäume und dichtes, aber nicht zu hohes Buschwerk. Das 1-Uhr Ziel konnte ich aus der liegenden Position und noch halb von der Deckung geschützt, überhaupt nicht einsehen. Dann erkannte ich et-

was, was mein Herz sofort schneller schlagen ließ. Dort stolzierte ein WHITE herum. Einer dieser TRAX-Führungsfiguren! Wenn ich den zuerst erledigen könnte, hätten wir zumindest für ein paar Sekunden einen desorientierten Gegner. Ich rollte mich ganz auf den Bauch und hob das Gewehr etwas an. Meine Zieloptik zeigte mir nach etwas Sucharbeit den Führungs-TRAX im Großformat. Leider hielt er nicht an, sondern lief immerfort umher. Und dabei wurde er hin und wieder durch Bäume oder Strauchwerk verdeckt. Ich musste den Zoom meiner Optik etwas aufziehen, um eher informiert zu sein, was in Kürze meiner Waffe und dem Ziel im Wege stehen würde. Dadurch wurde aber das Ziel kleiner.

Und der Schuss vielleicht ungenau.

Durch die Optik erkannte ich, dass der WHITE für die nächsten zehn Meter Fußmarsch ungeschützt war. Ich ließ den Zoom auf mein Opfer zuspringen, visierte kurz und löste den Schuss aus. Ich hörte das Zischen und sah den Kopf des anvisierten TRAX auseinanderplatzen.

Volltreffer.

„***Jetzt***", rief ich in den Funk und dann hörte man es aus 11-, 8- und 1-Uhr heftig zischen. Selbst Ronja, nicht weit von mir entfernt, beteiligte sich am Gefecht.

Finja und Fish hatten sich über die Deckung gelegt und feuerten, was das Zeug hielt.

Ich sah eine Menge TRAX in ihrer abgehackten Bewegungsart über den Platz hasten. Ich hob selbst noch die Waffe und traf zwei von ihnen. Aber das war nicht meine Aufgabe. Ich musste leiten, lenken, meine Leute schützen. Ich klemmte mir das Pad auf den linken Unterarm und schielte mit einem Auge darauf. Die 11-Uhr-Truppe war näher an das viereckige Gebäude herangekommen. Sie hatten sich etwas aufgeteilt und ich verfolgte ihre Bewegungen.

„Meik, dreh dich um und leg an. Da kommt einer", rief ich, als ich die Gefahr für diesen Marine erkannte. Meik zögerte keinen Augenblick. Er riss das Gewehr hoch, ohne den Gegner erkannt zu haben. Aber da war er auch schon. Meik drückte ab und die unmittelbare Gefahr für ihn war vorbei. Es gab einen TRAX weniger.

Mittlerweile hatten sich die TRAX gefangen und erwiderten das Feuer aus Energiewaffen.

Ich rückte etwas vor und sah hinüber nach dem runden Objekt. Jetzt konnte ich es sehen und ich wollte mich natürlich vergewissern, wie es

dort aussah. Dort öffnete sich gerade eine Tür und etwas schaute heraus. Mein Herz blieb fast stehen. Ich hatte hier nicht mit SUPER-TRAX gerechnet. Da musste ich ganz besonders schnell sein.
„1-Uhr – zurückziehen, sofort! Deckung, Granatwurf!"
Ich sah auf dem Pad, wie sich Hadat und Wolf schleunigst aus dem Gefahrenbereich entfernten. Ich riss von meinem Oberschenkel aus der Spezialhalterung eine Null-Gravo-Granate. Ich hörte das scharfe Klacken, als die Stabilisierungsflügel am Ende der Röhre ausfuhren und einrasteten. Gleichzeitig wurde die Waffe entsichert und war einsatzbereit.
„Aufschlagzünder", mit dem Wort aktivierte ich die Art des Waffeneinsatzes. Das Gerät brummte in meiner Hand. Ich zielte genau, hob mich halb aus der Deckung und warf die Granate mit etwas Schwung in Richtung des runden Hauses. Ich ließ mich fallen und sah der Granate nach. Diese war jetzt einer Rakete ähnlicher und da sie ein Null-Gravo-Feld unter sich erzeugte, würde sie um den ganzen Planeten herumfliegen, bis sie eben auf ein Hindernis stieß und detonierte. Daher war der Einsatz auch möglicherweise für die eigene Truppe gefährlich und so war auch die Geschwindigkeit von Hadat und Wolf zu erklären, die sich schleunigst in Deckung brachten. Die Tür ging zwischenzeitlich zu, und kurz bevor meine Granate dort eintraf, auch wieder auf. Ein schwarzer TRAX in voller Montur wollte das Gebäude verlassen. Die Granate traf ihn, als er noch innerhalb des runden Baus stand. Die nachfolgende Explosion war gewaltig und kein TRAX, auch kein SUPER-TRAX, würde das überlebt haben. Wo die Hütte noch eben gestanden hatte, gab es jetzt einen tiefen Krater.
„Hadat und Wolf?", fragte ich sofort.
„Wir sind okay", sagte Wolf, meinte ich zumindest.
„Wir brauchen gleich Deckung, wenn wir an den Kegel gehen", rief ich.
„Wir sind unterwegs", beruhigte mich Wolf.
„Meik hat es erwischt", musste ich über Funk von der anderen Seite des Geschehens hören.
„Zustand?" Ich machte mir Vorwürfe. Hatte ich zu oft selbst in den Kampf eingegriffen. Ich sollte mich auf die Sicherheit meiner Leute konzentrieren.
„Mittelschwer. Er muss schnellstens in eine Stasekiste", kam die Antwort von Leather.

„Okay, Leather! Bring ihn hierhin zurück! Die anderen geben Feuerschutz – und los!“
Ich selbst kam hinter meiner Deckung hervor und gab drei Schüsse ab. Keiner traf, aber die Verwirrung beim Gegner konnte ich vergrößern. Ich sah mich schnell um, bevor ich mich wieder in die Deckung fallen ließ. Keine weiteren schwarzen TRAX in Sicht. Sollte wirklich nur das runde Gebäude als Behausung gedient haben? Mir wäre es recht. Ich rollte mich wieder rum und beteiligte mich am Feuerschutz für Leather und den verletzten Meik. Da kamen sie auch schon. Leather stützte den Verletzten. Keuchend kam er hinter meine Deckung und lieferte ihn bei Anka ab. Die junge Marine machte sich sofort über seine Verletzungen her. Ich sah, dass der Schutzschirm offensichtlich zusammengebrochen war und der Mann schwere Verbrennungen im Brustbereich erlitten hatte.
Ich schüttelte die unbehaglichen Gefühle ab. Ich durfte mich mitten im Einsatz von sowas nicht beeindrucken lassen. Wir befanden uns im Krieg und sowas passierte eben. Ich schaute auf mein Pad am linken Unterarm.
„Ben und Suzi!“
„Wir hören“, antwortete Suzi.
„Seht ihr den dicken Baum zwischen euch und dem Kegel?“
„Ja!“
„Um den Baum herum sind sechs TRAX! Nehmt Granaten!“
„Verstanden!“
Von ihrer Position bis zum besagten Baum waren es höchstens 30 Meter und so nahmen sie auch keine Null-Gravo-Granaten, sondern normale. Ich sah zwei dieser eiförmigen Gegenstände fast wie in Zeitlupe auf das Ziel zufliegen. Ich rollte mich hastig in Deckung und dann rumste es auch schon. Ich rollte mich wieder vor und der Baum stand nicht mehr. Ein Blick auf mein Pad offenbarte mit, dass das halbe Dutzend TRAX auch nicht mehr existierte.
„Wie sieht es aus?“, fragte ich Anka.
Die junge Marine sah kurz hoch: „Er muss in fachkundige Hände. Am besten in eine Staseeinheit!“
Ich nickte und die Entscheidung fiel mir schwer. Mussten wir den Einsatz abbrechen? Die Zielperson befand sich noch in den Händen der TRAX. Ich nahm mein Funkgerät hoch: „Hier Boss. Wir brauchen eine Rescue-Einheit am Einsatzort.“

„Rescue-Einheit unterwegs. Eintreffen in zehn Minuten!"
Ich sah Anka an und sie nickte. Meik würde es bis dahin schaffen. Die Sanitäterin würde dafür sorgen, dass uns der Mann nicht bei dieser Mission unter den Händen wegstarb.
Und ich hatte zehn Minuten Zeit, die Mission zu Ende zu führen.
Jetzt oder nie. Ich peilte noch einmal die Lage.
„Hier ist Boss. Finja, Fish und ich holen jetzt die Person raus. Gebt uns Feuerschutz!"
Ich stellte mein Gewehr neben Anka und zog mit der linken Hand eine Pistole aus dem Holster und mit der rechten nahm ich eine Art Machete. Diese Vibrationsdinger waren unglaublich scharf und schnitten einfach alles. Ich stand auf und begab mich geduckt hinter die Deckung.
„Wir sind bereit", sagte jemand hinter mir.
Ich drehte mich um und sah Finja und Fish mit einsatzbereitem Kurzgewehr und voller Ausrüstung hinter mir stehen.
Ich schaute nach vorn. Die Energiewaffen sprachen eine deutliche Sprache und hier und dort brannte die Vegetation. Ich schaute noch mal auf das Pad.
„Hadat und Wolf! Vier TRAX kommen auf euch zu!"
„Schon gesehen, Boss. Wird kein Problem sein", antwortete Wolf.
„Aktion Befreiung läuft", rief ich ins Mikro. Gleichzeitig sprang ich auf und lief geduckt auf ein paar dünnere Bäume zu, die schräg links vom Ziel lagen. Finja und Fish folgten mir.
„11-Uhr-Gebäude gesichert", rief eine weibliche Stimme. Das musste Suzi gewesen sein. Schön, dann konnte diese Gruppe ja das Gebäude als Deckung nehmen. Ich bestätigte. Das Feuer meiner Marines hatte einen neuen Höhepunkt erreicht und das musste ich ausnutzen. Ich rannte, so schnell ich konnte, auf den Kegelbau zu. Ein Strahlschuss traf mich, als ich mitten im Sprung war. Das Aggregat für meinen Schutzschirm jaulte auf und ich wurde durch die mechanischen Kräfte etwa sechs Meter zur Seite geschleudert. Ich hatte mich gerade davon überzeugt, dass ich keine Verletzungen davongetragen hatte und sortierte gerade meine Knochen, als ich grob auf die Füße gerissen wurde. Es war Fish. Der Mann hatte Bärenkräfte.
„Danke", murmelte ich.
„Gern, Boss!"
Auch damit musste ich klarkommen. Man hatte mich wie ein Püppchen wieder auf die Füße gestellt, nachdem ich einfach mal weggeputzt wor-

den war. Ich ließ mir nichts anmerken und rannte weiter auf den Kegel zu. Fish, Finja und ich ließen uns einfach fallen, als wir das Gebäude erreichten. Fish und Finja eröffneten mit ihren Gewehren von dort aus das Feuer. Ich begab mich auf die Suche nach dem Eingang. Zwischendurch warf ich einen Blick auf den Scanner.

Scheiße!

„Anka! Entsicher eine Granate und wirf sie über die Deckung! Drei TRAX in der Nähe!"

„Verstanden!"

Ich wurde hektisch und zeigte auf Fish und Finja. Sie hatten aber verstanden. Die Granate von Anka war eine Gefahr für uns. Wir warfen uns hinter irgendwelche Bäume und hielten die Waffen nach vorn. Wir waren gerade in dieser Position, als es einen Höllenlärm hinter uns gab. Anka hatte wohl vorsorglich gleich zwei Granaten geworfen. Dementsprechend wurden wir mit Erdreich eingedeckt. Wahrscheinlich war auch Genmaterial der TRAX dabei.

Ich schüttelte das Zeugs ab.

„Sichert mich", rief ich meinen Begleitern zu. Dann machte ich mich auf die Suche nach dem Eingang. Ich krabbelte auf allen vieren um dieses kegelförmige Gebäude herum und musste feststellen, dass die TRAX offensichtlich bemerkt hatten, dass es um ihr Allerheiligstes ging – die Bruteier. Ein paar Strahlschüsse schlugen knapp über mir ein, ohne mich oder meinen Schutzschirm zu berühren. Und jetzt bemerkte ich, dass die TRAX logisch aus dem Ruder liefen. Sie sahen ihr Fortpflanzungsgebäude in Gefahr! Ein Grund für alle Insektoiden, ohne Rücksicht auf die eigene Sicherheit, zum Angriff überzugehen. Da hatten wir mit gerechnet. Die um das Lager verteilten Marines meiner Truppe mussten jetzt nicht mehr in Deckung bleiben. Jeder TRAX rannte auf das Kegelgebäude zu.

Und sie wurden ohne Gnade von meinen Leuten abgeschossen.

Fish und Finja beteiligten sich eifrig an dem Gefecht, als ich den Zugang endlich fand. Natürlich war er nicht offen. Ich erkannte lediglich eine schmale Ritze in einem undefinierbaren, aber zweifellos sehr haltbaren, Baumaterial. Es nutzte nichts. Es liefen noch genügend TRAX herum und die Einschläge kamen näher. Ich pappte eine Haftmine in etwa einem Meter Höhe und kroch eiligst zurück. In sicherer Distanz löste ich den Sprengvorgang aus. Mit vorgestreckter Handfeuerwaffe näherte ich mich anschließend geduckt diesem Gebilde, und wie ich zu meiner Freude feststellte, einem ausreichend großen Loch darin. Meine Truppe hatte den Sprengvorgang natürlich mitbekommen und wusste, dass ich jetzt mit Fish und Finja besonders gefährdet war. Das Abwehrfeuer konzentrierte sich darauf, wo wir uns gerade befanden. Es krachte im Eingangsbereich und ein TRAX wurde auseinandergerissen.

„Bitteschön“, knurrte jemand im Funk. Fish hatte also geschossen. Die nächsten beiden Insektoiden, die das Kegelhaus verließen, gingen auf meine Kappe und die von Finja. Ein weiterer TRAX wurde aus der Distanz von einem der 11-Uhr-Truppe erschossen. Dann kam nichts mehr heraus. Ich wollte vorgehen, als mich Fish zurückhielt. Er sah mir warnend in die Augen, sagte aber nichts. Okay, als Führerin dieser Truppe durfte ich mich nicht über Gebühr selbst in Gefahr begeben – oberster Ausbildungsgrundsatz. Gleich nach: Wir lassen niemanden zurück. Der Marine hatte mich vor einem Fehler bewahrt. Dazu hatte er noch nicht einmal was gesagt, sodass es unser Geheimnis bleiben konnte. Fish nahm eine Blendgranate und stellte sie auf 25% Intensität. Wir durften unsere Zielperson nicht schädigen.

Schnell sprang er vor und nach den Worten „**AUGEN ZU, Blendgranate!**“, warf er das Teil in die Öffnung. Ich hoffte, dass unsere Zielperson clever genug war, die Order sofort auszuführen. Ansonsten würde er in der Stasekiste landen. Der Schein der Blendgranate war trotz Sonnenscheins auch draußen noch zu sehen. Fish stürmte mit abgedunkeltem Visier in das Gebäude. Ich hörte noch ein paar Mal das Zischen seiner Waffe, dann rief er: „**Gesichert!**“

Ich rannte durch die Öffnung und sah Fish in einer Ecke neben ein paar TRAX-Leichen stehen. Vor mir lauter Gestelle mit Eiern in verschiedenen Reifestadien. Mein Blick suchte und fand schließlich die Zielperson. Sie stand gefesselt an der Wand. Ich stürzte hinzu und schnitt die Fesseln durch.

„Komm mit, Russ!“

Der Junge folgte mir sofort.

„Zeitzünder bei drei Minuten plus Bewegungsmelder“, rief ich Fish zu und der holte ein entsprechendes Gerät aus seiner Beintasche.

„Hier Boss! Wie sieht es draußen aus?“

„Wir haben die Situation unter Kontrolle“, funkte Leather zurück.

„Wir kommen jetzt raus. Sichern und langsam sammeln am Ausgangspunkt!“

Ich schaute durch das Loch und konnte keinen TRAX sehen.

„Bück dich“, sagte ich zu Russ und dann huschten wir aus dem Gebäude heraus. Fish folgte uns und deckte uns nach hinten.
„3 Minuten“, rief ich über Funk. Somit wusste jeder, dass das Bruthaus in drei Minuten in die Luft fliegen würde. Vordringlichste Aufgabe war es, jetzt dafür zu sorgen, dass kein TRAX vorschnell dort hineinrannte und die Sprengung zu schnell auslöste, während wir noch dabei waren, uns in Sicherheit zu bringen. Etwa 50 Meter sollten reichen, denn so gewaltig war die Granate nicht. Wir wollten keinen Krater, sondern die Brut vernichten. Das Feuer nahm noch einmal zu und ich musste mit Russ hinter einem Baum in Deckung gehen. Meine Handwaffe fauchte noch ein paar Mal, dann wagte ich es, mit Russ weiterhin auf den Ausgangspunkt zurückzuhuschen. Wir nutzten jede Deckung und meine Leute passten auf uns auf. Schließlich warfen wir uns hinter den Geröllhaufen. Das 1-Uhr-Team, bestehend aus Hadat und Wolf, war schon da. Zuletzt kamen die Marines von 11-Uhr unter dem tatkräftigen Feuerschutz derjenigen, die schon um mich waren. Ich untersuchte Russ flüchtig. Er selbst gab an, keine Verletzungen erlitten zu haben. Das 11-Uhr-Team kam um die Ecke gerannt und warf sich auf den Boden.
„Achtung“, rief Fish, dann explodierte das Bruthaus. Der Knall und die Erschütterung hielten sich in Grenzen.
„Unser Alpha ist im Anflug“, meldete Anka, während sie immer noch die Vitalwerte von Meik kontrollierte. Ich zählte durch, wir waren komplett.
„Fish, Finja, Leather und Wolf sichern. Zuerst die Zielperson an Bord, dann der Rest“, ordnete ich an. Die Alpha war mit geöffneter Schleuse herangeflogen und hielt etwa einen halben Meter über dem Boden vor uns an. Die Aufgerufenen sicherten mit ihren Gewehren und ich schob Russ in die Schleuse. Danach ließ ich weitere vier Marines vor, die anschließend aus der Schleuse heraus sicherten. Das gegnerische Feuer hatte völlig nachgelassen. Entweder hatten wir alle erwischt, oder sie versuchten, in den Trümmern des Kegelbaus noch ein paar Eier zu retten. Ich tippte auf Letzteres. Nun, mir sollte das egal sein. Ich half mit und dann waren alle Marines an Bord. Ich schlug auf den Mechanismus für die Schottverriegelung und rief in den Funk: „Start!“
Nur ganz kurz merkte ich, dass die Alpha nach oben ruckte, dann war der Sinneseindruck vorbei. Ich schnaufte erst einmal ordentlich durch. Die Mission war erfüllt und wir hatten nur einen Verletzten. Okay,

einer zu viel. Ich sagte Russ, dass ich mich einen Augenblick kümmern müsse. Ich drängte mich durch die Marines und dann lag dort Meik auf einer Trage. Ich hockte mich neben ihn.
„Hast du Schmerzen, Meik?"
Der Marine grinste mich an: „Bei dem Zeugs, dass mir Schwester Anka eingespritzt hat, könnte ich jetzt auf eine Party gehen." Ich schaute an ihm herunter. Die Verletzung war sicherlich heftig, aber in einer Stasekiste würde das kein Problem sein.
„Wir sind gelandet", sagte jemand.
Ich richtete mich auf und die Marines standen Spalier. Ich begann hindurchzugehen und nahm Russ an die Hand. Die Schleusenfunktion war außer Kraft gesetzt worden und beide Schotts standen auf und ließen das helle Sonnenlicht in die Alpha. Meine Leute sahen abgekämpft aus.
„Danke", sagte ich. „Danke für euren Einsatz. Es war mir eine Freude."
Ich hörte eine Bewegung hinter mir – Meik war aufgestanden.
Dann begannen alle zu applaudieren. Ich lächelte ihnen zu.
Dann kam ich an Fish vorbei und sah ihn an: „Warum?"
Der Marine verstand meine Frage: „Du hattest noch das emotionale Hindernis."
Ich nickte ihm dankbar zu und ging mit Russ zum Ausgang.
Die Alpha war genau da wieder gelandet, wo sie eben noch gestartet war. Draußen standen General Ron Dekker, Suzan Bookley, meine Eltern Jane Scott und Cemre Celik, Sam Waterhouse, der einen Teil meiner Ausbildung übernommen hatte und nicht zuletzt Dörte van Beek, die Chefin hier auf GREEN EARTH.
Auch sie applaudierten.
Von den TRAX und ihren Gebäuden war nichts mehr vorhanden. Die Marines, unter der Führung von General Ron Dekker, hatten hier das größte Freiluft-Holo-Trainingszentrum der Streitkräfte aufgebaut.
Nichts war echt gewesen. Kein TRAX und keine Gebäude und selbst Meik war unverletzt. Eine Übung, die mich trotzdem an den Rand meiner Möglichkeiten gebracht hatte. Ach ja, Russ war echt und dies war eine Idee von Suzan gewesen.
Ich hörte, wie die Marines hinter mir die Alpha verließen und in Reihe Aufstellung nahmen. Ich beugte mich etwas herunter: „Russ, ich habe noch etwas zu erledigen. Geh bitte zu Suzan."

„Okay“, mein Bruder nickte und machte sich auf den Weg. Ich drehte mich um und ging zu den Marines zurück. Sie nahmen ihre Helme ab und ich sah in angestrengte, aber auch sehr zufriedene Gesichter. Ich pfiff aufs Protokoll und ging der Reihe nach an ihnen vorbei. Jedem und jeder gab ich die Hand. Ich sah in leuchtende Augen und entschlossene Gesichter. Mit diesen Leuten würde ich auch ein echtes Gefecht durchziehen. Ich kam bei Ben an – meinen Spezialtrainer für körperliche Fitness und Kraft.

„Ben, meinen ganz besonderen Dank für deine Geduld und Mühen“, sagte ich.

„Es war mir ein Vergnügen“, behauptete er steif und fest. Ich wagte, das etwas in Zweifel zu ziehen. Schließlich hatte ich zuerst an der Reckstange wie ein nasser Sack gehangen. Als ich durch war, trat Leather einen Schritt vor. Er war der Älteste der Truppe und offensichtlich wollte er etwas sagen.

„Darf ich offen sprechen, Boss?“

„Sprich, Leather!“

„Ich spreche hier für alle. Wir möchten unseren großen Respekt ausdrücken. Wir folgen dir auch in ein echtes Gefecht. Du bist der Hammer und wir verleihen dir hiermit den Kampfnamen ‚Boss‘.“

Ich schluckte und fast kam mir ein bisschen Wasser in die Augen. Ich hatte mich mit den Gepflogenheiten der Marines selbstverständlich vertraut gemacht. Bei seiner Aussage gab es zwei wirkliche Höhepunkte. Das war zum einen die Aussage, dass mir die Truppe in ein scharfes Gefecht folgen würde und zum Zweiten die Verleihung eines Kampfnamens. Meines Wissens hatte es das eine oder andere schon gegeben, aber gleichzeitig?

„Ich fühle mich geehrt und es war mir eine Freude. Meinen herzlichen Dank!“

Leather nickte kurz, dann trat er ins Glied zurück.

„Steht bequem“, sagte ich, dann drehte ich mich zu den wartenden Offiziellen um.

Auch da erwartete mich eine Überraschung. Sam Waterhouse brach ebenfalls mit dem Protokoll. Er wartete nicht, bis ich dort angekommen war, nein, er kam mir entgegen.

„Als Ron mir damals erzählte, dass er aus dir eine Marine machen würde, war ich zunächst skeptisch. Während der Ausbildung lernte ich dich näher kennen, und gerade du hast auch mir noch beibringen kön-

nen, dass es nicht auf Größe und Kraft ankommen muss. Meinen Glückwunsch zum bestandenen Test, Isabel-Maria!" Sam grüßte militärisch und ich gab den Gruß zurück, dann gab er mir die Hand.
Gemeinsam gingen wir auf die Wartenden zu. Meine Mutter stand mit durchgedrücktem Rücken dort und war sichtlich stolz. Trotzdem überließ sie dem General, meinem höchsten Vorgesetzten, den Vortritt. Auch Ron fiel aus der Protokoll-Rolle. Er konnte sich gerade noch zurückhalten, mich einfach in den Arm zu nehmen. Aber dafür waren wohl zu viele andere anwesend. Er kam mit ausgestreckten Händen auf mich zu und ich wusste gar nicht, welche von den Pranken ich ergreifen sollte. Seine Wangen glühten im hellsten Rot.
„Welch eine Show. Ah, ich geh' da immer voll mit. Gut gelöst, sehr gut, ich bin stolz auf dich."
Suzan winkte mir zu und dann war ich das Zielobjekt von Dörte van Beek. Ich durfte die Siedlungsbürgermeisterin schon früher kennenlernen. Es war eine gescheite, zielstrebige und nichtsdestotrotz sehr warmherzige Frau, die aus der letztgenannten Eigenschaft überhaupt keinen Hehl machte. Sie umarmte mich tatsächlich und – es tat gut.
Der Reihe nach kamen die Zuschauer und gratulierten mir. Dabei war auch mein Bruder Russ, der, wie er mich wissen ließ, einen Heidenspaß bei der Sache gehabt hatte. Naja, wenigstens einer. Nebenbei bekam ich meine Urkunde ‚Truppführerin'. Ron versprach, das Ganze ausgiebig zu feiern.
„Nicht ohne ‚meine' Leute", verlangte ich.
Ron lächelte: „So soll es sein." Er ging hinüber, um die Einladung auszusprechen. Lautes Gejohle war die Antwort auf die Einladung. Na, das mochte eine Fete geben.
Sam kam zu mir: „Glaub nicht, dass deine Einstellung zu deinen Leuten nicht Beachtung gefunden hat, Isabel-Maria. Auch das ist jetzt gut. Ein guter Truppführer ist ohne seine Leute nichts."
Meine Mutter kam: „Ich bin sehr stolz auf dich Isabel-Maria. Und dein Vater wäre es auch."

2. Wurmloch 3

08.04.2152, 09:00 Uhr, SOL-System, WALHALLA, Brücke:

Brigadier Admiral Anthony Wang hatte gerade den letzten Zustandsbericht des SOL-Flaggschiffes gelesen, als ihm ein Funkanruf von der ERDE gemeldet wurde.
Anthony zeigte auf sein Display, welches vor ihm auf dem Tableau eingebaut war. Die KOM-Offizierin schaltete ihm den Anruf dorthin. Der Captain des Schiffes verzichtete darauf, eine Akustiksperre einzurichten. Sein XO sollte ruhig mithören. Schließlich hatte er als Brigadier Admiral auch noch andere Aufgaben und dann musste der XO das Flaggschiff übernehmen. Dazu gehörte es sich, dass der Mann immerzu bestens informiert war.
Anthony sah in das Gesicht von Malte Freiherr von Avenwedde. Der Marine-Colonel war zur ERDE abgestellt worden, weil sich die Ausgrabungsarbeiten am dritten Wurmloch nun tatsächlich mal dem Ende näherten. Man hatte das sechs Meter durchmessende Wurmloch in Sibirien das ‚Dritte Wurmloch' genannt. Scheinbar gingen alle davon aus, dass es tatsächlich zur RELAISSTATION führte. Zwei waren erkundet, das dritte fehlte noch.
„Ist es soweit?", fragte Anthony ohne größere Begrüßungsfloskeln.
„Noch ein paar dicke Brocken und es liegt vor uns", teilte Malte freudestrahlend mit. Er saß an Bord einer Alpha und beobachtete die Ausgrabungen.
„Das wird Gandhi freuen", sagte Anthony und nutzte dabei den Spitznamen seines Freundes und Schwagers. Mittlerweile war die Bezeichnung weit verbreitet und selbst dem Major Admiral bekannt. Dieser schien das aber eher wie einen Adelstitel zu sehen und erhob keinen Widerspruch, dass er so genannt wurde.
„Kann ich mit ihm sprechen?"
„Was dagegen, wenn ich dabei bin?"
Malte grinste: „Nicht im Geringsten."
„Bis gleich", Anthony legte das Gespräch in eine Warteschleife, nickte seinem XO zu und verließ seinen Sitzplatz Richtung Lage-Raum des Major Admirals. Anthony war so ziemlich der Einzige, der den speziellen Bereitschaftsraum ohne vorherige Anmeldung betreten durfte. Trotzdem löste er ein akustisches Signal aus. Er fand, das gehörte sich so.
Methin warf einen Stapel Folien auf den Tisch: „Die Verteidigung der O.H.R. hat reichlich Material gekostet. Wir müssen sehen, dass wir die Produktion von Barracudas etwas steigern."

Anthony sah seinem Schwager an, dass er diese Berichte nicht gern durchgegangen war. Eine staubtrockene Arbeit, die man aber nicht gut unteren Dienstrângen überlassen konnte. Eine gute Übersicht gehörte zum Job eben dazu.

„Vielleicht hebt es deine Laune, wenn du mit Malte sprichst“, sagte Anthony und war an eine der KOM-Konsolen herangetreten. Methin drehte sich zum großen Bildschirm und dort tauchte das lächelnde Gesicht des Colonels auf.

„Methin, ich wünsche einen guten Morgen.“

„Ich danke und zurück“, sagte der Major Admiral. „Du hast etwas zu berichten?“

Malte war sichtlich stolz, als er verkündete: „Noch ein paar dicke Brocken und das Wurmloch liegt vor uns. Wie wir erkennen konnten, sollte es noch funktionsfähig sein. Es müsste sich, wenn ich Chandra richtig verstanden habe, selbst erneut initialisieren und dann könnten Transporte vorgenommen werden.“

Methin war aufgestanden: „Gute Arbeit, meinen Respekt. Arbeiten einstellen!“

„Was?“ Maltes Gesichtsausdruck veränderte sich.

Methin wurde deutlicher: „Was ist daran nicht zu verstehen? Die Arbeiten sind umgehend einzustellen!“

„Ja aber so kurz …“

„Malte! Einstellen! Sofort!“ Methins Gesichtsausdruck besagte recht deutlich, dass es sich nicht um einen Scherz, sondern vielmehr um einen Befehl handelte.

Malte räusperte sich: „Verstanden, Sir!“

Methin nahm mit unbewegtem Gesicht wahr, dass Malte sich in militärische Bezeichnungen flüchtete, um seiner Unzufriedenheit Luft zu machen. Man ging sonst sehr freundschaftlich miteinander um. Dieses ‚Sir‘ passte da überhaupt nicht. Selbst Anthony war etwas geschockt, sagte aber nichts dazu.

„Und weitere Befehle?“, fragte Malte etwas steif.

„Wer ist zur Absicherung eingeteilt?“, fragte Methin.

„Die SIX FEET UNDER wacht über uns“, gab Malte Auskunft.

„Gut“, sagte Methin bestimmt. „Evakuiert die Baustelle mit Hilfe der S.F.U. – dann erwarte ich dich, deine Partnerin und den Captain des Zerstörers hier auf der WALHALLA – umgehend.“

„Ich habe verstanden", sagte Malte gefasst. Die militärische Disziplin hatte ihn wieder im Griff.
Methin unterbrach die Verbindung.
„Äh, da hast du dir jetzt keine Freunde gemacht", wagte Anthony zu bemerken. Er erntete ein schmerzliches Lächeln seines Schwagers: „Ich trage hier die Verantwortung. Mein Hauptziel ist es nicht, meines Freundesliste zu verlängern. Du bist ebenfalls anwesend, wenn die Bestellten kommen."
Fast hätte sich Anthony versehentlich auch zu einem ‚Ja, Sir!' hinreißen lassen. Sein Freund und Vorgesetzter war zum Thema Wurmloch 3 ziemlich amtlich und streng geworden.

15:15 Uhr:

Anthony steckte den Kopf in den Lage-Raum: „Die Herrschaften von Wurmloch 3 sind hier!"
Methin stand auf: „Rein mit ihnen!"
Anthony blieb zunächst im Rahmen stehen und dann kamen Professorin Chandrakanta Yadav, Colonel Malte Freiherr von Avenwedde und Captain Jim Sellers in den Raum. Die sonst so ruhige Inderin hatte glühende Wangen und schritt sofort auf Methin zu. Schließlich hatte man auch unter ihrer Führung monatelang unter recht bescheiden zu nennenden Umständen in Sibirien rumgebuddelt. Und nun unterbrach der Major Admiral so kurz vor dem Durchbruch die Arbeiten. Das war, als bekäme man kurz vor dem Essen das beste Stück vom Teller gezogen – oder noch schlimmere Dinge.
„Warum, Methin, mussten wir die Arbeiten abbrechen?"
Ihre Augen leuchteten wie die einer Rachegöttin und tatsächlich war die schlanke Frau sehr aufgebracht.
„Ich habe euch hergebeten, um mich zu erklären", sagte Methin Büvent schlicht. „Bitte setzt euch!" Er selbst blieb stehen.
Aus dem hinteren Bereich kam einer der Assistentinnen und fragte nach Getränkewünschen. Anschließend brachte sie Kaffee, Tee und Wasser.
Methin schaltete den Übersichtsschirm ein: „Jeder hier scheint davon auszugehen, dass Wurmloch Nummer 3 in RELAISSTATION endet!"
„Ich habe eine Menge Wetten am Laufen", grinste Jim Sellers breit.

„Vielleicht irrst du dich aber auch, Jim", Methin warf Jim einen ernsten Blick zu und das Grinsen des Captains verschwand blitzartig.
„Wir halten mal fest: In der ANDROMEDA-Galaxie gibt es die RELAISSTATION mit drei künstlichen Wurmlöchern. Eines davon für in die BLACK-EYE-Galaxie auf STEPPENWOLF in der Nähe der O.H.R. Das zweite Wurmloch führt nach NGC 185, zum Planeten SUAM. Soweit richtig wiedergegeben?"
Alle bestätigten diese Angaben.
„Warum sollte das dritte Wurmloch genau nach hier führen?"
Die Frage von Methin stand ungeschönt im Raum.
„Bin ich hier der Einzige, der logisch denkt?"
Die versammelten Personen am Tisch machten betroffene Gesichter.
„Nur weil es uns außergewöhnlich gut in unseren Kram passen würde, wird die Angelegenheit nicht einen Deut wahrscheinlicher, oder?"
Methin beugte sich zur wissenschaftlichen Leiterin des Gesamtprojektes: „Nenn mir einen einzigen wirklich logischen Grund!"
Chandrakanta schwieg.
„Nur weil wir auf RELAISSTATION zufällig eins frei haben und wir hier eins übrig?", fragte Methin und lief dabei langsam um den Tisch herum.
„Und beide nicht funktionieren", warf Jim Sellers ein und bereute es auch gleich wieder.
Methin zeigte mit dem Finger auf den Captain des Zerstörers: „Das ist tatsächlich der einzige Hinweis, der es um ein paar Promille wahrscheinlicher werden lässt. Allerdings weit hinter dem Komma, mein lieber Jim. Wir haben es hier mit einem Baumeister dieser Wunderwerke zu tun, der bisher über zwei Galaxien geht, die schon ein wenig weiter auseinanderliegen, oder?"
Die Gesichter der Versammelten wurden immer länger. Die Beschreibung des Major Admirals war maßlos untertrieben. Das waren gigantische Entfernungen.
„Ich glaube nicht, dass ich gerade euch die Weite des Universums beschreiben muss. Wie hoch ist die Wahrscheinlichkeit, dass die Erbauer sich auf nur diese paar Wurmlöcher beschränkt haben?"
Alle dachten nach. Wer eine solche Technik beherrschte, würde sie auch einsetzen, und zwar mehrfach. Ansonsten würde das alles keinen Sinn ergeben.
Malte sah auf: „Ich beginne zu verstehen. Wir sollen vorsichtig sein."

„Ja. Es ist meine Verantwortung, und ich will nicht, dass euch etwas geschieht."
Methin setzte sich hin: „Lasst uns beraten, wie wir weiter vorgehen."
Anthony sah seinen Schwager fast belustigt an. Methin bot hier eine Hand. Selbstverständlich wusste der Major Admiral, wie man weiter vorzugehen hatte. Vorsichtig lenkte er bei der nachfolgenden Diskussion das Ganze in seine bevorzugte und wahrscheinlich auch schon festgelegte Richtung.
„Ich halte mal fest", sagte er dann auch nach etwa einer halben Stunde. „Wir schicken Jim mit einer Nachricht zum Admiral. Wir legen die Aktivierung auf den 13.04. auf 12:00 Uhr fest. Falls es dem Admiral nicht passen sollte, ist noch Zeit genug und er kann Jim mit einem anderen Termin zurückschicken. Jim kommt in jedem Fall rechtzeitig zurück und wird mit der S.F.U. das Geschehen absichern. Wir bereiten hier alles vor, dass Droiden und eine KI die Maschinen steuern und das Wurmloch freilegen. Hat jemand Anmerkungen?"
Niemand hatte etwas dazu zu sagen.
Methin sprach Chandra direkt an: „Projektleiterin, auf geht's!"
Beim Rausgehen sprach Malte den Major Admiral an: „Ähm, bitte, Methin, entschuldige, dass ich etwas, äh …"
Methin schlug dem Colonel auf die Schulter: „Vergiss es!"
„Äh, danke."

13.04.2152, 11:25 Uhr, RELAISSTATION:

Admiral Thomas Raven hatte zwar zu diesem Termin andere Vorhaben, aber in Anbetracht der schwierigen Terminierung war er jedoch auf das 3. Wurmloch umgeschwenkt und hatte Captain Jim Sellers mit einer Terminbestätigung zurück ins SOL-System geschickt.
Der Admiral war, was das Ergebnis des Experiments anbetraf, völlig offen. Er wagte sich gar nicht vorzustellen, welch eine Erleichterung es im Verkehr zwischen dem SOL- und dem ARES-System gäbe, wenn das 3. Wurmloch tatsächlich in Sibirien münden würde. Mit sehr breitem Grinsen hatte ihm Captain Jim Sellers versichert, dass er nach wie vor fest daran glaube. Er hatte ihm zahlreiche Wetten aufgezählt, die er diesbezüglich hielt. Jim hatte ihm vorgeschlagen, eine Sphären-Bahn zwischen Sibirien und dem MARS einzurichten. Also eine feste Taktung, wo Menschen und Material hin- und hergeschickt werden konn-

ten. Man müsste bloß eine Halbkugel des D-Raumfahrzeugprogramms von GENUA III holen, über das Wurmloch in Sibirien stülpen, voll sauberer Luft pumpen und ein automatisches Schleusensystem installieren. Etwas Entsprechendes natürlich auch auf dem MARS, am besten gleich mit Anschluss an HELLAS 2.0. Das waren die etwas vereinfachten Vorstellungen unseres Captains ‚Haudrauf', oder wie immer man ihn nennen mochte. Eine gewisse Praktikabilität war dem nicht abzusprechen, allerdings fehlten die Details, in denen ja so häufig die Teufelchen steckten.
Thomas hatte interessiert gelächelt und den Captain mit seinen Träumereien wieder auf den harten Boden der Tatsachen zurückgeholt: „Wir wollen erst einmal hoffen, Jim, dass du deine Wetten gewinnst. Dann sehen wir weiter."
Nun war das Gefolge des Admirals über STEPPENWOLF auf RELAISSTATION eingetroffen. Die Station wirkte, nachdem man SUAM und NGC 185 aufgegeben hatte, reichlich verlassen. Die REVENGE wartete vor STEPPENWOLF auf ihre Rückkehr.
„Wir sollten hier mal hin und wieder reinigen lassen", empfahl Begleiter Ron Dekker, nachdem er sich bei einer ‚Streich-Probe' einen staubigen Finger geholt hatte. Thomas hatte nichts dazu gesagt. Das würde sicherlich gemacht werden, wenn die Anbindung an Sibirien tatsächlich bestand. So aber hatte man anderenorts ausreichend zu tun.
Mit dem Admiral waren, wie gesagt, General Ron Dekker, sowie die Präsidentin des INTERSTELLAREN VÖLKERBUNDES, Suli-Ko, und Captain Linus Kirklane anwesend, sowie zwei Trupps Marines und acht der übergroßen Kampfdroiden. Thomas hielt das Risiko durchaus für kalkulierbar. Entweder das Wurmloch auf dieser Seite öffnete sich in Richtung Sibirien, oder eben nicht. Trotzdem trugen alle Personen einen Raumanzug und den Falthelm einsatzbereit auf dem Rücken.
„Vielleicht sollten wir uns ein wenig setzen", schlug Ron vor und ging auch gleich mit gutem Beispiel voran. Ächzend sank er auf einen Stuhl. Man hatte mehrere aneinandergereihte Tische und viele Stühle zurückgelassen. Ron nickte den Marines zu und zeigte mit dem Daumen hinter sich: „Kann dauern! Legt euer Gedöns auf den Tisch!"
Die Marines setzten sich und legten einen Teil der Waffen und Ausrüstung auf die Tische vor sich. Auch Suli-Ko, Thomas und Linus setzen sich. Der General hatte nicht ganz unrecht. So genau konnte man die verschiedenen Zeiten nicht angleichen. Auch wenn man noch

so genau war. Eine Viertelstunde war da sehr realistisch, konnte aber auch mehr sein.
Wenn das Experiment gelingt, habt ihr einen nicht unerheblichen Vorteil?“, fragte Suli-Ko.
„Bei Menschen und Gerät, welches durch ein sechs Meter durchmessendes Wurmloch passt, haben wir einen Vorsprung von etwa 33 Stunden. Die Wege zu den Wurmlöchern lasse ich mal außen vor. Dazu kommen die Strapazen für organische Lebewesen. 33 Stunden im Koma gehen an die Substanz. Der anschließende Durst ist kaum zu löschen. In jedem Fall ist der Transfer durch das Galaxiswurmtor zum SOL-System eine Herausforderung und gleichzeitig eine Zumutung.“
„Macht man nicht gern“, fügte Ron den Worten des Admirals zu, aber das hatte sich die GENUI schon gedacht.
„Ich habe von HELLAS 2.0 gehört“, sagte Suli-Ko. „Ich möchte diesen Ort besuchen. Ich will das Heimatsystem unserer Freunde kennenlernen.“
„Wir können dir Filme vorspielen, wie unsere ERDE mal ausgesehen hat, bevor die TRAX kamen“, bot ihr Ron an. „Danach zeigten wir dir den Ist-Zustand.“
„Auch das interessiert mich. Aber ich hörte viel von der Stadt auf dem MARS. Sie muss einzigartig sein.“
Thomas sah Suli-Ko an und war ihr dankbar, dass sie mit einem lockeren Gespräch die Zeit überbrückte. Thomas merkte, dass ihm der Gedanke gefiel, demnächst in einer Hand voll Stunden auf der ERDE zu stehen. Personalwechsel, Urlaube, alles war sehr viel einfacher möglich. Man könnte auch direkt mit Sphären durch und brauchte überhaupt nicht umzusteigen. Die Vorzüge waren immens und er bemerkte, dass er vor Aufregung ein wenig schwitzte. Bisher hatte Thomas das Thema aus reiner Vorsicht, nicht zu optimistisch zu sein, immer zur Seite geschoben und wie ein unbeteiligter Zuschauer reagiert. Natürlich hatte er seine Leute machen lassen, aber das lag eher an deren Begeisterung für diese Sache. Thomas selbst hatte sich gedanklich nicht mit einem positiven Ausgang beschäftigt. Es schien ihm, als würde er das jetzt alles nachholen. Er ertappte sich dabei, dass er sehnsüchtig auf das tote Wurmloch schaute.
Um sich selbst ein wenig abzuwechseln, ging er auf das Thema von Suli-Ko ein: „Ich werde dich unserem Major Admiral empfehlen, Suli-Ko. Methin Büvent ist zwar ein knochentrockener Analyst, dabei einer

der besten Führungsoffiziere, die mir zur Verfügung stehen, aber seine Frau empfängt sehr gerne Besuch. Du wirst dort willkommen sein und Audra wird dir die Stadt zeigen. Dabei musst du unbedingt die zivilen Kontaktleute kennenlernen. Marie-Ann Waterhouse, Jim Foreman und Mai-Lin. Ein Gespräch mit den ältesten MENSCHEN, Marie-Ann und Jim, müsste auch für dich interessant sein."

Suli-Ko machte einen erstaunten Eindruck: „Warum sollte das anders sein als bei dir?"

„Der MENSCH erwirbt, je älter er wird, und wenn er geistig klar ist, eine ganz andere Sicht auf die Dinge. Er ist dann nicht mehr so ungestüm. Er will dann nichts mehr erreichen. Die Ruhe und die Klarheit seiner Gedanken sind ihm wichtiger – das Verstehen, was um ihn herum passiert. Sich selbst nicht mehr in den Mittelpunkt zu stellen. Das alles macht einen lebenserfahrenen MENSCHEN aus."

„Du sprichst von Reife?"

Thomas stimmte der Präsidentin des BUNDes zu: „So kann man es wesentlich kürzer ausdrücken, aber ich wollte etwas mehr in die Tiefe gehen."

Suli-Ko sah Thomas an: „Es ist dir gelungen. Ich bin neugierig auf diese MENSCHEN."

Einen Augenblick war Ruhe, dann wuchtete General Dekker geräuschvoll ein größeres Behältnis auf den Tisch und nickte den Marines zu: „Mahlzeit!"

Ron war eben Ron. Und damit war er manchmal recht archaisch und auch pragmatisch unterwegs. Und dass dieser Körper eine Menge an Nahrung brauchte, das sah man ihm auch an.

Thomas sah zu ihm herüber, während der General den Deckel abnahm.

„Es ist Mittagszeit, Thomas", sagte Ron in mehr oder weniger vorwurfsvollem Ton. „Hast du etwa für euch nichts organisiert?"

Thomas bekam große Augen und sah, wie die Marines ebenfalls etwas auspackten. Die Antwort blieb er seinem Freund aber schuldig.

„Also nicht", stellte Ron tadelnd fest. „Meine Truppführer fallen durch die Prüfung, wenn sie die Verpflegungsfrage vernachlässigen – Admiral!" Ron betonte den Rang seines Freundes recht eigentümlich.

„Aber wozu", redete er unbeirrt weiter, „hat man Untergebene und vielleicht sogar Freunde. Hier ist was für euch!" Ron reichte Schalen herum, Getränkeflaschen und Besteck. Thomas nahm es an und reichte es weiter an Suli-Ko und Linus. Er selbst behielt auch etwas für sich.

„In der Tat verspüre ich Hunger“, sagte Suli-Ko. „Der General hat sich darum gekümmert. Ich finde das sehr aufmerksam. Ich danke.“
„Du könntest mir einen kleinen Gefallen dafür tun, Präsidentin des BUNDes“, ging Ron in die Offensive.
„Was kann ich tun?“
„Ich heiße Ron“, sagte der General und schmiss sich in die Brust und das mit einem sehr gewinnenden Lächeln, wie er meinte.
Suli-Ko sah den Mann an und überlegte, warum so unterschiedliche Männer wie Thomas und Ron Freunde sein konnten. Wahrscheinlich lag es daran, dass sie eben so unterschiedlich waren und sie einander in dieser Form respektierten.
„Ich danke dir für diese Aufmerksamkeit, Ron“, sagte Suli-Ko.
Die Mundwinkel des Marine-Kommandeurs zogen sich aufgrund dessen beängstigend weit in die Breite: „Für dich gern, Suli-Ko.“
Thomas hatte den Wortwechsel nur am Rande mitbekommen. Er war damit beschäftigt gewesen, die kleine Hitzepatrone in der Verpackung auszulösen und anschließend den Deckel abzumachen.
„Gulasch mit Nudeln“, sagte er ergriffen.
„Stark, nicht?“, sagte Ron triumphierend.
„In der Tat“, gab Thomas zu. „Sowas habe ich lange nicht gehabt.“
Sie aßen und selbst Suli-Ko, sonst schwer zu begeistern, fand lobende Worte für den Genuss.
„Ich brauche die Nummer des Menüs für den Replikator“, verlangte Thomas.
Ron grinste breit: „Kannst du vergessen. Suzan hat gestern den halben Tag in der Küche gestanden und das per Hand gekocht!“
Thomas zog die Brauen hoch: „Hat sie klasse gemacht, mein Kompliment.“
„Übermittel deiner Partnerin bitte die besten Grüße von mir. Nur sehr selten habe ich etwas so Wohlschmeckendes zu mir genommen. Ich lade deine Partnerin ein, bei meinem nächsten Flug nach EDEN, mein Gast in INAWAJE zu sein.“
Ron strahlte: „Ich werde es ihr ausrichten.“
Sie aßen schweigend zu Ende und Ron sammelte die leeren Behälter wieder ein: „Noch fünf Minuten!“
Minutenlang war nur das Kramen von Ron zu hören, der die Behälter zusammenpackte.

Dann ergab sich eine gewisse Spannung. Man hatte sich so gesetzt, dass man nicht direkt in Front des 3. Wurmloches saß. Etwas seitlich, aber immer noch so, dass man sofort das Aufwallen der Energiefluktuationen, das Typische eines Wurmlochs, sehen konnte.
Dann Stille …
Hin und wieder hörte man ein Schnaufen von Ron, sonst war Ruhe.
„12:00 Uhr“, grollte Ron leise. Jetzt musste innerhalb der nächsten 15 Minuten etwas geschehen. Vielleicht dauerte es auch einen Augenblick länger. Thomas war nicht geneigt, RELAISSTATION vor 13:00 Uhr zu verlassen.
Es wurde 12:05 Uhr, dann 12:10 Uhr, ohne dass sich etwas tat.
Linus Kirklane kaute auf der Unterlippe. Gerade ihm als Leiter Einsatz und Verwendung war es besonders klar, was diese Möglichkeit hier bot, wenn es gelang.
„Viertel nach zwölf“, grollte Ron und ließ seine rechte Pranke auf den Tisch fallen. Es knallte und ein paar Getränkebecher machten einen Hopser.
Ron schnaubte leise: „Ich hätte jetzt gerne einen Trommelwirbel und mit dem Tusch flammt dann das Ding da auf!“
Thomas sah ihn mit einer hochgezogenen Braue an.
„Okay, geht auch ohne Musik“, gab Ron nach.
Es wurde 12:20 Uhr und Thomas schalt sich einen Narren, dass er dem Reiz der Verlockung doch noch so spät gefolgt war. Wie groß ist die Wahrscheinlichkeit, dass zwei Wurmlöcher, die derart weit auseinanderlagen, in Verbindung standen? Sie hatten überhaupt keine Ahnung, wie viele dieser Dinger es überhaupt gab. Eventuell gab es hunderte davon und vielleicht die eine oder andere Drehscheibe, genau wie hier.
Es wurde 12:30 Uhr.
Thomas blieb äußerlich ruhig, aber der General stand auf und marschierte umher. Ron war auch ein Gefühlsmensch und man sah ihm Ungeduld und Ärger fast immer an. Heute zeigte seine Mimik beides.
Suli-Ko spürte diese Spannungen, blieb aber gelassen.
„Das ist Mist“, knurrte Ron Dekker.
Auch Thomas hielt es nicht mehr auf seinem Platz. Er drehte sich um und sah, dass die Sonne einen Teil von BIG GREEN beschien. Von seinem Standort konnte er gut sehen, dass es rings um diesen Planeten keine Sterne gab. Es fröstelte ihm, als er an seine Exkursion mit Rita in diese schwarze Suppe dachte. So schnell brachte ihn niemand mehr

dorthin, zumindest nicht allein mit einer Robot-Dame. Der Planet war aber verlockend. Thomas nahm sich vor, diesen erkunden zu lassen. Aber war die Nachbarschaft von AGUA nicht wichtiger? Wenn das Experiment hier fehlschlug, dann brauchte man sich um diese Welt nicht kümmern. Selbst wenn BIG GREEN ein Paradies war, welcher Mensch wollte in der Nacht in den Himmel gucken und keine Sterne sehen? Dieser Mond hier allein reichte nicht. Für Thomas war das mittlerweile unvorstellbar. Er fühlte sich da hin und hergerissen.
„Scheiße, jetzt haben wir schon 20 vor eins“, hörte er Ron fluchen.
Thomas konnte dieser Aussage nichts hinzufügen und so warteten sie weiter.
Es geschah – nichts.
20 lange Minuten geschah nichts.
Thomas, der in Gedanken versunken stehend auf BIG GREEN geschaut hatte, drehte sich um: „Ron, wähl drei Leute aus, die hier noch zwei Stunden bleiben. Der Rest rückt jetzt ab. Das war eine Niete!“
Ron holte tief Luft und auch Thomas spürte die Enttäuschung deutlich.
„Was mag auf der ERDE passiert sein?“, fragte Suli-Ko.
„Wir werden es frühestens übermorgen wissen“, gab Thomas enttäuscht zurück. „Methin wird uns einen Kurier schicken. Alles andere wäre unlogisch. Wir müssen es abwarten.“
Der Admiral war nicht nur enttäuscht, sondern er machte sich auch Sorgen. Was war auf der ERDE in der Nähe von Sibirien passiert?
Warten war nicht sein Ding. Er tröstete sich damit, dass Methin Büvent einer seiner fähigsten Führungskräfte und nicht umsonst Wächter über das SOL-System war.

<u>Zu Beginn der Aktion, SOL-System:</u>

So mancher hätte gemeint, der Major Admiral übertrieb es mit seiner Vorsicht. Methin Büvent war sicherlich vorsichtig und das aus seiner Erfahrung heraus. Es wurde immer gefährlich, wenn man allgemein die Situation für entspannt hielt. Er hatte den Zerstörer von Captain Jim Sellers bis in eine Nähe von fünf Kilometern an das vermeintliche Wurmloch nach RELAISSTATION beordert. Die SIX FEET UNDER hing jetzt irgendwo in der dreckigen Atmosphäre der ERDE über Sibirien und hatte das Wurmloch im Visier. Methin hatte dem Captain aufgetragen, sein Gunnerpult in Bereitschaft zu halten.

Jim hatte an seine Wetten gedacht und geschluckt.
Dann hatte er den Befehl bestätigt.
Auf der Baustelle, bezeichnen wir es mal so, waren zwei ferngesteuerte und mit entsprechenden KIs versehene Antigrav-Bagger im Einsatz.
Über allen Dingen schwebte die MOSKAU unter Captain Oksana Trantow. Die GAMBELA war in der Nähe des MONDes zu finden.
Der Major Admiral selbst weilte im Lage-Raum der WALHALLA.
Zahlreiche Kameras und sonstige Übertragungsgeräte waren rings um die Baustelle verteilt, zeichneten alles auf, bzw. übertrugen jedes Detail.
Die Ingenieurscrew samt der Leiterin Chandrakanta Yadav hockte in einem Raum der MOND-Basis und steuerte die Vorgänge in Sibirien.
Jim Sellers hielt das für einen ganz großen Bahnhof.
Und für reichlich übertrieben.
Und für ihn hieß das ‚Warten'.
Dann ging es los mit einem Funkspruch des örtlichen Kommandeurs.
„MA an Technik MOND-BASIS. Können wir starten?"
„Hier Chandra. Wir können sofort anfangen, Major Admiral!"
Die ruhige Stimme des asketischen Mannes erklang wieder: „Die beteiligten Schiffe, SIX FEET UNDER, MOSKAU und GAMBELA, Vollalarm!"
Die Alarmsirenen jaulten durch die Schiffe und Jim dachte mit einem Kopfschütteln, warum Gandhi nicht gleich Gefechtsalarm ausgelöst hatte. Wenn schon übertreiben, dann bitte auch richtig.
„Hier ist MA. Ich korrigiere meinen letzten Befehl. Gefechtsalarm für die beteiligten Schiffe!"
Jim bekam Schnappatmung, denn jetzt wurde es turbulent. Selbst in seinem Schiff begann es schon zu rumoren. Was musste dann erst auf der MOSKAU und der GAMBELA los sein? Nach dem Auslösen der Gefechtsbereitschaft hatte jeder Jäger besetzt zu sein und die Dickschiffe von Oksana und Jim hatten eine Menge davon. Außerdem hieß das, die Schutzschilde der Schiffe zu aktivieren.
Und das alles für ein lächerliches Wurmloch.
„Chandra, anfangen", ordnete der Major Admiral an.
„Wir haben verstanden", kam die Bestätigung aus dem Kontrollraum der LUNA-Basis.
„SIX FEET UNDER! Bis auf einen Kilometer ran!"
Jim war überrascht, aber nicht so überrascht, dass er nicht sofort bestätigte.

„Ole, du hast Gandhi gehört. Runter mit uns!“
„Die MOSKAU nimmt den vorherigen Platz der S.F.U. ein!“
Captain Oksana Trantow bestätigte auch den Befehl.
„GAMBELA macht sich auf den Weg, Richtung ERDE. In 45 Minuten im Orbit!“
„Aye, Major Admiral“, kam die Stimme des schwarzen Hünen.
Jim machte dicke Backen. Wusste der Admiral etwas, was er nicht wusste?
Jim konnte sich kaum vorstellen, dass eine Person mal sehr vorsichtig agieren konnte. Und genau das war es, was Methin tat.
Jim war aufgeregt. Seine Idee, seine These, und der Draufgänger tat so, als wäre es sein Projekt. Na gut, die anderen machten auch ein bisschen mit. Jim saß in seinem Sitz und auf der Übersicht war die Baustelle riesengroß zu sehen. Soeben bewegte sich einer der Bagger. Sein langer Arm hatte eigentlich am Ende nichts Besonderes, außer einen Hochleistungsbohrer. Es staubte ein wenig, als er ihn mitten auf einem der dicken Felsbrocken ansetzte. Der Bohrer fraß sich etwa einen Meter ins Gestein, dann gab die KI Energie auf die Antigrav-Einheit. Über den Arm der Räummaschine wurde die Schwerkraft des Felsblocks aufgehoben. Mit verhältnismäßig geringem Kraftaufwand konnte die Maschine nun den Stein anheben. Das jedoch ging Jim viel zu langsam. Masse blieb aber Masse, auch im schwerelosen Zustand. Die Maschine hob den Gesteinsbrocken ziemlich langsam an und hievte ihn zur Seite. Sie stellte den Arm leicht schräg und die Energie ließ langsam nach. Der Stein wurde schwerer und fiel vom Bohrer schließlich herunter. Beim nächsten Stein musste der zweite Bagger helfen. Es galt, die übrigen Steine am Ort zu lassen. Man wollte nicht durch ein unkontrolliertes Fallen das Wurmloch zerstören. Jim konnte das Ziel seiner Träume schon gut sehen. Der Teil, der die technische Besonderheit enthielt, musste viel massiver und resistenter sei als seine Nachbarschaft. Jim sah das runde Loch und die Energien darin hin und wieder flackern, wenn sich draußen etwas tat.
„Nun komm schon“, sagte er mehr für sich.
„Was meinst du?“, fragte ihn seine XO Petsy Jones.
„Nicht dich, nicht dich“, wehrte Jim ab.
Der Bagger hob den zweiten Gesteinsbrocken zur Seite.
„Das dauert ja ewig“, sagte Jim verzweifelt.
„Ich finde, die arbeiten schnell“, sagte Ole, der Pilot.

In diesem Moment rutschten ein paar seitliche Felsen nach und Jim konnte sich an seinen Fingern abzählen, dass es jetzt noch länger dauern würde.
„Mist!"
Das Licht in der Anomalie wurde etwas heller und hin und wieder blitzte es.
„Siehst du, siehst du", rief Jim erregt. „Es will sich aktivieren. Die müssten das doch jetzt auch schon auf der Gegenstation sehen können. Da muss es doch ähnlich zugehen wie hier, oder?"
Jim war ganz aus dem Häuschen.
Petsy sagte: „Ja."
Jim Kopf schwenkte zu seiner XO herum: „Hä?"
„Ich sagte: Möglicherweise!"
Jim sah seine XO immer noch an und zog in Zeitlupe eine Augenbraue nach oben.
Seine XO zeigte nach vorn und als Jim seine Aufmerksamkeit wieder auf den Ort des Geschehens richtete, sah er auch, was Petsy meinte. Das Gebilde dort kam ins Wackeln und einer der größeren Felsen kam von oben herunter und knallte auf den Hilfsbagger. Das Gerät fiel um und blieb beschädigt liegen.
„Chandra?", kam die Frage des Major Admiral.
„Wir können mit der verbliebenen Maschine weitermachen", kam die Antwort der Professorin.
Es ging zwar etwas langsamer, aber es ging. Nach weiteren fünf Minuten, die vereinbarte Zeit mit dem Admiral auf der anderen Seite war schon etwas überschritten, wuchtete die Baumaschine den letzten Felsbrocken zur Seite, der halb innerhalb des Wurmlochs gelegen hatte. Kaum war das geschehen als sich das Wurmloch aktivierte. Die Baustelle wurde durch die Energiefluktuation hell erleuchtet und die Baumaschine durch die Initialisierungsenergie zur Seite geschleudert. Aber das war Jim egal.
Die Verbindung stand.
„Hier ist S.F.U. vor Ort. Das Ding steht wie eine Eins. Wir müssen was durchschicken", lamentierte Jim.
Die Antwort des MA war ruhig: „Abwarten! GAMBELA?"
„Hier GAMBELA. Wir sind im geostationären Orbit 500 Kilometer über dem Zielgebiet."

Jim war mit der Antwort des Major Admirals nicht zufrieden. Warum handelte der Mann nicht? Gleich würde das Wurmloch sich wieder deaktivieren und …
Jim war mit diesem Gedanken noch nicht ganz zu Ende, als etwas daraus hervorgeschossen kam. Bevor er reagieren konnte, schlug dieses Etwas in seine Schutzschirme ein. Jim wurde fast aus dem Sitz geschleudert und die Warnsirenen begannen schauerlich zu tönen.
„**OKSANA!**“, kam der Ruf von Methin Büvent.
Die Russin war eine Frau, die jede Hölle auf Erden von innen und ganz speziell den dortigen Hausmeister kannte und den Alten sogar duzte. Und sie hatte ihre Crew voll im Griff. Daher wäre Oksana bestenfalls überrascht gewesen, wenn das Experiment ohne Komplikationen abgelaufen wäre.
Die Frau war auf alles vorbereitet.
Oksana schnipste lediglich mit den Fingern.
Nanuk, ihr Gunner, wusste, was das zu bedeuten hatte. Ohnehin hatte er schon die Finger auf den Sensorknöpfen seiner Feuerorgel. Man sah, wie die S.F.U. ein zweites und drittes Mal hart getroffen wurde. Nanuk drückte auf die vorbereitete Feuerorgel und Sudden-Death und Stinger machten sich in schneller Folge auf den Weg. Bevor die S.F.U. auch noch ein viertes Mal getroffen wurde, setzten die kleinen und ultraschnellen Raketen die Gegner außer Gefecht. Fünf Stinger sorgten dafür, dass das Wurmloch in sich zusammenfiel und bei der Energiefreisetzung einen dreihundert Meter breiten und zwanzig Meter tiefen Krater riss.
Das ganze Gefecht war nach nicht einmal 90 Sekunden vorbei und das Wurmloch war einmal.
„S.F.U. für MA! Zustandsbericht!“
„**Wir, wir versuchen, erst einmal zu landen**“, kam es kleinlaut von Jim Sellers.
Tatsächlich hatte der Zerstörer Schaden genommen. Wie viel, konnte im Moment keiner sagen. Petsy hielt es aber für besser, den Flieger erst einmal zu landen und dann in Ruhe nachzusehen. Sie hatte mitbekommen, dass das D-Schiff von Oksana Trantow alle Bemühungen der letzten Monate in Schutt und Asche gelegt hatte. Petsy war ehrlich genug zuzugeben, dass das erforderlich gewesen war. Bei dem, was da herausgekommen war, stand das Gegenstück nicht auf RELAIS-STATION. Sie sah zu ihrem Captain. Der Mann war geschockt.

Stillschweigend übernahm sie das Kommando.
„Ole, bring uns dort runter, wo wir in einem Stück bleiben.“
„Mach ich, mach ich.“
Allein die zweimalige Bestätigung sagte schon aus, dass Ole einige Schwierigkeiten beim Landen haben würde.
„Ole?“
„Hier ist einiges kaputt, XO. Auch Anzeigen und so. Das wird fast ein Blindflug.“
„Sollen wir in den Weltraum?“
„Oh, negativ, negativ. Ich weiß nicht, ob wir so viel Schub hinbekommen momentan. Ich sehe da vorne etwas.“
„Mach, Ole!“
Petsy begann die KI des Schiffes zu fragen und tippte auf ihrem Tableau herum.
Es kam – keine Antwort.
„XO an KI!“
Auch die akustische Kontaktaufnahme funktionierte nicht mehr. Ihr Zerstörer war schwer beschädigt worden. Petsy hoffte, dass Ole eine Landung ohne Unterstützung hinbekam. Der Pilot hatte sich nur kurz zu ihr umgedreht, als die mündliche Kontaktaufnahme scheiterte. Der Schwede wusste Bescheid. Hier war Handarbeit erforderlich.
Ole sah sich mit einer Überzahl an roten Warnhinweisen konfrontiert. Wesentliche Anzeigen funktionierten nicht mehr und er zeigte nach hinten eine nach oben offene Hand.
Das reichte Petsy Jones für weitere Befehle. Ein kurzer Blick und Jim schien immer noch in Starre. Die XO schlug auf die Bordkommunikation: „Hier XO, ich löse hiermit den Evakuierungsalarm aus. Raus mit euch! An Bord bleiben nur Ole und ich!“
Das Wimmern des akustischen Räumungsalarms jaulte durch die SIX FEET UNDER.
„Ole und ich bleiben an Bord“, sagte in diesem Moment Jim Sellers.
Petsy sah zu ihm. Der Captain war wieder da.
„Vielen Dank, Petsy, und sorry. Raus mit dir!“
Zum Diskutieren blieb keine Zeit. Sie erhob sich und winkte den anderen auf der Brücke. Im Laufschritt ging es raus aus dem Raum.
„Ole, wie sieht es aus?“
„Ich kann den Flieger kaum in der Luft halten, Skipper.“

„Bemüh dich. Wir müssen erst evakuieren, bevor du eine Landung versuchst!“

„Ich versuch's!“

Die S.F.U. schaukelte mittlerweile wie ein welkes Blatt und der Pilot versuchte mit verschiedenen Schaltungen zu ermitteln, welche Korrekturtriebwerke noch funktionierten und wie die Anzeigen dazu auf seinem Tableau aussahen. Er schüttelte mehrfach den Kopf, aber es gelang ihm, den Zerstörer einigermaßen waagerecht zu halten.

„Hier ist XO. Wir sind alle raus. Kurs MOSKAU. MOSKAU, wir bitten um Landeerlaubnis.“

„Erlaubnis erteilt!“

„So, wir sind allein, jetzt Ole!“

Seufzend begann der Schwede zu schalten: „Ich muss schätzen. Ich habe nur eine Bodenkamera – keine Abstandsmessung.“

„Dann schätz halt“, gab Jim zurück. Ganz wohl war ihm nicht in seiner Haut. Die Flughöhe betrug sicherlich noch ein paar hundert Meter, wie er das auf seinem Schirm abschätzte.

Der Boden kam näher – zu schnell.

„Ole!“

„Ich seh's, ich seh's! Lass uns anschnallen!“

Jim zog sich die Beckengurte über den Körper. Viel wohler fühlte er sich jetzt auch nicht.

Ole gelang es, den rasanten Abwärtsflug etwas abzubremsen. Allerdings schüttelte sich der Zerstörer wie ein bockendes Wildpferd. Jim wurde in seinem Sitz ganz schön hin- und hergeworfen. Ole hatte Probleme bei der Unruhe, die richtigen Tasten zu treffen.

„Fahre das Ständerwerk aus“, rief er, um seinen Captain zu informieren.

Bei Jim kam anschließend ein Schlagen und Knarren, schließlich ein schrilles Kreischen an – dann Ruhe.

„Ich versuche es noch im Antigrav-Bereich zu halten“, berichtete Ole weiterhin und angestrengt. Dann krachte es und die S.F.U. wackelte.

„Wir haben aufgesetzt“, sagte er dann.

„Puhhh“, Jim wischte sich den Schweiß von der Stirn, schnallte sich ab und stand auf.

Ole schaltete den Antigrav ganz ab und plötzlich gab das Schiff vorne nach. Jim kam ins Straucheln, wollte sich am Sitz festhalten, verfehlte ihn um Haaresbreite und rutschte dann auf der schiefen Ebene am

Pilotensitz von Ole vorbei bis zur vorderen Begrenzung. Dort schlug er schwer an und stöhnte vor Schmerzen.
„Äh“, machte Ole, der die Stunt-Einlage seines Captains mitverfolgt hatte. „Die Bugstütze ist nicht ausgefahren oder nicht mehr da, keine Ahnung. Du hattest dich schon losgeschnallt, Jim?“
„Dir kann man aber auch nichts verheimlichen, was?“, stöhnte Jim.
Besorgt schaute der angeschnallte Pilot nach unten, wo der Captain lag: „Bist du verletzt?“
„Äh, nein, tut nur weh, wenn ich lache.“
In diesem Moment sprach der Funk an: „Wie ich sehe, ist die S.F.U. gelandet. Gibt es Verletzte?“
Der Major Admiral hatte jetzt, nachdem er den Landevorgang wohl mitverfolgt hatte, zum Funk gegriffen.
Ole sah, wie der Captain vorn und unten mit der Hand wedelte.
„Ähm, Major Admiral – keine Verletzten.“
„Gut, um die S.F.U. kümmern wir uns gleich.“
„Verstanden“, funkte Ole zurück.
„MA an MOSKAU!“
„Hier ist die MOSKAU.“
„Ihr startet in drei Stunden zum ARES-System. Bereitet euch vor. Bis dahin liegt euch ein Bericht von mir vor, den ihr dem Admiral überreicht.“
„MOSKAU hat verstanden.“
„MA an Chandra!“
Eine niedergeschlagene Stimme antwortete.
„Ich erwarte dich asap im Lageraum auf der WALHALLA.“
„Ich bin unterwegs.“

18.04.2152, 14:00 Uhr, GREEN COAST FARM:

Die Art und Weise der von Admiral Thomas Raven durchgeführten Dienstversammlungen des Militärs sind durch die lange Tradition der Leserschaft dieser Berichte mittlerweile gut im Gedächtnis. Erster Tag ist Familientag, der zweite dann der offizielle Teil mit Problemerörterung und Aufgabenverteilung, man könnte auch sagen, Befehlsausgabe. Wir springen an dieser Stelle gleich zum zweiten Tag, weil zum gemütlichen Teil nicht viel Erwähnenswertes passierte.
Vielleicht eine kleine Personalie, dazu wir einen Tag zurückgehen: „Thomas, darf ich dir meinen Sohn Pascal vorstellen?“
Der Admiral drehte sich herum, als er die Stimme von Oksana hörte. Sein Auge fiel auf einen jungen Mann, der recht schüchtern und in sich gekehrt neben seiner Mutter stand. Braune Haare, graue Augen und etwas überschlank, man mochte auch schlaksig dazu sagen, so, wie Jungs nun mal sind im Alter kurz vor dem Erwachsenwerden.
„Hallo Pascal“, grüßte Thomas freundlich.
„Hallo“, sagte Pascal und sah dem Admiral nur kurz in die Augen.
Oksana legte einen Arm um ihren Nachwuchs und der empfand das, wie alle in diesem Alter, hochnotpeinlich. „Ich habe Emma um ein kleines Apartment für ihn gebeten. Pascal wird hier die Akademie besuchen. Für Noah und mich ist der Junge ein wenig zu viel in sich gekehrt. Wir hoffen, dass er hier, weg von HELLAS 2.0, auf andere Gedanken kommt und feststellt, was er zukünftig machen will.“
Thomas mochte es eigentlich nicht, wenn junge Leute dermaßen gelenkt werden, aber vielleicht war das in diesem Fall notwendig.
„Und du möchtest hier zur Akademie gehen, Pascal?“, fragte er dann auch.
Der Junge nickte und für Thomas war das Thema dann okay. Auf der Akademie würde sich ziemlich schnell herausstellen, ob der junge Mann dort auch hingehörte. Schlimmstenfalls würden ein paar Wochen Zeit in den Sand gesetzt. Es passierte immer wieder, dass der eine oder die andere nicht geeignet waren. Es war besser, das früh genug festzustellen, als erst im Einsatz, wenn es zu spät war.
„Hast du schon eine Richtung, was dich interessiert, Pascal?“ Thomas wusste, dass diese Frage zu früh kam, aber irgendwie musste er ja ein Gespräch am Laufen halten.

Und der Junge machte so prima mit. Er schüttelte nämlich nur seinen Kopf.
„Hast du irgendwelche Hobbys?", griff Thomas dann zu einem Strohhalm, der eigentlich immer zog. Aber auch hier zog er eine Niete – Kopfschütteln.
„Nun ja", griff jetzt Oksana ihrem Sohnemann, wahrscheinlich aber auch dem Admiral unter die Arme. „Pascal interessiert sich für alte, vergessene Dinge in unserer Geschichte. Er kann stundenlang sich mit einer Suche in verschiedenen Medien beschäftigen. Dabei kramte er allerlei längst vergessene Sachen zutage".
„Das ist interessant", versicherte Thomas, obwohl er genau in die andere Richtung dachte. In diesem Alter sollte man Mädchen, Beförderungsmittel und Abenteuer im Kopf haben. Die Reihenfolge war dabei nicht so wichtig, aber staubtrockene Recherche und dann noch vor einem Bildschirm. Das wird mal ein ganz Wilder, dachte Thomas. Den Rest des kleinen Gesprächs bestritten dann Oksana und Thomas. Der Admiral hatte 30 Minuten später den jungen Mann schon wieder vergessen. Das war gestern gewesen und nun hatte Thomas schon fast den gesamten Vorgang vergessen.

Der späte Vormittag des zweiten Tages war auch schon gelaufen und damit die Diskussion. Man war zu Tisch gewesen und jetzt hieß es ‚Platz nehmen zur Befehlsausgabe'.
Thomas nahm hinter seinem Rednerpult Aufstellung und die militärische Führung nahm vor ihm Platz.
„Ich hatte mich bis einen Tag vor dem verunglückten Versuch in Sibirien gedanklich nicht mit einem Erfolg beschäftigt", berichtete Thomas und kam noch einmal auf das dritte Wurmloch zu sprechen. „Dass ich es dennoch noch kurzfristig getan habe, bereue ich, denn die Enttäuschung ist groß. Ich kann verstehen, dass der eine oder andere sehr große Hoffnungen in einen Transportweg gesetzt hat, der uns viel schneller miteinander verbindet. Nun, es hat nicht sollen sein und somit bleibt alles beim Alten.
„Können wir auch mit leben", rief Jan Eggert dazwischen.
Irgendwo war ein Grunzen von Ron Dekker zu hören. Auch ihm wäre es lieber gewesen, seine Marines mal häufiger und schneller zwischen dem SOL-System und BLACK-EYE wechseln zu lassen. Der Zwischenruf von Jan Eggert passte ihm daher überhaupt nicht.

„Trotzdem“, fuhr Thomas fort, „hat mich Walter Steinbach darum gebeten, das Phänomen RELAISSTATION und alles, was damit zusammengehört, einmal näher untersuchen zu dürfen. Ich habe das genehmigt. Eine wissenschaftliche Untersuchung ist sicherlich logisch, vielleicht kann ein investigatives Vorgehen andere Ergebnisse bringen. Walter will seine Partnerin mitnehmen. Wie ich von Phil weiß, hat man ein Kleinraumschiff fertiggestellt, welches durch diese Wurmlöcher passt. Start wird in ein paar Tagen sein, eventuell sollen die beiden noch begleitet werden.“
Anna hob im Zuschauerraum die Hand. Selbstverständlich nahm auch sie teil an dieser Besprechung.
„Anna?“, fragte dann auch Thomas.
„Wir hätten einen N2-Droiden dafür. Vielleicht können wir zwei Fliegen mit einer Klappe schlagen?“
Thomas sah in Richtung Walter. Der stand auf und drehte sich zur Präsidentin: „Können wir uns den mal ansehen?“
„Jederzeit“, kam die Antwort und Walter setzte sich.
„Gut“, sagte Thomas. „Ihr klärt das untereinander.“
Dann sah er auf seine Notizen.
„Ich habe hier noch BIG GREEN!“ Thomas sah sich um. „Ich denke, wir lassen das für später. Die Crew um Professor Yadav hat hart gearbeitet und eine herbe Enttäuschung wegstecken müssen. Es kommt mir nicht auf ein paar Wochen an, zumal dort kaum intelligentes Leben anzutreffen sein wird. Mit der Besiedlung wird es auch schwierig. Ich habe mich sowohl mit Suzan, wie auch mit Mönkeberg unterhalten. Ein Leben unter einem sternenlosen Himmel dürfte alles andere als reizvoll sein.
„Brrr“, machte Jan und schüttelte sich.
„Zu dir komme ich jetzt“, nahm Thomas die Äußerung von Jan an und Ron feixte. Jan machte ein überraschtes Gesicht.
„Du hattest im letzten Jahr verkündet, dass du unsere nächste Nachbarschaft erkunden wolltest, Jan.“
„Ich wollte damit beginnen“, korrigierte Jan. „Leider war die Verteidigung der O.H.R. wichtiger.“
„Ohne Frage“, stimmte der Admiral zu. „Wie sieht es jetzt aus?“
„Ich bin bereit und meine Crew auch“, gab Jan standfest zu Protokoll.
Thomas wollte gerade darauf eingehen, als Hana zu ihm kam und ihm etwas ins Ohr flüsterte. Thomas beugte sich ein wenig zur Seite und die

vorn Sitzenden meinten, etwas Überraschung auf dem Gesicht des Admirals erkannt zu haben. Hana entfernte sich wieder und Thomas räusperte sich.
„Ähm, ich muss euch noch etwas bitten, zu bleiben. So ganz genau weiß ich das auch nicht, aber die LEFT HAND, ihr habt vielleicht das Fehlen von Peter bemerkt, hat sich angekündigt. Turnusmäßig waren sie in Richtung SONA unterwegs und haben sich eben bei Mond DREI zurückgemeldet. Peter lässt mich wissen, dass ich euch noch hierbehalten soll. Ich denke, die anderthalb Stunden halten wir das jetzt auch noch miteinander aus."
Es wurde gelacht und ein paar waren dabei, die Peter tatsächlich vermisst hatten. Sie freuten sich darauf, den jungen Mann und auch seine Frau Lea, wiederzusehen.
„Nicht, dass wir das nicht eben schon gemacht hätten, aber anderthalb Stunden Pause, bitte", sagte Thomas unter dem Beifall seines Publikums.

Walter Steinbach hatte natürlich sofort ein Ziel. Er steuerte auf Dr. Anna Svenska zu und wollte natürlich wissen, was es mit dem speziellen N2-Droiden auf sich hatte. Seine Partnerin Cynthia folgte ihm.
„Entschuldige bitte, Anna, aber was ist das für ein Droide?"
Anna lächelte: „Das größte Problem bei Robotern ist es auszutarieren, welche Gefährdung sie für die Menschen in ihrer Umgebung zulassen."
„Ähm?", machte Cynthia und Walter drehte sich zu ihr: „Ich weiß, was unsere Präsidentin meint. Stellt man den Wert zu hoch ein, verhindert der Droide, dass wir überhaupt an Bord gehen, weil Raumfahrt grundsätzlich gefährlich ist. Dreht man an der Schraube zu viel, wartet der Droide ab, bis du fast tot bist, bevor er eingreift. Habe ich das richtig wiedergegeben, Anna?"
„Ein bisschen drastisch, aber im Prinzip hast du Recht. Die Nuancen sind dabei sehr gering. Aber sie können entscheiden, ob eine Mission gelingt oder nicht."
„Was ist das Besondere an unserem Droiden?"
„Wie jeder Droide muss auch er sein Verhalten erlernen. Wir haben in der Basisprogrammierung diesen Schutzauftrag zunächst weggelassen. Es ist seine Aufgabe, dies zu erlernen. Ihr wäret dann für BRAINTOWERS ein Pilotprojekt. Man könnte eine Menge Rückschlüsse daraus ziehen, wenn ihr zustimmt."

„Sonst hat er alle Fähigkeiten, die wir so von Droiden kennen?", wollte Cynthia wissen.
„Ja, er wird euch nützlich sein. Er hat die Qualifikationen aller Brückenoffiziere und ein Marine-Ausbildungsprogramm. Ihr könnt ihn in den nächsten Tagen abholen."
Walter bedankte sich artig und auch Cynthia fand ein paar nette Worte.
„Ich habe da was von einem speziellen Raumschiff gehört", sagte Walter. „Wo ist unser Chefingenieur? Eben hatte ich ihn noch gesehen."
„Er steht dort neben dem Admiral", Cynthia zeigte in die entsprechende Richtung. Dort gesellte sich gerade Lieutenant Admiral Laura Stone hinzu. Trotzdem marschierte Walter auf Phil Mory zu. Thomas Raven sah die beiden kommen.
„Ah, ich denke, da wollen zwei Abenteurer Fragen stellen zur neuen Schiffsklasse, Phil. Ich muss Ewa Bescheid geben, dass Peter und Lea gleich kommen, sonst habt ihr einen Admiral weniger." Thomas grinste schief und eilte, seine Gattin über den Umstand der Familienzusammenführung zu informieren.
„Stört es, wenn ich neugierig zuhöre?", fragte Laura.
„Aber nein", winkte Walter ab und sah Phil Mory fragend an.
Der schmächtige Engländer und der unbestritten beste Ingenieur AGUAs nickte Walter und Cynthia zu: „Ich habe mir Gedanken gemacht, wie wir einigermaßen komfortabel mit einem Raumschiff reisen, welches die bisher bekannten künstlichen Wurmlöcher von sechs Metern Durchmesser passieren können."
„Das Schiff muss ja auch durch die Gänge auf SUAM gelangen", warf Laura ein.
„Genau", bestätigte Phil. „Bisher ist uns das mit Arrows und den Sphären gelungen. Beides sind aber für sich allein keine Fluggeräte, in denen man mehrere Tage verbringen möchte oder auch kann."
„Ich bin jetzt wirklich gespannt", gab Laura zu. „Aus der Zeichnung von Phil ist schon so manches tolle Schiff entstanden. Wir würden heute nicht hier stehen, ohne seine Erfindungen."
Phil war die Lobhudelei etwas unangenehm. Die vornehme englische Zurückhaltung kam mit so etwas schlecht klar. Ein Schulterklopfen vom Admiral, dazu ein „Gut gemacht, Phil", reichte ihm vollkommen.
„Die Idee kam mir, als ich hier in der Natur eine Raupe beobachtete. Daher auch der Name dieses Spezialschiffes: Eruca-Klasse."

Walter konzentrierte sich auf den Schiffsbauingenieur und der führte fort: „Wir können nicht, noch nicht, frei agieren. Am besten ist es immer, wenn wir bestehende Komponenten verwenden."
Das war Walter klar. Selbst die ASF HOKA bestand aus Teilen der D-Klasse, einem Standard-Warrier der MANCHAR und einer großen Doppelspindel der KRATAK. Irgendwo waren auch erbeutete TRAX-Kästen in die Konstruktion eingebaut worden.
„Hier spielte die geringe Größe eine wichtige Rolle. Wir haben uns daher für Sphären entschieden."
„Sphären?", fragte Laura. „Sphären, also mehrere?"
Phil gab der Vertreterin von Admiral Raven Recht: „Es sind fünf hintereinander angebrachte Sphären. Die Verbindung ist ein Schlauch und kann etwas auseinandergefahren werden, damit es biegsam ist – für die Höhlen auf SUAM. Wir haben die Triebwerke abgeflacht und auf jeder Einheit so angebracht, dass es je zwei davon gibt und diese versetzt angeordnet sind, damit sie sich nicht gegenseitig im Weg sind. Eine der Kugeln ist für die Technik und Antrieb – die hintere. Die vordere ist das Kommandomodul. Die Schwerkraft wurde so beibehalten, dass das Schiff liegend auf einem Planeten richtig für die Nutzung ist. Bedeutet also, dass die Eruca auf AGUA waagerecht stehen muss, damit alles richtig angeordnet ist. Die mittleren drei Kugeln beherbergen Wohn- und Schlafraum, Kantine und Fitness sowie Ausrüstung."
„Wow", machte Cynthia. „Das nenne ich genial. Ein absolut angepasstes Schiff. Ich bin gespannt, wie man darin fliegt und lebt."
„Das wird ein Unterschied sein zum Luxus von Luigis D-Klasse", versuchte Walter seine Partnerin auf den Boden der Tatsachen zurückzuholen.
„Und wenn schon", gab sie zurück. „Abenteuer erlebt man selten auf Luxusschiffen."
„Das Schiff ist geprüft und einsatzbereit", sagte Phil. „Ihr könnt es abholen."
Walter und Cynthia bedankten sich auch hier. Anschließend mischten sie sich unter das Publikum.

16:00 Uhr:

Langsam schwebte eine Sphäre ein. Dort kamen Peter Ralen mit seiner Frau Lea Heinley – und vielleicht noch jemand? Ewa war an der Seite ihres Mannes und entsprechend aufgeregt. Die übrigen Gäste fragten sich, was denn der Grund war, warum man hatte warten müssen. Nicht, dass es eine Zumutung gewesen wäre, jeder hielt sich gern hier auf, aber die Neugierde war doch groß. Die Sphäre schwebte ein und setzte in geringer Entfernung auf. Ewa drängelte sich ein wenig vor und jeder ließ die Frau gern durch. Die Sphäre öffnete sich und Lea sowie Peter traten daraus hervor. Ewa ging ihnen entgegen: „Herzlich willkommen. Ich freue mich so." Ewa wusste, dass Peter sich zu erklären hatte, daher nahm sie ihn kurz in die Arme und dann Lea in Beschlag. Sie zog die sehr rothaarige Frau zur Seite. Lea hatte kaum Gelegenheit, allen zuzuwinken.

„Ich freue mich, dass ihr zurück seid. Die Kinder?" Ewa erkundigte sich nach der knapp neunjährigen Britt und der dreijährigen Rose.

„Hatten wir bei Inara zurückgelassen", sagte Lea. „Inara ist eine sanfte Seele und die beiden Mädchen sind gern bei ihr."

„Das kann ich gut verstehen. Wenn ihr mal, also ich würde auch gern …"

„Das nächste Mal, Ewa."

„Was habt ihr denn, äh, die Leute sind hier sind neugierig."

„Und du nicht?", scherzte Lea.

„Doch auch", gab Ewa lächelnd zu.

Lea grinste: „Das ist so witzig!" Sie begann zu lachen und versuchte das zu unterdrücken. Sie hielt die Hand vor den Mund, und Ewa sah, wie sich ihre Augen mit Tränen füllten – allerdings mit Lachtränen. Die ganze Gestalt von Lea bebte.

„Nu sag schon", Ewa wurde ungeduldig.

Lea lachte leise weiter: „Nö, ich verderb dir nicht die Show! Sieh zu und versuch, nicht allzu laut zu lachen!" Lea prustete noch mal und drehte sich dann weg. Ewa war insofern beruhigt, dass es offensichtlich kein Problem gab. Sie schaute auf das, was Peter trieb. Er war schnurstracks zum Admiral marschiert und grüßte in diesem Augenblick militärisch. Der Admiral gab den Gruß zurück.

„Die LEFT HAND meldet sich vom Routineeinsatz von SONA-PRIME zurück, Admiral!"

Für Ewas Geschmack waren die Worte ihres Sohnes etwas zu laut.

„Willkommen im ARES-System, Captain!"

„Danke, wir haben …", Peter führte eine Hand zum Mund und tat so, als müsse er sich räuspern. Thomas erkannte aber, dass sich Peter sehr

zusammenreißen musste, um nicht laut loszulachen. Thomas hob eine Augenbraue.
„Die SONA haben eine Botschaft für …“, Peter führte wieder die Hand vor den Mund und gluckste.
„Jaaa“, sagte der Admiral.
„Ja, äh, für **Jan den Ersten**!“
Nun war es raus und Peter wirkte erleichtert.
Thomas machte die Augen weit auf und musste dann hören, dass jemand sagte: „Das wäre dann wohl ich!“ Jan Eggert kam würdevoll, oder das, was er dafür hielt, zum Admiral ge…, äh, …schritten.“
„Jan, der Erste“, kam es ziemlich fassungslos über die Lippen des Militärführers.
„Nun ja“, sagte Jan, der jetzt vor Thomas stand. „Ehre, wem Ehre gebührt.“
„Selbstverständlich“, sagte Peter mit dem ganzen Rest-Ernst, den er im Moment hatte zusammenkratzen können. Auch seine Augen schimmerten verdächtig feucht.
Peter drehte sich zur offenen Schleuse der Sphäre um und rief: **„Jan, der Erste, ist bereit!“**
„Bereit? Bereit wofür?“, fragte Jan jetzt doch etwas nervös.
„Man wird sehen“, sagte Peter, dann wedelte er mit der Hand und hielt sie sich anschließend wieder vor dem Mund.
Aus der Sphäre kamen zwei SONA geschritten. Ein Mann und eine Frau. Traditionell geizte die Frau mit Stoff, der ihre perfekte goldene Haut nur sehr unzureichend bedeckte. Sie lächelte ja noch andeutungsweise, der SONA-Typ schien zum Lachen in eine Grube unterhalb seines Kellers zu gehen. Er verzog keine Miene. Sie schritten bis auf fünf Meter auf Jan zu und der sah die beiden Vertreter dieser Spezies skeptisch an.
Der Typ hielt eine Folienrolle hoch und las ab: „Die Raaji Kummaree und ihr Berater Salakar geruhen demnächst, sich auf verschiedenen Planeten die Ehre zu geben.“
„Ach“, machte Jan und verstand das Gesagte gerade mal akustisch.
„Zu diesem Zweck wird das SONA-System für ein paar Wochen ihre Abwesenheit zu bedauern haben.“
„Ja, äh, und was habe ich damit zu tun?“ Jan sah vom SONA-Mann zur SONA-Frau.

„Jan, der Erste, ist Raaja-sup. Er hat damit die Ehre, aber auch die Pflicht, die Raaji während ihrer Abwesenheit würdig zu vertreten."

„Hä?" Jan sah urplötzlich so aus, als hätte man ihm 90% seiner Gehirnmasse entfernt.

„Wir freuen uns, dem Raaja-sup, Jan, dem Ersten, zu dienen", half die weibliche SONA Jan geistig etwas auf die Sprünge.

Plötzlich begannen seine Augen zu leuchten: „Ich bin dann König von SONA?"

„Ich bin nicht ganz sicher, ob diese Bezeichnung es zu 100 Prozent trifft, aber temporär wird Jan, der Erste, über das Volk der SONA bestimmen", bestätigte der Humorlose.

„Ab wann soll das sein?", fragte der Admiral.

Die SONA verbeugte sich etwas in Richtung des Admirals: „Der Raaji ist bekannt, dass Jan, der Erste, etwas Vorbereitungszeit benötigt. Der Vertreter kann den Beginn der Besuchsserie bestimmen, da der ehrenwerte Captain der LEFT HAND den Transport unserer Raaji und ihrem Partner zugesagt hat."

Thomas Raven drehte sich zu seinem Ziehsohn: „Hat er das?"

Peters Feixen verschwand augenblicklich: „Es erschien mir logisch. Wir besuchen unsere Verbündeten ebenfalls. Lea, als deine Botschafterin, könnte …"

„Ist gut, ist gut, ist genehmigt, Peter", beschwichtigte der Admiral den Wust von Rechtfertigungen.

Peter schwieg erleichtert.

Jan drehte sich zu den erstaunten bis fassungslosen Zusehern um und hob beide Arme: „Ihr wollt doch nicht schon diesen herrlichen und sagenumwobenen Ort verlassen. Das muss dringend gefeiert werden. Einer von euch im Adelsstand! Ich brauche einen Mundschenk! Johann, laufe er und suche …"

Carson Cunningham drehte sich zu den restlichen Veteranen von 2014: „Jetzt dreht er komplett durch!"

Nina, Jans Frau, wusste gar nicht, was sie dazu sagen sollte. Völlig apathisch schaute sie einfach geradeaus.

Ron knurrte: „Ich liebe ihn. Ich liebe ihn wie einen Bruder. Aber manchmal geht er mir sowas von auf den Sack!"

„Ron!", ermahnt ihn Anna, konnte aber selbst das Lachen kaum unterdrücken. Die Show war einmalig.

„Ist doch wahr", maulte Ron.

Die Mehrheit wusste schlicht nicht, wie sie sich zu verhalten hatte. Dann ergriff einer das Wort, von dem man es eher nicht erwartet hätte: Chapawee Paco.
Der Sioux hob beide Arme und sprach: „Meine Gefährten, hört auf meine Worte, ich bitte euch. Ein Volk, eine ganze Spezies, legt ihre Geschicke in die Hände eines von uns. Mehr Ehre geht nicht."
Jan bekam große Augen und rein gefühlsmäßig war er um mindestens 20cm gewachsen, sein Gewicht hatte sich um einen halben Zentner vermehrt und der Brustumfang …
„Ich fordere euch auf, meine Gefährten, diese Tatsache in Würde gemeinsam zu gedenken und zukünftig den Enkeln an den Feuern darüber zu berichten. Lasst uns diesen denkwürdigen Tag zusammen verbringen mit dem heiligen Rauch des Kalumets und …
„Mit Alkohol, viel Alkohol", donnerte Ron mit hochrotem Kopf dazwischen. Ein paar lachten und Chapawee drehte sich zum General: „Gegen eine geringe Verwendung von Feuerwasser ist nichts einzuwenden, mein Bruder ohne Skalp."
„Von wegen gering", ereiferte sich Ron, während andere mit Vergnügen diesem Wortgefecht folgten.
Thomas griff ein: „In der Tat sehe ich auch ein großes Vertrauen, was unserem Jan da entgegengebracht wird. Jedem, der nicht unbedingt nach Hause muss, stelle ich es frei, an der sehr würdigen Feier, nicht wahr Jan, teilzunehmen."
Jan Eggert nickte im Akkord.
„Jan kann noch Leute einladen, ich verständige Hank!"
Der Berichtende spart sich dieses Mal eine Beschreibung der Feierlichkeiten. Es sollte vielleicht erwähnt werden, dass die beiden SONA einen Teil der Adjutanten darstellten, die auch auf Jans Sicherheit zu achten hatten.
Die Frau hieß Salabrina und der humorlose Mann war Okular.

3. Spuren

20.04.2152, 09:30 Uhr, BRAIN-TOWERS:

Dr. Anna Svenska sah von ihrem Schreibtisch auf. Grund war, dass sie sich plötzlich nicht mehr allein fühlte. Ihre Bürotür stand fast immer offen und da ihre Hilfe heute nicht anwesend war, konnte man durch den Vorraum, der natürlich ebenfalls offenstand, direkt zu ihr gelangen. Die Chefin von BRAIN-TOWERS und Präsidentin der Neuen Menschheit in Personalunion wollte das so. Und es kam auch niemand zu ihr, der nicht einen triftigen Grund dafür hatte.

Anna sah hoch und lächelte. Dieser Besucher hatte keinen besonderen Grund und war dennoch immer willkommen.

Es handelte sich um Einstein, den Maine-Coon-Kater von Rosa-Samantha Ralen, richtigerweise von Frau Dr. Rosa … und so weiter.

Für einen Feliden-Vertreter war Einstein ein Gigant. Hatte nicht Rosa-Samantha letztes Mal berichtet, dass der Kater bereits über 13 Kilogramm wog? Anna war das herzlich egal. In ihrem Büro packte der Kater immer den Schmusetiger aus und wollte ausgiebig gestreichelt werden. Zielstrebig ging er auf Anna zu und rieb sich an ihren Beinen. Anna ließ sich nicht lange bitte. Einstein stellte immer eine erfreuliche Ablenkung dar. Ihr Job an der Spitze der wissenschaftlichen Einrichtung und gleichzeitig als Präsidentin war manchmal öde, manchmal aufregend, aber immer anstrengend.

Anna griff mit beiden Händen in das seidige Fell und der Kater begann zu schnurren.

„Störe ich euch?"

Anna sah hoch. Die Besitzerin des Feliden stand in ihrer Tür.

„Rosa! Nein, natürlich nicht. Komm, lass uns einen Tee oder sonst was trinken."

Anna und Rosa-Samantha verband eine innige Freundschaft. Anna war dankbar für ein wenig Abwechslung. Die älteste Tochter des Admirals war eine sanfte und intelligente Erscheinung und damit eine sehr freundliche Person. Anna hätte die junge Frau immer um sich haben können. Sie war einfach angenehm.

Anna bemühte sich beim Wechsel zur Sitzgruppe die Streicheleinheiten für den fast schwarzen Kater nicht zu vernachlässigen. Einstein folgte ihr auf Schritt und Tritt.

„Rosa, würdest du bitte für die Getränke sorgen?"

Rosa lächelte, als sie die etwas gebückte Freundin, wegen des Katerkraulens, beim Gang zur Sitzgruppe beobachtete. „Ich hol uns was. Wie immer?"

Anna bestätigte und kurz darauf genossen beide einen Tee.

Sie sprachen ein wenig über private Dinge und dann erkundigte sich Anna nach dem ÜR-Scanner. Rosa-Samanthas derzeitiges Forschungs-

projekt war die Verbesserung des von ihr entwickelten Überraumscanners. Mit diesem Gerät konnten Schiffe ein anderes im Überraum verfolgen. Es war nur logisch, dass die oberste ASF-Leitung ein entsprechendes Gerät auf den DEEP SPACE OBSERVERN der OPEN HORIZON REVENGE im Einsatz sehen wollten. Bisher war die Raumstation auf tief im Raum gestaffelte DSOs angewiesen, um einigermaßen frühzeitig von bevorstehendem Besuch zu erfahren. Das war, speziell wenn die Besucher über so etwas wie den FALL OUT ZERO SPEED verfügten, eine etwas unbefriedigende Angelegenheit.
Mit anderen Worten und so hätte es Jan Eggert ausgedrückt, konnte jeder Besucher mit der Tür ins Haus fallen. Da war es logisch, dass Brigadier Admiral Roy Sharp darauf drängte, etwas mehr Reaktionszeit zur Verfügung zu haben. Und das lag in den sanften Händen von Dr. Rosa-Samantha Ralen.
„Was macht dein Projekt?“, fragte Anna dann schließlich.
Rosa-Samantha schüttelte den Kopf: „Ich bedaure, wenn ich nach der Entwicklung des ÜR-Scanners nicht gleich liefern kann. Der Unterschied liegt einfach in der Entfernung. Eine Schiffsverfolgung kann stattfinden, wenn es sofort geschieht. Hier bei der O.H.R. reden wir von ganz anderen Entfernungen. Bei der Schiffsverfolgung haben wir bereits eine Spur, der wir nur folgen müssen. Bei der O.H.R. müssen wir mit viel Glück weit ins Leere detektieren. Das ist nicht so einfach. Und im Moment stagniert meine Arbeit auch.“
„Warum?“
Rosa-Samantha hob beide Arme: „Einfach keine Ideen mehr, wie ich weitermachen soll.“
„Hmm“, Anna stellte das Streicheln des Katers sehr zu dessen Missfallen ein. „Vielleicht brauchst du mal eine andere Aufgabe? So um den Kopf mal mit etwas anderem zu beschäftigen?“
Einstein hatte sich erhoben und stand nun mit beiden Vorderpfoten auf den Beinen von Anna.
„Ja, mein Guter“, reagierte diese und streichelte den Kopf des Tieres.
„Was soll ich tun?“, fragte Rosa-Samantha.
„Gestern hat mich ein gewisser Jan Eggert daran erinnert, dass er schon vor einiger Zeit so ein violett strahlendes Material hier abgeliefert hat. Kommt von TÜRKIS, wie er sagte. Er hatte es den GENAR abgejagt. Diese KHARI haben es für die GENAR abgebaut. Jan meint, dass Zeugs müsste doch für irgendwas gut sein.“

„Interessant“, reagierte Rosa-Samantha. „Vielleicht wäre es wirklich gut, wenn ich mal in eine andere Richtung forsche. Ich lass mir aus dem Lager mal eine Probe bringen.“
„Schön“, freute sich Anna.
Sie schlürften ihren Tee und Anna nahm das Streicheln der Katze wieder auf.
„Sag mal“, begann Anna. „Nicht, dass ich deine Besuche bei mir nicht schätze, aber hattest du einen bestimmten Grund, warum du gekommen bist?“
Rosas Augen wurden ein Stück größer: „Hab ich jetzt doch glatt vergessen. Ja klar. Mich bewegt die Frage, nachdem die GENAR geschlagen sind, ob Rita nicht die ACASPA-Datei wieder herausrücken will oder kann.“
Jetzt war es an Anna, die Augen weiter zu öffnen: „Du willst mir jetzt erklären, dass da bisher niemand dran gedacht hat?“
„Offensichtlich ist das so“, bestätigte Rosa-Samantha. „Die Datei war für uns hier im TOWER zugänglich. Es wäre logisch, dass man uns bei einer Neuauflage wieder berücksichtigt.“
„Unbedingt“, versicherte Anna und dachte nach. „Hast du danach gesucht?“
„Ja“, erzählte Rosa. „File not found!“
„Oh“, machte Anna.
„Ja, oh“, wiederholte Rosa-Samantha.
Anna stand ruckartig auf und Einstein schaute entsetzt und frustriert hinter ihr her, als sie zu ihrem Schreibtisch eilte.
„Rita müsste im Haus sein. Ihre Speichereinheiten sollen analysiert werden.“
Rosa-Samantha war bekannt, dass man versuchen wollte, hinter das Lernprogramm zu kommen. Es war tatsächlich nicht so einfach, logisch und sicher handelnde Robots mit entsprechenden KIs auf die Beine zu stellen. Dabei wusste niemand, wie viel Echela in dieser Einheit steckte. Daher war Rita besonders interessant.
Anna drückte auf die Taste für die hausinterne KOM-Anlage: „Rita bitte umgehend zur Leitung.“
Es dauerte zwei Minuten, dann stand Rita im Raum.
„Eine kurze Frage, Rita“ begann Anna. „Die ACASPA-Datei, die du damals gelöscht hast. Können wir die, nachdem der Grund weggefallen ist, jetzt wiederhaben?“

Die Antwort der Androidin kam nicht sofort.
Anna reagierte augenblicklich: „Ich ordne hiermit an, dass du uns diese Datei wieder zur Verfügung stellst!“
„Das ist nicht möglich“, antwortete die Droidin.
„Warum?“, wollte Anna wissen.
„Der Löschvorgang war damals absolut und unwiederbringlich. Die Dateien wurden von den Speichereinheiten absolut gelöscht. Meine Order war, die Datei für immer zu löschen.“
Anna sah Rosa-Samantha an. Diese nahm den letzten Schluck Tee: „Kann man nichts machen. Ich hole mir dann das violette Zeugs.“

21.04.2152, 09:00 Uhr, AGUA, BRAIN-TOWERS:

Walter hatte es nicht besonders eilig. Das Jahr 2152 schien nach den Wirren von 2151 und den wüsten Kampfhandlungen um O.H.R. und VENDORA einigermaßen ruhig und entspannt zu verlaufen. Da er einen nicht geringen Teil im letzten Jahr mitgetragen hatte, betrachtete er sein jetziges Engagement halb als Abenteuer und halb als Freizeitbeschäftigung, so quasi Erholung. Er war dem Admiral für die Genehmigung dankbar. Walter knobelte gern an Sachen herum und versuchte diesen auf den Grund zu gehen. Wenn er dabei Cynthia in der Nähe hatte, umso besser. Walter saß mit seiner Partnerin in einem der offenen Buggys, den mit den dicken Ballonreifen, unterwegs nach BRAIN-TOWERS.
Es war herrlich, mal etwas anderes zu sehen als die staubigen Wüsten von VENDORA. Seine Augen waren so viel Grün überhaupt nicht mehr gewohnt.
Cynthia hatte darauf bestanden, dass Walter das leichte Kraftfeld, welches mehr als Windschutz vorn gedacht war, abschaltete. Die übergroßen Sonnenbrillen ließen sie eher wie Touristen aussehen und nicht wie ernstzunehmende Militärs. Das blonde Haar der Französin wurde vom Wind ordentlich durchgewirbelt und sie genoss es. Bei Walters raspelkurzem Haar hatte der Wind hingegen keine Chance. Walter drückte das Energiepedal nur sachte durch und das Paar genoss diese entschleunigte Fahrt durch die Natur AGUAs. Der Weg war in der Tat wenig befahren. Man nutzte für derlei Entfernungen lieber Sphären. Das war schneller und auch bequemer. Der Weg war lediglich durch die dicken Reifen etwas festgefahren und bestand stellenweise aus einem

geschotterten Weg. Überall versuchte die Natur, sich das Terrain zurückzuerobern. Hin und wieder kreuzte ein Tier ihren Weg. Und es war wie immer: Die Lebewesen von AGUA starrten einen Augenblick auf die ihnen völlig unbekannte Lebensform, dann flohen sie. Hin und wieder hörte man das protestierende Schräpen der gesangsuntalentierten Vogelwelt. Nach gut einer Stunde waren sie da und fuhren bis kurz vor den Haupteingang.
„Walter Steinbach und Cynthia Parlett“, sagte eine Stimme, als sie das Foyer betraten. „Die Leiterin von BRAIN-TOWERS wird verständigt. Ihr werdet gebeten, dem Lotsen zu folgen.“
Der schon bekannte kleine Karren schoss aus seiner Bereitschaftsposition hervor und fuhr zum Lift. Cynthia und Walter betraten ebenfalls das Beförderungsmittel und nach recht kurzer Zeit standen sie wieder auf einem der Flure und folgten dem Lotsen.
„Hallo.“ Dr. Anna Svenska kam hinter ihrem Schreibtisch hervor, als ihre Besucher das Büro betraten. Walter registrierte im Raum zwei weitere Personen, die beide von der Sitzgruppe aufstanden. Einer davon sah etwas aristokratisch aus, der andere war zweifellos einer der Wissenschaftler im Hause, erkennbar am weißen Kittel. Die andere Person interessierte auch Cynthia. Der Mann war mittleren Alters und alles schien relativ normal an ihm. Etwa 178cm groß, braune Augen, mittelbraunes Haar, buschige Augenbrauen und einen recht gewaltigen Schnäuzer und entgegen der allgemeinen Mode ausgeprägte Koteletten an den Wangenseiten bei einem fein geschnittenen Gesicht. Dazu ein fast schon arrogant wirkender Ausdruck. Gekleidet war er in einem dunklen Einteiler, der mit leichten Nadelstreifen sogar elegant wirkte. Oben als Weste und darunter ein blütenweißes Hemd. Eine dünn gebundene Fliege schloss das Outfit ab.
„Ich darf euch meinen Kollegen Matthew Cornell vorstellen. Matthew, das sind Cynthia Parlett und Walter Steinbach, Mitglieder der ASF.“
Cornell, der Mann im Kittel, grüßte etwas zurückhaltend, aber durchaus höflich.
„Matthew hat das Programm eures Begleiters entwickelt und wir sind neugierig, was daraus geworden ist. Vielleicht, Matthew, stellst du deine Entwicklung einmal vor.“
Walter dämmerte, dass der Schnäuzerträger ihr Begleiter sein würde.
„Wir haben dieses Mal, um die Ergebnisse nicht zu verfälschen, darauf verzichtet, diesen Androiden als solchen auch erkennbar zu machen“,

begann Cornell mit hoher Stimmlage. „Er ist gleichzeitig auch eine Maschine, die aufzeichnen und berichten kann. Wie immer in diesen speziellen Fällen geben wir den Androiden eine Geschichte. Ich darf euch Dr. Harry Pommerton vorstellen.“

Der Androide nickte leicht und sagte dann mit angenehmer Stimme: „Dr. Harry W. Pommerton bitte!“

„Natürlich, lieber Pommerton, natürlich“, entschuldigte sich Cornell und dieser Androide hob tatsächlich eine Augenbraue.

„Was ist seine Geschichte?“, fragte Cynthia und wandte sich an Anna.

„Er ist ein britischer Rechtsanwalt aus dem 19. Jahrhundert, der in London seine Kanzlei hatte und für seine Akribie bekannt war und auch dafür, dass er selbst ermittelte, wenn ihm staatliche Organe zu langsam oder ineffektiv erschienen“, erklärte die Leiterin von BRAINTOWERS. „Er wird uns aus der Ich-Perspektive anschließend berichten. Wir alle sind sehr gespannt, was die Androiden der letzten Generation draufhaben.“

Cornell wandte sich an den Androiden: „Das sind Walter Steinbach und Cynthia Parlett. Es sind für die nächsten Wochen deine Führungsoffiziere. Du hast das Programm der ASF auf deinen Speichern. Versuch nützlich zu sein und lerne.“

Der Androide nickte zuerst Cynthia und dann Walter zu: „Mylady, Mylord, es wird mir eine Ehre sein.“

„Mylady, so hat mich noch niemand genannt“, sagte die Französin überrascht.

„Ich habe mich mit den Gepflogenheiten der damaligen Zeit in London beschäftigt“, sagte Pommerton. „Es war damals durchaus üblich, den Damen auf diese Weise Hochachtung zu zollen.“

„Hmm“, sagte Cynthia. „Dann zoll mal weiter.“

Walter grinste: „Können wir ihn gleich mitnehmen? Ist er über die Einsatzdetails informiert?“

Walter sah erst Anna, dann diesen Cornell an, aber Pommerton antwortete: „Mylord, sprechen Sie mich bitte direkt an, wenn es um meine Person geht. Selbstverständlich bin ich über die Vorhaben bestmöglich informiert. Ich habe zusätzlich alles an Informationen aus den üblichen Quellen herausgezogen, was mir relevant erschien. Darüber hinaus bin ich, zumindest hier auf AGUA, ständig mit dem Droiden-Netz verbunden und kann weiterhin recherchieren. Ich bin bereit.“

Walter stutzte einen Augenblick, dann begann ihm die Sache Spaß zu machen. Ein recht eigenwilliger Androide. Das mochte was geben. Nun, man würde ein wenig durch die Wurmlöcher reisen und sehen, ob sich etwas ergab. So gefährlich wie letztes Jahr würde es wohl nicht werden.
Walter unterlag da einem schweren Irrtum.
Als sie gehen wollten, setzte der Androide eine Melone auf und griff zu einem Regenschirm. Dazu nahm er einen Aktenkoffer an sich und stellte sich so in Positur. Walter sah Anna fassungslos an, aber diese zuckte lediglich mit den Achseln: „Gehört mit zu Dr. Harry W. Pommerton."

Die Rückfahrt lief so ab, dass Pommerton sich auf der Ladefläche hinter dem zweisitzigen Buggy festhalten musste. Nachdem sie in GC angekommen waren und alle neben dem Gefährt standen, richtete der Androiden seine Worte an Walter: „Wenn Mylord bei nächster Gelegenheit einen mehrsitzigen Buggy ordern würde, wäre ich ihm sehr verbunden."
„War es unbequem?"
„Darum geht es nicht, Sir. Es ist unwürdig, wie ein Gepäckstück transportiert zu werden."

<u>23.04.2152, 11:00 Uhr, AGUA, GC, Raumhafen:</u>

Walter hatte beim Raumhafenleiter eine Sphäre für den Flug zur Werft geordert. Diese stand nun am Rande des Landefeldes und wartete auf die Passagiere. Ein bisschen peinlich war es Walter schon, mit einem Typen, der in Nadelstreifen nicht mal als Androide erkennbar war, gesehen zu werden. Zu allem Überfluss trug dieser noch einen komischen Hut und einen Regenschirm, sowie eine Aktentasche. Wozu um alles in der Welt benötigte man auf AGUA einen Regenschirm? Hier regnete es höchstens drei bis vier Mal im Jahr tagsüber. Die drei verschwanden in der Kugel.
„Werft, Mond DREI", befahl Walter der KI das Ziel und die Schleuse verriegelte sich. Sekunden später startete die Kugel und flog senkrecht durch AGUAs Atmosphäre. Der Flug zum Mond dauerte nach den letzten Luftschichten nur noch Minuten, dann tauchte die Kugel wie ein Geschoss in die unterirdische Werftanlage ein. Irgendwo passierte

sie ein Kraftfeld und die Anzeigen für die Umwelt draußen zeigten Grünwerte: passable Temperatur und atembares Gas. Die KI der Sphäre hatte den genauen Landeort abgefragt und exakt dort setzte sie auch auf.
Als Walter, Cynthia und ihr Begleiter ausstiegen, wurden sie von Phil empfangen. Einen Bruchteil einer Sekunde wirkte Phil unsouverän, als er nämlich Pommerton erblickte.
„Mein Name ist Dr. Harry W. Pommerton“, sagte der Droide, steckte sich den Regenschirm unter die Achsel des Arms, mit dem er seine Aktentasche festhielt und lupfte seine Melone kurz. „Ich begleite Mylady und Mylord zurzeit.“
„Äh, ja, interessant“, meinte Phil, dann sah er Walter und Cynthia an. „Lasst uns zur Eruca gehen.“
Phil winkte und jemand fuhr eine kleine Zugmaschine mit Anhängern vor, die zum Personentransport gedacht waren. Es verhielt sich anschließend so, dass sich Walter und Cynthia, sowie Phil und der Droide gegenübersaßen. Die Fahrt war nur kurz und allzu viel bekamen die Besucher nicht zu sehen. Allerdings war das Spezialfahrzeug von Phil sehenswert. Da standen fünf schwarze Kugeln jeweils hintereinander auf je drei Teleskopstützen. Die Kugeln berührten fast den Boden. Zwischen den Kugeln gab es zylinderartige Verbindungselemente, denen man schon ansah, dass sie beweglich waren. Die Elemente sahen aus wie Balgengeräte früherer Art. Jedes Element war dabei etwa einen Meter lang, aber wie Phil berichtete, konnten es bei Dehnungen auch gut doppelt so viel sein. Gleichzeitig dienten sie als Übergang von einer Kugel zur nächsten. Walter und Cynthia waren überrascht, wie geräumig das Ganze aufgebaut war. Ihre Wohnanlage mit Couch und Bett konnte sich sehen lassen. Genauso der Gemeinschaftraum mit Replikator und Kantinenbereich.
„Zugang nur vorn in der Kommandokapsel“, erklärte Phil. „Das Schiff lässt sich steuern, als wäre es aus einem Stück. Die KI hilft entsprechend nach und in engen Gängen kommen Abstandskraftfelder zum Einsatz. Falls es zu eng werden sollte, habt ihr vorn Laser zur Verfügung, die die eine oder andere Felsecke wegbrennen können. Ansonsten ist die Steuerung selbsterklärend und mündliche Kommandos an die KI jederzeit möglich.“
„Ich könnte meine Fertigkeiten ebenso zur Verfügung stellen“, bot sich Dr. Harry W. Pommerton mit einer leichten Verbeugung an.

„Schön, schön“, bemerkte Cynthia dazu.
Phil sah wieder einmal irritiert den Begleiter des Paares an und fuhr dann fort, die Eruca-Klasse vorzustellen.
„Sind mehrere dieser Schiffe geplant?“, erkundigte sich Walter.
Phil zuckte mit den Achseln: „Wenn Thomas welche haben will? Wir warten jetzt erst einmal eure Erfahrungen damit ab. Dann sehen wir weiter. Schließlich müssen wir ja wissen, wohin uns die Wurmlöcher bringen und wie viele es davon gibt. Haben wir einen Nutzen davon, diese Klasse vielleicht auch noch zu erweitern? Ich kann's nicht sagen, Walter.“
Phil strebte dem Ausgang zu: „Das Schiff ist gecheckt und fertig für den Start. Ihr könnt sofort los.“
Walter hob eine Hand zum Abschiedsgruß und Phil drehte sich auf dem Weg nach draußen noch einmal um: „Ihr müsst einen Namen wählen und euch damit bei Mond DREI anmelden.“
„Okay“, winkte Walter zurück.
Phil sprang aus dem Neubau und ließ ein ratloses Paar zurück.
„Wie sollen wir das Gebilde denn nennen?“, fragte Cynthia.
Walter musste zugeben, dass er so auf die Schnelle auch keine Idee hatte.
„Darf ich eventuell einen Vorschlag äußern?“, fragte der mechanische Begleiter unvermittelt.
„Ich höre“, sagte Walter nur.
„Aufgrund der Form und wie sich der Flieger bewegen kann, halte ich ‚CHAIN‘ für angemessen.“
Walter und Cynthia sahen sich an.
„Gut“, sagte die Französin. „Wir wollen schließlich nicht den Rest unseres Lebens darin verbringen. CHAIN ist für mich in Ordnung.“
Walter nickte dem Androiden zu: „Okay, wir nehmen deinen Vorschlag an.“
Pommerton senkte leicht sein Haupt: „Ich fühle mich geehrt.“
„Plätze einnehmen“, ordnete Walter an. Sie betraten den vorderen, den Kommandoteil. Ganz vorn waren nebeneinander zwei Sitze angebracht – ziemlich mittig. Dahinter jeweils rechts und links vom Gang, zwei weitere um 90 Grad nach außen versetzt. Walter setzte sich vorn rechts auf den Pilotenplatz, Cynthia daneben, Pommerton versetzt hinter der Französin.
„KI! Abflugcheck?“, fragte Walter.

Eine raue Männerstimme antwortete: „Alle Werte auf Grün – abflugbereit.“
„Eintrag fürs Log-Buch: Der Name dieses Schiffes wird auf ‚CHAIN‘ festgelegt.“
„Verstanden und eingetragen!“
„Funkkanal zur Basis auf Mond DREI öffnen.“
„Kanal ist offen.“
„Hier spricht Walter Steinbach. Ich rufe Basis Mond DREI. Wir haben den Neubau gerade von Phil Mory übernommen.“
„Hier Basis. Wir wissen Bescheid.“
„Bitte tragt den Namen ‚CHAIN‘ ein.“
„Der Name wurde uns soeben von der KI eures Schiffes mitgeteilt.“
Walter hob eine Augenbraue. Das Droiden-Netz war wieder einmal schneller gewesen.
„Wir bitten um Starterlaubnis. Landeort AGUA, Raumhafen!“
„Ihr habt Starterlaubnis. Guten Flug!“
„Danke und Ende“, sagte Walter und die KI unterbrach die Verbindung automatisch.
„KI, starten und bring uns hier raus. Außerhalb übernehme ich das Ruder“, ordnete Walter an.
„Verstanden“, antwortete die KI.
Die CHAIN begann leicht zu vibrieren, dann hob sie ab. Schnell ging es durch die unterirdischen Giganthallen, dann durch den Startkanal.
„Automatischer Flug wird abgebrochen. Bitte bereithalten für manuelle Übernahme in fünf, vier, drei, zwei, eins, jetzt!“
Walter hatte den Joystick für die Richtung in der rechten Hand und die Schubregler in der linken. Kurz orientierte er sich, wo AGUA stand, dann ging es los.
„KI! NAV-Hilfe Raumhafen GRACELAND-City!“
Übergangslos erschien vorn auf dem runden und durchsichtigen Panoramaausguck ein roter Pfeil. Es war nur eine Sache von Minuten, dann raste die CHAIN durch die Atmosphäre von AGUA.
„Darf ich mich nach dem weiteren Ablauf unseres Vorhabens erkundigen?“, fragte Pommerton vom Rücksitz aus.
„Wir holen ein paar Sachen und Ausrüstung, dann brechen wir zur O.H.R. auf. Dort machen wir Station und dann ab nach STEPPENWOLF“, gab Walter zurück.
„O.H.R. scheint mir ein Mehraufwand zu sein“, warf Pommerton ein.

„Uns treibt keiner. Wir besuchen alte Freunde und wollen mit ihnen vielleicht eine Mahlzeit einnehmen und über vergangene Zeiten sprechen“, klärte ihn Cynthia auf.
„Dann ist unsere Reise auch ein soziales Erlebnis“, stellte Pommerton fest.
„Wenn du so willst, ja“, bestätigte die Französin und der Androide gab sich damit zufrieden.
„Was ist da denn los?“, fragte Cynthia eine Minute später überrascht und zeigte nach vorn.
„Ich weiß auch nicht“, antwortete ihr Partner.
15 Minuten später war es Gewissheit. Sie standen auf dem Raumhafen von GC, die Schleuse stand offen und es regnete draußen in Strömen.
„Ich darf sicherlich vorgehen“, bemerkte Pommerton und wartete die Genehmigung gar nicht erst ab. Er drängte sich vorbei und hielt zuerst seinen Regenschirm nach draußen, dann ging er die kurze Gangway hinab.
„Wenn ich bitten dürfte“, sagte der Androide und hielt auffordernd den Regenschirm über den Ausgang. Walter schob seine Liebste voran und ging dicht hinterher. Sie hatten sich alle unter den Schirm des Androiden versammelt und liefen so zum Raumhafengebäude.
Walter fiel auf, dass es eigentlich ganz schön windig war und normalerweise hätten sie trotz des Schirms schon mächtig nass sein müssen. Außerdem war der Durchmesser des Schirms nicht groß genug, dass alle drunter passten. Misstrauisch schielte Walter nach oben und tatsächlich hörte der Regen etwa einen Meter über dem Schirm auf und die Glocke, die das Gerät erzeugte, hatte einen Durchmesser von mindestens drei Metern. Dazu kam noch das Kraftfeld. Walter sah den Droiden mit dem ‚Regenschirm‘ plötzlich mit anderen Augen. So rückständig und antiquiert, wie er wirkte, war er bestimmt nicht. Er konnte sicherlich mit einigen Überraschungen aufwarten.

24.04.2152, 10:15 Uhr, Bordzeit, ALBATROS, SONA-System:

Die LEFT HAND war schon vorgestern losgeflogen. Peter und Crew sollten die Raaji und Salakar, bestimmt auch Janina, während ihrer Visiten transportieren. Eine der ersten Stationen war MANCHAR.
Die Freunde von Jan hatten ihn selbstverständlich nicht im Stich gelassen. Sie wollten unbedingt erleben, wie sich Jan als König machte.

„Ich freue mich, Kummaree, den ollen Salakar und mein Patenkind wiederzusehen", äußerte Jan und grinste wie ein Breitmaulfrosch.
„Diese Freude wird dem Raaja-sup nicht zuteilwerden", äußerte Okular, der zur Verdrießlichkeit neigende SONA-Bote und jetzt Adjutant von Jan dem Ersten.
„Was? Wieso? Warum nicht?" Das Grinsen aus Jans Gesicht war schlagartig verschwunden.
„Das Gesetz sagt, dass ein amtierender Raaja-sup keinesfalls gleichzeitig mit einem Raaja oder einer Raaji auf SONA-PRIME weilen darf."
„Warum? Was soll dieser Quatsch?", begehrte Eggert auf. Man hatte ihm eben kräftig ins Süppchen gespuckt.
„Es könnte zu Kompetenzstreitigkeiten kommen", sagte Okular steif.
„Das ist Quatsch. Die rechtmäßige Raaji hat immer mehr zu sagen, als ich", warf Jan ein.
„Das Gesetz will es so und außerdem ist die Raaji bereits abgereist."
Jan ballte eine Faust: „Elli? Ist die LEFT HAND im System?"
„Dein Adjutant hat Recht", antwortete Elli. „Ich detektiere die LEFT HAND nirgends. Sie wird bereits unterwegs sein."
„SCHEISSE!"
„Diese Äußerung geziemt sich nicht für den Vertreter der Raaji", legte sich Okular fest. Allerdings hatte er da den Falschen für seine Rüge ausgewählt. Mit Schwung stand Eggert auf und hielt dem SONA seinen Finger genau unter die arrogante Nase: „Niemand verbietet mir hier das Wort – an Bord meines eigenen Schiffes!"
„Und auf SONA-PRIME?", Okular wich etwas vor dem Finger zurück und starrte gleichzeitig auf diesen.
Jan nahm den Finger herunter. So konnte er sich dort natürlich in seiner Eigenschaft als Raaja-sup nicht geben: „Ich, äh, nehme mich dann etwas zurück."
„Ich begrüße dieses Ansinnen und warum hier nicht schon einmal üben, bevor es dann zu spät ist?", fragte Okular mutig. Der Finger hob sich und er wich noch etwas weiter zurück.
Jan wandte sich seiner Partnerin zu: „Nina, Schätzelein, ich möchte mich anmelden."
Die Schwarzhaarige wollte gerade antworten, als ihr Okular in die Parade fuhr: „Es ist unter der Würde des Raaja-sup, sich selbst anzumelden. Ich werde das übernehmen."

Jan bekam große Augen und hörte, wie der SONA mit der Raumüberwachung sprach: „Nein, kein Aufhebens, wir landen direkt vor der Stadt. Wir brauchen Transportfahrzeuge für den Raaja-sup und sein Gefolge."
Während Jan noch am Begriff ‚kein Aufhebens' zu knabbern hatte, schnaubte Carson: „*Gefolge!*" Dem Schotten schwante es, dass der Aufenthalt auf SONA-PRIME ganz anders sein würde, als es sich Jan vorgestellt hatte.
„Die Fahrzeuge werden in etwa anderthalb Stunden bereitstehen", wandte sich Okular direkt an Carson. „Wir brauchen also nicht eher zu landen."
Carson war weit davon entfernt, irgendwelche Befehle von dieser Spaßbremse entgegenzunehmen. Er sah lediglich Jan an, aber der nickte nur. Der Schock betreffend des Aufhebens, also keines davon, steckte noch tief. Das würde nichts mit einem rauschenden Empfang. Der Raaja-sup kam wie ein Bote wahrscheinlich über den Hintereingang in den Palast. Carson drehte sich zu den Kontrollen und bremste die ALBATROS scharf ab. Man wollte keinesfalls zu früh kommen und dann auch noch mit der Tür ins Haus fallen.
„Ich kann es kaum abwarten, die eine oder andere Stadt der SONA zu besuchen", quälte sich Jan wieder aus seinem seelischen Tief nach oben.
„Zunächst steht die Vorstellung des Hofrates an", stellte sich ihm Okular jetzt schon in den Weg.
„Ich kenne den Begriff Hofnarr, aber nicht Hofrat", begehrte Jan auf.
„Hofnarr ist mir unbekannt, obwohl ich mir denken kann, was der Raaja-sup meint", antwortete Okular. „Der Hofrat ist dazu geschaffen, den mit den Regentschaften ungeübten Raaja-sup davor zu bewahren, Fehler bei der Ausübung seines Amtes zu machen."
„Also eine Art Gouvernante?" Jan riss die Augen auf. Das konnte ja heiter werden.
„Es sind 27 Personen damit betraut und jeder ist bedacht, den Raaja-sup so gut es geht zu leiten."
Johann feixte und sagte in seinem merkwürdigen Alpenländer Akzent: „Puppet on a String!"
Jan kochte leise vor sich hin und als er beim Landeanflug lediglich eine Fahrzeugkolonne warten sah, begrub er seine Hoffnungen auf einen rauschenden Empfang. Die ALBATROS landete sanft mit Hilfe der

Antigrav-Triebwerke und so standen die Fahrzeuge auch noch dort, als Jan und seine Crew ausstiegen. Okular hatte zuvor einen skeptischen Blick auf einen goldenen und halbhohen Droiden in merkwürdiger Kleidung geworfen, der einen riesigen Käfig trug.

Jan hatte seinem Adjutanten sofort den Wind aus den Segeln genommen: „Parker und Scrat gehören zu meinem Gefolge, verstanden? Ich reise niemals ohne sie und der Raaji war dieser Umstand bekannt."

Okular sagte nichts dazu, aber auch nichts dagegen.

„*Der hochgelobte Raaja-sup schleicht sich in einer Art Nacht- und Nebelaktion in den Palast*", zischte Jan und Nina sah ihren Mann mitfühlend an. Das war so gar nicht nach dem Geschmack von Jan dem Ersten. Jan nahm sich vor, das Beste daraus zu machen und Kummaree und Salakar ein paar Takte dazu zu erzählen, wenn man sich wiedersah. Das machte ihm jetzt schon keinen Spaß mehr. Trotzdem konnte er sich das doch nicht anmerken lassen. Sie stiegen in eine Art Bus und Okular und Salabrina stiegen in eins der vorderen Fahrzeuge.

Jan sah nach vorn: „Da steht er, der Palast. Unser Domizil für die nächsten Wochen. Ich freue mich darauf, dort zu wohnen und von den oberen Zinnen auf das Volk der SONA zu blicken."

Nina begann zu klatschen und der Rest tat ihr den Gefallen und applaudierte mit.

Jans Lippen zogen sich in die Breite. Die Kolonne rückte an und näherte sich dem Palast. Als sie knapp davor waren, öffnete sich ein breites Tor und Jan, der ganz vorn in dem automatischen Gefährt stand, empfand ein tiefes Gefühl der Befriedigung. Dieses Gemäuer war einem Raaja-sup, also ihm, würdig. Er drehte sich zu seinen Gefährten und wieder kam Applaus auf. Jan verbeugte sich und dankte huldvoll, dabei strahlte er übers ganze Gesicht. Die Kolonne fuhr in einen mäßig beleuchteten Tunnel und Jan erwartete, dass der Bus irgendwann anhielt. Tat er aber nicht. Nach etwa 70 Metern sahen sie wieder das Tageslicht. Ihr Beförderungsmittel war unter dem Palast wieder herausgekommen und Elli zeigte an Jan vorbei nach vorn. Jan ahnte Unheil, als er sich langsam umdrehte. Seine Augen wurden größer. Der Bus fuhr auf ein Gebäude zu, welches man auf der ERDE im 20. Jahrhundert mit Sicherheit abgerissen hätte – zumindest dort, wo gerade kein Krieg herrschte. Knapp drei Stockwerke hoch und vielleicht 30 mal 30 Meter. Die Fenster waren schief und auch die Tür hatte schon mal mehr Farbe gesehen – das meiste war abgeblättert. Das

Dach sah nicht so aus, als könne es erfolgreich das Regenwasser abhalten, dafür war es mit Vogelkot übersät.

Jan fiel die Kinnlade herunter, als der Bus hielt. Zweifellos waren sie am Ziel.

Als sich die Tür öffnete, stürmte Jan nach draußen. Der Rest seiner Truppe blieb zunächst im Gefährt, konnte aber ohne große Probleme die Schreierei draußen mitverfolgen. Jan stürzte auf den Wagen von Okular zu und riss den Schlag auf. Mit einer Hand zeigte er auf das windschiefe Gebäude und verschwand fast mit dem Kopf im Fahrzeug.

„**Ist das etwa die Unterkunft des Raaja-sup?**“

Okular quetschte sich neben dem aufgeregten Jan aus dem Fahrzeug.

„Es ist in letzter Zeit wenig benutzt worden“, gab er zu.

„**Hat es denn in den letzten Jahren keinen Raaja-sup gegeben?**“

„Keinen, der von außerhalb kam. Die SONA Raaja-sup haben weiterhin von ihrem eigenen Heim residiert“, erklärte Okular.

„**Bei einer solchen Bruchbude kann ich das gut verstehen**“, ereiferte sich Jan.

„Wir haben alles gereinigt“, verteidigte sich der SONA. „Und sicher ist das Gebäude auch.“

Die Truppe um Jan war mittlerweile ausgestiegen.

„**Wo ist das Personal?**“, wollte Jan wissen.

„Es gibt keins. Der Raaja-sup hat doch genug Leute um sich“, sagte Okular und sah auf Jans Begleiter.

„**Was?**“

„Ich gehe vor“, teilte Okular mit, ging damit weiteren Diskussionen aus dem Weg und strebte der Tür zu. Diese widersetzte sich ein wenig der Öffnung. Sie klemmte. Quietschend und knarrend, es hörte sich wie Protest an, gab sie dann nach.

Jan überlegte tatsächlich einen Augenblick, den Aufenthalt auf SONA hier und jetzt abzubrechen, aber er dachte an Kummaree und Salakar, sowie Janina. Er durfte sie nicht enttäuschen. Vorsichtig folgte er Okular und der Rest seines Trosses folgte. Jan betrat sein Interimsdomizil äußerst vorsichtig. Nicht vorsichtig genug, denn die Bodendielen knarrten beängstigend. Mit entsetzten Augen inspizierte er im Erdgeschoss einen Raum nach dem anderen. Überall roch es muffig. Ungelüftet und wahrscheinlich auch etwas feucht – keine gute Zusammensetzung.

„In zwei Stunden hole ich den Raaja-sup ab“, teilte Okular mit. „Die Vorstellung des Hofrates steht an.“ Mit diesen Worten verließ Okular,

Salabrina hatte sich gar nicht erst hineingetraut, das Gehöft des Raajasup und es geschah eine Spur zu schnell – und es sah nach Flucht aus.
Jan ließ die Schultern hängen und sah auf den Boden. Seine Freunde schauten ihn an und Nina hatte Mitleid mit ihm. Er hatte es gut vorgehabt und sicherlich war ihm der Spaß für alle wichtig gewesen und nicht nur sein eigenes Vergnügen. Auch wenn Jan manchmal den Eindruck machte, dass er unbedingt im Mittelpunkt stehen wollte, niemals würde er zulassen, dass seine Freunde, sein gesamtes Umfeld, am Rande stehen würden. Das, was die SONA jetzt mit ihm machten, war nicht fair.
„Ich, äh …“, begann Jan zögerlich und sah dabei auf und einen nach dem anderen an, „… hatte mir das irgendwie anders vorgestellt. Da lediglich ich in der Pflicht bin, schlage ich euch vor, nehmt Nina und die ALBATROS und lasst mir die Alpha und Parker hier. Ich komme, wenn die Sache hier erledigt ist. Es tut mir leid, dass ich euch hier hineingezogen habe.“
Carson räusperte sich langsam: „Ich weiß jetzt gerade nicht, Jan, wie du deine Freunde einschätzt. Wir sind in den letzten zig Jahrzehnten mit dir durch dick und dünn gegangen und nicht selten haben wir unser Leben riskiert. Dies hier, ist gerade mal vielleicht unangenehm. Meinst du, dann laufen wir weg und lassen dich im Stich?“
Jan atmete durch: „Ich will euch das einfach nicht zumuten.“
„Wenn wir hier was zugemutet bekommen, dann von den SONA“, gab Sam zurück. „Wie siehst du das Elli?“
Die Partnerin von Johann sah sich kurz um: „Wir müssen hier lüften!“
„Wir brauchen vielleicht ein paar Sachen aus der ALBATROS“, sagte auch Arzu. „Dann machen wir hier das Beste draus. Wir haben uns. Das wollten wir doch, als wir uns ein Schiff vom Admiral erbaten, oder?“
„Wir hob’n was zum Schaffen bis zur Gemütlichkeit“, sagte dann auch Johann im besten österreicher Slang.
„Ich zieh mir ’en Joint mehr rein“, stellte Bob fest. „Dann geht das.“
Alle sahen Alma an und wollten natürlich wissen, was die Schwedin dazu meinte.
Die blonde Frau von Carson zuckte lediglich mit den Schultern: „Wieso reden wir überhaupt. Wir lassen Jan hier nicht allein. Los, wir müssen Quartiere für uns suchen und wirklich lüften.“

Sie durchsuchten anschließend das gesamte Haus und hatten tatsächlich in der obersten Etage etwa zehn Räume gefunden, in denen man schlafen und wohnen konnte. Dabei war auch ein großer Raum, in dem man sich gemeinsam treffen konnte.
Nach zwei Stunden hörte man unten die Tür quietschen. Offenbar kam Okular, um mit Leichenbittermiene den Raaja-sup abzuholen. Jan forderte alle auf, still zu sein. Sie setzten sich um den Tisch und hörten Okular rufen. Niemand antwortete. So dauerte es geschlagene 15 Minuten, bis der SONA sie endlich fand. Er sagte dann auch nichts, als er in der Tür stand. Jan stand wortlos auf und folgte ihm – wie ein Opferlamm zur Schlachtbank.
Als sie draußen waren, nahm sich Elli den Droiden Parker vor: „Hör zu, Parker. Wir brauchen ein paar Sachen. Du läufst zur ALBATROS und packst alles in die Alpha. Damit landest du dann hier im Innenhof. Und noch was: Du lässt dich von niemandem davon abhalten! Wenn man dich daran hindern will, bist du autorisiert, verhältnismäßige Gewalt anzuwenden. Hast du das verstanden?"
„Das habe ich", bestätigte Parker. „Was wird hier benötigt?"
Elli begann. Und wie nicht anders zu erwarten, waren unter den ersten Gegenständen Essen, Getränke, Musikanlage, Bettwäsche, Kleidung und die Liste war lang. Nun Parker hatte ein ausgezeichnetes Gedächtnis – so als Droide. Nach zehn Minuten war Elli mit der Aufzählung fertig und Parker schob ab.
Jan kam nach drei Stunden wieder und war fix und fertig.
„27 Hofschranzen begrüßen, sich deren Leistungen anhören, zum Kotzen", urteilte Jan, als er die dritte Etage betrat.
„Wir haben etwas vorbereitet", sagte Nina und schob Jan ins Gemeinschaftszimmer. Dort war ein kaltes Büfett aufgebaut, Carson schaltete leise Musik ein und Jan sah zu seiner Freude reichlich Getränke auf einem Seitentisch stehen.
„Wir grüßen den Raaja-sup", konnte sich Carson nicht verkneifen zu bemerken und Jan verzog das Gesicht.
„Ich habe tolle Freunde", stelle er fest.
„Die hast du", bestätigte Johann und zog ihn an den Tisch.

25.04.2152, 08:10 Uhr, CHAIN, Kommandobrücke:

Vor etwa einer Stunde hatte Walter den Androiden Dr. Harry W. Pommerton im Pilotensitz abgelöst und seit etwa 15 Minuten saß auch sein Morgenmuffelchen neben ihm und versuchte die Augen aufzuhalten. Pommerton saß wieder hinter ihr.
„Ich bin tatsächlich schon einmal schlechter gereist", versuchte Walter das erste zarte Morgengespräch.
„Hmmpf", war nicht so die Antwort, die er sich erhofft hatte. Cynthia brauchte morgens so die eine oder andere volle halbe Stunde, bis sie aufnahmefähig war, was Lebensmittel und Worte betraf. Walter tat das, was jeder liebende Partner macht, er tat es als liebenswerte Schrulle ab und akzeptierte die Französin so, wie sie eben war. Sie hatte halt andere Vorzüge.
„Wir kommen in ein paar Sekunden aus dem Überraum und werden die Station etwa zwei Millionen Kilometer vor uns haben", meldete Pommerton vom Rücksitz.
„Ah", machte Cynthia und ihre Augen fielen nicht gleich wieder zu.
Dann war es soweit.
„Unbekannte Raumschiffe um die O.H.R herum", berichtete Pommerton.
Walter leitete sofort die Bremsaktion ein und sah auf die schematische Übersicht, die ihnen aufs HUD auf den Frontschirm projiziert wurde. Ihr Androide hatte Recht. Drei unbekannte Raumschiffe hatten die O.H.R. eingekreist. Die Anzeigen sagten jedoch aus, dass die O.H.R. keinen Schutzschirm aufgebaut hatte. Die Energieanzeigen waren völlig innerhalb eines ruhenden Status. Auch die fremden Raumschiffe strahlten kaum Energie ab. Walter atmete auf – zunächst. Es sah nicht danach aus, als ob die Raumstation angegriffen wurde oder angegriffen worden war. Allerdings war der Teufel ein Eichhörnchen und das wusste auch Walter.
„Cynthia, funk die O.H.R. an und bitte um Landeerlaubnis."
„Ähm, ja, okay ..."
Cynthia gähnte und beschäftigte sich dann mit der Funkkonsole.

Vier Stunden vorher, O.H.R., Captains-Suite:

Ein feines Summen weckte den leichten Schläfer, Brigadier Admiral Roy Sharp, aus seinem Schlaf. Er machte in wenig Licht und schaute neben sich. Seine Frau Sue lag neben ihm. Sie hatte sich gewünscht, zusammen mit den Kindern Oliver, knapp acht Jahre, und Lilla, gerade mal ein Jahr, ein paar Wochen auf der Raumstation in der Nähe ihres Mannes zu verbringen. Mittlerweile bot gerade der öffentliche Teil in der MONTREAL allerlei Kurzweil und auch Beschäftigungsmöglichkeiten für den Erstgeborenen. Die beiden Kinder hatten extra Räume, die über einen kleinen Flur erreicht werden konnten. Als Brigadier Admiral bewohnte Roy eine recht große und luxuriöse Unterkunft auf der OTTAWA.

Sue Wong war immer noch so weit Militär, dass sie auch vom leisen Weckton wach wurde.

Sie öffnete die Augen und nickte ihrem Mann zu.

Roy seufzte, aber der leise Ton ließ keinen Angriff auf die O.H.R. befürchten. Der Wachhabende wusste, dass Roy seine Familie bei sich hatte und wollte nicht über Gebühr stören.

„KI! Verbindung zur Brücke nur Audio!“

„Eingerichtet!“

„Hier Roy, was gibt es?“

„Wir detektieren drei unbekannte Raumschiffe im Anflug auf die O.H.R., Brigadier Admiral. Die runden Schiffe sind 350 Meter im Durchmesser und etwa 40 Meter hoch. Die Anfluggeschwindigkeit ist gering. Sie werden in etwa einer Stunde hier sein.“

„Diese Geschwindigkeit lässt auf einen friedlichen Kontaktversuch schließen“, mutmaßte Roy Sharp.

„Das denke ich auch, daher der dezente Weckversuch“, gab der Bereitschafter von der Brücke zurück. „Ich hoffe, dass ich nicht den Rest der Familie …“

„Meine Frau ist wach“, sagte Roy schmunzelnd.

„Oh, das tut mir leid“, kam es von der Brücke.

„Sie ist Mutter eines fast einjährigen Kindes. Sie wäre von viel leiseren Dingen geweckt worden. Also kein Problem – ist so und der Alarm war okay. Schließlich ist das unser erster Fremdkontakt. Ich komme gleich.“

„Verstanden!“

Roy stand auf und sah aus den Augenwinkeln, dass seine Sue ebenfalls das Bett verließ.

„Willst du schon aufstehen?"

Sue grinste ihn an: „Wir haben einen Erstkontakt und ich soll hier weiterschlafen, Roy? Der Droide hier im Apartment wird mich verständigen, wenn Lilla wach wird. Oliver kann sich selbst melden, wenn er uns braucht. Ich bin Captain, schon vergessen, mein Liebster?"

Das hatte Roy natürlich nicht. Allerdings sah er seine Frau in letzter Zeit eher als Mutter. Er musste sich das dringend abgewöhnen. Das wurde seiner Sue Wong nicht gerecht.

„Geh vor, ich dusche. Ich löse dich dann auf der Brücke ab", sagte sie und verschwand mitsamt ihrer langen und schwarzen Haarmähne in Richtung Bad.

Roy zog sich etwas an und verließ die Suite. Auf den Fluren der OTTAWA, um diese Bordzeit mit halber Kraft beleuchtet, begegnete ihm niemand. Man hatte ganz bewusst darauf verzichtet, mit allen Nachteilen, das Schiff rund um die Uhr in voller Besetzung zu halten. Im Alarmfall würde das eventuell die eine oder andere Minute bringen, aber die Nachteile im täglichen Ablauf wären gigantisch. Es gab auf jeder erforderlichen Station eine Bereitschaft und der Begriff ‚erforderlich' war durchaus eng zu sehen. Schwungvoll betrat Roy die Brücke und der Bereitschafter stand auf.

„Sitzenbleiben", ordnete Roy an und setzte sich, als er den Mittelpunkt erreicht hatte, wie selbstverständlich auf den XO-Platz.

„Keine Veränderung, aber wir haben die Kontaktdatei zurückerhalten. Die KI arbeitet daran."

„Wird immer besser", antwortete Roy. Die Kontaktdatei konnte von den DSOs, also dem Leuchtfeuer, heruntergeladen werden. Darauf konnte man die eigene Sprachsyntax aufbringen und anschließend kurz vor Erreichen der O.H.R. diese abschicken. So war eine Verständigung erst möglich. Wenn die KI den Code verstanden hatte, wurden die Chips in den Köpfen der Besatzung nachprogrammiert und man konnte sich unterhalten. Ein weiteres Zeichen dafür, dass die Fremden an einer friedlichen Koexistenz interessiert waren – wenn deren Logik nicht völlig konträr zu der der MENSCHEN stand.

„Trotzdem, es nützt nichts. Ich brauche die Brückencrew hier", bedauerte Roy und wählte die Benachrichtigungsart aus. Seine Crew bekam Teilalarm mit abgespeckter Akustik in die Unterkünfte gespielt.

„Sollen wir das PENTHOUSE informieren?“, fragte der Bereitschaftshabende.
„Ich denke, das wäre ein Grund“, gab Roy zurück. „Aber das wird gleich Trixi machen. Du kannst deinen Platz schon mal räumen. Ich übernehme. Ich stelle es dir frei, die Brücke zu verlassen oder hier zu bleiben.“
„Einen Erstkontakt lasse ich mir nicht nehmen“, versicherte der Mann, stand aber sofort auf und zog sich auf einen der Notsitze am Rand des Rundes zurück.
Als Nächstes betrat Captain Sue Wong die Brücke.
„Keine Veränderung. Sie haben den Sprachcode geschickt, unsere KI arbeitet daran. Brückencrew auf Teilalarm, müsste gleich kommen. Ich bin duschen!“
„Übernehme die Brücke“, sagte Sue Wong und setzte sich. Dann beschäftigte sie sich mit den Anzeigen.
Nacheinander trafen Helen Drum, Trixi Baines, Tib Miller, Reena Grant, Dario Brunner, Tobias Wolter und Alea Summers ein. Sue erklärte ihnen die Lage und in Anbetracht der morgendlichen Stunde gab es keinen Diskussionsbedarf. Außerdem waren die Vorgänge für einen derartigen Erstkontakt bereits festgelegt und die Fremden folgten, bewusst oder unbewusst, dem optimalen Verlauf.
20 Minuten später war Roy wieder da.
„Keine Veränderung. Sie kommen weiterhin mit geringer Geschwindigkeit auf uns zu“, meldete Sue ihrem Mann.
Roy reagierte: „Trixi, Alpha Drohne mit Bericht an das ARES-System!“
„Was soll die Drohne übermitteln?“
Roy sah zur hageren Blonden. Sie wirkte noch etwas müde, trotzdem.
„Trixie, du bist alt genug. Übermittel das, was wir wissen und ab damit. Was der Admiral daraus macht, ist sein Ding.“
Es dauerte und Trixi schickte die Drohne los. Anschließend, eine weitere halbe Stunde später, gab die KI Grünwerte für die Übersetzung, nach weiteren fünf Minuten waren die Chips mit der fremden Sprache vertraut. Jetzt brauchten die Fremden nur näherkommen. Wie sie wohl aussahen, fragte sich Hellen Drum. Bisher hatte sie ja schon einiges gesehen, aber der Weltraum hielt bestimmt noch mehr Möglichkeiten parat.

Nach einer weiteren halben Stunde befahl Roy Sharp, die Präsidentin des interstellaren Völkerbundes zu wecken. Suli-Ko erschien auf dem Übersichtsschirm. Sie weilte, wo auch sonst, in ihrer Suite.
„Wir haben einen Erstkontakt, Suli-Ko", wurde sie von Roy informiert. Anschließend bekam sie einen Bericht der bisherigen Abläufe.
„Das sieht nach einem Volltreffer aus, Roy", sagte Suli-Ko. Eigentlich müsste sie erfreut darüber sein, man sah es ihr aber nicht an.
„Möchtest du zur Brücke kommen?", fragte Roy.
„Dir stehen die ersten Worte zu", lehnte Suli-Ko ab. „Du bist der Hausherr. Lass mich hier an diesem Terminal teilhaben. Ich denke, wir werden die Fremden hier auf der Station empfangen. Das ist dann mein Part."
„Okay, wie du möchtest", reagierte Roy. „Lass dein Terminal eingeschaltet, Alea wird es von hier aus steuern." Mit den letzten Worten drehte er sich zu der jungen Offizierin um. Diese hob lediglich eine Hand. Das Zeichen dafür, dass sie mitgehört und verstanden hatte.
„Alea, Funkkanal einrichten. Ich möchte mit den Fremden sprechen!"
„Aye, BA", antwortete die Frau und tippte auf ihrem Tableau herum.
Roy achtete auf den Übersichtsschirm. Wegen verschiedentlicher Technik, die nicht auf Anhieb kompatibel sein mochte, konnte das Prozedere dauern. Es dauerte drei Minuten, bis die KI den Technikausgleich geschafft hatte. Ein Bild entstand. Roy war aufgestanden und er, sowie sein Gegenüber, nahmen sich Zeit für eine Begutachtung.
Roy mochte das Individuum am ehesten als Panther bezeichnen. Allerdings mit viel größeren Ohren. Das Individuum hatte Augen wie die Menschen von silberner Farbe. Überall, wo eine scheinbar leichte Kleidung die Gestalt nicht bedeckte, war dunkles Fell zu sehen, was seidig glänzte. Der oder die Fremde öffnete leicht den Mund und es waren scharfe Eckzähne zu sehen. Als Roy genauer hinsah, erkannte er, und er hatte es schon fast erwartet, Schnurrbarthaare. Eine Größe konnte unter diesen Bedingungen nicht abgeschätzt werden, weil Vergleichsgrößen als Bezug fehlten. Der Fremde konnte 50cm oder fünf Meter groß sein, womöglich drunter oder drüber.
„Ich bin Roy Sharp, gehöre der Spezies MENSCH an und bin Kommandant dieser Station, der OPEN HORIZON REVENGE. Die Raumstation ist Teil des INTERSTELLAREN VÖLKERBUNDES. Ich heiße euch, wenn ihr in friedlicher Absicht kommt, herzlich willkommen."

Der oder die Fremde lauschte den für sie fremden Klängen und erfasste das Gesagte. Dann kam die Antwort: „Ich bin Sulakidan von den Spezies der TENDUA. Mir unterstehen als Grufü diese drei Sternenkreuzer. Wir hörten eure Botschaft und sind gekommen, uns persönlich ein Bild zu machen. Sind wir auf dieser Station willkommen?"
„Jeder, der ohne Waffen kommt, ist uns willkommen", sagte Roy. „Wir legen Wert darauf, dass diese Station als neutrale Zone zu verstehen ist, ganz gleich, wie die Besucher zueinanderstehen. Kommt ohne Waffen und seid uns willkommen. Es ist nötig, ein Bei- oder Landungsboot zu nehmen. Wir senden euch einen Peilstrahl. Unsere Umweltbedingungen sind für euch erträglich?"
„Es wird für unsere Verhältnisse ein wenig warm sein, aber es wird gehen. Wir danken für den freundlichen Empfang. Wir werden mit fünf Individuen kommen."
Sulakidan hob beide Hände, dann war der Bildschirm wieder leer.
„Suli-Ko mitgehört?"
„Andockring C, wie üblich?"
„Genau so", antwortete Roy. „Ich glaube, es gibt Arbeit für euch!"
„Ich wecke die Mitglieder des BUNDes und begebe mich zum Andockring C."
„Ich werde ebenfalls kommen", sagte Roy zu. Die Verbindung wurde beendet.
„Trixie, weitere Alpha-Drohne nach Thomas. Sue, du hast die Brücke."
Roy stand auf, winkte Reena und beide verließen die Brücke.
30 Minuten später traf man sich vor dem Zugang zum Andockring C.
Roy begrüßte die Präsidentin der BUNDes: „Bist du aufgeregt?"
„Nein", antwortete Suli-Ko und als sie ahnte, dass diese Antwort keinesfalls befriedigend für den Stationskommandant war, fügte sie hinzu: „Es gibt keinerlei Anzeichen für eine eskalierende Situation. Die Raumschiffe der TENDUA erscheinen mir technisch weit fortgeschritten. Ich habe große Hoffnungen, dass wir unserem BUND ein weiteres und auch potentes Mitglied hinzufügen können. Einzig die Größe der Individuen ist mir noch nicht klar. Das wird sicherlich interessant sein."
Roy schmunzelte. Er war aufgeregt und er hielt diese Emotion für völlig normal. Suli-Ko schien weitgehend abgebrüht in solchen Situationen.
„Wie sollte das weitere Prozedere aussehen?", wollte Roy wissen. Er war für die Sicherheit verantwortlich und Suli-Ko für die Beziehungen

neuer Allianzen. Schließlich wollte auch Reena, die Sicherheitschefin stand neben ihnen, wissen, ob und welche Sicherheitsmaßnahmen sie einleiten sollte. Ein Scan nach Energiewaffen stand außer Frage und weil man eben die körperliche Präsenz der TENDUA nicht einschätzen konnte, schaute Reena gespannt auf das Zusammentreffen.
„Nach der Begrüßung hier auf dem Ring lade ich die TENDUA zu uns in den Ratssaal ein. Wir sollten vordringlich abklären, ob die TENDUA lediglich als Besucher auftreten wollen oder tatsächlich einem Beitritt zum BUND nicht abgeneigt wären. Im zweiten Fall rege ich an, dass man die Besucher die MONTREAL besichtigen lässt. Ohne Begleitung und vielleicht Beobachtung undercover oder über Kameras. Sollten sie Interesse am BUND haben, wollen wir natürlich Einiges von ihnen wissen und wahrscheinlich auch umgekehrt."
„Ich darf daran erinnern", Roy war es unangenehm, sowas zu wiederholen, aber es war wichtig, „dass keinerlei Hinweise auf die Koordinaten unserer Heimatwelten gegeben werden sollen."
„Mein lieber Roy", Suli-Ko sah den Brigadier Admiral lächelnd an. „Daher betreiben wir hier mitten im Nichts diese Station."
„Entschuldige bitte, Suli-Ko. Ich weiß, dass dir solche Fehler nicht unterlaufen. Daran wollte ich nicht zweifeln. Du bist im Rat aber nicht allein und ich weiß nicht, ob alle so intelligent sind und sich auch jederzeit im Griff haben."
„Ich werde meine Kollegen und Kolleginnen nochmals darauf hinweisen und genau hinhören", versprach die GENUI.
Roy Sharp war beruhigt. Er hatte noch einmal darauf hingewiesen und mehr konnte er jetzt wirklich nicht tun.
„Sie kommen", sagte in diesem Augenblick die Sicherheitschefin der O.H.R.
„Brücke an BA. Das Beiboot hat einen Durchmesser von acht Metern und ähnelt dem Basisschiff. Ihr müsstet es jetzt bereits sehen können."
„Hier BA. Wir haben es gesehen. Haltet die Kameras auf uns gerichtet."
„Hatten wir sowieso vor", funkte ihm seine Partnerin zurück.

O.H.R., Brücke:

„Kontakt“, meldete Alea Summers.
Sue schaute etwas überrascht auf die junge Frau: „Wochenlang passiert gar nichts und jetzt zwei Besucher in kurzer Zeit?“
„Das Schiff sendet einen Code. Es ist eins von den unseren. Eruca-Klasse“, sagte Alea.
Sue warf noch einen Blick auf die Kamera des Andockring C. Noch waren die TENDUA nicht gelandet.
„Was um Himmels willen ist eine Eruca-Klasse? Hat das schon mal jemand gehört?“ Sue sah sich um, aber alle schüttelten den Kopf.
„Die Spezifikationen werden mitgesendet. Ich schalte sie auf den Schirm“, sagte Alea.
Kurz darauf schauten alle ziemlich fassungslos auf den Schirm.
„Was soll das denn darstellen?“, fragte Hellen Drum.
Alea hatte die schriftlichen Details vorliegen: „Das Schiff ist dafür konzipiert, durch die künstlichen Wurmlöcher zu fliegen. Fünf Sphären variabel hintereinander gekoppelt. An Bord sind Walter Steinbach und Cynthia Parlett, sowie ein Androide. Sie haben die Aufgabe, über STEPPENWOLF eine Kontrolle der künstlichen Wurmlöcher vorzunehmen.“
„Stell ich mir nicht ganz bequem vor an Bord eines solchen Unikums“, sagte Daria Brunner. Gleichwohl war er gespannt, wie der Flieger von innen aussah.
„Wir werden gerufen“, teilte Alea mit.
„Wie üblich, bitte“, ordnete Captain Sue Wong an.
Kurz darauf waren nebeneinander der deutsche Vorzeigeoffizier und seine französische Partnerin zu sehen.
„Hallo zusammen“, wählte Walter eine wenig förmliche Anrede. Sie sollte ausdrücken, dass er nicht gerade in eiliger militärischer Mission unterwegs war. „Wie ich sehe, habt ihr schon Besuch.“
„Wir haben einen Erstkontakt und sind momentan etwas beschäftigt, Walter“, antwortete Sue. „Was können wir für euch tun?“
„Wir hätten ganz gern einen Tag auf der O.H.R. verbracht, Freunde getroffen und gut im FÜRALLE gegessen. Nichts Dolles also, Sue. Wir reisen etwas beengt und daher möchten wir auf dem Weg nach STEPPENWOLF eine Zwischenstation einlegen.“

Sue überlegte und Alea regte an: „Die CHAIN, so heißt das Schiff, könnte gleich in die MONTREAL hineinfliegen. Außenladeraum XC17 wäre geeignet dafür. Ich schicke dem Androiden den Plan für eine Suite. Dann kann er sie führen."
Bevor Sue antworten konnte, machte das Walter: „Eine ausgezeichnete Idee und wir wollen wirklich nicht stören."
Sue richtete die nächsten Worte an die CHAIN: „Willkommen auf der O.H.R. Achtet auf ein Peilsignal nach XC17. Vielleicht sieht man sich."
„Wir danken", Walter hob eine Hand zum Gruß, dann war die Verbindung gekappt.

Andockring C:

Die Acht-Meter-Scheibe hatte etwa zehn Meter vor dem Begrüßungskomitee aufgesetzt. Eine Schleuse hatte sich geöffnet und Reena schätzte die Größe der Besucher. Wenn sie sich nicht sehr stark bücken mussten, dann sollten sie nicht größer als maximal zwei Meter sein.
Dann erschienen die TENDUA im Schleusenraum.
Roy und Suli-Ko gingen ihnen entgegen, Reena hielt sich knapp dahinter.
Tatsächlich waren die Besucher von der Größe eines MENSCHEN.
„Ich, Roy Sharp, begrüße die TENDUA auf der OPEN HORIZON REVENGE", sagte Brigadier Admiral Roy Sharp, „Bist du …?"
Die fünf Besucher standen keilförmig vor Roy und Suli-Ko. Das vordere Individuum öffnete den Mund und die Sprache hörte sich ein wenig heiser an: „Ich bin Sulakidan, Grufü dieses Verbandes an Sternenkreuzern und ich danke." Abwartend blieb das Wesen stehen.
Reena beobachtete genau. Die raubkatzenartige Erscheinung erweckte so schon den Eindruck, dass eine gewisse Gewandtheit bei den Bewegungen vorhanden sein müsse. Reena ließ sich nicht täuschen – diese gab es wirklich. Die Kleidung bestand aus einem grauen Overall, der Teile der Brust und des Oberkörpers zusammen mit den Armen freiließ. Reena sah oben im Brustbereich die Ansätze von, Brüsten (?) herausschauen. Reena schaute genauer hin und als das Wesen sich leicht drehte und auf die Begleiter hinwies, war zu erkennen, dass sich neben dem oberen Brüste-Paar noch zwei weitere darunter befanden. Daraus schloss Reena, dass es sich um eine Weibliche der TENDUA handeln musste und dass Mehrlingsgeburten normal waren. Der Be-

richtende ist sich nicht sicher, ob die Bezeichnung ‚Fell', bei einem Intelligenzwesen korrekt ist. Starke Körperbehaarung würde es nämlich nicht treffen. Sie waren schon recht dicht, diese Haare, und bei der Grufü in einem samtigen Schwarz. Die übrigen Teilnehmer changierten von dunkel- bis hellgrau. Die Augen waren bei allen silbern. Die Finger waren feingliedrig und die Füße steckten in leichten Boots. Waffen hatte Reena nicht erkennen können.

„Es gibt zwei Möglichkeiten für Erstkontakte", fuhr Brigadier Admiral Sharp fort. „Ihr könnt lediglich als Besucher diese Einheit hier besichtigen und euch frei bewegen. In diesem Fall führen wir euch hinein und geben euch einen Lotsen mit – einen Androiden. Dann ziehen wir uns zurück und lassen euch gewähren."

„Die zweite Möglichkeit", übernahm Suli-Ko das Gespräch, „wäre ein Interesse an unserer Allianz. In diesem Fall würde ich euch zu unserem Ratssaal führen, wo ihr die anderen Vertreter der Mitgliedsspezies kennenlernen könnt. Nach einem Austausch von Informationen können wir dann den weiteren Verlauf festlegen."

Roy und Suli-Ko schauten die Besucher erwartungsvoll an.

„Wir würden die verschiedenen Spezies gern kennenlernen", sagte Sulakidan. „Wir suchen Freunde, denn wir haben ein Problem."

Roy sah die Präsidentin bedeutungsvoll an: „Dein Part, Suli-Ko."

4. TENDUA

25.04.2152, 19:30 Uhr, O.H.R., FÜRALLE:

„Es kommt mir vor wie eine vorgezogene Hochzeitsreise", schwärmte Cynthia und betrachteten das Funkeln des Inhalts ihres hochgehobenen Glases Rotwein.

Walter sah sich um. Ja, Tass gab sich ordentlich Mühe. Das Essen, nach alter französischer Tradition in kleinen Häppchen und über einen langen Zeitraum gebracht und verzehrt, war ausgezeichnet. Aber eine Hochzeitsreise nach O.H.R? Walter hob sein Glas, und was trinkt man als Deutscher, selbst wenn man mit einer aufregenden Französin am Tisch sitzt? Genau, es mag durchaus Ausnahmen geben, aber Walter bevorzugte ein kühles Bier.

„Morgen schlafen wir in unserer Prachtsuite aus, frühstücken hier in aller Ruhe und dann geht es weiter nach STEPPENWOLF", legte er fest.
„Oooch, dann schooon", schmollte Cynthia. „Wir kennen O.H.R. doch noch gar nicht richtig. Lass uns doch noch ein oder zwei oder mehr Tage bleiben."
Walter konnte das gar nicht guthaben, wenn ihn seine Freundin um etwas bat. Meistens gab er nämlich nach, wie ein Gentleman eben. Dieses Mal jedoch … rettete ihn Brigadier Admiral Roy Sharp. Jener kam nämlich auf ihren Tisch zu und unterbrach die auf Erfolgskurs befindliche Bettelei der Französin.
„Willkommen auf der O.H.R. Tut mir leid, aber ich hatte bisher …, also ich war anderweitig beschäftigt. Ich könnte eure Hilfe gebrauchen und ich hoffe, dass ihr nicht so bald wieder abreist." Roy stützte sich schwer auf den Tisch und man roch förmlich Probleme.
„Wir haben Zeit", versicherte Cynthia mit einem Lächeln in Richtung Walter.
Walter ging nicht darauf ein: „Hat das was mit dem Erstkontakt von heute zu tun?"
Roy bestätigte: „Die TENDUA befinden sich im Krieg mit einer Spezies."
„Sind das nicht erst einmal deren Probleme?", fragte Cynthia.
„Ja", gab Roy zu. „Aber wie es aussieht, stecken die EGGS dahinter."
Walter hob beide Augenbrauen: „Dann gehört das, im weitesten Sinne, zu unseren Aufgaben."
Cynthia sah ihn überrascht an: „Nicht, dass ich mich drücken will, aber wieso das?"
„Ganz einfach", erklärte Walter. „Die EGGS sind entweder durch die One-Way-Wurmlöcher zu erreichen, oder aber durch die künstlichen Wurmlöcher und dann über SUAM. Halt mich für verrückt, aber ich sehe einen Zusammenhang."
„Verrückt", sagte die Blonde und nahm einen Schluck aus ihrem Glas.
„Was wissen wir sonst über diese Leute, diese, äh … TENDUA?", wollte Walter von Roy wissen.
Roy bedauerte: „Ich weiß so ziemlich nichts. Das ist alles, was mir Suli-Ko zugetragen hat. Wir bitten dich, Suli-Ko auch, morgen um 09:00 Uhr im Ratssaal zu sein. Ich bin auch geladen. Dann werden wir weitere Informationen bekommen."

„Ich werde da sein, Roy."
„Sag mal, Roy", begann Cynthia und spielte mit ihrem Weinglas. „Wir sitzen hier so allein. Was machen denn deine Frau und du so heute Abend? Hättet ihr nicht Lust, uns ein wenig Gesellschaft zu leisten?"
„Hmm, nun ja, die TENDUA …", begann Roy.
„… sind kein Problem und erst einmal Sache von Suli-Ko, oder?", griff auch Walter ein.
„Okay", Roy hob sein KOM-Gerät und wählte eine bestimmte Nummer. Eine weibliche Stimme meldete sich.
„Hallo Schatz. Ich bin im FÜRALLE und stehe neben dem Tisch von Walter und Cynthia. Uns drei ist nach weiblicher Gesellschaft asiatischen Einschlags. Was hältst du davon? Wir könnten auch hier etwas essen."
Es wurde geantwortet und Roy lächelte: „Bis gleich!"
Man verbrachte einen recht gemütlichen Abend und das Paar Walter und Cynthia versprachen, Roy und Sue auf URMEL 4 zu besuchen – bei passender Gelegenheit.

26.04.2152, 09:00 Uhr, O.H.R., Ratssaal:

Am nächsten Morgen gab es vor dem Ratssaal eine faustdicke Überraschung. Admiral Thomas Raven hatte sich entschlossen, bei diesem Treffen persönlich dabei zu sein, und stand bereits vor dem öffentlichen Eingang, als Walter und Cynthia darauf zugingen.
„Guten Morgen! Roy hat mich bereits informiert, dass er euch um Hilfe gebeten hat", begrüßte sie der Admiral freundlich. „Ich denke, die Sache ist bei euch in guten Händen. Sehen wir mal, was wir für neue Freunde gefunden haben." Admiral Thomas Raven ließ den beiden den Vortritt und schob sich hinter ihnen in den Saal. Roy Sharp hatte schon Platz genommen, stand auf und begrüßte die drei. Es dauerte einen kleinen Augenblick, dann kamen aus dem hinteren Bereich die Abgesandten der Mitgliedsspezies, allen voran die Präsidentin Suli-Ko.
Zeitgleich ging wieder die Tür hinter Raven und Co auf und Reena Grant führte die fünf Besucher in den Saal. Sie wies ihnen die Plätze rechts zu. Sie selbst setzte sich nach einem kurzen Gruß neben Roy.
Suli-Ko schritt als einzige bis in den untersten Rang auf der gegenüberliegenden Seite, die restlichen Abgesandten blieben in der Reihe hinter ihr. Jeder stand vor seinem Stuhl. Thomas erkannte Sven Dieck

als den Vertreter der MENSCHEN. Der Mann hatte echt dazugelernt und sich gut entwickelt. Thomas fand keinen Kritikpunkt in der letzten Zeit. Dann war dort Vurban, der MANCHAR-Vertreter, Baal für die MAROON, Nunidu mit ihrem ansprechenden Äußeren für die SONA, Kirili als Erste der MANEKI – man würde sehen, wie sie sich gab, Darita von den laufstarken UBANGI und schließlich Lar-Wus von den GENAR. Acht Spezies hatten sich mittlerweile, und das in relativ kurzer Zeit, zusammengefunden.
Thomas Raven war, wie sonst alle anderen, ebenfalls aufgestanden.
Man wartete auf die ersten Worte der Vorsitzenden, die Vertreterin der GENUI.
„Die Sitzung ist nicht-öffentlich", begann sie. Sie schaute die Individuen auf dem Besucherrang an und sprach weiter: „Ich sehe Mitglieder der ASF. Sie sind laut unseren Statuten unter einigen Voraussetzungen als intern einzustufen. Diese sind hier gegeben. Die Sitzung ist eröffnet."
Suli-Ko setzte sich hin und alle folgten ihrem Beispiel.
Thomas sah mit großem Interesse nach rechts, wo die Vertreter der TENDUA saßen.
„Wir haben einen komplizierten Sachverhalt und ich sehe, dass der Admiral der MENSCHEN im Raum ist. Dürfen wir uns mit Fragen, wenn wir welche haben, an ihn wenden?"
Thomas stand sofort auf: „Selbstverständlich, Vorsitzende."
Suli-Ko nickte Raven zu: „Vielen Dank, Admiral."
Thomas setzte sich wieder. Er war nicht zufällig hier. In einem Bericht, der ihm mittels einer Alpha-Drohne zugegangen war, hatte der Brigadier Admiral der O.H.R. von eiförmigen Raumschiffen gesprochen, gegen die die TENDUA Krieg führten. Das konnte nur eines bedeuten und Thomas Raven war die Angelegenheit wichtig genug, dass er das als ‚Chefsache' erklärte. So war er bereits gestern Abend aufgebrochen, um persönlich die Entwicklung der Dinge zu betrachten und günstigenfalls im Sinne der Menschheit 2.0 zu beeinflussen.
Suli-Ko fuhr fort: „Eine Spezies hat um die Aufnahme in den BUND gebeten. Da es sich für alle acht Mitglieder um eine völlig unbekannte Spezies handelt, gibt es keine Einwände gegen einen Beitritt. Soweit haben sich die Mitglieder des BUNDes bereits gestern verständigt. Hier haben wir aber eine Sonderform des Beitritts und der Grund dafür lässt uns in der Entscheidung zögern. Die TENDUA, so nennt sich diese

Spezies, trägt einen bereits existierenden Krieg in den BUND hinein. Wir müssen also abwägen, ob wir das Risiko eingehen wollen."
Suli-Ko machte eine bedeutungsschwere Pause, damit sich jeder den Ernst vor Augen halten konnte.
„Sulakidan, die Grufü dieses Geschwaders von Sternenkreuzern, hat uns Bildmaterial mitgebracht und da der Admiral der ASF im Saal ist, bitte ich ihn, sich das Material anzusehen und seine Meinung dazu zu äußern."
Thomas stand auf und die Bildwand hinter den Ratsmitgliedern begann Bilder darzustellen. Sie stellten einen Raumkampf dar und ließen den Gegner deutlich erkennen. Es waren eiförmige Raumschiffe ohne Schutzschilde, die im Licht wie Kristalle glitzerten. Thomas sah sich die Dokumentation fast fünf Minuten unbewegt an. Dann erlosch die Wiedergabe.
Suli-Ko sah den Admiral fragend an.
Thomas warf einen Blick zu den TENDUA: „Die Antragsteller tragen keinen Krieg in den BUND hinein. Wir, die MENSCHEN, befinden uns bereits im Krieg mit diesen Wesen. Wir nennen sie, wegen der Form ihrer Schiffe, EGGS. Jede weitere Information über den Gegner, wir wissen fast nichts, möchte ich als außerordentlich hilfreich betrachten."
Thomas setzte sich hin.
„Ich danke dem Admiral für seine Stellungnahme", sagte Suli-Ko. Dann drehte sie sich, der Ordnung halber, zu Sven Dieck um.
„Ich bestätige offiziell die Aussage unseres Admirals!"
Suli-Ko sah fast entschuldigend Thomas Raven an: „Wegen des Protokolls, Admiral."
Die Vorsitzende des BUNDes schob einen Stapel Folien vor sich zusammen: „Um auch außerhalb dieses Raumes und zukünftig unsere Entscheidung nachvollziehbar zu machen, fasse ich für das Protokoll noch einmal zusammen, was uns die Grufü der TENDUA über ihr System berichtet hat.
Das System liegt von der O.H.R. 487 Lichtjahre entfernt. Das System hat elf Planeten, wobei der fünfte TENDUA-PRIME ist. Es leben zurzeit nur noch knapp 22 Millionen TENDUA. Die Spezies hatte etwa zehn Mal so viele Einwohner – vor dem Krieg mit den EGGS. Zu der Spezies selbst: Es sind Humanoide mit Felideneinschlag. Es gibt das Geschlecht Mann und Frau."

Suli-Ko sah kurz hoch in Richtung der Besucher: „Die Grufü ist eine Weibliche. Die übrigen Mitglieder ihrer Delegation sind männlich."
Reena schaute hinüber. Klar, der Brustansatz fehlte, dabei waren sie etwas breiter an dieser Stelle. Sonst schien es kaum Geschlechtsunterschiede zu geben – in der Kleidung beziehungsweise von außen sichtbar.
Suli-Ko fuhr fort: „Eine Verbindung von Mann und Frau im klassischen Sinne gibt es nicht. Es gibt ungefähr zehn Mal so viele Männer wie Frauen bei den TENDUA. Eine Weibliche bekommt ein bis zwei Mal im Leben Nachwuchs, und zwar bis zu sechs Säuglinge. So ist erklärbar, warum die Population dieser Spezies nur langsam steigt. Der Planet, den sie ihre Heimat nennen, hat eine Durchschnittstemperatur von minus 5 Grad Celsius und eine Anziehungskraft von 1,4 Gravos. Sulakidan und einer ihrer Begleiter sind bereit, sich ärztlich untersuchen zu lassen und die Ergebnisse für uns öffentlich zu machen."
Suli-Ko war offensichtlich fertig und Thomas stand auf.
„Admiral?"
„Ist das alles, was wir bisher wissen?"
„Wir wissen noch einiges über die Regierungsform, aber das Wichtigste habe ich erwähnt", sagte Suli-Ko.
„Darf ich vielleicht eine oder mehrere Fragen stellen?", bat Thomas.
Suli-Ko drehte sich zum Rat um: „Wir haben jetzt zwei Möglichkeiten: Entweder der Admiral lässt Sven die Fragen stellen, oder er macht es selbst. Im letzten Fall sparen wir Zeit. Seid ihr einverstanden? Arm hoch, wer dafür ist."
Vurban war der Erste, der den Arm hochriss, alle anderen folgten.
„Tho…, äh, Admiral Raven", verbesserte sich Suli-Ko und zeigte mit der flachen Hand in Richtung der TENDUA, „stell deine Fragen."
Auf der rechten Seite von Thomas aus gesehen, war die weibliche ebenfalls aufgestanden und wartete auf die Fragen.
„487 Lichtjahre, damit seid ihr in dieser Galaxie. Die EGGS jedoch kommen aus einer anderen Zwerggalaxie. Bitte, Grufü, beantworte mir die Frage, wie kommt ihr in Konflikt mit den EGGS?"
Die Frau dieser Spezies antwortete: „Nur drei Lichtjahre von unserem System existiert ein Wurmloch. Es führt offensichtlich zur Heimat der EGGS. Von dort heraus greifen sie uns an. Wir haben Wachschiffe positioniert, aber es werden immer weniger. Die Feinde kommen, be-

schädigen oder zerstören unsere Raumschiffe, und wenn sie durchbrechen, gelangen sie nach TENDUA-PRIME."
Thomas atmete heftiger: „Ist das auch ein One-Way-Wurmloch oder verschwinden sie auch wieder auf diesem Weg?"
„Wir kennen den Begriff ‚One-Way-Wurmlöcher' nicht. Der Sinn ist mir jedoch klar. Nein, sie verschwinden wieder durch dasselbe Wurmloch."
„Ich habe noch zwei Fragen", Thomas sah Suli-Ko an und sie zeigte auf die TENDUA. Er konnte also weitermachen.
„Seid ihr ihnen schon einmal gefolgt? Durch das Wurmloch?"
„Nein. Es gab Pläne, aber wir hätten unsere ohnehin schwache Abwehr weiter vermindert."
„Wir haben noch nie einen der EGGS gesehen. Ihr?"
Brigadier Admiral Roy Sharp schluckte. Das war die Frage aller Fragen.
„Ja, das haben wir", sagte Sulakidan.
Danach war gespenstische Ruhe.
„Nun?", fragte der Admiral.
„Ich bitte hier um den Beitritt meiner Spezies zum interstellaren Völkerbund. Ich bitte um Verständnis, aber hier geht es um mein Volk und das Überleben meines Volkes. Bevor ich weitere Informationen gebe, will ich eine Antwort. Im Falle eines Beitritts zeige ich euch meine Heimat und das Wurmloch. Ihr sollt dann alle Informationen bekommen, die wir haben. Aber erst dann!"
Sulakidan setzte sich hin. Sie hatte die Antworten gegeben, die sie geben wollte. Nun hatte sie den Ball an den BUND zurückgespielt.
Thomas nickte der TENDUA zu. Er respektierte diese Verhaltensweise. Wenn einer das konnte, dann sicherlich der Admiral. Er hätte alles für seine Menschheit 2.0 getan. Er wandte sich an Suli-Ko.
„Aus unserer Sicht muss ich für den Beitritt dieser Spezies plädieren, Vorsitzende. Wir, damit auch der BUND, befinden uns im Krieg mit den EGGS. Wir brauchen Informationen und Verbündete. Eine weitere Zugangsmöglichkeit nach NGC 185 ist wertvoll in dieser Auseinandersetzung.
„Deine Worte leuchten mir ein, Admiral Thomas Raven", reagierte Suli-Ko. „Sven Dieck wird deine Worte vernommen haben. Wir ziehen uns jetzt zur Beratung zurück. Die Entscheidung terminiere ich auf 15:00 Uhr. Bitte findet euch rechtzeitig wieder hier ein. Die Sitzung ist geschlossen."

Thomas sah seine Mitstreiter an: „Zwei Möglichkeiten haben wir. Entweder wir gehen auf die Brücke der OTTAWA oder ins FÜRALLE."
„Ich habe noch nicht gefrühstückt", sagte Reena schnell.
„Wir auch nicht", sagte Cynthia und rieb sich die Augen. So ganz wach war sie noch nicht. Roy sah den Admiral fast entschuldigend an. Es war schon komisch, dass die Leute lieber ins FÜRALLE wollten als an einen Platz, der nach Arbeit aussah.
Der Admiral reagierte völlig souverän: „Ich könnte auch etwas vertragen. Auf zu Tass!"

11:30 Uhr, MONTREAL (O.H.R.), FÜRALLE:

Nun, es war so etwas wie ein Brunch gewesen, was die Personen um den Admiral zu sich genommen hatten und die Französin taute auf. Nach einer halben Stunde Diskussion war das Thema ‚Beitritt der TENDUA' auch ausreichend abgehakt, weil es da keine Meinungsverschiedenheiten gab. Diese Panther gehörten einfach in den BUND und damit gut. Brigadier Admiral Roy Sharp berichtete anschließend über die geringen Reparaturarbeiten nach der letztjährigen Schlacht und über das Schlafverhalten seiner kleinen Tochter.
Beides war ungefähr gleich wichtig.
Man war einigermaßen in völlig belanglose Themen vertieft, als es vor dem Eingang des FÜRALLE laut wurde. Thomas meinte, sogar die erhobene Stimme von Suli-Ko gehört zu haben. Bevor andere es registrierten, war Thomas bereits zum Eingang unterwegs. Dort standen sich die TENDUA Sulakidan und der KRATAK Tass gegenüber. Die weibliche Vertreterin der eventuell neu aufzunehmenden Spezies fauchte in einer Art und Weise, die ganz klar die körperlich kämpfenden Stärken zeigte. Thomas sah auf entsetzlich lange Reißzähne.
Er sprang zwischen Tass und Sulakidan.
„Ihr beherbergt einen Feind", fauchte die TENDUA.
Thomas hob beide Arme: „**STOPP!** Auch wir hatten unsere Auseinandersetzungen mit den KRATAK. Dieser Vertreter hier, Tass, ist bei seiner Spezies in Ungnade gefallen und hat bei uns Asyl bekommen. Er hat sich in den letzten Jahren als nützliches Mitglied unserer Gesellschaft hier erwiesen. Ja, er stammt von den KRATAK ab, aber jetzt ist er Mitglied des BUNDes und steht auch unter dem Schutz desselben."

Sulakidan fauchte noch einmal, trat aber zwei Schritte zurück: „Ich bitte, meine Emotionen zu entschuldigen. Unsere Erfahrungen mit den KRATAK waren nicht gut."
„Unsere auch nicht", gab Thomas zurück und mit einem Blick auf Suli-Ko begab er sich zurück zu Roy, Walter, Cynthia und Reena.

<u>15:00 Uhr:</u>

Im Prinzip hatte Admiral Thomas Raven keinen Zweifel daran, dass der BUND die TENDUA aufnehmen würde. Aber bei politischen Entscheidungen, das hatte er lernen müssen, war Logik nicht immer unbedingt das Maß aller Dinge. In diesem Fall hatte sich aber bisher niemand dagegen ausgesprochen. Gab es hier einen Ansatz zur Bekämpfung dieser EGGS? Wenn er ehrlich war, ergab sich durch die Aufnahme der TENDUA erst die Notwendigkeit einer Auseinandersetzung mit diesen. Bisher hatte man sich kleinere Scharmützel geliefert und, ja, es war nicht toll gewesen, dass sie ihre Flotte kaum aus NGC 185 herausbekommen hatten, er selbst fast dabei sein Leben verloren hätte und schließlich die letzten drei Einheiten nur mit einem waghalsigen Manöver aus der Zwerggalaxie geborgen werden konnten.
Aber der Admiral wäre nicht nachtragend gewesen, wenn die EGGS in NGC 185 geblieben wären. Man hätte ebenfalls diese Galaxie gemieden und so wäre man nicht aneinandergeraten. Diesen Zustand hätte der Admiral bis zum ‚St. Nimmerleinstag' mitgetragen.
Die EGGS waren aber nicht in NGC 185 geblieben. Zwar waren sie nicht über das One-Way-Wurmloch in die BLACK-EYE-Galaxie gekommen, aber beim TENDUA-System – und das lag innerhalb der BE-Galaxie. Somit hatten sie, gerade mit ihrer Aggressivität gegenüber den TENDUA bei Thomas Raven eine rote Linie überschritten. Dazu kam noch, dass seitens der EGGS jeder Versuch der Kontaktaufnahme mit Waffengewalt beantwortet wurde. Thomas hatte nicht vor, den EGGS hier die Möglichkeit zu geben, sich festzusetzen. Von der Grufü war nicht mehr an Informationen zu erwarten. Sie hatte das gesagt, was wesentlich war, damit der BUND eine Entscheidung treffen konnte. Thomas respektierte diese Haltung. Er fand diesen Charakterzug sogar sympathisch, hätte er doch an ihrer Stelle ebenso agiert.

Admiral Thomas Raven saß neben den bisherigen Teilnehmern im Zuschauerraum des Ratssaales und wartete auf das Erscheinen der BUND-Abgeordneten samt Präsidentin.
„Es geht kein Weg dran vorbei", murmelte Walter. „Der BUND muss die TENDUA aufnehmen."
„Wir werden sehen", versuchte Thomas, den Offizier und sich selbst zu beruhigen.
„Was machen wir, also Cynthia und ich, nach dieser Entscheidung?"
Thomas lächelte: „Warten wir diese Entscheidung ab. Danach treffen wir uns im FÜRALLE und halten Kriegsrat, wie Paco sich ausdrücken würde. Auch das erste Mal, dass ich eine Befehlsausgabe in einem Bistro mache."
Walter wollte antworten, aber in diesem Moment standen alle auf, denn die Abgesandten erschienen gegenüber den Zuschauerrängen und stellten sich hinter ihre Sitze.

Suli-Ko ergriff das Wort: „Tagesordnungspunkt der zweiten Sitzung am heutigen Tage ist die Verkündung der Entscheidung, ob die TENDUA in den BUND aufgenommen werden. Das Ergebnis ist einstimmig gefallen: Wir nehmen die TENDUA in den BUND auf. Bitte Platz nehmen, es folgen eine Begründung und weitere Dinge."
Alle nahmen Platz, auch Suli-Ko, die eine Folie mit Notizen aufnahm.
„Wir machen die TENDUA ausdrücklich darauf aufmerksam, dass Unwahrheiten in Bezug auf ihren Antrag den sofortigen Ausschluss vom BUND zur Folge haben. Wir wollen damit nichts behaupten, haben allerdings beim letzten Aufnahmeverfahren negative Erfahrungen machen müssen. Die Aussagen der Grufü werden nicht angezweifelt – zur Klarstellung. Die Vertreter des BUNDes bitten Admiral Thomas Raven, der laut eigener Bekundung ein großes Interesse am Beitritt der TENDUA hat, eine Verifizierung der Aussagen zu veranlassen. Das schließt eine Information an dieses Haus hier ein. Admiral?"
Suli-Ko sah hoch.
Thomas stand auf: „Ich werde das veranlassen, Präsidentin."
„Der BUND dankt. Weiterhin werden die TENDUA aufgefordert, den Admiral bei seinen Bemühungen zu unterstützen. Grufü?"
Auch die TENDUA stand auf: „Wir werden alle Informationen an den Admiral und seine Beauftragten weitergeben."

„Sehr schön. Weiterhin werdet ihr einen oder eine Abgesandte für den Rat stellen. Es wäre ungeeignet, die höchste Stelle in eurem politischen Gefüge damit zu beauftragen. Zumindest in der jetzigen Aufbauphase des BUNDes ist eine Anwesenheit hier unbedingt erwünscht."
„Auch das werden wir gewährleisten. Und ich möchte an dieser Stelle für die Aufnahme danken. Ihr rettet damit ein leidendes Volk. Im Namen meines Volkes verbeugen wir uns."
Die restlichen vier TENDUA standen ebenfalls auf und verbeugten sich tief und hielten die Position für drei Sekunden.
Suli-Ko nahm es ohne Kommentar so hin und sah den Admiral an. Offenbar erwartete sie ein Schlusswort, betreffend der weiteren Vorgehensweise.
Thomas stand auf: „Ich bitte die TENDUA, hier auf der O.H.R. zu warten. Ich muss Vorbereitungen treffen und mich mit meinen Führungsoffizieren beraten. Ich werde dazu in Kürze mit Verstärkung zurück sein." Thomas überlegte, dann kam ihm offensichtlich eine Idee: „Ist die Grufü für ein paar Tage abkömmlich?"
Die TENDUA antwortete: „Ich habe einen Fü für jedes der Sternenschiffe. Ich bin abkömmlich."
„Dann lade ich dich auf unsere Heimatwelt ein. Du kannst dir ein Bild von uns und unseren militärischen Möglichkeiten machen und an den Beratungen teilnehmen. Ich denke, das kannst du im Hinblick auf dein Volk kaum ablehnen."
Die TENDUA verneigte sich in Richtung Thomas: „Ich erkenne eine Verwandtschaft unserer Geister, Admiral. Selbstverständlich ergreife ich diese Gelegenheit."
Thomas sah sich nach Roy um: „Kannst du die Vertreterin der TENDUA zur REVENGE bringen lassen? Ich möchte noch kurz mit Walter und Cynthia sprechen."
„Reena wird das erledigen", sagte Roy und nickte seiner Sicherheitschefin zu.

<u>Kurz darauf im FÜRALLE:</u>

Walter war neugierig. Er wollte wissen, was der Admiral für ihn vorgesehen hatte.

„Wie Urlaub? Hatten wir schon. Es scheint doch jetzt erst richtig loszugehen“, reagierte er auf einen diesbezüglichen Vorschlag von Thomas an der Theke vom FÜRALLE.
„Gut, gab Thomas nach, dann macht weiter mit der Inspektion von RELAISSTATION und SUAM. Nutzt die CHAIN und nehmt ein paar Scans vor. Ich will nicht, dass die Eingeborenen von SUAM unter unserer damaligen Anwesenheit zu leiden haben. Ich möchte eine Kontrolle.“
Walter atmete tief durch: „Warum habe ich jetzt immer noch das Gefühl, dass du uns in den Urlaub schicken willst? Aber gut, es ist besser als nichts. Wir sehen uns um und melden uns dann zurück.“
„Eure Aufgabe hat bestimmt einen Wert“, sagte Admiral Thomas Raven und nahm noch einen Schluck aus dem großen Kaffeepott, den ihm Tass auf den Tresen gestellt hatte. „Hat was, so eine Befehlsausgabe, hier. Könnte Jan Eggert gefallen.“
Walter grinste: „Was macht denn unser MENSCHHEIT-2.0-Gründer?“
Nun war es an Thomas, die Lippen in die Länge zu ziehen: „Der lässt sich als King of Joy auf SONA feiern und schmeißt eine Fete nach der anderen. Wahrscheinlich stehen ein paar hübsche SONA-Damen bereit, die ihm mit Palmwedeln Frischluft zufächeln.“

<u>Gleiche Zeit, SONA-PRIME, Residenz des Raaja-sup:</u>

Jan Eggert kam in die dritte Etage, ja, geschlurft. Müde sah er seine dort wartenden Freunde an und warf sich auf die seitliche Couch. „Ich bringe diesen Okular um. Morgen bringe ich ihn ganz bestimmt um!“
Vom Tisch drehte man sich zu Jan, der liegend eine Hand auf die Stirn gelegt hatte.
„Was war denn heute?“, fragte Nina.
„Dieselbe Scheiße wie gestern. Ständige Gängelei – dies nicht, das nicht, vor allen Dingen nichts, was irgendwie Spaß machen könnte. Einweihung eines Musikinstrumentes, das diesem Vaggadinsgbums gewidmet ist, Besuch von mindestens drei Kirchen in vier unterschiedlichen Städten, eine Einweihung einer Ausbildungsstätte und eine Grundsteinlegung für ein Gebäude, dessen Bestimmung so wichtig ist, dass ich es vergessen habe!“ Jan kam wieder ein wenig in Fahrt, aber nur des Ärgers wegen.

„Hast du, also wegen der Fete, hast du sie vorgeschlagen?“, wollte Alma wissen.
„Ich bin gar nicht zu Wort gekommen!“ Jan schlug mit der Hand auf die Couchrückenlehne, dass der Staub nur so rausexplodierte. „Und morgen bringe ich diesen Scheißkerl um!“
„Ist ja auch keine Lösung“, sagte Johann etwas behäbig.
Dann diskutierten die Freunde, was man denn tun könnte.
„Pst“, machte auf einmal Arzu.
„Was ist?“, fragte Sam.
„Hört ihr nichts?“
„Doch“, sagte Nina. „Jan ist eingeschlafen. In der Stellung schnarcht er manchmal.“
„Er schläft?“
„Er ist eingeschlafen!“
„Mannomann, so kennen wir ihn gar nicht …“
Elli wurde es zu bunt: „Das geht jetzt möglicherweise noch Wochen so? Das lasse ich nicht zu!“
„Was willst du denn machen, Elli?“, fragte Johann.
Elli drückte ihre Brüste raus: „Ich bin doch Doktor, nicht?“
„Ja, Doktor der Naturwissenschaften, wenn ich richtig informiert bin“, sagte Carson und warf einen flüchtigen Blick auf die herausgestreckte Weiblichkeit.
„Ja, ursprünglich schon. Aber jetzt erweitere ich meine Promotion.“
„Auf was?“, fragte Johann.
„Auf Dr. jur.!“
„Äh“, machte Alma. „Du machst auf Recht?“
„Ich finde“, sagte Elli, „dass unser Jan eine gute Vertretung braucht und ich habe beschlossen, soeben nämlich, das Mandat anzunehmen.“
„Und was machen wir?“, fragte Sam.
„Ich würde sagen“, Elli zeigte auf Jan, „alle Viertelstunde eine Vierteldrehung, sonst liegt er sich wund!“
Während alle die Augen aufrissen, stand Elli auf. „Ihr findet mich unten in der Alpha. Schönen Abend noch!“
Elli sprang mehr, als sie ging, die Treppen hinunter und fand es hilfreich, dass Jan standhaft geblieben war. Okular hatte eigentlich verlangt, dass die Alpha vor dem Haus entfernt wird, aber Jan war stur geblieben. Mit eiligen Schritten näherte sie sich der Schleuse. Die KI detek-

tierte die Annäherung einer autorisierten Person und öffnete die Schleuse. Wenig später saß Elli im Kommandositz der obersten Ebene.
„KI! Ich brauche deine Hilfe!“
„Was kann ich tun?“
„Ich brauche Zugang zum Netz der SONA. Meinetwegen vernetze dich mit der KI der ALBATROS, aber wir müssen ins System.“
„Gibt es eine Genehmigung der SONA betreffend den Zugang?“
„Nein, und ich brauche auch keine Genehmigung.“
„Ich muss laut Programm …“
„Spar dir den Rest. Ich habe verstanden und eventuelle Vorbehalte der SONA sind mir scheißegal.“
„Äh, bitte?“
„Ich autorisiere dich, in das System der SONA einzudringen und eventuelle Firewalls auszuschalten. Geh dabei so vor, dass man es nicht unbedingt sofort bemerkt.“
„Das ist illegal.“
„Und ich hatte erwähnt, dass es mir scheißegal ist. Ich nehme den Akt der Notwehr für Captain Eggert in Anspruch. Nimm meine Reaktion und meine Begründung zu Protokoll und lass uns anfangen.“
„Ich habe verstanden, Logbucheintrag ist abgespeichert.“
„Haben wir Zugang?“
„Ich benötige einen Augenblick, um Sicherheitssperren zu umgehen.“
Elli musste sich gedulden.
„Wir sind drin“, sagte die KI schließlich. „Wonach soll ich suchen?“
„Ich brauche Informationen unter dem Begriff Raaja-sup. Rechte, Pflichten, Unterstellungsverhältnisse, alles was damit zu tun hat.“
„Ich habe verstanden und beginne die Suche.“
Es war weit nach Mitternacht, als Elli zufrieden mit einem Stoß Folien unter dem Arm, die Alpha verließ und ins Haus ging. Zufrieden kuschelte sie sich an Johann.
Der nächste Tag konnte beginnen und eine böse Überraschung für Okular und die Herrschaften des Hofrates bereithalten.

26.04.2152, 18:00 Uhr, O.H.R., REVENGE:

Thomas Raven war nach der Befehlsausgabe im FÜRALLE sofort in die OTTAWA gewechselt, wo die REVENGE in einem der größeren Außenlager auf ihn wartete. Er fand Reena Grant im Gespräch mit

Sulakidan vor. Offensichtlich, und Thomas fand es sehr umsichtig, hatte Reena die TENDUA nicht allein im Letalis zurückgelassen.
„Vielen Dank, Reena. Ich fliege jetzt ab."
Die Sicherheitschefin verabschiedete sich von ihrer Gesprächspartnerin, grüßte den Admiral und verließ den Letalis.
Kurz darauf schoss das 60-Meter-Schiff aus dem Raumschott hervor und beschleunigte.
Sulakidan sah dem Admiral bei der Bedienung des Letalis zu.
„Ich habe eine Frage, Admiral."
„Ich werde sie beantworten, Grufü."
„Wir kennen uns noch nicht lang und ich könnte ganz andere Absichten haben als angegeben. Du weißt nichts über meine körperlichen Möglichkeiten. Findest du das nicht leichtsinnig?"
Thomas sah die TENDUA abschätzend an: „REVENGE, möchtest du eine Antwort geben?"
Augenblicklich antwortete die KI, scheinbar von überall: „Solltest du eine Hand gegen den Admiral erheben, Grufü, bist du schneller tot, als du es wahrnehmen kannst."
Thomas sah seine Mitfliegerin an.
Diese schien nicht überrascht: „Ich wäre von unseren Bündnisgenossen sehr enttäuscht gewesen, wenn ich diese Antwort nicht bekommen hätte. Ihr habt vorgesorgt. Das findet meinen Beifall. Ich wäre übrigens niemals auf die Idee gekommen, die vielversprechende Allianz zu gefährden."
Thomas sah weiterhin die TENDUA an und ging nicht darauf ein: „Hier im Schiff ist unsere älteste und damit leistungsfähigste KI verbaut. Sie übernimmt jetzt die Rückflugsteuerung. Ich schlage vor, wir suchen die Kantine auf und schauen, ob wir etwas Genießbares für dich finden. Dann können wir uns beraten, anschließend weise ich dir eine Kabine zu. Du kannst dich darin aufhalten, musst es aber nicht. Kleiner Hinweis: Alle Schalteinheiten sind nur für die KI und für mich freigegeben. Auch wir haben schlechte Erfahrungen mit Bündnisgenossen machen müssen. Ich gehe bei den TENDUA zwar nicht davon aus, aber Vorsicht solltest du mir nicht verübeln."
„Ich würde mit deinen Möglichkeiten nicht anders handeln, Admiral!"
Es gab anschließend in der Kantine etwas zu essen und zu trinken, dann kam es tatsächlich noch zu einem großen Informationsaustausch.

Thomas wollte von der TENDUA so viel wie möglich wissen. Er hatte am nächsten Tag einiges vor.

<u>27.04.2152, 08:00 Uhr, SONA-PRIME, Residenz des Raaja-sup:</u>

Man hatte Jan auf dem Sofa schlafen lassen – die ganze Nacht. Gegen 07:00 Uhr hatte man den Guten geweckt, beziehungsweise zuständigkeitshalber dieses von Nina erledigen lassen. Jan verschwand unter die Dusche und bekam anschließend neben einem guten Frühstück ein exaktes Briefing.

Er hatte fast Tränen in den Augen: „Das habt ihr für mich getan?"

„Hauptsächlich war das Ellis Idee und auch Durchführung. Jetzt musst du dich nur noch ihr unterordnen", sagte Carson.

„Lieber ihr als Okular und den 27 Hofschranzen hier", gab Jan zu.

Elli hielt das für ein Einverständnis.

Um 08:00 Uhr rief Okular von unten nach dem Raaja-sup.

Jan blieb auf seinem Platz sitzen und antwortete nicht. Elli stand auf und machte sich auf den Weg nach unten.

„Ich habe den Raaja-sup gerufen", sagte Okular überrascht und auch etwas genervt.

„Und ich bin erschienen", sagte Elli. „Ich mache dich darauf aufmerksam, dass ich als Rechtsbeistand die Interessen des Raaja-sup vertrete. Hier ist die Einwilligung meines Mandaten!" Elli wedelte mit einer Folie vor Okulars Nase herum.

Okular wich mit griesgrämigem Gesicht aus: „Und was bedeutet das?"

„Wenn du etwas von dem Raaja-sup willst, dann musst du mit mir sprechen."

„So, ja? Dann sag ihm, dass wir losmüssen. Die nächste Einweihung soll pünktlich stattfinden."

„Nein!"

„Wie nein?"

„Nein!"

„Du willst es ihm nicht sagen?"

„Brauch ich nicht, ich kenne seine Antwort. Das ‚nein' kam von meinem Mandanten."

„Aber …" Okular war sichtlich verwirrt.

„Kein ‚aber', die Einweihung findet ohne den Raaja-sup statt."

„Das ist ungeheuerlich. Ich werde den Hofrat dazu einberufen müssen“, ereiferte sich Okular ärgerlich werdend.
„Das mit dem Hofrat und dem Zusammenrufen ist eine gute Sache, Okular. Mein Mandant, also ich, nein, eigentlich mein Mandant, möchte mit den Hofräten sprechen. Je schneller, umso besser.“
„Ja aber die Einweihung …“
„Ich wiederhole mich nur ungern, aber weil du es bist: Keine Einweihung, Hofrat zusammenrufen und Bescheid geben. Wir warten!“
Okular bekam große Augen, verließ aber sofort das Haus.
Elli drehte sich auf dem Absatz um und verließ wieder das Erdgeschoss nach oben.
„Wie hat er reagiert, dieser sexuelle Selbstversorger?“, fragte Jan sofort.
Elli grinste: „Etwas geschockt, aber der Vorschlag kam von ihm, den Hofrat zusammenzutrommeln.“
„Oh, je. Wenn das mal gut geht. Ich will nicht, wenn Kummaree und Salakar wiederkommen, dass ich meinen Job nicht gemacht habe.“
Johann beugte sich vor: „Jan, du bist König. Das ist kein Job, den man machen muss. Du musst da sein, du musst sichtbar sein für die Bevölkerung – nichts weiter. Lass dich von Elli leiten, ich mach seit Jahrzehnten nichts anderes – klappt prima.“
Allgemeines Gelächter war die Folge, aber Johann ruhte dermaßen stabil in sich selbst, dass er damit gut leben konnte.
Es dauerte fast anderthalb Stunden, bevor man die ärgerliche Stimme von Okular von unten hörte.
Elli und Jan standen auf. Sie hatten darüber diskutiert, ob Elli nicht allein gehen sollte, aber Jan wollte bei der Show schon dabei sein. Elli rang ihm das Versprechen ab, erst dann etwas zu sagen, wenn sie ihm das erlaubte. Das war schwer für Jan, aber er nahm sich fest vor, das einzuhalten.
Okular sagte kein Wort, als die beiden die Treppe herunterkamen und das Erdgeschoss erreicht hatten. Er drehte sich um und ging voraus. Sie überquerten den Hof, an der Alpha vorbei, die sich einen giftigen Blick des SONA einfing, dann weiter zum Palast. Dort ging es über einen langen Flur in einen Sitzungssaal. 27 Hofräte, allesamt Männer, genau das richtige Publikum für Elli, saßen U-förmig an gebogenen Tischen. In der Mitte war ein Tisch mit zwei Stühlen, am offenen Kopfende auf einer Erhöhung ein größeres Pult mit einem recht bequem aussehenden Sessel.

Okular wies auf den Tisch in der Mitte hin, offensichtlich sollten sie sich dorthin setzen.
Elli winkte in Richtung Jan leicht mit ihrem Kopf und die beiden gingen auf den erhabenen Sitzplatz zu. Elli wies mit der Hand auf den Platz und Jan setzte sich.
Ärgerliches Gemurmel wurde laut.
„Wir verlangen, dass der Raaja-sup seine Verweigerung erklärt", reagierte Okular sehr ärgerlich auf die Platzwahl.
Zustimmende Laute waren aus den Reihen der 27 Hofräte zu hören.
Elli hob eine Hand und sie verstummten.
„Ich darf euch daran erinnern, dass keiner von euch jetzt noch hier wäre, wenn wir vor Jahren nicht in den Kampf gegen die TRAX eingegriffen hätten. Des Weiteren haben wir euch auch vor der MOLAR-Pest bewahrt. Das alles dankt ihr dem Raaja-sup mit Gängelei und Drangsaliererei!"
Elli hatte scharf gesprochen und der Widerstand von Okular kam sofort: „Der Raaja-sup hat Aufgaben und der Hofrat hat diese zu bestimmen!"
„Wo steht das?"
„Das ist allgemein bekannt", wich Okular aus.
„Das ist interessant", sagte Elli. „Ich habe mir gestern Abend die Freiheit genommen, etwas in den gesetzlichen Bestimmungen, den einschlägigen natürlich, nachzuschlagen. Ihr ähnelt in gewisser Weise meinem Herkunftsland auf der ERDE. Alles hübsch geordnet und der letzte Kleinkram auch noch definiert, beschrieben und geregelt. Ich kenne mich in solchen Klassikern gut aus."
Okular schluckte.
„Ich fand die ‚Bestimmung über die Abwesenheit des Raaja oder der Raaji'."
Es wurde ruhig im Saal.
„Part Eins dieser Bestimmung, und ich zitiere: Ein Raaja-sup oder eine Raaji-sup hat dieselben Rechte wie der Raaja oder die Raaji."
Elli sah auf, nachdem sie das abgelesen hatte: „Ich gehe sehr stark davon aus, dass ihr Raaji Kummaree nicht so gängeln könnt."
„Da gibt es auch keinen Hofrat. Die rechtmäßige Raaji kennt ihre Aufgaben", triumphierte Okular.
„Wer hat denn diesen Hofrat einberufen?"
„Ich", sagte Okular.

„Damit der Raaja-sup an seine Aufgaben herangeführt wird, stimmt's?"
„Genau deswegen hielt ich es für erforderlich, den Rat einzuberufen", Okular wurde sicherer.
„Ist der Hofrat eine ständige Einrichtung?"
„Äh, nein, ist er nicht", gab der SONA zu.
„Dann sind die Personen hier also willkürlich ausgewählt. Von wem?"
„Ich habe die Personen ausgewählt."
„Okay", sagte Elli. „Wir halten mal fest: Du hast die Entscheidung getroffen, dass ein Hofrat einberufen werden muss, und du warst es auch, der die Teilnehmer dafür ausgewählt hat."
„Äh …"
„Du hast es doch gerade gesagt, Okular!" Ellis Stimme wurde schneidend.
Okular saß in der Falle. So einfach kam er da nicht mehr heraus. Er musste es zugeben, was er auch tat. Mit etwas Bedenken dachte er daran, dass Elli möglicherweise in den Bestimmungen fündig geworden ist.
„Part Fünf der eben erwähnten Bestimmung; ich zitiere: Der Raaja-sup oder die Raaji-sup bestimmt allein über die Einsetzung eines Hofrates."
Elli ließ die Folie sinken: „Möchtest du was dazu sagen, Okular?"
Der SONA sah auf den Boden und blieb stumm.
„Part Sechs dieser Bestimmung; ich zitiere: „Hat der Raaja-sup oder die Raaji-sup einen Hofrat eingesetzt, bestimmt er oder sie allein die Anzahl und die Zusammensetzung des Hofrates."
Elli sah den SONA an: „Möchtest du immer noch nichts dazu sagen, Okular?"
Der Mann zog es vor, zu schweigen.
„Part Elf dieser Bestimmung; ich zitiere: Ist ein Hofrat eingesetzt, hat dieser lediglich die Aufgabe, den Raaja-sup oder die Raaji-sup zu beraten. Keinesfalls darf der Hofrat in die Entscheidungen des Raaja-sup oder Raaji-sup eingreifen."
Elli sah wieder hoch: „Gibt es Gegenargumente? Können auch gerne vom Rat selbst kommen!"
Es war und blieb still im Saal.
„Part Zwölf derselben Bestimmung; ich zitiere", sagte Elli schneidend. „Der Hofrat kann jederzeit von Raaja-sup oder Raaji-sup aufgelöst werden. Dazu reicht eine mündliche Bekundung des Raaja-sup oder der

Raaji-sup. In jedem Fall endet die Existenz des Hofrates mit der Rückkehr des Raaja oder der Raaji."

Elli ließ die Folien sinken: „Gibt es Einwände vom Adjutanten oder vom Rat?"

Es blieb weiterhin still im Saal.

„Part 22 dieser Bestimmung; ich zitiere: „Auf Wunsch kann der Raaja-sup oder die Raaji-sup die Gemächer des abwesenden Raaja oder Raaji für die Dauer der Abwesenheit beziehen. Wenn der Raaja-sup oder die Raaji-sup dies ablehnen, sind in jedem Fall Quartiere im Palast bereitzustellen. Dasselbe gilt für die Unterbringung eventueller Begleitpersonen bis zu einer Anzahl von 50."

Elli war in Fahrt und machte gleich weiter.

„Part Siebenundzwanzig dieser Bestimmung; ich zitiere: Der Raaja-sup oder die Raaji-sup können nach eigenem Ermessen Adjutanten auswählen und auch wieder entlassen."

Elli genoss ihren Sieg, den ersten übrigens als Dr. jur. (h.c. – eventuell), und ging langsam von innen an der U-förmigen Aufreihung meist älterer SONA-Männer entlang. Als sie damit fertig war und niemand auch nur ein Wort gesagt hatte, drehte sie sich zu Jan: „Da es still geworden ist, hier in diesem Saal, könnte vielleicht der Raaja-sup das Wort ergreifen."

Elli trat zur Seite und für Jan das Zeichen, dass seine rechtliche Vertretung ihren Job als erledigt ansah.

„Nun ja", begann Jan etwas langsam. „Du, Okular, hattest noch eine Begleiterin."

„Salabrina."

„Genau, so hieß sie. Wo ist sie?"

„Sie ist noch im Palast, Raaja-sup."

„Hol sie!"

„Ja, Raaja-sup."

Okular beeilte sich, den Ort seiner größten Niederlage schnellstens zu verlassen.

Die Hofräte saßen stocksteif auf ihren Plätzen und wagten nur ganz flach zu atmen. Elli schlenderte zu Jan und beide unterhielten sich flüsternd. Elli nickte ein paar Mal und Jan sagte etwas zu ihr und grinste dünn. So vergingen ein paar Minuten.

Dann kam ein heftig hechelnder Okular zur Tür hinein und Salabrina folgte ihm auf dem Fuße.

„Der Raaja-sup wollte etwas von mir?“, fragte die Frau etwas schüchtern.
„Stell dich her zu mir und höre zu“, verlangte Jan. Als Salabrina neben ihm stand, traf Jan seine Entscheidung.
„Mein Rechtsbeistand wird einen entsprechenden Bericht abfassen, der der rechtmäßigen Raaji bei deren Rückkehr zur Verfügung steht. Die Raaji soll wissen, wie in ihrer Abwesenheit mit dem von ihr bestellten Raaja-sup umgegangen wurde. Mit sofortiger Wirkung entlasse ich den Hofrat, und zwar alle. Mit sofortiger Wirkung entlasse ich Adjutant Okular. Ich wünsche euch, während meiner Anwesenheit als Raaja-sup auf SONA, kein zweites Mal anzutreffen. **RAUS!**“
Die derart Abservierten standen auf und verließen eilends den Saal und als Elli hinterher sah, auch den Palast.
Jan schaute auf Salabrina und die tat das, was man am wenigsten erwartet hatte: Sie lachte laut, hell und sehr sympathisch. Jan sagte nichts dazu und sah die junge Frau mit Wohlgefallen an. Schließlich hatte sie sich beruhigt und sah in Jans fragendes Gesicht.
„Ich habe sie gewarnt. Ich habe gesagt, das könnt ihr nicht mit ihm machen und das wird er nicht mit sich machen lassen. Sie haben mich mehr oder weniger genötigt, dabei mitzutun. Das geschieht ihnen recht.“
Jan lächelte die SONA gewinnend an: „Ich bin nicht so dement, dass ich glaube, ohne internes Wissen über die Runden zu kommen, Salabrina. Nimmst du den Job als Adjutantin an?“
„Allein? Das wird unter Umständen sehr viel.“
„Du kannst dir Hilfe dazu holen, wenn nötig. Du darfst Adjutanten für mich beschäftigen.“
„Dann nehme ich mit Freuden an.“
„Gut“, sagte Jan. „Zuerst brauchen wir entsprechende Quartiere. Die von der Raaji lassen wir so. Bitte besorg uns im Palast andere. Du weißt, wie viele Leute wir sind. Du brauchst mit dem Luxus nicht übertreiben.“
„Ihr bekommt eine halbe Etage. 20 Zimmer mit Bädern, großen Festsaal und dergleichen“, sagte Salabrina sofort.
„Gibt es in diesem Haus Bedienstete?“
„Ja, es sind 60 Personen.“
„Ich will sie gleich kennenlernen – alle. Wir brauchen nur ein Viertel. Lass einen Schichtplan erstellen. Die anderen haben frei.“

„Sehr gern. Das wird sie freuen. Ich lasse die Zimmer herrichten und hole euch dann."
Jan stand auf und schnipste mit den Fingern: „Du sagtest gerade Festsaal! Heute Abend wird auf ganz SONA ein Fest gefeiert. Der Raajasup bittet die Bevölkerung darum, mitzufeiern. Wir werden die Musik über ganz SONA-PRIME senden. Wir feiern hier im großen Saal, wo wir schon mal eine Feier, unsere damalige Abschiedsfeier, ausrichten durften. Alle Bediensteten sind eingeladen. Richte es ihnen bitte aus."
Salabrina lächelte breit: „Sie werden dir zu Füßen liegen, Jan der Erste."
„Ich hoffe doch sehr", sagte Jan etwas gekünstelt.

Am Mittag des Tages holte Salabrina Jan und seine Crew aus dem maroden Gebäude und sie bezogen die luxuriösen Quartiere im Palast. Der Rest des Tages ging für die Festvorbereitungen drauf. Gegen 15:30 Uhr erschien Jans Konterfei auf allen Videogeräten auf SONA und er lud alle SONA ein, mitzufeiern. Salabrina erwies sich als intelligente und gut gelaunte Perle und lebte ohne Okular förmlich auf. Jan und Elli waren ein ums andere Mal verblüfft, wie sie verschiedene Probleme anging und wie zielstrebig sie agierte.

Was soll der Berichtende dazu sagen: Mit Ausnahme der Spaßverderber des ehemaligen Hofrates, stand ganz SONA Kopf und es wurde die ganze Nacht durchgefeiert.
Jan war im siebten Himmel.

<u>27.04.2152, 04:45 Uhr, SCA-Wohngelände, Haus von Elara und Hana:</u>

Die beiden Zwillingsschwestern waren nur sehr schwer zu trennen. Darum bewohnten sie immer noch das kleine Häuschen auf dem Gelände der Sack-Carter-Akademie. Die beiden Frauen waren auch nicht mehr die jungen Hüpfer, die die Leserschaft der Berichte vielleicht noch im Kopf hat. Die mittlerweile sehr erwachsenen Damen zählten bereits knapp 28 Jahre und da spricht man von Frauen. Thomas hatte ihnen angeboten, sie in andere Positionen zu bringen. Das Potential hatten sie dazu. Sie hatten abgelehnt und ihn wissen lassen, dass sie das Tagesgeschehen an seiner Seite gern übernahmen. Thomas hatte ihnen das Versprechen abgenommen, dass sie sich sofort meldeten, wenn sie eine Veränderung wünschten.

Das KOM-Gerät von Hana klingelte, wie gesagt, um 05:30 Uhr. Man sah aus dem großen Bett einen Arm herausragen, der tastend über den Nachttisch fummelte, bis das KOM-Gerät gefunden war. Das Sprechgerät plus Arm verschwand wieder unter der Decke. Dann hörte man eine gedämpfte Stimme. Schließlich wurde auf dieser Seite die Bettdecke zurückgeschlagen und eine völlig verschlafene Frau mühte sich, in die Wirklichkeit zurückzufinden. Sie kramte sich das lange Haar aus dem Gesicht und sah einen Moment aus dem Fenster, wo es schon dämmerte.
Die Decke auf der anderen Seite des Bettes wurde zurückgeschlagen und eine Frau, der der ersten aufs Haar glich, sah ebenso verschlafen aus: „Was ist denn?“
„Thomas ist zurück. Wir sollen den Krisenstab für 10:00 Uhr zusammentrommeln – im Audimax. Es wäre eine Überraschung, also nix Schlimmes.“
„Was denn für eine Überraschung?“
„Habe ich auch gefragt.“
„Und?“
„Es wäre auch für uns eine Überraschung.“
Beide Frauen rieben sich die Augen und dann standen sie auf. Die eine drüben aus dem Bett, die andere hüben. Gemeinsam ging sie auf ihr Bad zu.
„Was ist denn los?“
Beide drehten sich um. In der Mitte ihres Bettes schaute ein männlicher Wuschelkopf heraus und sah sie mit großen Augen an.
„Dürfen wir dir nicht sagen, Berny. Ist geheim. Wir müssten dich sonst umbringen.“ Beide Frauen kicherten. Berny seufzte.
„Es ist eh schon bald so weit. Zieh dich an und ab mit dir“, sagte Hana.
Berny fügte sich, zog Shorts und Pulli, wie auch Schuhe an.
„Bis bald“, die Frauen winkten ihm zu. Er nickte und nutzte den Ausgang.
Des Rätsels Lösung war, dass beide Frauen so ziemlich alles teilten. Und da sie noch nicht vorhatten eine Familie zu gründen, teilten sie auch die Bettgeschichten. Hier waren sie allerdings bei dem sieben Jahre jüngeren Berny hängengeblieben. Wenn man so will, im wahrsten Sinne des Wortes. Der junge Mann war süß, lieb zu ihnen und standhaft – sie schmolzen dahin. Daher war Berny regelmäßig seit einigen Monaten Gast bei den Schwestern.

Sie hatten ihm das Versprechen abgenommen, niemandem auch nur ein Sterbenswörtchen zu verraten. Berny hatte beide angeguckt und sich gedacht: ‚Glaubt mir eh keiner, dass ich mit den Assistentinnen des Admirals, und zwar beiden, ins Bett gehe.'
So blieb Berny im eigenen Interesse Kavalier, genoss und schwieg.

Berny war kaum verschwunden, als es hektisch wurde im Häuschen von Hana und Elara. Es dauerte keine 30 Minuten, für sie rekordverdächtig, und sie verließen frisch geduscht, zurechtgemacht und frisch geföhnt das Haus. Die paar hundert Meter bis zum Verwaltungsgebäude waren auch schnell überwunden. Dann begaben sie sich ins PENTHOUSE und riefen die Schiffe auf, die im System waren. Anschließend begannen sie mit ihrer Verständigung der Krisenstabsmitglieder. Thomas hatte gesagt, der erweiterte Krisenstab. Das betraf nahezu alle Captains im System, zuzüglich der üblichen Verdächtigen, sprich Ron Dekker, Linus Kirklane, das SCA-Leitungs-Paar und auch die Präsidentin. Auf Nachfrage konnten die Zwillinge die Angesprochenen lediglich beruhigen. Der Admiral hatte von einer positiven Überraschung gesprochen – keine Gefahr. Entspannt bleiben und um 10:00 Uhr im Audimax sein, empfahlen die Schwestern.

Um 08:15 Uhr hörte Hana ein Geräusch auf der Dachterrasse. Offensichtlich war der Admiral bereits gelandet. Ihre Schwester Elara sprach gerade noch mit der Präsidentin, darum eilte sie, um den Admiral zu empfangen und einen Zwischenbericht zu geben. Sie waren weit gekommen. Elara hatte jetzt die letzte Station abzuarbeiten, dann waren sie fertig und konnten vielleicht ein Frühstück aus der Kantine holen und …
Abrupt blieb Hana stehen. Bald wäre sie gegen einen aufrecht gehenden Panther geprallt. Mit weit aufgerissenen Augen sah sie, dass das Wesen eine Art Overall trug.
„Du musst eine Weibliche sein", sagte das Individuum mit rauer Stimme.
Hana war schlagfertig: „Manche sagen sogar, sehr weiblich."
Dieses Wesen deutete auf ihre Brüste und sagte: „Das muss dann am Gesäuge liegen."
„WAS?"

Thomas schob sich neben dem Individuum vorbei: „Sulakidan, ich stelle dir, äh … Hana vor, eine meiner Assistentinnen. Hana, das ist eine TENDUA. Wir haben über die O.H.R. die Bekanntschaft dieser Rasse gemacht."
„Äh, ich freue mich", versicherte Hana.
Die TENDUA wandte sich an die Assistentin: „Wenn meine Bemerkung von eben nicht in Ordnung war, dann bitte ich um Entschuldigung."
„Äh, nein, schon in Ordnung. Tatsächlich liegt es am Ges…, egal. Willkommen im PENTHOUSE."
Thomas grinste. Seine Assistentinnen waren hübsche Frauen und natürlich hatten sie auch weibliche Vorzüge. Diese waren aber weder zu groß noch zu klein. Zwei Hand voll … Thomas verscheuchte seine Gedanken. Das gehörte jetzt wirklich nicht hierhin.
Elara stand im Raum und schaute ebenfalls neugierig. Sie hatte natürlich mitgehört.
„Diese da …", die TENDUA deutete auf Elara, „… gleicht dieser hier aufs Haar."
„Es sind Zwillinge und zwar eineiige. Etwas selten bei uns MENSCHEN", half Thomas aus.
„Ah, deswegen nur zwei", bemerkte die TENDUA.
„Zwei?", fragte Thomas und konnte nichts damit anfangen.
„Gesäuge, Thomas, Gesäuge", half Hana aus und Thomas presste die Lippen aufeinander.
„Wir kennen das auch, dass einige unserer bis zu sechs Nachkommen gleich aussehen und aus einem Ei produziert wurden", redete Sulakidan weiter.
Die Augen der jungen Frauen wurden groß – sechs Nachkommen.
„Soll ich ein Frühstück …", begann Hana etwas lahm. „Vielleicht auch eine Schale Milch?"
Hana bemerkte ihren Fehler und winkte schnell ab: „Sorry, was verträgt unser Gast, Thomas?"
„Unbedingt frühstücken", bestimmte der Admiral. „Besorg unserem Gast …"

10:00 Uhr, SCA, Audimax:

„Nein, ich habe keine Ahnung“, sagte Lieutenant Admiral Laura Stone jetzt zum x-ten Male. Ein unwilliges Brummen war zu hören. Laura lächelte. Ron hatte sein Glück bei ihr versucht und er war nicht derjenige, der sich damit abfand, wenn ihm sein bester Freund etwas verheimlichte.
„Thomas kommt von der O.H.R.“, sagte Laura zur Flaggschiffkommandantin Aurelia Ziaar. Mit ein bisschen Fantasie könnte man auch allein darauf kommen, warum wir hier zusammengekommen sind. Die Lippen der Iranerin zogen sich ebenfalls etwas in die Breite. Die Frau war sehr intelligent und hier brauchte man genau eins und eins zusammenzählen und man wusste, was gleich kommen musste. Die O.H.R. stand im Raum, um für Erstkontakte zu sorgen und eine positive Überraschung konnte nur sein, dass der Admiral gleich ein Individuum vorstellen würde.
„Ich bin gespannt, wen uns der Admiral gleich vorstellt“, gab Aurelia leise zurück.
„Du bist ein kluges Mädchen, Aurelia“, lobte Laura.
Die Captain des stärksten Schlachtschiffes als ‚Mädchen‘ zu bezeichnen, das durfte auch nur Laura. Die so Bezeichnete wusste damit umzugehen, und wenn Laura derart persönlich wurde, lag von ihrer Seite ein hohes Maß an Sympathie vor.
In diesem Augenblick kam Hana durch die Eingangstür. Rons Kopf flog herum.
„Äh“, es dauerte einen Augenblick, bis Ron das ‚H‘ auf der Gürtelschnalle der jungen Frau erkannt hatte, dann legte er los: „Hana, weißt du, um was es geht?“
„Ja“, Hana sagte nichts weiter.
„Ja, und. Was ist es?“
Hana sah zum breiten Marine-General rüber: „Lieber Ron, du erwartest doch jetzt nicht, dass ich die Überraschung meines Chefs hier crashe, oder?“
Es wurde leise gelacht. Die jungen Damen des Admirals waren erstaunlich selbstsichere Damen geworden. Sicherlich ein Ergebnis der Mitarbeiterführung von Thomas Raven. Bevor Ron antworten konnte, öffnete sich die Tür erneut und dieses Mal war schlagartig Ruhe im Audimax. Der Admiral erschien und hatte noch jemanden mitgebracht.

Einigen stand der Mund offen und die Überraschung war groß. Nicht alle hatten wie Aurelia richtig nachgedacht.
„Nun ist die Katze aus dem Sack“, sagte Laura trocken. Offensichtlich war sie in der Abwesenheit von Jan Eggert für die etwas flacheren Sprüche zuständig.
Thomas ging zum Rednerpult und sein Besuch folgte.
„Ich danke, dass ihr so zahlreich erschienen seid. Guten Morgen.“
Man grüßte zurück und Ron grollte: „Wir konnten uns der höflichen Einladung deiner Mädels nicht entziehen.“
Es gab ein paar Lacher.
„Ich darf euch hier die Spezies TENDUA vorstellen. Dies ist Sulakidan, eine Weibliche dieser Rasse. Sie ist Grufü, wir würden dazu sagen, dass sie die Funktion einer Geschwader-Captain bekleidet. Seit gestern sind die TENDUA neue Mitglieder des BUNDes.“
Die Versammelten standen auf und applaudierten. Thomas erklärte der TENDUA, dass dies eine Art wohlwollendes Willkommensritual sei. Die Katzenartige bedankte sich und stellte sich selbst an das Rednerpult. „Wir sind froh, Teil einer Allianz zu sein. Ich bedanke mich im Auftrage meines Volkes für diesen Empfang.“
Sie trat wieder zurück und in den nächsten 30 Minuten erklärte Thomas, was bisher zu den TENDUA bekannt war. Dann kam er auf das Wichtigste zu sprechen.
„Die TENDUA sind auch in den BUND aufgenommen worden, weil sie uns um Hilfe baten. Sie befinden sich im Krieg mit einer Rasse und drohen ausgelöscht zu werden. Sulakidan ist dem Ruf unseres Leuchtfeuers gefolgt, um Beistand zu finden. Um die gegnerische Rasse zu identifizieren, wurde ich vom Rat als eine Art Gutachter gebeten, meine Einschätzung dazu abzugeben.“
Nun wurde es völlig still im Audimax. Das Publikum hing Thomas an den Lippen.
„Die TENDUA führen Krieg gegen die EGGS!“
Einen Augenblick war Ruhe, dann redeten alle durcheinander.
„Was ist über die Individuen der EGGS bekannt?“, wollte Linus Kirklane wissen und rief seine Frage in den Raum. Augenblicklich beruhigte sich wieder alles.
„Sulakidan, und ich kann das nachvollziehen, hat uns erst Informationen darüber und auch Infos über ihr Heimatsystem zugesagt, wenn

wir sie in den BUND aufnehmen. Nachdem das passiert ist, kann uns unsere neue Bündnispartnerin erklären, was sie weiß."
Thomas trat zurück und wies mit der Hand auf das Rednerpult.
Langsam trat die TENDUA hinzu.
„Wir wissen, dass das Leben dieser EGGS, wie ihr sie nennt, nicht organisch ist", sagte sie mit rauer Stimme. Im Nu wurde wieder gemurmelt und die Überraschung war groß. Anorganisches Leben? Wie sollte das denn funktionieren?
„Es muss auf Silikatbasis beruhen", gab Sulakidan weiterhin an. „Die Form ist nicht gleichmäßig. Die Individuen setzen sich aus Teilen zusammen. Sie können klein sein, obwohl eine Mindestgröße erforderlich zu sein scheint, oder aber auch relativ groß. Sie können ihre Form verändern. Gleich bleibt dieses facettenartige Aussehen, in dem sich das Licht tausendfach bricht. Sie sind relativ unempfindlich gegen Energiewaffen, zumindest diese, die man in den Händen halten kann. Man muss ballistische Waffen verwenden und darauf achten, dass die Einzelteile, also das Ergebnis nach einem Beschuss, so klein ist, dass es nicht mehr lebensfähig ist. So ganz genau sind wir da auch noch nicht informiert. Wir gehen davon aus, dass sie eine Energieform benötigen, aber keine Atmosphäre."
Sulakidan trat zurück und das Publikum musste diese Information erst einmal verdauen.
Laura stellte eine Frage: „Aus welcher Galaxie kommen die TENDUA?"
„Wir kommen aus dieser Galaxie hier", sagte Sulakidan.
Laura öffnete beide Arme fragend: „Die EGGS sind auf NGC 185 beschränkt oder wollen das selbst so. Wie kommt es dann zum Krieg?"
Thomas trat vor: „Das Heimatsystem der TENDUA liegt drei Lichtjahre von einem stabilen Zwei-Wege-Wurmloch entfernt. Aus diesem heraus greifen die EGGS an und ziehen sich auch dorthin wieder zurück. Die TENDUA haben es bisher nicht gewagt, das Wurmloch in der anderen Richtung zu durchfliegen. Sie wollten ihre Abwehr nicht schwächen. Niemand weiß, was hinter diesem Wurmloch liegt."
„Jetzt verstehe ich auch", sagte Aurelia Ziaar, „warum die EGGS nicht mit uns kommunizieren. Eine anorganische Lebensform muss uns so fremd sein, dass wir wahrscheinlich Jahre brauchen, um überhaupt nur zu verstehen, auf welche Weise sie sich miteinander austauschen."

„Du hast völlig Recht“, Laura stimmte der jungen Frau zu. „Und die TENDUA bieten uns jetzt einen Angriffspunkt.“
„Ich gebe zu bedenken, dass wir unsere Flotte nach dem letzten Gefecht um die O.H.R. gerade mal wiederinstandgesetzt haben“, sagte Linus Kirklane.
Laura drehte sich angriffslustig zu ihm um: „Dann kann es ja wieder losgehen. Ich vergesse nicht, dass man ohne Kommunikation gleich auf uns schießt. Auch wenn wir die Verständigungsart vielleicht nicht nachvollziehen können, der Waffeneinsatz ist universell zu verstehen. Auch für eine fremde Logik muss klar sein, dass sich der Gegner wehrt. Außerdem brauchen wir gar nicht zu diskutieren ob. Die TENDUA sind Mitglied des BUNDes. Suli-Ko wird uns bitten, etwas zu unternehmen.“
„Hat sie schon“, gab der Admiral zu. „Ich denke, ich rufe jetzt mal unsere beiden Reporter, die können ein paar Aufnahmen machen und dann gibt es heute Abend in den Netznachrichten eine Info an unsere Bevölkerung. Wie üblich, werden Hana und Elara gleich für Catering sorgen und wir besprechen uns in kleinen Kreisen. Nach dem Mittag sollten wir dann einen Plan haben und möglicherweise einen Plan B. Fragen dazu, die jetzt alle interessieren?“
Thomas sah sich um: „Gut, zunächst erst einmal nicht. Elara, bitte organisier aus der Kantine ein kleines Catering. Besprechungspause!“
Elara flitzte los und Thomas gab Hana einen Wink, Dana Ostenson und ihren Partner herzubitten.

5. RELAISSTATION

<u>27.04.2152, 15:30 Uhr, PENTHOUSE:</u>

Admiral Thomas Raven hatte der Grufü der TENDUA ganz schön was zugemutet: Ein Mittagsmahl in der SCA-Kantine, und zwar mit der gesamten, gerade anwesenden Flottenführung. Die Gespräche vorher waren gut und für alle informativ und meinungsbildend gewesen, aber was dann in der Kantine passierte …
Sagen wir mal so: Der Admiral tauchte mit seinem Tross und der Besucherin um 12:00 Uhr dort auf. Danach gab es keinen Unterricht mehr. Selbst die Dozenten kamen in die Kantine geeilt, um dort die Grufü zu sehen. Dana Ostenson und Jurij Maximov bekamen ausrei-

chend Bild- und Tonmaterial für ihre abendliche Sendung. Thomas hatte der Schwedin die Zusage abgenommen, das Thema selbst der Öffentlichkeit zu präsentieren. Sie sollten auch anschließend bei der Befehlsausgabe ihre Aufnahmen tätigen und auch verwerten können. Dana sagte eine professionelle Umsetzung zu und daran hatte Thomas keinen Zweifel. Die blonde Nordländerin hatte das Thema gut im Griff, besaß die Sympathien des Publikums und stand voll und ganz auf der Seite von Thomas Raven.

Vor zehn Minuten hatte der Admiral den Aufenthalt in der Kantine beendet. Sulakidan war umlagert worden von wissbegierigen jungen MENSCHEN und Dana hatte lediglich zuhören müssen, die anderen stellten schon die richtigen Fragen.

Nun war man im Besprechungsraum des PENTHOUSEs angekommen und Jurij hatte seine Kameras aufgebaut.

„Wir hatten uns schon vor dem Mittag auf eine geeignete Vorgehensweise geeinigt“, begann Admiral Thomas Raven die Unterredung. „Sulakidan teilte uns mit, dass ihre Spezies im Moment über nicht mehr als 37 Kampfschiffe von der Art ihrer Flotte verfügt. Dazu kommen ein paar Kampfjäger. Die Waffen der TENDUA sind vom Wirkungsgrad um Einiges hinter den unseren zurück. Die EGGS werden sich auf diese Stärke eingestellt haben. Ich beabsichtige, den EGGS eine Falle zu stellen. Federführend in dieser Angelegenheit wird dieses Mal Lieutenant Admiral Laura Stone sein. Sie wird einen Flottenverband zum TENDUA-System führen. Im Flottenaufgebot sind: einmal die SATURN selbst mit PHOEBE, die HYPERCANE, die STEPHEN HAWKING, die HIGHLANDER und die GRÖNLAND. Ich werde gleich noch mit EDEN sprechen, damit von dort zumindest ein Schiff dazustößt. Weiterhin werde ich Chapawee Paco bitten, mit der STANDING ROCK zu unterstützen. Dazu als Flottentender die WONDERLAND. Ich werde Kuriere nach MANCHAR und nach LOST OWEN, oder wie es jetzt noch vorläufig heißt: GENAR-PRIME II, schicken. Wir sind schließlich in einem Bund und wir brauchen es nicht mehr allein zu machen. Kuriere sind schon unterwegs, und wenn Tallek vielleicht mit der GRIN-EXX und Ro-Latu mit der HOR-LOK II dazukommen, werden wir das Überraschungsmoment auf unserer Seite haben. Gemeinsamer Startpunkt wird die O.H.R. sein. Die von hier losfliegenden Schiffe versammeln sich morgen um 17:00 Uhr vor unserer Raumstation. Los geht es dann zum TENDUA-System, wenn Schif-

fe von MANCHAR, EDEN, AQUARIUS und GENAR-PRIME II eingetroffen sind und Laura das Startsignal gibt. Die GRIN-EXX könnte auch nachkommen, denn von der MILCHSTRASSE kann es dauern. Ich dachte, wir gehen wie folgt vor …"
Die anschließende Besprechung dauerte nicht mehr lang. Thomas wollte Laura den Einsatz überlassen. Das Flaggschiff selbst, die ASF HOKA, würde die Absicherung des ARES-Systems übernehmen. Um 16:40 Uhr war diese Veranstaltung zu Ende und die an der Mission beteiligten Captains beeilten sich, zu ihren Schiffen zu kommen und diese auf den Status ‚Deep-Space-fähig' zu heben.

27.04.2152, 08:50 Uhr, CHAIN, kurz vor STEPPENWOLF:

Die Zeit an Bord der MONTREAL (O.H.R.) war kurz und aufregend gewesen, fand Cynthia. Nun saß sie wieder neben Walter in der CHAIN und ihre Partner steuerten das 5-Sphären-Schiff auf den Gesteinsbrocken STEPPENWOLF zu.
Sie waren dabei, dem Wunsch des Admirals nachzukommen. Die Französin hätte ja lieber die weitere Entwicklung der TENDUA mitverfolgt, aber Walter hatte sie davon überzeugt, dass auch ihr Auftrag wichtig war und schließlich in die Gegend um die Heimatwelt der EGGS führte. Somit war auch der Zusammenhang wiederhergestellt, denn die EGGS waren die Feinde der TENDUA.
„Wir halten dem Admiral mit Informationen den Rücken frei", hatte Walter gesagt. „Wenn jeder auf seinem Posten das Beste gibt, wird ein Schuh draus."
Cynthia hatte das eingesehen.

Beginn 1. Bericht von Dr. Harry W. Pommerton:

Es war der 27.04.2152 und 08:55 Uhr Bordzeit der CHAIN. Ich befand mich auf dem Sitz des Scanneroffiziers hinter Walter Steinbach und Cynthia Parlett.
Wir flogen auf STEPPENWOLF zu.
Der Zwischenauftrag lautete, über STEPPENWOLF das künstliche Wurmloch in Richtung RELAISSTATION zu nutzen und zu überprüfen, ob ein Klein-Raumschiff wie die CHAIN diesen Weg nutzen

kann. Meine internen Berechnungen ergaben, dass das durchaus sehr knapp werden würde, aber noch im Bereich des Möglichen.
Eine überdurchschnittliche Gefährdung sah ich nicht.
Der Abstand zu STEPPENWOLF betrug 150.000 Kilometer – schnell abnehmend. Walter Steinbach schaltete die Navigationshilfe ein und richtete das Raumschiff danach aus. Wir mussten eine kurze Wegstrecke um STEPPENWOLF herumfliegen, um den Höhleneingang zum Wurmloch zu finden. Walter beauftragte mich, das Erkennungssignal zu senden.
„Mylord, wir senden einen automatischen Code. Es ist nicht nötig, einen redundanten Weg zusätzlich zu wählen. Die Station hat uns bereits detektiert und das Leuchtfeuer ist online."
Mein Einsatzleiter brummte irgendwas, was ich nicht verstand. Ich speicherte das als ‚Gemütsäußerung' ab und reagierte nicht darauf.
Kurz darauf waren die grünen Lampen, ein Kreis um den Höhleneingang, gut zu sehen. Walter übergab der KI die Steuerung des Schiffes.
Ich teilte die Auffassung des Missionsleiters. Ein MENSCH ist viel zu ungenau und langsam, als dass er die Manöver innerhalb eines so engen Tunnels bewerkstelligen kann, ohne irgendwo anzuschlagen.
Ich hörte, wie Cynthia sagte: „Darf ich es probieren?"
Walter zögerte etwas, dann schaltete er die KI-Steuerung aus und übertrug die Kommandocodes auf das Paneel von Cynthia.
Die Frau flog auf den grünen Einflugring zu und verlangsamte die Geschwindigkeit erheblich.
In diesem Augenblick erkannte ich eine überdurchschnittliche Gefährdung und errechnete, wie ich eingreifen konnte. Ich wollte gerade handeln und die Abstoßfelder ungefragt aktivieren, als Cynthia genau diese Technik rings um die CHAIN einschaltete. In Verbindung mit der weiter sinkenden Geschwindigkeit lag die Gefährdung etwa 3,72% unter meiner vorläufigen Toleranzschwelle.
Ich griff nicht ein.
Ich war bereit.
Die CHAIN wurde von Cynthia sehr langsam in den Tunnel eingefahren. Meine Gefährdungseinschätzung sank noch einmal erheblich. Nach zwei Minuten war die CHAIN komplett im Tunnel. Meine Anzeigen registrierten die Reststrahlung eines künstlichen Wurmlochs im Gang voraus.

Meine Gefährdungseinschätzung stieg wieder an. Bisher war man mit Raumanzügen oder mit kleineren Dingen hindurchgegangen. Wie verhielt sich das Wurmloch, wenn ein 29 Meter langes und wurmförmiges Raumschiff hindurchgezogen wurde?

In Abwägung mit der Mission musste das Risiko eingegangen werden. Schließlich stellte die Sphäre selbst eine gewisse Sicherheit dar. Wir befanden uns vorn und was weiter hinten geschah, musste uns nicht zwangsläufig treffen.

„Wurmloch aktiviert sich", teilte Walter mit. Unser Kommandoabteil wurde in gleißendes Licht getaucht und Cynthia dunkelte die Scheibe ab. Das Spiegeln der Energiefluktuationen auf den Innenwänden nahm schlagartig ab.

„Gleich sind wir auf RELAISSTATION", bemerkte Walter und ich stellte fest, dass der Missionsleiter den Schutzschirm des Schiffes eingeschaltet hatte. Ich speicherte ab, dass Walter vorsichtig und vorausschauend agierte.

Dann geschah der Durchgang. Es gab einen Ruck und ich bemerkte, dass die schlauchähnlichen Verbindungselemente auf das Maximale in die Länge gezogen wurden. Statt einem Meter, waren es jetzt drei Meter von einer Sphäre zur nächsten. Unser Schiff wurde von den Kräften des Wurmlochs auf 37 Meter ausgedehnt. Aber da waren wir schon durch und es knallte hinter uns heftig.

„Schadensbericht!", rief Walter und ich registrierte, dass der Missionsleiter mich meinte. Ich recherchierte im Droiden-Netz – das ging schneller.

„Keine Beschädigungen", konnte ich wenig später mitteilen. Die CHAIN hatte die Belastungsprobe gut überstanden. Ich sah an meinen beiden Führungsoffizieren vorbei nach vorn. Ich erkannte die Sichel eines grünen Planeten, BIG GREEN, wie ich schnell aus den Datenspeichern abrief. Wir befanden uns innerhalb einer Aussichtsplattform mit fast zwei Millionen Quadratmetern, die genau diesem Planeten zugewandt war. Wir befanden uns auf dessen Mond, der RELAISSTATION.

„Außenbedingungen?", fragte Walter und ich teilte ihm die Werte mit: Atmosphäre normal.

Walter wandte sich an Cynthia: „Landen und abschalten. Den Rest machen wir jetzt erst einmal zu Fuß."

Cynthia fuhr die Stützen aus und die CHAIN senkte sich darauf hinab. Anschließend stellte sie die Aggregate offline.
Wir waren an unserem Etappenziel angekommen.
„Gut gemacht", lobte Steinbach seine Partnerin.
„Zunächst überprüfen wir, ob alles noch so ist, wie wir es damals verlassen haben", ordnete der Missionsleiter an. Ich schnappte mir meinen Regenschirm und die Aktentasche. Beim Aufstehen setzte ich die Melone auf und ging dann zur Schleuse. Ich hielt es für selbstverständlich, dass ich als Maschine bei derlei Einsätzen immer vorausgehe. Seitens meiner Führungsoffiziere gab es keinen Widerstand und so stand ich bald auf dem fahlgrünen und künstlichen Bodenbelag. Ich sah zurück: Wir waren mit der CHAIN aus dem linken Wurmloch herausgekommen. Das in der Mitte war inaktiv und führte nach SUAM. Die rechte Anomalie zeigte hin und wieder ein Zucken eines Energieblitzes. Es versuchte weiterhin eine Verbindung aufzubauen, aber diese, das wussten wir jetzt, führte nicht zur ERDE nach Sibirien.
Walter hatte meinen Blick offensichtlich bemerkt.
„Alles wie gehabt. Zunächst überprüfen wir hier, dann beratschlagen wir, auf welchem Weg wir nach SUAM kommen."
Ich zeigte auf das mittlere Loch.
„Ist schon klar", sagte Walter. „Ich meine nur mit oder ohne der CHAIN."
Ich kann bestätigen, dass Walter und Cynthia sehr gründlich vorgingen. Sie untersuchten jeden Quadratmeter innerhalb der Station und das waren einige. Der Letalis STRANGER stand draußen gesichert im Mondstaub und meine Fernabfrage ergab, dass der Flieger voll funktionstüchtig war und er in der Zwischenzeit keine Aktivitäten aufgezeichnet hatte.
Walter ordnete eine Außenmission an, und nachdem wir ein paar Kilometer in Raumanzügen über den Mond gelaufen waren, gingen wir an Bord der STRANGER. Ein Scan des Systems ergab keinerlei Hinweise darauf, dass die Station oder BIG GREEN in der Zwischenzeit Besuch erhalten hatte. Mittlerweile hatten die beiden Führungsoffiziere eine Mahlzeit zu sich genommen.
„Morgen früh geht unser Freund Pommerton als Scout zu Fuß nach SUAM, nimmt eine kurze Kontrolle vor und meldet uns dann. Wenn alles okay ist, lassen wir die CHAIN zunächst hier und sehen uns dort um."

Das war es dann für den ersten Tag. Die beiden MENSCHEN zogen sich in den Schlafraum der CHAIN zurück und beauftragten mich, die Wache zu halten. Ich stellte mich so, dass ich die Wurmlöcher im Auge hatte und schaltete auf den Standby-Modus.
Ende des 1. Berichtes von Dr. Harry W. Pommerton.

29.04.2152, 08:30 Uhr, SONA-PRIME, Palast:

Sie hatten den gesamten gestrigen Tag gebraucht, um sich von der Feier von vorgestern zu erholen. Salabrina, die sich als gute Hilfe erwies, hatte Jan den Ersten in Ruhe gelassen, aber deutlich gemacht, dass von einem Raaja-sup auch erwartet wird, dass er sich um die Belange des Volkes kümmert.
Jan hatte gestern was von ‚Morgen' gemurmelt und saß nun mit etwas schlechtem Gewissen im riesigen Büro der Raaji und wartete auf das, was da kommen möge. Er hatte sich ausgebeten, dass Salabrina ebenfalls anwesend sei. Die SONA hatte zugesagt und so hockte Jan jetzt vor einer Riesentasse Kaffee und seine Hilfe saß etwas seitlich vom Schreibtisch. Die große Tür ging auf und ein geschäftig wirkender SONA eilte mit einer übergroßen Kladde auf den Schreibtisch und damit auch auf Jan zu.
„Ich entbiete dem Raaja-sup meinen Morgengruß", sagte der SONA und legte die Kladde auf eine der vorderen Ecken des Schreibtisches.
„Moin", sagte Jan.
Der SONA entfernte sich. Leise hörte man, wie die Tür zuschlug.
„Was ist das?"
Salabrina erhob sich: „Das war der persönliche Sekretär der Raaji. Ein sehr zuverlässiger Mann. Er macht die Termine und bereitet die Entscheidungen vor. Die Raaji muss sich mit den Problemen beschäftigen und Entscheidungen fällen."
„Aha", machte Jan wenig begeistert. Er griff sich den Ordner und musste natürlich feststellen, dass er die Schriftzeichen der SONA nicht lesen konnte. Er schob das Teil rüber zu seiner Hilfe.
„Soll ich vorlesen?"
Jan schüttelte den Kopf: „Das wird nicht viel bringen. Lies mal nach und dann gib mir eine Zusammenfassung."
Während Salabrina die Sachen durchging, funkte Jan Elli an: „Ich brauche hier einen Droiden, der für mich die Schriftzeichen der SONA

übersetzt. Am besten digital, sodass ich das gleich auf einem Monitor sehen kann."
„Geht in Ordnung, Jan. Ich besorge dir das. Kommst du ansonsten klar?"
„Nein."
Bevor Elli noch etwas sagen konnte, hatte Jan bereits abgeschaltet. Er trank seinen Kaffee aus und dann konnte ihm Salabrina einen ungefähren Überblick geben, welche Themen anstanden:

1. Entscheidung über das Schulwesen auf SONA-PRIME
2. Entscheidung über das Forschungsprogramm auf SONA-PRIME
3. … Zusammenarbeit mit den MENSCHEN
4. … Ressourcen für die Schürfgebiete im All
5. … Personalplanung in kritischen Bereichen
6. … Fragen in der Rechtsprechung
7. … Gesundheitspolitik
8. … Ausbau der Verbindungswege auf SONA-PRIME
9. … Ausbau der Verbindungswege der bewohnten Planeten im SONA-System
10. … Beteiligung der Bürger am weiteren Ausbau
11. … neue Wohngebiete auf SONA-PRIME
12. … neue Wohngebiete auf anderen Planeten des Systems
13. … Planung der Siedlung der MENSCHEN
14. … Einweihung eines Kindergartens (13:00 Uhr)
15. … Einweihung einer Kirche für den Großen Vangaa (15:00 Uhr)
16. … Grundsteinlegung eines Bürgerhauses (18:00 Uhr)
17. …
18. …
19. …
20. …

Jan schwirrte der Kopf: „Das macht die Raaji allein?"
„Ja!"
„Irre, völlig irre", regte sich Jan auf. „Kein MENSCH, äh, keine SONA kann Fachmann oder Fachfrau auf all diesen Gebieten sein."
„Hin und wieder gibt es Kritik, wenn man etwas hätte besser machen können", gab Salabrina zu. „Aber im Prinzip ist unser Volk mit dieser Lösung einverstanden."

„Alles auf den schmalen Schultern von Kummaree“, sagte Jan bekümmert. „Wie lange arbeitet die Raaji täglich?“
„Sie ist in der Regel von 05:30 bis 19:30 Uhr in ihrem Büro.“
Jan bekam große Augen: „Kein Wunder, wenn Janina ein Einzelkind bleibt.“ Dann holte er tief Luft und tippte auf seinem KOM-Gerät herum.
„Notruf?“, fragte Elli über das Gerät.
„Ja, ich bitte euch alle her zu mir. Wir haben ein Problem.“
„Du meinst, du hast ein Problem.“
Jans Schultern sackten nach unten: „Ja, stimmt. Kommt ihr trotzdem?“
„Selbstverständlich.“
„Danke“

Es dauerte eine halbe Stunde, dann kamen die Gefährten und brachten auch gleich den Übersetzungsdroiden mit. In der Zwischenzeit hatte sich Jan bereits Gedanken gemacht, wie er das Problem lösen könnte. Schließlich hatten sich alle vor seinem Schreibtisch aufgebaut und Jan berichtete von dem Arbeitsaufwand der Raaji und dem heutigen Plan.
„Wie können wir dir helfen?“, fragte Carson.
„Es steht außer Frage, dass wir vielleicht mit einer Lösung auch Kummaree helfen, und zwar zu einem normalen Familienleben. Sowas geht hier gar nicht. Ich dachte mir, dass Johann als mein Beauftragter die Einweihung der Kirche übernimmt.“
„Ich?“ Der Alpenländer bekam Atemnot.
„Gewiss. Du siehst doch schon so aus, als würdest du alle fünf Meter auf die Knie fallen.“
Johann grummelte, aber er nahm an.
„Ich übernehme den Kindergarten“, bot sich Arzu an.
„Danke.“
„Ich mach das mit dem Bürgerhaus. Krasse Sache“, sagte eine hohe Stimme.
„Nur wenn du vorher keinen Joint nimmst, Bob“, schränkte Jan ein.
„Wird schwer, aber ich mache das.“
Jan drehte sich zu seiner Hilfe um: „Wir brauchen jemanden, der unsere Freunde hier zu den Veranstaltungsorten bringt.“
„Ich sorge rechtzeitig dafür.“
„Gut!“
Und nun zeigte Jan, dass er nicht nur feiern konnte.

„Salabrina, hör mal her. Du bist ein cleveres Mädchen und dafür brauchen wir deine Ahnung. Du kennst doch jede Menge Leute, stimmt's?"
Salabrina bestätigte.
„Du kennst doch auch sicherlich Fachleute für die einzelnen Bereiche."
Salabrina zögerte.
„Aber du kennst dann jemanden, der jemanden kennt …"
Das konnte die SONA bestätigen.
„Was hast du vor?", fragte Carson.
„Ich will für jedes Ressort fünf Fachleute. Die müssen sich mit dem Thema befassen und einen Beschluss fassen. Ich werde diesen übernehmen. Kummaree kann das anschließend so weitermachen, kann aber selbst entscheiden. Wir können ruhig die damaligen Ministerien auf der ERDE nehmen."
„Was brauchst du dann?", fragte Salabrina und hatte eine Folie und einen Stift in der Hand.
Jan holte Luft: „Ich brauche Fachleute für Verkehr, Familien, Recht, Religion, Bauwesen, Arbeit, Außenangelegenheiten, Innenangelegenheiten und vielleicht noch andere. Hol dir Hilfe und dann los. Wir brauchen hier einen größeren Saal und jeweils ein Großraumbüro für jedes Ressort mit fünf Arbeitsplätzen, und sieh bitte zu, dass du annähernd zu gleichen Teilen Männer und Frauen nimmst. Du koordinierst das Ganze."
Salabrina machte große Augen, aber sie leuchteten. Sie hatte wohl auf eine solche Chance gewartet. Sie verließ das Büro und wenig später kam jemand, der Johann abholte. Dann wiederum jemand, der Arzu zu der Einweihung eines Kindergartens brachte und schließlich war auch jemand bereit, den Rasta-Man zur würdigen Feier des Baubeginns eines ehrwürdigen Bürgerhauses zu bringen. Der SONA stutzte kurz, als er Bob Hillary in grüner, gelber und roter Ausgangs-Robe sah, aber dann nahm er ihn mit.
Es ging natürlich nicht überall gut. Man muss wissen, dass dem großen Vangaa mit einem Feuerchen gehuldigt wurde. So vom religiösen Eifer benebelt waren die SONA auch nicht, dass niemand mit einer gewissen Brandgefahr rechnete, obwohl ihr Gott ja schon noch aufpassen würde, aber wenn dieser unachtsam …, also hatte man ein paar Behälter Wasser aufgestellt, damit man zügig die Verehrung des Gottes abbrechen konnte. Es ging ja um Huldigung schließlich und nicht um eine (Feuer)-Opfergabe.

Okay, Johann schlug sich ganz ordentlich und sprach ein paar salbungsvolle Worte. Auch Arzu nahm die Zuschauerschaft ab, dass sie Kinder mochte. Sie hatte sich gleich einen SONA-Jungen und ein entsprechendes weibliches Gegenstück dazu auf den Arm genommen. Da die Kurzen kein Theater machten, wie sie insgeheim befürchtete, war das eine rundum gelungene Aktion und Arzu wurde als Vertreterin des Raaja-sup gefeiert.

Ähm, so ganz ohne Komplikationen lief es bei Bob nicht ab. Wir erinnern uns: die Grundsteinlegung des Bürgerhauses. Wie auch auf SONA-PRIME üblich, hatten die Handwerker natürlich schon etwas stehen, was man dann ‚befeiern konnte' – eine halbe Wand sehr frisch gemauerter Bausubstanz ragte bereits aus dem Untergrund heraus.

Auch hier war einer der örtlichen Honoratioren an einen Stapel brennbares Material herangetreten und wollte dieses gerade in Brand setzen, damit der Große Vangaa möglichst gezielt auf dieses heilige Ereignis aufmerksam wurde.

Nun, in diesem Augenblick, es mag der Entzug gewesen sein, gewahrte der Rasta-Man und Vertreter von Jan dem Ersten als Raaja-sup drei Eimer mit Wasser. Blitzschnell schloss er auf deren Zweck, hatte allerdings beim Denken etwas Pech. Nun, Bob stürzte auf die Eimer zu, riss den ersten an sich und knallte diesen dann mit Schwung gegen das frische Mauerwerk. Der zweite folgte und das Verbindungsmaterial in den Fugen begann dem Wasser zu folgen – es lief heraus. Mit einem emotionalen Schrei, also spitz und hoch, er wollte anfeuern, goss Bob auch den dritten Eimer hinterher.

Die frische Wand brach zum Entsetzen von Handwerkern, Bauingenieur und Publikum in sich zusammen. Bob riss beide Arme nach oben und streckte die Zeigefinger himmelwärts, bereit, gefeiert zu werden.

Der Beifall blieb allerdings aus. Einzig der Fahrer von Bob reagierte richtig. Er verfrachtete den frustrierten Einweiher in den Innenraum des Fahrzeugs, setzte sich hinter das Lenkrad und beschleunigte wie ein Irrer.

So blieb es dann beim Frust.

Vangaa sei Dank.

Im Palast hatte die Mannschaft der ALBATROS bereits Feierabend gemacht. Salabrina hatte wissen lassen, dass vor Morgen 10:00 Uhr die ausgewählten Fachleute nicht parat stehen würden. Jan hatte das getan, was er am besten konnte: Feierabend ausgerufen.

Beginn 2. Berichtes von Dr. Harry W. Pommerton:

Es geschah am 29.04.2152, 09:15 Uhr und wir befanden uns immer noch auf der RELAISSTATION. Ich musste meine Einschätzung von Walter Steinbach überschreiben. Der Mann ist noch viel vorsichtiger, als ich es vorgestern noch einschätzte. Er nahm seine Entscheidung, bereits gestern nach SUAM aufzubrechen, zurück und stattdessen waren wir mit der STRANGER in Richtung BIG GREEN geflogen. Der Planet war noch nicht zur Landung freigegeben, aber das hatte der Missionschef auch gar nicht vor. Er wollte nur sichergehen, dass wirklich niemand unsere Abwesenheit ausgenutzt hatte, um dort zu landen. Nach der elften Umkreisung hatten wir keine künstliche Energiequelle orten können und Walter Steinbach entschloss sich, die Dunkelwolke zu verlassen und mal davor zu gucken, was denn so los sei, wie er sich ausdrückte.
Zu diesem Zweck betraute er mich mit der Lenkung des Schiffes. Walter dunkelte die Kommandokanzel ab und ich steuerte nach Instrumenten. Mit Hilfe der Bojen war das auch kein Problem. Die Entfernung schaffte ich in 157 Minuten und 13 Sekunden.
Wir hatten, als wir die Wolke verließen, nichts weiter feststellen können, und so bekam ich die Order, den Letalis zurückzufliegen.
So verbrachten wir gestern den Tag.
Der Missionsleiter war zufrieden, denn auch keine Feststellungen waren eine wichtige Information und jetzt konnten wir uns auf SUAM konzentrieren.
„Du gehst zuerst, Dr. Pommerton“, hörte ich Walter Steinbach sagen.
Angst kannte ich nicht. War ja ein Gefühl und die reine Mathematik sagte mir, dass das Risiko überschaubar und ich als Maschine meine Existenz eben eher aufs Spiel zu setzen hatte als die MENSCHEN. Ich schnappte mir also den Regenschirm, setzte die Melone auf und griff zum Koffer. Ein breites Grinsen von Cynthia Parlett gab mit zwar ein Rätsel auf, aber ich konnte es nicht lösen. Ich schritt also gemäß meinem Befehl auf das entsprechende Wurmloch zu. Etwa 15 Meter bevor ich die Anomalie erreichte, aktivierte es sich. Meine internen Anzeigen für die Energiewerte standen zitternd auf Maximum. Für der-

lei Messungen war ich wohl nicht geeignet. Ich ließ mir aber nichts anmerken und kurz darauf vertraute ich mich dem Ereignishorizont an. Meine Sensoren müssen kurzzeitig ausgesetzt haben, denn vom eigentlichen Übergang bekam ich nichts mit. Es waren ein paar Sekunden vergangen und ich stand in einem Tunnel. Als das Wurmloch hinter mir erlosch, war es dunkel. An meinem Hut fuhr ein winziges Türchen zur Seite und eine leistungsstarke Lampe kam zum Vorschein. Ich regelte die Leuchtkraft, die für begleitende MENSCHEN gedacht war, auf etwa 5% herab und schaltete die Beleuchtung ein. Ich konnte so immer noch ausreichend sehen und war für andere so kein Leuchtfeuer. Ich schritt zügig in Richtung Ausgang und erfasste alle Daten, die sich mir boten. Ich kam an dem Abzweig vorbei, der damals mit einem Kraftfeld gesichert worden war. Das Feld war aktiv. Ich fragte den Speicher ab. Hin und wieder muss ein Tier versucht haben, diese Barriere zu durchdringen. Auf mehr ließen die Datenspeicher nicht schließen. Ich ging weiter und näherte mich dem Ausgang des Tunnels, der ja in einiger Höhe lag und wie ich feststellte, über einen guten Ausblick verfügte. Hier gab es ebenfalls ein nicht angetastetes Kraftfeld. Ich schaute über das Meer und registrierte die Inseln, die weit draußen im Meer lagen. Ich musste zurück. Mein Auftrag lautete, nachzusehen ob die Kraftfelder intakt waren und ob es Anhaltspunkte für Gefahren gab. Ich trabte zurück und ging durch das Wurmloch.
„Keine Gefahr, Mylord“, meldete ich mich zurück. „Kraftfelder aktiv und ohne gespeicherte Angriffe. Mylord und Mylady können sich dem Wurmloch getrost anvertrauen.“
„Okay“, sagte Walter, dann zogen er und Cynthia sich die mittelschweren Kampfkombinationen an und nahmen Waffen auf, die mich einen Kleinkrieg errechnen ließen. Warum war ich dann vorausgegangen und hatte das Terrain sondiert? Ich muss zugeben, dass menschliche Verhaltensweisen manchmal logisch für mich nicht zu begreifen waren. Ich musste lernen, damit umzugehen.
„Ich soll wieder mit, Mylord?“
„Selbstverständlich“, erhielt ich als Antwort. Etwa 15 Minuten dauerte es, bis die beiden MENSCHEN vollumfänglich ausgerüstet waren.
Walter schickte mich wieder vor.
Ich hatte beschlossen, die Vorgänge nicht weiter zu hinterfragen oder gar neu zu berechnen. Das entbehrte jeglicher Grundlage und war Ressourcenverschwendung. Ich ging also voraus und auf SUAM, also im

Tunnel, war es so, wie ich es vor 30 Minuten verlassen hatte. Walter ging hinter mir her und dann kam seine Partnerin. Wir gingen bis zum Ausgang an der Steilwand und Walter schaltete das Kraftfeld ab. Ich registrierte eine gute und sauerstoffreiche Atmosphäre.
„Ah, das tut gut", sagte Cynthia und ich musste ein wenig Rechenarbeit verrichten, um zu erkennen, dass die teils abgestandene und wiederaufgearbeitete Atmosphäre in Raumschiffen für Organische nicht erstrebenswert war und nicht mit einer natürlichen mithalten konnte. Ich stelle einen nicht geringen Anteil von Aerosolen fest. Vielleicht hing das damit zusammen.
„Ich würde ganz gerne an den Strand", sagte Cynthia Parlett und Walter sah sich um. Mir wird es immer ein Rätsel bleiben, warum bei verschiedenen Paaren die Frau nur einen Wunsch aussprechen brauchte und ihr Partner hatte nichts anderes mehr im Sinn, als diesem Wunsch zu entsprechen. So auch hier.
Walter sagte: „Von hier oben können wir nur mit der CHAIN hinunter. Ich will das noch nicht. Aber wir können den Abzweig nach unten benutzen."
„Oh ja", rief Cynthia. „Ich will zum Strand."
Walter schaltete das Kraftfeld wieder ein und drehte sich um. Dieses Mal ging er voran. Etwas erstaunt folgte ich den beiden. Walter vernachlässigte die Mission, um einem Wunsch von Cynthia zu erfüllen? Mir ging das nicht in die Speichereinheiten. Was war denn jetzt wichtiger? Egal, ich konnte das nur zu den vielen ungelösten Rätseln hinzufügen, die ich bisher aus dem Verhalten zwischen männlich und weiblich gesammelt hatte. Vielleicht, wenn ich genügend Daten gesammelt hatte, konnte ich ein Muster erkennen – eventuell.
Walter schaltete das Kraftfeld aus und begann in der Röhre den Abstieg.
Da das Wurmloch nur oben vor dem Zugang durch ein Kraftfeld abgesichert war, scheuchten wir einige kleinere Tiere auf, die in großer Hast vor uns flohen. Zwischenzeitlich nahm auch die Vorsicht wieder Überhand bei unserem Missionsleiter und er beauftragte mich, vorzugehen. Es dauerte eine ganze Weile, bis wir den Raum erreicht hatten, in dem Jan Eggert nach den Aufzeichnungen genächtigt hatte, bevor er vom Admiral gerettet worden war. Auch da flüchteten kleinere Tiere vor uns. Schließlich erreichten wir den Höhlenausgang und schlugen uns durch dichte Botanik, bevor wir auf dem Sandstrand standen.

„Oh, wie schön", sagte Cynthia und sie ging ein paar Meter voraus. „Walter, sieh dir diesen Strand an und die Wellen. Ich will baden!"
Mir werden diese Emotionen wohl verschlossen bleiben. Sicherlich waren 33 Grad Celsius für die menschliche Spezies eine sehr angenehme Temperatur, aber Stunden in der Sonne brachten in der Regel Hautprobleme mit sich. Dabei hatte ich heute Morgen wohl bemerkt, dass Cynthia das Hygieneabteil in der CHAIN genutzt hatte. Übermäßige Reinlichkeit tragen zur Austrocknung der Haut bei und dann sind wir wieder bei Hautproblemen. Dazu kommt die Gefährdung. In den Berichten von Jan Eggert ist zwar nichts verzeichnet, was in Ufernähe zur Gefahr werden könnte, aber ich bezweifelte, dass der Missionsleiter dem Drängen seiner Partnerin nachgeben würde.
In diesem Augenblick sagte Walter Steinbach: „Na gut. Pommerton passt auf und nicht zu weit rein!"
Wie erwähnt, ich werde es nie verstehen.
Sie legten die Waffen an einer Stelle ab und halfen sich gegenseitig aus dem Kampfanzug.
„Guck woanders hin, Pommerton", rief Cynthia, als sie auch noch die letzten Kleidungsstücke ablegte.
„Ich muss aufpassen und dieser Wunsch widerspricht dem Befehl von Mylord", antwortete ich.
Im nächsten Augenblick rannten beide ohne jegliche Kleidung ins Wasser. Und ich war wieder vor das Problem gestellt, menschliche Verhaltensweisen nachzuvollziehen. Wo lag der Sinn, wenn man eh schon im Wasser ist, sich gegenseitig nass zu spritzen? Jeweilige Treffer von Walter wurden von lautem Gekreische seiner Partnerin beantwortet.
Wieder taucht die Frage auf: Wenn sie doch schon im Wasser ist, warum schreit sie dann, wenn sie von diesem Element getroffen wird? Das kann keine Schmerzen verursachen, dazu kann Walter nicht genügend Druck aufbauen. Ich errechnete, dass ich da keine Lösung finden würde. Ich beschränkte mich aufs Aufpassen. Ich startete meinen Hut und dieser flog als Drohne etwa 100 Meter hoch und verschaffte mir einen ausreichenden Überblick. Größere Meeresbewohner würde ich sofort erkennen und über die eingebauten Scanner auch die Annäherung von anderen Lebewesen oder gar künstlich erzeugter Energie.
Es blieb ruhig, wenn man vom Wasser absah, wo sich Walter und Cynthia benahmen wie kleine MENSCHEN. Nach über einer Stunde

kamen sie aus dem Wasser heraus und ich bemerkte, wie Cynthia ihrem Partner etwas ins Ohr flüsterte. Was sollte es da geben, was ich nicht wissen durfte?
Walter richtete seine Worte dann an mich: „Jetzt schaust du bitte wirklich weg."
„In Ordnung, Mylord", gab ich zurück.
Walter verschwand mit seiner Partnerin hinter einem Busch und sie entzogen sich somit meinen Blicken. Die Anordnung musste sich daher auch auf die Drohne beziehen und somit beorderte ich diese so, dass das Paar nicht zu sehen war. Ich sah zwar nichts, aber ich habe ein ausgezeichnetes Gehör. Die Geräusche ließen ganz eindeutig auf einen Kopulationsvorgang schließen. Ich musste da Abstriche bei meinem Führungsoffizier zum Thema Sicherheit machen. Was bringt ein Menschenpaar während einer Mission dazu, sich um die Zeugung von Nachwuchs zu kümmern? Als die beiden nach einer halben Stunde wieder ins Meer zum Baden gingen, konnte ich zumindest das verstehen. Der sogenannte Geschlechtsakt war anstrengend und unter diesen klimatischen Bedingungen mit Schweißausbruch und anderen Körperflüssigkeiten verbunden. Außerdem konnte ich erkennen, dass bei beiden Personen reichlich Sand an der Haut klebte.
Das Baden dauerte dieses Mal nicht so lange und war auch nicht vom infantilen Getue der Wasserspritzerei begleitet. Nachdem beide MENSCHEN wieder trocken waren, zogen sie sich die Monturen wieder an und es ging wieder zurück.
Auf Anordnung von Walter setzte ich wieder nach RELAISSTATION über und holte eine größere Hochleistungsdrohne. Zu dritt setzten wir uns am Rande des oberen Höhlenausgangs und ich startete die Drohne. Walter saß mit einem Pad und betrachtete die Daten, während die Drohne den Planeten umkreiste. Nach drei Stunden gab Walter mir den Befehl, die Drohne zurückzuholen. Wir hatten nichts auf SUAM entdeckt und Walter erklärte diese Teilmission für beendet. Damit hatten wir RELAISSTATION, STEPPENWOLF und SUAM überprüft.
Unsere Mission stand kurz vor dem Ende. Mit Walter und Cynthia hatte ich erkenntnisreiche Daten sammeln können. Es wäre nicht schlecht gewesen, wenn ich das noch einen gewissen Zeitraum hätte fortsetzen können.
Wir kamen schließlich auf RELAISSTATION an und entfernten uns ein wenig vom Wurmloch, damit sich dieses deaktivieren konnte.

Zudem waren ja auch zwischen den einzelnen Wurmlöchern Wände gestellt, damit man sich da nicht in die Quere kam. Der Plan war eigentlich, dass wir sofort in die CHAIN einsteigen und dann durch das Wurmloch BE nach STEPPENWOLF aufbrechen sollten. Als ich mich umdrehte, bemerkte ich allerdings eine Veränderung.
„Wenn ich Mylord auf etwas aufmerksam machen dürfte", richtete ich meine Worte an Walter.
„Sicher, was gibt's, Pommerton", hörte ich ihn antworten.
„Wenn Mylord seinen Blick auf das Wurmloch richten würde, von dem wir annahmen, dass es zur ERDE nach Sibirien führen würde", regte ich an.
Walter sah hin: „Und?"
„Es ist absolut ruhig. Keine Anzeigen, keine Energieblitze, es ist inaktiv."
Cynthia begriff es noch eher als Walter: „Der Defekt oder die Sperre liegt nicht mehr vor. Kann es sein, dass wir es jetzt aktivieren können?"
Walter atmete tief ein. Ich entnahm dieser Reaktion, dass der Missionsleiter die Tragweite dieser Entdeckung begriffen hatte.
„Vielleicht sollten wir das einfach nur dem PENTHOUSE mitteilen", sagte Cynthia.
Walter sah seine Partnerin an: „Was willst du denen denn mitteilen? Ein bisschen mehr Fleisch müssen wir schon bieten können."
Walter überlegte einen Augenblick, dann ordnete er an, dass ich versuchen sollte, das Wurmloch zu aktivieren, aber keinesfalls durchzugehen. Er selbst wollte aus Sicherheitsgründen mit Cynthia in der CHAIN warten.
Nach logischen Gesichtspunkten war das in Ordnung. Ich wartete also, bis beide in der CHAIN waren, dann schritt ich langsam auf das betreffende Wurmloch zu. Eine Reststrahlung konnte ich tatsächlich registrieren und das hob die Wahrscheinlichkeit, dass es intakt war.
15 Meter vor dem Ereignishorizont baute sich die wabernde Energiefluktuation tatsächlich auf.
Das 3. Wurmloch war intakt.
Wo führte es hin?

Ende des 2. Berichtes von Dr. Harry W. Pommerton

30.04.2152, 09:30 Uhr, SONA-PRIME, Regierungspalast:

„Meinst du, es kommen tatsächlich welche?“, fragte Elli.
Jan zuckte mit den Schultern.
„Wieso meinst du, dass das Format der ERDE hier mit einer Art Ministern klappt?“, fragte Johann mit seiner österreichischen Nonchalance.
„Weil wir hier Fachleute nehmen“, konterte Jan. „Wir betrauen hier Leute mit Verantwortung, die von dem Fach auch was verstehen. Verstehst du? Nicht welche, die aus irgendwelchen Gründen dazugehören müssen, keine Ahnung haben und jede Menge Unheil anrichten.“
„Ist ja gut“, besänftige Sam seinen Freund. Im Allgemeinen war bekannt, dass Jan selbst mit solch einem zeitlichen Abstand keine gute Meinung von Politikern seiner Zeit auf der ERDE hatte. Man musste sich hüten, mit ihm in eine Diskussion zu gehen. Die vier Leute standen im Besprechungssaal des Palastes und warteten auf die Fachleute.
Sam wechselte das Thema: „Unser Bob hat sich und uns gestern ganz schön blamiert.“
„Ja, stimmt“, gab Jan zu. „War wohl eine schlechte Wahl, wie ich das aus einer Protestnote des örtlichen Bürgermeisters entnehmen musste. Meine Güte, du drückst Bob ein Fünf-Mark-Stück in die Hand und erteilst ihm den Auftrag, Bier zu holen. Der Kerl bringt es fertig, hinzufallen und die Münze zu verbiegen.“
Elli, Johann und Sam lachten.
Dann näherte die Uhr sich der vollen Stunde und sie warteten immer noch.
Und sie kamen: Einzeln in Gruppen, dazwischen irgendwo Salabrina. Sie stürzte auf Jan zu.
„Raaja-sup! Ich glaube, ich habe meine Aufgabe erfüllt. Von jeder Fachrichtung habe ich fünf Leute auftreiben können. Wie du verlangt hast, besteht die Truppe fast zu gleichen Teilen aus Männern und Frauen.“
„Das ist schön Salabrina. Ich habe noch einen Wunsch.“
„Teil ihn mir mit, Raaja-sup!“
„Ich möchte, dass du mich ‚Jan‘ nennst.“
Das Gesicht von Salabrina wurde ernst: „Das, das geht nicht. Ich bitte um Entschuldigung, aber die Gesetze …“

Jan hob beide Hände: „Okay, okay, nicht schlimm. Ich wollte mich nur nicht so hochheben, verstehst du?"
„Nein, du bist der Raaja-sup."
„Okay, sind wir vollzählig?"
„Ja, das sind wir."
„Ich möchte zu den Fachleuten sprechen!"
„Komm mit, Raaja-sup!"
Salabrina ging vor und Jan folgte ihr. Sie führte ihn zum Kopfende des Saales und auf Knopfdruck fuhr eine etwas erhöhte Rednerkanzel aus dem Boden hervor.
Es wurde ruhig im Saal, als man gewahrte, dass der Raaja-sup zu sprechen wünschte.
„Ich darf euch hier im Palast begrüßen und herzlich willkommen heißen", begann Jan seine freihändige Rede. „Der Raaji gefiel es, mich als Raaja-sup einzusetzen. Einem, geben wir es zu, Fremden, der keine Ahnung hat, welches eure Bedürfnisse sind und welche Entscheidungen die richtigen sind. Das was wir jetzt hier versuchen, ist ein Experiment. Das kann schiefgehen, das kann zu Ende sein, wenn die Raaji wiederkommt, es kann sich aber als etwas Zukunftsträchtiges erweisen. Es kommt darauf an, was ihr daraus macht!"
Jan sah sich die SONA an. Sie unterschieden sich erheblich von den Hofna…, äh, …räten, die ihm zuletzt auf den Geist gegangen waren. Diese SONA hier waren im mittleren Alter und schauten ihn aus wachen und intelligenten Augen an. Die ganze Körperspannung verhieß, dass sie sich mit Elan auf die Aufgaben stürzen würden. Es knisterte erwartungsvoll im Saal. Die SONA hatten, genau wie Jan, keinen Sitzplatz und der EDEN-Mann hatte gar nicht vor, so etwas wie Gemütlichkeit aufkommen zu lassen. Es mussten dringend Entscheidungen getroffen werden.
„Salabrina war mir eine große Hilfe und wird es weiterhin sein. Ihr seid die Fachleute in den einzelnen Sparten, und Salabrina macht, genau wie ich, etwas Verwaltung und vielleicht repräsentiere ich auch. Aber darauf will ich mich beschränken. Salabrina ist meine Adjutantin und wird helfen, diese Aktion zu steuern. Ich nenne die Fünfergruppen Fachgremien für … und dann kommt das Spezialgebiet. Salabrina wird gleich zum Beispiel dem Fachgremium für Transport und Verkehr ein Großraumbüro zuweisen. Wenn etwas fehlt, dann sagt es Salabrina. Ich werde alle eure Entscheidungen tragen und umsetzen lassen. Diese Zu-

sage habt ihr jetzt schon von mir. Werdet euch einig. Dafür seid ihr eine ungerade Zahl in der Gruppe. Mehrheitsentscheidungen reichen aus. Enthaltungen gibt es nicht, okay? Ich frage euch, euch, die Fachleute: Wollt ihr eurem Volk dienen?"
Es kamen leise Bestätigungen.
Jan beugte sich nach vorn und hielt eine Hand hinter ein Ohr: **„ICH HABE NICHTS GEHÖRT! WOLLT IHR?"**
Die SONA lachten und brüllten: **„JAAA!"**
Die Menschen spendeten Applaus.
„An die Arbeit! Salabrina, verteil die Gruppen auf die Büros!"
Salabrina rief ein Kommando und der Saal leerte sich. Es erwies sich als hilfreich, dass Salabrina an den Zimmern auf dem Flur schon mal Abteilungsnamen angeschlagen hatte. So brauchte sie nicht viel zuweisen. Die SONA nahmen untereinander Kontakt auf, dann verteilte Salabrina die Aufgaben. Die SONA stürzten sich mit Eifer in die Arbeit.

Jan im Saal atmete auf: „Vielleicht haben wir hier einen Grundstein gelegt."
„Grundstein wofür?", fragte Johann.
„Für ein normales Familienleben für die Raaji, ein zweites Kind und mehr Demokratie", gab Jan zurück. „Ich bin gespannt auf die Ergebnisse. Wir können jetzt nur abwarten."
„Haben wir heute keine Einweihungen oder sonstige Auftritte?", fragte Johann.
„Nein, haben wir nicht. Erst wieder morgen. Und, ich verspreche euch, die lasse ich über mich ergehen. Dafür stehe ich im Wort bei Kummaree."
„Wie, nicht Bob?", lachte Elli.
„Sperrt den Typen mit einem Haufen Joints ein!"

<u>Beginn 3. Bericht von Dr. Harry W. Pommerton:</u>

Es war der 30.04.2152 um 09:00 Uhr und heute Morgen wollten wir nachforschen, wo denn dieses 3. Wurmloch hinführt. Eine Sache, die nicht ganz ungefährlich schien. Ich sprach daher vor der Befehlsausgabe meinen Führungsoffizier an: „Ich schlage vor, Mylord, dass statt meiner einer der Reparaturdroiden den Gang durch das Wurmloch macht. Wir könnten diesen mit entsprechenden Scannern ausrüsten

und ihm befehlen, nach einer kurzen Orientierung wieder zurückzukommen."
Walter sah mich erstaunt an: „Hast du Angst?"
Ich zeigte ein neutrales Gesicht: „Ich bin eine Maschine und wenn ich eins nicht kann, dann sind es unlogische Dinge und Gefühle. Ich gehe aber davon aus, dass ich für BRAIN-TOWERS einen gewissen Wert besitze, und auch wenn der nur ideell ist. Ich habe zwischenzeitlich eine Menge gelernt und man wird interessiert sein, meine Speicherbänke auslesen, wenn ich zurück bin."
Walter dachte nach.
„Sechs Minuten und 59 Sekunden sind eine lange Zeit, Sir", half ich ihm beim Denken.
„Wie?"
„Das Wurmloch bleibt nach der letzten Benutzung für weitere 137 Sekunden stabil, dann deaktiviert es sich. Es bleibt für 6:59 Minuten gesperrt, bis es wieder aktiviert werden kann."
Walter hob eine Hand: „Danke für die Info. Meinetwegen können wir das mit dem Droiden probieren. Besorg einen und rüste ihn aus. Wir starten, sobald du mit ihm fertig bist."

Ich brauchte eine gute Stunde, bis ich einen der Reparatur-Droiden umprogrammiert und ausgerüstet hatte. Walters Ausdruck im Gesicht ließen auf eine gewisse Skepsis schließen, als dieser den von mir mit allerlei Aufzeichnungsgeräten beladenen Kollegen sah. Ich wollte eine detaillierte Rechtfertigung über jedes technische Gerät abgeben, aber mein Führungsoffizier winkte nur ab.
„Schick ihn durch", sagte er, dann rief er nach Cynthia.
„Sir", begann ich. „Es ist zwar seit gestern Abend nichts passiert, aber dieses Wurmloch kann auch in beide Richtungen begangen werden. Falls wir drüben nicht friedlich empfangen werden, rate ich zu Vorsicht!"
„Wir werden wieder in der CHAIN warten, nicht Walter?" Die blonde Frau schien mein Rechenergebnis bezüglich einer Gefahr zu teilen.
„Wir werden alle drei in die CHAIN gehen", ordnete Walter an.
Ich beauftragte den Droiden, drei Minuten zu warten, dann auf das 3. Wurmloch zuzugehen, es zu aktivieren und dann durchzugehen. Die restliche Programmierung würde ihm sagen, dass er nach Erkundigun-

gen auf der anderen Seite nach einer gewissen Frist zurückkommen solle.
Wir begaben uns in die CHAIN. Das fünffache-Kugelschiff war so abgestellt, dass wir ziemlich schnell durch das Wurmloch nach Steppenwolf gelangen konnten. Gleichzeitig waren die spärlichen Waffen der vorderen Kommandokapsel auf das Wurmloch gerichtet, durch das der Droide gerade schritt. Nachdem der Scout-Droide in der Anomalie verschwunden war, ließ ich einen Timer mitlaufen und exakt nach 137 Sekunden deaktivierte sich der Übergang.
Ich hörte, dass Walter durchatmete und auch Cynthia entspannte sich. Nun waren es 6:59 Minuten, die die Anomalie geschlossen bleiben würde.
„Du lässt die Zeit mitlaufen, Pommerton?", fragte mich Walter.
„Selbstverständlich, Mylord."
„Sag Bescheid, wenn 6:30 um sind!"
„Verstanden", gab ich zurück und stellte einen zweiten Timer.

<u>6:30 Min. später:</u>

„Bescheid", sagte ich.
Walter sah mich einen kurzen Augenblick fragend an, dann begriff er offensichtlich seine eigene Befehlsgebung. Ich hatte ‚Bescheid' gesagt, wie verlangt. War Walter vergesslich? Wir warten schweigend die nächsten 29 Sekunden ab.
Nichts geschah.
„Sollte er nicht sofort zurückkommen?", fragte mich Walter.
„Ich hatte eine eher etwas offene Auslegung der Programmierung zugelassen", gab ich zurück. „Es ging mir darum, dass der Droide nicht abbricht, wenn er etwas Wesentliches findet."
„**Was?**", fauchte Cynthia mich an. Anders konnte man das nicht ausdrücken, und dann kam auch der Grund für ihren Ärger: „Das heißt, es bleibt ihm überlassen, wann er zurückkehrt? Vielleicht gleich oder morgen, nächste Woche oder übernächstes Jahr? Was ist wesentlich? Was versteht der Droide darunter?"
„Wenn er etwas entdeckt, das für uns wichtig sein könnte", gab ich zurück. „Mir erschien das wichtiger als eine kurzfristige Rückkehr."

Cynthia holte sehr kräftig Luft und ich errechnete schnell, dass ich kein Problem damit haben würde, rein akustisch natürlich, ihre nächsten Worte zu verstehen.
Walter hob eine Hand, der wahrscheinlich Ähnliches angenommen hatte. Cynthias Luft, welche sie überreichlich eingeatmet hatte, verließ ohne einen Laut ihren Mund – abgesehen von den Luftgeräuschen dabei.
„Schick den nächsten Droiden", verlangte Walter. „Ich will lediglich die Umweltbedingungen drüben und grob das, was er in 6:59 Minuten erfassen kann. Spezialauftrag: Rückkehr nach 6:59 Minuten. Lass gehen, wir warten hier."
Ich stand auf, um sofort dem nächsten Befehl Folge zu leisten. Offensichtlich hatte ich meine Führungsoffiziere durch mein Verhalten verärgert. Ich musste dringend abspeichern, dass ‚Zeit' bei Organischen eine andere, vielleicht sehr viel wichtigere, Bedeutung hat. Ich beeilte mich entsprechend und schon nach Ablauf von 15 Minuten saß ich wieder in dem Kommandomodul und beobachtete mit Walter und Cynthia, wie Droide Nummer Zwei die Anomalie passierte.
„Wie eben", sagte Walter.
„Nein", widersprach ich. „Dieser kommt nach 6:59 Min zurück", sagte ich und fügte hinzu: „Wenn er kann." Schließlich gab es drüben vielleicht Bedingungen, für die ich nichts konnte.
Walter sah mich an: „Du sollst die Zeit nehmen."
„Und wieder ‚Bescheid' sagen?"
„Ja!"
Ich registrierte, dass unser Dreierverhältnis ein wenig in Richtung negativ abdriftete. Ich musste unbedingt etwas dagegen tun.

Pünktlich nach 6:30 Min sagte ich: „Bescheid."
Walters Hände legten sich um die Schalteinrichtungen der Waffensysteme. Ich zählte weiter herunter.
„Jetzt", sagte ich und im gleichen Moment begann die Anomalie ihre Energie etwas in unsere Richtung expandieren zu lassen und war kurz darauf stabil.
Dann kam unser Droide.
„Was ist mit dem denn los?", entfuhr es Cynthia.
Der Droide war über und über weiß.

Ich rief die Daten ab, die Nummer Zwei gesammelt hatte: Es ist auf der anderen Seite sehr kalt, keine Atmosphäre. Unsere Luftfeuchtigkeit hier hat sich auf seiner Außenhaut niedergeschlagen. Es ist Eis.
„Du rufst die Daten bereits ab?“, fragte Walter.
„War das nicht richtig, Sir?“
„Doch. Mach weiter. Was gibt es sonst noch?“
„Keinen Feindkontakt, keine Bewegungen, kein organisches Leben, keine Spur von Nummer Eins, lediglich rohe Steinwände und geringe Gravitation, kein Licht.
„Was tun wir?“, fragte Cynthia.
Walter sah sie an.
„Wir fliegen zurück und geben unserer Führung einen Bericht“, sagte ich.
Beide schauten mich entgeistert an und ich errechnete schnell, dass ich noch ein Stück weiter in der Beliebtheitsskala abgerutscht war.
„Nein, wir gehen rüber und sehen nach was da ist“, änderte ich schnell meine Aussagerichtung.
„Schon besser“, sagte Cynthia.
„Wir werden aber vorsorgen, falls uns drüben etwas passiert“, sagte Walter. „Pommerton, du stellst einen Bericht zusammen und speicherst ihn in der Datenbank der CHAIN ab.“
„Sonstige Befehle, Sir?“
„Erst einmal nicht. Mach dich bereit für einen längeren Ausflug nach drüben. Waffen, Scanner, Raumanzug und so.“
„Verstanden, Sir!“
Ende des 3. Berichtes von Dr. Harry W. Pommerton.

01.05.2152, 07:30, GREEN EARTH, GREENWOOD:

So nervös und hibbelig hatten Luca und Marlene ihre Lebensgefährtin Dörte van Beek auch noch nicht erlebt. Nachdem die HIGHLANDER für den Sondereinsatz abgezogen worden war und der politische Rückhalt durch ihre Freundin Captain Jolene Smith fehlte, drehte Mutti, wie sie genannt wurde, am oberen Totpunkt – so physikalisch gesehen.
Heute war das Ereignis, was GREEN EARTH und damit GREENWOOD aus seiner bisherigen Mittelmäßigkeit reißen sollte: die Einweihung des neuen Raumhafens. Die Präsidentin selbst hatte ihr Kommen zugesagt und dementsprechend aufgeregt war Dörte dann auch.

Dr. Anna Svenska hier in dieser ländlichen Idylle!
Seit Wochen trieb Dörte ihre Siedler an, GREENWOOD auf das Schönste herzurichten, nach dem Motto, zumindest Jan Eggert hätte es so formuliert: Unser Dorf soll schöner werden.
Tjorben Engström, eingesetzter Event-Veranstalter von GREEN EARTH und eine Art Leiter des Raumhafens war so quasi über sich hinausgewachsen und hatte hier und dort mit allerlei Hilfen und einer Vielzahl von Droiden eine Kulisse und natürlich ein Catering aufgestellt.
Seine gute Karla, man erinnert sich an die vollbusige Blonde und Partnerin von Tjorben, war nun fast ein Totalausfall geworden, weil sie einen gewaltigen Bauch vor sich herschob. Die Geburt ihres ersten Kindes würde in ein paar Wochen erfolgen.

„Ich muss zum Raumhafen, ich muss zum Raumhafen", haspelte Dörte hervor, kaum dass sie das gemeinsame Bett verlassen hatte.
„Nun bleib mal ruhig", sagte der stets tiefenentspannte Luca. „Du könntest zu Fuß dorthin laufen, so viel Zeit hast du noch. Wir frühstücken erst einmal."
„Genau, und ich bereite es zu!" Marlene schwang ihren ansehnlichen Hintern ebenfalls aus dem Bett und eilte zur Küche.

Anderthalb Stunden später verließ Dörte frisch geduscht und aufgepeppt das gemeinsame Häuschen und stieg in eine Sphäre. Zuvor hatte sie Luca und Marlene das Versprechen abgenommen, pünktlich zum Event vor Ort zu sein. In geringer Höhe ließ sie das Fluggerät über GREENWOOD fliegen und nahm so noch einmal eine ‚Endabnahme' vor. Es war alles tipp topp. Warum war sie so nervös? Sie kommandierte die Sphäre zum Raumhafen und ihr Fluggerät nahm Höhe und Geschwindigkeit auf. Es dauerte nur ein paar Augenblicke, während die Natur dieses schönen Planeten unter der Siedlungsbürgermeisterin hindurchhuschte, dann landete die Kugel direkt vor dem Raumhafengebäude.
Man hatte wohl mit dem frühzeitigen Erscheinen von Dörte gerechnet, denn sogleich kam Tjorben, seine schwangere Liebste an der Hand, aus dem Foyer auf sie zugelaufen.
So schnell es eben ging und der Umstand von Karla es eben zuließ.

„Kindchen, Kindchen, nein, wie geht es dir? Mach langsam bitte und schon dich!“ Dörte eilte geradewegs auf Karla zu und mit aller Vorsicht dem dicken Bauch gegenüber, umarmte sie die Blondine.
„Es geht mir sehr gut, Dörte. Tjorben ist sehr bemüht.“
„Na ja“, sagte Dörte und grinste Tjorben an. „Bemüht ist nicht genug.“
„Nein“, wehrte Karla ab. „Tjorben nimmt mir alle Arbeit ab. Er ist wirklich sehr lieb zu mir und eine große Hilfe. Ich muss noch ein paar Gespräche vom KOM-Gerät führen, Dörte. Ich lass euch jetzt allein.“
Dörte drückte der Schwangeren noch einen Kuss auf die Wange, dann ließ sie Karla ziehen. Dörte hatte fast feuchte Augen, als sie der jungen Frau hinterhersah. Dörte war durch und durch eine Gefühlsfrau. Und es machte ihr überhaupt nichts aus, dass man es deutlich zu sehen bekam. In ihr schlug ein mitfühlendes Herz. Aber sie hatte im Umgang mit Ro-Latu bewiesen, dass sie ihr großes Herz im Zaum halten konnte, wenn es sein musste.
Sie sah Tjorben an und ging langsam auf ihn zu. Im letzten Augenblick breitete sie die Arme aus und umschlang den etwas linkisch erscheinenden Mann.
„Meine speziellen Gäste, Tjorben?“
„Sind noch in ihren Apartments und gehen gleich zum Frühstück auf die Terrasse.“
Dörte fasste Tjorben an den Unterarmen und nahm damit etwas Abstand: „Und wie geht es dir, Tjorben?“
Der Mann wusste genau, dass diese Frage keine Floskel war, um ein paar Schweigeminuten zu überbrücken. Hinter dieser Frage stand echtes Interesse, also antwortete er ausführlich.
„Ich habe meine Liebe gefunden, ich werde Vater und ich habe einen Job, bei dem ich gebraucht werde und der mir Spaß macht. Ich bin glücklich, Dörte.“
Eine Hand von Dörte lag plötzlich auf der Wange von Tjorben und streichelte diese: „Das ist schön, Tjorben. Ich freue mich für dich. Ich freue mich für euch.“
„Ich weiß, wem ich das zu verdanken habe, Dörte.“
Die Holländerin senkte den Kopf. Natürlich hatte sie ihn immer verteidigt, aber dann überraschte sie seine Antwort.
„Zwei unglaublich starke Frauen haben mir sehr geholfen.“
Dörte sah hoch.

„Du, Dörte, hast mich nie fallen lassen. Jeder hätte verstanden, wenn du einen solchen Versager wie mich nicht mehr beachtet hättest. Du hast es nicht getan und dich immer schützend vor mich gestellt. Dank dir bin ich nicht untergegangen. Ich danke dir sehr dafür und bemühe mich, es jetzt irgendwie zurückzugeben."
Dörte sah ‚ihren' Tjorben lediglich an und ihre Augen schimmerten feucht.
„Die andere Frau war Jolene", fuhr Tjorben fort. „Sie hat mich gefördert und gefordert. Ohne sie wäre ich nicht mehr."
„Nun übertreib mal nicht, Tjorben", wehrte Dörte ab.
Der Mann stutzte: „Sie hat dir nicht erzählt, was sich auf der HIGHLANDER abgespielt hat?"
„Ja doch", gab Dörte zu. „Du hast es versäumt hier auszusteigen, und bist in den Einsatz mitgeflogen. Du hast dich auf der Brücke nützlich gemacht und bei einem Treffer Karla das Leben gerettet."
„Mehr hat dir Jolene nicht erzählt?"
„Nein."
„Meine Achtung für diese Frau steigt noch einmal", gab Tjorben zu. „Aber lass uns doch reingehen. Einen Kaffee?"
„Nur, wenn du mir erzählst, was es sonst noch gegeben hat – auf der HIGHLANDER."
Dörte hakte sich bei Tjorben unter und der führte ‚Mutti' in den Haupteingang und von dort in ein großzügiges Bistro. Es war noch unbesetzt und Tjorben führte sie an einen kleinen Tisch.
„Setz dich, ich hole dir deinen Kaffee."
Kurz darauf war er zurück.
Dörte nahm einen Schluck: „Nun?"
„Ich habe an Bord der HIGHLANDER versucht, mir das Leben zu nehmen", gab Tjorben zu und sah auf die Tischplatte.
Dörte schlug entsetzt die Hände vor den Mund.
„Du kennst meine Geschichte", stellte Tjorben fest und Dörte nickte. „Nachdem ich das erste Kennenlernen mit Karla vermasselt hatte und mich meine Geschichte einholte, fasste ich den Entschluss, dass mich niemand, außer dir vielleicht, vermissen würde. Ich sah meine Eltern und ich sah meine Schwester. Ich wollte zu ihnen. Ich nutzte einen Wartungsausgang nach draußen – ohne Raumanzug. Aber ich war zu blöde, denn die HIGHLANDER war im Überraum und die Außentür der Mannschleuse war deswegen blockiert."

Tjorben machte eine Pause, um sich zu sammeln. Er berichtete nicht flüssig. Er musste häufig schlucken und verhaspelte sich.
„Jolene hat das bemerkt und ihren Platz verlassen. Sie kümmerte sich um mich, so wie du es immer getan hast, Dörte. Sie nahm mir das Versprechen ab, dass ich ihr eine Chance geben würde. Sie hat mir einen Job gegeben und wohl auch dafür gesorgt, dass mich die Brückenmannschaft akzeptierte. Ich weiß nicht warum, aber es war so."
Hin und wieder wechselte die Stimme von Tjorben die Tonhöhe. Ein Zeichen, dass ihn die Schilderung selbst wieder mitnahm. „Dann gerieten wir in das Gefecht und ich habe gar nicht überlegt. Nach einem schweren Treffer, als es hieß, Karlas direkter Arbeitsplatz sei getroffen worden, packte mich die Angst. Ich hatte zwar schon mit Karla abgeschlossen, aber ich konnte es nicht gut vertragen, dass diese Frau in Lebensgefahr schwebte. Ich bin völlig kopflos losgerannt und direkt hinein in dieses Inferno. Ich hatte nur Angst, dass ich Karla schon tot vorfinden würde. Ich habe Karla da herausgeholt und sie gab mir eine zweite Chance. Seitdem bin ich ein anderer Mensch, Dörte."
Der Siedlungsbürgermeisterin liefen die Tränen an den Wangen herunter. Tjorben half mit einem Stofftuch aus. Seine Hand zitterte, als er es ihr reichte.
„Jolene hat nichts davon erzählt?"
„Nein, und es gab auch keine Aufzeichnungen, ärztlicherseits."
„Dann hat sie auch dort dafür gesorgt, dass es niemand erfährt", stellte Tjorben betroffen fest. „Es wäre vielleicht schön, wenn …"
Dörte hob beide Arme: „Von mir erfährt niemand was."
Tjorben atmete auf: „Hoffentlich kommt sie gesund aus dem nächsten Gefecht nach Hause."
„Das hoffe ich auch", sagte Dörte und ergriff eine Hand des Mannes. „Tjorben, du machst deinen Weg, ja?"
Der Mann nickte.
Sie schwiegen fast fünf Minuten, bis Dörte sich so weit gefasst hatte, dass sie an die Abläufe des heutigen Tages denken konnte.
„Wir haben heute eine Menge zu tun, Tjorben. Du hast an ausreichend Hilfe gedacht?"
„Natürlich, Dörte. Wie du es gewünscht hast, wird kein Gast von einem Robot bedient. Ich habe genug junge Leute da, die gern bedienen."

„Gut, gut", Dörte war erleichtert. Tatsächlich fand sie es unangemessen, wenn ihre Gäste von Mechaniken bedient wurden. Das war, zumindest für sie, bei einer solchen Veranstaltung würdelos. Sie sah lieber junge und vielleicht auch noch etwas unbeholfen agierende Menschen das eine oder andere Glas verschütten oder etwas fallenlassen als die unpersönliche Perfektion von Robotern. Roboter lächeln nicht, war ihre Devise und so schloss sie den Einsatz von Droiden kategorisch aus.

Sie ging mit Tjorben noch einmal alle Tagespunkte durch und fand in seinen Antworten keinen Fehler.

„Karla hat mit draufgesehen", berichtete Tjorben und meinte damit die personelle und organisatorische Einsatzplanung für diesen Tag.

Kaum ausgesprochen, erschien die Schwangere dann auch: „Die FO II hat sich angemeldet. Sie ist in etwa 15 Minuten im Orbit."

Dörte drehte sich panisch um: „Was? Schon?"

Karla lächelte: „Ihr habt die Zeit vergessen, was?"

Dörte van Beek schaute auf ihre Uhr: „Herrje! Schon so spät! Wir müssen … Wo sind die … Was um alles in der Welt?"

Karla lachte: „Dörte bleib ruhig. Das Programm steht, die Hilfen sind da, die Kapelle, der rote Teppich ist mehr oder weniger aufgemalt und liegt daher immer. Unser Publikum aus GREENWOOD wird über die Zugstrecke quasi im Minutentakt herangebracht. Wir sind voll im Zeitplan."

Dörte atmete kräftig durch: „Oh Mann, ich bin so aufgeregt und ich will es nicht vermasseln."

„Ein bisschen Nervosität ist dir gestattet", sagte Karla. „Nicht jeden Tag hat man solche Gäste. Du musst jetzt nichts mehr tun. Du hast alles geregelt und wir haben eine kleine Überraschung für dich. Sie landet in drei Minuten. Komm und schau!"

Sie verließen gemeinsam diesen Bereich und gingen aus dem Empfangsgebäude auf das Landefeld. Karla schien genau zu wissen, wohin sie die anderen zu führen hatte. Irgendwo blieben sie stehen und dann landete, perfektes Timing, eine Alpha.

„Wir haben für dich einen Überraschungsgast, der deiner Veranstaltung den richtigen Glanz verleihen wird. Deshalb kannst du dich entspannen und brauchst es nicht selbst zu moderieren. Sei Gast auf dieser Einweihung."

Die Alpha öffnete sich und auf einer kurzen Gangway kam in einem langen blauen und glitzernden Kleid: Dana Ostenson.
„Nein", rief Dörte, klatschte die Hände zusammen und eilte auf die blonde Schwedin zu. Wie es ihre Art war, nahm sie Dana in die Arme: „Oh, ich bin so glücklich. Wenn du diese Show moderierst, kann gar nichts schiefgehen."
„Danke für dein Vertrauen, Dörte", lachte die Schwedin.
Nach Dana kam auch Jurij aus dem Flieger, der filmtechnisch alles für die Nachwelt aufzeichnen würde.

Nach und nach füllte sich der Veranstaltungsort. Dörte begrüßte hin und wieder einige Bekannte.

Um 10:00 Uhr war es dann so weit. Die Zuschauertribünen waren voll besetzt, eine Kapelle stand bereit und auf einem größeren Podest stand Dana Ostenson. Ihr Lächeln wurde auf zahlreiche Großraumholos übertragen, damit auch wirklich jeder mitbekam, welch eine Schönheit dort stand. Jurij ließ seine Kameradrohnen kreisen und brachte Abwechslung ins Spiel. Die Leute waren gut gelaunt, irgendwo lief leise Musik – die Show konnte beginnen.
Dana hob einen Arm und die Technik passte auf. Die Musik wurde leiser und fiel ganz weg, dann war die Schwedin am Zuge.
Sie wollte etwas sagen und fing sich den ersten stürmischen Begrüßungsapplaus ein. Sie lachte und verbeugte sich.
„Man hat mich gewarnt", sagte sie und gerichtete Schallfelder übertrugen ihre Worte an jedes interessierte Ohr. „Dana, so sagte man, die Leute auf GREEN EARTH sind etwas ganz Besonderes."
Jetzt musste Dana minutenlang pausieren. Jeder schien Dana lautstark darauf aufmerksam machen zu wollen, dass das auch tatsächlich so war.
„Unser Timing kommt durcheinander, Leute", mahnte Dana, aber das tat der Stimmung keinen Abbruch – man lärmte weiter.
Schließlich konnte sie ihre Moderation fortsetzen: „Die Präsidentin, Frau Dr. Anna Svenska, wird die Einführungsrede halten. Die FO II wird in Kürze auf der Wegstrecke von hier nach GREENWOOD landen und die Passagiere werden dort von einem bereitstehenden Zug aufgenommen. Da die FO II ein 900 Meter durchmessendes Schiff ist, werden wir die Landung kaum übersehen können. Da kommt sie schon!"

Dana wies in die Richtung und ein paar tausend Köpfe drehten sich herum.
Das Regierungsschiff durchstieß die letzten Wolkendecken und fiel dann langsamer dem außerfahrplanmäßigen Landeort zu.
„Einführungsrede? Sagte Dana Einführungsrede?"
Siedlungsbürgermeisterin Dörte van Beek saß mit ihrem Lebensgefährten auf der VIP-Tribüne und hatte im übertragenen Sinne ein dickes Fragezeichen im Gesicht.
„Falsche Wortwahl, wahrscheinlich", sagte Luca. „Musst du jetzt nicht zur Haltestelle des Zuges?"
Dörte stand hastig auf: „Ich bin unterwegs."
Man hatte eine Trasse des Magnetschienenzuges so gelegt, dass er direkt an dem angrenzenden Landefeld halten konnte. Das waren gerade mal 100 Meter Weg für Dörte. Sie bekam Applaus und winkte kräftig zurück. Irgendwo weit draußen war die obere Hälfte der FO II zu sehen und die Präsidentin wahrscheinlich schon damit beschäftigt, den Zug zu erreichen.
Dörtes Timing war perfekt. Sie war gerade die paar Stufen hochgegangen, der sie zum eigentlichen Bahnsteig führte, als der Zug langsam einschwebte.
Dana kommentierte das Geschehen, musste aber bald einsehen, dass sie gegen diesen Applaus und die Begeisterung nicht anschreien konnte. Ihr letzten Worte waren: „**Sie ist da!**"
Luca war, wie alle anderen auch, aufgestanden und bekam so gerade noch mit, dass die Präsidentin in einem blassgrünen Hosenanzug erschienen war, dann verschwand sie in den Armen von Dörte.
„Auf Abstand ‚Guten Tag' sagen, bekommt sie nicht hin", sagte Luca zu Marlene. Er musste selbst schon auf die kurze Distanz schreien, sonst verstand sie ihn nicht.
„Wollen wir eine Dörte, die so agiert?", fragte Marlene zurück und Luca schüttelte den Kopf.
Man sah die beiden Frauen miteinander reden und dann stieg noch jemand aus dem Zug – und brachte jede Menge Leute mit.
„Ich fass es nicht", rief Luca erstaunt. „Der Admiral, seine Frau. Ich erkenne auch Ron wieder, wohl auch mit Frau." Ron war Luca noch ein Begriff bei der Schießerei in einem Brautladen beim KRATAK-Überfall. Er freute sich, diesen stämmigen Mann wiederzusehen."
Danach erschien das komplette REGNUM.

Dörte konnte nicht anders. Einer nach dem anderen wurde umarmt und die Kamera fingen ihre Tränen der Ergriffenheit ein. Als Dörte fertig war, führte sie ihre Gäste auf die VIP-Tribüne. Die Präsidentin brachte sie höchstpersönlich unter viel Applaus zur Rednerkanzel und ging dann wieder zurück. Als sie sich wieder gesetzt hatte, ließ der frenetische Applaus nach und gab damit den Weg frei für Annas Rede.
„Ich danke euch für diesen sehr freundlichen Empfang", sagte Anna und dann musste sie wegen Beifall, Gejohle und den freundlichen Pfiffen wieder warten.
„32 Jahre hat es gedauert, bis wir von einem kleinen Häuflein Menschen wieder so viele geworden sind und einen weiteren Planeten als unsere Heimat empfinden. Ich bin die erste Repräsentantin der Neuen Menschheit, die auf einen Schwesterplaneten eingeladen, mit einem Magnetzug abgeholt und zur Einweihung eines modernen Raumhafens gebeten wird. Ich bin mir der Ehre bewusst."
Und wieder – Pause wegen des Geräuschorkans.
„Das habt ihr geschafft, Siedler von GREEN EARTH. Dieser Planet und seine Menschen haben das Potential, hier eine moderne Gesellschaft zu beherbergen. Wir alle wissen, dass die Evolution uns auf AGUA einen Strich durch die Rechnung gemacht hat. Wir müssen uns zahlenmäßig dort begrenzen und können nicht weiter expandieren. Deshalb brauchen wir Planeten wie GREEN EARTH, wo nur unser selbst auferlegter Schutz der Natur uns eingrenzt."
Anna sah in die Runde und sprach dann weiter: „Und wir brauchen nicht nur solche Rückzugsgebiete, nein, wir brauchen auch Führungspersönlichkeiten, die eine solche Sache vorantreiben. Ich danke an dieser Stelle ganz klar unserer Siedlungsbürgermeisterin Dörte van Beek."
Die Holländerin stand gerührt auf der VIP-Tribüne auf und ließ den donnernden Applaus über sich ergehen.
„Es braucht also nicht nur eine geeignete Lokalität, sondern auch Personen, die mit diesen Umständen fertig werden und den neuen Siedlern eine Richtung geben und mit Ideen und viel Fleiß Schwung in die Sache bringen. Bitte, Dörte, komm zu mir."
Die Holländerin war wie in Trance, als sie sich ihren Weg von der VIP-Tribüne hinunterbahnte und auf die Präsidentin zuschritt.

6. Durchgang

<u>01.05.2152, 11:30 Uhr, GREEN EARTH, RAUMHAFEN:</u>

Anna kannte die Emotionen, die momentan in Dörte hochkamen. Um nicht gleich wieder umarmt zu werden, fasste sie die Siedlungsbürgermeisterin an beide Unterarme. Die Holländerin musste so stehen bleiben und Anna sprach weiter: „Ich habe gestern mit dem REGNUM diskutiert und wir sind einhellig der Meinung, dass der Begriff Siedlungsbürgermeisterin nicht mehr passt, Dörte. Das alles ist über eine kleine und niedliche Siedlung am Waldrand hinausgewachsen. Ganz im Gegenteil haben wir beschlossen, deine Aktivitäten hier zu fördern. Wir haben uns da auf einen Begriff, aber auch auf einen gewissen Status geeinigt. Ich ernenne dich hiermit ganz offiziell zur Gouverneurin von GREEN EARTH!"

Anna konnte es jetzt nicht mehr verhindern, sie wurde umarmt. Bei Dörte flossen die Tränen und das Publikum tobte. Es dauerte eine kleine Weile, bis Dörte sich wieder gefasst hatte. Anna trat etwas zur Seite und es war klar, dass die frisch gebackene Gouverneurin jetzt etwas zu den Leuten sagen musste. Eine hilfreiche Hand reichte ein weiches Tuch, damit sie schnell ihre Tränen wegwischen konnte, dann drückte sie ihren Rücken durch und stellte sich kerzengerade hinter das Rednerpult. Jeder erwartete jetzt was von Ehre, Freude und so weiter …

Dörte begann zu sprechen: „Ich möchte zwei Personen, nein drei, danken. Ohne diese würde ich jetzt hier nicht stehen. Zuerst ist es mein Mann Luca, der mich bei der Auswanderung in Richtung GREEN EARTH unterstützt hat, obwohl wir ein schönes Leben auf AGUA hatten."

Die Leute klatschten und Luca saß mit hochrotem Kopf irgendwo auf der VIP-Tribüne und dachte mit Scham darüber nach, dass das ja eigentlich ganz anders gewesen war. Dörte hatte gedrängelt und er hatte sich als Hemmschuh mehr oder weniger in den Weg geworfen. Seine Aktivitäten damals waren bestenfalls in die andere Richtung gelaufen. Er wäre lieber auf AGUA geblieben – damals. Heute sah das anders aus.

„Marlene kam hinzu und auch ihr verdanke ich meine Motivation, mich hier einzusetzen", fügte Dörte hinzu. Mittlerweile war die Menschheit

gereift, Religionen fast ganz in Vergessenheit geraten und niemand nahm Anstoß daran, dass Dörte in einer Dreierbeziehung lebte.
„Aber dass GREEN EARTH in den letzten Monaten so viel Schwung aufgenommen hat, verdanke ich, verdanken wir, einer Person, die heute leider nicht hier sein kann: Captain Jolene Smith von der HIGHLANDER. Ich hoffe, meine Freundin kehrt bald heil nach Hause, also hierhin, zurück!"
Das Publikum applaudierte kräftig. Jeder kannte die Schottin mit den dunkelgrünen Haaren und jeder, der sie mal kennengelernt hatte, wusste, dass diese Frau zielstrebig und energisch war.
„Es ist mir eine Ehre hier und für euch da sein zu dürfen", fuhr Dörte fort. „Wir haben noch so viel vor und heute weihen wir erst einmal den Raumhafen ein. Die Pläne für die neue Stadt, etwa 150 Kilometer von hier, sind fast fertig. Ich werde sie zu gegebener Zeit ins Netz stellen und ihr könnt es alle sehen. Ich möchte, dass GREEN EARTH ein Ort der Gegensätze wird, wo jeder sein Fleckchen findet, wo er oder sie sich wohlfühlt. Die neue Stadt wird im Gegensatz zu GREENWOOD sehr modern werden. Jeder kann dann wählen, oder vielleicht möchte man auch hin und wieder wechseln. Alles soll möglich sein. Fast in der Natur aufwachen in GREENWOOD und sich vom Zusammenleben in der neuen Stadt mit vielfältigen kulturellen und anderen Möglichkeiten verwöhnen lassen. Alles soll möglich sein auf GREEN EARTH!"
Es wurde wieder begeistert geklatscht und Dörte machte eine Pause.
„Aber euch steht der Sinn nach Feiern!"
Jetzt wurde es richtig laut im Publikum und Dörte lachte: „Ich kenne euch!"
Nachdem sich alles wieder beruhigt hatte, sah Dörte in Richtung Anna. Jetzt musste der eigentliche Akt beginnen. Anna bewegte sich zum Rednerpult und sprach in die gerichteten Schallfelder.
„Hier haben wir für dich, liebe Dörte, eine faustdicke Überraschung auf Lager. Nicht ich werde die Einweihung vornehmen, sondern jemand anderes. Wir hatten gedacht, unserer Einstellung zu GREEN EARTH damit noch mal eine besondere Note zu verleihen und wie ich bereits gesehen habe, hast du der Veranstaltung ein intergalaktisches Flair mitgegeben, das wir jetzt noch einmal toppen können. Sei überrascht, bitte."
In diesem Augenblick senkte sich eine Dreadnought etwa 200 Meter weiter auf das Landefeld des Raumhafens. Auch aus dieser Entfernung

waren die Lettern auf den Seiten gut zu erkennen. Es war die CLIFFS OF MOHER, das Schiff von Captain Reena Grant von der O.H.R. Dörte schwindelte es etwas, als sie vermutete, was da gerade vor sich ging. Eine Fahrzeugkolonne schoss aus einem der Hangars heraus und fuhr in Richtung der jetzt gelandeten Dreadnought. Jurij ließ eine seiner Dohnen schnell in diese Richtung fliegen. Die Aufnahmen wurden direkt auf die Großraumholos projiziert.

Die Wagenkolonne hielt vor dem gelandeten Kampfschiff an und die seitliche Schleuse öffnete sich. Eine Gangway wurde herausgefahren und die Kameradrohne übertrug das Bild eines geöffneten Tores.

Dann sah man eine GENUI hervortreten und Dörte rief: „Nein!“ Sie klatschte dabei in die Hände und war völlig gerührt. Die Präsidentin des INTERGALAKTISCHEN VÖLKERBUNDES, Suli-Ko, trat als Erste in das Sonnenlicht. Danach kamen alle Abgesandten des BUNDes aus dem Flieger hervor, zuletzt dann Captain Reena Grant. Sie alle stiegen in die Fahrzeugkolonne und diese setzte sich in Richtung Rednerpult/VIP-Tribüne in Bewegung.

Anna hielt Dörte, die gerade zur Begrüßung losstürmen wollte, zurück: „Dörte, das ist hier hochpolitisch und gerade bei Suli-Ko sind Umarmungen nicht angebracht. Halte dich etwas zurück.“

„Äh, ja, ich versuche es.“

Dörte schoss los und eine der Kameradrohnen von Jurij verfolgte die Gouverneurin. Dörte kam rechtzeitig, um Suli-Ko nach dem Aussteigen aus dem Wagen zu begrüßen.

„Du hast eine schöne Welt“, sagte die BUND-Präsidentin und sah sich um. Es wurde heftig applaudiert, als Dörte die Delegation des BUNDes auf GREEN EARTH willkommen hieß.

Den nachfolgenden Akt wollten wir uns an dieser Stelle schenken, bis auf eine Kleinigkeit vielleicht.

„Ich weihe dich hiermit ein und vergebe den Namen ‚WILL-RAKERS-SPACEPORT‘.“

Soviel noch dazu: Suli-Ko gab einen kurzen Rückblick auf die Entstehung des BUNDes und dankte insbesondere den MENSCHEN für diese Idee und die Zurverfügungstellung dieser großartigen Plattform: OPEN HORIZON REVENGE.

Dann war der offizielle Teil vorbei und Dörte badete geradezu in der Menge. Im Verhältnis war dies eine ebensolche Veranstaltung wie das

Besiedlungsfest auf AGUA. Thomas kam auf Dörte zu, die mit einer mittlerweile guten Freundin dort stand.
„Ich sehe mit Freude, dass Loorena ebenfalls hier ist“, sagte er und verbeugte sich leicht vor der Ersten der MANCHAR.
„Ist das nicht toll?“, sagte Dörte. „Loorena hat mir zugesagt, dass sie hier Gleiter aus ihrer Produktion hinbringen will. Sie möchte mich darin unterstützen, dass diese neue Stadt hypermodern wird. Ich denke, ich kann da gut von profitieren. Ein paar MANCHAR wollen sich hier auch niederlassen. Das Sonnenlicht reicht für sie völlig aus.“
Thomas sah, dass Dörte hingerissen war von dieser Veranstaltung. Alles war eine Idee seiner Frau Ewa gewesen, die in GREEN EARTH und Dörte mehr erkannt hatte als einen kleinen Ableger. Sie war es auch, die zur O.H.R. geflogen war und Suli-Ko um diesen Gefallen gebeten hatte.
„Ich soll dir beste Grüße von unserem Freund Jan ausrichten, Dörte. Leider kann er heute nicht hier sein, und ich denke, er wird lange daran zu knabbern haben, dass er ein Fest verpasst. Eine Feier ohne Jan – unglaublich. Er residiert als Jan der Erste als Aushilfskönig auf SONA.“
„Ach, der gute Jan“, sagte Dörte. „Wir werden einen auf ihn trinken.“

Das Fest nahm seinen Lauf und mit viel Musik und Tanz unterschied es sich kaum vom Besiedlungsfest auf AGUA.

<u>Am Tag zuvor, 30.04.2152, 15:00 Uhr:</u>

Beginn 4. Bericht von Dr. Harry W. Pommerton:
Es war bereits Nachmittag, aber Walter und Cynthia waren offenbar entschlossen, noch heute dem Geheimnis des 3. Wurmlochs auf die Spur zu kommen.
„Wie siehst du denn aus?“, wurde ich von Cynthia angesprochen, als ich mich, wie Walter angeordnet hatte, für den Übergang präpariert hatte. Walter zeigte ein Grinsen und nichts deutete darauf hin, dass ich einen Fehler gemacht hatte. Ich hatte einen schweren Kampfanzug an, dafür aber keinen Helm, denn ich brauchte keine Atemluft mitzuführen. Dafür hatte ich die Melone auf. Für mich in dieser Situation ein größeres Hilfsmittel als ein unnützer Helm. Gut, ich würde zugeben, dass mein Outfit auf MENSCHEN vielleicht etwas gewöhnungsbedürftig wirkte, zumal ich den Regenschirm über dem Arm trug. Dafür

hatte ich den Aktenkoffer zurückgelassen. Sein Inhalt passte locker in den Spezialrucksack ordentlicher Größe, der sich vollgepackt auf meinem Rücken befand. Tatsächlich musste ich zugeben, dass der Inhalt ein Ergebnis meiner nicht unerheblichen Berechnungen war. Zu viel konnte jenseits dieses Übergangs passieren und für alle Dinge unter einer Wahrscheinlichkeit von 5 Prozent hatte ich leider nichts dabei.

Am Gürtel hatte ich rechts eine Phasenpistole und links einen überschweren Revolver mit Explosivmunition. Dazu hielt ich in den Händen eine Multi-Gun, eine Weiterentwicklung der Waffe, die ein gewisser Freiherr Malte von Avenwedde, immerhin Colonel in der Marine-Einheit unserer Streitkräfte, so trefflich als ‚effektiv' bezeichnet hatte. Dazu gehörten etliche Reservemagazine, die ich mir kreuzweise über die Schulter gehängt hatte, sowie eine angebrachte Scannereinheit und ein ganzes Sammelsurium von Granaten, die griffbereit an meinem Gürtel hingen.

Keine Frage, ich war bereit.

„Kannst du dich noch bewegen?", fragte mich Walter.

„Ich könnte ohne Schwierigkeiten das zehnfache Gewicht tragen und ich empfehle Mylord und Mylady, bei der Auswahl von Ausrüstungsgegenständen nicht unnötig an Gewicht zu sparen. Ich erinnere daran, dass auf der anderen Seite eine erhebliche Minderung der Schwerkraft zu erwarten ist".

„Da sagt er was Korrektes", sagte Walter dann zu Cynthia. „Warte einen Augenblick, wir rüsten uns ebenfalls aus."

Für meine Begriffe dauerte das endlos.

Schließlich kamen beide aus der CHAIN heraus und hatten zumindest ebenfalls die Anzüge wie ich an. Das Marschgepäck schien mir jedoch arg zusammengeschrumpft. Aber ich war nicht in der Situation, beziehungsweise in der Stellung, hier Anordnungen zu geben.

Walter zeigte auf das Wurmloch: „Du gehst vor, Pommerton. Und los!"

Walter und Cynthia ließen die Helme einrasten und überprüften ein letztes Mal ihre Anzüge, dann ging es los. Ich war vorangegangen und das Wurmloch aktivierte sich. Ich schritt weiter aus und hatte bald den Ereignishorizont erreicht. Ein weiterer Schritt brachte mich auf den Weg. Mich empfingen Dunkelheit, Kühle und eine Schwerkraft, die ich auf knapp 17% dessen schätzte, was wir auf AGUA kannten. Ich machte ein paar Schritte nach vorn, damit Walter und Cynthia hinter mir Platz hatten, dann schaltete ich die Scheinwerfer auf der Brustseite

meines Anzuges ein. Der Schein von nicht weniger als vier Lampen, breit gestreut, wurden von seltsam glitzerndem Gestein zurückgeworfen. Nacheinander kamen Walter und Cynthia an.
Wir standen in einer Halle, die ein Grundmaß von etwa 20 mal 20 Metern hatte und etwa zehn Meter hoch war. Links gab es einen Gang, der hinausführte und rechts ebenfalls. Beide waren halbkreisförmig und in der Mitte etwas mehr als drei Meter hoch.
Es wurde kein Wort gesprochen, beziehungsweise gefunkt. Walter sah sich aufmerksam um und ich bemühte meine Scanner.
„Die Wände bestehen aus Erzen?“, fragte Walter und ich fühlte mich zu einer Antwort berufen.
„Ich messe Silizium, Titan, Rhenium, Ilmenit, Aluminium und einige weitere Metalle“, informierte ich Walter.
„Scannermöglichkeiten dadurch eingeschränkt?“
Ich bestätigte: „Scanner laufen nur eingeschränkt.“
„Gehen wir rechts oder links?“, fragte Walter.
Cynthia wandte sich an mich: „Hast du Kontakt zum ersten Droiden?“
„Nein“, antwortete ich. „Wir müssen uns für eine Möglichkeit entscheiden, denn ich halte ein Trennen für nicht ratsam.“
Zeitgleich sagte Walter: „Rechts“ und Cynthia: „Links.“
Sehr kurz darauf Walter: „Links“ und Cynthia „Rechts.“
Ich werde nie verstehen, was Menschen antreibt, in verschiedengeschlechtlichen Zweipersonengruppen zusammenzuleben. Ein kurzes Zusammentreffen bezüglich der Reproduktion wäre völlig ausreichend. Ich kann das nur so interpretieren, dass geradezu nach Stress gesucht und dieser auch gefunden wird.
„Was sagst du, Pommerton?“, wurde ich von Walter gefragt. Man überließ mir die Entscheidung, wahrscheinlich, um Streit erst gar nicht aufkommen zu lassen. Ich analysierte die Lage.
„Ich bin nicht in der Lage, eine logische Entscheidung zu treffen“, bedauerte ich zugeben zu müssen. Die Chancen standen 50:50 in jedem Fall.
Cynthia und Walter diskutierten und man einigte sich schließlich auf links, weil der Anfangsbuchstabe der Richtung im Alphabet eher an der Reihe ist als bei rechts.
Logisch war das auch nicht.
Aber wir hatten uns, beziehungsweise meine Führungsoffiziere sich, geeinigt.

„Pommerton vor“, kommandierte Walter und ich richtete die Hälfte meiner Lampen gegen die Decke, damit die nachfolgenden MENSCHEN mehr Licht für den Weg hatten. Ich nahm meine Langwaffe zur Hand und ließ mir die Scannerdaten direkt in meinen Hauptrechner einspeisen. So blieb meine Optik für den Weg und die möglichen Gefahren frei. Die Lichter meiner Lampen wanderten über die rohen Steinwände und wir schritten lautlos (keine Atmosphäre) voran. Wir legten in dem Gang etwa 50 Meter zurück, als es einen Abzweig gab – nach links und rechts.
„Soll ich mich an das Alphabet halten?“, fragte ich über Funk.
„Wieso?“, fragte Walter.
„Der Abzweig geht nach links und rechts.“
„Wir nehmen dieses Mal den rechten Weg“, bestimmte Walter.
Die Entscheidungen mussten irgendwas mit ‚Gefühl‘ zu tun haben. Also etwas, was ich nicht verstehen konnte. Logisch war das wieder nicht.
Ich wandte mich also nach rechts.
Der Gang veränderte sich nicht und außer Stein, also die seltsamen Metalle, war nichts zu sehen.
„Diese Gänge sind nicht natürlichen Ursprungs“, funkte ich.
„Das ist ja eine ganz neue Erkenntnis“, sagte Cynthia in einem Tonfall, der mich vermuten ließ, dass da wieder etwas mit ‚Gefühl‘ drin war.
„Das dürfte längst klar sein“, tat auch Walter kund. „Gib Bescheid, wenn du etwas völlig Neues entdeckst.“
„Ich habe verstanden“, sagte ich, obwohl mir das nicht ganz klar war. Woher sollte ich abgespeichert haben, was meine Führungsoffiziere wussten und was nicht? Ich musste da mit Wahrscheinlichkeitsmodellen rechnen.
Wir kamen an einem Abzweig vorbei, der nach rechts führte.
„Dort hinein?“, fragte ich.
„Gibt es einen Grund?“, wollte Cynthia wissen.
„Ich messe an, dass der Gang 55 Meter lang ist und danach in etwas Größeres mündet“, berichtete ich.
„Wir sehen uns das an“, entschied Walter. „Geh weiter voraus!“
„Jawohl, Sir!“
Ich hatte mich zu den MENSCHEN umgedreht und festgestellt, dass sie bei der geringen Schwerkraft Mühe hatten, die Balance zu halten.

Die Anzüge und die Ausrüstung war massereich und Masse ... Sie mussten sich langsam bewegen.
Ich wandte mich diesem Gang zu und schritt zügig aus. Ich stellte fest, dass sich am Ende der Gang nach allen Seiten erweiterte, und zwar erheblich. Ich warnte meine MENSCHEN und breitete sicherheitshalber meine Arme aus, damit sie nicht an mir vorbeistolperten und in die Tiefe stürzten. Vor mir war ein großes und tiefes Loch entstanden und die Decke war mindestens 20 Meter hoch. Seitlich war der Raum jeweils weitere 15 Meter breit.
„Wir können hier nicht weiter?“, fragte Walter, der schräg hinter mir stand.
„Der Gang geht auf der anderen Seite nicht weiter, Sir. Wir sind in einer Sackgasse und hier ist ein großes Loch.“
„Kannst du am Grund etwas entdecken?“, fragte Cynthia. In Anbetracht der schwierig auszutarierenden Masse der Ausrüstung wollte sie wohl nicht selbst schauen. Die Gefahr, dass sie dabei das Gleichgewicht verlor, war nicht gering.
Ich wollte gerade dieser Anordnung nachkommen, als ich von oben etwas herabschweben sah. Aufgrund der geringen Schwerkraft war die Fallgeschwindigkeit nicht hoch. Ich registrierte das Objekt und in Bruchteilen von Sekunden hatte ich analysiert, was da im Abstand von etwa 20 Metern an uns vorbeifiel. Cynthia stieß einen spitzen Schrei aus und Walter riss die Waffe hoch.
„Nicht schießen, Sir. Das Wesen ist tot.“
Walter ließ die Waffe sinken und gemeinsam sahen wir, wie ein TRAX in seltsam verrenkter Stellung und sich langsam überschlagend nach unten sank. Das Wesen hatte keine goldene oder weiße Farbe, es war grau – leblos grau. Ich sah nach oben, ob noch weitere folgten. Ich bemerkte ein Loch in der Decke, durch den der Leichnam wohl gekommen sein musste. Eine kurze Berechnung seiner Flugbahn bestätigte meine Annahme. Ich spürte, wie Walter mich anfasste, um sich weiteren Halt zu verschaffen. Dann schauten wir beide in den Abgrund. Ich richtete eine meiner Lampen danach aus und dann sahen wir auf dem Grund, wenn es der Grund war, Dutzende, nein Hunderte von TRAX-Leichen liegen. Vom Boden selbst war nichts zu sehen, es konnten also auch Tausende dieser Insektoiden sein, die übereinander lagen.
„Scheiße“, murmelte Walter. Ich konnte zwar nicht nachvollziehen, was er damit meinte, aber in meinen Speichern gab es die Information, dass

MENSCHEN in besonderen Situationen zu Flüchen neigen. Der eine mehr, der andere weniger. Dieser Ausdruck war als besonders nachhaltig definiert.
„Wir müssen sofort zurück", verlangte Cynthia und am Zittern ihrer Stimme bemerkte ich, dass sie das Gefühl der Angst hatte.
„Und wir sollten uns dabei beeilen", stimmte auch Walter zu.
Ich konnte diese Entscheidung nachvollziehen.
„Pommerton, los wieder vor", kommandierte Walter.
Ich drehte mich um und drängte mich an den Führungsoffizieren vorbei. Ich fiel in einen lockeren Trab und achtete darauf, nicht allzu viel Kraft zu verwenden, sonst würde ich mit meiner Ausrüstung an die Decke stoßen. Der Abzweig war schnell erreicht, aber meine Scanner sagten mir noch etwas anderes.
„Zurückbleiben", rief ich und richtete meine Multi-Gun nach vorn. Per Netz stellte ich die Waffe auf Thermo und 50 Meter ein. Ich sprang in den Gang und riss die Waffe in die Richtung, aus der wir gekommen waren. Zweimal betätigte ich den Auslöser und in 50 Metern Entfernung gab es eine heftige thermische Reaktion. Ein paar Gegner verbrannten, aber ich registrierte auch, das weitere folgen würden.
„Was ist? Bericht?"
„Sir, aus dieser Richtung, am Wurmloch vorbei, kommen weitere TRAX. Wir können nach dort nicht zurück. Ich habe gerade vier Super-TRAX eliminiert."
Ende des 4. Berichtes von Dr. Harry W. Pommerton.

01.05.2152, 12:11 Uhr, SATURN, Brücke:

„Wir sind Unterlicht. Vor uns dürfte das TENDUA-System liegen", meldete die Pilotin Silvana. Lieutenant Admiral Laura Stone war mit der SATURN, GRÖNLAND, STANDING ROCK, HIGHLANDER, STEPHEN HAWKING, HYPERCANE und WONDERLAND zum TENDUA-System aufgebrochen, nachdem Ro-Latu sich mit seiner HOR-LOK II bei O.H.R. eingefunden und sich ihnen angeschlossen hatte. Man hinterließ die Koordinaten für die GRIN-EXX, damit sie folgen konnte. Das Hufeisenschiff von Tallek hatte den weitesten Weg zurückzulegen.
„Voller Scan", befahl Benicio Casa, XO des Schiffes im Auftrage von Laura Stone.

Sulakidan stand neben der Kommandoempore und verstand die Vorsicht der Geschwaderkommandantin. Ihr musste es überaus wichtig sein, zunächst die Angaben zu überprüfen, die sie bekommen hatte.
„Innerhalb beschriebener Parameter“, meldete Funky und Laura atmete auf.
„Flottenfrequenz“, befahl die Lieutenant Admiral.
„Ist eingerichtet“, bestätigte Funky.
„Hier ist Laura Stone. Die Flotte wartet unter Führung von Brigadier Admiral Jane Scott. Die SATURN fliegt weiter in Richtung TENDUA-PRIME. Wir nehmen Kontakt auf. Wenn dieser erfolgt ist und wir vor dem Wurmloch angemeldet sind, geht die Flotte wie besprochen in Stellung.“
Jane Scotts Gesicht erschien auf dem großen Übersichtsmonitor: „Wir haben verstanden.“
Laura ließ abschalten: „Sulakidan? Ich halte es für erforderlich, dass du deiner Regierung einen Bericht gibst. Wir wollen euch beim Wurmloch unterstützen. Ich will nicht, dass eure Flotte fälschlicherweise von einem Angriff ausgeht.“
„Ich benötige eine gewisse Frequenz.“
Ben wies mit der Hand auf den halbhohen und goldenen Droiden: „Funky wird dir die Frequenz einstellen und dann kannst du sprechen.“
Die Grufü ging zum mechanischen KOM-Offizier und wechselte ein paar Worte mit ihm. Funky hantierte anschließend an seinem Pult herum. Die Grufü stellte sich dann in Positur und wartete darauf, dass ein Bild erschien. Zunächst erschien das Bild eines offensichtlich männlichen TENDUA, aber Sulakidan verlangte ausdrücklich, die Einsfü zu sprechen. Das dauerte einen Augenblick, dann erschien das Bild einer sehr alten Weiblichen. Das Fell sah stumpf und grau aus, die Augen jedoch wach, klar und im reinsten Gold.
„Grufü, du wolltest mich sprechen. Meine Offiziere sagen mir, dass du auf einem anderen Schiff bist. Solltest du tatsächlich Hilfe gefunden haben?“
„Das habe ich, Einsfü! Dank deines Auftrages und der mir übertragenen Kompetenz habe ich um die Aufnahme in einem INTERSTELLAREN VÖLKERBUND gebeten. Unserer Bitte ist entsprochen worden. Wir sind das neunte Mitglied dieser Vereinigung, die der Einfachheit halber als BUND abgekürzt wird. Und das ist das Ergebnis unseres Hilfsersuchens: Eine Teilflotte wartet darauf, unsere Einheiten

am Wurmloch zu unterstützen, dieses Schiff möchte direkten Kontakt aufnehmen."

„Ich werde unsere Flotte informieren lassen, damit es keinen Zwischenfall gibt", sagte die Einsfü und zeigte mit einem Finger auf jemanden außerhalb des Kameraerfassungsbereiches.

„Sind die Schiffe dieses BUNDes in der Lage, unserem Gegner Widerstand zu leisten?"

„Man hat mich davon überzeugt, dass ihre Waffen äußerst wirksam sind. Unser Feind ist übrigens auch ihr Feind. Wir konnten mit Daten und wahrscheinlich auch mit diesem Wurmloch hilfreich sein. Ich konnte eine hohe Motivation feststellen, die Anorganischen zu bekämpfen."

„Das ist gut, das ist sehr gut. Sag unseren Verbündeten, dass sie auf unserer Welt willkommen sind. Landet auf den Resten unseres ehemals schönen Raumhafens. Wir werden euch empfangen. Unsere Flotte am Wurmloch ist informiert, wie ich eben höre."

„Jawohl, Einsfü."

Sulakidan verbeugte sich ein wenig und die Verbindung wurde unterbrochen.

„Funky", befahl Laura Stone. „Informier Jane Scott. Sie soll die Flotte zum Wurmloch bringen. Absicherungsmaßnahme, wie abgesprochen."

„Aye, M'am!"

„Silvana, bring uns nach TENDUA-PRIME!"

„Aye, LA. Wenn die Grufü mir Hinweise zum Landegebiet geben kann?"

Laura sah die Katzenartige an und diese ging nach vorn zur Pilotin.

Teilflotte:

Brigadier Admiral Jane Scott befand sich eigentlich auf dem kleinsten Schiff, dennoch hatte sie den höchsten Rang und führte demnach die Flotte auf das Wurmloch zu. Eine Entfernung von drei Lichtjahren war mehr oder weniger ein Katzensprung.

„Ceela, Flottenfrequenz einrichten!"

„Steht, Brigadier Admiral!"

„Hier ist Jane Scott. Wir werden drei Lichtwochen vor dem Wurmloch in Position gehen, das ist die doppelte Entfernung, in der sich die 37 Schiffe der TENDUA befinden. Ziel ist es, den Feind in Sicherheit zu

wiegen. Wir werden nach dem vollständigen Stopp die Energieleistungen unserer Schiffe auf ein Minimum begrenzen und solange verdeckt bleiben, wie es geht. WONDERLAND, bitte melden!"
Das Gesicht eines jungen Captains erschien auf dem Bildschirm.
„Captain, du hast einen Spezialauftrag. Du wirst um das Wurmloch herum, knapp außerhalb der Aktivierungsreichweite, die selbstlenkenden Minen im Ringformat aussetzen. Die Waffen werden auf die Schiffe der EGGS programmiert und erst dann aktiv, wenn ich das Signal gebe. Wenn du damit fertig bist, ziehst du dich etwa zwei Lichtmonate zurück. Du kannst uns im Gefecht nicht helfen."
„Ich habe verstanden, Brigadier Admiral."
„Dann ausführen, sobald die Flotte in den Wartemodus geht."
„Verstanden."
Das Bild des Mannes erlosch und die Flotte erreichte den Überraum. Es würden nur noch Minuten vergehen, dann war ihr Operationsgebiet erreicht.

„Wir sind raus", war die knappe Ansage vom Pilot Carl Darwin.
Insgesamt wurde recht wenig an Bord des Zerstörers gesprochen. Die Darwin-Geschwister harmonierten, zumindest im Einsatz, sehr gut miteinander und Cemre und Jane verstanden sich auch ohne große Worte.
„Detektiere 37 Raumschiffe, Art TENDUA", berichtete Cemre Celik, XO der HYPERCANE.
„Flottenfrequenz!"
„Nach wie vor eingerichtet, Jane. Du kannst sprechen", antwortete Ceela Darwin.
„Hier Jane Scott – vollständiger Stopp für die Flotte!"
„Wir werden gerufen, Jane."
„Auf den Schirm und Mithörmöglichkeit für die Flotte."
Auf der vorderen Übersicht entstand das Abbild eines kräftigen TENDUA.
„Ich bin Ogrufü dieser Flotte", stellte sich der Katzenartige vor. Sein Fell ging leicht ins Beige, die Ohren waren dunkelbraun. Die Augenfarbe erreichte ein tiefes und dunkles Rot. Alles in allem eine beeindruckende Erscheinung.
„Ich bin über euer Kommen informiert und freue mich über eine schlagkräftige Hilfe."

„Ich bin Brigadier Admiral Jane Scott. Unsere grobe Planung sieht so aus, dass wir den Feind möglichst lange glauben lassen wollen, dass ihr ihm immer noch allein gegenübersteht. Meine Flotte wird hier warten. Nur ein Schiff wird in Richtung des Wurmlochs fliegen und selbstlenkende Minen aussetzen. Wir beabsichtigen, dem Feind damit den Rückweg abzuschneiden, Ogrufü."
Jane sah, wie das Wesen auf der anderen Seite der Funkbrücke heftig einatmete und die Spitzen der Ohren leicht zitterten: „Viel zu lange schon haben wir uns darauf beschränken müssen, den status Quo zu halten. Ich will den Gegner schlagen und nicht nur abwehren. Wenn eure Taktik funktioniert, werdet ihr treue Freunde an eurer Seite haben, Brigadier Admiral Jane Scott."
Jane lächelte in die Optik: „Wir sind schon mit ganz anderen Feinden fertig geworden, Ogrufü. Wir freuen uns auf eine friedliche Zusammenarbeit mit den TENDUA. Eins meiner Schiffe fliegt jetzt vor, um die Minen auszusetzen. Wenn der Feind kommt, werdet ihr einen Augenblick auf euch allein gestellt sein. Dann greifen wir ein."
Der TENDUA verbeugte sich und dann war das Gespräch zu Ende.
Jane Scott ließ die Flotten-KOM abschalten.
Nun hieß es warten.

TENDUA-PRIME:

Lieutenant Admiral Laura Stone landete absichtlich mit der SATURN auf dem Raumhafen von TENDUA-PRIME. Sulakidan hatte Silvana effektiv gelotst und so sank man jetzt einem Raumhafen entgegen, der ehemals prächtig gewesen sein musste. Nun gab es zerstörte Gebäude, vernichtete Raumschiffe und riesige Löcher auf dem Landefeld. Beim Landeanflug hatte man beobachtet, dass TENDUA eine sehr kalte Sauerstoffwelt war. Hauptsächlich hatte man Weiß gesehen und nur ein Teil des Planeten, das obere Drittel, zeigte eine grüne Vegetation.
Ursache war die Achsneigung von TENDUA-PRIME gegenüber seinem Zentralgestirn. Es gab nur wenige Gebäude, die etwas in die Höhe ragten. Die meisten waren zerstört und die Grufü half mit der Information aus, dass bei jedem Haus nur die oberste Etage aus dem Erdreich ragte. Der Rest sei unterhalb, weil man dort nicht so viel heizen müsste. Zwar wäre Energie jetzt kein Problem mehr, aber man sei es

aus der Vergangenheit so gewöhnt. Die TENDUA fühlten sich dort sicherer.
„Unser Raumhafen war ehemals schön und groß“, bemerkte Sulakidan und Laura hatte den Eindruck, dass etwas Trauer in der Stimme mitschwang.
„Er wird wieder so werden“, sagte Laura bestimmt.
Die SATURN legte die letzten paar hundert Meter zurück und dann setzte Silvana das Schiff sanft auf.
„Ben, du übernimmst die Brücke, Heikki wird mich begleiten“, bestimmte Laura Stone. „Heikki, ziehen wir uns etwas wärmer an. Die leichten Raumanzüge sollten reichen.“
Der FliCo war wegen der Begleitung etwas überrascht, bestätigte den Befehl aber sofort.
Etwa zehn Minuten später ließen sie sich mit Sulakidan, für diese war es eine echte Überwindung, durch den Antigrav-Strahl der Pol-Schleuse auf den Boden von TENDUA-PRIME tragen. Als Laura eine Fahrzeugkolonne sah, schritt sie zügig darauf zu. Sie wollte nicht, dass das Schiff, welches über ihnen aufragte, als bedrohlich empfunden wurde. Sie wollte den Ort des Zusammentreffens so weit wie möglich vom Mittelpunkt des Schiffes entfernt legen. Das gelang natürlich nicht ganz, denn 700 Meter sind zu Fuß nicht in ein paar Minuten zu bewerkstelligen und die Fahrzeugkolonne erreichte sie schnell.
Laura blieb stehen und die Einsfü stieg aus.
„Ich heiße die Freunde der TENDUA auf TENDUA-PRIME willkommen“, sagte die Katzenartige und Laura bemerkte an den nicht ganz so geschmeidigen Bewegungen, dass die Einsfü lebensälter war. Diese sah nach oben an der gewaltigen Rundung der SATURN hinauf. Das Schiff stand wie ein Berg vor ihnen und machte einen gewaltigen Eindruck.
„Du hast ein schönes Schiff“, sagte die Oberste der TENDUA. „Wenn es so kampfkräftig ist, wie es wirkt, werde ich weniger Sorgen haben.“
„Ich bin Lieutenant Admiral Laura Stone und die Vertreterin des militärischen Führers des ARES-Systems. Ich bin vom BUND beauftragt, euch zu unterstützen. Und das Schiff ist so krampfkräftig, Einsfü.“
„Ich bin beeindruckt. Bitte steigt in die Wagen.“
Heikki besah sich diese kalte Welt. Das Licht einer viel zu weit entfernten Sonne beschien die Oberfläche und es war wesentlich dunkler, als er es von anderen Planeten kannte. Der permanente Frost in der

Luft – in Heikki kamen Erinnerungen an seine alte Heimat hoch. Er roch den Schnee …
Laura und Heikki stiegen in das Fahrzeug, auf das die Einsfü zeigte. Sie blieben allein in diesem Abteil. Der Wagen ruckte an und bald waren sie flott unterwegs, auch wenn das Vehikel einige Umwege um die Bombenkrater machen musste. Schließlich ging es abwärts und es wurde dunkel. Die Fahrzeuginnenbeleuchtung ging an und der Wagen beschleunigte.
„Ganz wohl ist mir bei der Sache nicht", bemerkte Heikki.
Laura schmunzelte: „Was bin ich froh, dass ich mir so einen tapferen Mann als Begleiter ausgesucht habe."
Heikki bekam einen Satz rote Ohren und Laura grinste noch breiter.
„So habe ich es nicht …", stotterte der rothaarige Finne.
„Weiß ich", tat Laura ihre Bemerkung als Scherz ab. Sie konnte dem Finnen bestimmt keine Feigheit vorwerfen. Und Heikki atmete auf.
Das Fahrzeug hielt schließlich an und die Tür öffnete sich. Die beiden MENSCHEN stiegen aus und wurden von Sulakidan empfangen.
„Wir sind ein paar Schritte vom Ältestenratsgebäude entfernt. Bitte folgt mir."
Sie gingen hinter der Katzenartigen mit dem schwarzen Fell hinterher und wurden in einen kleinen Raum geführt. Eine Sitzreihe zeigte frontal in den Raum hinein und war etwas erhaben, die anderen zehn waren entgegengesetzt und stiegen leicht an, sodass jeder auf diesen Bänken gute Sicht nach vorn hatte. Der Saal war leer. In jede Sitzreihe mochten etwa acht Individuen sitzen können, schätzte Heikki. Sulakidan wies ihnen die Plätze in der Mitte zu und damit waren sie im Mittelpunkt des Geschehens. Sulakidan setzte sich direkt daneben. Die Tür öffnete sich und die Einsfü erschien und setzte sich auf die andere Seite. Somit waren Laura und Heikki von zwei TENDUA eingerahmt. Im hinteren Bereich gab es noch eine Tür, wie Laura feststellte. Diese öffnete sich nämlich und dann kamen langsam und schleichend, wie Katzen eben, weitere TENDUA hinein.
„Es sind meine Berater, Abgesandte und Verfügungsberechtigte", sagte Einsfü, die direkt neben Laura saß.
„Du bestimmst allein?", fragte Laura auch sofort.
„Ja", sagte die Einsfü. „Man hat mir dieses Amt der Einsfü auferlegt, weil man mir zutraute, das Problem mit den Feinden zu lösen. Unsere normale Regierungsform ist eine Demokratie. Im Kriegsfall ist das

Szenario aber viel zu langsam und zu schwerfällig. Rasche Entscheidungen können das Kriegsglück positiv beeinflussen. Ich herrsche nicht gern und habe alle Macht, Lieutenant Admiral Laura Stone. Diese Personen hier sind mein Zeichen nach außen, dass ich nicht allein entscheiden möchte. Ich habe zwar die Verantwortung, aber ich lasse mich von Fachleuten beraten und lenken. Längst nicht alle sind meiner Meinung und einig sind sie sich noch nie gewesen. Aber ich kann abwägen und Entscheidungen treffen."
„Du bist weise", stellte Laura fest.
Die Einsfü sah sie traurig an: „Das ist der einzige Vorteil, wenn die Krankheit mit dem nahen Tod droht."
„Du bist krank?"
„Ja. Viele von uns leiden ab einem bestimmten Alter an Muskelschwund. Wenn der Herzmuskel schwindet, dann verlässt uns das Leben."
„Unsere Medizin ist sehr weit fortgeschritten, Einsfü. Ich würde dir gern helfen."
„Du machst mir Hoffnungen, Lieutenant Admiral Laura Stone. Allein das ist schon gut."
Laura sah die Katzenartige an: „Nenn mich bitte Laura. Es ist Zeitverschwendung, jedes Mal den vollen militärischen Rang auszusprechen. Das tut man nicht, wenn man sich sympathisch ist."
Die Einsfü schien überrascht: „Wir kennen uns erst Minuten und du sprichst so?"
Laura sah der alten Weiblichen in die Augen: „Wie empfindest du?"
„Mein Name ist Sula."
„Sula."
„Laura."
Auf der anderen Seite saßen Heikki und direkt daneben Sulakidan. Heikki stellte fest, dass die Fellfarbe der TENDUA durchaus stark variieren konnte. Es gab gescheckte und mehrfarbige Individuen. Auch die Augen schienen in allen Erdtönen vorhanden, zusätzlich zu silbern und Gold. Heikki beobachtete und hielt sich abwartend zurück. Er konnte sich denken, dass ihn Laura lediglich als moralische Unterstützung und vielleicht als Zeuge mitgenommen hatte. Also versuchte er, sich alles zu merken, was er aufnahm.
Mittlerweile hatten sich alle gesetzt und schauten gespannt nach vorn. Die Einsfü stand auf und Laura sah mit Sorge, dass ihr das schwerfiel.

Tatsächlich empfand sie Sympathie für dieses Individuum. Sie hatte das eben nicht einfach so dahergesagt.
„Sehr geehrte Gemeinschaft“, begann die TENDUA-Führerin. „Meiner Tochter Sulakidan ist es gelungen, was wir gehofft hatten. Wir sind in einer Allianz eingetreten, wo ein Mitglied bereits Krieg gegen unseren Gegner führt.“
Sie sah zu Laura und die musste erst gerade die Erkenntnis verarbeiten, dass die TENDUA auf der anderen Seite eine Tochter der Einsfü war.
„Sie haben mächtige Schiffe und wollen uns helfen. Wir haben hier Lieutenant Admiral Laura Stone, wenn ich das richtig verstanden habe, die zweithöchste Führerin des Militärs der Spezies MENSCH. Sie wird begleitet von einem ihrer Brückenoffiziere …“
Heikki sprang auf: „Heikki Korhonen, Brückenoffizier auf der SATURN, zuständig für die Steuerung der Jäger und Bomber an Bord.“
Heikki setzte sich wieder.
Die Einsfü wollte weitersprechen, als Lauras Armband-KOM sich meldete. „Ich bitte um Entschuldigung, aber es könnte wichtig sein“, sagte sie und nahm das Gespräch an.
„Hier ist Ben. Laura, dieser Tallek ist eingetroffen. Ich habe ihn zu Jane geschickt, um die Abwehr zu verstärken.“
„Danke, sehr gut. Ich melde mich in Kürze.“
Laura stellte die KOM aus: „Es ist ein weiteres, sehr großes Schiff eingetroffen. Die MANCHAR, eine weitere Spezies aus dem BUND, haben ihr Flaggschiff geschickt. Mich interessiert zunächst eine Frage. Haben wir den Oberbefehlshaber der Flotte vielleicht hier im Raum?“
Eine dreifarbige TENDUA stand auf: „Ich bin dafür verantwortlich.“
Laura fragte weiter: „Gibt es einen Rhythmus, nachdem unsere Feinde aus dem Wurmloch kommen?“
„Einen direkten Takt dafür gibt es nicht. Sie tauchen alle drei bis vier Monate auf. Dafür sind sie jetzt überfällig.“
„Wann war der letzte Überfall?“, wollte Laura wissen.
„Der ist vor fünf Monaten gewesen.“
Laura atmete tief durch: „Dann können wir jederzeit mit dem Erscheinen der EGGS rechnen?“
„So wird es sein“, sagte die TENDUA.
„Dann ist es besser, wenn ich auf mein Schiff zurückkehre. Hier wird in einiger Zeit eine diplomatische Vertretung des BUNDes auftauchen. Die sind dann politisch verantwortlich. Ich kümmere mich lediglich um

die Verteidigung des Systems. Wir haben, um es mal kurz zusammenzufassen, folgendes vor …“
Laura gab einen kurzen Überblick über die Möglichkeiten und Zwischenrufe aus dem Raum waren durchaus positiv. Ganz besonders die militärische Führerin machte plötzlich einen sehr entspannten Eindruck.
„Ich bitte euch, uns die Führung dieser Schlacht zu überlassen. Wir haben die besseren Ressourcen und mehr Erfahrung mit den Feinden“, sprach Laura aus und sie bekam diese Rolle zugesprochen.
Die Zusammenkunft war nach einer knappen Dreiviertelstunde zu Ende.

„Ich brauche, am besten eine Weibliche, die gesund ist, Sula.“
„Du hast es nicht vergessen?“
„Nein“, bestätigte Laura, „habe ich nicht. Wir brauchen, um deine Krankheit heilen zu können, eine gesunde Vorlage. Dieser Person wird nichts geschehen und es tut auch nicht weh. Es kostet ein wenig Zeit und diese Person wird schlafen. Wir brauchen etwa 50 Stunden für einen kompletten Bio-Scan. Danach ist die Wahrscheinlichkeit recht hoch, dass wir dir helfen können. Bisher ist das System noch mit jeder Spezies zurechtgekommen. Wir brauchen aber eine gesunde Vorlage.“
Sulakidan hatte aufmerksam zugehört, hatte das Vorgespräch zwar nicht mitbekommen, konnte sich aber zusammenreimen, was gemeint war. Diese MENSCHEN wollten ihre Mutter heilen und brauchten eine gesunde Vorlage dafür.
„Ich mache das. Eine Untersuchung hat neulich ergeben, dass ich komplett diensttauglich bin.“
Sula sah ihre Tochter dankbar an, dann wieder Laura. „Meiner Tochter geschieht bestimmt nichts?“
„Nein und als BUND-Mitglied steht euch anschließend diese Technik für euer gesamtes Volk zur Verfügung.“
„Das macht mir die Entscheidung einfach. Wenn du es freiwillig tust, dann geh, meine Tochter!“
Sulakidan verbeugte sich vor ihrer Mutter, dann begann der Rückweg zur SATURN.

30.04.2152, gegen 18:00 Uhr, irgendwo, Einsatzgruppe Steinbach:

Sie saßen in der Falle, stellte Walter mit Schrecken fest. Unbekanntes Terrain, begrenzte Atemluft und Super-TRAX als Gegner. Es konnte nur ihr Ziel sein, wie jämmerlich, auf ein Wunder zu hoffen oder zumindest ihr Leben etwas zu verlängern und so teuer wie möglich zu verkaufen. Pommerton hatte ganz recht. Sie konnten nicht zum Wurmloch zurück. Also mussten sie in die andere Richtung.
„Pommerton nach hinten absichern, ich gehe vor, Cynthia in der Mitte!“
„Aye, Sir“, sagte der Androide und richtete seine Multi-Gun erneut aus.
Walter zögerte nicht lange. Er schaltete seine Helmlampen nach vorn und begann so schnell zu laufen wie es unter diesen Schwerkraftverhältnissen möglich war. Pommerton, so stellte er fest, war in der Lage so schnell rückwärts zu laufen wie Cynthia und er vorwärts.
Dr. Harry W. Pommerton streute im Rückwärtslaufen die eine oder andere Näherungsmine. Diese waren, sobald sie still lagen nach etwa 20 Sekunden scharf und reagierten dann auf Bewegungen. Dabei verfügten sie über eine eingebaute Sicherung. In der Nähe von MENSCHEN, sie orteten den eingepflanzten Chip, würden sie nicht explodieren.
„Körperschutzschirme an“, befahl Walter und schlug selbst auf den Schalter. Das eine oder andere würden die Schirme abhalten können, aber wenn sie es ausschließlich mit der schwarzen TRAX-Variante zu tun hatten, waren ihre Minuten gezählt. Die körperlich wesentlich stärkeren TRAX schleppten größere Kaliber mit sich herum.
„Nur wenige von vorn, Sir“, rief der Androide über Funk.
„Habe ich gesehen“, Walter riss sein Phasengewehr hoch und feuerte auf die Schatten, die er im Gang erkennen konnte. Ein Strahlschuss der Gegner traf die Decke über ihnen und es regnete kleine, glühende Steine in ihre Schirme. Dann sah Walter die Schmauchspur einer dicken Granate über sich hinwegziehen. Pommerton hatte von hinten geschossen. Dann schlug die Granate vor ihnen ein. Walter spürte die Erschütterung über den Boden und sah weiter vorn eine gleißende Lichterscheinung. Das war ein dickes Thermalgeschütz gewesen. Walter begriff augenblicklich, was der Androide vorhatte. Die lichtempfindlichen TRAX würden darauf reagieren und orientierungslos sein.
Walter regelte den Lichtfluss durch seine Helmscheibe herunter und stürmte nach vorn, so schnell er konnte. Bald war er so nah heran, dass

er mit dem Gewehr aus der Hüfte die TRAX abschießen konnte. Sein Gewehr spuckte immer wieder die Energietorpedos aus und zerfetzte die Gegner. Ohnmächtige Wut hatte Walter ergriffen. Sie waren wie Anfänger in eine derartig dramatische Lage geraten und er hatte das zu verantworten. Er verfluchte sich selbst, als er mit zusammengepressten Lippen den letzten TRAX in der Nähe in Stücke schoss.
Dann spürte er die Erschütterungen, die Pommertons ausgelegte Minen verursachten.
„Ich schlage vor, die Schutzschirme wegen der Ortungsgefahr auszuschalten“, war Pommertons Stimme zu hören.
„Ausschalten“, befahl Walter sofort, dann sah er auf den Scanner.
„Es kommen weitere TRAX aus Richtung Wurmloch“, berichtete Pommerton, der die Daten direkt in sein Rechenzentrum bekam.
„Vorn ist noch frei. Wir müssen ein Versteck suchen.“
„Ja“, bestätigte Walter. „Und dann brauchen wir einen Plan. Funk auf geringste Intensität stellen!“
Sie hasteten weiter und nach weiteren 250 Metern gab es einen größeren Raum mit drei weiteren Abzweigungen.
„Das ist gut“, sagte Pommerton. Cynthia fragte sich gerade, was denn gut sei an ihrer Situation, als Walter den Androiden aufforderte, eine der Näherungsminen in der Mitte des Raumes auszulegen.
Pommerton befolgte die Anordnung: „Vor uns sind alle drei Gänge, soweit ich sehen kann, frei von TRAX.“
Walter atmete durch. Man hatte erkennen müssen, dass ihre speziellen Scanner nicht immer funktionierten. Wegen der Ortungsgefahr mussten sie zumindest jetzt auf ihre Schutzschirme verzichten. Walter traf eine Entscheidung: „Pommerton, geh vor! Wir nehmen den rechten Gang.“
„Ja, Sir!“
Walter ließ Cynthia vorgehen, dann bildete er den Schluss. Sie kamen jeweils nach ein paar hundert Metern an einen weiteren Raum mit weiteren drei Gängen. Zunächst wählte Walter den linken Abzweig, danach den mittleren. Pommerton legte keine weiteren Minen aus und das aus logischem Grund: Sie würden darauf hinweisen, wohin sich die MENSCHEN begeben hatten. Nach anderthalb Stunden machte der Androide auf einen Seitengang aufmerksam, der nach 50 Metern endete und über ein Loch in Bodennähe verfügte. Walter bückte sich und stellte fest, dass man dort hindurchkriechen konnte.

„Wenn ich helfen darf, Sir!“ Pommerton hatte seine Melone in der Hand und warf sie durch die Öffnung. Anschließend baute sich vor ihnen ein begrenztes Holo auf und eine geräumige Höhle dahinter war zu erkennen. Es war ein größerer Raum mit auch wieder Ausgängen.
„Wir versuchen in diesen Raum zu gelangen“, beschloss Walter.
„Cynthia geht zuerst. Waffen und Rucksack ablegen, dann müsste es gehen.“
„Ich soll allein …“, begann die Französin zu protestieren.
„Ja, sollst du!“ Walter ließ sich auf keine Diskussionen ein und blieb hart. Er half seiner Partnerin die Sachen abzulegen, dann legte sich die Frau auf den Bauch und kroch hindurch. Der Durchgang war nur einen Meter lang und klaustrophobische Gefühle hielten sich daher in Grenzen. Man schob Ausrüstung und Waffen hinterher und Cynthia nahm sie von der Gegenseite an. Der nächste war Pommerton. Auch hier lief alles glimpflich ab. Walter sah noch einmal auf seinen Scanner – kein TRAX in Reichweite. Er schob seine Waffe hindurch und alle Ausrüstung, die er ablegen konnte. Er wusste, dass er der Größte in der Gruppe war. Eigentlich hätte er zuerst durchgehen müssen, schalt er sich einen Narren. Was ist jetzt, wenn er nicht durchpasst? Er versuchte sich so schlank wie möglich zu machen, aber er blieb hängen. Er kroch wieder zurück und versuchte zu ermitteln, was ihn dort hinderte. Er machte einen Gürtel aus, den er ablegte.
„Walter, wo bleibst du?“, fragte die ängstliche Stimme seiner Partnerin.
„Ich komme, bin mit dem Gürtel hängengeblieben.“ Er schob den Gürtel hindurch, den Pommerton annahm. Dann zwängte sich Walter erneut, die Arme weit vorgestreckt, in das Loch. Er blieb wieder stecken, aber dieses Mal hakte nichts, er war einfach zu massig. Er spürte Luftnot. Das Ganze im engen Raum und völlig dunkel. Walter hatte Angst, dass er steckenbleiben könnte. Mit Gewalt musste er an etwas anderes denken, sonst würde ihn die Panik herunterziehen. Er strampelte mit den Beinen. Wenn jetzt die TRAX von hinten kamen …
„Ich darf mal helfen“, hörte er die Stimme des Androiden. Dann fühlte er sich an den Händen gepackt und diese zogen sehr kräftig. Walter hatte Angst, dass sein Anzug der Belastung nicht standhalten würde, aber Pommerton sagte: „Der Schacht ist frei von Spitzen. Der Anzug wird halten. Bitte ausatmen, Sir!“
Walter vertraute sich dem Androiden und dessen Urteilskraft an und atmete aus: „Jetzt!“

Es gab einen heftigen Ruck und Walter meinte, seine Arme würden abgerissen und seine Rippen gequetscht, aber dann war er durch.
„Alles in Ordnung, Sir?“ Pommerton half Walter auf die Beine.
Walter musste tief Luft holen: „Ich glaube ja.“ Er überprüfte den Anzug und alle Werte standen auf Grün.
„Ich danke dir!“
Pommerton schüttelte den Kopf: „Es ist nicht angemessen, mir zu danken. Zu Helfen in dieser Lage ist meine Pflicht als Androide.“
Cynthia wandte sich an Pommerton: „Es ist auch deine Pflicht aus den menschlichen Reaktionen zu lernen. Jedem Menschen ist es ein Bedürfnis dem zu danken, der ihm geholfen hat. Dass du ein Androide bist, hat nichts damit zu tun. Du interagierst mit uns, das reicht.“
„Ich werde diese Erfahrung abspeichern.“
Die Höhle hatte, neben dem Zugangsloch, drei weitere normal große Ausgänge. Walter beobachtete, wie Pommerton einen dicken Stein vor das Loch rollte.
„Wir müssen noch weiter“, forderte Walter. „Welchen Gang sollen wir nehmen, Pommerton?“ Der Androide hatte mit Sicherheit ein besseres Orientierungsvermögen, hier in der Dunkelheit.
„Wo wollen wir denn hin, Sir?“
Walter überlegte, was der Androide damit meinte.
„Wir haben zwei Möglichkeiten, Sir“, half Pommerton aus. „Wir können versuchen, wieder in die Richtung des Wurmlochs zu kommen oder an die Oberfläche dieses Planeten oder ich würde eher sagen, Mondes.“
„Wie sehen unsere Chancen in der Nähe des Wurmlochs aus?“
„Meine letzten Scans und die Berechnungen daraufhin deuten auf ein BONE in der Nähe hin. Keine Chance, Sir.“
Walter holte tief Luft: „Eine Brutstätte hier?“
„So sieht es aus, Sir.“
„Dann nach oben, Pommerton.“
„Das wäre auch meine Wahl.“
Sie ließen sich von Pommerton führen und dieser achtete darauf, die Gänge zu nehmen, deren weiterer Verlauf etwas bergan führte. So errechnete der Androide, irgendwann an der Oberfläche zu sein. Nach weiteren anderthalb Stunden machten sie Rast. Sie hatten vier weitere Höhlen passiert und in der fünften ordnete Walter eine Ruhepause an.

„Was ist mit unserer Atemluft?", fragte Cynthia und sprach damit ein Thema an, welches Walter schon seit einiger Zeit bedrückte. Das ganze Weglaufen und Suchen nach dem Weg zur Oberfläche nutzte nichts, wenn sie unterwegs erstickten.
Walter setzte sich mit dem Rücken an eine Wand und hatte eine Lampe angelassen und diese gegen die Decke gerichtet. So wurde die Szenerie beleuchtet. Dann sah er auf die Anzeige: „Sieben Stunden und ich habe eine Ersatzpatrone, weitere acht Stunden. Und du?"
Cynthia nickte bekümmert: „Das Gleiche, Walter. Uns bleiben noch 15 Stunden."
„Ich könnte …", „nicht Pommerton, nicht jetzt", verlangte Walter.
Ihm wurde schlagartig klar, dass sie in 15 Stunden nichts bewirken würden. Sie mussten jetzt und sofort die Entscheidung suchen, und zwar in Richtung Wurmloch. Ganz egal, wie viele Super-TRAX auf sie warten würden, hier würden sie ersticken und wenn Pommerton nicht bis zur Oberfläche scannen konnte, dann war diese noch viel weiter entfernt als diese 15 Stunden. Und wer weiß, was sie dort erwartete. Bestimmt nicht mehr Atemluft. Walter stand auf: „Unter diesen Umständen müssen wir zurück und mit Gewalt durch."
„Wenn ich jetzt etwas einwerfen darf?", bat Dr. Harry W. Pommerton überaus höflich.
„Sag schon", Cynthia hob ergeben die Arme.
„Ich habe mir die Freiheit genommen und 14 XL-Patronen eingesteckt. Sie reichen pro Stück für 24 Stunden."
Cynthia sah den Androiden mit großen Augen an: „Danke, Pommerton."
Der Androide wies mit dem Zeigefinger mehrfach auf die Französin: „Bitte."
Walter war ebenfalls erleichtert. Das verschaffte ihnen die Möglichkeit, eine dringend benötigte Pause einzulegen.
„Ich könnte meinen Hut als Kameradrohne kundschaften lassen", schlug Pommerton vor.
„Ortungsgefahr?", fragte Walter.
„Schätze ich als sehr gering ein, zumal ich den TRAX-Scanner damit koppeln kann. Ich kann die Drohne rechtzeitig zurückholen."
„Mach das", sagte Walter. „Cynthia und ich versuchen, ein paar Stunden zu schlafen."
„Ich wünsche angenehme Ruhe."

„Danke“
„Bitte“

Sechs Stunden später (01.05.2152, gegen 01:30 Uhr – etwa):

Walter schreckte aus einem unruhigen Schlaf hoch. Ein paar TRAX, ein durchgedrehter Androide und eine verletzte Blondine hatten dort eine Art Hauptrolle gespielt und Walter konnte nicht behaupten, dass er gut drauf war. Ganz im Gegenteil, er fühlte sich wie gerädert.
Er glaubte, dass Cynthia noch schlief, daher sprach er leise den Androiden an: „Etwas Neues, Pommerton?“
Cynthia kam aus der liegenden Position hoch wie ein Klappmesser: „Ich habe nicht schlafen können.“
Walter fand das normal.
„Es sieht nicht gut aus“, sagte Pommerton mit Bedauern in seiner künstlichen Stimme. „Von allen Seiten nähern sich TRAX und Super-TRAX. Wir werden eingekreist. Ich habe ein Holo angefertigt und mittlerweile habe ich den Scanner soweit manipulieren können, dass er ein paar hundert Meter reicht. Pommerton holte einen Würfel aus der Tasche und legte ihn auf den Boden. Es entstand eine dreidimensionale Wiedergabe ihres Labyrinthes. Sie selbst waren in Grün gekennzeichnet und gleichzeitig der Mittelpunkt. Von überall näherten sich rote Punkte.
Walter hörte, wie Cynthia schluchzte.
„Halten, das Holo“, sagte er zu Pommerton, dann kümmerte er sich um seine Partnerin. Die Nerven lagen bei der Frau blank. Er nahm sie vorsichtig in die Arme, aber durch einen schweren Raumanzug kann man nur schwerlich Nähe und Trost vermitteln.
„Cynthia, Cynthia, beruhige dich. Wir kommen hier raus.“
„Bist du sicher?“, sie begann zu weinen.
Walter war selbst nicht positiv gestimmt, aber erstens tat ihm seine Partnerin leid und zweitens konnte er jetzt kein Teammitglied in Panik gebrauchen. Sie hatten noch Zeit und er musste sich auf die Sache mit dem Holo konzentrieren.
„Walter, ich habe noch so viel vor in meinem Leben!“
„Was hast du vor, Cynthia?“
„Ich, ich wollte Kinder haben – mit dir. Hattest du mir nicht im letzten Jahr versprochen, dass du mich heiratest?“ Walter konnte sie kaum ver-

stehen, so wurde ihre Sprache durch Schluchzen und Weinen verzerrt. Der Funk machte das auch nicht besser.
„Wir werden Kinder haben und vorher werde ich dich heiraten, Cynthia.“
„Bitte, Walter. Versprich mir, dass wir hier lebend rauskommen und dann, dann will ich mich um dich und eine Familie kümmern. Wir können nicht immer unser Leben riskieren. Das mache ich nicht mit, Walter.“
„Ich verspreche dir, wenn wir hier raus sind, wird es ruhiger. Ich bitte Thomas um einen ruhigeren Posten. Wer soll uns trauen, Cynthia?“
Die letzte Frage hatte Walter nur gestellt, um seine Partnerin aus ihrer Panik zu reißen.
„Was? Wie?“
„Wer soll uns trauen, mein Schatz?“
Cynthia schaute ihren Partner mit großen Augen an: „Da fragst du noch? Dein und mein bester Freund wird das machen. Wir werden auf der BASILIKA getraut, und zwar von Captain Luigi Montineri. Der Gute schaut uns sonst mit dem Arsch nicht mehr an!“
Walter lachte und seine Partnerin stimmte unter Tränen mit ein. Ihre Hochzeit ohne den Aushilfs-Pfarrer Luigi – unmöglich. Walter hatte es geschafft, seine Cynthia wieder etwas unter Kontrolle zu bekommen.
„Ich muss mich jetzt um unsere Rettung kümmern“, sagte Walter.
Cynthia richtete sich auf: „Ich will wissen, was vorgeht.“
Beide sahen sich das Holo an.
„Pommerton“, kam es dann auch von der Französin, „kann deine Melone auch diese Näherungsminen verteilen?“
Der Androide bejahte: „Ich muss sie nur auf dem Rücken fliegen lassen. In den Hohlraum lege ich eine solche Waffe und aktiviere sie. Am Zielort dreht sich der Hut einmal um 180 Grad um die Längsachse und die Mine fällt raus.“
„Du willst die TRAX von hier weglocken?“, fragte Walter.
„Ja“, sagte Cynthia. „Du musst mit Pommerton überlegen, wo diese Sachen ausgelegt werden.“
Walter wandte sich an den Roboter: „Wie viele von den Dingern hast du?“
„Ich habe noch 25.“

„Da sollte sich doch was machen lassen. Gleichzeitig dezimieren wir unsere Gegner. Auf ans Werk! Schlag mal was vor, Dr. Harry W. Pommerton!“

Der Androide schaute auf die Darstellung, dann legte er seinen Plan vor. Da die mögliche Flugbahn festlag, konnte die Melone eine gute Geschwindigkeit erreichen. Pommerton schaffte es sogar, pro Flug bis zu drei Minen unter, nein, in den Hut zu bekommen. Dann musste sie warten, bis die TRAX in die Nähe der Minen kamen. Das Ganze dauerte, weil der fliegende Hut keinesfalls entdeckt werden durfte.

Die Detonationen der Granaten in den Morgenstunden des 01.05.2152 spürten sie bis in ihr Versteck. Gleichzeitig erloschen dann auch immer ein paar rote Lichter.

Aber es kamen immer neue nach.

Sie erreichten aber, dass die TRAX tatsächlich von ihrem Versteck weggelockt wurden.

Um 09:00 Uhr hatten sie 20 Minen ausgelegt und die Hälfte war bisher explodiert.

01.05.2152, 07:00 Uhr, MILCHSTRASSE, SOL-System, LUNA-Basis:

Der werten Leserschaft dieser Berichte mögen die Namen Ellen van Es und Marcus Sommer noch ein Begriff sein. Wenn nicht, beide gehörten zur Stamm-Mannschaft der WHITEHORSE, vormals MSS SHOTAI unter jeweils Hotaru Kaneko. Nach dem Untergang der WHITEHORSE und dem Tod von Hotaru ging das MANCHAR-Paar auf der Brücke zurück in die Heimat und auch die beiden GENUI fanden anderweitig Verwendung. Zurück blieben eben diese beiden Personen, sowie Ming Li und Fred Meier. Als die LUNA-Basis-Besatzung unter Pet Cooper die Verteidigungsplattform ADMIRAL JONATHAN BAINES im Jahr 2149 übernahm, wurde Ellen van Es Kommandantin der LUNA-Basis und Marcus Sommer der Offizier an der Taktik-Konsole. Fred Meier übernahm die Guns der Station und Ming Li war für Drohnen und die Kommunikation zuständig. Vor einem Jahr hatten sie einen FliCo bekommen: den jüngsten Sohn von Trixi Baines und Tib Miller. Paul-Jack Millbain war jetzt knapp 23 Jahre alt und verfügte über sechs Teams Barracudas und einen Letalis, sowie drei Staffeln Arrows.

Nur der Vollständigkeit halber: Ellen war jetzt 39 Jahre alt und sah trotz ihrer niederländischen Abstammung immer noch wie ein Eben-

bild von Hotaru aus, speziell, wenn sie ihre langen, schwarzen Haare zu einem Pferdeschwanz gebunden hatte. Und der ein Jahr jüngere, etwas hagere Marcus, liebte seine Frau noch immer.
Beide waren im März 2140 von Hotaru getraut worden.

„LUNA R11 an Basis, kommen."
„Hier Basis. Wir hören euch gut", antwortete Ming Li dem Ruf von Marcus Sommer mit seiner hohen Stimme.
Marcus und Ellen waren bereits seit einer Stunde mit einem der mittleren und damit dreiachsigen LUNA-Mobil unterwegs. Ihr Ziel waren die alten Raumschiffwerften, die von den TRAX 2120 zerstört worden waren. Es war ein Hobby von Ellen gewesen, sich alle Informationen darüber zu beschaffen.
„Die sind damals ganz schön tief in den Untergrund gegangen", hatte sie ihren Mann wissen lassen. „Eventuell ist doch nicht alles zerstört."
„Wie ich meine bezaubernde und ehrgeizige Frau kenne, steht bald ein Ausflug an", hatte Marcus vermutet. Gut, es war jetzt schon drei Monate her und der Begriff ‚bald' war damit weit gedehnt. Aber schließlich standen sie hier und jetzt auf Betreiben der Kommandantin der LUNA-Basis.
Sie hatten das Mobil abgestellt und waren jetzt mit Handscannern unterwegs. Ming Li und Fred Meier wussten natürlich Bescheid, aber an die große Glocke hängen wollten sie ihr Vorhaben nicht. Es war schließlich möglich, dass sie rein gar nichts fanden, und blamieren wollten sich weder Ellen noch Marcus.
„Ihr müsst uns ein wenig lotsen", verlangte Marcus. „Wir sind jetzt in unmittelbarer Nähe der ehemaligen Werft und haben das Fahrzeug gerade verlassen. In welche Richtung müssen wir uns wenden?"
„In Richtung eures LUNA-Mobils", schrillte das Organ des Chinesen.
„Okay, wie weit darüber hinaus? Ich sehe da nix", gab Marcus zurück.
„Nix hinaus", flötete Ming Li. „Ihr müsst schon einsteigen. Ihr habt das Ziel um knapp drei Kilometer verfehlt!"
„Ist nicht möglich", gab Ellen verwundert zurück.
„Offenbar doch, oder ihr wollt laufen", lachte Ming Li hoch und schrill.
„Ist ja gut", sagte Marcus genervt und stakste in seinem schweren Raumanzug zum LUNA-Mobil zurück. Er überließ Ellen den Vortritt und nach der Schleuse nahmen sie ihre Helme ab.

„Schöne Pleite", ärgerte sich Marcus. Ellen hatte sich wortlos in den Beifahrersitz gesetzt und studierte die Anzeigen. Das Fahrzeug scannte auch, wenn sie nicht innerhalb des Mobils waren. Marcus warf sich auf den Fahrersitz und wollte die Motoren starten, als Ellen sagte: „Warte!" Seine Hand zuckte zurück und fragend sah er seine Partnerin an.
Diese zeigte auf eine der Anzeigen: „Ich dachte, der MOND wäre geologisch tot."
„Ist er auch – fast", sagte Marcus. „Vor ein paar Dutzend Jahren hat es die letzten Beben gegeben. Viele andere waren Einschläge von Meteoren."
„Dann sind hier gerade ein paar Meteore eingeschlagen?"
„Unwahrscheinlich, dass die durch unsere Überwachung schlüpfen."
Marcus sah selbst auf die Anzeige. Die seismische Aktivität zeigte auf etwas mehr als zwei. Nicht viel und würde erklären, warum sie das draußen bei der geringen Schwerkraft nicht bemerkt hatten.
„Wenn es kein Erdbeben ist und auch kein Meteoriteneinschlag, was dann?", fragte Ellen.
„Lass uns in die Richtung fahren, die uns der lachende Chinese angibt", schlug Marcus vor.
„In Ordnung!"
„LUNA R11 an Basis. Wir sitzen im Fahrzeug und warten auf eine Richtungsangabe."
„Ah, doch nicht laufen", stellte Ming Li fest. Dann gab er Koordinaten durch. Auf dem HUD erschien ein roter Pfeil und zeigte Marcus die Richtung an. Die Entfernung wurde darunter angezeigt. Marcus startete die Motoren und das Mobil ruckte an. Sie näherten sich einer flachen Gebirgszone und das Fahren mit dem recht großen Fahrzeug wurde schwierig.
„Ab hier wird gelaufen", Marcus stellte die Aggregate ab und wollte gerade aufstehen, als er die seismische Aktivität, zumindest wackelte das Mobil etwas, auch ohne Gerät bemerkte. Dann sah er den ausgestreckten Arm und die weit aufgerissenen Augen von Ellen. Er folgte dem Hinweis und sah in etwa 500 Metern, wie in einiger Höhe ein Teil einer Felswand abrutschte. Es fiel eine Menge Gestein herunter und Marcus sah die Wolke aus feinstem MOND-Sand. Aber was er außerdem bemerkte, war ein Loch in der freigelegten Wand.
Er sah seine Frau an: „Das müssen wir uns ansehen."
„Schwere Kampfausrüstung", mehr sagte Ellen nicht.

Nach ein paar Minuten waren sie ausgerüstet, die Helme saßen auf den Anzügen und sie konnten einzeln durch die Schleuse nach draußen.

7. Angriff

01.05.2152, 08:10 Uhr, SOL-System, MOND:

Sie waren bereit und als Marcus aussteigen wollte, schüttelte Ellen mit dem Kopf und wies auf das Funkgerät. Marcus kannte seine Frau. Bis zu einem gewissen Grad war sie wagemutig, aber eine Sicherheit oder ein Plan B waren ihr wichtig. Er verstand, was ihre Absicht war.
„Basis von LUNA R11 kommen!“
„Hier Basis! Ihr seid aber noch nicht da“, war die Antwort von Ming Li.
„Wir kommen hier mit dem Fahrzeug nicht weiter. Außerdem haben wir in ein paar hundert Metern Entfernung einen Bergrutsch beobachtet, der so etwas wie eine Höhle freigelegt hat. Dazu hat unser Fahrzeug seismische Aktivitäten festgestellt.“
„Seismisch? Unmöglich! Seid ihr sicher?“
Marcus gab zurück: „Wir wissen nur, dass es Beben gegeben hat. Ob sie vulkanischen Ursprungs sind, ist uns nicht bekannt. Wir steigen jetzt aus und sehen uns das aus der Nähe an.“
„Basis hat verstanden.“
Marcus und Ellen verließen das Mobil durch die Schleuse. Der Vorgang dauerte etwas, da jeweils nur eine Person hindurchpasste. Marcus orientierte sich draußen und stellte fest, dass die Gegend wieder ruhig war.

LUNA-Basis:

Fred Meier hatte das Kommando während der Abwesenheit von Ellen van Es. Dem Deutschen war die Ruhe in der letzten Zeit nicht geheuer. Er fühlte sich wie in dicke Wattebäuschchen gehüllt, die die Wachsamkeit etwas einlullten. Selbstverständlich hatte er die Gespräche zwischen dem Außenteam und seinem Kollegen in der Leitstelle mitgehört. Fred war also im Bilde.
Es war ihm zu ruhig und hier ergab sich eine Möglichkeit, etwas zu tun. Tektonische Aktivitäten auf dem MOND?

Fred glaubte nicht an sowas. Wahrscheinlich hätte er das niemals öffentlich geäußert, aber er roch Ungemach. Ein schrecklich altes Wort, welches Fred außergewöhnlich gern nutzte. Dementsprechend fiel auch sein KOM-Anruf bei Paul-Jack Millbain aus.
Der jüngste Sohn von Trixie und Tib saß zum Frühstück mit seinen Staffelcrews in der großräumigen Kantine. Ein oranges Licht blinkte an seinem Armband-KOM auf und leichte Vibrationen machten ihn ebenfalls darauf aufmerksam, dass ihn jemand ‚allein' sprechen wollte. Das Display zeigte an, dass es Fred Meier war.
Paul-Jack baute ein Akustikbegrenzungsfeld auf und nahm das Gespräch an. Er hörte zu und bekam eine Schilderung der Lage. Paul-Jack war, wie sein Bruder, der Flieger in der Familie. Er liebte es, mit schnellen Jägern am liebsten über Planeten zu jagen. Hier hatte er zwar die Funktion desjenigen, der seine Leute vom Kommandopult aus steuerte, aber er nutzte jede Gelegenheit, sich selbst beispielsweise an das Steuer einer Arrow zu setzen. Er maß dem Bericht kein besonders hohes Gefährdungspotential zu, aber es war eine Gelegenheit und Absicherung war nie schlecht. Er bestätigte den Befehl von Fred. Dieser hatte ihm allerdings freie Hand gegeben, wie er die Sicherung von Ellen und Marcus vornahm.
Paul-Jack schaltete die KOM aus und stand auf.
Nun, Paul-Jack kam nach seinem Vater und wenn der Hüne mitten im Frühstück, einige hatten auch mitbekommen, dass er seinen KOM benutzt hatte, aufstand, dann schwieg der disziplinierte Rest der Truppe und wartete auf die Reaktion des FliCo.
„Mal herhören!" Die Aufforderung war unbegründet, leitete aber ein, dass er tatsächlich etwas zu sagen hatte. „Wir haben Ellen und Marcus bei einem Außeneinsatz abzusichern. Sie haben eine Höhle entdeckt, die durch ein Beben freigelegt wurde. Wichita! Du gehst in den Leitstand und vertrittst mich als FliCo dort. Mich begleiten Brummer, Charly und Flamingo – auf zu unseren Arrows. Der Rest, insbesondere die Letalis-Gruppe, hält sich bereit und besetzt den Flieger."
Wichita, eine zierliche Frau mit kurzen, roten Haaren, bestätigte den Befehl und machte sich auf den Weg. Drei weitere Personen standen auf, die erwähnten Brummer, Charly und Flamingo. Natürlich handelte es sich um Kampfnamen, wie sie gern vergeben und genutzt wurden. Brummer war eine Frau mit dunklem Teint, Flamingo war eine Geschlechtsgenossin, deren Hautfarbe allerdings mehr in die Richtung des

Tieres, dessen Namen sie trug, changierte. Charly war ein lustiger Vogel, der was konnte, den man aber niemals ernstnehmen durfte.
Die vier schritten zügig durch einen der besonderes gekennzeichneten Ausgänge hinaus. Über der Tür stand: Landedeck Arrow ALPHA.
Nach der Tür verfielen sie in einen lockeren Trab. Niemand hatte was von einem irgendwie gearteten Alarmfall gesagt, also beeilte man sich mäßig. Gefühlsmäßig stellten sie sich um, denn der 50 Meter lange Weg zum eigentlichen Aufbewahrungsort der Arrow-Staffel war auch dazu da, sich an den Schwerkraftwechsel heranzutasten. Mit jedem Schritt wurden sie leichter, bis sie nur noch ein Sechstel ihres Gewichtes wogen. Dann betraten sie auch schon den Vorraum zur großen Halle, in der 13 Maschinen vom Typ Arrow standen. Hier waren die Spinde mit den Raumanzügen und sonstiger Ausrüstung untergebracht. Rasch streiften sie die leichten Monturen über und setzten die Helme auf. Danach ging es zur Halle zu den schnellen Abfangjägern.
Hier, bei einem sechstel Gewicht, hatte man sehr spartanische Leitern angebracht. Im Prinzip handelte es sich lediglich um eine Stange, die bis hoch ins Cockpit reichte. Die Crews waren fit genug, sich allein mit den Händen schwungvoll nach oben ins Cockpit zu befördern.
Paul-Jack saß als Erster im Flieger und der hinter ihm sitzende Droide empfing ihn standesgemäß: „Alle Werte auf Grün – wir sind startbereit."
„Statusmeldungen?", fragte Paul Jack seine Wingleute ab.
„Brummer, Alpha 2, Go!"
„Flamingo, Alpha 3, Go!"
„Charly, Alpha 4, alles klar, Beppo!"
Paul-Jack grinste. Charly hatte es nicht lassen können, ihn bei seinem eigenen Kampfnamen zu nennen. Auch gut! Die Leitstelle der LUNA-Basis hatte mitgehört.
Be…, Paul-Jack funkte die Leitstelle an: „Arrow-Teilgruppe Alpha mit vier Maschinen bitten um Starterlaubnis!"
„Hier Flightcontrol", meldete sich Wichita. „Startschacht wird gesichert geöffnet. Warten auf Go!"
Paul-Jack sah nach oben. Langsam öffnete sich eine Iris im Durchmesser von 50 Metern. Die Atmosphäre wurde von einem schwachen Kraftfeld zurückgehalten. Sie würden in wenigen Sekunden starten. Sie waren in die Maschinen laut Bezeichnung von Alpha 1 bis 4 eingestiegen. Da der Startschacht nicht für alle vier gleichzeitig reichte und

für eine ganze Staffel von dreizehn Maschinen schon mal gar nicht, übernahm immer die KI des Leaders den Automatikstart, und zwar numerische der Reihe nach. Anschließend flog man in Keilformation. Zuerst Alpha 1, dann links schräg hinten Alpha 2, dann schräg rechts hinter dem Leader Alpha 3, Alpha vier hängte sich dann wieder links an Flügelmann Alpha 2 und so weiter. Der Leader musste dann entscheiden, wann er sich nach hinten fallen ließ, um von dort seine Staffeln zu steuern. So war das normale Start-Prozedere.
„GO!" Wichita gab den Start frei und Paul-Jack gab seinem Droiden den Hinweis, den Gemeinschaftsstart einzuleiten. Sofort erhob sich seine Maschine und strebte recht zügig der Öffnung an der Decke zu. Paul-Jack sah, wie ihm Brummer, Alpha 2, sofort folgte. Den Start von Alpha 3 und 4 bekam er schon nicht mehr mit, denn es empfing ihn die Dunkelheit des Alls. Die Sonne warf scharfe Schlagschatten und Paul-Jack schaltete sämtliche optischen Hilfen ein. Sofort hatte er beim Blick durch seine Cockpitkanzel ein Bild in Falschfarben, aber ein ziemlich gutes.
„Hier Leader Alpha 1. Wir brauchen eine NAV-Hilfe zum Einsatzort!"
Ming Li schaltete sich ein: „Ich schicke dir den Datenfile auf dein HUD, Beppo!"
Im nächsten Augenblick sah Paul-Jack einen roten Pfeil und darunter eine Entfernungsangabe.
„Teilstaffel Alpha ist unterwegs!"
Paul-Jack zog seine Arrow in einen leichten Bogen in die richtige Richtung und gab Energie auf den Antrieb – vorsichtig. Er wollte ja nicht über das Ziel hinausschießen. Tatsächlich war hier ein sehr sensibler Umgang mit dem Energieausstoß angesagt. Es waren nur ein paar hundert Kilometer.

<u>MOND, vor der Höhle:</u>

Natürlich hatten Marcus und Ellen die Funkgespräche mitgehört und wussten, dass Unterstützung im Anflug war. Beppo und seine Truppe im Rücken zu haben, machte ihre Aufgabe bedeutend leichter. Marcus hielt das Phasengewehr in der Hand und hatte ein halbes Auge zumindest immer auf dem Vielzweck-Scanner. Zweimal schon hatte er wieder dieses Beben gespürt, danach war Ruhe. Der Weg aufwärts zur Höhle war durch dicke Gesteinsbrocken und das Geröll nach dem

Abgang der Lawine zumindest erschwert. Mit Hilfe der Servomotoren in den Gelenken der schweren Raumanzüge übersprangen Marcus und Ellen stellenweise die Hindernisse. Dort, wo es möglich war, blieben sie in Deckung des Gesteins und liefen drumherum.

Sie hatten nur noch ein Drittel des Weges zurückzulegen, als sich jemand in ihrem Funk meldete.

„Hier ist Beppo! Wir stehen etwa 500 Meter hinter euch in 100 Metern Höhe. Wir haben den Höhleneingang im Visier."

„Das ist schön, Beppo", antwortete Ellen. „Wir haben die Absicht, dort hineinzugehen. Wäre schön, wenn wir ..."

„Unsere Waffen sind noch nicht aktiviert, Commanderin!"

„Okay, haltet uns den Rücken frei!"

Marcus und Ellen kletterten weiter auf das Loch in der Felswand zu.

Das Paar, abgesichert durch vier Arrows, kletterten vorsichtig in Richtung Öffnung. Dann standen sie vor dem Loch – es war 3,5 Meter über ihnen und die Wand davor sehr glatt.

„Ich hebe dich hoch! Mach deinen Scanner klar", sagte Marcus und stellte sich mit dem Rücken zur Wand. Die Waffe hatte er sich zuvor per Magnet an den Anzug geheftet. Jetzt ging er leicht in die Hocke. Ellen trat auf sein rechtes Knie und wuchtete sich hoch. Dann stand sie auf seinen Schultern und er hielt ihre Waden fest, damit sie nicht rückwärts fiel.

„Kannst du was scannen, Ellen?"

„Scheint ein wenig schwierig zu sein. Der Scanner kann mit den Mineralien hier nicht recht umgehen."

„Siehst du eine Gefahr?"

Die Kommandantin der LUNA-Basis schaltete ihre Scheinwerfer ein und leuchtete in die Höhle hinein.

„Hier sieht es aus wie ein Gang. Drei Meter breit und ebenso hoch. Das Ende verschwindet hinter einer Biegung."

„Ich hebe dich jetzt ganz hoch, oder?"

„Ja, mach!"

Marcus ging etwas mehr in die Knie und drückte sie dann ruckartig durch. Ellen beschleunigte nach oben und bevor sie wieder runterkam, hatte Marcus seine Hände unter ihren Stiefelsohlen. Langsam drückte er seine Frau nach oben. Ellen steckte den Scanner ein und half anschließend mit. Dann stand sie in der Öffnung.

„Das gefällt mir nicht", sagte jemand über Funk und es war Beppo.

„Wir sind vorsichtig und ihr seid ja da", gab Marcus zurück. Er ging etwas in die Knie und stieß sich dann ab. Er musste noch etwas Schwung mit den Händen geben, als er den Boden der Höhle erreicht hatte, dann stand er neben Ellen.
Auch Marcus schaltete die Scheinwerfer seines Anzuges ein und er stellte fest, dass der von Ellen beschriebene Gang nach etwa 30 Metern einen leichten Knick machte. Es war ihnen nicht möglich, dort weiter hineinzusehen.
„Gehen wir weiter?", fragte Ellen und Marcus kannte die Stimmlage seiner Frau. Sie war alles andere als sicher. Er schaltete seinen Scanner auf das HUD seines Helmes und nahm das Gewehr vom Anzug.
„Lass uns wenigstens sehen, was hinter der nächsten Biegung ist", sagte Marcus. „Wäre peinlich, wenn danach nichts mehr kommt."
Damit konnte Ellen gut leben und sie trat zwei Schritte vor.
Sie durchquerte damit ein äußerst schwaches und damit für die Scanner nicht erkennbares Induktionsfeld. Dadurch wurde ein schwacher Impuls ausgelöst und nach irgendwohin versendet.
„Das gefällt mir immer weniger!"
„Du wiederholst dich, Beppo", konterte Marcus.
„Stimmt nicht", widersprach der Staffelführer. „Das war 'ne Steigerung!"
Marcus und Ellen gingen trotzdem weiter und Marcus heimliche Befürchtungen bewahrheiteten sich: Nachdem sie Einsicht hatten, stellten sie fest, dass der Gang nach weiteren 50 Metern wieder eine Biegung machte. Dieses Mal zur anderen Seite.
Marcus und Ellen sahen sich an. Die Helme spiegelten etwas, weil die Wände das Licht der Lampen zurückwarfen. Ein bisschen unheimlich war es Ellen schon. Der Ausfall eines Sinnes, Gehör, war unter diesen Umständen noch einmal krasser als sonst. Sie gab sich einen Ruck und ging weiter. Marcus folgte.
„Können wir mal ein kleines Update haben?", war die Stimme von Paul-Jack im Funk zu hören.
Marcus hörte hin. War die Stimme leiser geworden oder täuschte er sich? Normalerweise konnte der FliCo von der Kommandantin nichts fordern, aber Ellen war die Letzte, die sowas übelnahm. Beppo machte sich halt Sorgen und sein Informationsbedarf war damit gerechtfertigt.
„Wir sehen nach 50 Metern wieder nichts", gab sie als Antwort. „Wir gehen weiter."

„Mist!"
Marcus konnte sich ein Grinsen nicht verkneifen. Paul-Jack machte aus seinem Herzen keine Mördergrube. Er sprach das aus, was er gerade dachte. Und seine Meinung war eindeutig – er hielt gar nichts von dem Alleingang des Paares van Es/Sommer.
Die zwei gingen vorsichtig weiter – und wie nicht anders zu erwarten, kam dieses Mal wieder ein Gang und dessen Ende war nicht abzusehen. Trotz starker Strahler verschluckten die Wände derart viel Licht, dass das Ende des Ganges im Dunkeln blieb. Sie gingen noch etwa 50 Meter, als Marcus stehenblieb: „Beppo?"
„Ich höre dich nicht mehr ganz so deutlich", kam es zurück. „Wollt ihr nicht lieber zurückkommen? Das ist ganz klar eine Marine-Mission. Es ist völlig unnötig, dass ihr euch in Gefahr begebt."
Marcus stellte fest, dass der Funk tatsächlich leiser geworden war. Sie funkten zwar mit normalschnellen Funkwellen, aber die Kapazität hätte in so kurzer Entfernung keinesfalls so stark nachlassen dürfen. Er beobachtete, wie Ellen die Wände begutachtete und mit dem Handschuh darüberstrich und mit dem Helm nahe heranging.
„Das ist ganz klar nicht natürlich entstanden", stellte sie fest.
„Kommt zurück!", drängte die leise Stimme von Beppo.
In diesem Augenblick spielte Marcus HUD verrückt. Überall wurden rote Punkte vor ihnen angezeigt und ein Hinweis überlagerte alles: TRAX!
„ZURÜCK, ELLEN. Da sind TRAX!"
Marcus riss seine Frau an sich vorbei Richtung Ausgang, und diese begann, so schnell es unter diesen Schwerkraftverhältnissen möglich war, zu rennen.
Marcus riss sein Gewehr hoch und entsicherte es. Am Rande nahm er wahr, dass die Anzug-KI aufgrund der Lage die Körperschutzschirme der Anzüge eingeschaltet hatte. Marcus zielte nicht besonders. Er feuerte gleich ein paar Dutzend Phasentorpedos in den Gang und folgte dann seiner Frau. Das ging schneller, als er vermutet hatte, denn er bekam einen harten Schlag, sein Schirm jaulte nach einem Treffer auf und die mechanischen Kräfte katapultierten ihn an Ellen vorbei. Er schaffte es, sich auf den Rücken zu drehen und das Gewehr in den Gang zu richten. Mit Dauerfeuer bestrich er den vermeintlichen Standort des Gegners. Ellen rannte an ihm in grotesk wirkenden Sprüngen

vorbei. Marcus wuchtete sich hoch und folgte. Dann waren sie um die Biegung herum.
„Weiter schneller", spornte er seine Frau an.
„Kommt da raus. Ich kann euch da drin nicht helfen!", rief Paul-Jack. „Verdammte Scheiße, ich hab's geahnt!"
Marcus drehte sich kurz vor der nächsten Biegung noch einmal um und schoss sein Magazin leer. Vereinzelt trafen Schüsse die Wand neben ihm, dann hastete er weiter. Im Laufen wechselte er das Magazin. Noch einmal um die Biegung, dachte er, dann noch 30 Meter und sie waren draußen.
„Wir kommen", rief er in den Funk, damit die Arrows auf ihre Ankunft vorbereitet waren.
„Hier LUNA-Basis! Was ist da los?" Fred Meier hatte sich eingeschaltet.
„Das Außenteam wird von TRAX angegriffen", gab Paul-Jack zurück.
Marcus rannte um den letzten Gangknick herum und sah seine Frau auf dem Boden liegen. Sie war offensichtlich gestürzt und bemühte sich jetzt, wieder aufzustehen. Er riss an ihrem Arm sie auf die Füße und beide rannten auf den Ausgang zu. Marcus dachte nicht daran, vor den 3,5 Metern anzuhalten. Dazu war die Schwerkraft zu gering.
„Passt auf und fang dich ab!"

Die Ungeduld in Person saß in Arrow Alpha 1, hieß Paul-Jack Millbain, hörte auf den Kampfnamen ‚Beppo' und hatte die Waffen seines Abfangjägers geschärft und einsatzbereit. Seinen Wingleuten hatte er aufgetragen, ihm das Feuern in die Höhle zu überlassen. Sie sollten sich um Gegner kümmern, die daraus hervorkamen.
Dann sah er endlich, wie zwei Personen in schweren Kampfanzügen den Ausgang erreichten und absprangen. Die eine Person stieß die andere kräftig zur Seite, sodass sie rechts und links voneinander wegdrifteten.
Das Loch war frei und Beppo nahm die Einladung an. Phasenfeuer aus seinen Bordwaffen donnerten in die Höhle. Ein Strahl kam recht ungezielt daraus hervor und traf das ungeschützte LUNA-Mobil. Es explodierte und dann sah Paul-Jack, dass Super-TRAX aus der Höhle hervorkamen. Charly, Flamingo und Brummer änderten ihre Stellungen und nahmen die Gegner unter Feuer.

Paul-Jack beschränkte sich auf den Höhleneingang, damit kein Nachschub an Gegnern kam. Er schaltete den Waffeneinsatz auf Sudden-Death-Raketen um. Vier Stück verließen die Launcher des Arrows und zischten in den Höhleneingang. Heftige Detonationen gab es dort und Teile von Super-TRAX wurden aus dem Loch geworfen.
„Leader-Alpha an Basis: LUNA-MOBIL zerstört. Wir brauchen den Letalis hier!“
„Hier FliCo“, meldete sich Wichita. „Letalis mitgehört?“
„Haben wir!“
„Starterlaubnis, ich sende euch die Koordinaten.“
„Verstanden!“
Mittlerweile kamen keine Gegner mehr aus der Höhle, trotzdem behielt Paul-Jack das Loch im Auge. Hin und wieder gab er einen Phasenschuss darauf ab. Er hoffte, dass Marcus und Ellen sich unten zwischen dem Geröll halten konnten. Es gab da noch eine Menge TRAX, die seine Wingleute noch nicht erledigt hatten. Sie musste auch vorsichtig sein, damit hinterher auf den Grabsteinen von Marcus und Ellen nicht stand: Killed by friendly fire.
„Ich hab sie“, tönte es im Funk und Paul-Jack identifizierte die Stimme von Flamingo. „Sie hängen an meiner Bugstütze.“
„Ab damit zur Basis, aber vorsichtig. Klasse gemacht, Flamingo! Charly und Brummer, deckt den Abflug!“
Er bekam zwei Bestätigungen. Die Arrows wechselten ihre Positionen und Paul-Jack sah, dass an der Bugstütze eines der Arrows zwei Personen im Raumanzug hingen. Charly und Brummer deckten mit ihren Jets den Abflug.
„Hier Letalis. Einsatz noch erforderlich?“
„Ja“, gab Paul-Jack zurück. „Ihr übernehmt meine Stellung hier!“
„Verstanden. Wir sind gleich da!“

<u>LUNA-Basis:</u>

„Ich hätte schwören können, dass die Ruhe trügerisch war“, fluchte Fred Meier. Allerdings war er erleichtert. Marcus und Ellen schienen außer Gefahr und Beppo hatte die Situation im Griff.
„Li, ich brauche Gandhi!“
„Aye!“

Der Chinese funkte die ADMIRAL JONATHAN BAINES an. Nicht das Flaggschiff, die WALHALLA, war jetzt die Zentrale für alle Meldungen, sondern die riesige Verteidigungsplattform. Methin Büvent hatte entschieden, dass dort wesentlich mehr Personal vorhanden war, auf die sich die Arbeit besser verteilen ließ. Sein Flaggschiff war für Kampfeinsätze auch außerhalb des SOL-Systems bereit.
Man antwortete und Ming Li schilderte in kurzen Worten die Lage.
Kurz darauf war das Gesicht von Methin Büvent auf dem Übersichtsschirm der LUNA-Basis zu sehen. Fred Meier berichtete und kein Muskel zuckte im Gesicht des Oberkommandierenden, dann traf dieser seine Entscheidungen: „Es scheint noch mehr von der alten Werft vorhanden zu sein, als wir annahmen. Stellung halten und auf allzu viel Schäden verzichten. Ich möchte nicht wieder jahrelang irgendwas ausbuddeln müssen. Ich schicke euch Colonel Malte von Avenwedde, der die weitere Operationsleitung übernimmt. Sobald Commanderin van Es wieder in der Basis ist, möchte ich sie sprechen."
„Wir haben verstanden", Major Admiral.

<u>Eine halbe Stunde später, LUNA-Basis:</u>

Ellen van Es konnte sich denken, warum der MA sie sprechen wollte. Mit gemischten Gefühlen kontaktierte sie den Major Admiral.
„Ellen, mit dir und deinem Mann alles gut?" Ein wenig besorgt schaute er drein, der Methin.
Der höchste Vorgesetzte erkundigte zunächst nach dem Befinden seiner Leute. Das tat Gandhi immer.
„Danke, Major Admiral. Wir sind fit."
„Ellen, ich habe auf LUNA-Basis ausgezeichnetes Personal."
„Danke."
„Ich möchte, dass das so bleibt und ihr vollzählig bleibt."
„Das habe ich verstanden."
„Gut", gab Methin Büvent zurück und damit war für ihn die Sache erledigt. Er ging richtigerweise davon aus, dass die durchlebte Gefahr an sich schon für ein zukünftiges, vorsichtigeres Verhalten sorgen würde.
„Ich bin gespannt, was sich hinter eurer Entdeckung verbirgt. Ich schlage Teilalarm auf der LUNA-Basis vor, Ellen."
„Wir haben Teil-Alarm und sind alle gespannt."

Methin nickte der Kommandantin zu: „Malte wird in etwa anderthalb Stunden bei euch sein und er bringt seine Leute mit."
Das Gespräch wurde beendet und Ellen seufzte.
„Ein toller Chef, unser Gandhi", bemerkte Marcus, der schräg hinter seiner Frau gestanden hatte.
„Das ist er", bestätigte Ellen.

Anderthalb Stunden später war der Colonel da. Und er brauchte eine gute Stunde. In erstaunlich sachlicher und ruhiger Atmosphäre befragte er Marcus und Ellen. Dann musste ihm noch Paul-Jack Rede und Antwort stehen.
„Wir haben alle Flieger rausgebracht, Colonel", beantwortete Beppo die Fragen. „Ich denke nicht, dass noch ein TRAX außerhalb der Höhle rumläuft. Die Höhle selbst wird durch den Letalis bewacht."
„Gut, mein Junge", sagte Malte. „Wir planen jetzt gerade den Einsatz, dann kannst du den Letalis abziehen."
Nach der Missionsplanung verließ die Besatzung des Letalis das Schiff und sicherte das Loch in der Felswand mit einem massiven Kraftfeld. Außerdem wurde eine Scanner-Drohne vor Ort belassen. Der Letalis zog ab und Malte ging mit seinen Leuten ins Feintuning.
„Das kann eine Weile dauern und wir werden deine Gastfreundschaft etwas in Anspruch nehmen müssen, Commanderin", hatte Malte Ellen van Es lächelnd gesagt. Damit war auf LUNA-Basis für die nächsten Tage eine Menge los.

<u>03.05.2152, 04:30 Uhr, TENDUA-System, Teilflotte des BUNDes:</u>

Es war Nachtzeit auf den Raumschiffen der Flotte, die der INTERSTELLARE VÖLKERBUND ins TENDUA-System geschickt hatte. Auf derlei Dinge wurde in der Flotte Wert gelegt. Natürlich gab es auf jedem Schiff eine Nachtwache, wenn man von der HYPERCANE absah (zu wenig Personal). Aber man wechselte sich ab und mit ein wenig Doping fiel das nicht auf. Außerdem traf es jeden alle paar Monate mal und dann auch nur im scharfen Einsatz. Sonst waren die KIs sehr wohl in der Lage selbstständige Alarme aller Art auszulösen. Hinzu kam, dass fast auf jedem Schiff ein N2-Androide auf der Brücke Dienst verrichtete. In diesem Fall schied Nachtschicht für Organische komplett aus.

Auf der SATURN war es Funky, der eh keinen Schlaf brauchte und daher jede Nacht auf der Brücke saß und die entsprechenden Schaltungen auslösen konnte.
Und er tat es – genau jetzt um 04:31 Uhr.
Und zwar Vollalarm.
Die Sirenen, begleitet von den roten Leuchtbändern, jaulten innerhalb der Schiffe um die Wette und trieben die Adrenalinwerte der Besatzungen in abenteuerliche Höhen.
Laura Stone wurde recht harsch aus den Armen ihres Freundes gerissen und haderte mit sich und dem Schicksal, dass derlei Alarme immer nachts kommen müssen. Ben enthielt sich jeglichen Kommentars. Als kluger Mann wusste er, wann er seiner Partnerin nicht widersprechen sollte – jetzt nämlich. Offensichtlich ging ihre Mission nun in die heiße Phase.
„Du“, sagte Laura nur. „Ich brauche länger!“
Ben reichten diese vier Worte. Sie übertrugen ihm die Rechte und Pflichten eines Flottenadmirals. Seine Uniform war selbstverständlich bereitgelegt und er schlüpfte in Rekordzeit hinein. Als er das gemeinsame Apartment in Richtung Brücke verließ, verstummten die Alarmsirenen. Das hieß nichts, denn niemand konnte sich bei diesem Lärm konzentrieren. Die Alarmqualität blieb bestehen, wie man an den roten Leuchtbändern an den Gangwänden sehen konnte.
Benicio Casa quetschte sich durch die sich öffnenden Schotthälften der Brücke, und während er noch seinen Kragen richtete und auf seinen Platz zuging, forderte er von Funky einen Bericht.
„Die Scanner sagen aus, dass das Wurmloch in Kürze aktiviert wird, XO.“
„Verbindung zum Ogrufü der TENDUA herstellen, Funky!“
„Augenblick, Sir.“
Kurz darauf erschien der TENDUA mit den tiefroten Augen auf der Übersicht.
„Unsere Scanner melden, dass das Wurmloch in Kürze aktiviert wird, Ogrufü. Ich darf an unsere Taktik erinnern?“
„Wir werden die Absprachen einhalten und die Flotte jetzt in Alarmbereitschaft versetzen.“
„Gut. Vermeidet Verluste, Ogrufü.“
„Wir werden nicht kampflos dastehen.“

„Das braucht ihr nicht, Ogrufü. Ihr sollt euch lediglich langsam zurückziehen und die EGGS vom Wurmloch weglocken“, Ben dämmerte es, dass es nicht so einfach sein würde, die Katzenartigen vom frühzeitigen Kampf abzuhalten. Sie waren stolz und wollten alles für ihr System tun, wenn nötig, auch sterben. Ben musste anders vorgehen.
„Hör zu, Ogrufü! Ich kann dich, deinen Stolz und das Bemühen verstehen, euer System selbst tatkräftig zu verteidigen. Je nachdem, wie viele Schiffe gleich daraus hervorkommen, kann das gelingen, du kannst aber auch mit deiner Flotte untergehen. Ich denke, die Feinde kennen die Stärke deiner Flotte. Sie werden also in Überzahl anrücken. Demnach gefährdest du meine Flotte und das Leben meiner Leute, wenn du deine Schiffs-Crews nicht im Griff hast. Hast du das verstanden, Ogrufü? Du darfst nicht zu früh angreifen. Die gegnerische Flotte muss weit genug vom Wurmloch entfernt sein.“
Der Ogrufü senkte seinen Blick: „Ich werde alles tun, um meine Füs vom Angriff abzuhalten.“
„Tu das, bitte“, verlangte Ben und ließ die Verbindung abschalten.
„XO?“
Ben drehte sich um und vor ihm stand Lisa-Ann Ralen.
„Du weißt, Lisa-Ann, dass wir momentan kein Brückenpersonal für die PHOEBE übrighaben?“
„Ich, das heißt Piet und ich, kommen mit den N2-Droiden zurecht, XO!“
„Dann in die PHOEBE, Captain!“
Lisa-Ann grüßte kurz, dann verließ sie die Brücke und begab sich dorthin, wo ihr Freund schon längst war – auf die Brücke der Dreadnought PHOEBE.
„Wurmloch öffnet sich, XO“, berichtete Funky.
Seufzend setzte sich Captain Benicio Casa in seinen Sitz: „Jetzt wird es spannend.“
Der XO der SATURN war im Prinzip tiefenentspannt – normalerweise. Was ihm da jetzt auf der Übersicht angezeigt wurde, entlockte ihm einen leisen Fluch.
„Du fluchst, mein Lieber?“ Laura hatte das Kommandopodest erreicht und setzte sich neben ihn.
Ben zeigte kurz nach vorn: „Wenn nicht jetzt, wann dann?“
„Scheiße“, entfuhr es Laura. Auf breiter Front waren die EGGS-Schiffe aus dem Wurmloch herausgekommen. Allesamt von 500 Meter Durch-

messer an der dicksten Stelle. Der automatische Zähler hatte bei 150 angehalten.
„Das Beste ist noch, dass unser Ogrufü nicht dafür garantieren kann, dass er seine Füs vom Angriff abhalten kann."
„Sind die lebensmüde?"
;,Eventuell nicht, aber stolz."
Schwunghaft drehte sich Laura zu ihrem Partner um: „Hält er sich nicht an die Absprache, haben wir auch keine Chance."
„Option?"
Laura grinste freudlos: „Bevor ich meine Leute sinnlos opfere, machen wir hier den Abgang."
„Das wird verschiedene Leute nicht freuen", gab Ben zurück.
„Mich auch nicht. Aber das haben wir dann nicht zu verantworten, sondern die TENDUA, die sich nicht an die Absprache gehalten haben."
Während Laura ihren Partner ansah, hatte dieser unverwandt auf die Übersicht geschaut. Die EGGS-Schiffe beschleunigten unterschiedlich stark, aber alle vom Wurmloch weg. Das war zunächst einmal gut.
„Hier ist Heikki! Ich meine eine Taktik zu erkennen", kam es von First FliCo aus der oberen Etage über das gerichtete Schallfeld.
„Raus damit", reagierte Laura sofort.
„Die eine Hälfte der Schiffe beschleunigt stärker als die andere. Ich gehe davon aus, dass die schnelleren Schiffe durchbrechen sollen nach TENDUA-PRIME, während die anderen die Flotte unserer Freunde aufhalten und vernichten wollen."
„Ich stimme Heikki zu", sagte Ben, der ähnliche Überlegungen angestellt hatte.
„Funky, KOM mit Ogrufü", verlangte Laura in Kurzform.
Der beigefarbene TENDUA mit den braunen Ohren erschien auf der Übersicht.
„Es beginnt und der Feind kommt in großer Zahl", sagte der Katzenartige mit gewissem Unbehagen.
„Wir haben ein System in seinem Angriff erkannt", konfrontierte ihn Laura. „Die schnelleren Schiffe des Feindes sollen durchbrechen und TENDUA-PRIME angreifen – etwa die Hälfte. Die anderen werden euch in Kämpfe verwickeln."
Der TENDUA bestätigte, zumindest, dass er Laura verstanden hatte.

„Lass die schnelleren Schiffe passieren, Ogrufü! Sie haben uns noch nicht entdeckt. In zehn Sekunden starten wir die Näherungsminen. Sie verlegen dem Feind die Rückzugsmöglichkeiten und greifen ihn gleichzeitig von hinten an. Ihr folgt der ersten Staffel der Feindschiffe und haltet euch soweit es geht aus dem Kämpfen raus. Ich will meine Flotte hier nicht teilen müssen!"
Der TENDUA sah seitlich neben der Optik auf etwas anderes.
„Hast du das verstanden, Ogrufü?" Laura wurde etwas ungeduldig. Wenn sie eins nicht vertragen konnte, dann waren das lahmarschige Reaktionen, wenn Eile Not tat.
„Ähm, ja."
Lauras Stimme nahm einen drohenden Unterton an: „Ogrufü! Haltet ihr euch nicht an die Abmachungen, verlassen wir das Schlachtfeld. Hast du das verstanden?"
„Ja, wir werden das so machen", versicherte er.
„Warum nicht gleich so. Informier deine Schiffe! Funky – aus!"
Der TENDUA verschwand und Laura gab Gefechtsalarm für die Flotte aus – keine Überraschung, denn den Aufmarsch des Gegners hatten alle mitbekommen.
„Ben?"
Der Gunner drehte sich zu Laura um: „Ja?"
„Aktiviere die Drohnen – jetzt!"
„Aye!" Ben drehte sich um und drückte lediglich auf einen zuvor programmierten Sensorpunkt. Die Kampfdrohnen, oder auch Näherungsminen, je nach Programmierung und Einsatzart, beschleunigten und würden spätestens in 30 Sekunden beim Gegner als Feind erkannt.
Laura und Ben schauten angestrengt auf die Übersicht. Zum großen Teil ließen die TENDUA-Schiffe die schnelleren EGGS passieren – zum großen Teil. Nicht alle Füs hielten sich jedoch an die Vorgabe ihres Flottenführers. Es kam zu kleineren Scharmützeln, die auf beiden Seiten nichts einbrachten. Die beteiligten TENDUA-Captains konnten froh sein, dass sich ihre Gegner wohl eher an die Vorgabe ihrer Flottenleitung hielten. Für sie stand nämlich TENDUA-PRIME ganz oben auf der Liste.
„Funky, ab jetzt Dauer-Flottenfrequenz."
„Ist eingerichtet!"
„SATURN ruft HYPERCANE!"
„Hier HYPERCANE!" Jane Scott sprach selbst.

„Jane, wie immer. Wenn du leer bist, ab zur WONDERLAND und nachladen, dann zurück!“
„Geht klar, Laura.“
„Du sachs Bescheid, wennet losgehen soll?“
Ben musste grinsen. Den Slang von Pat Neubauer auf der ODIN konnte man aus tausenden heraushören.
„Is’ mein Job“, konterte Laura. Die Kugelschiffe, die ODIN an der Spitze, bildeten eine breite Phalanx. Dahinter war die HYPERCANE, die dazwischen hervorbrechen und feuern konnte, Scott Tanner auf seiner STEPHEN HAWKING würde den Ausputzer machen und auch Bergungen, falls nötig, vornehmen. Die GRIN-EXX hielt sich etwas seitlich auf. Laura hatte mit Tallek abgesprochen, dass er sein Schiff dorthin lenkte, wo es am heftigsten zuging. Sie hatten neun Schiffe. Neun gegen etwa 75 und dem Ogrufü mussten sie auch noch helfen, sonst sah es schlecht aus für dessen Flotte. Aber Laura hatte einen guten Trumpf. Die Barracudas, ihre eigenen und die der GRÖNLAND, würden effektiv eingreifen können und die Minderzahl ausgleichen. Die überschweren Abfangjäger waren schnell und sehr gut bewaffnet.
„SATURN ruft GRÖNLAND!“
„Ich höre“, war die Stimme von Smilla zu hören.
„Wir sollten unsere Barracudas und auch die PHOEBE gleichzeitig einsetzen. Ich geb das Kommando dazu“, ordnete Laura an.
„Die GRÖNLAND hat verstanden!“
„Die PHOEBE auch!“
„LA an alle. Wenn wir gleich beschleunigen, dann halten wir die jetzige Formation. Keiner prescht vor. Ich will, dass wir gleichzeitig das Feuer eröffnen und zwar ab 550.000 Kilometer. Und noch was: Wir werden langsam beschleunigen. Ich will, dass wir die Zeit zwischen 550.000 und 300.000 Kilometer ausnutzen. Nach dem ersten Zusammenprall nach Möglichkeit Abstand halten und aus der Distanz Torpedoeinsatz!“
Es kamen die Bestätigungen rein und Laura sah auf die Übersicht.
Die EGGS kamen näher. Die Hälfte der Schiffe hatte den Wachkordon von TENDUA-Schiffen durchflogen und hielt auf TENDUA-PRIME und damit auf die lauernde Flotte von Laura zu.
Sie mussten den Überraschungseffekt nutzen. Dabei war völlig unbekannt, ob der Gegner so etwas wie überrascht oder verwundert sein konnte.

Benicio Casa schaute auf die Übersicht. Die Annäherung der EGGS geschah ihm viel zu schnell. Hatten sie etwa die lauernde Flotte bemerkt? Er schaute auf seine Anzeigen. Bisher hatte die sensible Technik der SATURN keine Scan-Strahlen oder dergleichen registriert.
Laura sah ihn an. Offensichtlich hatte sie seine Reaktion bemerkt.
„Nein“, sagte er deshalb nur und Laura verstand und reagierte.
„Kommando zurück! Wir werden überhaupt nicht beschleunigen. Feuerleitrechner so programmieren, dass die EGGS bei 600.000 Kilometern Entfernung auf unsere Torpedos prallen. GRÖNLAND, in diesem Augenblick alle Barracudas raus, First FliCo SATURN ebenfalls, PHOEBE ab.“
Laura bekam Bestätigungen.
„Die TENDUA-Flotte hält sich nicht an deine Anweisung, Laura“, bemerkte Ben. Die Katzenartigen waren der ersten Gruppe von Feindschiffen nur eine geringe Strecke gefolgt und stellten sich jetzt dem Kampf.
Laura fluchte.
„Brechen wir ab?“, fragte Ben.
„Natürlich nicht“, zischte Laura. „Ich werde etwas aufteilen müssen!“
Die GRÖNLAND hatte in den Zwischendecks 150 Barracudas aufzubieten, die SATURN noch einmal 54. Die 15 Letalis an Bord von Smillas Schiff und die neun der SATURN sollten wohl zunächst an Bord bleiben.
„Häuptling, du machst den Flügelmann für die HYPERCANE.“
„Es ist mir eine Ehre“, antwortete Paco etwas steif.
„Zeit bis zur Feuereröffnung fünf Minuten“, sagte die emotionslose Stimme der Schiffs-KI. Offensichtlich hatte der XO eine Art Countdown eingerichtet.
„Scott, du hältst dich etwas zurück, verstanden?“ Laura trug dem Rechnung, dass Scott eine Menge Crewleute an Bord hatte und als Multifunktionsschiff eben nicht für den klassischen Dogfight gerüstet war.
Scott Tanner, Captain an Bord der STEPHEN HAWKING, bestätigte. Im Reigen der großen Kugelschiffe konnte er kaum eine größere Rolle spielen.
„Deine Aufgabe sind durchbrechende Jäger in Richtung TENDUA-PRIME!“
„Verstanden!“

Das Spindelschiff hatte vier Landedecks aufzuweisen mit jeweils 20 Arrows. Die leichten Abfangjäger waren außerordentlich schnell, wendig und beschleunigungsstark. Zur Bekämpfung feindlicher Jäger waren sie ideal.
„Zeit bis zur Feuereröffnung vier Minuten!“ Auch diese Ansage ging über die Flottenfrequenz.

An Bord der GRÖNLAND gab es von Smilla Larsen noch eine spezielle Anweisung an ihren First FliCo: „Ich will hauptsächlich Gruppen von jeweils drei Barracuda-Teams, die sich auf ein Feindschiff konzentrieren.“
„Verstanden!“
Damit war ein EGGS-Schiff im Focus von nicht weniger als neun Barracudas. Das sollte zumindest für schwere Beschädigungen reichen und bei einer zweiten, dritten und vierten Salve auch für mehr.

„Zeit bis Feuereröffnung drei Minuten!“

„Die MoKo-Strahler könnta vagessen, Xena un Marco“, instruierte Pat Neubauer ihre Gunner. „Dat funktioniert nich bei anorganischem Dingsbums. Haut denen lieber ’nen paar von den Fetten rein!“
Das Paar Karin Schneider und Marco Stein bestätigten die Anordnung.
„Paule, du waatest mitte Rettungsalphas, bisse von mir Bescheid kriss!“
„Mach ich.“
Die ODIN wartete, wie alle anderen Schiffe, auf den Countdown bei 0.

„Zeit bis Feuereröffnung zwei Minuten!“

„SATURN an HIGHLANDER!“
Captain Jolene Smith antwortete sofort.
„Wir haben dein Schiffchen erst mühsam zusammengefrickelt. Mach es nicht gleich wieder kaputt!“
„Ich gebe mein Bestes.“
Laura grinste. Schweigen auf der Flottenfrequenz würde die Nerven noch mehr strapazieren. Dann lieber noch einen flotten Spruch raushauen. Außerdem machte sie sich wirklich Sorgen. Jolene hatte die mit Abstand jüngste Mannschaft an Bord.

Auf der STANDING ROCK äußerte sich Captain Chapawee Paco per schiffsweiter KOM: „Befolgt die Kommandos und helft einander.

Dann werden wir dieses Erlebnis später an den Lagerfeuern unseren Nachfahren weitergeben können. Howgh, ich habe gesprochen!"

„Zeit bis Feuereröffnung 60 Sekunden!"
Ab jetzt war Ruhe – im Funk und auf den Schiffen. Jeder hoffte, dass die wartende Flotte nicht doch noch entdeckt würde und der erste Feuerschlag möglichst effektiv war.

„30 Sekunden bis Feuereröffnung!"

Die Phalanx der Angreifer zog sich etwas auseinander.
„Nachjustieren!", befahl Laura, obwohl das jeder Gunner sowieso machte.

„Zehn – neun – acht – sieben – sechs – fünf – vier – drei – zwei – eins – **FEUER!**"

Kaum hatte Laura gespürt, dass die SATURN gefeuert hatte, als sie schon befahl: „Schutzschilde volle Kraft!" Selbstverständlich hatten die Schiffe im Totmann-Modus gewartet und da verbot es sich von selbst, so energieträchtige Verbraucher einzuschalten, die weithin auf den Scanner zu erkennen waren. Die Schirme bauten sich bei allen Schiffen auf, die PHOEBE dockte von der SATURN ab und 204 Barracudas nahmen Kurs auf die angreifende Feind-Flotte.
Benicio schaute angestrengt auf die Ergebnisse des ersten Feuerschlags, dann pfiff er leise durch die Zähne: „Fünf Totalausfälle, zehn weitere Schiffe stark beschädigt."
Die Überraschung war tatsächlich gelungen.
„Okay, weitermachen", befahl die Lieutenant Admiral.
„Feind schleust Jäger aus", war die nächste Meldung von Ben.
„SATURN an STEPHEN HAWKING!"
„Ich habe es gesehen!"

Dann war die feindliche Flotte fast heran.
„Ausweichen!", befahl Laura und die Triebwerke der Flotte wurden mit Energie versorgt. Die Schiffe des BUNDes strebten auseinander und einige Schüsse der EGGS gingen ins Leere.
Aber nicht alle.
Heftig schlug es auf der ODIN ein und es rappelte gewaltig.
„Wer war dat?"

„Ich markiere das Schiff", sagte Stefan Bohn an der Taktik ruhig. Die Schutzschilde waren gerade mal auf 90% runter und bauten sich schon wieder auf. Kein Grund zur Sorge.
„**Der da!**", wies Pat ihre Gunner an. „**Macht den wech!**"
Die beiden Gunner verständigten sich und Karin Schneider, akzeptierter Spitz- und Kampfname ‚Xena', wegen der Ähnlichkeit, übernahm die Aktion. Sie richtete die schweren Kaliber des Schiffes, die gerade in Richtung des Gegners zeigten, aus und der Pilot Vitali brauchte kein Kommando, um dem Gegner auf den Fersen zu bleiben.
Xena schlug auf den Auslöser und drei schwere Kaliber rauschten los.
„Treffer – schwere Schäden", meldete der Taktiker.
Karin justierte die Feuerleittechnik nach und feuerte die zweite Salve.
„Treffer – versenkt", meldete Stefan Bohn und diese Art der Meldung konnte er nur auf Schiffen abgeben, wo die Crew aus dem Jahre 2014 von der ERDE stammte. Andere Captains konnten mit dem Begriff ‚versenkt' wahrscheinlich wenig anfangen.
Wohl aber Pat: „Jepp! Hatta davon!"

Die Barracudas schwärmten auseinander und wenn der Feind die überschweren Bomber nicht ernstnahm – nach dem ersten konzentrierten Feuerschlag musste er das. Jeder Barracuda war in der Lage, entweder acht Phantom-II-Raketen oder Stinger gleichzeitig abzufeuern. Auch wenn die Raketen nicht zu den stärksten gehörten, waren sie in einer Neuner-Gruppe, auf ein Schiff abgefeuert, enorm effektiv.

„Die TENDUA haben Verluste", bemerkte Ben und Laura kniff die Lippen zusammen. „Selbst schuld, wenn sie meine Anordnungen nicht befolgen."
Ben sah kritisch auf die Anzeigen. Zwei TENDUA-Schiffe waren soeben explodiert, ohne dass sie den Feinden Widerstand leisten konnten.
„Die EGGS schlachten sie ab", fügte Ben hinzu.
„Hier LA. Jane, durchstoßen. Hilf der TENDUA-Flotte. Paco, bleib dabei!"
Laura bekam zwei Bestätigungen. Die HYPERCANE stellte das Feuer ein und beschleunigte.
„Silvana! Neuer Kurs – TENDUA-Flotte. Wenn die HYPERCANE leergeschossen ist, kämpft der Häuptling allein."
„Aye, LA!"

Die STANDING ROCK und die SATURN folgten ins Kampfgebiet Nummer zwei. Die PHOEBE hielt sich etwas in Deckung des großen Mutterschiffs, teilte aber seitlich ebenfalls aus.

Das größte Kugelschiff der Flotte steckte eine Menge an Schlägen ein und das Vertrauen der Crew in den Schiffsgiganten war ungebrochen.
„Paule?“
„Soll ich jetzt?“
„Ja, getz sollze. Ich seh datta 'ne Menge Piloten in Raumnot rumeiern. Fisch die da wech!“ Captain Pat Neubauer war nicht entgangen, dass auch die Flotte des BUNDes Verluste hatte. Tallek hatte sich entschlossen, seine Jäger auszuschleusen, um die seines Freundes Scott Tanner zu unterstützen. Auch von diesen waren einige havariert und die Piloten, sofern sie noch konnten, waren ausgestiegen. Ein Aufenthalt im All lediglich im Raumanzug während einer Schlacht war nicht das, was man wirklich erleben wollte. Paul startete die zu Rescue-Einheiten umgebauten Alphas.

„Die kommen mit dem Rest zurecht“, beruhigte Benicio Casa seine Partnerin. Laura drehte sich der Magen, weil sie ihre Flotte aufteilen musste. Sicherlich hatten sie die Wucht der ersten Welle gebrochen, aber wegen der Undiszipliniertheit der TENDUA würden Leute sterben. Das war ihr ziemlich klar. Sie überlegte sich ein paar sehr unschöne Worte für den Ogrufü nach der Schlacht.
In diesem Moment begann die HYPERCANE zu feuern.
„Ben, hau raus was geht“, war die Anweisung der LA an den Gunner der SATURN.
„Mach ich eh“, war die saloppe Antwort.
Die Situation stellte sich ziemlich unübersichtlich dar. Etwa die Hälfte der Kampfdrohnen war noch aktiv und griff an wie ein wütender Hornissenschwarm. Das Ganze geschah auf relativ kleinem Raum und die Scanner hatten einige Mühe, ein vernünftiges Bild auf die Übersicht zu bekommen.
„Hier HIGHLANDER! Wir haben ein Problem und bitten um Unterstützung“, der Ausspruch ließ Laura zusammenzucken. Ben fragte gerade den Status des Schiffes ab.
„Ein paar Schäden haben sie“, teilte er mit, aber sie sind eingekreist und stehen unter Dauerfeuer!“

Laura befragte ihre Konsole und ließ sich nur die eigenen Schiffe anzeigen. In der Mitte platzierte sie die HIGHLANDER. Sie wollte gerade Kommandos geben, als sie hörte: „Hier HOR-LOK II, wir sind in etwa 20 Sekunden da – aushalten!“
Laura öffnete wieder den Mund, als der nächste Funkspruch kam: „ODIN hier, wir kommen vorbei – auch so 20 Sekunden!“
Laura klappte den Mund wieder zu. Sie hatte gerade diese beiden Schiffe zur Hilfeleistung auffordern wollen. So war es noch viel besser.
„Halt die HIGHLANDER im Auge“, bat sie Ben.
„Jolene hat das Schiff in Rotation versetzt“, meldete der XO.
Laura seufzte. Das war eine Maßnahme, die man nur ungern durchführte. Dafür konnte der Gegner kaum das Feuer auf eine Stelle konzentrieren. Man hatte aber selbst kaum Möglichkeiten, effektive Schläge auszuteilen.
Laura konzentrierte sich auf die Anzeige und bekam erst mit, als es gehörig schepperte, dass die SATURN getroffen worden war.
„Schilde auf 85%. Pilotin ausweichen“, wies der XO Silvana mit ruhiger Stimme an. Er hatte mitbekommen, dass Laura sich auf den Status der HIGHLANDER konzentrierte. Nun, sie war die Flottenchefin und er Captain des Schiffes, also griff er ein.
„Nimm dat und dat und dat“, hörte man Pat Neubauer über Funk.
Laura grinste. ODIN und HOR-LOK II hatten zeitgleich die angeschlagene HIGHLANDER erreicht und die beiden dicksten Kugelschiffe schlugen ordentlich zu. Pat mit viel Getöse und Ro-Latu eher leise, aber nicht weniger effektiv.
„Meinen Dank“, hörte man Captain Jolene Smith erleichtert sagen.
Laura stellte fest, dass das Kugelschiff von GREEN EARTH so gerade mal noch überraumfähig war. Es hatte zahlreiche Defekte gegeben und ein effektives Verweilen in der Kampfzone war unmöglich.
„Jolene, zieh dich zurück. Auf nach AGUA!“
„HIGHLANDER hat verstanden!“
„Ro-Latu! Eskortier das Schiff aus der Kampfzone bis zum Überraum!“
„HOR-LOK II hat verstanden!“
Laura atmete tief durch. Das war gerade noch mal gut gegangen.
Dann sagte Ben: „Laura, die PHOEBE …“
Aber Laura sah noch etwas anderes. Die Barracudas kamen in heftige Bedrängnis. Zahlreiche Piloten waren ausgestiegen und auch einige mit

ihren Maschinen untergegangen. Wilde Wut umfing sie. Wut auf die TENDUA. Das wäre nicht nötig gewesen.
„Hier LA an alle. Wir müssen die Barracudas entlasten. Alle Jäger raus, sofort! GRÖNLAND und Heikki: die Letalis auch!“
Alle FliCos und Fights auf den Schiffen handelten umgehend. Die Übersichten füllten sich mit grünen Zeichen und die Lage wurde unübersichtlich. Nicht abzustreiten war aber die Tatsache, dass sich der Druck des gegnerischen Feuers auf viele Einheiten der BUND-Flotte verteilte. Dadurch konnten die Barracudas wieder ihrem eigentlichen Job nachgehen und mussten nicht selbstständig in die Defensive gehen.

Auf der PHOEBE saß Piet selbst am Steuer, ein N2-Droide fungierte als Gunner, ein weiterer war für die Scanner zuständig und der dritte im Bunde für die KOM. Normalerweise versah der N2 an den Scannern die Funktion des Piloten und Piet war XO. Aber jetzt, da sie keine weitere Besatzung an Bord hatten, war die Funktion des XO überflüssig.
Und Piet wollte nicht nutzlos rumsitzen.
„Einer der TENDUA-Schiffe ist in Not“, sagte der Scan-N2 mit emotionsloser Stimme.
„Auf den Schirm und anzeigen!“, befahl Lisa-Ann.
Kurz darauf erschien das fragliche Schiff. Es war das letzte Schiff zwischen der Kampfzone und dem Wurmloch. Es wurde von zwei EGGS-Schiffen attackiert.
„Hüllenbruch steht bevor. Rettungsboote verlassen das Schiff“, berichtete der entsprechende Robot weiter.
„Piet – dorthin!“
„Aye!“
„Feuer einstellen! Wir ziehen sonst die Aufmerksamkeit auf uns. Wir retten!“
Lisa-Ann beobachtete mit unbeweglichem Gesicht, wie das Schiff der TENDUA im Kreuzfeuer zweier Feindschiffe explodierte. Die EGGS drehten anschließend ab.
„Ich hoffe nicht, dass sie uns bemerkt haben“, flüsterte Lisa-Ann und hatte die etwa sechs Beiboote im Visier, die äußerst klein auf der Übersicht angezeigt wurden.
„Ich habe kurzfristig die Energie des Antriebs weggenommen“, informierte sie Piet.

„Gut, dann haben wir eine Chance, nicht entdeckt zu werden!"
Lisa-Ann wartete lange 30 Sekunden, dann befahl sie Piet, das Schiff wieder zu beschleunigen.
„Sie lassen die Beiboote offensichtlich in Ruhe", stellte sie fest.
„Nicht, dass sie uns sympathisch werden", bemerkte Piet ziemlich freudlos, während er die PHOEBE stark beschleunigte. Lisa-Ann sah auf die Übersicht. Noch war nicht zu erkennen, dass ihre Dreadnought die Aufmerksamkeit des Feindes hatte.
„Hier HYPERCANE. Das war's erst mal. Setzen uns ab in Richtung WONDERLAND."
Lisa-Ann biss die Zähne zusammen. Der Zerstörer entfernte sich aus dem Kampfgebiet. Das war eine enorme Schwächung ihrer Taktik.
„Danke, Jane. Bis bald", waren die Worte der Lieutenant Admiral zu hören.
„Unsere Ziele bewegen sich in unterschiedliche Richtungen", meldete Piet.
„KOM-Droide! Funk diese Schiffe an. Sie sollen zusammenbleiben, sonst ist unsere Rettungsaktion erschwert!"
„Verstanden."
Lisa-Ann wartete ein paar Sekunden: „Und?"
„Keine Antwort, Captain", berichtete der Droide.
„Können sie unseren Ruf empfangen?"
„Ohne Zweifel, ja."
„Ich will sprechen!"
„Kanal offen!"
„Hier ist Captain Lisa-Ann Ralen. Bleibt unbedingt zusammen. Wir holen euch an Bord. Wir sind noch etwa 15 Minuten von euch entfernt. Bleibt zusammen!"
Es antwortete nur das Hintergrundrauschen des Kanals.
„**IHR SOLLT ZUSAMMENBLEIBEN**", donnerte sie in den Funk.
Ein paar Sekunden verstrichen, es kam keine Antwort und Piet sagte: „Sie entfernen sich immer noch voneinander. Welches Ziel soll ich auswählen?"
Lisa-Ann starrte wütend auf die Übersicht.
„Eines scheint Probleme mit dem Antrieb zu haben. Das am weitesten entfernte", fügte Piet hinzu.

„Okay, nimm das als Ziel. Die anderen haben womöglich eine Chance“, entschied Lisa-Ann und ließ die Schultern sinken. Das waren ja sture Verbündete.
„Aye!“ Piet richtete den Kurs neu aus und die Dreadnought flog eine kleine Kurve.
„Diesen anfunken“, ordnete Lisa-Ann an und hoffte, dass ihr KOM-Droide verstand, dass er gemeint war. Sie musste dringend Namen oder Bezeichnungen vergeben. Aber das schien unnötig. Die KIs waren ausgereift genug, dass sie verstanden wurde.
„Keine Antwort“, meldete der KOM-Droide.
„Wir werden Probleme haben, sie an Bord zu nehmen, wenn sie sich derart sperren“, vermutete Piet. Sie hatten noch sieben Minuten bis zum Rendezvouspunkt.
„Die Angreifer des untergegangenen Schiffes bremsen ihren Flug ab“, warnte der Taktik-Droide.
Lisa-Ann schaute auf die Übersicht und murmelte einen Fluch. Ein übermächtiger Gegner, zumindest für die Dreadnought, und dazu noch Verbündete, die so gar nicht mitmachten. Lisa-Ann empfand das als sehr ungesunde Konstellation.
„PHOEBE! Was habt ihr vor?“ Unvermittelt war die Lieutenant Admiral im Funk zu hören.
„Wir sind auf Rettungsmission, allerdings haben wir Kommunikationsprobleme mit den Verbündeten“, gab Lisa-Ann bekannt. Sie hoffte, dass sie nicht zurückgepfiffen wurde von Laura. Sie würde sich dem Befehl auf jeden Fall fügen.
„Kommunikationsprobleme ist die diplomatische Übersetzung für: Die kümmern sich ’n Scheißdreck um dat, wat wir als Masse vorgegeben haben“, tönte Pat Neubauer über Funk. „Hat schoma irgendeiner wat vonne Kätzkens gehört, so inne letzte Zeit?“
„Pat hat Recht, Lisa-Ann“, kam die sachliche Antwort der Lieutenant Admiral. Lisa-Ann wusste, dass sich Laura auch gern anders ausdrücken wollte, aber im Hinblick auf eine weitere Zusammenarbeit es doch besser ließ. „Geh kein hohes Risiko ein. Ich überlasse die Beurteilung der Lage dir“, zog sich Laura aus dem direkten Befehl zurück. Lisa-Ann atmete auf. Sie hatte die Rückendeckung der Flottenleitung.
„Ich schicke dir vier Teams Barracudas zur Unterstützung“, fügte die LA hinzu.
Lisa-Ann war erfreut. Das gab ihr ein wenig Sicherheit.

„Der Antrieb der TENDUA scheint ganz ausgefallen", rief Piet seiner Partnerin zu.
„Dann ist die Frage geklärt, wie wir sie an Bord nehmen!" Lisa-Ann stand auf und Piet bekam große Augen: „Du willst …?"
„Ja, klar. Anders geht es nicht. Ich geh aufs Landedeck und sehe zu, dass ich sie mit einem Kraftfeld berge. Ich zähl auf dich, Piet."
Der junge Mann schaute auf die Übersicht: „Das wird saueng, Lieschen!"
„Die Barracudas werden gleich da sein. Ich bin unten!"
Mit großer Sorge sah Piet seiner Freundin hinterher. Das Manöver war hochriskant und sie konnte zwischen die Mühlsteine, sprich Dreadnought und Rettungsboot, geraten.
Piet konzentrierte sich auf diese Aktion. Vor ein paar Minuten hatte er den Flottenstatus abgerufen. Das einzige Schiff, das noch keine Beschädigungen aufzuweisen hatte, war die ODIN. Das mochte daran liegen, dass die EGGS keine Todessehnsucht empfanden und einen Riesenbogen um den Schiffsgiganten machten. Pat jagte die Eierschiffe geradezu vor sich her, bis Laura dem Einhalt gebot.
„Pat, halte dich da auf, wo wir Piloten aus Raumnot holen müssen! So setzen wir die ODIN effektiv ein!"
„Da sachse wat", bestätigte die Captain.
Aufgrund der Masse waren Richtungsänderungen mit dem 2.000 Meter durchmessenden Schiff eine zeitraubende Angelegenheit.

Lisa-Ann schien zu wissen, dass ihre Aktion nicht ganz ungefährlich war. Sie hatte sicherheitshalber ihren Helm mitgenommen. Bei derlei Aktionen konnte es passieren, dass das Kraftfeld am Raumschott ausfiel.
Piet fluchte auf der Kommandoebene, nachdem ihm der Taktik-Droide mitgeteilt hatte, dass die beiden Angreiferschiffe nicht nur abgebremst, sondern auf dem Rückweg zu ihnen waren. Ihre Dreadnought und die Absicht, die dahinter stand, war offensichtlich aufgefallen und der Gegner hatte beschlossen, etwas dagegen zu unternehmen.
„Feuer frei auf diese Schiffe, sobald sie in unserer Reichweite sind!"
Der Gunner-Robot bestätigte den Befehl.
Piet schätzte die Entfernung zum Rettungsboot der TENDUA ab und die Zeit, die ihre Gegner benötigen würden, um in Schussweite zu kommen. Er wagte den Scan-Robot gar nicht erst zu fragen. Es war

offensichtlich, dass es sehr knapp werden würde. Auch die Barracudas würden trotz ihrer enormen Beschleunigung nicht vorher da sein.
„Ich errechne, dass die Gegner sieben Sekunden eher in Schussweite sind, als wir die Bergung beginnen können“, sagte der entsprechende N2 ungefragt.
‚Scheiße‘, dachte Piet. ‚Die Betonung liegt auch noch auf ‚beginnen‘. Damit waren die TENDUA noch lange nicht an Bord der Dreadnought.‘ Piet kamen erhebliche Zweifel, ob das gut gehen würde. Die Katzenartigen verhielten sich äußerst unkooperativ und sie riskierten hier alles.
„Gunner! Setz an Drohnen ab, was wir noch haben. Wir müssen die Angreifer zumindest aufhalten!“
„Auf ein Schiff oder soll ich aufteilen?“
Piet sah auf die Übersicht. Eines der Schiffe flog voraus und das hintere würde vielleicht noch von den Barracudas erreicht.
„Alle auf das, was uns am nächsten ist!“
„Aye!“
Piet registrierte, dass der Gunner mehrere Dutzend Näherungsminen aussetzte. Sie würden, so hoffte er, den Gegner zunächst beschäftigen und ihnen die Gelegenheit geben, das TENDUA-Schiff an Bord zu nehmen.

Lisa-Ann hatte mittlerweile rennend das Landedeck erreicht. Mit ein paar Handgriffen setzte sie den Helm auf, checkte ihren leichten Raumanzug und bewegte sich in Richtung Raumschott. Sie nahm eine der flexiblen Sicherungsleinen und hakte sich ein. Dann öffnete sie das Schott. Langsam öffnete sich das große Tor und gab den Blick auf das Universum und seine Farbenvielfalt frei. Aber die junge Captain hatte jetzt keinen Blick für diese wunderbare Aussicht. Lisa-Ann wollte gerade per Funk nachfragen, wie weit man schon heran war, als sie bemerkte, dass die Dreadnought bis in den letzten Winkel zu vibrieren begann. Jeder Captain kennt sein Schiff gut genug, um zu wissen, was welche Geräusche oder Vibrationen zu bedeuten haben. Piet verzögerte mit allem, was ihm zur Verfügung stand und das bis weit in den roten Bereich. Lisa-Ann riss die Steuerungsklappe für das Kraftfeld auf und aktivierte die Anlage. Sie konnte damit Objekte, wenn sie nicht zu weit entfernt waren, an Bord holen. Das Beiboot der TENDUA hatte eine nicht unerhebliche Masse und das würde Zeit kosten. Zeit, die sie unter

Umständen nicht hatten. Auch bei Lisa-Ann gab es jetzt Bedenken, ob ihre Hilfeleistung erfolgreich sein konnte. Aber es nützte nichts. Was sie angefangen hatte, wollte sie auch zu Ende bringen. Als ihre Gedanken so durcheinanderwirbelten und die Sterne sich draußen schnell seitwärts bewegten, war ihr klar, dass Piet das Schiff in die entsprechende Richtung gedreht hatte. Nun musste sie bald ihr Ziel erkennen können. Lag es außerhalb ihrer optischen Wahrnehmung, konnte sie sich die Mühe gleich sparen. Sie mussten näher heran. Lisa-Ann schaute angestrengt nach draußen. Ihr Herz schlug wild und dann ‚sah' sie etwas Vertrautes. Sie musste sich täuschen, oder? Es war nicht gut und schon gar nicht klar zu erkennen, aber nachdem die Sterne wieder zur Ruhe gekommen waren, erkannte sie darin die Umrisse eines Gesichtes. Ihre Augen wurden groß. Das Gesicht kannte sie doch. Was passierte hier? Ihre Sinne spielten ihr unter diesen Anspannungen einen Streich. Sie sah das Gesicht von – Johnny? Die Dreadnought bewegte sich leicht hin und her und es sah so aus, als würde der Johnny den Kopf schütteln? Lisa-Ann stöhnte leicht, dann sah sie nur noch die Sterne. Ihre überreizten Sinne hatten ihr einen Streich gespielt.
„Lisa! Du musst das Schiff gleich sehen!" Piets Stimme riss sie aus ihrer Gedanken- und aufgewühlten Gefühlswelt. Mit Gewalt verdrängte sie das wieder deutlicher werdende Gesicht von Johnny aus ihrem Kopf.
Sie sah etwas glitzern. Das musste das TENDUA-Beiboot sein!
Lisa-Ann schaltete den Nahbereichsscanner ein und tatsächlich war ihr Ziel dort abgebildet. Ihre Dreadnought feuerte. Winzige Erschütterungen, die sich über ihre Füße übertrugen, ließen Lisa-Ann diese Info zukommen. Sie biss die Lippen zusammen und richtete die Kraftfelder aus. Viel zu langsam saugten sich die Speicherbänke voll Energie. Das System war nicht dafür ausgelegt, schnelle Hilfe zu leisten. Im Normalfall nahm man damit Waren an Bord, die im Raum übergeben wurden. Dies hier war ein langsam agierender Notbehelf – mehr nicht.

An Bord der SATURN verfolgten Ben und Laura das Rettungsdrama, welches sich irgendwo zwischen dem Schlachtfeld und dem Wurmloch abspielt.
„Ich will nicht, dass einer bei einer solchen Aktion ums Leben kommt", zischte Laura gerade. „Irgendwie ist mir meine Sympathie für diese Fellträger abhandengekommen."
„Wir haben bisher schon geschätzt 80 bis 100 Tote", gab Ben zurück.

Laura verlor die Farbe im Gesicht: „LA an alle Schiffe. Näherungsminen absetzen – **alle**!"
Sie hoffte, damit weiterhin den Druck von den Jägern zu nehmen. Sie hatte mitbekommen, dass die STANDING ROCK einen schweren Treffer erhalten und es einen Großbrand auf einem der Decks gegeben hatte. Es waren also nicht nur Jägerpiloten ums Leben gekommen. Paco hatte die eigenen Verluste mit etwa 40 Personen angegeben.
Ben sah wieder nach der PHOEBE. Die Barracudas hatten eines der Schiffe erreicht und begannen zu feuern. Das Gegnerschiff wurde schwer getroffen, schleuste aber sofort Kampfjäger aus. Es gelang den Barracudas, noch zwei weitere Salven zu feuern und das Feindschiff damit zur Explosion zu bringen. Dann mussten sie sich gegen die schnellen Jäger des Feindes wehren – und das hielt sie auf. Ben biss die Zähne zusammen, denn das andere EGGS-Schiff eilte weiter auf die PHOEBE zu. Dann wurde es getroffen. Der XO vermutete ganz richtig, dass man von der Dreadnought Minen ausgesetzt hatte. Sie erreichten das Feindschiff und setzten ihre Energien frei. Das Schiff wurde nur geringfügig aufgehalten. Bald musste es die Feuerreichweite zur Dreadnought erreicht haben.
„Einstellen, PHOEBE! Aktion einstellen, PHOEBE!"
Ben hatte nicht nur laut gerufen, sondern fast geschrien.
Laura schaute ihren sonst so ruhigen Partner an und kaute auf ihrer Unterlippe. Dann sah sie, was ihn so erregt hatte.
Das EGGS-Schiff hatte das Feuer auf die PHOEBE eröffnet und nicht nur die Dreadnought wurde getroffen.

Für Lisa-Ann ging die Welt unter. Zunächst musste sie mitverfolgen, wie ihr Zielobjekt von einem Energiestrahl getroffen wurde und sofort explodierte. Die Anzeige auf ihrem Scanner erlosch sofort. Dann wurde sie abrupt von den Füßen geholt, als ihre Dreadnought voll getroffen wurde. Sie hörte den Hüllenbruchalarm über die Mikros ihres Helms. Sie rappelte sich hoch und streckte die Hand nach dem Schalter aus, der das Raumschott wieder schließen sollte. Dann bockte die Dreadnought als Piet versuchte, das Schiff aus dem Gefahrenbereich zu beschleunigen. Lisa-Ann musste registrieren, dass der Antrieb anschließend versagte. Ein erneuter Treffer beförderte die junge Frau aus dem Raumschott heraus ins Nichts. Es gab einen scharfen Ruck, als das flexible Band ihren Flug gewaltsam unterbrach.

Sie hielt die Arme schützend über den Helm, als sie in einem Bogen um die Dreadnought herumflog und dann sehr heftig gegen die Außenwandung prallte. Lisa-Ann verlor das Bewusstsein und schwebte hilflos an einem Seil gesichert neben der Dreadnought her.

„**Notruf auslösen! Kontakt mit der SATURN herstellen**“, bellte Piet seinen KOM-N2 an.
„Notruf ausgelöst, ÜL-Funk ausgefallen“, meldete die Maschine.
Piet schaute den Androiden entsetzt an, dann schaltete er das Bild vom Landedeck auf seinen Arbeitsplatz.
„**Lisa, Lisa melde dich!**“
Von seiner Partnerin war weit und breit nichts zu sehen. Dann sah er das Seil, welches über das offene Raumschott nach draußen führte.
Eisiger Schreck überkam ihn. Seine Freundin war nicht mehr an Bord. Sie musste da draußen irgendwo hängen. Er sah auf seine Anzeige. Das Schiff war so gut wie tot. Warum hatten die Angriffe nachgelassen?
Der Taktik-N2 gab die Antwort.
„Sir, wir treiben auf das Wurmloch zu. Es hat sich gerade aktiviert. Wir sind bereits im Anziehungsbereich der Anomalie.“
„Reparaturdroiden sollen den Antrieb reparieren – sofort! Wie lange?“
„Der Schaden ist nicht einmal genau definiert. Die Wahrscheinlichkeit, dass eine Reparatur gelingt, bevor wir den Ereignishorizont erreichen, tendiert gegen Null, Sir.“
Piet bekam große Augen. Das war ein stabiles Mehrwegwurmloch. Wie lange der Durchgang dauerte, wusste kein Mensch. Was sie aber wussten: Kein Mensch würde bei normalem Verstand den Übergang überleben. Sie mussten ins Koma! Und Lisa-Ann hing draußen im All herum.
Piet traf eine Entscheidung: „Ihr kommt mit. Du …“, er zeigte auf den Gunner-N2, „… besorgst eine Rettungskapsel für uns. Ihr anderen kommt mit zum Landedeck!“
Kaum hatte er das letzte Wort ausgesprochen, als er sich den Helm aufsetzte und auch schon losrannte.
Die Droiden folgten ihm.
„**Wie lange haben wir Zeit?**“
„Acht Minuten und elf Sekunden bis zum Ereignishorizont“, antwortete der Taktik-N2.
„**Öffne alle Türen auf unserem Weg!**“

Der N2 nahm Kontakt zur KI des Schiffes auf und diese öffnete alle Sicherheitsschotts. Auf diese Weise gelangte Piet sehr schnell auf das Landedeck. Er hastete zum Raumschott.
„Du …“, er wies auf einen seiner Begleiter, „… zieh am Seil!“
Piet machte sich bereit, seine Freundin aufzufangen.
„Das Seil hakt. Wenn ich fester ziehe, sind Verletzungen und ein Riss im Raumanzug nicht ausgeschlossen.“
„Warte!“ Bei Piet setzte der normale Verstand aus. Er hatte die Ränder des Wurmlochs, sie waren bereits von hier zu sehen, erkannt. Panische Angst um Lisa-Ann ergriff ihn. Er griff das Seil und schwang sich durch das Kraftfeld nach draußen. Ihn erwartete Dunkelheit und eine sofort vereiste Sichtscheibe seines Helms. Wütend kratzte er das Eis ab und zog sich am Seil vorwärts. Im schwerelosen Zustand musste Piet lediglich aufpassen, dass er das Seil nicht losließ. Dann konnte er sich und sein Leben abhaken. Er dachte überhaupt nicht darüber nach. Für ihn zählte nur Lieschen, die irgendwo da draußen am Ende des Seils auf ihn wartete. Dann sah er sie. Leblos hing sie an der Außenwand der Dreadnought und eine Strebe verhinderte, dass der Androide sie an Bord ziehen konnte. Piet achtete darauf, dass er den Raumanzug bei der Befreiung nicht beschädigte.
„Lisa!“
Er sah durch den Helm, aber seine Freundin war nicht bei Bewusstsein. Es fiel ihm gar nicht auf, dass alles grell erleuchtet war. Seine Sorge galt ausschließlich der jungen Frau – seiner Liebe. Der schnelle Vitalcheck über die Außenanzeige ergab, dass sie keine größeren Verletzungen hatte.
„Noch drei Minuten, Sir!“
Piet drehte sich und hätte es besser nicht getan. Das Wurmloch ‚stand‘ in seiner ganzen Gewaltigkeit in seinem Rücken und füllte den gesamten Gesichtskreis aus. Piet schluckte. Hier stand er, nur mit einem Raumanzug geschützt, direkt dieser Anomalie gegenüber. Nirgendwo hatte er sich bisher so klein und nichtig gefühlt. Er löste Lisa und stieß sich mit ihr etwas von der Wandung ab. Er hielt sie fest umschlungen und rief in den Funk: „Zieh uns rein!“
Schon bald merkte er, dass sich das Seil straffte und der Robot sie schnell an Bord zog. Piet versuchte das Wurmloch aus seinen Gedanken auszublenden und sah schon das Raumschott auf sich zukommen.

Er machte sich bereit, den Fall abzubremsen und Lisa dabei zu schützen.
„Sir, noch zwei Minuten. Die strukturelle Integrität der Dreadnought wird den Gezeitenkräften des Wurmlochs keinen Widertand mehr bieten können. Unser Schiff wird beim Übergang auseinandergerissen werden."
Piet kniff die Augen zusammen. Alles umsonst? Er sah eine Rettungskapsel.
Die beiden Robots fingen das Paar auf und gingen vorsichtig zu Werke.
„KI", rief Piet. „Koma für Wurmlochübergang bei Captain Ralen sofort auslösen, meins in 45 Sekunden."
„KI, verstanden!"
„Hört zu", befahl er den Robots. Die Tatsache, dass er nur noch zwei Androiden zur Verfügung hatte, beachtete er aus Zeitgründen im Moment nicht. „Ihr bringt uns an Bord einer Rettungskapsel, steigt mit ein, verschafft euch festen Halt und ihr haltet uns anschließend fest. Schutzschirm der Kapsel einschalten und nach dem Übergang erst einmal beschleunigen – irgendwohin!"
„Wir haben verstanden!"
Piet rannte mit den Robots auf die bereitstehende Kugel zu. Einer der Androiden trug Lisa-Ann. Das Schott der Kapsel schloss sich, als Piet die Ohnmacht näherkommen spürte. Er wurde von einem der Androiden aufgefangen.
Dann wurde es Nacht um ihn.

An Bord der SATURN war man alle Möglichkeiten durchgegangen und Laura hatte erkennen müssen, dass man der Dreadnought nicht helfen konnte. Auch hier war klar, dass die Struktur der PHOEBE so stark beschädigt worden war, dass ein unbeschädigter Übergang ausgeschlossen werden konnte. Dann war noch die Frage, was die Dreadnought auf der anderen Seite erwartete? Hinterherfliegen war nicht zu empfehlen. Der Gegner war längst noch nicht besiegt und bevor die HYPERCANE nicht zurück war, war es keine Option ein oder mehrere Schiffe hinterherzuschicken.
Laura wollte es sich nicht eingestehen, aber sie musste die Dreadnought auf die Verlustliste setzen und Piet Muller und Lisa-Ann Ralen dazu. Wie sollte sie das ihrem Freund Thomas Raven beibringen?

Sicher, Raumfahrt und Raumkämpfe besonders, waren eben gefährlich und Lisa-Ann hatte diesen Weg für sich gewählt. Hätte sie, also Laura, das Unglück verhindern können? Selbstzweifel machten sich bei der Lieutenant Admiral breit. Hätte sie die Rettungsaktion verbieten sollen? Im Nachhinein betrachtet kam sie zu dem Ergebnis, dass es besser gewesen wäre. Hatte sie es nur nicht getan, um eine eventuelle Befehlsverweigerung erst gar nicht aufkommen zu lassen? Sie wusste es nicht – oder nicht mehr. Laura hatte nach ihrer jetzigen Analyse einen schweren Fehler begangen.
„Wir wissen alle, was wir riskieren und ich hätte nicht anders gehandelt“, sagte Ben ruhig und seine Hand lag auf Lauras Schulter.
Mit zusammengebissenen Lippen verfolgte sie mit Ben, wie die Dreadnought im Ereignishorizont des Wurmlochs verschwand.

8. LUNA

03.05.2152, 19:11 Uhr, SATURN, Brücke:

‚Das sind Zeiten‘, dachte sich Benicio Casa, wo man für den Partner da sein muss.‘ Er sah Laura etwas nachdenklich an, als diese mit dem First FliCo vom Landedeck der SATURN zurückkam. Sie hatte dort die Liste der toten Piloten vorgelesen. Eine traurige Pflicht, die sie dem FliCo nicht allein zumuten wollte. Die Schlacht war zu Ende und man hatte noch Stunden gebraucht, um auch den letzten Jäger der EGGS zu zerstören. Fast alle Schiffe der Flotte hatten Schäden davongetragen. Vom Kratzer auf der ODIN bis zum Teilausfall der STANDING ROCK oder der HIGHLANDER war alles vertreten. Am schlimmsten hatte es den Häuptling erwischt. Zahlreiche Tote nach einem direkten Treffer nach dem Zusammenbruch des Schutzschirms hatten das Schiff fast zerstört. Pacos Schiff war nicht mehr überraumfähig. Die HYPERCANE war nicht die ganze Zeit über im Kampfgebiet gewesen und daher zählte Ben dieses Schiff nicht mit. Das Aufmunitionieren des Zerstörers hatte lange gedauert, aber als dieser auf das Schlachtfeld zurückkehrte, war der Kampf so gut wie gewonnen gewesen.
Ben hörte nicht mal einen Seufzer seiner Freundin, als diese sich behutsam auf ihren Platz neben ihn setzte. Für eine so extrovertierte Frau wie Laura war das noch mal ein ganz besonders schlechtes Zeichen.
Laura nutzte ihre KOM: „Doc Connor! Bist du abkömmlich?“

Die Antwort kam sofort: „Die Verletzten sind versorgt und die Stasekisten arbeiten. Ja, ich bin abkömmlich."
„Komm zur Brücke, Doc!"
„Ich bin unterwegs."
Laura sammelte sich, dann: „Ben?"
Er wusste, was von ihm verlangt wurde. Er hatte die Berichte während der Abwesenheit der Lieutenant von der Brücke gesammelt und addiert. Die rein materiellen Schäden größerer Art waren Laura bekannt und die kleineren interessierten sie nicht.
„197", sagte Ben lediglich und sah starr geradeaus.
Er sah aus den Augenwinkeln, wie sich Laura ihm zuwendete: „Wir haben 197 Tote?"
Ben drehte seinen Kopf und sah ihr in die Augen: „Ja, Laura. Piet und Lisa-Ann sind mitgezählt."
„Die gebe ich noch nicht auf!"
Ben nickte: „Ich auch nicht, aber nach der Wahrscheinlichkeit …"
„Die Wahrscheinlichkeit kann mich mal", kam es heftig aus Laura heraus und Ben konnte sich vorstellen, was Laura gefühlsmäßig bevorstand. Sie würde Thomas die Nachricht selbst überbringen.
„Sag mir, Ben, dass das hier nicht umsonst war!"
„Das kann ich nicht, Laura. Dazu müsste man wissen, inwieweit sich das Kräfteverhältnis zu den EGGS verschoben hat. Dabei haben wir keine Ahnung, was mit unseren neuen Verbündeten ist."
„Schäden der Flotte, Gesamtstatus und Munitionsbestand?", forderte Laura. Es war keinesfalls sicher, dass die EGGS nicht noch einmal zurückkehrten und Laura wollte wissen, welche Optionen sie dann möglicherweise hatte.
Ben begann seinen Bericht und Laura stellte fest, dass auch die materiellen Schäden recht hoch ausgefallen waren. In der Zwischenzeit war der Chefmediziner an Bord der SATURN auf der Brücke eingetroffen.
„Setz dich, Benjamin", forderte ihn Laura auf und zeigte auf den Platz neben sich. „Kleinen Augenblick, Ben ist gleich fertig."
Der XO vervollständigte seinen Bericht.
„Taktische Analyse, Manöverkritik, Ben. Warum sind unsere Verluste so hoch?"
Ben gab seine Einschätzung ab und Laura nickte dazu, dann wandte sie sich an den Doc.

„Benjamin, ich möchte meine Zusage einhalten. Du fliegst mit der RHEA nach TENDUA-PRIME und steckst die Einsfü in die Stasekiste. Danach sofort zurück. Ich werde mit der RHEA dann nach AGUA fliegen. Du kannst losgehen, es ist bereits eine kleine Besatzung an Bord."
Dr. Benjamin Connor stand auf, bestätigte den Befehl und verschwand.
„Du willst nicht …?", fragte Ben.
„Mit 197 Toten will ich der Einsfü nicht unter die Augen treten. Meine Wortwahl könnte, sagen wir es diplomatisch, aus dem Ruder laufen."
Ben nickte verstehend: „Was machen wir mit den TENDUA, die wir aus Raumnot geholt haben? Sie sind noch verteilt auf unseren Schiffen."
„Setzt sie einfach auf dem Raumhafen von TENDUA-PRIME ab. Mehr nicht."
„In Ordnung."

Eine halbe Stunde später, TENDUA-PRIME, Raumhafen:

Das 50 Meter durchmessende P-Schiff hatte sich auf den Raumhafen gesenkt und man hatte eine Gangway ausgefahren. Ein Bodenfahrzeug brachte die Einsfü. Doc Connor ließ die Präsidentin der TENDUA von einem Crewmitglied abholen und empfing diese in der kleinen, aber gut ausgestatteten medizinischen Sektion.
Die Begrüßung war kurz und fiel etwas kühl aus. Doc Connor erklärte der TENDUA, wie das Prozedere aussah, dann legte sich die Katzenartige in den Stase-Behälter. Sekunden später war sie eingeschlafen und die medizinische Technik begann zu arbeiten. Doc Connor las die Anzeigen ab und verließ dann den Raum.

Gut anderthalb Stunden später half er der Einsfü aus der Stasekiste heraus. Die TENDUA gab an, sich gut und erfrischt zu fühlen – der Doc nickte dazu.
„Wir haben den Kampf gewonnen", sagte die TENDUA erfreut zu dem Arzt.
„Ich glaube kaum, dass **wir** den Kampf gewonnen haben", kam es etwas eisig rüber. Man muss dem Doc vielleicht zugutehalten, dass er bei ein paar Stasekisten zu viel auf rote Lampen geschaut hatte. Den Piloten war dann nicht mehr zu helfen gewesen.

Die TENDUA sah den Arzt etwas irritiert an: „Ist Laura nicht hier?"
Benjamin Connor kniff die Augen etwas zusammen: „Nein, die Lieutenant Admiral ist nicht hier an Bord. Sagen wir mal so: Nach einer Schlacht mit 197 Toten ist ihr die hohe Diplomatie etwas abhandengekommen."
„Äh, warum …?"
„Wenn sich die Captains der TENDUA-Schiffe an die Absprache gehalten hätten, wäre der Ausgang nicht so tödlich gewesen, Einsfü. Aber eure Captains mussten ja ihr eigenes Ding machen!"
„Aber wir haben auch etwa 400 Tote und acht Schiffe verloren", gab die TENDUA an.
„Wir haben unsere Flotte aufteilen müssen, sonst hättet ihr jetzt gar keine Schiffe mehr und 4.000 Tote", kam es heftig aus Benjamin heraus. Der Doc hatte gut zugehört, als XO Benicio Casa seine taktische Einschätzung logisch begründete.
„Und wir, Einsfü, sind nicht 22 Millionen, so wie ihr, sondern nicht einmal mehr zwei Millionen. Es hat so viele Tote auf unserer Seite gegeben, weil unsere Verbündeten sich völlig undiszipliniert verhalten haben. Unser Lieutenant Admiral wird sich vor dem Admiral dafür verantworten müssen, warum sie nach Bekanntwerden dieses Mangels die Flotte nicht abgezogen hat."
Doc Ben Connor war zum Schluss seiner Rede etwas heftig geworden. Aber das konnte er auch. Er brauchte auf diplomatisches Kalkül keine Rücksicht zu nehmen und legte sich keine Beschränkungen auf. Vielleicht war es ganz gut, dass die Einsfü mal unverblümt die Meinung gesagt bekam, bevor das diplomatische Corps das so übersetzte, dass man wieder alles darunter verstehen konnte.
Die Einsfü wollte etwas sagen, aber der Doc ließ es nicht zu: „Verlass jetzt bitte dieses Schiff, Einsfü. Es wird gebraucht, und zwar von unserer Lieutenant Admiral. Sie fliegt damit nach Hause, um Bericht zu erstatten. Zu allem Überfluss muss sie dem Admiral noch mitteilen, dass seine Tochter beim Bergungsversuch eines TENDUA-Beibootes ums Leben gekommen ist. Man wird dich nach draußen bringen."

04.05.2152, 09:00 Uhr, SONA-PRIME,
Regierungspalast, Büro Raaja-sup:

Jan Eggert hatte zwar die Hauptarbeit verteilt, aber schließlich musste er die Beschlüsse der Fachgremien absegnen, bzw. genehmigen und auf den Weg bringen. Dazu gab es hin und wieder auch Präsenztermine, an denen er in der Öffentlichkeit teilnehmen musste. Er vertraute da ganz Salabrina und wenn die sagte, dass er musste, dann machte Jan das auch. Hin und wieder ließ er sich durch Nina oder jemand anderen aus seiner Crew vertreten – bis auf Bob. Der war raus.
Heute hatte ihn Salabrina darüber informiert, dass er persönlich einer Einweihungszeremonie beizuwohnen hatte. Irgend so eine Fabrik, wie er am Rande erfahren hatte.
Man lernte, dass Jan, und seine Crew staunte nicht schlecht, ein ernstzunehmender Vertreter der Königin geworden war. Trotz aller Späße und Sprüche, die er natürlich nicht lassen konnte, musste man ihm zubilligen, dass Jan effektiv und zum Wohle des SONA-Volkes agierte. Die Raaji würde bei ihrer Rückkehr zufrieden sein – nahm man an.
Es klopfte an der Bürotür. Jan setzte einen interessierten Blick auf und rief: „Herein!"
Salabrina kam und hinter ihr fünf weitere Sona.
„Das Fachgremium Außenverhältnis. Wir sprachen darüber, Raaja-sup."
Jan fiel ein, dass ihn seine Adjutantin gestern um einen Termin noch vor der Einweihungssache gebeten hatte. Diese Leute, man hätte auf der ERDE Außenministerium dazu gesagt, wollten Jan sprechen.
Jan stand auf und zeigte auf den hinteren Teil seines Büros, wo ein runder Tisch und mehrere Stühle standen: „Guten Morgen zusammen. Bitte nehmt Platz. Er selbst ging hinüber und gemeinsam setzte man sich.
„Was kann ich für euch tun?"
Jan fiel auf, dass sie nicht so recht mit der Sprache herausrücken wollten. Sie schienen sich etwas zu schämen, wenn man es so ausdrücken will.
Jan sah seine Assistentin an. Diese griff auch ein, kannte sie Jan, beziehungsweise den Raaja-sup, schon etwas länger und empfand nicht diese Scheu.
„Wir SONA sind eine bescheidene Spezies."

„Daher seid ihr mir so sympathisch", grinste Jan und sah in die Runde.
„Ja, und es fällt uns entsprechend schwer, so etwas wie Wünsche oder gar Forderungen zu äußern."
„Ach was!" Jan war überrascht. „Raus mit der Sprache."
Salabrina fuhr fort: „Es geht um das Verhältnis zu den MENSCHEN. Ihr habt Dinge, die uns helfen können. Über die Zurverfügungstellung von Informationen hinaus."
Jan stand auf: „Hört zu, Freunde. Ihr habt uns MENSCHEN gestattet, einen Planeten aus eurem System zu besiedeln. Das hat für uns einen erheblichen Wert. Es gehört sich, dass wir uns erkenntlich zeigen. Außerdem sind wir Verbündete im BUND. Wenn jemand also das Recht hat, Wünsche zu äußern, dann bestimmt ihr. Ich kenne unsere Präsidentin und sie weiß den Wert der Besiedlungsmöglichkeit hier im SONA-System sehr zu würdigen. Also, was wollt ihr?"
Einer der männlichen SONA fasste sich ein Herz: „Es geht um nichts Bestimmtes. Als Beispiel fällt mir die Technik der Magnetbahn ein. Es wäre schön, wenn wir unsere Städte so miteinander verbinden könnten. Es geht aber allgemein darum, wie wir bei solchen Dingen vorgehen sollen. Wie sprechen wir euch an?"
Jan setzte sich: „Okay, jetzt kenne ich das Problem. Das hilft außerordentlich. Folgender Vorschlag: Ihr richtet auf AGUA eine ständige Vertretung ein."
Sechs Augenpaare, das von Salabrina eingerechnet, schauten Jan fragend an.
„Okay. Eine ständige Vertretung ist eine kleine Gruppe von SONA, die auf AGUA weilt und regelmäßig ausgetauscht wird. Wir richten eine Brücke mit einer oder zwei Alphas ein. Das bekomme ich zu Hause durch. Diese Leute werden dann eure Wünsche der Präsidentin vortragen. Eine Magnetbahnverbindung wird kein Problem sein. Wir haben Fachleute, die gern einmal SONA-PRIME kennenlernen würden. Noch was?"
„Es geht auch um die Verteidigung, falls mal wieder ein Angriff erfolgt", fügte Salabrina hinzu.
„Ganz klar", griff Jan wieder ein. „Ekaterina Granowski muss hierhin. Wenn MENSCHEN hier siedeln, wird das System gesichert werden müssen. Ich schlage vor, ihr schreibt eure Wünsche und Vorstellungen auf und gebt es zunächst mir. Wir reden darüber und spätestens, wenn

Kum…, äh, die Raaji wieder da ist, trage ich das auf AGUA vor. Das klappt schon. Schreibt mal ordentlich was auf.“
Salabrina sah die Fachleute an: „Ich denke, ihr habt jetzt erst einmal ausreichend Arbeit, oder?“
Der Sachverhalt wurde bestätigt.
„Gut, dann ist der Termin zu Ende, denn der Raaja-sup muss noch öffentlich auftreten.“
Die Fachleute dankten und verließen das Büro des ehrenwerten Raaja-sup.

Anderthalb Stunden später, irgendwo auf SONA-PRIME:

Der Raaja-sup, also Jan, betrat einen größeren Saal, wo sich alle anwesenden SONA sofort erhoben und feste mit den Füßen aufstampften. Die Art des Beifalls der SONA eben. Jan bemerkte, dass seine Adjutantin schräg hinter ihm stehengeblieben war.
Er winkte huldvoll – wie er meinte.
Die Gesellschaft setzte sich und Salabrina wies Jan einen Sitzplatz auf einer Ehrentribüne zu. Sie selbst setzte sich schräg dahinter, um sofort zur Verfügung stehen zu können. Jan war begeistert von der unaufdringlichen Hilfe, die er sich auserkoren hatte. Die Frau verstand es, immer zur Stelle zu sein, wenn Jan orientierungslos rumeierte und dann mal wieder Rat und Tat brauchte. Und das war häufig. Jan hatte zwar einiges gesehen von der Fabrik, aber bis auf einen bekannten Geruch konnte er sich nicht vorstellen, was denn hier hergestellt werden sollte oder man schon herstellte. Ein älterer SONA erklomm so etwas wie ein Rednerpult.
„Ich grüße den Raaja-sup!“
Alles trampelte wieder und Jan erhob sich und winkte wieder … das hatten wir schon.
Er setzte sich und der Lärm hörte auf.
Dann musste Jan eine etwa halbstündige Rede über sich ergehen lassen, von der Grundsteinlegung, wo die Raaji noch selbst, und so weiter und so weiter … bis zum ersten Produkt, und so weiter und so weiter … bla bla bla – genau das, was Jan so unsagbar toll fand.
Der Raaja-sup gähnte.
Nach Ablauf von 30 Minuten wusste Jan immer noch nicht, was man hier herstellte.

„Die Segnungen des Produktes sind von den MENSCHEN, sprich vom Raaja-sup selbst, auf SONA-PRIME gebracht worden", lamentierte der Redner, den Jan mittlerweile als Produktions- oder Firmenchef erkannt hatte.
Nun war Jan endverwirrt. Welche Segnungen? Er selbst? Das wurde ihm jetzt zu bunt. Alle wussten Bescheid, nur er nicht? Er drehte sich zu Salabrina: „Was um alles in der Welt wird hier produziert?"
Salabrina beugte sich vor und flüsterte: „Bier, Raaja-sup, Bier."
Jan hob eine Augenbraue: „Eine wesentliche Voraussetzung, wenn sich Män…, äh, MENSCHEN im SONA-System ansiedeln sollen."
Er drehte sich wieder nach vorn und von Müdigkeit keine Spur mehr. Er war auf einer Brauereibesichtigung – okay Einweihung. Aber er war der Raaja-sup. Notfalls konnte er ja anordnen, dass ihm eine Kostprobe serviert würde.
Aber das war nicht nötig, denn der Redner sagte soeben: „Wir bitten unseren Raaja-sup, sozusagen als Fachmann der ersten Stunde, um eine Begutachtung unseres Produktes. Wir versichern hier, dass wir den heiligen Elementen Malz, Hopfen und Wasser kein anderes Gut beigemischt haben."
Während jemand ein vorbildlich gezapftes Bier in Richtung Raaja-sup trug, dachte Jan darüber nach, dass die Zutaten jetzt schon heiliggesprochen worden waren – zumindest auf SONA.
Jan stand auf und nahm das Glas mit froher Erwartung entgegen. Die Form war etwas ungewöhnlich, aber das Glas war dünn. Das war Jan wichtig. Die dicken Bierkrüge hatte er noch nie gemocht – zumindest nicht nüchtern.
Es war totenstill im Saal, als Jan das Glas an seine Lippen setzte. Er stellte fest, dass es gar nicht so einfach war, etwas zu trinken, wenn Dutzende von Leuten ihn dabei beobachteten.
Trotzdem: Das Bier roch gut und hatte, er bemerkte es an der Hand, die optimale Trinktemperatur. Er trank einen Schluck. Setzte ab und tatsächlich – es war gut. Dann nahm er einen gehörigen zweiten Schluck und noch weitere und das Glas war halb leer.
Jan setzte es ab, wischte sich den Schaum von der Oberlippe, hielt das Glas hoch und sprach: „Es ist köstlich!"
Das Getrappel im Saal erreichte die Geräuschkulisse einer ausgewachsenen Stampede im mittleren Westen der USA anno 1810.

Über eine Stunde später informierte Nina die Crew der ALBATROS, dass Jan am Funk sei und sie alle um sich zu haben wünschte.
„Wohin?“, fragte Carson.
„Habe ich nicht verstanden. Er nuschelte. Er lässt uns abholen.“

Sagen wir mal so: Es wurde tatsächlich eine Brauereibesichtigung und der Raaja-sup gab sich die Ehre, und zwar reichlich. Jan wurde ab… und der Zweck erfüllt. Die gesamte Belegschaft war stolz, dass der Raaja-sup ihr Produkt offensichtlich in diesen erheblichen Maßen genoss. Die Beschäftigten dort halfen ordentlich mit und so kam es, dass eine ganze Tagesproduktion vernichtet wurde. Streichen wir die Sache aus dem Protokoll – ist besser.
Wir kennen doch alle den Jan.

<u>04.05.2152, 11:00 Uhr, SOL-System, LUNA:</u>

Marcus Sommer hatte sich auserbeten, dabei sein zu dürfen. Colonel Malte Freiherr von Avenwedde tat so, als hätte er sich verhört, dann hatte er den jungen Mann einmal von oben bis unten, oder war das anders herum, gemustert und dann festgestellt: „Du bist kein Marine, mein Freund.“
‚Und dein Freund bin ich deswegen wahrscheinlich auch nicht‘, dachte sich Markus Sommer. Sein Platz war normalerweise an der Taktik-Station der LUNA-Basis. Er wollte aber unbedingt mit. Marcus machte etwas sehr Cleveres: Er sagte nichts und sah den Colonel lediglich an.
Malte kratzte sich hinter dem Ohr: „Hör zu, Junge. Wenn ich einen Zivilisten mitnehme, dann bin ich voll für ihn verantwortlich.“
„Ich bin kein Zivilist! Ich bin Angehöriger der Flotte – der AGUA SPACE FORCE, wenn man so will.“
Jetzt juckte es Malte hinter dem anderen Ohr: „Ist exakt dasselbe.“
Marcus stand der Mund offen.
„Okay. Ich brauche einen Verbindungsmann draußen. Ich biete dir den Job an, im LUNA-XL-Mobil zu sitzen. Dort kannst du live unsere Kamerabilder verfolgen, und wenn ich was brauche, als Relaisstation dienen. Zuerst führst du uns zu dem Eingang. Na, ist das ein Angebot?“
Malte grinste Marcus mit dem Charme eines Marktverkäufers an, der zu sieben Bratwürsten noch kostenlos eine Leberwurst obendrauf legte.

Sie standen auf der Brücke der LUNA-Basis und Marcus schaute seine Frau an. Ellen zuckte mit den Schultern, als wolle sie sagen: ‚Besser als nix.'
„Okay, ich mach's", quetschte sich Marcus raus.
Malte grinste übergangslos und sehr breit. Dann klatschte er seine Rechte auf Marcus Schulter, dass der Mann in den Knien zusammensackte: „Toll!"
Bei den Schmerzen im oberen Rücken war die Freude bei Marcus nicht ganz so groß, aber nach ein paar rudernden Bewegungen ging es wieder. Die Trupps wurden ausgerüstet und wenig später war man unterwegs. Sie nutzten vier XL-Mobile. An der Spitze fuhr Marcus und hatte auf dem Beifahrersitz den Colonel sitzen.
‚Den Weg hätte sie auch so finden können', überlegte Marcus. Die Spuren ihres Mobils waren noch deutlich zu erkennen. Und ohne Witterung würde das auch nach 100 Jahren hier noch so aussehen.
Malte tat gerade so, als könne man ohne Marcus das Ziel nicht finden.
„Großartig", urteilte er dann, als das Loch in der Felswand in Sicht kam und Marcus ihn darauf aufmerksam machte.
„**Herrhörren**", rollte Malte in den Funk. „**Absteigäään, volle Ausrrööstuuung. Sammääääln vor dem öörstään Mobil.**"
Marcus guckte seinen Beifahrer an, als müsse er ihn gleich in die nächste psychiatrische Behandlung geben. Malte sah den Blick: „Ich habe einen Ruf zu verlieren. Ich bin der Graf. Und es macht tierisch Spaß!"
Malte lachte auf eine Art und Weise, dass Marcus mitlachen musste.
So war Marcus Sommer einigermaßen mit der Situation versöhnt, als er zwei Trupps Marines voll ausgerüstet, unter Führung von Colonel Freiherr von Avenwedde, auf die Felswand zumarschieren sah.
„**Im Gääänsemarsch ohne Tritt, MAAARSCH!**"
So hatte Maltes Befehl gelautet und wenn man ihn gefragt hätte, warum Gänsemarsch, dann hätte er darauf hingewiesen, dass so niemand anderes die Anzahl der Marschierenden aus den Spuren herauslesen könne.
Marcus sah die Reihe so in Richtung des Gebirgsmassivs verschwinden.
Der Trupp brauchte keine 20 Minuten, dann war er vor Ort. Malte ließ einen Marine, einen kräftigen, knien. Ein weiterer stellte sich zwischen diesen und der Felswand mit dem Gesicht zum Stein hin, dann hieß es: „Hoch!"

Die beiden bedauernswerten Kollegen wurden als Steigbügel benutzt und anschließend einfach als Letzte hochgezogen.
„Wir verschwinden jetzt aus dem direkten Sichtbereich", meldete Malte.
„Bitte alle 20 Minuten ein Lebenszeichen", funkte Marcus zurück.
Dann begann das Warten. Marcus stellte einen Timer in der Führerkanzel des XL-Mobils und wartete ab.
Colonel Malte Freiherr von Avenwedde war der Erste, der den Zugang betrat und hatte zunächst den Zutritt für die anderen der zwei Teams gestoppt.
‚Technik vor', war sein Befehl in Zeichensprache gewesen und eine etwas zierlich geratene Marine wurde von ihren Kollegen mehr oder weniger mit Schwung hochgeworfen. Malte hatte Funksignale, auch gegenüber Marcus, als unerwünscht deklariert, Notsituationen ausgenommen. Malte zeigte der Marine dann auch nur, dass sie anfangen sollte. Die Frau, es handelte sich um Sergeant Milli Demmel, war die Fachfrau für das Aufspüren von Sicherheitssystemen aller Art. Die Prüfungen zur Marine hatte sie mit Ach und Krach bestanden, aber keiner von den übrigen Team-Mitgliedern wollte auf Milli verzichten. Mit ihrem Spürsinn für verdeckte Überwachungs- oder gar automatische Verteidigungswaffen war sie die Lebensversicherung für alle.
Milli holte aus ihrer Beintasche einen Spezialscanner hervor und schaltete das Gerät ein. Während Malte mit dem ‚Ofenrohr' im Anschlag den Einsatz absicherte, hielt Milli ihren Blick auf die Anzeigen und ging schrittweise vor. Der Eingang bei solchen Einrichtungen roch geradezu verdächtig nach Abwehranlagen oder verdeckten Detektionen.
Maltes Figur versteifte sich, als Milli einen Arm hob. Er sah an der Frau vorbei auf den Scanner und deutlicher konnte eine Warnleuchte nicht blinken, in Rot nämlich. Malte verhielt sich abwartend. Er hatte Vertrauen in das Geschick der Marine. Sie ging mit ihrem Gerät weiter auf die seitliche Wand zu und das Licht begann hektischer zu flackern. Milli holte ein eigroßes Gerät aus der Tasche und heftete es an die Wand. Per Scanner schaltete sie es ein. Malte sah, dass das rote Licht verschwunden war. Milli bewegte sich nicht und Malte dann eben auch nicht. Nur kurz sah er, dass das Aufspürgerät der Marine ein gleichbleibendes grünes Signal abgab. Milli drehte sich zu ihm und zeigte mit einem Daumen nach oben.

Nun, man braucht nicht unbedingt die Zeichensprache der Marines zu verstehen, um zu wissen, was das bedeutete. Malte ging zurück, hängte sich seine Multi-Gun über die Schulter, und als er am Rande des Zuganges stand, bewegte er beide Arme von unten nach oben mit den Handflächen himmelwärts. Auch keine geheimnisvolle Geste, über die man lange nachdenken muss. Kurz darauf enterten die restlichen Marines in der zuvor beschriebenen Weise den Eingang.
Milli schaltete ein Infrarotlicht ihres Anzuges ein, um sich besser orientieren zu können. In der Höhle war es fast stockdunkel. Die Benutzung der optischen Hilfe wurde den anderen Marines angezeigt und somit erübrigte sich eine Freigabe durch den Colonel. Sie hatten relativ gute Sicht.
Malte bestimmte per Fingerzeig zwei Kameraden und zeigte auf Milli, dann nach vorn. Die ‚Angesprochenen' nahmen Milli in die Mitte, wobei die Technikerin einen Schritt voraus war. So drangen sie in den Hohlraum ein. Schon bald konnte Malte das Wirken der Waffen von Marcus, Ellen und Paul-Jack sehen. Teile von TRAX und deren Ausrüstung lagen auf dem Boden. Man hatte die Leichen und Leichenteile nicht weggeräumt. Malte packte seine Gun fester. Intelligente Lebensformen, die so etwas wie eine Ethik zu bieten hatten, wären vielleicht ein möglicher Verhandlungspartner gewesen. Man hätte sich eventuell mit ihnen einigen können. So aber gab es darüber keine Frage.
‚Wir oder sie', dachte Malte und spürte, dass eine Auseinandersetzung nicht lange auf sich warten lassen würde. Sie waren jetzt in der Höhle des Löwen, wenn man so wollte. Sie brauchten, weil Milli das Vorrücken aufhielt, etwa eine halbe Stunde, bis sie die letzten Spuren des Kampfes überwunden hatten.
Malte ließ weiter vorrücken.
Nach weiteren zehn Minuten kamen sie in eine ‚Verteilerstation', also einen größeren Raum, der geradeaus, sowie links und rechts jeweils einen Abgang hatte. Milli war stehengeblieben und Malte, der hinter dem Führungstrio hermarschierte, schloss auf. Fragend sah er Milli an, aber diese schüttelte nur den Kopf. Sie hatte keine Empfehlung, welche Richtung sie einschlagen sollten. Malte traf eine Entscheidung. Er zeigte auf vier Marines, dann auf den Boden. Diese hatten also an dieser Stelle auszuharren. Dann zeigte er geradeaus. Milli nahm ihre Tätigkeit wieder auf. Nach weiteren etwa 500 Metern blieb die Frau abrupt stehen.

Malte ging vor, um sich nach dem Grund des Stopps zu erkundigen. Er stellte folgende Lage fest: Der Raum erweiterte sich und das Vorhut-Trio stand vor einem großen gähnenden Loch im Boden. Malte erfasste einen Durchmesser von etwa 15 Metern, und so weit hatte sich der Gang dann auch erweitert. Allerdings war danach Ende. Der Weg führte nur nach unten. In Zeichensprache fragte Malte nach der Entfernung bis zum Boden.

Der Colonel fragte dann noch einmal nach, denn Milli gab, nachdem sie gemessen hatte, 2.500 Meter an. Malte hatte zunächst angenommen, er hätte das missverstanden. Hier war eine Entscheidung nicht so einfach. Ja, sie hatten Ausrüstung dabei, aber die Seile waren nur etwa 500 Meter lang.

Milli winkte und zeigte Malte den Scanner. Der Marine-Führer konnte ablesen, dass es alle 400 Meter einen weiteren Zugang gab. Wiederum wählte Malte vier Marines aus, die diesen Zugang zu bewachen hatten, dann ‚erklärte' Malte den übrigen sein Vorhaben.

Anschließend wurde ein Haken auf chemischer Basis in der Wand verankert und ein Marine wurde ausgewählt. Er klinkte sich ein und ließ sich am Abgrund hinab. 400 Meter waren eine Strecke, aber bei den Schwerkraftverhältnissen im Prinzip kein großes Hindernis für die hart trainierten Marines.

Vorsichtig überzeugte sich der Herabgestiegene, dass weiter unten keine Feinde lauerten, dann glitt er an dem Zugang vorbei, nahm etwas Schwung am Absatz des nächsten Ganges und pendelte so in ihn hinein. Kurz orientierte er sich, dann befestigte er das Ende des Seils ähnlich wie weiter oben am Gang.

Die Nächste war Milli. Auch sie überprüfte den Gang mit dem Scanner und gab ihr Okay. Dann kam der Rest der beiden Trupps – immerhin noch 14 weitere Marines, mit Malte 15.

Der Colonel sah nur kurz in den Gang, dann deutete er nach unten. Malte wollte bis ganz nach unten.

Das dauerte.

<u>04.05.2152, 13:30 Uhr, ARES-System, AGUA, PENTHOUSE:</u>

Thomas saß mit einem relativ seltenen Gast in der SCA-Kantine und speiste ausgiebig zu Mittag. Er hatte beschlossen, diesen Tag zu genießen, denn wann beehrte ihn sonst schon mal die Präsidentin der

Neuen Menschheit, ohne dass er wieder einmal problematisch oder stressig war. Anna war wohl ähnlicher Auffassung und froh, mal weder offiziell als Staatsfrau noch als Chefin der Entwicklungs- und Forschungsabteilung zu sein. Politiker wie auch Wissenschaftler konnten sehr anstrengend sein.
So genoss auch Anna diesen längeren Termin. Er hatte begonnen mit einem ausgiebigen Frühstück auf der Terrasse des Verwaltungsgebäudes, Thomas dienstlicher Garten – sozusagen. Anschließend hatte er sie durch die ganze Akademie geführt, einschließlich der Klassenräume. Das Signal war: Seht her, es ist von unschätzbarem Vorteil, wenn Militär und Politik an einem Strang ziehen. Noch niemals hatte der Admiral den Anschein erweckt, als stünde er nicht loyal dem Souverän, also der Vertretung aller MENSCHEN gegenüber.
Thomas bewunderte seine Besucherin. Neben dem Offensichtlichen, also eine beeindruckende Attraktivität, erlag er, wie eigentlich immer, ihrem Charme und natürlich auch ihrer Intelligenz. Anna war, wenn sie Wissenschaftlerin und Politikerin ablegte, eine normale Frau mit Schlagfertigkeit und Witz.
Thomas kratzte sein Schälchen mit dem Nachtisch aus.
„Was werden wir ohne dich machen, Anna?"
„Wieso?"
„Im nächsten Jahr läuft deine Amtszeit ab. Mich beschäftigt die nicht ganz unbedeutende Frage, wer dein Nachfolger oder deine Nachfolgerin wird."
Anna ließ den Löffel sinken und starrte Thomas an: „Neun Jahre, Thomas. Es sind schon neun Jahre vergangen. Ist das nicht schrecklich?"
„Bis auf ein paar Ausnahmen waren das gute Jahre, Anna. Und mein Kompliment, du hast deine Sache ausgesprochen gut gemacht."
Anna lächelte: „Ich darf das Kompliment mal gleich weitergeben. Es ist einfacher, diese Position zu bekleiden, wenn man an der höchsten Stelle des Militärs einen Freund hat, der jederzeit hinter einem steht."
„Ich danke dir, dass du mich als Freund siehst", antwortete Thomas und wollte weitersprechen, als sich sein Armband-KOM meldete. Zwar leuchtete die orange Lampe, aber Thomas schaltete das Akustikfeld so, dass Anna mithören konnte.
„Hier ist die Basis auf Mond DREI. Die RHEA hat sich angemeldet, Admiral. Die Lieutenant Admiral ist persönlich an Bord und bittet um einen Termin."

Fast mechanisch antwortete Thomas: „Mit einer Sphäre direkt auf die Terrasse des PENTHOUSEs, bitte."
„Verstanden. Ich gebe es so weiter!"
Anna hatte mit ihrem feinen Gespür bemerkt, dass es Thomas unwohl wurde. Ihre Augen sahen einen Admiral, der übergangslos sehr blass geworden war.
„Was ist, Thomas?"
„Laura ist zur Verteidigung im TENDUA-System mit einem großen Teil unserer Flotte abgestellt."
„Das weiß ich, Thomas."
„Laura ist keine Frau, die hierhin geflogen kommt, um sich Lorbeeren abzuholen."
„Du meinst, da ist was schiefgegangen?"
Thomas stand auf: „Das meine ich. Ich bitte dich um Entschuldigung, aber ich muss mich kümmern. Wir werden ein anderes Mal den Termin fortsetzen müssen."
Anna setzte ihr Nachtischschälchen auf dem Tisch ab und erhob sich ebenfalls: „Ich komme mit."
„Du willst mit?"
Anna sah den Admiral an: „Ich danke dir für den schönen Tag. Und jetzt, wenn es ungemütlich wird, soll ich meinen Freund alleinlassen? Das kommt nicht in Frage, Thomas."
Thomas bekam ein raues „Danke" heraus, dann strebte er dem Kantinenausgang zu.
Anna wandte sich an einen Sitznachbarn vom anderen Tisch: „Darf ich dich bitten, unsere Tabletts abzuräumen? Wir haben es etwas eilig."
Der junge Mann sprang auf, als er die Sprecherin erkannte: „Selbstverständlich, äh, Frau, äh … Präsidentin." Gleichzeitig bekam der Gute einen roten Kopf.
„Das ist lieb von dir", sagte Anna zuckersüß, lächelte und folgte schnell dem Admiral.
Der Gebetene stand immer noch und schaute noch hinterher, als Anna schon die Kantine verlassen hatte.
„Du kannst dich jetzt setzen", sagte ein feixender Mit-Absolvent.
Wie ferngesteuert setzte er sich wieder hin.
„Attraktiv, unsere Präsidentin, oder?"
Der Gefragte schaute immer noch auf die Tür: „Spinnst du? Ich schlaf´ drei Nächte nicht."

Oben auf der Terrasse hatte sich Anna auf eine Bank gesetzt und Thomas lief beim Warten auf Laura hin und her. Kaum hörte er die Sphäre der Lieutenant Admiral kommen, als er hineinlief und einen Pott Kaffee für Anna, Laura und sich bestellte.
Hana und Elara hatten Thomas schon an der Nasenspitze angesehen, dass etwas ‚im Busch' war. Außerdem wussten sie, dass Laura kam und durch Dummheit waren die Zwillinge bisher noch nie aufgefallen. Will heißen: Sie konnten zwei und zwei zuverlässig zusammenzählen.

Anna fiel auf, dass Laura blass war, als sie aus der soeben gelandeten Sphäre stieg.
Anna begrüßte die Lieutenant Admiral, die etwas abwesend erschien, als sie den Gruß erwiderte. Sie ließ sich bei ihrem Marsch in das Innere des PENTHOUSES auch keinen Augenblick aufhalten. Thomas zeigte mit der Hand auf den runden Tisch. Die Assistentinnen brachten gerade die Heißgetränke und setzten sich neben Anna gleich mit an den Tisch.
Thomas hatte seiner langjährigen Freundin nur zugenickt.
„Es gab ein Gefecht, wir waren siegreich, aber neben materiellen Verlusten 197 Tote", sprudelte es ungefiltert aus Laura heraus.
Thomas barg seinen Kopf zwischen den Händen. Anna wusste, dass dem Admiral solche Meldungen ein Gräuel waren. Er machte sich offensichtlich schwere Vorwürfe.
„Ich dachte, ich hätte euch eine Flotte mitgegeben, die groß genug war – scheinbar nicht."
„Thomas", und dann rückte die mit der für den Freund schlimmsten persönlichen Nachricht heraus: „Die PHOEBE mit Lisa-Ann und Piet an Bord wurde in der Nähe des Wurmlochs bei einer Rettungsaktion angegriffen und schwer beschädigt. Das Schiff wurde in den Ereignishorizont gezogen."
Thomas starrte seine Freundin nur an und diese berichtete weiter: „Aufgrund der Beschädigungen müssen wir davon ausgehen, dass die Dreadnought von den Gezeitenkräften zerrissen worden ist."
Es herrschte Ruhe. Niemand wagte, ein Wort zu sagen. Alle Beteiligten zeichneten sich durch eine ungewöhnliche Blässe aus. Auch Anna, aber bei ihr war das Natur. Dennoch war die Präsidentin genauso geschockt, wie Thomas.

„Es war meine Schuld“, gab Laura zu. „Ich hätte Lisa-Ann den Befehl geben sollen, ihren Rettungsversuch abzubrechen.“
Thomas war schwer getroffen und gleichzeitig beschäftigte ihn die Frauge, wie er das Ewa beibringen sollte. Der Verlust der Tochter und des möglichen Schwiegersohnes traf ihn schwer. So hart wie selten zuvor etwas. Aber das Ganze auch noch Ewa beibringen zu müssen, übertraf im Moment seine Kräfte.
Hana fiel aber noch etwas anderes auf und sie verständigte sich mit ihrer Schwester, dann sagte sie: „Sie hatte den Rettungsversuch schon begonnen?“
Laura nickte dazu.
Elara fuhr fort: „Du hast den Befehl zum Rückzug nicht gegeben, weil du befürchtetest, dass sie den Befehl ignoriert, richtig?“
Laura bestätigte wieder.
Thomas hatte nur am Rande zugehört, aber wohl das Wesentliche begriffen. Eine weitere Befehlsverweigerung hätte unweigerlich ihren Ausschluss aus der Flotte bedeutet. Laura war aufs Ganze gegangen und hatte dabei verloren.
„Bei einem Gefecht sterben Leute und, auch wenn es mir schwerfällt, gibt es 195 andere Tote. Und sie sind nicht weniger wichtig als diese beiden“, sagte Thomas tonlos. Jedem war aber klar, dass es nicht dasselbe für einen Vater sein konnte.
„Wie kam es zu den hohen Verlusten?“
Laura berichtete und obwohl sie sich zierte, die Schuld auf andere zu schieben, kam ziemlich schnell heraus, dass die TENDUA sich an keine Absprachen gehalten hatten und die Flotte dadurch geteilt werden musste. Strategisch konnte Thomas die Entscheidungen der Lieutenant Admiral nachvollziehen. Sie waren völlig in Ordnung.
Anna ließ aber das vorangegangene Thema keine Ruhe: „Es ist nicht bestätigt, dass die Dreadnought zerrissen wurde?“, fragte Anna nach.
„Die Wahrscheinlichkeitsberechnungen sagen zu 89,5% aus, dass die Dreadnought mit diesen Beschädigungen nicht heil auf der anderen Seite angekommen sein kann“, bedauerte Laura.
„Ist es möglich“, fragte Anna weiter, „dass man innerhalb der Dreadnought eine Rettungskapsel besteigen und vielleicht auch mit einem Schutzschirm sichern kann? Und vielleicht so der Katastrophe entgeht?“
Thomas war hellhörig geworden: „Das ist theoretisch denkbar.“

Laura warf ein: „Die PHOEBE hatte sogar eine Alpha an Bord."
„Dann ist es das auch praktisch. Ich kenne meine N2-Droiden. Sie handeln streng logisch und müssten auf diese Idee gekommen sein, wenn sie nicht verhindert waren oder diese Idee sowieso schon jemand hatte."
Thomas klammerte sich an diese vage Chance, aber das hieße letztendlich, hindurchzufliegen und nachzusehen. Wer sollte das machen? Er konnte nicht wegen zweier Leute die Existenz einer ASF HOKA aufs Spiel setzen und das sagte er dann auch.
Anna lehnte sich zurück: „Ich habe noch ganz gut im Gedächtnis, was du unternommen hast, als Walter Steinbach in Gefahr war."
„Das war etwas anderes", sagte Thomas.
„So? Angenommen, Jim Sellers und Pat Cooper sind in Gefahr. Würdest du handeln?"
„Ja schon, aber hier entsteht der Verdacht, dass ich aus reinem Eigeninteresse …"
„Thomas", sagte Anna streng. „Du opferst Lisa-Ann und Piet aufgrund des Eindrucks, den die MENSCHHEIT 2.0 von dir haben könnte? Was ist aus der Devise ‚Wir lassen keinen zurück' geworden? Hältst du uns alle für so unreif?"
Thomas wurde es unbehaglich.
„Es reicht!" Anna wurde energisch und stand auf. „Dann werde ich dir einen Beschluss des REGNUMs liefern, der dir den Auftrag gibt, nach Lisa-Ann und Piet zu suchen. Laura, begleitest du mich zwecks Bericht vor dem REGNUM?"
Laura stand auf: „Selbstverständlich!"
Anna warf Hana und Elara einen Blick zu: „Ich rate euch, Thomas nicht aus den Augen zu lassen. Kümmert euch. Am besten, ihr benachrichtigt Ron und Suzan. Sie sollen für Ewa bereit sein."
Dann holte Anna aus einer ihrer Taschen einen Holowürfel hervor und tippte einen Code ein. Das Symbol des REGNUMs erschien daraufhin und die Präsidentin begann zu sprechen: „Mit sofortiger Wirkung berufe ich eine Dringlichkeitssitzung ein. Treffpunkt ist der Saal in GRACELAND-City. Präsidentin, Ende!"
Anna winkte Laura und beide Frauen verließen das PENTHOUSE.

Ron nahm sein KOM-Armband wieder an sich: „Ich – will – mit!“
Er sagte das so bestimmt, dass er keinen Widerspruch dulden würde, und Thomas sah auch keinen Grund für eine Verweigerung.
„Ich komme ebenfalls mit“, sagte Ewa.
„Keine Frage. Ich bin auch dabei“, kam es von Suzan.
Hier hätte Thomas die Möglichkeit gehabt zu widersprechen. Er tat es nicht. Er war froh, dass seine Frau etwas Mut geschöpft hatte und Suzan würde da sein, wenn sich die Hoffnungen nicht bewahrheiteten.

17:00 Uhr, ASF HOKA:

Der Teilalarm jaulte durch das Schiff und die anwesende Besatzung hechtete in Richtung der Arbeitsplätze. Captain Aurelia Ziaar hatte soeben die Info des Admirals bekommen und nach seinem Befehl zunächst den Datenfile durchgelesen, den die RHEA aus dem TENDUA-System mitgebracht hatte. Aurelia wusste nun, dass es um eine Rettungsmission ging. Ihre schwarzen, zum Pferdeschwanz gebundenen Haare wippten ganz ordentlich, als sie mit energischen Schritten auf ihren Kommandoplatz auf der Brücke zuging.
„Kamala! Taktischer Status!“
Die weißhaarige und sehr lebhafte Inderin verwandelte sich innerhalb von Sekunden in eine Fast-XO und rief die Daten aus ihrem Terminal ab: „Wir sind gefechtsklar, Skipper!“
„Das ist normal, oder?“
„Wir haben etwa 56% der Besatzung an Bord. Wir sind voll aufmunitioniert und zu 100% gefechtsklar. Die LEFT HAND und die MONSUN sind anderweitig unterwegs, ansonsten sind die meisten Piloten im Urlaub, und zwar auf EDEN.“
„Danke – Annika, ich brauche Kontakt zur TON-ROK!“
Das von Aurelia erwähnte Schiff war eine Dreadnought der Red-Fight-Klasse und fest auf der ASF HOKA stationiert. Kommandiert wurde es von der GENAR Tula-Ram. Auch auf der TON-ROK musste der Teilalarm angekommen sein. Aurelia sah zu ihrem Flight, Fernando Miguel Hoche Alvaretz Rodriguez.
‚Ferdi‘, wie er nur von Freunden und im Einsatz auch von seiner Captain genannt werden durfte, nickte Aurelia zu: „TON-ROK hat vor elf Sekunden Gefechtsbereitschaft signalisiert.“

„Du kannst sprechen, Aurelia“, sagte Annika von Sell, die für Astrogation und KOM verantwortlich war.
„HOKA-Brücke ruft TON-ROK!“
„Hier TON-ROK!“
„Einsatzstatus?“
„Uns fehlen ein paar Leute, die gerade Urlaub auf EDEN machen. Aber wir sind gefechtsklar“, antwortete Tula-Ram selbst.
„Gefechtsklar reicht leider nicht. Uns hat der virale Datenfile der RHEA erreicht. Du erhältst den Auftrag, diesen so schnell wie möglich zu lesen. Wir fliegen mit der ASF HOKA eine Rettungsmission. Wir müssen deep-space-fähig sein.“
„Ich habe verstanden“, sagte Tula-Ram. „Meine Befehle?“
„In der viral gegangenen Info der RHEA müssen die Koordinaten des TENDUA-Systems enthalten sein. Bitte überprüfen!“
Tula-Ram meldete sich kurze Zeit später: „Ich habe die Koordinaten.“
„Gut. Du erhältst den Auftrag, so schnell wie möglich nach EDEN zu fliegen und unsere Mannschaften dort aus dem Urlaub zu holen. Anschließend haben wir miteinander ein Rendezvous im TENDUA-System. Wir brauchen unsere Leute!“
„Ich habe verstanden. Wann sollen wir los?“
„Sofort!“
„Aye, benötigen Abkopplungserlaubnis!“
„Erlaubnis erteilt. Wir sehen uns im TENDUA-System!“
Auf dem vorderen Bildschirm sah Aurelia, dass die TON-ROK wenige Minuten später vom Vorderdeck abhob und in der Schwärze des Universums verschwand.
„Annika! Schiffsweite KOM!“
Die Kommunikationsoffizierin bestätigte und Aurelia konnte sprechen.
„Hallo Crew, hier spricht eure Captain. Wir haben eine Rettungsmission vor uns. Es geht um Captain Lisa-Ann Ralen und ihren XO Piet Muller. Die beiden Offiziere sind durch ein bisher unbekanntes Zweiwegewurmloch wahrscheinlich nach NGC 185 gezogen worden. Über ihren Verbleib wissen wir nichts.“
Aurelia, die bestimmt und akzentuiert gesprochen hatte, ließ diese Nachricht einen Augenblick wirken. Dann sprach sie weiter: „Wir fliegen im Auftrag des REGNUMs. Ich fordere alle Offiziere auf, so schnell wie möglich den Bericht der Lieutenant Admiral über die Schlacht im TENDUA-System zu lesen und dabei ihre Crews soweit es

geht an Bord zu holen beziehungsweise zu vervollständigen. Abflug ist morgen um 03:00 Uhr. Zur Info: Die TON-ROK ist nach EDEN unterwegs und holt unsere Leute von dort. Wir werden im TENDUA-System mit ihnen zusammentreffen. Los, Leute! Ich will deep-space-fähig sein! Alles über 80% ist gut! An die Arbeit! Wir sind als Flaggschiff gefordert!"

Kurz vorher, TON-ROK, Brücke:

„Wie sollen wir fliegen?", erkundigte sich XO Lokor-Wit bei seiner Captain/Partnerin.
„Wie sagen die MENSCHEN? Asap? So schnell wie möglich. Ich habe nicht vor, Zeit zu vertrödeln."
„Also nutzen wir den Jumper?"
„Mach das so, Lokor. Ich will den Auftrag zügig durchführen."
„Aye, Captain."
Lokor-Wit gab den Auftrag an den speziellen N2-Androiden weiter und die Dreadnought beschleunigte auf die Sprunggeschwindigkeit zu.

05.05.2152, 02:45 Uhr, ASF HOKA, Brücke:

Admiral Thomas Raven betrat die Brücke. Es war ihm nicht entgangen, dass im ganzen Schiff hektische Betriebsamkeit herrschte. Normal war es Nachtzeit und es hätte wesentlich ruhiger sein müssen, aber der baldige Start des Flaggschiffes stand unmittelbar bevor. Thomas konnte sich denken, dass es schwierig gewesen war, innerhalb der kurzen Vorbereitungszeit die Deep-Space-Fähigkeit herzustellen. Er konnte sich nicht vorstellen, dass seine Flagg-Captain anders aufbrechen wollte, denn die Mission war zeitlich nicht begrenzt.
Irgendjemand rief: **„Admiral auf der Brücke!"**
Über Schallfelder, die der Rufer nutzte, war die Ansage an jedem Arbeitsplatz zu hören. Und das war auf einer Brücke von den Ausmaßen 90 mal 40 Metern auf drei Ebenen nicht unbedingt selbstverständlich. Thomas mochte diese Hervorhebung seiner Person nicht, aber hier war er bei seiner Captain auf Granit gestoßen.
„Ich will das wissen, wenn der Admiral die Brücke betritt, und meine Offiziere auch. Die Befehlskette ändert sich und ich will nicht, dass wir

uns widersprechen“, hatte sie ihm mitgeteilt und deswegen war sein Wunsch nach Unauffälligkeit sofort ausgehebelt worden.
Er hatte sich gefügt.
Thomas sah, dass Aurelia ihm entgegenkam.
Er hob eine Hand halb hoch und das war das Zeichen für Aurelia, es mit dem militärischen Gehabe nicht so genau zu nehmen. Statt einer korrekten Ehrenbezeichnung hieß sie ihn an Bord willkommen.
Normal gehörte es sich ja, dass der Admiral vom Deck aus zur Brücke eskortiert wurde, aber da hatte sich Thomas durchgesetzt. Er sah es als unnötig an und Aurelia hatte das Thema lediglich abgehakt.
„Wir haben eine Auslastung von 70%, Thomas. Ich habe die TONROK in das AVALON-System geschickt, damit sie dort große Teile unserer Crew aus dem Urlaub holt und direkt zum TENDUA-System bringt. Ich schätze dann unsere Deep-Space-Fähigkeit bei etwas über 90%. Es kommen aber gerade noch Crewleute an Bord. Wir starten pünktlich um 03:00 Uhr.“
Thomas dankte: „Sehr gut, Aurelia. Die Lieutenant Admiral wird mit der RHEA in Begleitung der Präsidentin zur O.H.R. fliegen. Anna ist ein wenig außer sich.“
Aurelia hob eine Augenbraue und hielt den Kopf etwas schief. Ihre Körperhaltung war ein einziges Fragezeichen.
Der Admiral reagierte darauf: „Unsere Präsidentin wird dem BUND eine Protestnote bezüglich des Verhaltens der TENDUA abgeben.“
„Eine Protestnote bei 197 Toten?“
Thomas seufzte: „Politik ist nicht immer effektiv, kann aber dazu führen, dass man sich einigt und Frieden hält. Ich bin auch nicht begeistert von den TENDUA, Aurelia. Wir werden sehen, was wir daraus machen. Meine Frau, sowie Ron Dekker plus Frau und noch ein paar Leute haben ihre Quartiere auf der ULURU bezogen. Der Datenfile bezüglich der Namen geht separat an Mond DREI. Ich selbst habe mich dort schon abgemeldet und Emma und Hans als Vertreter eingesetzt.“
Aurelia nickte.
„Ich werde mich in meinem Lage-Raum aufhalten und die Einsatzfähigkeit der Flotte im TENDUA-System checken und den Bericht der Lieutenant Admiral genau studieren. Du kannst mich dort erreichen.“
„Gut“, Aurelia nickte leicht mit dem Kopf, wandte sich ab und ging auf ihren Kommandostuhl zu.

Thomas verschwand im hinteren Lage-Raum.
„Wir haben X minus 300. Wie weit sind wir?“ Aurelia betrachtete ihre Anzeigen.
„Wir haben noch drei Alphas im Anflug. Sie werden in etwa drei Minuten auf dem Landedeck aufsetzen“, teilte ‚Ferdi‘ mit. „Danach kommt erst mal niemand mehr.“
„Sehr gut, Flight. Der Deckchief soll die Schotts dichtmachen, wenn die letzte dieser Alphas drin ist.“
„Ich sag's ihm.“
Aurelia betrachtete die Scanner-Anzeigen. Drei kleine Punkte flogen auf den dicken grünen Punkt mit der Bezeichnung ASF HOKA zu und verschmolzen mit ihm.
„Alphas an Bord“, meldete der First FliCo. „Schotts werden geschlossen!“
Die digitale Anzeige des Bordchronometers zählte herunter, dann war es X minus 0.
„Mia! Kurs TENDUA-System!“
„Aye, Captain!“
Während das 4.680 Meter lange Flaggschiff sich langsam aus dem Orbit von AGUA herausdrehte, ließ Aurelia die Basis auf Mond DREI anfunken.
Auf dem Bildschirm vor der Captain erschien das Gesicht der italienisch-stämmigen Chefin der Basis.
„Ramona? So früh im Einsatz?“, wunderte sich Aurelia.
„Ich habe von eurem Aufbruch gehört und wollte es nicht versäumen, euch Glück zu wünschen.“
Aurelia lächelte: „Das ist eine nette Geste, vielen Dank. Der Datenfile geht euch jetzt zu.“
„Gute Reise, eine erfolgreiche Mission und kommt vollzählig wieder!“
„Hab Dank. Ende mit Mond DREI!“
Das Bild verschwand und Aurelia schaute nach vorn. Mittlerweile war AGUA aus dem Gesichtskreis verschwunden und sie sah den oberen Teil der ULURU-Wandung. Leicht drehte sich der Schiffskörper noch und dann beschleunigte die Pilotin Mia Oliveira das Flaggschiff seinem Einsatzziel entgegen. Aurelia stand auf und sah weiterhin nach vorn. Sie spürte die ganz leichten Vibrationen, als die Pilotin vollen Schub auf den Antrieb gab. Es war ein erhabenes Gefühl, Captain des größten

Schiffes der Flotte zu sein. Aurelia gestattete sich dieses Gefühl höchst selten, aber jetzt tat sie es in Vorbereitung auf diese Mission.

05.05.2152, 07:00 Uhr, SOL-System, MOND:

Colonel Malte Freiherr von Avenwedde hatte damit gerechnet, das Labyrinth innerhalb des MONDes nicht an einem Tag erkunden zu können. Er hatte mit reichlich Sauerstoffvorräten und auch Lebensmitteln vorgesorgt und in der vergangenen Nacht seine Marines ruhen lassen. Er hätte zwar auch Aufputschmittel nehmen lassen können, aber ein unruhiger Schlaf war allemal besser als die biologische Hammer-Keule. Sein Kalkül war, dass man so weit wie möglich alles erkunden sollte, solange man noch nicht entdeckt worden war. Eine Rückkehr würde über Stunden aufhalten und die Gefahr des Entdecktwerdens vergrößern. Also ließ er lagern und wusste, dass seine zurückgelassenen Marines ebenso handeln würden. Daher hatte er immer vier Marines dazu eingeteilt. Zwei hatten immer den Auftrag zu erledigen und zu wachen, während die anderen ruhten. Sie hatten in einem etwas größeren Bereich übernachtet und die Technik aus Millis Arsenal hatte den jeweils Wachhabenden unterstützt.
Malte ging von einem zum anderen und sah durch die Sichtscheiben der Helme. Jeder und jede nickte ihm zu. Der Trupp war marschbereit. Er wies auf Milli und gab eine Richtung vor. Dann ging es los.
Da sie stetig bergab gegangen waren, schätzte Malte, dass sie sich mittlerweile in einer Tiefe von 3.000 bis 3.500 Metern befanden. Und noch immer war nichts so richtig greifbar. Nach einer Stunde auf diesem verteufelt langen Weg blieb Milli stehen und hob einen Arm. Die beiden eskortierenden Marines standen sofort. Malte hob ebenfalls beide Arme und sah sich dann um. Seine Leute standen alle und waren aufmerksam. Er wandte seine Aufmerksamkeit in Richtung Milli. Diese zeigte ihm darauf insgesamt sechs Detektoren, die in den seitlichen Wänden verteilt waren. Malte drehte sich um und zeigte mit der Hand auf den Boden. Das hieß übersetzt: Pause. In Verbindung mit Millis Verhalten zuvor, kannte man sich auch zusammenreimen, dass die Spezialisten für irgendwas Zeit brauchten, damit sie weitergehen konnten.
Die Überbrückung der Sicherungseinrichtungen war nicht ganz einfach und erforderte Zeit sowie Fingerspitzengefühl. Milli besaß beides und im Bedarfsfall eine Engelsgeduld. Während die Kameraden lagerten,

entschärfte die Marine eine Sicherung nach der anderen. Dabei durften sie nicht außer Funktion gesetzt werden. Nein, sie durften einfach nichts an eine irgendwo vorhandene Alarmzentrale weitermelden. Diese Alarmanlagen funktionierten im Prinzip immer noch wie vor hunderten von Jahren: Melder waren mit einer Zentrale verbunden. Sie maßen die Umgebungswerte, welche auch immer, erzeugten Kraftfelder, die beim Betreten verändert wurden, maßen Bewegungen an, und wenn sich eine Änderung des akzeptierten Ist-Zustandes ergab, taten die Melder ihre Pflicht und meldeten dies. In der Alarmzentrale ging diese Meldung ein und dort wusste die Technik auch, welcher dieser Melder ausgelöst hatte. Alles Weitere hing davon ab, was der Besitzer wollte und wie die Anlage programmiert worden war. Hier sorgte Milli dafür, dass die Melder keine Änderungen der Umgebungswerte empfangen konnten. Es gab also nichts zu melden – der Weg war dann frei.
Milli bedeutete ihren Sicherheitsleuten, hinter ihr zu bleiben. Die beiden Kameraden sahen Malte an und der zeigte den Daumen nach oben. Er war mit Millis Vorgehensweise einverstanden.
100 Meter weiter hielt Milli an. Malte, gut zehn Meter dahinter, sah dann auch den Grund: Der Weg war hier zu Ende.
Malte wollte schon still und leise in sich hineinfluchen, als er darüber nachdachte, dass man seitens der TRAX wohl kaum eine Sackgasse mit sechs Meldern absichern würde. So unlogisch waren auch diese Kakerlaken nicht.
Milli hatte sich hingekniet und betrachtete ihren Scanner. Malte ging vor und sah ihr über die Schulter. Er sah, dass nach dem Gang ein etwas größerer Raum kommen musste und danach noch mal ein sehr viel größerer. Die Angaben des technischen Gerätes wurden da ungenau, um nicht zu sagen: sehr ungenau.
Malte zeigte auf das Ende des Ganges und die Marine zuckte mit den Schultern. Sie machte das Zeichen für: Ich versuch's.
Sie verbrachte eine ganze Zeit damit, die Wände vor dem Schachtende abzuscannen. Sie verteilte dann drei weitere ihrer technischen Wunderwerke, die nun rechts wie links und ganz oben, sie hatte sich von einem Marine hochheben lassen, am Stein klebten.
Dann ging sie auf Malte zu und deutete mit dem Daumen über die Schulter auf das Ende des Ganges. Malte verstand nicht, was Milli von ihm wollte. Als sie ihm winkte, folgte er der Marine zum Gangende. Milli hob die rechte Hand, zeigte mit der linken darauf und dann

streckte sie die Rechte in Richtung Wand aus. Malte machte große Augen, als ihre Hand darin verschwand. Malte begriff: Es handelte sich lediglich um ein Holo, eventuell noch mit einem Kraftfeld versehen.
Milli machte ein eindeutiges Zeichen: Es gab keine weiteren Sicherungseinrichtungen. Malte nickte ihr zu und winkte einen Marine heran. Dieser verfügte über technisches Equipment. Der Graf ließ sich eine Endoskop-Kamera geben und schaltete sie ein. Dann legte er sich auf den Boden und schob das Gerät, welches an einem ausziehbaren Stab befestigt war, durch die Holo-Sperre. Das Ergebnis der Kamera ließ er sich auf die Innenseite seines Helms projizieren. Es war leidlich hell und er sah nach dem Durchbruch der Sperre eine weitere Wand vor der Kamera, etwa anderthalb Meter hoch und gute zwei Meter entfernt. Er ließ die Kamera kreisen und sah keine weitere Gefahr. Nun war aber die Reichweite seiner technischen Hilfe zu Ende. Malte übergab seine Waffe an den Marine und legte weitere Ausrüstungsgegenstände ab. Dann schob er sich, auf dem Boden kriechend, selbst durch das Holo. Er lag schließlich halb auf einem Gang, der vor dieser halbhohen Mauer nach rechts und links noch etwa 20 Meter weiterführte. Malte zog sich ganz aus dem Gang heraus und ging in Hockstellung auf die nicht hohe Wand in kurzer Entfernung zu. Am Rande bemerkte er überrascht, dass eine grüne Lampe innerhalb seines Sichtbereiches im Helm signalisierte, dass er sich innerhalb einer atembaren Atmosphäre befand. Die Wärme betrug ganze 24 Grad – auch angenehm. Vorsichtig hob er seine Kamera über diese halbhohe Begrenzungswand. Er sah Lichtschein von der anderen Seite und so leise es ging, wo Atmosphäre war, konnte man auch Geräusche machen, hockte er sich hin. Dann schaute er mit Hilfe der Mini-Kamera über die Mauer. Er sah unter sich auf einer Länge von 60 Metern Breite und 30 Metern Tiefe eine Art Kommandozentrale mit etlichen Monitoren, Schalteinrichtungen und sonstigen technischen Werkzeugen. Das Ganze wäre nicht so schlimm gewesen, wenn dort nicht ein gutes Dutzend TRAX mit dem Rücken zu ihm, etwa 20 Meter entfernt, an den Anlagen arbeiten würden. Zwischen den Monitoren und Schaltanlagen war Glas. Wenn Malte dort hindurchsah, erkannte er eine gigantische Halle, dessen Ende ihm infolge der Größe verborgen blieb. Auch konnte er sich kein Bild davon machen, was innerhalb der Halle vorging. Er zählte noch mal nach, dann konnte er genau elf TRAX ausmachen. Vorsichtig legte er seine Mini-Kamera auf die Mauer, sodass er die Vorgänge über seinen HUD

gut mitverfolgen und vielleicht auch für einen Angriff nutzen konnte. Gleichzeitig überlegte er, ob es wirklich gut wäre, wenn er jetzt angreifen würde. Sollte er sich nicht geeignetes Material holen? Oder mehr Marines? Er bückte sich und suchte den Rückweg.
Währenddessen entschloss er sich, den Kampf mit Unterstützung von Mini-Kampfdrohnen zu führen. Das würde seine Leute und ihn weniger in Gefahr bringen. Er kroch durch das Holo und wollte seine Entscheidung den Wartenden bekanntgeben, als Milli auf ihn zustürzte. Sie holte ein Kabel aus ihrem Helm heraus und verband sich mit ihrem Führer, indem sie es Malte in eine Öffnung des Helmes steckte. An sich war das ohne Aufforderung des vorgesetzten Offiziers ein ungeheuerlicher Vorgang, aber Malte ließ es in Ruhe über sich ergehen. Es wären nicht seine Leute, wenn sie jedes Mal unterwürfig um Erlaubnis fragen würden. Die Aufklärung würde sicherlich sofort folgen; so genau kannte er seine Technik-Spezialisten.
Tatsächlich warf das, was die Frau ihm erzählte, alles über den Haufen. Colonel Freiherr von Avenwedde schnappte erst einmal nach Luft, dann überlegte er, dann wurde gehandelt.

9. NGC 185

05.05.2152, 10:11 Uhr, Einsatzgruppe Walter Steinbach:

Beginn 5. Bericht des Androiden Dr. Harry W. Pommerton:
Die letzten 5 Tage waren keinesfalls gut gewesen.
Ganz im Gegenteil. Die vergangenen 96 Stunden waren gekennzeichnet, ich kann es nicht anders ausdrücken, durch Herumirren und Orientierungslosigkeit. Wir hatten uns in einem Labyrinth verfangen und das Wesentliche war, dass wir vor zwei Tagen tatsächlich die Brutstation der TRAX gefunden hatten. Ich hatte aufgrund meiner Sensoren Walter gewarnt, hier direkt anzugreifen. Es ist ja allgemein bekannt, wie die TRAX auf die Bedrohung ihrer Brut reagieren.
Wir hätten da keine Chance gehabt, zumal meine Munitionsvorräte zur Neige gingen. Trotzdem hatte Walter angeordnet, dass wir in der Nähe der Brutstationen zwei Granaten des höchsten Kalibers deponierten. Ich konnte sie mit einem Funkimpuls von überall zünden. Mein Führungsoffizier plante dieses wohl entweder als Ablenkungsmanöver einzusetzen oder als ‚letzten Gruß'.

Denn die Munition war nicht das Einzige, was zur Neige ging.
Die Lebensmittelvorräte waren komplett aufgebraucht, meine beiden Führungsoffiziere hatten noch jeweils Wasser.
Vor zwei Tagen, nach der Entdeckung des ‚BONE' hatte Cynthia Parlett aufgehört zu klagen. Ich errechnete eine psychische Störung durch die außerordentliche Situation. Das Tragen der schweren Schutzkleidung war an sich schon eine Belastung, aber das Ende des Luftvorrates mit dem damit verbundenen Ende ihres Lebens machte sie völlig apathisch. Selbst Walter gelang es nur in Ausnahmefällen, diese Frau mit einer Ansprache zu erreichen. Auch bei Walter Steinbach machte sich langsam Hoffnungslosigkeit und der Mangel an Ideen breit, wie wir aus dieser misslichen Lage herauskommen könnten.
In ziemlich exakt drei Tagen würden meine Führungsoffiziere ersticken. Mich beschäftigte die Frage, was ich dann anfangen sollte. Eine diesbezügliche Frage wollte ich nicht stellen, denn ich entnahm meinen ethischen Datenspeichern, dass diese meine Frage die Gesamtsituation noch mehr belasten würde.
„Pommerton, wie lange brauchen wir zurück?"
Die Frage kam für mich nicht überraschend. Natürlich hatte ich den bisher zurückgelegten Weg aufgezeichnet und konnte auch die ganzen Umwege herausrechnen. Ich erkannte die Absicht, dass Walter versuchen würde, beim Kampf um die Rückkehr durch das Wurmloch zu sterben, als völlig ehrlos irgendwo zu ersticken. Mir wird es wahrscheinlich immer ein Rätsel bleiben, wieso Menschen so reagieren.
„Wir brauchen etwa zwanzig Stunden, wenn wir nicht übermäßig aufgehalten werden", gab ich Auskunft und schaute auf Cynthia, die völlig apathisch auf dem Boden hockte. Ihr Rücken lag an der Wand und ihre Beine hatte sie angezogen. Meine Berechnung fußte darauf, dass sie wenigstens normal mitlaufen würde. Beim Kampf konnten wir sie wahrscheinlich nicht als verfügbare Größe einkalkulieren.
Walter erhob sich und sprach Cynthia an. Es dauerte eine Weile, bis die Frau reagierte. Er half ihr hoch.
„Pommerton, führ uns!"
Ich hatte das erwartet und den Rückweg errechnet. Es lauerten einige Gefahren unterwegs. Nicht alle Wege waren frei von TRAX. Mittlerweile hatte ich einen kleinen Überblick über die Wege und eine interne Datenbank dazu aufgebaut. Ich ging voraus und schaute nach etwa

zehn Metern zurück. Cynthia musste von Walter gestützt werden. Ich errechnete 23 Stunden bis zum Wurmloch.
Es gelang mir in den nächsten Stunden, die von TRAX benutzten Wege zu meiden. Dann waren wir eingekreist. Ich informierte Walter.
„Wo können wir am ehesten durchbrechen?"
„Die Chancen sind, wenn ich die örtlichen Gegebenheiten mit einrechne, in alle Richtungen gleich hoch", informierte ich meinen Führungsoffizier.
„Dann müssen wir die Granaten an der Brutstätte zerstören", gab Walter zurück.
„Wir geben damit ein gutes Mittel aus der Hand, kurz vor Erreichen des Wurmlochs Verwirrung zu stiften und den Gegner dort wegzulocken", erinnerte ich an den Plan.
„Was sollen wir denn sonst tun, verdammt noch mal?"
Ich errechnete auch bei Walter einen gestiegenen Stresspegel. Ich hatte bisher nicht registriert, dass Walter gegenüber mir laut wurde. Ich wollte lediglich verhindern, dass wir unsere Einsatzmittel nicht vorzeitig und aus einem Effekt heraus, vergeudeten.
„Zünde die Dinger und dann los!"
Das war ein direkter Befehl, gegen den ich mich nicht sperren konnte. Es würden durch meine direkte Tätigkeit keine MENSCHEN gefährdet. Den indirekten Faktor durfte ich in diesem Fall nicht anwenden. Ich bereitete die Zündung vor, als mir etwas auffiel.
„Warum sind wir noch nicht los? Hast du die Brut in die Luft gejagt?"
Ich hob einen Arm und die Unbeherrschtheit meines Führungsoffiziers ließ sofort nach. Er hatte wohl registriert, dass ich meine Aufmerksamkeit auf etwas anderes gelenkt hatte.
„Was ist? Sag was!"
„Ich habe Kontakt", sagte ich.
„Kontakt? Mit wem?"
„Mit einem Multi-Scanner, Bauart BRAIN-TOWERS", antwortete ich.
Ende des 5. Berichtes von Dr. Harry W. Pommerton.

Gleiche Zeit, SOL-System, MOND, Maltes-Mission:

„Was soll das genau heißen, du hast Kontakt zu einem Androiden", fragte Malte entgeistert seine Spezialistin per Kabelverbindung und damit abhör- und ortungssicher.
„Mein Gerät zeigt mir einen Androiden an, Bauart BRAIN-TOWERS. Ein Androide der letzten Generation. Dieser Robot versucht gerade, wenn ich das richtig aufgrund des Datenstroms deute, eine Kommunikationsplattform herzustellen."
Malte riss die Augen auf. Normalerweise konnten sich Multi-Scanner und Androiden nicht ‚unterhalten'. Eine hochgerüstete KI, wie sie in den menschenähnlichen Androiden verbaut war, stand allerdings vor keinem größeren Problem, so etwas zu etablieren. Die Kommunikation untereinander fand in diesem speziellen Fall im Low-Level-Bereich statt und war auf ultrakurze Impulse zusammengepresst. Eine Detektionsgefahr ging allein schon vom Einsatz des Scanners aus. Dieses Risiko einzugehen war Malte gezwungen gewesen. Sonst hätten sie in diesem Labyrinth gleich ‚Blinde Kuh' spielen können. Malte hoffte, dass die Kommunikation den TRAX nicht auffiel.
„Wir können also im Moment nur warten?"
Milli nickte dazu und hielt ihr Augenmerk auf den Scanner gerichtet. Es dauerte noch mehrere Minuten, dann hatte der Androide, in diesem Fall die höherstehende KI, den Scanner unter Kontrolle. Es entstanden Schriftzeichen auf dem Sichtfeld und Milli hielt das Gerät so, dass Malte einsehen konnte.
‚Hier ist Dr. Harry W. Pommerton von der Einsatzgruppe Steinbach. Mit mir sind hier Walter Steinbach und Cynthia Parlett. Wer ist auf der Gegenseite?'
„Antworte", sagte Malte.
Milli zog die Verbindung aus Maltes Helm und verband sich stattdessen mit dem Scanner. Malte kam näher und presste seinen Helm gegen den der Spezialistin. Es knarzte etwas, aber sie konnte ihn über die Schwingungen verstehen, auch wenn es nicht sehr deutlich war.
„Wie kommt der Steinbach hierhin?"
Milli ging davon aus, dass der Androide auf der Gegenseite wusste, dass sie keine herkömmliche Tastatur zur Verfügung hatte. Wenn sie also kommunizieren wollten, musste er eine andere Möglichkeit geschaffen haben. Millis Schlüsse waren logisch. Das Gerät konnte auch mündliche

Anweisungen entgegennehmen. Entweder der Droide hörte sofort mit, oder … Milli probierte es aus.

„Hier sind zwei Trupps Marines unter Leitung von Colonel Malte Freiherr von Avenwedde."

Milli war nicht überrascht, dass ihre Worte auf dem Sichtfeld mitgeschrieben wurden. Der Robot würde sie also verstehen können. Dann kam eine Frage, die Malte und Milli sehr überraschte: *‚Wo sind wir?'*

„Antworte, antworte. Und ich will wissen, wie sie hierhingekommen sind", Malte war aufgeregt und Milli stellte die Frage.

‚Wir sind durch das dritte Wurmloch auf RELAISSTATION, welches sich aktivierte, hindurchgegangen und fanden uns hier wieder. Die TRAX haben uns angegriffen.'

Malte fasste es nicht. Nach der Enttäuschung über das Wurmloch in Sibirien hatten sie die Hoffnung auf eine schnelle Verbindung zwischen den Sterneninseln BLACK-EYE und MILCHSTRASSE aufgegeben.

„Ich will ihren Status!"

Milli gab es so weiter.

‚Meine Führungsoffiziere haben noch für drei Tage Atemluft. Cynthia Parlett muss nach meinen Berechnungen in eine psychiatrische Behandlung. Sie ist kaum ansprechbar. Wir haben ein BONE entdeckt und zwei Granaten dort platziert. Sie können durch mich fernsteuertechnisch gezündet werden. Wir haben kaum noch Munition zur Verteidigung und als Lebensmittel ist nur noch etwas Wasser verfügbar.'

Malte las die Nachricht.

„Kann er beschreiben, wo sie sich aufhalten?"

Auch diese Frage wurde gesendet. Als Antwort kam ein erstellter Plan ab Wurmloch. Da Malte keine Ahnung hatte, wo sich das Wurmloch befand, war die Qualität der Auskunft nicht besonders hoch.

„Sag ihm, dass er die Granaten nur auf meinen Befehl hin zünden soll. Sie sollen sich ruhig verhalten. Wir haben ausreichend Munition und ich werde weitere Dinge veranlassen. Wir haben hier eine Schaltzentrale erreicht und werden zunächst die TRAX hier ausschalten. Dann sehen wir weiter."

Milli gab es so weiter und bekam zur Antwort: *‚Wir warten!'*

Malte drehte sich zu seinen Marines, zog mit dem Zeigefinger einen Kreis in der Luft und machte anschließend mit der Hand die gängige Mund-auf-und-Mund-zu-Bewegung. Man schloss sich in einem Kreis zusammen, stöpselte sich mittels Kabel in eine Ringschaltung und

Malte informierte seine Leute. Dann setzte er ihnen seinen Plan auseinander. Hilfreich war, dass die Mini-Kamera von der Brüstung noch immer Bilder lieferte und er diese zum Plan hinzuziehen konnte. Malte wählte anschließend zehn Marines aus und vergab die Ziele. Dann legten sie den Hauptteil ihrer Ausrüstung ab und krochen hinter Malte her, lediglich mit leichten Gewehren bewaffnet, durch das Holo.
Nachdem sie sich in dem Gang nach rechts und links so verteilt hatten, dass sie sich nicht gegenseitig behinderten, wartete Malte den richtigen Zeitpunkt ab. Dann hob er die Hand mit drei Fingern, zwei Fingern, ein Finger, die Faust …
Jeder Marine hatte sein Ziel zugewiesen bekommen und alle elf waren unmittelbar mit der Waffe zu erreichen. Wie ein Mann richteten sich die Marines auf, gingen ins Ziel und schossen sofort. Vom ersten bis zum letzten Schuss verging nicht mal eine Viertelsekunde. Viel zu wenig Zeit für die normalen TRAX, darauf zu reagieren. Diese schwarze Flüssigkeit, die als Ersatzblut fungierte, spritzte in kleinen Fontänen. Malte überzeugte sich davon, dass alle TRAX tödlich getroffen waren, dann gab er das Zeichen für alle Marines. Die noch im Gang Wartenden kamen herein und dann ging es rechts wie links an den Enden des oberen Ganges die Treppen hinunter in den eigentlichen Kontrollraumbereich. Malte schickte vier Marines wieder zum Gang – er wollte den Rücken frei haben und nicht so ableben, wie die Gegner zuvor. Drei Männer bestimmte er, die die TRAX-Leichen zur Seite schaffen musste. Vier weitere hatten nach weiteren Zugängen zum Kontrollraum zu suchen und Meldung zu erstatten. Dann sah er auf die Anzeigen des Scannergerätes auf seinem Arm. Schließlich nahm er den Helm ab und prüfte die Luft. Er fand sie offensichtlich in Ordnung, denn er hob einen Arm mit dem Daumen nach oben und deutete auf seinen Helm. Seine Truppe nahm die Helme ab.
„Milli, hierhin. Wir müssen mit diesen Kontrollen klarkommen! Hast du eine Idee, wie wir das von den TRAX entschlüsseln können?“
„Brauche ich nicht“, sagte sie und grinste den Colonel an.
„Wieso?“
„Weil das keine TRAX-Technik, sondern eine von MENSCHEN gemachte ist.“
Malte fuhr herum. Tatsächlich kam ihm so Einiges bekannt vor, und wenn er an die Vergangenheit der menschlichen Technik dachte, dann machte es ‚Klick‘.

„Soll das hier die MOND-Werft sein, die angeblich von den TRAX zerstört worden ist?“
Milli sah an Malte vorbei durch die Scheibe direkt in die Halle.
Der Colonel wirbelte herum, bereit, eine Horde von TRAX abzuwehren. Aber denn entspannte er sich, bevor er was ganz Aufregendes sah: Dort stand ein Raumschiff und zwar ein großes …
„Ich gehe davon aus, dass das hier die Hauptwarte ist, ja?“
„Genau kann man das nicht sagen, aber mit hoher Wahrscheinlichkeit ist sie es“, antwortete Milli.
Malte zeigte auf den Scanner: „Nimm Kontakt mit Steinbach auf. Ich werde einen Bericht per Rafferimpuls an die LUNA-Basis senden. Wir brauchen verschiedene Dinge, dann werden wir das Ding hier zurückerobern.“
Milli bestätigte.
Malte bat sie noch, das Team Steinbach um Geduld zu bitten. Die Vorbereitungen dazu würden mindestens einen Tag in Anspruch nehmen. Auch das führte Milli aus.
„Halte einfach Kontakt mit ihnen“, war der letzte Befehl des Colonels. „Wir müssen schauen, dass wir ihre Nerven schonen.“

<u>06.05.2152, 08:15 Uhr, TENDUA-System:</u>

Captain Aurelia Ziaar, der Admiral und die Hauptbesatzung der Brücke, hatten ein paar Stunden geruht. Da das Eintreffen am Ziel zeitlich eingegrenzt werden konnte, waren alle Plätze schon seit über einer Stunde besetzt. Niemand wusste, was die ASF HOKA im TENDUA-System erwartete.
Nun, zum einen war das zumindest mal die RHEA, die dank ihres eingebauten Jumpers schneller gewesen war – trotz Umweg über O.H.R.
„Wir werden angefunkt. Gespräch für den Admiral“, sagte Annika von Sell.
Aurelia nickte und wählte die Direktverbindung zum Lage-Raum des Admirals.
„Die RHEA ruft dich, Thomas. Wo willst du das Gespräch entgegennehmen?“
„Auf der Brücke! Ich komme.“

Es dauerte keine 15 Sekunden und Thomas stand neben Aurelia. Die Captain ließ das Gespräch durchstellen und Laura blickte ernst auf die Riesenbrücke der ASF HOKA.
„Ich grüße euch", sagte Laura, dann ging es auch gleich weiter. „Ich habe nicht nur Anna dabei, sondern die Mitglieder des BUNDes haben Suli-Ko ermächtigt, für den INTERSTELLAREN VÖLKERBUND zu sprechen. Das ist jetzt nicht mehr allein unser Ding, Thomas. Ich übergebe an Suli-Ko."
„Ich grüße den Admiral und die Crew der ASF HOKA", sagte die Präsidentin des BUNDes. „Unser Anliegen ist eine ernste Sache und um mit dem nötigen Nachdruck vorgehen zu können, möchte ich neben der Zeugin auch eure Präsidentin und dich zum Termin mitnehmen. Wir sind bei der Einsfü bereits angemeldet und können jederzeit diesen Termin durchführen. Wie passt es dir?"
Thomas atmete kurz durch: „So schnell wie möglich. Ich möchte zur Flotte vor dem Wurmloch."
Suli-Ko neigte leicht den Kopf: „Die Lieutenant Admiral hat mir berichtet, dass deine Tochter und ihr Freund ein Opfer der Umstände geworden sind. Ich darf dir mitteilen, Thomas, dass du mein volles Mitgefühl betreffend deines Verlustes hast."
Thomas musste feststellen, dass die anfängliche Vertrautheit zwischen ihm und der GENUI momentan nicht bestand. Sie redete sehr bürokratisch und neutral. Aber vielleicht war das auch darin begründet, dass sie sich auf die Diskussion mit der Einsfü vorbereitete. Außerdem konnte ihr Funkgespräch von vielen mitgehört werden.
Thomas quetschte sich ein ‚danke' heraus und dann war das Gespräch auch schon beendet.
„Willst du mit der ULURU dort hinunter?", fragte Aurelia Ziaar.
Thomas hatte tatsächlich mit dieser Möglichkeit gespielt. Das Kugelschiff, mehr oder weniger ein Beiboot, war größer als die TENDUA-Einheiten. Er beschloss, dieses überhaupt nicht nötig zu haben. Seine Flotte hatte den Gegner vernichtend geschlagen. Das musste reichen.
„Ich nehme eine Sphäre", teilte er mit. „Ich bin unterwegs."
„Zieh dich warm an", sagte Aurelia.
Thomas schaute seine Captain überrascht an. Wie war das denn gemeint?
Aurelia bemerkte, dass ihr höchster Chef leicht irritiert war.
„Es sind ein paar Grad unter Null Celsius", fügte sie hinzu.

Thomas hob einen Finger. Tatsächlich hatte er nicht daran gedacht: „Ich hole mir eine dicke Jacke und bin dann unterwegs."
„Verstanden", nickte ihm Aurelia lächelnd zu.
Irgendjemand rief: „Admiral verlässt die Brücke."
Dann konnte die Crew lediglich warten.

<u>TENDUA-PRIME, Raumhafen:</u>

Thomas ließ sich von der Automatik fliegen und würde zum ersten Mal in seinem Leben diesen Planeten betreten. Die Zerstörungen sah er schon aus der Luft und sein Unmut sank etwas. Auch dieses Volk hatte eine Menge mitgemacht, und konnte er es ihnen dann verübeln, wenn nicht alles so lief, wie er oder Laura das geplant hatten?
Bei der Zielangabe hatte Thomas erwähnt, dass ein weiteres Flugobjekt der RHEA oder die RHEA selbst landen würde, also sollte ihn die Sphäre in der Nähe absetzen. Die KIs der Schiffe kommunizierten und dann sanken eine Beta und Thomas Fluggerät nebeneinander auf den Raumhafen nieder.
Thomas stieg aus und von der Beta kam ihm schon Suli-Ko entgegen.
Ihre Atemluft dampfte in der ungewohnten Kälte und Thomas war seiner Flagg-Captain dankbar für den jetzt warmhaltenden Tipp.
„Ich grüße dich, Präsidentin", sagte Thomas etwas steif.
Suli-Ko hielt den Kopf etwas schief: „Hallo Thomas. Entschuldige meine sachliche Stellungnahme eben. Als Präsidentin spiele ich, wenn ich öffentlich auftrete, natürlich eine Rolle. Es tut mir von Herzen leid, dass deine Tochter und ihr Freund vermisst werden. Du brichst auf und wirst sie suchen?"
„Das REGNUM hat mich damit beauftragt", gab Thomas zurück.
„Ich kenne und schätze eure Devise, Thomas. Du wirst deine Tochter zurückholen. Nichts wünsche ich mir zurzeit mehr als das."
Thomas sah in die eisgrauen Augen seiner Gesprächspartnerin und entdeckte darin Mitgefühl. Ja, sie hatte Recht, in der Öffentlichkeit spielte man eine Rolle. Ob sie einem gefiel oder nicht, es war eben so. Hinter der GENUI waren auch Laura und Anna aus dem Flieger gestiegen und stellten sich dazu. Thomas nickte den beiden Frauen knapp zu. Er war gespannt, was die TENDUA ihnen erzählen wollten.
„Ich sehe unser Begrüßungskomitee kommen", sagte in diesem Augenblick Laura. Tatsächlich kam ein größerer Wagen, der um die größeren

Löcher auf dem Raumhafenbelag herumfuhr. Das Fahrzeug hielt neben ihnen und Suli-Ko prallte etwas zurück: „Es ist niemand drin? Kein Willkommen? Das geht gar nicht!"
„Eventuell sind die Gepflogenheiten hier anders", warf die sanfte Anna Svenska ein. „Vielleicht müssen wir das dezent anregen."
„Ich würde mal dezent etwas ganz anders anregen wollen", grollte in diesem Augenblick Laura. Man merkte ihr an und hörte, dass ihr die Schlacht und deren Modalitäten immer noch schwer im Magen lagen.
Suli-Ko drehte sich um: „Ich darf die Lieutenant Admiral bitten, die Kontenance zu wahren."
Lauras Unterkiefer klappte nach unten und sie holte Luft. Thomas legte ihr lediglich eine Hand auf die Schulter. Ihr Mund klappte wieder zu.
„Das ist ein politischer Vorgang", führte Suli-Ko aus. Der BUND klärt eventuelle Missverständnisse. Ich muss euch bitten, mir das Wort zu überlassen."
„Das Missverständnis hat uns 197 Tote gekostet", sagte dann Thomas. „Ich erkenne deinen Führungsanspruch an, hoffe jedoch, dass du deutliche Worte finden wirst."
„Das wird die Situation ergeben", wich Suli-Ko etwas aus. Dann stieg sie in das Fahrzeug und Laura, Anna und Thomas folgten.
Die Fahrt war nur kurz und endete vor einer Art Empfangsgebäude. Eine Menge an TENDUA-Soldaten stand Spalier, aber auch hier war niemand zur Begrüßung erschienen.
„Der Weg scheint vorgegeben", sagte Suli-Ko und ging zwischen den Angetretenen vor. Sie kamen zum Eingang des Gebäudes und die Türen glitten auf. Sie durchquerten ein leichtes Kraftfeld und danach konnte Thomas seine Jacke öffnen. Eine TENDUA verbeugte sich leicht und führte sie zu einer Tür, die sie öffnete. Suli-Ko schritt hindurch und die Einsfü kam ihnen entgegen.
„Ich begrüße euch auf meiner Welt", sagte sie. „Und ich danke euch für eure Teilnahme an dem Gefecht. Darf ich euch hierhin bitten?"
Die Einsfü geleitete ihre Besucher zu einem runden Tisch, an dem schon ein TENDUA saß.
„Das ist mein militärischer Berater", stellte sie den TENDUA vor.
Der Mann stand auf und nickte leicht mit dem Kopf: „Meinen Dank für eure unschätzbare Hilfe."
Sie setzten sich und die Einsfü sprach weiter: „Es ist mir ein Bedürfnis euch für meine medizinische Behandlung zu danken. Wie mir meine

Ärzte sagten, bin ich vollständig genesen und habe die Vitalwerte einer jungen TENDUA. Und ich fühle mich jung, frisch und energiegeladen."

„Es freut uns", gab Suli-Ko zur Antwort, „dass die Behandlung bei dir auf fruchtbaren Boden gefallen ist."

Die Einsfü sah ihre Besucher an: „Ihr hattet uns um eine Unterredung gebeten. Was können wir im Gegenzug zu eurer Hilfeleistung tun?"

„Wir sind es gewohnt, nach einer Schlacht die Situation und den Verlauf sowie den Ausgang zu analysieren", sprach Suli-Ko weiter. „Jedwede Erfahrung mit dem Feind muss für den nächsten Waffengang aufbereitet werden und in ein Gesamtkonzept einfließen."

Die Einsfü Sula und ihr Berater hörten interessiert zu.

Thomas hörte Laura heftig atmen. Diese Gesprächsführung war nichts für seine Vertreterin. Thomas war froh, dass ein Jan Eggert nicht mit am Tisch saß. Er bezweifelte, dass ihn die vorherige Ansprache der BUNDes-Präsidentin überhaupt erreicht hätte. Da wäre jetzt schon Trubel am Tisch. Thomas war wegen dieses Gedankens ein wenig belustigt, dann dachte er an Lisa-Ann und sein Humor war verflogen.

„Eine Analyse?", fragte der Militärführer. „Sehr schön. Wir geben natürlich unsere Erfahrungen auch weiter, wenn nicht in diesem Stil. Aber gut. Wie sieht euer Fazit aus?"

„Wir stellen fest", gab Suli-Ko an, „dass der Verlauf der Auseinandersetzung suboptimal gelaufen ist."

„Suboptimal?", fragte die Einsfü.

„Es hätte besser laufen können", fuhr Laura dazwischen und fing sich einen warnenden Blick von Suli-Ko ein.

„Was die Lieutenant Admiral meint, ist die Tatsache, dass ein Festhalten an den zuvor getätigten Absprachen den Verlauf für uns etwas günstiger hätten ausfallen lassen können", sagte Suli-Ko vorsichtig.

Die TENDUA sah auf die Tischplatte: „Euer Mediziner, der mich behandelte, sagte etwas Ähnliches."

Suli-Ko sah Laura fragend an und diese zuckte mit den Schultern: „Unser Doc bevorzugt eben das klare Wort! Als Mediziner hat er natürlich mitbekommen, was wir an Verlusten hatten. Benjamin war nicht gut drauf, als er hier zur Behandlung landete."

„Aber wir haben die Schlacht doch gewonnen", beharrte der Militärberater auf den gemeinsamen Erfolg.

Thomas war gespannt, was die GENUI jetzt sagen würde und warf Laura einen warnenden Blick zu.
„Bei einer Schlacht", sagte die BUNDes-Präsidentin, „zahlen die Kontrahenten jeder einen Preis, egal wer den Waffengang für sich entscheidet. Der Preis gliedert sich im Verlust materieller Güter, also Militärtechnik, das ist nach unserer Ethik zu verschmerzen, dann der Verlust an Leben. Letztgenanntes ist so nicht wieder herstellbar und bedeutet für uns einen ungeheuren Verlust."
„Wir haben acht Schiffe verloren und eine Menge an Soldaten", sagte die Einsfü. „Auch wir bedauern das."
„Es ist die Frage, ob bei einer anderen Herangehensweise an den Waffengang unser Preis nicht niedriger ausgefallen wäre", versuchte Suli-Ko bei ihrem Drahtseilakt zu vermitteln. Thomas überlegte, wie er vor etwas mehr als 30 Jahren reagiert hätte. Wahrscheinlich hätten der Einsfü und diesem ahnungslosen Berater dort schon längst keine Hose mehr gepasst. Wurde er alt oder was war jetzt passiert? Er konnte Laura gut verstehen. Unter dem Deckel kochte kein Wasser, das war glühende Lava, die da in ihr brodelte.
„Das Wichtigste ist doch, dass wir die Schlacht gewonnen haben – oder?" Die Einsfü sah von einem zum anderen.
Suli-Ko zögerte mit der Antwort einen Augenblick zu lang und dann griff Thomas ein: „Nein, das ist es nicht. Wichtig ist, dass wir nur unvermeidbare Tote auf unserer Seite haben. Und das war hier ganz klar nicht der Fall."
Suli-Ko sah Thomas entsetzt an, aber bevor sie was sagen konnte, platzte auch Laura der Kragen, als die Einsfü sagte: „Wie?"
„Ihr habt euch nicht an die Absprachen gehalten", sagte Laura energisch. „Die Absprache lautete, dass ihr euch zurückzieht. Ihr hattet anerkannt, dass wir einige Erfahrungen mit den EGGS haben. Es war unsere Aufgabe, die Schlacht zu leiten. Eure Captains oder Füs, wie sie heißen, haben sich um meine Anordnungen einen Dreck geschert. Jeder hat gemacht was er wollte. Ich war gezwungen, meine Flotte zu teilen, sonst hättet ihr jetzt nicht mal mehr ein Schiff zur Verfügung. Alles nur, weil ihr euch vor dem Wurmloch dem Kampf gestellt habt."
„Wir haben gut gekämpft", wehrte sich der TENDUA.
„Das mag sein – im Rahmen eurer Möglichkeiten. Fest steht, dass ihr schuld seid am Tod von 197 Crewmitgliedern. Meine Männer und Frauen sind gestorben, weil sie euch helfen mussten und ich meine

Taktik zum Nachteil ändern musste. Ist das bei dir angekommen? Deine Flotte ist undiszipliniert!" Laura sah den TENDUA wütend an und Suli-Ko machte große Augen. Das war ja mal Lichtjahre von einer diplomatischen Protestnote entfernt. Aber auch die Wahrheit. Die Präsidentin des BUNDes sah ihre gemeinsamen Felle schwimmen.
„Wir sind nicht mal zwei Millionen", sagte Anna ruhig in die peinliche Stille hinein. „Wir haben jedes unserer Leben als etwas ganz Besonderes schätzen gelernt. Unsere gesamte Taktik beruht darauf, lieber militärische Güter zu opfern als auch nur ein einziges Leben. Wir sind daher nicht begeistert, wenn unsere Leben durch einen Bündnispartner gefährdet werden."
Der Militärbeauftragte sah auf die Tischplatte: „Ich glaube, ich verstehe, wo unsere Unterschiede liegen. Ein TENDUA-Schiff, welches angegriffen wird, stellt sich dem Kampf. Wir haben mentalitätsbedingt nicht die Option der Flucht. Jedenfalls in den meisten Fällen. Ich habe den Bericht unseres Ogrufüs studiert und auch er hätte seine Schiffe gern vom Kampf abgehalten, aber wir haben bisher kein Mittel gefunden, unsere Füs zurückzuhalten. Ihr werdet das sicherlich als Manko sehen, aber ein Fü, der vor einem Schiff flieht, verliert seine Ehre."
„Lieber sterben als fliehen?", fragte Laura nach.
„So ist es", bestätigte die Einsfü.
Laura sah Suli-Ko an: „Das muss man wissen. Am besten muss man das vorher einplanen. Ich muss wirklich überlegen, ob ich noch einmal zusammen mit den TENDUA in eine Schlacht gehen will. Ich kann nicht neben jedes ihrer Schiffe eines von meinen abstellen, das aufpasst."
„Das ist vielleicht nicht nötig", ergriff Suli-Ko wieder das Wort. „Man muss die Flotten nur trennen und mit unterschiedlichen Aufgaben betrauen."
Laura sah Suli-Ko an nach dem Motto: Du musst es ja wissen.
Thomas gönnte sich noch ein Abschlusswort: „Gut, diese Mentalität kannten wir nicht. Unter diesen Umständen können wir den Termin hier von meiner Seite abbrechen. Ich habe dringendere Aufgaben zu erledigen und muss zur Flotte. Ich bitte um Entschuldigung."
Thomas stand auf und verließ wortlos die Runde.
Suli-Ko sah entsetzt hinter ihm her, aber irgendwo verstand sie die ungewöhnliche Reaktion des Admirals.

„Unser Militär ist geprägt von starkem Handeln", sagte sie dann und Laura fuhr fort: „Protestnoten sind eben nicht unser Ding. Was haben wir noch?"

12:05 Uhr, TENDUA-System, Sicherheitsabstand zum Wurmloch:

Mit fast null Fahrt kam die ASF HOKA in der Nähe der wartenden Flotte heraus.
„Hier ist Brigadier Admiral Jane Scott von der ASF HYPERCANE. Ich vertrete Lieutenant Admiral Laura Stone."
Es war klar, dass die wartende Flotte das ankommende Schiff anfunkte. Natürlich wusste man auch, wer da aufgetaucht war, denn schließlich sandte die HOKA ein Identifizierungssignal.
Admiral Thomas Raven stand vorn im Holo-Tank und verschaffte sich einen Überblick betreffend dem jetzigen Zustand der Flotte. Die Reparaturtrupps, seien sie menschlich oder droidisch, waren rund um die Uhr im Einsatz. Die HIGHLANDER war bereits im ARES-System angekommen und die Werften kümmerten sich. Die SERVICE lag direkt neben der STANDING ROCK, aber die Einheit würde das GENUI-D-Schiff lediglich überraumfähig machen. Danach würde sich der Häuptling in Richtung AGUA absetzen müssen und ebenfalls eine Werft aufsuchen.
„Hier ist die ASF HOKA, es spricht Captain Aurelia Ziaar", antwortete die Iranerin. „Der Admiral möchte in etwa 15 Minuten zu allen Crews sprechen. Bitte bereitet die schiffsweiten KOM-Verbindungen vor."
„Wir haben verstanden und warten auf den Admiral."
Nach zehn Minuten war Thomas mit dem Status der Flotte durch. Bis auf HIGHLANDER und STANDING ROCK hielten sich die Schäden in Grenzen und es waren Fortschritte bei der Beseitigung gemacht worden. Wie immer, in solchen Fällen, mussten reine Schönheitsreparaturen zugunsten von Kampffähigkeit warten. Thomas verließ den Holotank, ließ die Anzeigen abschalten und stellte sich neben seine Flagg-Captain. Aurelia hob eine Hand und Thomas konnte zur Flotte sprechen. Laut hallte seine Stimme durch die Flure der Flotte, als er seine Ansprache begann und jeder hörte zu.
„Hier ist Admiral Thomas Raven. Meine Gedanken und mein Mitgefühl sind bei allen, die in der Schlacht Freunde, Kameraden, Partner oder Verwandte verloren haben. Es tut mir leid um jeden Crewman,

den wir verloren haben. Ihr werdet euch fragen, warum die TENDUA so wenig mitgemacht und sich so nutzlos dem Kampf gestellt haben. Wir kommen gerade von der Einsfü, sozusagen der Präsidentin dieser Spezies. Wir haben einander zunächst nicht verstanden, weil die Mentalitäten grundsätzlich unterschiedlich sind. Ein TENDUA-Captain stellte sich dem Kampf. Seine Grundeinstellung verbietet es ihm, die Flucht zu ergreifen. Wir haben das leider nicht gewusst, sonst hätten wir das in unsere Taktik einbezogen. Von ihrer Seite hat das sicherlich so ausgesehen, als wollten wir sie an vorderster Front verheizen. Wir ziehen daraus die Lehre, demnächst nicht mehr Hals über Kopf gemeinsam in die nächste Raumschlacht zu starten – egal mit welcher Spezies. Dass das so dramatische Auswirkungen hatte, dafür bitten wir um Entschuldigung."

Thomas machte eine kleine Pause, um das Gesagte wirken zu lassen.

„Ich danke euch für den grandiosen Einsatz. Ich bin stolz darauf, Admiral einer solch disziplinierten Flotte zu sein. Euer Einsatz hier hat den EGGS gezeigt, dass Angriffe auf unsere Schiffe und unsere Siedlungen bestraft werden. Wir haben mittlerweile herausgefunden, dass es sich um anorganisches Leben handelt. Damit ist die Gefahr nicht kleiner geworden – eher im Gegenteil. Wir haben keinerlei Ahnung von der Mentalität und der Ethik von anorganischem Leben. Das macht die Sache für uns wieder einmal unberechenbar. Gern hätten wir uns mit den EGGS darauf geeinigt, dass sie in NGC 185 bleiben und wir sie dort nicht stören. Allerdings wäre dies eine stillschweigende Übereinkunft gewesen, denn niemand weiß, ob und wie diese Wesen kommunizieren. Aus irgendwelchen Gründen nutzen die EGGS die One-Way-Wurmlöcher nicht. Hier im TENDUA-System haben wir ein stabiles Zweiwege-Wurmloch – und das nutzen sie. Und sie tun das kriegerisch. Was für uns die TRAX, sind für die TENDUA die EGGS. Hier haben wir ein Einfallstor für die Anorganischen in unsere Galaxis. Die TENDUA sind im INTERSTELLAREN VÖLKERBUND. Unsere Vertretung hat dem Beitritt der TENDUA zugestimmt. Daher sind wir zur Hilfeleistung verpflichtet. Darum danke ich noch mal für euren Einsatz. Ich erwarte die Captains mit ihren XOs oder Vertretungen um 15:00 Uhr auf der ASF HOKA. Ich danke für die Aufmerksamkeit."

Thomas ließ abschalten.

15:00 Uhr, ASF HOKA, Besprechungsraum:

Captain Jolene Smith war natürlich nicht anwesend, aber selbst Chapawee Paco war vor Ort und hatte auch seinen XO mitgebracht.
Lieutenant Admiral Laura Stone hatte mittlerweile ebenfalls den Weg zum Wurmloch gefunden und nahm teil, genau wie die Präsidentinnen Anna Svenska und Suli-Ko. Thomas empfing alle Besucher direkt auf dem Landedeck und das hatte natürlich seine Wirkung. Tallek zeigte sich sehr erfreut und dankte für die Einladung. Ro-Latu war wie immer fasziniert vom Flaggschiff. Die erste Stunde war geprägt vom Verhalten der TENDUA. Man war sich einig, dass man Verluste gehabt hätte, aber wahrscheinlich nicht so hoch. Genau beziffern konnte das niemand und Thomas fand es pietätlos, per KI Wahrscheinlichkeitsberechnungen durchführen zu lassen. Das brachte ihnen keinen Crewman zurück.
Danach interessierte es natürlich jeden am Tisch, was die Pläne des Admirals zur Zukunft waren.
Paco hatte eine diesbezügliche Frage gestellt.
„Der Admiral wird mit der ASF HOKA nach dem Verbleib der PHOEBE sehen", sagte Anna in die Runde, als wäre das das Selbstverständlichste der Welt.
Thomas wollte gerade Stellung dazu beziehen, als alle Anwesenden zustimmend auf den Tisch klopften. Jeder spendete dieser Idee seinen Beifall und Respekt.
„Die paar Beulen auffe ODIN haben wir rausgedengelt. Ich möchte die ASF HOKA hilfreich inne Seite treten", hörte man da die unverwechselbare Stimme von Pat Neubauer. Im Nu waren alle bereit, der HOKA zu folgen.
Thomas hob beide Hände: „In Anbetracht der Schäden an den Schiffen kann ich nur Schiffe ab einer gewissen Größe und einer Mindesteinsatzfähigkeit gebrauchen. Die ODIN folgt mir freiwillig – ich danke und akzeptiere."
In diesem Augenblick steckte Annika von Sell ihren Kopf zur Tür hinein: „Die TON-ROK ist angekommen und …"
Thomas winkte: „Stell eine Kommunikation her und leg das Gespräch hierhin."
„Okay." Annikas Kopf verschwand.

Kurz darauf flackerte einer der großen Wandmonitore im Besprechungsraum.
„Wir kamen so schnell es ging", sagte eine GENAR mit orangen Augen.
„Ich hatte noch nicht mit euch gerechnet", gab der Admiral zu und ein kleines Kompliment konnte man schon heraushören. „Hattest du Erfolg?"
„Ich habe all unsere Leute der ASF HOKA von EDEN mitgebracht und noch etwas", antwortete Tula-Ram.
„Noch was?", fragte der Admiral nach.
„Die Captains der SHIRTAN und der ATROX, Fin Eggert und Bor-Atak, fanden es unter ihrer Würde, zu Hause zu bleiben, während andere sich in Schlachten stürzen. Sie wollen die ASF HOKA bei der Suche nach der PHOEBE unterstützen."

Thomas war angenehm überrascht. Die Einbindung der EDEN-Schiffe war immer etwas schwierig. Thomas wollte sie nicht direkt der Flotte unterstellen. Jan Eggert war der ungekrönte Held aller MENSCHEN, der Stammvater sozusagen. Mit Freude hätte Thomas dem EDEN-Mann einen hochrangigen Posten innerhalb der Flotte gegeben, aber Jan hatte abgelehnt.
So war eine seiner Aussagen gewesen: „Ich habe meinen Teil zum Gelingen beigetragen, Thomas. Sei mir nicht böse, aber ich bin kein Typ für das strenge militärische Reglement. Männchen bauen, Befehle rausbrüllen – entgegennehmen. Ich kann das nicht."
Thomas hatte geschmunzelt, vor allen Dingen, was das ‚Rausbrüllen von Befehlen' anging. Die moderne Führung kannte sowas nicht mehr. Allerdings hatten sie auch weniger mit Disziplinlosigkeit zu kämpfen, als das früher der Fall sein mochte. Jeder Crewman wusste, dass von seinem Funktionieren das Wohl des Schiffes abhängen konnte. Dementsprechend verhielt man sich. Außerdem waren die Tests bezüglich der charakterlichen Eignung besser geworden und wenn dort jemand durchschlüpfte, blieb er im engmaschigen Netz der SCA hängen. Jeder war eben nicht tauglich. Was auch nicht schlimm war. Die Menschheit 2.0 brauchte überall Leute – jeder das, was er konnte.

Thomas Reaktion auf das überraschende Auftauchen der EDEN-Raumer war: „Okay! Tula-Ram, ich erwarte dich und die beiden Captains hier auf der ASF HOKA."
„Aye, Admiral!"
Das Gesicht auf dem Schirm verblasste und Thomas wandte sich an die Versammelten: „Ihr habt es gehört. Das dauert jetzt ein wenig. Wir machen Pause und lassen uns etwas zu essen aus unserer vorzüglichen Kantine liefern."

Nach etwas über einer Stunde tauchte Tula-Ram mit Fin Eggert und Bor-Atak im Besprechungsraum auf. Thomas hatte Aurelia gebeten, die Personen vom Landedeck abzuholen. Er selbst dachte nach und diskutierte Möglichkeiten, wie man möglichst gefahrlos durch das Wurmloch fliegen konnte. Thomas begrüßte die Ankömmlinge: „Ich freue mich über so tatkräftige und potente Hilfe. Ich danke euch, dass ihr gekommen seid und uns helfen wollt."
„Wir sind auch Teil des BUNDes", sagte Bor-Atak schlicht.
„Ich denke, unser Heimatsystem ist auch so gesichert genug, dank eurer Hilfe. Es wird Zeit, dass die SHIRTAN sich aktiv beteiligt", sagte der Sohn von Jan, Fin Eggert. Thomas nickte ihm zu. Fin war seinem Vater wie aus dem Gesicht geschnitten. Er schien die gleiche Selbstsicherheit zu haben wie sein Vater. Thomas wusste, dass der Mann, der erheblich älter war als er selbst, nicht Captain eines 1.600-Meter durchmessenden Kugelraumers geworden war, weil er Jans Sohn war. Der Mann musste was können. Etwas anderes hätte Jan überhaupt nicht zugelassen.
„Bitte nehmt euch zu essen und zu trinken. Wir haben es nicht so sehr eilig. Wir wollen uns vernünftig auf die Mission vorbereiten. Ihr kennt einige unserer Captains nicht. Es wird Zeit, dass ihr das nachholt."
Fin Eggert und Bor-Atak griffen am schnell aufgebauten Büffet zu und dann, nach einiger Zeit, kam es zum unausweichlichen Zusammentreffen zwischen Bor-Atak und Ro-Latu. Die rosafarbenen Augen des GENUI bohrten sich in die goldenen des GENAR. Beide Männer waren von kräftiger Natur und schätzten sich gegenseitig ab. Thomas, der knapp zwei Meter von ihnen entfernt stand, machte sich bereit, mit ein paar Worten Klärung herzustellen, sollte es nötig sein. Hier trafen uralte Gegnerschaften aufeinander. Dann hörte Thomas, wie Ro-Latu zu sprechen begann.
„Du musst Bor-Atak sein."

„Ja, und du Ro-Latu."
Der GENAR bestätigte: „So ist es. Kennst du die menschliche Geste des Handreichens und die Bedeutung dahinter?"
Bor-Atak verzog die Lippen zu einem Lächeln: „Sicher. Ich lebe schon länger unter und mit den MENSCHEN."
Wortlos streckte Ro-Latu seinem Gegenüber die rechte Hand hin.
Ohne zu zögern ergriff Bor-Atak diese und drückte sie kräftig: „Ich war ab der ersten Minute damit einverstanden, euch einzubinden. Wir können es uns einfach nicht leisten, eine so fähige Mannschaft und ein so schlagkräftiges Schiff außer Acht zu lassen."
„Ich danke dir", sagte Ro-Latu. „Ich will mit durch das Wurmloch. Ich will die zweite Chance ‚wert' sein."
„Sprich den Admiral an", schlug ihm Bor-Atak vor.
„Ich brauche noch mindestens einen halben Tag für die Reparatur. Erst dann sind wir wieder kampffähig. Mein Schiff hat Beschädigungen im letzten Gefecht davongetragen."
An dieser Stelle des Gespräches hielt es Thomas für an der Zeit, sich einzuschalten: „Ich danke dir für deine Absicht, Ro-Latu. Es macht Sinn, auf die Reparatur deines Schiffes zu warten. Ich gebe Bor-Atak Recht, wenn er sagt, dass wir auf das Top-Schiff der GENAR nicht verzichten sollten. Die ASH HOKA und die vier größten Kugelschiffe. Ich habe ein gutes Gefühl bei unserer Mission. Lasst uns jetzt beraten."

<u>Einen Tag zuvor, 05.05.2152, 12:13 Uhr:</u>

Marcus Sommer, der immer noch im LUNA-XL-Mobil verweilte und sich damit abgefunden hatte, eine kleine bis gar keine Rolle in der Planung des Colonel zu spielen, fiel bald aus dem Fahrersitz, als er direkt vom Colonel angefunkt wurde.
„Hier ist Marcus", funkte er zurück.
„Hör zu Marcus. Du stellst jetzt eine KOM mit unserem Gandhi her und hörst mit."
„Mit dem Major Admiral?"
„Genau dem!"
Marcus war, das musste er zugeben, aufgeregt. Was hatten die da drin entdeckt, was eine sofortige Kontaktaufnahme mit Methin Büvent rechtfertigte? Egal, er war Teil von Maltes Crew und damit sein Befehlsempfänger. Also tat er das, was der Colonel von ihm verlangte.

„Du willst den Major Admiral sprechen, sicher?“, wurde er von Bord der ADMIRAL JONATHAN BAINES gefragt.
„Nicht ich, sondern der Colonel“, korrigierte Marcus. „Ich stelle lediglich die Verbindung her.“
„Okay, dauert einen Augenblick“, kam es von der Verteidigungsplattform.
Kurz darauf sah Marcus in das asketische Gesicht des Oberbefehlshabers der SOL-Streitkräfte.
„Ich stelle durch“, sagte Marcus und Methin nickte.
Marcus sah weiterhin den Major Admiral und von Malte hörte er den Ton.
„Methin, wir haben hier unten große Teile der angeblich von den TRAX zerstörten LUNA-Werft gefunden, dazu ein in Bau befindliches und großes Raumschiff.“
Eine Augenbraue von Methin zog sich in die Höhe: „TRAX?“
Malte bestätigte: „Jede Menge und wir hatten auch schon Feindkontakt, aber jetzt halt dich fest …“
Marcus bekam große Augen. Was mochte das denn sein, wenn bei einem militärischen Bericht der Vorgesetzte aufgefordert wurde, sich festzuhalten? Bisher waren die Neuigkeiten schon aufregend genug, fand Marcus. Auch bei Methin war das aufgefallen, denn die zweite Augenbraue wanderte nach oben: „Aber setzen soll ich mich nicht?“
Marcus grinste. Der Major Admiral hatte bei all seiner Kühlheit und rationalem Verstand eine gewisse Art von unterschwelligem Humor. Das machte den Mann sympathisch.
„Du kannst dich gerne setzen, Methin“, gab Malte zurück. „Du erinnerst dich an unsere Pleite in Sibirien mit dem dritten Wurmloch von RELAISSTATION.“
„Werde ich so schnell nicht vergessen“, gab Methin Büvent zurück.
„Es hat sich aktiviert. Walter Steinbach, seine Partnerin und ein N2-Androide sind durchgegangen und hier innerhalb der Werft herausgekommen!“
„**Nein!**“, entfuhr es Methin.
„Du hättest dich doch setzen sollen“, frohlockte Malte.
„Ich sitze bereits“, gab der Major Admiral trocken zurück.. „Status dieser Einsatzgruppe?“

„Sind seit mehreren Tagen auf sich gestellt, denn der Rückweg ist abgeschnitten. Sie haben ein BONE entdeckt. Nach Aussage des Androiden ist die Partnerin von Walter psychisch stark angeschlagen."
„Habt ihr deren Standort?"
„Nein, das Ganze hier ist ein riesiges Labyrinth. Wir haben mit der Kartographierung angefangen. Aber wir brauchen Unterstützung und ich dachte dabei an Folgendes …"
Marcus hörte staunend mit. Das waren in der Tat heftige Neuigkeiten.

<u>06.05.2152, 09:00 Uhr, MOND, LUNA-Mobil:</u>

„Einsatzgruppe WORMHOLE im Anflug", hörte Marcus.
„LUNA-Mobil hat verstanden", gab er zurück. Marcus hatte in der Nacht ein wenig geschlafen und sich gerade frisch gemacht sowie ein Frühstück zu sich genommen. Er war bereit, egal was der Tag brachte. Kurz nach dem Funkspruch sah Marcus, wie sich eine ganze Schwadron von Alphas in der Nähe des unterirdischen Zugangs zur Landung ansetzte. Daraus strömten eine Menge Marines hervor, mit reichlich Ausrüstung.
„Leiter WORMHOLE ruft Colonel", hörte man im Funk eine weibliche Stimme.
„Guten Morgen Mission WORMHOLE", hörte man den Colonel zurückfunken.
„Wir wären einsatzbereit und stehen am Eingang."
„Wir hätte da erst eine Kleinigkeit zu erledigen", sagte Malte. „Bitte warten!"
„Wir warten!"
Im nächsten Augenblick schlugen die Anzeigen von Marcus LUNA-Mobil aus. Es hatte wieder ein tektonisches Beben gegeben, aber Marcus vermutete etwas anderes. Er behielt Recht, denn Marcus hörte Malte funken: „Das BONE haben wir schon mal in die Luft gejagt. Die TRAX dürften jetzt etwas abgelenkt sein. Zuerst die Drohnen für die Kartographierung, dann die Kampf-Bots. Und los!"
Marcus hatte eine der Kameras seines Gefährts auf den Höhleneingang gerichtet und er sah, wie ein paar Marines dort eine große Kiste abgestellt hatten. Diese öffneten sie jetzt und eine ganze Wolke von Scanner-Drohnen erhob sich daraus und flog in das Labyrinth hinein. Marcus kannte diese Methode der Kartographierung. Die Mini-Drohnen

waren untereinander verbunden und eine KI steuerte diese. Die Messdaten wurden gesammelt und die KI fertigte daraus eine Art Lageplan bzw. ein Holo. Es waren sicherlich ein paar hundert Drohnen an der Aktion beteiligt und die Geräte waren schnell. Ihnen sollte es gelingen, Walter Steinbach & Co. zügig zu finden.
Diese Geräte waren harmlos.
Anders waren die Drohnen, die die Marines anschließend, etwas 15 Minuten später, in die Höhle entließen. Sie waren programmiert auf TRAX und deren Erzeugnisse. Sie würden sofort und kompromisslos angreifen. Die Einsatzgruppe WORMHOLE wartete weitere 15 Minuten, dann stiegen einer nach dem anderen in die Höhle. Sie konnten sich bereits jetzt anhand ihres HUD von den Ergebnissen der Kartographierungsdrohnen leiten lassen. Ziel war nicht nur das Vermessen der Gänge, sondern auch das Auffinden von Walter Steinbach & Co.

Gleiche Zeit, Einsatzgruppe Steinbach:

Walter war informiert worden und er hatte auch mitbekommen, dass Dr. Harry W. Pommerton die Granaten in der Nähe des BONE gezündet hatte. Nun war auch das Versteckspiel zu Ende und man konnte normal funken. Cynthia hatte ein paar Lebenszeichen gezeigt, als ihr Walter mitgeteilt hatte, dass Rettung nahte. Aber Walter machte sich nichts vor. Seine Gefährtin brauchte so schnell wie möglich psychologische Betreuung. Das Ganze war eine Nummer zu heftig gewesen und raus waren sie immer noch nicht. Walter ordnete an, dass Pommerton sich auf einen Angriff vorbereitete. Die TRAX mussten nach der Zerstörung ihres BONE ganz aus dem Häuschen sein. Er nahm Funkkontakt mit dem Colonel auf, aber als dieser dann urplötzlich zusammenbrach, wusste Walter, dass die TRAX noch längst nicht aufgegeben hatten. Schlimmer: Durch den Funkkontakt konnten sie geortet worden sein.
„Pommerton! Wir müssen unsere Stellung wechseln, schnell“, drängte Walter und zog Cynthia hoch.
„Zu dem Schluss bin ich ebenfalls gelangt“, sagte der N2-Droide. „Ich habe festgestellt, dass meine Netz-Verbindung zum Scanner des Colonels getrennt worden ist.“
„Geh vor und beweg dich“, forderte ihn Walter auf.
„Wohin, Sir?“

„Völlig egal. Möglichst viel Raum zu unserem jetzigen Aufenthaltsort. Je mehr Abzweigungen umso besser."
Der Robot schnappte seinen lächerlichen anmutenden Regenschirm, nahm seine Melone und schritt zügig voran. Walter hatte mit Cynthia Probleme, ihm zu folgen. Nach anderthalb Kilometer kamen sie an eine Kreuzung, wo mehrere Gänge aufeinandertrafen. Pommerton winkte und deutete an, dass sie zurückbleiben sollten. Walter lehnte seine Partnerin an eine der Wände: „Stehenbleiben, Cynthia. Nicht weiter!" Er schnappte sich sein Gewehr und schloss zum Robot auf. Der deutete auf den Gang in der Mitte: „Von dort kommen sie – mehrere."
Walter ging mit dem Gewehr im Anschlag in die Hocke. Der Droide hatte ihm mitgeteilt, dass seine Munition aufgebraucht sei. Kaum sah Walter etwas, als seine Waffe schon feuerte. Er schoss blindlinks in den Gang hinein und schien auch zu treffen. Dann kam ein Geschoss dort herausgeflogen und traf Walters Schutzschirm. Das Aggregat gab jaulend seinen Dienst auf und er selbst flog durch die mechanische Wucht weit in den Gang hinein, auch noch an Cynthia vorbei. Fluchend und stöhnend richtete er sich wieder auf.
„Alles in Ordnung, Sir?"
„Mein Schutzfeld ist offline. Ich komme."
Als Walter sich vorsichtig dem Standort seines Androiden näherte, hatte dieser seinen Regenschirm aufgespannt. Und wie Walter vermutet hatte, barg dieser simpel erscheinende Schirm eine weitere Technik. Weit über den Rand des Schirms hinaus prangte ein hellblaues Schutzfeld. Pommerton wehrte damit alle Energieschüsse ab, die in Richtung ihres Ganges abgefeuert wurden. Mehr noch: Aus der Schirmspitze verschoss er recht heftige Phasentorpedos. Mit Entsetzen sah Walter, dass aus allen Gängen TRAX, auch Super-TRAX, stürzten. Pommerton räumte gewaltig unter ihnen auf, aber der Schirm begann zu verblassen. Das Ding musste gewaltige Energien abwehren. Es war eine Frage der Zeit, wann er zusammenbrechen würde. Auch die Phasentorpedos richteten weniger Schaden an. Walter sah, wie Pommerton ein Kabel aus seinem Körper zog und sich damit mit dem Schirm verband. Die alte Leistungsfähigkeit war wieder hergestellt.
„Ich kann das nicht mehr lange halten, Sir. Bitte nach hinten ausweichen. Ich tue hier mein Möglichstes!"
Der N2-Droide opferte sich gerade selbst, denn es war seine Energie, die er jetzt einsetzte. Walter begriff, dass jegliches Zögern unnütz, gar

schädlich sein würde. Er wirbelte herum und nahm im Vorbeigehen Cynthia mit.

Die Einsatzleiterin der Mission WORMHOLE hatte den Ausfall der Kommunikation richtig gedeutet. Auch meldeten ihr die Scan-Drohnen, dass irgendwo kein Weiterkommen war. Sie schickte Trupps von Marines aus, um Kraftfelder zu beseitigen. In den Seitenwänden waren irgendwo Kraftquellen oder Schalteinheiten angebracht. Jedes Team hatte spezielle Scanner dabei.
„Sprengt den Weg für euch und die Drohnen frei“, lautete der Befehl. Die Marines stürmten los.

In der offensichtlichen Zentrale der Werft war Colonel Malte Freiherr von Avenwedde ebenfalls zum gleichen Schluss gekommen: „Milli, hierhin! Irgendwo müssen die Schalteinheiten für den Störfunk und die Kraftfelder sein. Schalte den ganzen Kram ab!“
Die junge Marine riss die Augen auf und zeigte auf die riesigen Schaltwände.
„Muss nicht sofort sein. Gleich reicht auch“, forderte sie der Colonel auf.
Milli machte sich an die Arbeit.

Walter riss Cynthia mit sich. Es steckte kaum noch Lebenswille in dieser sonst so energiegeladenen Frau. Walter war wenig zärtlich dabei, aber die Französin spürte es einfach nicht mehr – sie hatte aufgegeben. Die endlosen Tage im Raumanzug, das ewige Dunkel wurde nur hin und wieder spärlich erhellt – meistens durch Waffenfeuer. Die optische Hilfe ließ alles in Falschfarben erscheinen …
Ihr Verstand schützte sich selbst und driftete ins Irreale ab …
Walter hatte sich und seine Frau noch längst nicht aufgegeben. Solange er lebte, hoffte er auch. Das wäre außerordentlich blöd, so seine Gedanken, wenn sie kurz vor der Rettung noch von den TRAX erwischt würden. Er hetzte durch die unterirdischen Gänge und nahm wahllos ein paar Abzweigungen. Es war egal wohin. Er musste Zeit gewinnen.

„Aber nicht die Selbstzerstörung auslösen“, warnte Malte.
„Genau das ist mein Problem“, gab Milli zurück und der Colonel, der gerade an seinem Wasservorrat des Anzugs nuckelte, verschluckte sich

fast. Er hatte das mehr im Spaß gesagt und dann wurde es plötzlich ernst. Schließlich hatte Milli es geschafft, sich das Labyrinth anzeigen zu lassen. Malte schaute grimmig auf ein Holo, welches in Blau erstrahlte und viele Gänge, aber auch größere Räume zeigte. Dort, wo das Blau durch Rot unterbrochen wurde, musste ein Kraftfeld installiert sein. Milli griff zu ihrem Scanner …

„Da, da", sagte Malte und wies auf einen der roten Punkte. Der war ziemlich weit noch am Ausgang.

Der Punkt verblasste und es blieb Blau übrig.

„Unsere Kameraden haben ein Kraftfeld weggesprengt", stellte die Marine fest.

„Milli, das dauert zu lange. Wir brauchen ewig, bis wir alle weggesprengt haben. Das sind ja Dutzende, nein, Hunderte!"

„Ich weiß, ich weiß. Wenn ich einen Augenblick überlegen dürfte, Colonel?"

Malte hielt den Mund. Es fiel im zwar schwer, aber er nahm an, dass Milli ihr Möglichstes tat. Sie brauchte seine Anfeuerung wirklich nicht. Er besah sich lieber, wie viel der größeren Räume es noch gab. Die Schaltzentrale und die Werfthalle daneben diente ihm da als Referenzobjekt. Es gab noch eine Reihe solch großer Räume. Wenn da überall ein Raumschiff …

Ihm fiel auf, dass Milli an einer der Interfaces herangetreten war und versuchsweise ein paar Schaltungen vornahm. Er wollte gerade nachfragen, als er sich an ihre Bitte erinnerte, doch bitteschön etwas weniger zu stören. Hatte sie zwar so nicht gesagt, war aber bei ihm so angekommen. Also verkniff er sich die Nachfrage und studierte weiterhin das Holo. Im nächsten Augenblick erschrak der Colonel zutiefst, denn Milli hatte einen spitzen Schrei ausgestoßen. Entgeistert schaute Malte auf das Holo: Es erstrahlte im schlichten Blau – ohne diese auch optisch störenden roten Barrieren.

„Das war das Wichtigste", rief er erfreut aus. „Milli, du bist die Beste. Jetzt den Funk!"

Malte hörte einen Seufzer und verkniff sich jedes weitere Wort.

Die Einsatzleiterin Mission WORMHOLE registrierte im gleichen Augenblick, dass Scanner und Kampf-Bots weiterflogen. Es ging voran.

Walter war am Ende seiner Kräfte. Auch wenn seine Partnerin hier nur ein Sechstel wog, der Anzug hatte Gewicht und vor allen Dingen Masse. Diese auszutarieren war gar nicht so einfach und kostete eben das, wovon Walter nichts mehr hatte. Zu allem Überfluss war er in eine Sackgasse hineingerannt. Nein, er hatte es überprüft, am Ende war massiver Fels und kein Holo. Cynthia war neben ihm einfach umgefallen und er setzte sich neben sie. Er schaltete ihre optischen Hilfen aus. Wenigstens wollte er kein Leuchtfeuer für die TRAX abgeben. So hockte er minutenlang und dachte darüber nach, wie sein zukünftiges Leben mit dieser aufregenden Frau hätte aussehen können. Kinder, er hatte nie darüber nachgedacht, Cynthia schon. Ja, das konnte er sich vorstellen und irgendwann vielleicht mal den Enkelkindern auf dem Schoß erzählen, welche Abenteuer er mit Oma überstanden hatte. Wenn sie dieses hier überlebten. Er schüttelte den Kopf. In dieser misslichen Lage waren sie, weil er die gebotene Vorsicht nicht hatte walten lassen, wie man so schön sagte. Nun, wenn sie alle tot waren, konnte ihm niemand mehr einen Vorwurf machen. Aber es würde in den Einsatzprotokollen stehen: Todesursache – unvorsichtig. Leiter: Walter Steinbach. Walter lehnte seinen Kopf an die Felswand. Er hörte das kratzende Geräusch im Innern des Helms. Dann hatte er plötzlich das Gefühl, nicht mehr allein zu sein. Langsam schaltete er die optische Hilfe ein und zuckte zurück: Vor ihnen stand ein Dutzend TRAX. Der erste hob langsam seine Strahlwaffe und Walter tastete nach Cynthia. Er wollte zumindest im engen Kontakt mit ihr sterben. Dann schaltete er die Optik aus. Er wollte ihren Tod nicht kommen sehen.
Walter schloss die Augen.

Ein paar Kilometer weiter riss eine weibliche Marine die Arme hoch: „Störsender ist offline!"
„Ich könnte dich vor Freude in die Luft werfen", rief Malte aus.
„Beförderung reicht, Colonel", sagte die Marine selbstbewusst. „Und zwar nicht vom Boden an die Decke, sondern so hierarchiemäßig."

Walter nahm Cynthia in die Arme und hörte die Frau etwas murmeln. Dann sah er durch die geschlossenen Augen ein paar Blitze. Er erwartete Schmerzen oder so etwas zu spüren, aber nichts dergleichen geschah. Vorsichtig öffnete Walter die Augen und weil es zuvor sehr hell gewesen war, sah er natürlich nichts. Er schimpfte sich einen Trottel, weil er

im Stockdunkeln selbstverständlich nichts sehen konnte und schaltete die optische Hilfe ein. Er sah erst etwas, als er nicht mehr von unten nach oben, sondern vor sich blickte. In verkrümmter Haltung lagen mehr als ein Dutzend TRAX tot auf dem Boden. Bei vielen von ihnen fehlte der halbe oder gleich der ganze Kopf. Walter sah, wie ein Kampfbot durch den Gang verschwand.
Die anschließende Ruhe war gespenstisch. Walter löste sich von Cynthia und kroch zu den TRAX. Er nahm zwei dieser Waffen an sich und fühlte sich gleich viel besser. Er war bereit, weiterzukämpfen.
„Walter, hier ist Malte. Hörst du mich?"
Walter schreckte hoch. Der Funk! Das Funkgerät hatte angesprochen.
„Hier ist Walter. Ich höre dich", flüsterte er matt.
Malte auf der Gegenseite schien den Klang der Stimme richtig einordnen zu können. „Ist einer von euch beiden verletzt?"
„Nein, nein, keine körperlichen Schäden", verneinte Walter.
„Hör zu, Walter. Wir haben vor eurem Standort 100 Kampfbots stationiert. Da kommt kein TRAX durch. Ihr braucht lediglich zu warten, bis wir euch holen. Schafft ihr das?"
Walter warf einen Blick auf seine Partnerin. Cynthia lag verkrümmt auf dem Boden und gab kein Lebenszeichen von sich.
„Müssen wir wohl", sagte er völlig im Ernst.
„Die Trupps sind in spätestens 20 Minuten bei euch und holen euch raus, Walter. Haltet durch!"
„Danke", murmelte Walter. Dann sank er auf die Knie und bewegte sich so zu seiner Partnerin.

Als 20 Minuten später die angekündigten Marines eintrafen, fanden sie die beiden eng umschlungen auf dem Boden liegend vor. Walter konnten sie aufhelfen, aber Cynthia musste getragen werden. Im Laufe des Weges zur Oberfläche hörte Walter immer wieder Kampflärm, aber das halbe Dutzend Marines bei ihnen schafften es, sie aus den Scharmützeln herauszuhalten. Sie erreichten irgendwann, für Walter waren es gefühlte Stunden später, den Ausgang. Man brachte sie zum LUNA-Mobil und Marcus erhielt von Malte den Auftrag, das Paar zur LUNA-Basis zu fahren. Walter schnallte sich am Copilotenplatz an, und als Marcus ihn aufforderte, den Helm abzunehmen, lehnte er ab mit dem Hinweis, dass er seit Tagen in diesem Raumanzug stecken würde.
Marcus verstand.

Cynthia lag im hinteren Teil ebenfalls noch im Raumanzug und war auf einer Pritsche festgeschnallt. Die Vitalwerte waren in Ordnung und so konnte man den Bodentransport verantworten. Walter schlief nahezu übergangslos ein und als das LUNA-Mobil eine Stunde später in den Hangar der Basis einfuhr, hatte Marcus Schwierigkeiten, den Mann zu wecken. Vor dem LUNA-Mobil standen schon medizinische Hilfskräfte und der Leiter der medizinischen Abteilung der Basis, Dr. Samuel Mogabe, ein Afroamerikaner mit hageren 195cm Länge, Glatze und direkter Ansprache, wenn es sein musste.
Er hantierte an der Anzeige des Anzugs von Cynthia, nickte ein paar Mal und ordnete dann an, die Frau in sein Hoheitsgebiet zu transportieren.
Walter trottete hinterher und als sich der schwarze Doktor irritiert nach Walter umsah, sagte ihm Marcus, dass Walter eben zu der Patientin gehörte.
Im Med-Lab angekommen, legte man Cynthia auf eine Pritsche und der Doktor öffnete den Helm. Im nächsten Augenblick fuhr er zurück: „Puhhh!"
Dann sah er sich nach Hilfen um, während er sich Filter in die Nase steckte: „Einmal waschen! So kommt mir niemand in die Stasekiste!"
Walter war aufgestanden und der Doc betrachtete auch ihn: „Du bist ähnlich lange im Raumanzug, was?"
Walter hatte immer noch den Helm auf und nickte.
Doc Mogabe zeigte mit dem Finger auf ihn: „Lass den Helm auf und nimm ihn erst unter einer Dusche ab! Deine Freundin braucht etwa drei Stunden in der Stasekiste. So lange brauchst du hier nicht anwesend sein. Wasch dich und komm zurück, dann kannst du dich hier auf die Pritsche legen und warten. Schwester Annabel, zeig dem Raumfahrer mal, wo er sich duschen kann."
Eine dralle Krankenschwester führte Walter auf Geheiß ihres Chefs mehr oder weniger ab und zeigte ihm einen Krankenraum mit Dusche. Sie wies auf ein paar Sachen, die er anschließend anziehen konnte, dann ließ sie ihn allein. Walter genoss die Dusche und langsam kehrte wieder das Leben in ihn zurück. Seine Sorge galt Cynthia. Wie würde sie psychisch die Sache überstanden haben? Die Stasekiste konnte nur körperliche Schäden heilen. Das waren in diesem Fall völlige Erschöpfung und ein paar blaue Flecken. Bei Phobien und Schockzuständen war die Stasetechnik machtlos.

07.06.2152, 14:30 Uhr, TENDUA-Wurmloch, ASF HOKA, Brücke:

„Laura, ihr wartet hier genau fünf Tage. Bis dahin sollte auch das Schiff unseres Häuptlings wieder überraumfähig sein."
„Machen wir, Thomas. Ich wünsche euch viel Glück, Erfolg bei der Suche und kommt alle heil wieder."
Admiral Thomas Raven winkte in die Optik, dann ließ er abschalten.
„Flottenfrequenz", verlangte er anschließend.
Annika von Sell zeigte ihm an, dass er sprechen könne.
„Hier spricht Admiral Thomas Raven zur Einsatzgruppe NGC 185. Damit gemeint sind die Schiffe ODIN, ATROX, SHIRTAN und HOR-LOK II. Statusabfrage!"
„ODIN is fettich zum Start!"
„ATROX ist bereit!"
„SHIRTAN, alles im grünen Bereich!"
„HOR-LOK II, wir sind bereit!"
„START!"
Thomas nickte Aurelia zu und die Flagg-Captain gab das Kommando.
Die Mission NGC 185 hatte soeben begonnen. Die ASF HOKA setzte sich an die Spitze, die Kugelschiffe verteilten sich um das Flaggschiff herum. Nach 15 Minuten waren die fünf Schiffe so nah am Wurmloch, dass es sich aktivierte. Die Planung sah vor, dass etwa 15 Sekunden vor Erreichen des Ereignishorizontes die KIs das Kommando übernahmen und die Crews ins Koma versetzten. Jeder befand sich an seinem Arbeitsplatz und war festgebunden, die Freischichten lagen bereits auf den Betten oder Pritschen und waren von Droiden festgebunden worden. Die Robots würden sich magnetisch verankern. Alle Schiffe waren gefechtsklar. Die Mannschaften würden aus dem Koma geholt werden, sobald man auf der Gegenseite ankam. Für den Moment der Desorientierung würden die KIs die Schiffe verteidigen und notfalls auch angreifen.
Thomas begab sich in seinen Lage-Raum. Ein Droide wartete bereits auf ihn und schnallte ihn an seinem Sitz fest.
Er würde mit einem isotonischen Getränk in der Hand dort stehen bleiben, bis die KI den Admiral wieder aufweckte.

Kurze Zeit später verschwand die Teilflotte um das Flaggschiff im Ereignishorizont des Zweiwege-Wurmlochs. Lieutenant Admiral Laura Stone seufzte und drehte sich zu ihrem Partner: „Ich hoffe …“
„Tue ich auch“, gab Benicio zurück. „Lass uns jetzt um die weiteren Reparaturen kümmern. In 120 Stunden fliegen wir hier ab.“

10. PHOEBE

09.05.2152, 15:30 Uhr, AGUA, BRAIN-TOWERS:

Die werte Leserschaft erinnert sich vielleicht an das Gespräch zwischen den beiden Frauen Rosa-Samantha Ralen und Anna Svenska zu Beginn des Berichtes. Die älteste Tochter des Admirals kam mit ihrer Arbeit, Reichweitenerhöhung des ÜR-Scanners, nicht weiter, und die Chefin von BRAIN-TOWERS empfahl ihr, zunächst auf ein anderes Feld auszuweichen. Die Präsidentin schlug Rosa-Samantha Ralen vor, sich des violett leuchtenden Materials anzunehmen. Jan Eggert hatte diese Substanz von TÜRKIS geborgen. Die dortigen Ureinwohner hatten dieses im Auftrage der GENAR unterirdisch abbauen müssen. Also, so schloss Jan messerscharf, musste das Zeugs für irgendwas gut sein. Vorsichtshalber hatte er diese Substanz dann mitgebracht und BRAIN-TOWERS übergeben.

Rosa-Samantha hatte zunächst erst einmal feststellen wollen, ob diese Substanz einschließlich dieser merkwürdigen Lichterscheinung für MENSCHEN schädlich ist. Nach x Versuchen mit droidischen Helfern kam heraus, dass dies nicht der Fall war und sie ganz unbesorgt damit umgehen konnte. Dann begann eine wissenschaftliche Grundlagenforschung, woraus das Material bestand. Der Berichtende hat keinerlei Ahnung davon, was diese Frau damit anstellte. Eventuell ist es auch für die Leserschaft nicht besonders interessant, wenden wir uns also dem Ergebnis, beziehungsweise Teilergebnis, zu.

Dr. Rosa-Samantha Ralen hatte die Simulation jetzt ein paar Mal durch ihren Rechner laufen lassen. Mit geringfügigen Änderungen kam sie seit heute früh immer auf das gleiche Ergebnis. War das das fehlende Element gewesen? Dann konnte sie auch verstehen, warum die GENAR das Material haben wollten. Hätten die es für das Gleiche eingesetzt?

Sie wusste es nicht, war ihr aber auch egal. Der Nutzen aus dieser Substanz war immens. Nachdenklich stand sie auf und bemerkte erst dann Einstein, der seinen Kopf an ihrem Bein rieb.
Rosa-Samantha verfügte in ihrem Büro über eine kleine Sitzecke mit Couch. Gemeinsam mit ihrem Kater ging sie dorthin. Sie setzte sich und etwas geistesabwesend nahm sie wahr, dass Einstein anfing zu schnurren, als sie ihn fast unbewusst streichelte. Selbstkritisch dachte sie über ihre Ergebnisse nach. War das alles richtig? Hatte sie in ihren Berechnungen einen Fehler gemacht? Sie wollte sich auf keinen Fall blamieren, auch vor ihrer Freundin Anna nicht. Wen konnte sie fragen? Sie musste mit jemandem darüber sprechen! Sie musste sich kritische Fragen anhören und die ausreichend beantworten können. Jemand musste aus einer anderen Perspektive ihre Arbeit begutachten und bewerten. Wer kam dafür in Frage? Sie dachte nach, wer im Moment verfügbar war und wem sie fachlich das Thema zutraute. Wer war menschlich genug, um nicht alles sofort an die große Glocke zu hängen, falls sie doch einem Gedankenfehler unterlag.
Dann ging ein Lächeln über ihre Züge. Sofort stand sie auf und ging zu ihrem Schreibtisch. Einstein schaute etwas frustriert hinter ihr her, hatte sie doch das Kraulen übergangslos eingestellt. So kannte er seine Sozialpartnerin gar nicht.
Rosa-Samantha wählte eine bestimmte Nummer und eine harte Stimme meldete sich beinahe sofort.
„Alexej, du musst mir bitte helfen."
Es lag mit Sicherheit keine Doppeldeutigkeit vor, als der russischstämmige Wissenschaftler antwortete: „Bei dir oder bei mir?"
Alexej war ein hilfsbereiter MENSCH und gleich doppelt promoviert und das auch in Physik. Das war genau das, beziehungsweise der, den Rosa-Samantha jetzt dringendst brauchte.
„Komm bitte herüber", antwortete Rosa-Samantha.
„Bin schon unterwegs", sagte der Mann und schaltete die Verbindung ab.

Es dauerte gerade mal dreieinhalb Minuten, dann rauschte der Doppeldoktor Alexej Kosanov, Miterfinder des MoKo-Strahlers und des Jumpdämpfers, auf ganzen 163cm Körperlänge in Rosa-Samanthas Wirkungsstätte.

„Was kann ich für dich tun?", fragte er und Rosa-Samantha bewunderte noch das graue und längere Haar, welches sich sehr unsortiert um sein Haupt drapierte. Kosanov entsprach genau dem Klischee des etwa unordentlichen Wissenschaftlers. Allerdings auch dem, dass er genial war.
„Ich möchte nicht, dass ich mich blamiere", eröffnete ihm Rosa-Samantha.
„Aber du doch nicht, Frau Doktor", grinste Alexej etwas schief.
„Bitte lass das Thema zunächst unter uns, ja? Komm setz dich. Ich erzähl dir erst mal davon, dann kannst du es überprüfen."
„Ich bin ganz Ohr!"
In der nächsten halben Stunde berichtete die junge Frau dem immer mehr staunenden Wissenschaftler, welche Entdeckung sie glaubte gemacht zu haben. Alexej verstand auch, bei der Bedeutung dieser Erkenntnis, dass eine weitere Meinung dringend erforderlich war. Er erklärte sich spontan bereit, seine Arbeit fallen zu lassen und der jungen Frau Doktor zu assistieren. Rosa-Samantha fühlte sich geschmeichelt. Der Doppeldoktor gab unumwunden zu, dass er beeindruckt war.
„Das ist aufregend", sagte er schlicht.
Rosa-Samantha schaute auf die Uhr: „Wir können gleich in die Kantine gehen und zunächst etwas essen. Wir könnten dann morgen ..."
„Mädchen, bist du verrückt", fiel Alexej vor Aufregung fast aus der Rolle. „Du glaubst doch wohl nicht, dass ich schlafen kann, bevor ich nicht zumindest einen Teil deiner Forschung gesehen und überprüft habe!"
„Äh ..."
Alexej zeigte mit dem Finger auf die junge Frau: „Du gibst jetzt deinen Rechner für mich frei und ich setze mich daran und versuche, deine Gedankengänge nachzuvollziehen. Dann gehst du in die Kantine und besorgst uns was. Und nicht zu knapp, kann eine lange Nacht werden."
Im Grunde war Samantha-Rose erfreut, dass der Doppeldoktor ihre Arbeit so ernst nahm, dass er seine eigene vernachlässigte, ebenso wie den üblichen Feierabend. Sie war einverstanden, gab den Rechner für Alexej frei und verließ ihre Wirkungsstätte. Einstein, einigermaßen irritiert, trottete neben ihr her.
Es dauerte eine gute halbe Stunde, dann kam sie mit einem Servierwagen zurück. Das Teil war voll beladen mit Speisen und Getränken. Alexej war so in den Rechner vertieft, dass er die Rückkehr von Rosa-Samantha überhaupt nicht bemerkte. Die junge Frau stellte eine Schale

replizierten Hühnerfleisches und eine Schüssel Wasser auf den Boden und für Einstein war dessen kleine und überschaubare Welt wieder in Ordnung. Er machte sich über das Fressen her, schlabberte das Wasser und rollte sich dann auf der Couch zusammen. Für ihn war heute erst einmal, falls nichts Besonderes passierte: ‚Ende mit allen und allem'.
Rosa-Samantha stellte ein Glas Fruchtsaft deutlich hörbar neben Alexej auf den Schreibtisch.
Der Doppeldoktor zuckte zusammen und schaute hoch: „Ach du bist schon zurück?"
Rosa-Samantha lächelte: „Es ist eine Dreiviertelstunde her, Alexej."
„Echt jetzt? Ich habe die Zeit völlig vergessen." Alexej zeigte auf den Bildschirm: „Wenn das da sich als richtig erweist, schlage ich dich für den Rang ‚Professorin' vor. Das ist unglaublich ..."
„Überprüf das erst einmal, bevor du mich irgendwohin beförderst", lachte Rosa-Samantha.
Alexej sah sie seltsam an: „Du bist ein Prachtmädchen, Rosa-Samantha. Das, was ich bisher gelesen und nachvollzogen habe, weist in die richtige Richtung."
Sie arbeiteten die ganze Nacht. Der Servierwagen wurde leerer und leerer und Einstein schlief durch.
Alexej wurde immer aufgekratzter und stellte Frage um Frage.
Rosa-Samantha beantwortete alle zu seiner Zufriedenheit und wurde dabei immer müder und müder. Schließlich setzte sie sich neben Einstein und als Alexej noch einmal hinsah, lag sie neben dem Kater und schlief.
Alexej seufzte: Den Rest konnte er allein überprüfen. So eine Frau und kein Partner. Er konnte es nicht verstehen. Die Jungs müssten eigentlich Schlange stehen.

<u>07:30 Uhr:</u>

„Rosa, Rosa, aufwachen!"
Im Gegensatz zu seinem Frauchen hob Einstein zuerst seinen Kopf. Den Doppeldoktor hatte er als Mitbewohner dieser Wirkungsstätte akzeptiert. Das Verhalten von Rosa-Samantha hatte ihn dazu veranlasst. Deswegen unternahm er auch nichts, um sie zu verteidigen.

Schließlich bekam die junge Frau die Augen auf. Sie fand mühsam in die Wirklichkeit zurück und hätte beim besten Willen nicht gedacht, dass Alexejs Haar noch unordentlicher als am Vorabend sein konnte. War es aber.
Der Doppeldoktor bemerkte ihren Blick.
„Ich bin's, Alexej. Leider nicht der Prinz, der dich wachküsst."
Rosa-Samantha lächelte verlegen und richtete sich auf: „Hast du die ganze Nacht hier …?"
„Ja", sagte Alexej und schien kein bisschen müde. „Ich bestätige dir hiermit ganz offiziell deine Theorie. Sollte etwas falsch daran sein, teilen wir die Schmach. Solltest du Recht haben, ist es dein Erfolg!"
Rosa-Samantha war übergangslos wach. Das waren gute Neuigkeiten.
„Ich schlage vor, wir machen uns frisch, treffen uns in einer Stunde in der Kantine, frühstücken ausgiebig und gehen dann zu Anna."
Rosa-Samantha wollte gerade Antwort geben, als Einstein sich auf der Couch streckte und dann heruntersprang. Alexej sah dem Kater hinterher, als er durch die selbstöffnende Tür den Raum verließ.
„Was, äh …?"
„Morgengeschäfte", informierte ihn Rosa-Samantha. „Wir haben für Einstein eine spezielle Katzenklappe im Foyer eingebaut. Er verlässt jeden Morgen BRAIN-TOWERS und ich sehe ihn erst in der Kantine zum Frühstück wieder – oder zum Mittagessen, je nach Tagesform."
„Ein interessantes Tier", sagte Alexej.
„Nach seinem Einsatz beim KRATAK-Überfall ist Einstein mehr für mich", sagte Rosa-Samantha.
„Ein guter Freund?", fragte Alexej.
„Ein sehr guter Freund und ein Familienmitglied", gab Rosa-Samantha zurück. „Dein Vorschlag ist gut. In einer Stunde in der Kantine, danach zu Anna."

10.05.2152, 10:10 Uhr, AGUA, BRAIN-TOWERS,
Büro Dr. Anna Svenska:

„Dürfen wir reinkommen?"
Anna schaute hoch, als sie die Stimme ihrer Freundin hörte.
„Rein mit euch Dreien!"

Neben Dr. Dr. Alexej Kosanov und Dr. Rosa-Samantha betrat, ganz selbstverständlich, auch der Maine-Coon-Kater das Büro der Präsidentin.
Anna sah auf das etwas müde aber sehr zufrieden wirkende Gesicht des Doppeldoktors.
„Irgendwas oder wer flüstert mir gerade, dass ich gleich vom Stuhl fallen werde", ahnte Anna.
Alexej wies mit dem Finger auf sie: „Du solltest den Boden um deinen Stuhl herum abpolstern lassen."
Anna lächelte. Die Konstellation Alexej und Rosa-Samantha (Einstein zählte in diesem Falle nicht) war nicht so häufig, garantierte aber Bahnbrechendes.
„Zunächst Folgendes", erklärte Alexej, damit Anna das richtig einordnen konnte. „Ich selbst habe mit der Sache nur so viel zu tun, dass ich die Arbeitsergebnisse von Frau Doktor hier überprüft habe. Mir scheint alles richtig und da es ihre Idee und ihre Arbeit ist, soll sie dir selbst berichten."
Anna sah Rosa-Samantha an und zog eine Augenbraue in die Höhe: „Das violette Zeugs von Jan?"
Rosa-Samantha bestätigte: „Das violette Zeugs von Jan. Genau darum geht es."
Anna stand auf und deutete Richtung ihrer Besuchercouch: „Ich denke, das könnte dauern. Setzen wir uns bequem hin und dann berichte."
Sie setzten sich und Anna orderte in der Kantine drei Tassen und eine große Kanne Tee.
Dann begann Rosa-Samantha Ralen zu berichten.
„Zugrunde liegen die Erkenntnisse von Professorin Chandrakanta Yadav zum Thema Wurmlöcher, die einen wesentlichen Teil dabei ausmachen, aber auch die Forschungsergebnisse von unserem Alexej hier zum Thema Strahlungen."
Anna nickte. Das war so weit normal. Kein Wissenschaftler fing bei null an.
„Ich bezeichne das violette Zeugs als Stabilisator, als ÜRS, als Überraumstabilisator."
Rosa-Samanthas Augen leuchteten und Anna war sehr gespannt, was es damit auf sich hatte: „Was, Rosi, kann man damit machen?"
Anna nannte in letzter Zeit die junge Wissenschaftlerin immer häufiger Rosi. Nun, die Freundschaft der beiden Frauen war kein Geheimnis.

„Wir werden in der Lage sein, ein stabiles Wurmloch geringer Größe über eine nicht zu weite Entfernung zu etablieren."
Nun war es heraus und der Chefin des Hauses stand der Mund weit auf: „Wie groß?"
„Es dürfte so groß sein, wie die Wurmlöcher, die in RELAISSTATION existieren. Also etwa sechs Meter im Durchmesser. Wir brauchen lediglich eine Energiequelle für jeden der Ein- oder Ausgänge."
„Wie viel Energie?", fragte Anna, denn das war in den meisten Fällen die Schwierigkeit. Rosa-Samantha nannte einen Wert, die man für einen größeren Replikator benötigen würde.
„Das ist kein Problem", stellte Anna fest.
Dann, es wussten beide, kam die entscheidende Frage: „Wie weit?"
„Das müssten Versuche am tatsächlichen Modell erbringen", wich Rosa-Samantha etwas aus.
„Wie weit schätzt du?", wollte Anna ihre Freundin nicht aus der Verantwortung lassen.
„Das habe ich mal berechnet", sagte Alexej. „Es dürfte kein Problem sein, Entfernungen innerhalb eines Sonnensystems zu überbrücken. Wir sind weit davon entfernt, so etwas wie die Wurmlöcher bei RELAISSTATION nachzubauen. Aber ich denke doch, dass es eine wesentliche Hilfe ist, auch wenn das Material vielleicht nur für ein Dutzend dieser Einrichtungen reicht. Wie Rosa schon sagte, ist es ein Stabilisator. Es verbraucht sich nicht. Dennoch sollten wir alles daransetzen, dieses Material in größeren Mengen zu finden."
Anna sah Rosa-Samantha an und diese zuckte mit den Schultern: „Militärisch lässt es sich nicht wirklich verwenden. Vielleicht könnte man …"
„Was?", entfuhr es Anna. „Nicht im militärischen Bereich verwenden? Mir fallen da gleich ein paar Lösungen ein: Transport von Schiff zu Schiff, Rettungsweg, Transport von AGUA zu Mond DREI. Die Werften untereinander, Materialtransporte aller Art. Selbst wenn das nur innerhalb eines Sonnensystems gehen würde, ist deine Arbeit eine Sensation, Rosi. Ich bin begeistert. Das muss gefeiert werden. Da werde ich zum Eggert vor Freude. Sag, was brauchst du an Material und Hilfen, damit deine Versuche beginnen können. Mach in Ruhe eine Liste! Vielleicht sollten wir jetzt erst einmal zu Tisch gehen und wir sprechen die Möglichkeiten noch einmal durch. Vielleicht fällt uns noch mehr dazu ein."

Anna war Feuer und Flamme und je mehr sie darüber nachdachte, desto zahlreicher wurden die Einsatzmöglichkeiten. Man brauchte nur jeweils zwei davon, also Zu- bzw. Abgang und konnte ohne Zeitverlust Entfernungen innerhalb eines Sonnensystems zurücklegen? Das war gigantisch und deswegen war Rosis Entdeckung/Erfindung einfach der Hit.
„Wir sollten jetzt in die Kantine. Alexej, was …"
Der Blick beider Frauen fiel auf den Mann in ihrer Mitte. Das ergraute Haupt war nach hinten gefallen und der Wissenschaftler schlief.
„Er hat durchgearbeitet heute Nacht", sagte Rosa-Samantha entschuldigend.
„Fass an", sagte Anna und gemeinsam drehten sie den schmächtigen Mann so, dass er bequem auf der Couch liegen konnte. Alexej wachte nicht einmal auf.
„Lass in ruhen. Wir gehen", beschloss Anna.

Von der Chronologie der Ereignisse müssen wir an dieser Stelle fünf Tage zurückgehen.

05.05.2152, 22:30 Uhr, irgendwo in NGC 185:

„Nein, Sir. Nicht mehr als diesen Liter. Zunächst wirken lassen, dann eventuell, bei Bedarf, mehr", wehrte der N2-Droide den Wunsch von Piet Muller ab, der das Wort ‚mehr' herausgekrächzt und verlangend eine Hand ausgestreckt hatte. Der Durst war höllisch. Die Zeit, die sie in irgendeinem Zwischenraum gehangen hatten, musste größer sein als beim bekannten Galaxiswurmloch MILCHSTRASSE / BLACK-EYE.
„Wie lange waren wir darin?", fragte er rau.
„Etwas über 51 Stunden, Sir."
Piet schwindelte es. Er nahm wahr, dass Lisa-Ann neben ihm noch an ihrer Trinkflasche nuckelte. Sie waren über zwei volle Tage zwischen dem Wurmloch im TENDUA-System/BLACK EYE bis nach hier in der NGC 185-Galaxis unterwegs gewesen. Kein Wunder, dass er vor Durst fast umgekommen wäre. Bei erneuten Transporten mussten sie unbedingt vorher Wasser trinken, und zwar bis Oberkante Unterlippe. Doch dann stutzte Piet. Sie waren ganz klar nicht an Bord einer Sphäre. Er hörte auch das typische leichte Singen des Antriebs nicht, von den leichten Vibrationen ganz zu schweigen. Er sah sich um, und was er

sah, gefiel ihm nicht unbedingt. Sie befanden sich an Bord, ganz klar, einer Alpha. Aber zahlreiche Beschädigungen wiesen darauf hin, dass so einige Defekte vorliegen mussten. Er wartete geduldig ab, bis auch Lisa-Ann die ablehnenden Worte ihres Androiden hörte, als sie mehr von dem isotonischen Getränk verlangte.

„Wir sind nicht an Bord einer Sphäre, wie wir es angeordnet hatten“, hörte er seine Liebste sagen. „Ich wünsche einen Bericht deswegen.“

„Einer von uns“, berichtete der N2-Droide, „hatte schon die Alpha startklar gemacht, als euer Befehl kam. Unsere Berechnungen hatten nämlich ergeben, dass die Schutzschirme einer Sphäre nicht stark genug seien, um im Innern einer Dreadnought zu überstehen. Da wir in der Kürze der Zeit das Thema nicht ausdiskutieren wollten und konnten, warteten wir euer Koma ab und handelten dann.“

In Anbetracht der Tatsache, dass die drei Androiden wahrscheinlich ihr Leben und das ihres Freundes gerettet hatten, wollte Lisa-Ann nicht ganz so streng sein – verständlich.

„Okay, was passierte dann?“

„Die Dreadnought wurde erwartungsgemäß von den Gezeitenkräften zerrissen und die Schutzschirme unserer Alpha auf etwa 68% belastet“, berichtete der N2 weiter.

Lisa-Ann schluckte. Das hätte die Sphäre tatsächlich nicht ausgehalten.

„Die Explosion der PHOEBE fand erst statt, als das Wurmloch uns hier in NGC 185 aus dem Transport holte“, berichtete der Robot weiter. Wir nutzten diesen Umstand als Tarnung, sonst hätten wir auch das nicht überstanden. Dazu schalteten wir frühzeitig den Schutzschirm aus und glitten mit der Explosionswolke aus dem gut vom Feind abgesicherten Bereich um das Wurmloch heraus. Erst als eine der feindlichen Einheiten uns zu Untersuchungszwecken zunahe kam, schalteten wir ihn wieder ein und flohen. Wir bekamen dabei ein paar Treffer ab, bevor wir in den Überraum eintauchen konnten. Die Beschädigungen an der Alpha sind irreparabel. Mit Mühe gelang es uns, einen Sauerstoffplaneten zu finden und hier notzulanden.“

Lisa-Ann sah aus der durchsichtigen Kommandokanzel heraus.

Sie sah nichts.

„Wir sind auf der Nachtseite“, erklärte der Robot, der den suchenden Blick von Lisa-Ann gesehen und richtig gedeutet hatte.

„Sonnenaufgang ist um 04:45 Uhr, also in etwa sechs Stunden.“

„Was wissen wir über unseren Landeort?“

„Wir sind dicht am Äquator, zurzeit sind es draußen 38,5 Grad Celsius und die Schwerkraft liegt bei 77% des Normalen. Die Luft ist atembar mit 23% Sauerstoff. Ansonsten sind viele Geräte defekt, die wir für Messungen brauchen."
„Wie sieht es draußen aus? Tierwelt? Fauna?"
Der Androide bedauerte. Er wusste es nicht.
Lisa-Ann hakte bei den Defekten ein: „Status der Alpha!"
„Triebwerke defekt, Schutzschirme noch mit 20% belastbar, Energieerzeugung offline, lediglich Restenergie, Sonnenkollektoren können benutzt werden und sind funktional. Sämtliche Replikatoren sind offline, ebenso die Hilfs-Staseeinheit, sowie die KI."
„Wahrscheinlich ist der ÜL-Funk auch defekt", vermutete Lisa-Ann.
„Nein, der funktioniert", korrigierte der N2.
„Wunderbar", sagte Lisa-Ann, aber Piet dämmerte es, wo der Haken an der Sache war.
„Wen wollen wir kontaktieren in NGC 185?", fragte der N2.
„Oder anders gesprochen", grätschte Piet dazwischen, „wen wollen wir auf uns aufmerksam machen?"
„Mist", entfuhr es Lisa-Ann.
„Sind wir hier sicher? Wie weit sind wir vom Wurmloch entfernt?"
„Wir haben nicht das erste und nicht das zweite, sondern das dritte System gewählt, von der Entfernung", gab der Androide bekannt.
„Und dort sind wir jetzt?"
„Ja, etwa 37 Lichtjahre vom Wurmloch entfernt. Wir detektierten hier 24 Planeten und drei davon haben eine Sauerstoffatmosphäre."
„Und wir sind auf dem, der die günstigsten Bedingungen hat?", vermutete Piet.
„Nein, der nächste, etwas weiter von der Sonne entfernte Planet, wäre der günstigere gewesen. Wir wollten nicht …"
Piet stöhnte und winkte ab: „Okay, Tarnung ist alles. Daher auch 38,5 Grad mitten in der Nacht. Ich will nicht wissen, wie heiß es tagsüber wird."
Danach war Schweigen.
„Piet?"
„Ja, Lisa-Ann."
„Wir brauchen einen Plan."
„Am besten gleich zwei oder drei", seufzte Piet.

„Wir müssen ungefähr abschätzen, wann man nach uns sieht", folgerte die Captain der untergegangenen Dreadnought. „Dann müssen wir den Notruf einschalten und uns so weit von hier entfernen, wie es gerade geht."
„Wäre schön, wenn man uns sucht", schränkte Piet ein. „Und was die Entfernung zur Alpha angeht, wüsste ich zunächst gern, mit was ich mich da draußen anfreunden muss. Außerdem bin ich müde."
„Lass uns ruhen, und wenn es hell wird, sehen wir weiter", entschied Lisa-Ann.
Piet sprach den Androiden an, der ihm am nächsten stand: „Weck mich, wenn es draußen hell ist."
„Verstanden, Sir!"
Piet klappte die Rückenlehne nach hinten und fiel in einen unruhigen Schlaf. Er träumte von einem verlustreichen Raumkampf – neben einer Notlandung auf einem Planeten, wo es von grotesken und gefährlichen Tieren nur so wimmelte.

06.05.2152, 07:35 Uhr:

„Es wäre dann hell, Sir. Bitte aufwachen!"
Der Robot musste den Satz mehrfach wiederholen, bis er den gewünschten Erfolg hatte. Piet räkelte sich im Sitz und richtete sich und die Rückenlehne schließlich auf.
„Schon sehr hell, oder?"
„Ja, Sir, aber …"
Piet hatte bemerkt, dass die Kommandobrücke der Alpha über die durchsichtige Kanzel mit Licht geradezu überflutet war. Dann jedoch bemerkte er, was den Robot hatte zögern lassen: Die Sicht war gleich null. Sie befanden sich mitten im Nebel, Jan hätte dazu gesagt: Waschküche extrem.
„Mir ist heiß", sagte plötzlich Lisa-Ann. Auch sie rappelte sich mit der Rückenlehne hoch und starrte frustriert nach draußen: „Nebel?"
„Ich errechne 99,7% Wahrscheinlichkeit für diese Vermutung", sagte der Androide.
„Aha!"
„Ich gehe mal raus und versuche von dort etwas zu erkennen", schlug Piet vor.

„Raumanzug autark und bewaffnet“, sagte Lisa-Ann und ließ damit erkennen, dass sie mit Piets Vorgehensweise einverstanden war.
„Soll nicht lieber einer von uns gehen?“, fragte der Androide.
„Früher oder später müssen wir selbst raus“, gab Piet zurück und da Lisa-Ann nichts mehr dazu sagte, richtete er sich auf. Jetzt bemerkte er ebenfalls, dass ihm der Schweiß schon auf der Stirn stand.
„Seil dich an, Piet! Ich möchte, dass du zur Alpha zurückfindest.“
„Okay.“
Im Grunde fand er diese Sicherheitsmaßnahme etwas übertrieben, aber selbstverständlich würde er dieser Anordnung nachkommen. Piet konnte gut zwischen persönlichen und dienstlichen Angelegenheiten unterscheiden. Seine Freundin war Chefin hier an Bord und er hatte Anordnungen zu akzeptieren. Das hieß nicht, dass er alles kritiklos und ohne Gegenargumente akzeptieren musste, aber das musste niemand in der Flotte und hatte mit ihrem Beziehungsstatus nichts zu tun. Er suchte sich eine Etage tiefer einen Raumanzug heraus, befestigte eine Seilrolle mit 100 Meter dünnem Stahlseil daran und hängte sich ein Phasengewehr über. Eine Handwaffe steckte er sich in das außenliegende Holster. Anschließend ging er zur Schleuse.
„Ich bin soweit!“
Die Ansage beinhaltete eine Information an Lisa-Ann und war auch eine Funkkontrolle.
„Okay, sei vorsichtig.“
Piet drückte auf den Schalter und die innere Schleusentür öffnete sich. Er ging hinein und diese Tür schloss sich. Sorgfältig befestigte er das Seil an einer entsprechenden Öse innerhalb des Schleusenraums. Dann berührte er den Schalter für das Außenschott. Das Schott glitt langsam auf und eine kurze Gangway schob sich heraus.
Hier war die Sicht auch nicht besser, stellte er fest.
Er schritt über den metallenen Steg nach draußen. Zusätzlich zur schlechten Sicht schlug sich Wasser auf seinem Helm nieder. Eine Möglichkeit wäre, den Schutzschirm einzuschalten, aber dann stünde er womöglich in einer Säule aus Wasserdampf. Schließlich stand es ihm eher zu, Energie zu sparen. Dabei fiel ihm etwas ein: „Lisa, das Sonnenpaneel?“
„Oh, ja. Danke für den Hinweis. Ich schalte die Anlage ein.“
Die Alpha fuhr jetzt nicht im klassischen Sinne ganze Paneele aus, nein, sie wandelte einen Teil ihrer Oberfläche in entsprechende Sonnenkol-

lektoren um. Normalerweise hätte die KI beim Ausfall der Hauptenergie die Kollektoren einschalten müssen, aber da diese offline war, hatten sie jetzt selbst handeln müssen. Man musste sich daran erst gewöhnen, auch die im Hintergrund ablaufenden Aufgaben der KI zu übernehmen.
Piet sah sich um und ging ein paar Meter. Der Erfolg war, als er sich um 180 Grad drehte, dass er sein Seil im Nebel verschwinden sah. Die Alpha schien wie vom Erdboden verschluckt. Jetzt fand er die Idee mit dem Seil nicht mehr so übertrieben.
„Sonnenkollektoren laufen mit 83% ihrer Kapazität“, meldete Lisa-Ann.
„In Anbetracht des Nebels ist das schon ganz gut“, funkte Piet zurück.
„Was sagt dein Anzug?“
Piet schaute auf seinen Arm: „Frische 44 Grad Celsius, Luftfeuchtigkeit relativ bei 99%, Atmosphäre so, dass ich den Helm abnehmen kann – keine toxischen Verbindungen.“
„Willst du es versuchen?“
„Ich mach’s!“
Piet öffnete die Verschlüsse und nahm den Helm ab.
„Uff!“
„Was ist?“, fragte Lisa-Ann alarmiert.
„Sauna direkt nach dem Aufguss. Ich setz das Ding lieber wieder auf, sonst läuft mir der Anzug voll!“
Piet setzte sich das Gerät wieder auf und hatte dann die Schwierigkeit, dass der Helm auch von innen nass war. Er fluchte innerlich. Irgendwie war das nicht ihr Tag – oder ihre Woche? An einen ganzen Monat wollte er erst gar nicht denken. Sie steckten schon wieder bis zum Hals im Schlamassel. Diese Rettungsaktion war alles, aber nicht nötig und erfolgreich waren sie auch nicht gewesen.
„Wie ist die Bodenbeschaffenheit?“
Piet sah nach unten und tatsächlich musste er sich bücken, weil seine Stiefel irgendwo im eintönigen Grau verschwanden: „Felsig mit spärlicher Botanik.“
Er richtete sich auf und ging vorsichtig weiter. Er ging weiter und weiter, mit der Sicherheit des Seils im Hintergrund und er war nicht vorsichtig genug. Urplötzlich rutschten seine Füße weg und er stürzte – hinein in – wohin eigentlich? Er stieß einen erstickten Schrei aus.
„**WAS IST?**“, fragte Lisa-Ann panisch.

Piet hatte keine Zeit zu antworten. Das Seil rettete ihn. Selbst innerhalb der Rolle war eine kleine Automatik verbaut. Diese errechnete aufgrund der Ablaufgeschwindigkeit, dass kein Mensch so schnell rennen konnte, also bremste sie das Seil ab. Nicht abrupt, sondern schnell stärker werdend. Die Belastung für Piet war immer noch hoch, aber dann baumelte er stöhnend am Seil. Über dem Abgrund? Oder waren das nur noch 50cm bis zum Boden? Piet hatte schon gleich nach seinem Ausstieg die optischen Hilfen des Anzuges eingeschaltet. Aber wärmetechnisch wurde ihm außer Schlieren nichts angezeigt und die anderen Funktionsweisen prallten an der Wasserwand ebenfalls ab – jedenfalls die des Anzuges.
„Ich bin abgestürzt“, gab Piet über Funk durch, als Lisa-Ann noch mal nachfragte. „Ich hänge am Seil und weiß nicht, wie tief es unter mir ist.“
Lisa-Ann seufzte: „Komm zurück. Für den Augenblick reicht es. Ich schicke dir einen Robot.“
Piet blieb nichts anderes übrig, als am Seil hängend zu warten. Nun muss man wissen, dass das alles andere als bequem ist. Die Trommel war seitlich befestigt, also hing er waagerecht und seitlich nach unten. Gelegentlich schlug er an der Felswand an. Dazu kam jetzt ein leichter Bergaufwind, der seine Lage nicht unbedingt besser machte.
Und dann kam auch noch die fauchende Stimme seiner Liebsten: „Ich glaube, du musst dein Offizierspatent zurückgeben!“
„Äh, wieso?“
„Wer ist so schusselig und befestigt das Seil innerhalb der Schleuse? Kannst du mir mal sagen, wie ich jetzt jemanden nach draußen schicken soll? Überbrücken wäre eine Möglichkeit, wobei du weißt, dass das nur in absoluten Notfällen oder auf akzeptierten Planeten sowie Landedecks der Fall sein darf. **Ich könnte auch das Dach der Kommandokanzel absprengen!**“
Piet biss die Lippen zusammen. Lieschen hatte Recht und sie war sauer.
„Sieh zu, dass du alleine wieder hierhin kommst!“
Das hatte Piet jetzt auch schon begriffen. Leider war das nicht so einfach. Das Seil, an dem er hing, war sehr dünn. Seine Handschuhe hatten zwar den richtigen Grip, aber mit dem Festhalten war das so eine Sache. Die geringere Schwerkraft von etwa 0,7 G half dabei. Piet stellte sich ein Ungeheuer vor, welches ihn von unten angriff. Als er begriff, dass die Annahme gar nicht so abwegig war, ging es schneller.

Eine Herausforderung war noch einmal die Stelle, an der er abgestürzt war. Der Felsen war hier brüchig und gab immer wieder nach. Schließlich hatte er es geschafft und blieb heftig atmend einen Augenblick auf dem Boden liegen.
„Wo bleibst du?“
Lisa-Ann Stimme klang etwas besorgt und er raffte sich hoch.
„Hast du an die Außenwand geklopft?“
So schnell hatte Piet sein Phasengewehr noch nie vom Rücken in den Anschlag gebracht: „Habe ich nicht!“
„Sei vorsichtig. Ich kann nichts sehen und die optischen Hilfen und sonstigen Scanner der Alpha sind offline.“
„Okay, ich bin vorsichtig“, gab Piet leise zurück. Mit einer Hand stellte er die Seiltrommel auf ‚Aufrollen‘. Sanft wurde er in Richtung der Alpha gezogen. Diese Aufrollautomatik war aber nur schwach und reichte gerade mal, um ihm die Richtung aufzuzeigen. Piet ging und ging. Seine Nerven waren zum Zerreißen gespannt und er sah – nichts. War er nicht eben noch in eine andere Richtung gelaufen? Was ist, wenn ihn jemand mit dem Seil narrte und ganz woanders hinzog? Piet schaltete seine Außenmikrofone auf Maximum. Nun hörte er seine eigenen Schrittgeräusche recht laut. Das war auch nicht optimal, aber er tat zwei Schritte, dann blieb er stehen und lauschte.
Nichts …
Wieder zwei Schritte und lauschen.
Nichts …
Piets Herz klopfte ihm bis zum Hals und eine kleine rote Lampe auf seinem HUD teilte ihm mit, dass sein Herzschlag eine ungesunde Häufigkeit erreicht hatte.
Aber das wusste er selbst. Jeden Augenblick konnte etwas vor ihm auftauchen und ihn bedrohen. Das machte seine Verfassung nicht besser. Dann hörte er ein leises aber tiefes Brüllen. Er beschloss spontan auf die Pausen zwischen den Schritten zu verzichten. Er ging noch ein paar Meter und hielt das Gewehr dabei im Anschlag.
„Piet! Wo bleibst du?“
Ihre Stimme klang jetzt mehr besorgt als ärgerlich. Als Partner fand er das schon besser.
„Ich bin gleich da!“
Offen blieb die Frage, woher er das wissen wollte. Er wollte es so – Punkt.

Dann sah er etwas Riesiges vor sich auftauchen. Er riss das Gewehr hoch – es war die Alpha.
„Ich bin da“, sagte er erleichtert und fand die Gangway.
„Bummel nicht, da ist was“, hörte er die Aufforderung seiner Freundin.
Piet sah sich kurz um, dann betrat er die Gangway.
In diesem Augenblick hörte er über die auf Maximum eingestellten Mikros ein infernalisches Brüllen. Er stolperte und im Fallen warf er sich nach vorn. Seine Hand fand wie von selbst den Buzzer für das Verschließen des Außenschotts, bevor er der Länge nach auf den Bauch fiel. Er warf sich auf den Rücken und hielt das Gewehr in Richtung schließendes Schott. Im letzten Augenblick, bevor sich das Gerät vollständig schloss, sah er etwas Großes und Dunkles. Das Schott war gerade zu, als die Alpha einen kräftigen Schlag erhielt, so dass die gesamte Zelle dröhnte.
„**Bist du drin? Bist du drin?**“, hörte Piet die panischen Rufe seiner Freundin.
„Ich bin unverletzt an Bord, Schleuse ist zu“, sagte er schwer atmend.
Das musste ein Dinosaurier gewesen sein – oder etwas Ähnliches, und er war dort draußen ganz allein rumgeturnt! Ihm wurde beinahe schlecht. Er riss sich den Helm vom Kopf und drückte auf den Buzzer für die Innentür. Wenige Augenblicke später stand er auf der Brücke. Von dort war immer noch nichts zu sehen.
„Ich gehe da erst wieder raus, wenn ich was sehen kann“, sagte er bestimmt.
„Vorher bekommst du auch keine Genehmigung“, sagte seine vorgesetzte Freundin.
Piet pellte sich aus dem Raumanzug und überprüfte ihn. Sie hatten Glück, der Sturz hatte ihn nicht beschädigt. Selbstverständlich gab es ausreichend Ersatzgeräte, aber niemand von ihnen wusste, wie lange sie hier auf sich selbst gestellt waren.
Die Stunden zogen sich dahin und Lisa-Ann und Piet legten ein Frühstück ein. Danach war draußen immer noch nichts zu sehen.
„Ob das hier der Normalzustand ist?“, fragte Lisa-Ann.
„Ich habe keine Ahnung“, gab Piet zu. „Irgendwann sollte sich der Nebel ja mal heben.“
„Okay wir warten. Was haben wir vor?“
Piet zuckte mit den Achseln: „Ich denke, wir haben nur einen Versuch mit unserem ÜL-Funk. Wir müssten möglichst genau herausfinden,

wann ein Rettungstrupp in NGC 185 auftaucht. Glaubst du, dass überhaupt einer kommt?“
Lisa-Ann richtete sich in ihrem Sitz auf. Das Thema war ihr sehr unangenehm: „Ich denke, mein Vater wird kein weiteres Schiff gefährden wollen. Die Wahrscheinlichkeit, dass wir nicht überlebt haben, ist sehr groß – fast sicher. Auch die anderen Schiffe unserer Flotte werden bemerkt haben, dass die PHOEBE in diesem Zustand den Durchgang nicht überstehen konnte. Laura wird das persönlich meinem Dad mitgeteilt haben, wie ich sie kenne.“
„Dann wird niemand nach uns suchen?“
Lisa-Ann schüttelte den Kopf: „Das habe ich nicht gesagt. Man wird den Admiral drängen, seinem eigenen Leitbild nicht untreu zu werden. Er muss eine Rettungsmission starten, ansonsten verliert er sein Gesicht und die gesamte Flotte wäre in ihrem Ansehen beschädigt.“
„Wir lassen niemanden zurück, oder?“
„So wird es sein, Piet. Dieser Grundsatz ist gerade für Leute wie uns gedacht, die in einer solch beschissenen Situation stecken. Sie sollen den Mut nicht verlieren und an ihrer eigenen Rettung mitarbeiten. Zunächst brauchen wir eine Abschätzung, wann wir mit ihnen rechnen können. Nach Bordzeit haben wir den 06.05. und 12:44 Uhr. Wir sind am 03.05. ziemlich früh von der BE-Bildfläche verschwunden. Ich …“
Piet hob einen Arm: „Moment, jetzt wird es kompliziert. Ich schreibe das mal auf.“ Der Mann nahm sich ein Pad und notierte die Gedanken seiner Freundin.
„Okay, kann ich weitermachen?“
„Bin bereit.“
„Also“, fuhr Lisa-Ann fort. „Ich gehe davon aus, dass die Schlacht im TENDUA-System den ganzen Tag bis zum Abend gedauert hat. Vor dem Abschluss kann die Lieutenant Admiral dort nicht weg. Ich gehe fest davon aus, dass Laura meinem Vater persönlich berichtet.“
„Dann wird sie nicht vor Mittag am 04.05. berichten können.“
„Ich stimme dir zu, Piet.“
„Wie lange wird er brauchen, um eine Rettungsaktion zu starten?“ Piet sah seine Partnerin interessiert an. Als Captain musste sie die Zusammenhänge kennen.
„Ich gehe davon aus, dass er die HOKA einsetzen wird. Ich weiß, dass etliche Crewmitglieder im Urlaub sind. Und mein Dad muss das Schiff

deep-space-fähig bekommen. Niemand kann dort ahnen, wie lange das Flaggschiff in den Einsatz geht."
„Das bedeutet?"
„Wenn sie es ganz schnell hinkriegen, dann einen kompletten Tag."
Piet schrieb eifrig mit: „Die ASF HOKA bricht am 05.05. mittags auf."
„Alles Spekulation", sagte Lisa-Ann und setzte sich quer in den Sitz, sodass ein Bein über die Armlehne hing. „Aber machen wir da weiter. Irgendwas müssen wir ja planen. Der Anflug zum TENDUA-System wird bis zum Abend dauern. Das Schiff wird sich vielleicht etwas im System aufhalten, aber nicht lange. Dann erfolgt der Übergang."
Piet rechnete: „Dann wird die ASF HOKA, wenn sie wirklich kommt, am späten Abend des 07.05. hier eintreffen – kurz vor Mitternacht."
„Sie wird leider nicht hier eintreffen, lieber Piet, sondern am Ausgang des Galaxiswurmlochs. Bis hierhin ist noch ein Stück."
Piet ließ die Schultern sinken: „Das macht die Sache kompliziert und das Timing nahezu unmöglich."
„Hinzu kommt, dass wir nicht wissen, ob die HOKA von den EGGS aufgehalten wird und wie lange", fügte Lisa-Ann noch eine schlechte Nachricht hinzu.
„Okay", sagte Piet. „Gehen wir davon aus, dass das Flaggschiff vielleicht ein paar Stunden aufgehalten wird. Was geschieht dann?"
„Man wird die Reste der PHOEBE untersuchen. Ich gehe davon aus, dass man zumindest in den ersten beiden Systemen nachsehen wird."
„Wir sitzen aber im dritten fest", gab Piet zu Bedenken.
„Ja, korrekt. Aber wenn sie das zweite System erreichen, könnten wir sie mit ÜL-Funk erreichen."
„Wann wäre das?"
„Sie benötigen einen weiteren Tag im ersten System, dann ein paar Stunden Anflug auf System zwei …, vielleicht noch einen Tag"
Piet rechnete nach: „10.05. in den Morgenstunden!"
Lisa-Ann seufzte: „Unsere Gleichung hat ein paar sehr solide Unbekannte, meinst du nicht auch?"
„Sicher ist was anderes", antwortete Piet. Er war zwar nicht mutlos und gerade diese Berechnungen waren hilfreich – sie taten was.
„Gut", kam es von Lisa-Ann. „Wir beginnen am 10.05. um 15:00 Uhr mit dem Notruf. Bis dahin müssen wir etwas über diesen Planeten herausgefunden und irgendwo ein Notlager errichtet haben."
Piet sah auf und …: „Ich glaube, der Nebel lichtet sich!"

„Traust du dir das noch mal zu?", fragte Lisa-Ann. Draußen konnte man jetzt etwa 100 Meter weit auf eine karge Landschaft mit viel Stein und ein bisschen Flora sehen.
„Ich könnte einen Androiden dabei gebrauchen", gab Piet zur Antwort.
„Pilot geht mit", legte sich Lisa-Ann fest und der Androide, der zuvor die Alpha geflogen hatte, war gemeint und fragte nach weiteren Befehlen.
„Du nimmst ein Phasengewehr der Kategorie L und sorgst für die Sicherheit von Piet Muller", ordnete Lisa-Ann an.
„Seil?", fragte Piet, der das Ding schätzen gelernt hatte.
Lisa-Ann sah nach draußen: „Das wäre zu kurz. Du seilst dich an Pilot. Er soll zehn Meter hinter dir bleiben. Seillänge maximal 30 Meter. Ich kann den Robot per Peilsender zurück an Bord holen, falls der Nebel noch einmal zurückkommt. Für dich gilt: Raumanzug und Waffe. Nimm einen Scanner mit."

Eine halbe Stunde später öffnete Piet mit gemischten Gefühlen das Außenschott der Alpha. Neben ihm stand Pilot mit dem überschweren Gewehr im Anschlag.
Es regte sich nichts.
Piet drehte den Lautstärkeregler seines Anzugs bis zum Anschlag – nichts.
Piet klinkte sich mit einem 30 Meter langen Seil an den Robot. Trotz ultraleichter Bauweise war der Blechkamerad immer noch dreimal so schwer wie Piet und würde so für sicheren Halt sorgen, sollte er wieder irgendwo herunterfallen.
„Ich möchte dahin, wo ich eben abgestürzt bin", gab Piet von sich.
„Dann gehe ich besser vor und orientiere mich an den zurückgelassenen Spuren", sagte Pilot und verließ die Schleuse. Im sicheren Abstand von 15 Metern ging Piet hinter dem Droiden her und hatte seine Hand auf dem Auslösemechanismus des Seils liegen. Er hatte 15 Meter Seil Zeit, den Verschluss zu lösen, sollte Pilot selbst abstürzen. Piet hatte keine Lust, von dem Robot mit in die Tiefe gerissen zu werden. Sie gingen ein paar Minuten und der Androide hielt seinen Blick gelegentlich nach unten gerichtet, um die karge Spur nicht zu verlieren. Dann blieb er stehen. „Ich warte hier und sichere", sagte er und deutete nach vorn.

Piet erkannte den Abgrund in etwa 25 Metern Entfernung. Sein Begleiter war sehr vorsichtig gewesen und Piet nahm das mit einem guten Gefühl zur Kenntnis. Langsam tastete sich der Mann voran. Er erkannte genau die Stelle, an der er abgerutscht war. Sicherheitshalber hielt es sich seitlich daneben, dort, wo der Untergrund stabiler erschien. Selbst wenn er gesichert war, wollte er keinen Meter fallen. Er bückte sich auf den letzten fünf Metern und kroch auf allen vieren bis zum Rand.
Dann sah er hinunter. „Ach du Scheiße!"
„Was ist los?", fragte Lisa-Ann über Funk.
„Der Abgrund", sagte Piet. „Ich kann ungefähr 500 Meter tief gucken und dann kommt die Wolkendecke. Scheint noch tiefer zu gehen!" Im Nachhinein bekam er noch kalte Füße.
„Es geht eben nichts über ein Seil", gab Lisa-Ann zurück. „Das ist also keine Option für eine Richtung?"
Piet sah nach rechts und links. Überall das gleiche Bild: Es ging steil bergab.
„Hier jedenfalls nicht", antwortete er. „Hast du was von Ungeheuern gesehen, Lisa?"
„Keine Ungeheuer in Sicht", gab sie zurück. „Du bist jetzt, wenn wir die Alpha als Mittelpunkt sehen, auf zwölf Uhr. Geh bitte jetzt Richtung neun Uhr!"
Piet orientierte sich kurz: „Okay – sind unterwegs."
Er entfernte sich etwa 50 Meter vom Abgrund und von der Alpha aus gesehen wandte er sich dann nach links. Piet und sein Sicherungsposten bewegten sich langsam vorwärts und dieses Mal schritt der Robot voran und Piet achtete auf Ungeheuer aller Art. Sie mussten fast zwei Kilometer laufen und mit jedem Meter mehr wurde es Piet unbehaglicher.
Dann: „Scheiße!"
„Wie darf ich das verstehen?", fragte Lisa-Ann.
„Ich genieße gerade denselben Ausblick wie vor 30 Minuten", erläuterte Piet sein mit Inbrunst vorgetragenes Schimpfwort.
„Nutzt nix – drei Uhr, bitte!"
Piet und der Androide Pilot liefen die zwei Kilometer bis zur Alpha zurück und dann weitere drei Kilometer in entgegengesetzter Richtung.
Dann: „Okay, sechs Uhr!"
„Auch Scheiße?", fragte Lisa-Ann.
„Ja doch", stöhnte Piet. „Wir gehen jetzt schräg auf die Sechs-Uhr-Position zu."

„Gar nichts werdet ihr! Schau dich mal um, Piet. Der Nebel kommt zurück. Ich darf um etwas Beeilung bitten!“
Piet drehte sich hektisch einmal um die eigene Achse und fluchte: „Wir sollten diesen Planeten FOG nennen!“ Der Nebel kam näher und wenn man genau hinsah, konnte man erkennen, dass die Sichtweite immer geringer wurde.
„Name akzeptiert und im Log vermerkt. Und jetzt Beeilung bitte!“
„Sende einen Peilton für Pilot“, verlangte Piet. „Wo kommt denn diese Scheiße so schnell her?“
„Ich versuche es mit einem Infrarotlicht. Pilot, kannst du es sehen?“
„Ja, ich sehe es sehr gut.“
„Dann los“, forderte Piet ihn auf. Der Robot verfiel in einen lockeren Trab.
„Schneller! Etwa doppelt so schnell“, verlangte Piet. Er war gut trainiert und auf einem Planeten mit diesen Schwerkraftverhältnissen war ein Dreikilometerlauf keine nennenswerte Leistung für ihn – selbst im Raumanzug nicht.
Sie hatten die Hälfte geschafft, als Piet wieder das infernalische Gebrüll hörte.
„Hast du das gehört?“, fragte Lisa-Ann ihren Partner.
„Hast du das gehört?“, wollte im gleichen Augenblick Piet von seinem Robot wissen.
„Ich habe es registriert“, gab der N2 zurück.
„Lauf schneller!“
„Dichter bei mir bleiben, Sir“, verlangte der Androide und Piet verringerte den Abstand zu Pilot.
Das Gebrüll wurde lauter, die Anfeuerungsrufe von Lisa-Ann ebenfalls, sowie das Gekeuche von Piet.
Urplötzlich blieb Pilot stehen und als Piet fast gegen ihn rannte, wischte er ihn mit einem Arm hinter sich. In der gleichen Sekunde riss Pilot das schwere Phasengewehr hoch, zielte und feuerte dreimal hintereinander. Dann riss er Piet noch etwa 20 Meter zur Seite. Der Mann fluchte und versuchte, nicht zu stolpern. Dann krachte dort, wo er eben noch gestanden hatte, eine Art Flugsaurier auf den Boden. Piet konnte wegen des Nebels die gesamte Spannweite des Tieres nicht überblicken, aber allein der scharfe Schnabel war über einen Meter lang. Im Todeskampf zuckte noch ein Bein und selbst die Krallen sahen äußerst wehrhaft aus.

Pilot ließ Piet los und hob wieder die Waffe. Er schwenkte sie schnell nach rechts und zwei Phasentorpedos verließen den Lauf. Irgendwo hörte Piet ein schrilles Jaulen, dann wieder einen dumpfen Aufschlag – außerhalb ihres Sichtbereiches.
Pilot schoss schon wieder und dieses Mal in eine andere Richtung.
„Wie kannst du das sehen?"
„Ich sehe nicht, ich höre", gab der Androide zur Antwort. „Diese Tiere fliegen mit einer Art Sonar. Ich kann das orten und zielen. Die Tiere haben keine Augen. Sie jagen dann, wenn es neblig oder dunkel ist. Im Moment höre ich keine Schallwellen. Wir sollten das nutzen!"
Der Robot rannte vor und Piet hinterher. Hin und wieder hörten sie ein Brüllen, aber der Robot winkte ab – keine Gefahr. Offensichtlich fraßen sie ihre toten Artgenossen.
Eine halbe Stunde später waren sie in der Alpha.
Piet zitterte am ganzen Körper und war heilfroh, wieder innerhalb einigermaßen geschützter Räume zu sein.
„Eine Richtung noch", sagte er dann zu Lisa-Ann.
„Heute nicht mehr, mein Liebster. Und morgen schicke ich einen der Androiden raus. Ich habe hier eine Kamera gefunden. Wir sehen uns dann gemeinsam die Live-Bilder an."
Piet nickte matt.
„Nehmen wir an, wir finden einen gangbaren Weg, ohne gleich 1.000 Meter im freien Fall verbringen zu müssen. Dann brauchen wir eine gute Ausrüstung. Lass uns diese zusammenstellen, dann essen wir was und dann ist Feierabend für heute."
Piet war fix und fertig – und einverstanden.

<u>07.05.2152, 08:00 Uhr, FOG, Alpha-Kommandoebene:</u>

Wider aller Erwartungen war der Nebel heute Morgen zeitig zurückgegangen und man hatte bereits jetzt eine gute Sicht auf die Gegend.
Lisa-Ann hatte vor einer halben Stunde ihre Meinung vom Vorabend revidiert und eine Drohne mit Kamera losgeschickt. Man hatte ein geeignetes Gerät in den Räumen der Alpha gefunden. Das Gerät war die Sechs-Uhr-Position abgeflogen und hatte tatsächlich eine schiefe Ebene entdeckt, die nach ca. 500 Metern etwa 150 Meter breit war und schräg in die Tiefe führte. Das Ganze war recht spärlich mit Vegetation versehen und rechts wie links ging es recht steil bergab. Die Drohne hatte

bisher 50 Kilometer zurückgelegt und war dann am Talboden angekommen, wo es auch zahlreiche Höhlen gab. Genaues konnte man nicht sehen, weil eben der Nebel sich nach dort zurückgezogen hatte.
Lisa-Ann drängte zum Aufbruch und wandte sich an Pilot: „Wie besprochen, bleibst du hier. Um Punkt 15:00 Uhr am 10.05. versuchst du einen Kontakt mit dem ÜL-Funk. Jede 15 Minuten eine Sendung. Wenn du verstanden worden bist und ein Schiff unterwegs ist, verlässt du die Alpha und folgst uns so schnell wie möglich."
Lisa-Ann dachte nach. Es konnte schließlich sein, dass niemand auf die Funkanrufe reagierte. Dann würden sie über kurz oder lang zur Alpha zurückkehren. Sie traf auch dafür Vorbereitungen.
„In der Zwischenzeit versuchst du, defekte Dinge hier an Bord zu reparieren. Geh nach Prioritäten und Möglichkeiten vor."
„Ich habe verstanden, Captain", sagte Pilot.
Lisa-Ann sah ihren Freund an: „Es geht los. Auf zur Schleusenkammer!"
Es dauerte eine Weile, bis zwei Androiden und das Paar, sowie eine Menge Ausrüstung von Bord waren. Lisa-Ann hatte Wert auf ein stabiles Zelt und einen mobilen Kraftfeldemitter gelegt. Daneben trugen die Androiden eine recht starke Bewaffnung und sie alle hatten Notrationen sowie jede Menge Wasser dabei. Ein tragbares Funkgerät im Normalfunkbereich war selbstverständlich.
So brach man auf, wobei Piet ein Phasen-Gewehr trug und Lisa-Ann ihr Pad, womit sie die Drohne steuerte. Die leichten Raumanzüge machten die Bewegung im Freien nicht schöner, denn Lisa-Ann hatte beschlossen, Energie zu sparen und die Helme nicht aufzusetzen. Die Falthelme lagen zusammengeklappt auf dem Rücken der Träger. Etwas über 40 Grad Celsius trieben den beiden Menschen den Schweiß aus allen Poren. Sie hatten sich vorgenommen, alle Viertelstunde anzuhalten und etwas von dem reichlichen Wasservorrat zu sich zu nehmen.
Piet machte sich so seine Gedanken. Die Welt ringsum außerhalb ihres Plateaus versank im Nebel. Man hatte zwar eine tolle Fernsicht, aber die Ausbeute an Sehenswürdigkeiten war denkbar gering. Im Hintergrund sah man irgendwo Berge, aber wenn man weiter Richtung Boden schaute, war Nebel zu sehen. Auch die Bilder, die die Drohne lieferte, waren von eher bescheidener Qualität. Daneben verwirrte Piet die völlige Abwesenheit von Tieren (mit Ausnahmen) aller Art. Dann kamen sie, nach etwa 800 Metern, an einem der von Pilot abgeschossenen

Sauriern vorbei. Lisa-Ann zuckte zusammen, als sie den scharfen Schnabel sah. Dieser und eine Menge Knochen waren übriggeblieben. Das tote Tier war offensichtlich von Artgenossen oder anderen Fleischfressern sauber abgenagt worden.
Sie gingen weiter.

In der Alpha stellte Pilot eine Prio-Liste auf. Das Wichtigste für die Menschen war Wasser. Es gab an Bord der Alpha verschiedene Möglichkeiten und hier bot sich geradezu das Ausfiltern des Wasserdampfes aus der Umgebung an. Pilot überprüfte die Ansaugpumpen und die Effektivität der Anlage. Im Moment produzierte sie zwar nur 15% ihrer Leistungsfähigkeit, aber der Robot errechnete einen Wirkungsgrad von über 90%, falls der Nebel wieder, wie jeden Tag, bis zur Alpha kam. Pilot schaltete die Anlage zur Wassergewinnung ein. Diese Position konnte er auf seiner Liste abhaken. Als Nächstes stand dort die abgespeckte Version der Staseeinheit an. Jede Alpha verfügte über eine sogenannte Ersthilfe-Noteinrichtung, eine Lade, in der man verletzte oder kranke Personen einbringen konnte. Das Gerät war nicht so effektiv wie eine normale Staseeinheit, aber man konnte zumindest eine Stabilisierung des Zustandes erreichen – je nach Schwere. Das Gerät war defekt. Nach der Analyse der Schäden traute sich Pilot die Reparatur zu und besorgte sich zunächst Werkzeug und diverse Ersatzteile. Dann begann er mit der Arbeit.

<u>11:30 Uhr:</u>

Man hatte schon ein paar Kilometer zurückgelegt und beide MENSCHEN hatten das Gefühl, in ihrem eigenen Schwitzwasser zu stehen beziehungsweise zu laufen. Sie hatten die viertelstündlichen Pausen eingehalten und gut Wasser verbraucht.
„Nebel rechts und links kommt näher“, meldete Gunner, einer der Androiden.
Erschreckt schaute Lisa-Ann nach rechts und links. Tatsächlich geschah das wieder so schnell, dass man das Näherkommen sehen konnte. Sie reagierte zunächst nicht, aber als sie ein fernes Brüllen hörten und der Nebel noch 50 Meter entfernt war, ordnete sie an, dass das Kraftfeld zu aktivieren sei. Piet und Lisa-Ann hockten sich hin und einer der Robots richtete das Feld ein. Sie hatten etwas Bewegungs-

freiheit, aber in der Nacht würde das Feld lediglich das Zelt umspannen können mehr war nicht drin. Lisa-Ann postierte die Robots rechts und links jeweils in Richtung des Abgrundes. Ihre Aufgabe war klar. Kurz darauf waren sie vom Nebel umgeben und das Brüllen der Saurier schien ganz in der Nähe. Dann sahen sie, wie ihre Robots das Feuer eröffneten. Fahle Lichtblitze zeugten von den Phasen-Torpedos, die sie in den Nebel hineinschossen. Beide Droiden mussten außerhalb des sicheren Kraftfeldes stehen, da sie sonst das Sonar der fliegenden Jäger nicht orten konnten. Einer der Saurier fiel, tödlich getroffen, mit einer Schwinge in den Bereich des Kraftfeldes. Der Flügel verbrannte augenblicklich und es stank bestialisch.
Der Abwehrkampf, der nach anfänglicher Heftigkeit schnell nachließ, dauerte fast anderthalb Stunden. Der Nebel lichtete sich wieder und die Jäger verschwanden. Das normale Tageslicht offenbarte ein Dutzend großer Flugsaurier rings um ihre Verteidigungsstellung.
Das Kraftfeld wurde deaktiviert und man marschierte weiter.

<u>14:45 Uhr:</u>

Klar, das meiste an Wasser schwitzten sie aus, dennoch musste Piet Wasser lassen und informierte Lisa-Ann deswegen. Ja, es gab eine entsprechende Vorrichtung innerhalb des Anzuges, aber wenn es eine natürliche Möglichkeit gab, seinem Harndrang zu folgen, zog das jeder Raumfahrer vor.
„Wir wollten eh gerade Pause machen“, sagte Lisa-Ann und hielt an. Die Robots stoppten ebenfalls.
Piet sah sich um und gewahrte rechts schräg vor ihnen einen Felsbrocken, etwas größer als er selbst. Er war zwar nicht prüde, aber den Akt des Wasserlassens machte er doch gern mit sich und allein aus. Er ging dorthin und zur Hälfte um den Felsblock herum. Dann öffnete er seinen Raumanzug und spürte, wie die Kleidung darunter schweißdurchtränkt war. ‚Dass man unter diesen Umständen überhaupt pinkeln muss‘, dachte er und es tat gut, als er seinem Drang nachgab und den Boden anfeuchtete. Er hatte gerade alles wieder gut verstaut und den Raumanzug geschlossen, als er ein ‚Tschilp‘ hörte. Er drehte sich nach dem Geräusch um und sah einen roten Vogel, etwa so groß wie ein Spatz, ca. fünf Meter vor sich in der Luft stehen – in Augenhöhe. Der Vogel sah aus wie aus einem Bilderbuch geschnitten – aus einem Kin-

der-Bilderbuch. Piet empfand sogleich Sympathie für den kleinen Kerl, der weiterhin sein ‚Tschilp, Tschilp' von sich gab und Piet zu begrüßen schien und ihn mit seinen großen Augen ansah.
„Na, du kleiner Kerl? Gibt es auch freundliche Lebewesen hier auf FOG?"
‚Tschilp, Tschilp, Tschilp, **Trööőt**'
Mit dem letzten Laut, der nicht so ganz in das niedliche ‚Tschilp' passen wollte, öffnete der Vogel den Schnabel. Piet wurde von irgendwas an der Wange getroffen.
„A…", mehr bekam er schon gar nicht mehr heraus. Es wurde plötzlich sehr kalt und dann wurde ihm schwarz vor Augen. Er schlug lang hin und blieb bewegungslos liegen.
Der rote Vogel flog befriedigt weg. Niemand sollte ihn bei der Brutpflege stören. Ja, er war klein, aber durch die Farbe für die Umwelt deutlich gekennzeichnet. Selbst wesentlich größere Tiere machten einen weiten Bogen, wenn sie ihn sahen oder hörten. Für die Saurier war er kein Problem. Sie flogen in der Nacht und während Nebel. Der Rote dagegen konnte sich in dieser Zeit nicht orientieren und das hieß für ihn Flugverbot.

Lisa-Ann wartete eine ganze Zeit, dann hielt sie die Zeit für eine Pinkelpause für mächtig überzogen.
„Hey Piet? Bekommst du den Knoten nicht auf – oder den Raumanzug?"
Sie grinste und erwartete eine verbale Rückgabe.
Es kam aber nichts.
Ihr Lächeln verschwand und sie eilte zum Felsblock.
„Hierhin, Androiden!"
Die beiden Robots beeilten sich, dieser Aufforderung zu folgen und sahen Lisa-Ann, wie sie neben dem liegenden Piet kniete und einen Vitalcheck vornahm.
„Gunner, los. Untersuch ihn!"
Lisa-Ann blieb gefasst, aber sie war voller Sorge. Sie sah sich um, aber nichts wies darauf hin, was Piet von den Füßen geholt haben könnte. Sie sah auch in den Ritzen des Felsblocks nach. Ja, sie dachte an giftige Tiere, aber auch daran, dass es Piet einfach wegen der Hitze schlecht ging und er einen Kreislaufkollaps erlitten hatte.
„Nun?"

Der als Gunner bezeichnete Androide hatte einen ersten Check durchgeführt: „Kreislauf instabil. Der Patient muss aus der Hitze raus. Ich kann die Ursache hier nicht feststellen.“
Lisa-Ann verfluchte ihr Pech. Piet fiel erst einmal aus und mit Bangen dachte sie daran, dass er möglicherweise ernsthafte Schäden davongetragen hatte.
„Wir müssen zurück“, traf sie eine logische Entscheidung für Piet. Ohne die Stase-Lade und deren Diagnosemöglichkeiten würde es schwierig, wobei sie nicht wusste, ob eine Reparatur möglich war. „Du trägst ihn. Dafür lassen wir den größten Teil des Wassers zurück. Vielleicht können wir es später holen.“
Gunner nahm den Bewusstlosen auf die Schulter und dann ging es zurück.
Lisa-Ann schwitzte wie verrückt und stellenweise wurde ihr schwindelig. Dann spätestens nahm sie etwas Wasser zu sich. Es würden noch ein paar Stunden vergehen, bis sie die Alpha erreicht hatten. Sie traf dann eine der schwierigsten Entscheidungen ihres Lebens: „Gunner, du gehst vor. Beeil dich. Ich will eine funktionierende Staselade. Behandelt ihn. Pilot schickst du zu uns, wenn du dort bist. Du bist mir für Piet verantwortlich!“
„Ich tue, was ich kann“, versicherte der Androide und lief los. Er wählte dabei eine Gangart, die möglichst schonend für den Verletzten war.
Nun war Lisa-Ann mit nur einem Androiden unterwegs.
„Du trägst den mobilen Kraftfeldemitter und Wasser. Ich nehme die Waffe. Den Rest lassen wir hier zurück. Ich nenne dich Robby.“
Der Robot bestätigte und legte einen Teil der Ausrüstung ab. Dann übergab er die schwere Ausfertigung des Phasengewehrs Lisa-Ann. Die junge Frau ächzte, aber unter diesen Verhältnissen war das Gewehr leichter. Bei der schnellen Benutzung würde sie es sofort an den Robot weitergeben. Sie quälten sich durch die Hitze und Lisa-Ann schätzte die Zeit ab, wann sie wieder zurück waren. Sie gab sich der Hoffnung hin, dass Piet schon wieder auf dem Damm war, wenn sie die Alpha erreichte.
‚Tschilp, Tschilp‘
Lisa-Ann drehte sich um und sah einen roten Vogel, der etwa zehn Meter vor ihr in Augenhöhe in der Luft stand und dabei ordentlich die Flügel bewegte. Lisa-Ann war durch den Ausfall von Piet sensibilisiert,

was Gefahren aller Art anging, auch wenn dieser Vogel völlig harmlos aussah.

„Robby!"

Der Androide legte seine Last ab und stellte sich neben Lisa-Ann.

‚Tschilp, Tschilp'

Der Vogel kam näher.

‚Tschilp, Tschilp'

Lisa-Ann betrachtete den kleinen Kerl voller Skepsis und dann war er auf fünf Meter heran.

‚Tschilp, Tschilp, **Tröööt'**

Der Vogel öffnete beim letzten Laut den Schnabel weit und gleichzeitig wischte die Hand des Androiden vor Lisa-Anns Gesicht her. Der Robot wurde von irgendwas an der Hand getroffen und seine Analyse lief sofort. Zwar konnte er nicht ermitteln, was dort injiziert worden war, aber er erkannte sofort die Zusammenhänge und die Gefahr, in der die Captain schwebte.

„Hinter mir in Deckung bleiben und Helm aufsetzen", rief der Androide und stellte sich zwischen Lisa-Ann und den Vogel.

Der Rote stand immer noch in der Luft und schien abzuwarten.

Hinter dem Droiden setzte Lisa-Ann augenblicklich die Automatik des Anzugs in Betrieb. Der Helm entfaltete sich und stülpte sich über ihren Kopf. Innerhalb einer Sekunde war Lisa-Ann autark und damit abgeschirmt. Wenn ein Androide sich die Freiheit herausnahm, einem vorgesetzten Offizier derart klare Befehle zu erteilen, dann folgte man besser dessen Aufforderung. Lisa-Ann hatte deswegen nicht einen Augenblick gezögert

‚Tschilp, Tschilp, **Tröööt'**

Robby wurde im Gesicht getroffen und beschloss, dieses Teil sitzen zu lassen. Eine spätere Analyse würde eventuell bei der Behandlung des Patienten hilfreich sein.

Beim Rotvogel machte sich Verwirrung breit. Er hatte zweimal sein Gift abgeschossen und sein Gegner, der Eindringling in sein Revier, stand immer noch. Er musste seine kleine Kolonie schützen, aber ohne die Wirkung seines Giftes war er hilflos. Dann kam dieses getroffene Wesen auch noch auf ihn zu. Der Vogel ergriff die Flucht.

Etwa einen Kilometer weiter saßen hübsch nebeneinander fünf Hennen auf jeweils einem Ei und brüteten. Es war seine Aufgabe, diese

Kolonie zu schützen. Er hoffte, dass die Wesen nicht den Weg zu seinen Nestern fanden.

Lisa-Ann und Robby stand nicht der Sinn nach Nestraub. Der Androide hatte Lisa-Ann über die Giftpfeile des roten Vogels aufgeklärt.
„Dann hast du noch so'n Ding in der Backe?"
„Das ist korrekt."
„Eine Analyse könnte Piet helfen?"
„Auch das ist richtig."
Lisa-Ann sah sich um. Der Nebel war weit entfernt und sie gut bewaffnet.
„Du bekommst den Befehl, mich hier alleinzulassen und schnellstmöglich zur Alpha zurückzukehren. Du analysierst das Gift und programmierst die Stase-Lade entsprechend, damit Piet Muller optimal behandelt werden kann."
Auch der Robot sah sich um: „Ich errechne eine hohe Gefährdung für die Captain, wenn ich jetzt gehe."
„Ich habe meinem Befehl nichts hinzuzufügen. Ich bin bewaffnet und werde den Helm nicht abnehmen."
„Ja, Captain!"
Robby orientierte sich und rannte los.
Lisa-Ann schulterte das Gewehr und machte sich auf den Rückweg. Sie gönnte sich den Luxus und stellte ein kleines bisschen die Klimaanlage ihres Anzuges ein. Es nützte schließlich nichts, wenn sie hier kollabierte. Der Weg bergan war anstrengend und sie hatte Zeit, sich ausgiebig Vorwürfe zu machen. Die TENDUA hatten nicht mitgearbeitet und sie hatte nicht lockergelassen, ein paar von ihnen zu retten.
War sie erfolgreich gewesen?
Nein!
Laura hatte sie nicht zurückgepfiffen. Hatte sie das getan, um keine weitere Befehlsverweigerung zu provozieren? Lisa-Ann war intelligent und empathisch genug, um diesen Zusammenhang zu erkennen.
Wie hoch war jetzt ihr Preis dafür? Lisa-Ann durfte nicht daran denken, dass Piet diesen Einsatz nicht überleben würde. Sie dachte an Johnny. Einen Mann, einen Freund, einen Partner hatte sie in ihrem jungen Leben schon verloren. Und der Gedanke an Johnny versetzte ihr immer noch einen schmerzlichen Stich.

Vor ihrem geistigen Auge verschwamm das reale Bild und machte Platz für das Gesicht von Johnny, wie er dort im Mondstaub neben seiner Frau und Will Rakers lag. Die Erinnerung zerriss ihr fast das Herz.
Piet war ihr über alles wichtig und sie liebte ihn, aber jetzt hier, wo die Gefahr nicht zu leugnen war, dass sie auch Piet verlieren könnte, brachen alte Wunden wieder auf. Ihr Blick klärte sich wieder etwas, aber auch nicht so ganz.
Und das hatte eine natürliche Ursache und lag nicht an ihrem Sehvermögen.
Der Nebel kam zurück.
Sie erschrak und beschleunigte ihre Schritte. Die Nebelwände rechts und links waren keine hundert Meter mehr entfernt. Sie schätzte die Entfernung bis zur Alpha und musste feststellen, dass sie die zeitliche Orientierung, und die örtliche sowieso, schon längst verloren hatte.
Von der Örtlichkeit war das kein Problem, wenn der Nebel nicht zu dicht war. Sie würde über diese Rampe automatisch auf die Alpha zulaufen. Aber sie sollte schon etwa 150 Meter Sicht haben. Sie hastete weiter und tatsächlich schien die Nebelwand angehalten zu haben. Sie nahm sich vor, beim ersten Brüllen eines der Flugsaurier verteidigungsbereit zu sein. Sie wusste, dass sie kaum eine Chance hatte. Sie sah so gut wie nichts und die Jäger konnten von überall kommen. Sie stolperte weiter. Mittlerweile machten sich die Anstrengungen und der nervliche Stress bemerkbar. Das Gewehr, ihre Lebensversicherung, schien Zentner zu wiegen.
Lisa-Ann wurde müde.
Sie ging eine weitere halbe Stunde, dann kam der Nebel näher.
Sie schleppte sich voran, dann hörte sie das erste Brüllen.
Lisa-Ann versuchte das Gewehr zu heben und stellte fest, dass es viel zu schwer war, um es schnell zu schwenken und dann auch noch zu treffen. Sie verfluchte die Tatsache, dass sie keine anderen Waffen mitgenommen hatte. Dann überlegte sie: Sonar funktionierte nur, wenn Bewegung war. Wie sollten die Vögel sie von toten Dingen unterscheiden können? Lisa-Ann wusste, dass in ihrer Gleichung ein paar Unbekannte waren, aber sie rechnete sich damit eine gute Chance aus. Der Nebel war jetzt auf 25 Meter ran – rechts wie links. Die junge Frau legte das Gewehr auf den Boden und legte sich auf den Rücken daneben. Mit einer Hand hielt sie das Gewehr umklammert, bereit, es zu

nutzen. Dann stellte sie jede Bewegung ein. Mit Unbehagen sah sie aus den Augenwinkeln, dass der Nebel näherkam.
Es dauerte nur noch wenige Minuten und das Gebrüll wurde lauter.
Schließlich hüllte der Nebel die Frau ein.
Und die Schreie der Jäger kamen näher.
Lisa-Ann zitterte wie Espenlaub. Sie hatte Angst. Sie musste überleben, allein schon wegen Piet. Ohne sie war er völlig hilflos. Die Androiden sah sie in ihrem Zustand nicht als Lösung oder Hilfe an. Sie selbst musste Piet betreuen und bei ihm sein. Es war ihre Schuld, dass sie hier nicht knöcheltief, sondern bis zum Hals in Scheiße steckten, wenn nicht noch tiefer. Sie wusste nicht, wie lange sie dort gelegen hatte. Es konnte eine halbe Stunde sein oder vielleicht sogar zwei ganze Stunden. Die Brüllerei dieser Mistviecher machte sie halb wahnsinnig. Manchmal, so glaubte sie, entfernten sich die Geräusche, dann wiederum dachte sie, ein solches Monstrum stünde neben ihr. Nichts sehen zu können war eine üble Sache. Die Abschottung durch einen Raumanzug machte ihre Situation auch nicht besser. Die Mikros am Anzug waren gut, konnten aber das menschliche Ohr nicht ersetzen, was zum Beispiel die Richtung, aus der die Geräusche kamen, anbetraf. Auch bei den Entfernungen traute sie der Technik nicht ganz.
Sie musste wieder an Johnny denken. Der Mann ging ihr nicht aus dem Sinn und in solchen Situationen tauchte er immer wieder auf. Tiefe Trauer überkam sie und sie fror – bei den Temperaturen. Bevor sie sich ganz aufgab, hörte sie eine leise Stimme im Ohr.
„Captain, hier ist Gunner. Ich brauche ein Funkpeilsignal! Antworten reicht!"
Lisa-Ann riss sich zusammen. Ein Androide war zurück: „Ich bin hier!"
„Reicht, funken einstellen! Hinlegen!"
„Ich liege bereits", antwortete Lisa-Ann und hielt dann Funkstille.
Kurz darauf sah sie die gleißenden Bahnen von Phasentorpedos über sich hinwegzischen. Das Gebrüll verstärkte sich noch und diese Viecher mussten in unmittelbarer Nähe sein. Dann geschah es so schnell, dass sie völlig überrascht wurde. Einer ihrer Androiden war zurück und hob sie einfach vom Boden auf. Ein weiterer, es waren zwei zurückgekommen, schob sie in Huckepackstellung auf des anderen Rücken.
„Festhalten, Captain!"
Lisa-Ann klammerte sich am Hals ihres Trägers fest und dieser rannte los. Mit seinem Gewehr schoss er nebenbei in diese trübe Suppe hinein.

Von hinten kamen rechts und links Energiegeschosse vorbeigeflogen. Der zweite Robot musste beidhändig mit den Gewehren, ihres hatte er sicherlich mitgenommen, um sich schießen. Die Geschwindigkeit des Robots war beeindruckend und sicherlich hatte er den Weg genau abgespeichert und lief nach Datenlage. Es dauerte nicht ganz eine Viertelstunde und sie hatten die Entfernung bis zur Alpha überwunden.
Es war immer noch nebelig, aber die Androiden schossen nur noch sporadisch. Sie wurde in der Schleuse abgesetzt. Die beiden N2 warteten draußen sichernd, bis Lisa-Ann im Innern angekommen war und die Schleuse wieder freigab. Die junge Frau war vollkommen fertig, aber die Sorge um ihren Freund ließ sie nicht einen Augenblick zur Ruhe kommen. Sie zog schnellstens den verschwitzten Raumanzug aus und nur mit Unterwäsche bekleidet, suchte sie den kleinen Raum mit der Stase-Lade auf.

11. Suche

07.05.2152, 20:30 Uhr, FOG, Alpha:

Lisa-Ann hatte sich aufgerafft und geduscht. Jetzt saß sie neben der offenen Lade-Schale und schaute auf das bleiche Gesicht ihres Freundes. Furchtbare Erinnerungen kamen wieder hoch. Pilot hatte ihr erzählt, dass man das Zeug, was der rote Vogel verschossen hatte, als starkes Nervengift entschlüsselt hatte.
Ohne Stase-Lade wäre Piet schon nicht mehr unter ihnen. Das medizinische Gerät konnte seinen Zustand weitgehend stabilisieren. Man wäre nicht in der Lage, ein entsprechendes Gegenmittel herzustellen. Als Lisa-Ann nachfragte, was denn ‚weitgehend' bedeutete, sagte Pilot ihr, dass sich sein Zustand langsam verschlechtern würde. Die Ausrüstung innerhalb der Alpha wäre lediglich ein Behelf, aber das wusste die Frau selbst. Nein, man könne keine Aussage treffen, wann Piet den Kampf mit dem Tod verlieren würde. Aber wenn keine Hilfe käme, wäre dieser unausweichlich.
Lisa-Ann hatte noch gefragt, ob Piet irgendetwas von seiner Umgebung mitbekommen würde. Ob er spüren oder hören könne. Pilot hatte nach menschlicher Manier mit dem Kopf geschüttelt und bedauert, rein gar nichts dazu sagen zu können.

Lisa-Ann betrachtete das liebgewonnene Gesicht und fragte sich, ob sie immer ehrlich zu ihrem Freund gewesen war. Die Sache mit Johnny hatte sie ihm bisher verschwiegen. Nun ja, sie war noch nicht bereit gewesen, darüber zu reden. Sie hatte ihm etwas angedeutet und ihn um Geduld gebeten. Nun erschien es ihr, als hätte sie eine Chance verpasst.
Pilot kam in den Raum und stellte ein Tablett mit Wasser und Konzentratnahrung ab.
Lisa-Ann bedankte sich, welch ein Ding, bei einer Maschine, aber das sagte viel über ihren derzeitigen Zustand aus. Sie sah die Maschine fragend an.
„Keine Veränderung der Situation“, sagte der Robot.
„Bei Veränderungen sagt ihr mir Bescheid. Lass mich jetzt bitte mit Piet allein und lösche das Licht bis auf 5%.“
Der Androide bestätigte, wies die KI an das Licht abzudunkeln und verließ den Raum.
In diesem Raum war ein kleines Bullauge eingebaut und Lisa-Ann erschien es wie ein Hohn, dass sie jetzt draußen im Dunkeln eine sternenklare Nacht sehen konnte. Offensichtlich war in der Nacht der Nebel nicht, oder nicht so oft, aktiv. Lisa-Ann dachte darüber nach, wie hoch die Wahrscheinlichkeit war, dass man sie suchte und auch fand. Zuerst war nicht ganz sicher, dass man den Sprung in die Höhle des Löwen, denn so musste es ja aussehen, überhaupt wagte.
Lisa-Ann und Piet waren zwei MENSCHEN. Es würden eine Vielzahl von MENSCHEN gefährdet, wenn man den Sprung nach NGC 185 wagen würde. Dann musste die Hilfe die Blockade am Wurmloch überwinden und letztendlich mussten sie hier noch gefunden werden.
Sicher, die ÜL-Sender waren von wesentlichem Vorteil, aber mehr als ein paar Lichtjahre durfte die Hilfe nicht an ihnen vorbeifliegen. Dabei hatten sie noch das Problem des Timings. Wer würde zuerst hier sein? Es war vollkommen illusorisch, sich mit dem Verwundeten in die Wildnis zurückzuziehen, deren Gefährlichkeit sie eben erst zum Teil kennengelernt hatten.
Lisa-Ann stützte ihren Kopf in die Hände und stellte fest, dass sie ziemlich hilflos der Situation ausgeliefert waren. Und alles war ihre Schuld. Sie bemerkte überhaupt nicht, dass ihre Tränen auf den Boden fielen.
Sie rührte das Wasser und die Konzentratnahrung nicht an. Piets Gesicht war im fahlen Schein der Zimmerbeleuchtung so eben noch zu

erkennen. Keine Miene in seinem Gesicht verriet, ob er etwas fühlte oder hörte. Sie sprach ihn an, aber es kam keine Reaktion.
Lisa-Ann stellte fest, dass ihre Selbstsicherheit Stück für Stück von dannen ging – unaufhaltsam. Ja, sie war vorbereitet worden auf der Akademie. Vorbereitet, mit schier ausweglosen Situationen umzugehen. Aber niemand hatte sie dafür fit gemacht, den Verlust von zwei Partnern kurz hintereinander verarbeiten zu können. Der letzte Freund ging dabei auf ihre Kappe. Sie war Captain dieses Schiffes und sie hatte für die Sicherheit der ihr untergebenen Crewleute zu sorgen. Sie würde sich verantworten müssen, wenn es überhaupt dazu kam. Gern würde sie morgen vor einem Ausschuss stehen, denn dann läge Piet in einer richtigen Staseeinheit und würde wieder gesund werden. Wollte sie das alles? Wollte sie ruhelos und ständig kämpfend durch das All ziehen und irgendwann, so wie jetzt, tatsächlich vor dem Ende des eigenen Lebens stehen, dass eigentlich gerade erst begonnen hatte? Wollte sie das? Was wollte sie wirklich? Ja, sie wollte Anerkennung von ihren Eltern – die hatte sie bekommen. Sie war trotz ihrer Jugend geachtet in der Flotte und man hatte ihr wichtige Missionen und Schiffe anvertraut. Das konnte sie abhaken. Ihre Hochachtung vor Leuten wie Methin Büvent, Laura Stone, Ron Dekker, viele weitere und nicht zuletzt ihrem Vater stieg ins Unermessliche. Sie hatten nicht innerhalb von wenigen Jahren gezeigt, was sie konnten und waren mit ihren Köpfen durch Wände gerannt wie eine gewisse Lisa-Ann Ralen. Nein, sie funktionierten schon vor 2120 und in diesem Bereich der Galaxie seit über 31 Jahren. Sie wussten, dass jede Entscheidung falsch und jeder Schritt in die falsche Richtung gehen konnte. Wie hält man sowas aus – so Tag für Tag seit 31 Jahren?
Trotz aller Erfolge begriff Lisa-Ann, dass sie im Gefüge der AGUA SPACE FORCE ein kleines Licht war. Ja, schon etwas hell, aber nur etwas. Ihre Qualität würde sich beweisen, wenn sie in 30 Jahren immer noch erfolgreich war. Aber sie vergeigte ja lieber eine Rettungsaktion und gefährdete Piet und sich – schon zu Beginn ihrer Karriere. Aber diese war ihr herzlich egal. Der nächste Schicksalsschlag drohte ihr. Würde sie genauso wie damals auf dem MOND irgendwann auch das Grab von Piet besuchen? Der Gedanke daran ließ sie verzweifeln. Die Tränen liefen ihr in großer Zahl über die Wangen. Sie stieß einen kleinen Klagelaut aus und merkte, dass sie begann, die Fassung zu ver-

lieren. Das durfte nicht geschehen! Piet nahm einen tiefen und deutlich zu hörenden Atemzug.
Lisa-Ann stand sofort über ihm: „Piet, Piet! Kannst du mich hören? Gib mir ein Zeichen bitte – irgendwas. Bitte, Piet!"
Aber der junge Mann regte sich nicht. Die Atemzüge waren wieder flach und unhörbar.
Lisa-Ann fiel auf ihren Stuhl zurück und sah durch das Bullauge.
‚Wenn ich nicht aktiv gegensteuere, werde ich heute Nacht verrückt', dachte sie und dann begann sie zu erzählen. Zuerst ganz banale Dinge, an die sie sich als kleines Kind noch erinnern konnte. Sie bewunderte ihre größere Schwester, die so viel ruhiger und überlegter an gewisse Dinge heranging. Im späteren Leben berichtete sie von ihrer Angst, als mittlere Tochter nicht ganz ernstgenommen zu werden, und dass Vater und Mutter kaum Zeit für sie hatten. Schließlich, es war weit nach Mitternacht, erzählte sie von Johnny. Sie durchlebte diese schwierige Zeit nochmals und beschrieb alle Einzelheiten. Sie berichtete, wie sie ein Paar wurden und wie sie litt, als Johnny tot war.
Zu diesem Zeitpunkt war es schon weit nach Mitternacht und als Pilot aus dem Raum nichts mehr hörte, setzte er sich wegen Sicherheitsbedenken über die Anweisung der Captain hinweg und betrat vorsichtig den Raum. Er sah, dass Lisa-Ann mit ihrem Stuhl ganz nah an die Stase-Lade von Piet herangerückt war, dort ihren Kopf aufgelegt hatte und schlief. Der Robot registrierte, dass das Tablett mit den Nahrungsmitteln nicht angerührt war und speicherte ein Memo ab, nachdem er morgen die Captain ansprechen wollte, dass sie ihre körperlichen Bedürfnisse nicht außer Acht lassen durfte.
Dann schloss er wieder die Tür – unhörbar.

08.05.2152, 08:10 Uhr, AGUA, Orbit, SIX FEET UNDER, Brücke:

Walter stand immer noch ein wenig unter dem Eindruck der Geschehnisse der letzten Zeit. Nur mit viel Glück hatten sie das Abenteuer ‚3. Wurmloch', wenn man so will, überlebt. Nachdem sie gerettet worden waren, hatte sich Walter nach dem Androiden Dr. Harry W. Pommerton erkundigt. Er war ebenfalls gefunden worden und er hatte nicht, wie Walter befürchtet hatte, alle seine Energien aufgebraucht, um sie mit dem Regenschirm/Schutzschild zu verteidigen. Ein kleines Maß Restenergie war übriggeblieben, um die Speicherinhalte seiner Zentral-

einheit zu bewahren. Somit war der Androide immer noch dieser Rechtsanwalt aus London … man versteht. Techniker hatten seine Akkus wieder aufgeladen und derzeit wachte Pommerton über Cynthia Parlett, die das Abenteuer alles andere als gut überstanden hatte. Die Französin wirkte teilnahmslos und sprach so gut wie gar nicht. Walter erinnerte sich gut an das Versprechen, welches er Cynthia in den Katakomben des MONDes gegeben hatte. Er würde für seinen Schatz wirklich alles tun und es war ihm ernst. Auch wenn Cynthia nie wieder die Alte werden würde, er würde sie weiterhin als seine Partnerin betrachten und sie besser beschützen als in letzter Zeit. Sein Leichtsinn und seine Unvorsichtigkeit hatten die Frau in eine depressive Phase gebracht. Wenn sich der Zustand nicht änderte, würde er diesen Grauen auf EDEN aufsuchen, oder Suzan, die Frau von Ron. Aber so weit war er noch nicht. Zunächst wollte er eine Veränderung des Umfeldes versuchen. Zu diesem Zweck war er in wenigen Minuten im PENTHOUSE angemeldet. Einmal, um Bericht über das 3. Wurmloch zu erstatten und zum Zweiten, um eine persönliche Bitte vorzutragen. Man hatte ihm gesagt, dass der Admiral nicht im Büro ist, sein Anliegen aber von der Vertreterin, Brigadier Admiral Emma Jorgensen, entgegengenommen würde.
Er sah nach Jim Sellers. Der Captain dieses Zerstörers hatte sich als gefühlvoller Mann gezeigt. Geradezu sanft und leise war er mit Walter umgegangen. Selbstverständlich hatte Sellers die Berichte über den Einsatz betreffend Wurmloch 3 gelesen. Und er wusste auch von Cynthias Zustand. Für ihn der Grund, nicht lauthals Kommandos zu brüllen oder ansonsten zu laut zu agieren. Er hatte Walter zu verstehen gegeben, dass er für vertrauliche Gespräche zur Verfügung stand. Walter hatte ihm dafür gedankt, aber dieses nicht in Anspruch genommen. Er hoffte, dass ihm der Captain das nicht übelnahm.
„Deine Sphäre steht bereit und ist programmiert, Walter. Du brauchst nur einsteigen. Diesen Androiden und deine Freundin bringe ich dir, sobald du was von dir hören lässt.“
Walter stand auf: „Wenn du Cynthia selbst bringst, dann lass Pommerton nach BRAIN-TOWERS bringen. Ich will nicht, dass Cynthia über Pommerton immer wieder an den MOND erinnert wird.“
„Machen wir so, Walter!“
Walter Steinbach nickte Jim Sellers müde zu, klopfte ihm dankbar auf die Schulter und verließ die Brücke des Zerstörers.

Minuten später war er mit einer Sphäre unterwegs und rauschte durch die oberen Wolkenschichten AGUAs auf das SCA-Gelände zu.
Währenddessen legte er sich seinen mündlichen Bericht zurecht. Selbstverständlich war bereits alles schriftlich verfasst und der Empfang des entsprechenden Datenfiles war vom PENTHOUSE bestätigt worden. Der Bericht ging im Moment schon viral an alle Schiffs-KIs hinaus und verschiedene Captains waren schon mit dem Studium beschäftigt.
Jim hatte die Sphäre so programmieren lassen, dass sie neben dem Verwaltungsgebäude landete und nicht direkt auf der Dachterrasse.
Walter stieg aus, trat in das Gebäude und nutzte die Treppe. Auf halbem Weg zur obersten Etage kamen ihm drei muntere Mädchen entgegen, die lustig plapperten und ihn freundlich grüßten. Walter blieb stehen und sah hinter ihnen her. Sie sahen alle völlig gleich aus. Blaue Augen, blonde Locken – das mussten die Drillinge von Emma und Hans sein. Walter überlegte, während die Girlies schon das Haus verlassen hatten. Neun Jahre war das jetzt schon her, dass die Drillinge das Leben von Hans und Emma auf den Kopf gestellt hatten.
Das Zusammentreffen mit den Mädchen hatte für Walter einen positiven Effekt. Er wusste wieder, warum er sein Leben riskierte. Der Grund lief gerade lärmend über den Vorplatz. Walter ging weiter und wurde im PENTHOUSE von Elara freundlich empfangen.
„Hallo Walter. Geh durch, Emma erwartet dich. Kaffee?"
„Ja, bitte gern."
Elara wollte aufstehen, aber da kam Hans Möller aus dem hinteren Bereich: „Ich mach schon. Bleib sitzen, Elara." Dann sah er Walter an: „Meine Güte, Walter. Du siehst geschafft aus." Er schlug ihm auf die Schulter und sah ihm kurz in die Augen. „Geh durch, ich bringe Kaffee – schwarz und stark."
Walter nickte und ging ein Stück weiter. Emma Jorgensen kam hinter dem Schreibtisch hervor und begrüßte Walter freundlich. Der Geheimdienstmann sah die Dänin nicht so oft, aber er sah in der leichten Uniform der Flotte eine schlanke und groß gewachsene Frau mit langen und goldblonden Haaren. Die Frau strahlte nicht nur Ruhe und Sicherheit aus, nein, auch eine unterschwellige und unaufdringliche Erotik. Walter konnte sich gut vorstellen, dass Emma auf den Fluren der SCA nur ein paar Worte sagen musste und die jungen Absolventen würden alles sofort erledigen und ein Teil von ihnen würde schlecht in den Schlaf kommen.

„Willkommen auf AGUA, Walter! Der Admiral ist im TENDUA-System unterwegs. Ich denke, du hast die Berichte gelesen.“
Walter bestätigte und erwiderte den Gruß. Man setzte sich an den Tisch: „Ich habe eure Mädels gerade gesehen. Eine wahre Augenweide.“
Emma lachte: „Wir hatten gedacht, mit wachsendem Alter würden sie etwas ruhiger, aber …“
Hans kam und stellte drei Pötte Kaffee auf den Tisch und vervollständigte Emmas Satz: „… völlige Fehlanzeige. Sie sind so lebhaft. Ich muss davon ausgehen, dass Emma in ihrer Jugend auf jeden Baum geklettert ist und allerlei Unsinn angestellt hat.“
Hans setzte sich und grinste breit.
„Du bist allein gekommen?“, fragte Emma.
Die Lockerheit des kurzen Eingangsgespräches verflog sofort.
„Cynthia ist in einem, sagen wir, nicht vorzeigbaren Zustand. Dazu aber gleich, denn danach habe ich eine Bitte. Zuerst vielleicht …“
„Wir sind auf deinen Bericht gespannt und haben auch noch nichts darüber gelesen“, sagte Hans. Emma lehnte sich im Stuhl erwartungsvoll zurück.
Walter begann der Reihe nach zu berichten. Als er nach etwa 45 Minuten die Katze aus dem Sack ließ und berichtete, dass das 3. Wurmloch von RELAISSTATION im Innen des irdischen MONDes mündete und man dort auch noch die noch gut erhaltene Werft sowie TRAX gefunden hatte, kamen Emma und Hans quasi aus ihren Stühlen hoch.
„Das ist, das ist …“, Hans fand kaum Worte.
„… faszinierend“, ergänzte seine Frau. „Stell dir die Möglichkeiten vor! Zunächst waren wir sehr enttäuscht, dass es nicht in Sibirien endete, jetzt bekommen wir die Möglichkeit, direkt über RELAISSTATION von der BE-Galaxie zum ERDENMOND zu wechseln. Das ist phantastisch.“
Walter berichtete auch noch den Rest.
„Puh“, machte Hans. „Das war knapp. Das ist wahrscheinlich auch der Grund, warum Cynthia nicht hier ist, oder?“
Walter nickte bekümmert.
„Der zweite Teil, deine Bitte? Wie können wir helfen?“, Emma beugte sich in Richtung Walter vor.
„Cynthia muss raus aus dem Geschäft. Dorthin, wo sie möglichst wenig von der Flotte sieht. Sie muss sich körperlich und seelisch erholen.“

„Hast du ein bestimmtes Ziel, Walter?“, fragte Emma. „Du kannst gern darüber mit uns sprechen. Wir entscheiden und der Admiral steht hinter unserer Entscheidung. Für das Missionsergebnis kannst du dir wünschen, was du willst.“
„Wir brauchen eine längere Pause“, sagte Walter und sah von einem zum anderen.
„Kann ich mir vorstellen und wird akzeptiert“, sagte Hans Möller.
„Willst du nach EDEN?“
Walter schüttelte den Kopf: „Ich dachte eher an URMEL 4.“
Emma öffnete die Augen weit: „Eine ausgezeichnete Wahl. Eine ruhige kleine Siedlung. Im Moment könnte ich nicht einmal GREEN EARTH empfehlen, da brummt es zurzeit ganz gewaltig. URMEL 4 ist ruhig. Wenn ich recht informiert bin, will Ekaterina dorthin und mit Roy über die Absicherung der Siedlung dort sprechen. Ich glaube, sie ist noch mit der KOPERNIKUS im System.“
Emma sah sich nach ihren Assistentinnen um: „Hana!“
Die junge Frau stand wenig später vor dem Tisch und hatte rote Wangen: „Meine Güte, Walter. Ich habe gerade deinen Bericht gelesen. Meinen Glückwunsch zu dem Missionsergebnis.“
Walter bedankte sich.
Emma sprach die Assistentin an: „Kontaktiere bitte Ekaterina, sie müsste noch im System sein. Wir haben zwei Passagiere nach URMEL 4. Wir bitten sie, diese mitzunehmen.“
„Geht klar!“ Hana drehte sich auf dem Absatz um.

19:00 Uhr, URMEL 4:

Ekaterina Granowski hatte sich den Beförderungsgrund angehört und nur einen Blick auf die apathisch wirkende Cynthia geworfen. Danach hatte sie den Piloten der Dreadnought instruiert: „Wir springen direkt und ohne Umwege ins URMEL-System. Mir scheint, Eile tut not.“

Roy Sharp hatte die einjährige Lilla auf dem Schoß sitzen und spielte mit ihr. Sie sollte gleich zu Bett und der Vater war bemüht, das Baby müde zu bekommen, als der Türsummer ging. Überrascht schaute er seine Frau an, stand auf und drückte ihr die Kleine in die Arme. Dann ging er zur Haustür und öffnete.
„Ihr hattet uns eingeladen. Sind wir willkommen?“

Roy sah nur mit einem Blick auf Walter, dann nahm ihn der Zustand von Cynthia vollkommen gefangen: „Selbstverständlich kommt rein."
Roy geleitete die Besucher in den Wohnraum und Sue reagierte ähnlich, als sie Cynthia sah. Was musste da passiert sein? Mit dem Baby auf dem Arm ging sie auf Cynthia zu und seit längerer Zeit bemerkte Walter, dass seine Freundin auf äußere Reize reagierte. Zwar nur schwach, aber sie tat es. Sie sah das Baby an und aus ihren Augen sprach ein ganz klarer Wunsch.
„Das Gästezimmer ist für euch. Es ist fertig und ihr könnt es haben, solange ihr wollt", sagte Roy.
„Ekaterina ist im Orbit. Sie wird sich morgen bei dir melden", sagte Walter und wurde damit den offiziellen Teil los. Nebenbei sorgte er dafür, dass sich Cynthia auf die Couch setzte.
„Was ist passiert, Walter?"
„Ich bitte euch, meinen Bericht zu lesen", bat der Geheimdienstmann. „Dann können wir uns unterhalten."

Der Berichtende will an dieser Stelle den Bereich um Walter und Cynthia vorläufig abschließen und geht daher etwas in die Zukunft. Cynthia erholte sich etwas, blieb aber immer noch sehr zurückhaltend und schweigsam. Das Paar verlebte ruhige Tage und die Gastgeber kümmerten sich sehr um sie.
Als Walter und Cynthia eines Tages am Rande der Siedlung spazieren gingen, ergriff die Frau zum ersten Mal aus eigenem Antrieb das Wort, nachdem sie Walter umarmt hatte, man konnte auch ‚umklammert' sagen: „Walter, ich möchte hierbleiben."
Der Mann war angenehm überrascht und wertete den Wunsch positiv. Dann begann er sein Versprechen einzulösen: „Dann werden wir das tun, Cynthia."

Högni Einarsson, man erinnert sich an den Vater der Familie ‚Robinson', fungierte immer noch als Hausmeister und Mädchen für alles im Bereich der Siedlung, bekam von Roy Sharp wenig später den Auftrag, für Walter und Cynthia ein Haus bereitzustellen. Wie immer, hatte Högni für derlei Dinge vorgesorgt und es standen etliche Häuser bereit, um bezogen zu werden. Man wählte das aus, was in unmittelbarer Nähe des Hauses von Roy und Sue stand. Sue kümmerte sich rührend um die immer noch von Angstgefühlen gepeinigte Französin und es wurde mit

jedem Tag besser. Seitens der Flottenleitung wurden sie für das ganze laufende Jahr beurlaubt. Im Jahre 2153 wolle man dann sehen, ob und wie man das Paar wieder integriert. Bis dahin sollte es weitere, vielleicht ungefährliche Jobs geben, wo die beiden ihr Wissen weitergeben konnten. Der Wert ihres Missionsergebnisses wurde als phantastisch beschrieben und jeder, der mit ihnen zu tun hatte, wünschte sich, dass Cynthia wieder Lebensfreude entwickelte.
Aber das dauerte und die beginnende Freundschaft zwischen Sue und ihr, sowie die gelegentliche Beschäftigung mit Lilla, halfen dabei sehr.

09.05.2152, 19:45 Uhr, Zwei-Wege-Wurmloch, NGC 185:

Thomas hatte vor mehr als 51 Stunden den Startbefehl gegeben und die vier größten Kugelschiffe der vereinten Flotte, einschließlich der ASF HOKA, waren auf der BE-Seite in den Ereignishorizont geflogen.
Jeder Crewman war entweder auf seinem Lager oder aber an seinem Arbeitsplatz fest angebunden worden. Überall standen Droiden mit isotonischen Getränken bereit. Thomas hatte in Planung, die Kontrolle komplett den KIs zu überlassen. Man konnte sich dann fest anschnallen lassen und die KI würde dann auch die Fesseln lösen. Der Admiral hatte diese Idee in seinem Hinterkopf abgespeichert und würde dies bei der nächsten Technik-Besprechung beim Chefingenieur Phil Mory ansprechen. Die Schutzschilde der Schiffe waren auf Maximum und die KIs aller Schiffe auf Kampfbereitschaft eingestellt. Sie waren so programmiert, dass sie während der ersten Minuten, wenn die organische Besatzung noch nicht fit war, die Schiffe und deren Besatzung weitmöglichst schützten.
Thomas hatte seinen Spezialsitz im Lage-Raum der ASF HOKA genutzt und ein Droide stand bereit. Vor mehr als 51 Stunden war er ins Koma gefallen.
Und das, was er sofort wahrnahm, war unbändiger Durst und das Zweite, dass die ASF HOKA mitten im Gefecht war. Ungeduldig wartete er, bis der Droide ihn losgebunden hatte, dann riss er ihm die Flasche aus der Hand. Torkelnd stand er neben seinem Spezialsitz und trank noch, als er den Lage-Raum verließ.
Ringsum auf der riesigen Brücke schien das Chaos ausgebrochen. Die Anzeigen flatterten über die Bildschirme und der Frontschirm schien in einer Lichtkaskade zu baden. Fast niemand war aber in der Lage, ange-

messen zu handeln. Thomas war die Übergänge von der MILCHSTRASSE zur BLACK EYE-Galaxie gewöhnt und daher vielleicht ein wenig widerstandsfähiger. Trotzdem krächzte er nur und brachte kein Wort heraus. Er sah, wie die mächtigen Kaliber der Ganymed-Raketen starteten und dann dem Gegner entgegensprangen. Die Automatik war so eingestellt, dass sie nur Torpedos, also rein mechanisch wirkende Waffen, zum Einsatz brachte. Treffer schlugen in die Schirme ein. Neben der mechanischen Wirkung lärmte das auch heftig.

Thomas Blick fiel auf die Belastungsanzeige des Haupt-Schildgenerators: 76% – einigermaßen beruhigend. Er sah, dass Captain Aurelia Ziaar ihre Trinkflasche absetzte und zu einem Kommando ansetzte. Stattdessen rülpste sie laut und vor Schreck hielt sie eine Hand vor den Mund. Trotz der angespannten Situation musste Thomas flüchtig grinsen. Aurelia war eine Frau mit Stil und beabsichtigt war der Fauxpas bestimmt nicht. Er tat jedoch so, als hätte er nichts gehört. Weiterhin die Flasche am Mund ging er nach vorn und gab Handzeichen: Er wollte den Holo-Tank aktiviert haben. Er wurde verstanden und das Ding aktivierte sich.

Zunächst interessierte sich Thomas für den Zustand der unterstützenden Kugelschiffe. Alle standen unter schwerem Feuer, aber bisher gab es noch keine ernstzunehmenden Schäden. Danach betrachtete er die Gegnerschiffe. 400-Meter-Einheiten, und zwar 357 davon. Das Log des Tanks zeigte auf, dass die KIs bereits 87 Gegnerschiffe vernichtet hatten. Das ließ hoffen.

Thomas hob einen Finger hoch und der entsprechende Offizier schaltete die Flottenwelle.

„Hier ist Admiral Raven. Unsere KIs haben bereits fast 20% der Feindschiffe vernichtet. Sobald ich von allen Schiffen die Klarmeldung habe, können wir unsere Barracudas in den Einsatz bringen. Die KOM bleibt für die Zeit des Kampfes offen."

Thomas hörte hier und da etwas Kratzen. Die Mit-Captains und ihre Crews waren Galaxisübergänge einfach nicht gewohnt. Auf der ASF HOKA kamen von Aurelia schon klare Kommandos. Sie fasste die Gruppe der Gunner zusammen und wies ihnen Ziele zu.

Dann kamen so nach und nach die Klarmeldungen rein. Einer der Ersten war Ro-Latu, der sich und sein Schiff gefechtsklar ohne die KI meldete. Leider konnte er keine Barracudas in den Einsatz bringen. Thomas nahm sich vor, dem GENAR zukünftig diese überschweren

Abfangjäger zur Verfügung zu stellen. Sie mussten zwar speziell geschult werden, aber auch das sollte möglich sein.
Ein Ereignis am Rande des Schlachtfeldes erregte die Aufmerksamkeit des Admirals. Die SHIRTAN unter Fin Eggert war in Bedrängnis. Die KI hatte das gescannt und auch errechnet. Das Symbol des Schiffes begann zu blinken. Thomas tippte die ODIN an.
„Pat, die SHIRTAN könnte Hilfe gebrauchen!"
„Ich habbet gesehen. Wenn man ma nich auffe Jugend aufpasst", war der trotz der Lockerheit sehr angespannte Spruch der Captain des größten Kugelschiffes.
„Hier ist die ASF HOKA", hörte Thomas die Stimme von Aurelia. „Wir starten unsere Barracudas in Richtung SHIRTAN. First Flight und los"!"
„Aye, Captain!"
Thomas drehte sich zu seiner Flagg-Captain um und machte ein fragendes Gesicht. Hatte er nicht gerade angeordnet, dass auf Kommando alle Barracudas ...
Aurelia zeigte mit dem Finger auf den Admiral und dann kam eine spezielle Ansage nur für ihn: „Die ODIN käme zu spät. Wir sind näher dran, aber zu langsam im Manövrieren. Unsere Barracudas klären die Situation, Admiral! G-Team BUZZARD ist im Einsatz, die anderen warten auf deinen Befehl."
Thomas wandte sich dem Holo-Tank zu und stellte fest, dass die Iranerin Recht hatte. Statt etwas über gerichtete Schallfelder von sich zu geben, hob er lediglich einen Daumen. Der Befehl von Aurelia wurde von ihm akzeptiert.
Aurelia nickte zufrieden und wandte sich den nächsten Problemen zu. Es hatte Einschläge in die ASF HOKA gegeben, bzw. mechanische Auswirkungen. Sie ließ Droiden nach Prio-Listen beauftragen, die Schäden schnellstmöglich zu beseitigen. Die HOKA fing das meiste an Angriffen ab. Die EGGS hatten sich hauptsächlich auf das größte Schiff gestürzt. Das verringerte den Druck auf die Kugelschiffe feindseitig.
Die Erwartung des Admirals vergrößerte wieder den Druck. Die Kugelschiffe hatten das Flaggschiff zu unterstützen. Fin Eggert hatte dabei das Pech, den Haupt-Nebendruck aushalten zu müssen.
Auf der ASF HOKA geriet der First Flight, Fernando Miguel Hoche Alvaretz Rodriguez, genannt Ferdi, ins Schwitzen. Er hatte seinem Freund, Diek Vandebloem, nicht abschlagen können, mal wieder selbst

in einen der Barracudas zu steigen. Diek fungierte eigentlich als Deckchief, aber er hatte gegenüber Freund Ferdi geäußert, bei der nächsten Schlacht endlich mal einen der kampfstarken Barracudas fliegen zu wollen. Und Ferdi hatte zugestimmt. Im Nachhinein könnte er sich dafür selbst in den, äh … Allerwertesten treten, aber jetzt war Diek draußen und die Situation nicht mehr zu ändern.

Diek war Leader des Barracuda-Großgeschwaders BGG BUZZARD, eines von dreien mit Stand Mai 2152 auf der ASF HOKA. Ein Großgeschwader beinhaltete 12 Teams von jeweils drei Maschinen. Mit Diek flogen also 35 weitere Barracudas auf das von Diek festgelegte Ziel zu.

„Wir müssen die SHIRTAN da rausbringen“, funkte der BGG-Leader. „Formation 6/6 einnehmen, Abstand 5.000 Kilometer, ich löse die NAV-Hilfe aus!“ Diek drückte auf einen Sensor-Punkt. Die Bord-KI hatte den Funkspruch selbstverständlich mitgehört und errechnete für alle 36 Barracudas eine Position in der Formation. Mit 6/6 war gemeint, dass es sechs Reihen übereinander und sechs Maschinen nebeneinander gab. Sie würden als Angriffs-Quadrat bezeichnet werden können. Da die Maschinen bereits mit Höchstgeschwindigkeit auf ihr Ziel zuflogen, dauerte das Szenario fast zwei Minuten. Dann stand die Formation.

„Mit dem ersten Schuss wird die NAV-Kopplung freigegeben“, verkündete Diek. „Jeder nimmt nur das ihm nächste Schiff aufs Korn. Ich wünsche eine gute Jagd!“

Die Jäger waren trotz ihrer Größe pfeilschnell. Im Prinzip bestanden sie aus Antrieb und großkalibrigen Waffen – mehr nicht. Und was das bedeutete, merkte der Gegner sehr schnell. Diek spürte die unbändige Kraft seines überschweren Abfangjägers und das war genau das, was der Belgier wollte. Er spürte die feinen Vibrationen und die schiere Gewalt, mit der die Triebwerke seine Maschine durch den Raum katapultierten. Das Adrenalin schoss ihm durch die Adern. Er war gespannt, was die Waffen anrichten konnten. Er befahl seinem Gunner-Droiden, die Waffen einsatzbereit zu machen.

„Achtung!“, rief Fin Eggert auf der Brücke der SHIRTAN, als die 36 Maschinen nur noch eine Million Kilometer entfernt waren. Sein Schiff hatte ein paar Schäden davongetragen, wehrte sich aber durchaus sehr schlagkräftig. Dann begannen die Barracudas mit ihrem konzentrierten Feuer und übergangslos wurde dieser Teil des Weltraums taghell.

Überall schlugen die Stinger ein und rissen riesige Löcher in die Schiffe. Die nächste, übernächste, aber spätestens die vierte Rakete bedeutete den Untergang des zuvor getroffenen Schiffes. Diek bedauerte, nicht so viel abschießen zu können, da er das Großgeschwader zu führen hatte. Jan Eggert hätte gesagt: „Wer selbst malocht, verliert den Überblick." Und nach diesem Grundsatz funktionierte der Belgier vorzüglich.
Er verteilte die Gegner und hielt sich selbst etwas zurück. Nach dem ersten Feuerschlag hatte er sich auf diese Führungsaufgabe zurückgezogen. Ihm steckte noch das Gefühl in den Knochen, den Schlag der gleichzeitig abgefeuerten Stinger-Raketengespürt zu haben. Einer der EGGS-Schiffe war sofort explodiert und so hatte das bei allen angreifenden Barracudas funktioniert. Diese schweren Jäger waren ein Garant für eine Raumschlacht.
Ferdi am Überwachungspult auf der Brücke der ASF HOKA zählte die Abschüsse mit und fand lobende Worte: „Das, äh … macht ihr ganz gut!"
„Hört ihr", funkte Diek. „Der Chef hat nicht gemeckert, also ist er nahezu enthusiastisch." Die Tonlage triefte vor Hohn.
„**Diek!**", hieß es dann auch ermahnend von Ferdi.

„Ferdi! Die beiden anderen Großgeschwader Barracudas in den Einsatz", ordnete die Captain an und Ferdi musste sich kümmern.
„Auftrag, Captain?"
„Sie sollen die HOKA schützen. Wir bekommen etwas zu viel Feuer ab. Wir müssen den Druck minimieren."
„Aye, Captain!"
Vom Vorderdeck starteten die restlichen 72 Barracudas. Ferdi schaute ihnen nach und das war der Vorteil des Flaggschiffes. Die Brücke befand sich ziemlich hinten, und auf der Brücke hatte man einen guten Überblick über das beleuchtete Vorderdeck. Die TON-ROK und die ULURU standen noch dort und warteten auf den Einsatz.
Dann befahl der Admiral gar nicht mehr den Einsatz der restlichen Barracudas. Merkwürdigerweise hatten die EGGS keine Angriffsjäger ausgeschleust. Wahrscheinlich hatte die Wachflotte gar keine an Bord.
„Besorgt es ihnen ordentlich", waren die wenig gefühlvollen Worte von Thomas. Er hatte kurz an den Grund gedacht, warum sie sich auf dieses Wagnis eingelassen hatten. Die ersten Ausstiegsmeldungen von

Barracuda-Piloten kamen durch. Wenn sie Glück hatten, konnten sie alle bergen und niemand würde sein Leben verlieren.
„Feuer aus allen Rohren", ordnete er an. „Machen wir dem ein Ende!"
Thomas sah auf die Übersicht. Die SHIRTAN war beschädigt und er entschloss sich, das Schiff zurückzuschicken.
„SHIRTAN von HOKA kommen."
Fin Eggert meldete sich sofort.
„Unsere Wege trennen sich hier, Fin. Dein Schiff hat zu viel abbekommen. Ich danke dir für die Unterstützung. Du fliegst zurück. All-in und dann ab mir dir!"
„SHIRTAN hat verstanden, tut mir leid, Admiral. Ich wünsche Glück!"
Thomas beobachtete, wie die Riesenkugel abdrehte und dabei den Schutz von Vandebloems Barracudas genoss. Fin Eggert befolgte den Befehl ‚All-in'. Die SHIRTAN warf alles an selbstlenkenden Waffen raus, was ging. Diese waren zuvor alle auf EGGS-Schiffe programmiert. Trotz der Beschädigungen verwandelte sich das Schiff noch mal in einen feuerspeienden Berg, der viele EGGS-Schiffe in den Untergang riss. Diek eskortierte das Schiff zurück zum Wurmloch.
Thomas biss die Zähne zusammen. Er wusste, was er der Besatzung der SHIRTAN zumutete, der zweite Durchgang innerhalb kürzester Zeit. Aber ein waidwundes Schiff durfte er nicht mitnehmen. Keiner wusste, wie viele Gefechte sie noch zu überstehen hatten.

ASF HOKA und ODIN teilten eine Menge vernichtender Schläge aus und die Schlacht war durchaus sehr schnell zugunsten der BUND-Einheiten entschieden.
„Ich kann mich erinnern, dass man uns sagte, die übriggebliebenen Teile dürften nicht zu groß sein", funkte der Admiral über die Flottenwelle. „Ich kann zwar nicht unterscheiden, was anorganisches Leben ist und was nicht, aber wir sollten hier reinen Tisch machen. Setzt die kleineren Jäger ein. ODIN, ich empfange hier die Signale von sieben ausgestiegenen Piloten. Übernehmt ihr?"
„Dat machen wa", kam postwendend die Antwort von Pat Neubauer.
„Verteilt die Piloten bitte anschließend auf deren Heimatschiffe!"
„Dat macht der Paul!"
„Hier Paul – verstanden!"

Die anschließende Bergungs- und Bereinigungsaktion dauerte etwa anderthalb Stunden. Währenddessen waren in den BUND-Schiffen die Reparaturdroiden unterwegs und beseitigten die angefallenen Schäden.
„Status der HOKA?", fragte der Admiral die Captain. Er bekam über den HOLO-Tank nur einen groben Überblick und so musste er nachfragen, wenn er dort nicht kompliziert ins Detail gehen wollte.
„Wir haben drei Durchschläge von Energieschüssen im vorderen Bug. In einem Fall ist eine Dekompression aufgetreten, allerdings ohne Verluste. Wir haben das Loch in zwanzig Minuten versiegelt und sind dann überraumfähig."
Thomas bedankte sich mit einem Kopfnicken.
„Admiral an Flotte. Haben wir Verluste?"
„Die ATROX hat vier Barracudas verloren", kam die Antwort von Bor-Atak.
„Okay", funkte Thomas Raven. „Material interessiert mich höchstens am Rande. Gibt es Verletzte oder gar Tote?"
Der Admiral bekam die Meldung, dass insgesamt 34 Crewleute und Piloten verletzt waren. Es hatte keine Tote gegeben.
„Ich bedanke mich für die gemeinschaftliche Arbeit. Wir haben demnach keine Verluste an Crewleuten. Das ist ein guter Anfang", funkte Thomas. „Wir sollten hier fertigmachen und uns dann auf die Suche machen."
„Wie?", fragte Ro-Latu mit und diese Frage war nicht ganz unberechtigt.
Thomas schaute auf seine Uhr: „Holo-Besprechung in 45 Minuten. Lasst eure Schiffe, soweit es geht, reparieren. Probleme bitte an mich. Bis dahin!"
Thomas ließ die Flottenfrequenz abschalten. Draußen, um die Schiffe herum, ließen die Leader ihre Geschwader und Staffeln ein regelrechtes Übungsschießen veranstalten. Größere Bruchstücke der EGGS-Schiffe wurden pulverisiert.
„Aurelia, du nimmst gleich an der Besprechung teil!"
„Geht klar, Thomas."
Aurelia verteilte die Aufgaben: „Paul, du übernimmst gleich die Brücke."
„Aye, Captain.
„Kamala, lass die Technik im Besprechungsraum vorbereiten!"
„Aye, Aurelia."

„Annika, ich habe für dich folgende Aufgabe …“
Thomas ließ auch den Holotank abschalten und verschwand für den Rest der Zeit bis zur Besprechung in seinem Lage-Raum. Er musste nachdenken.

45 Minuten später, Besprechungsraum:

Admiral Thomas Raven saß vor einem riesigen Pott Kaffee und neben ihm Aurelia Ziaar mit einem Tässchen Tee. Der Admiral war wegen der verlustarmen und gewonnenen Schlacht guter Dinge und sah etwas kritisch auf die kleine Pfütze in Aurelias Tasse.
Die Iranerin hatte den ironischen Blick mitbekommen und konterte: „Masse ist eben nicht alles.“
Thomas lachte und verzichtete auf eine Antwort. Langsam aber sicher taute Aurelia neben ihm auf und wurde tatsächlich zu der Führungskraft, die er schon lange in ihr gesehen hatte. Sie war jung genug, sich an die neueste Technik zu gewöhnen. Dabei war sie ausreichend clever, nicht alles selbst machen zu wollen oder auch nur von sich zu erwarten, dass sie alles konnte. Thomas hatte einen Blick auf die Foliennotizen seiner Captain geworfen und was darauf stand, bestärkte ihn in seinem Urteil.
Nach und nach schalteten sich die Captains der begleitenden Schiffe hinzu. Nach dem Ausfall der SHIRTAN waren es nur noch drei Captains: Pat Neubauer (ODIN), Bor-Atak (ATROX) und Ro-Latu (HORLOK II). Sie saßen jeweils an Bord ihrer Schiffe in den Besprechungsräumen und schickten sich selbst als holografische Avatare an Bord der HOKA. Gleichfalls empfingen sie die anderen Gesprächspartner bei sich. So hatte jeder das Gefühl, in seinen Räumlichkeiten den anderen direkt gegenüberzusitzen. Nur Leuten, die so etwas genau kannten, fiel der Unterschied auf. Und dann natürlich, wenn jemand aufstand und den Platz verließ. Er verschwand dann einfach. Die Technik war nahezu perfekt.
Thomas grüßte und verlor keine Zeit: „Ich habe bemerkt, dass unsere Flagg-Captain ein paar Informationen hat zusammentragen lassen. Wir wollen sie als Basis nehmen, Aurelia, bitte …“
Die Captain ließ sich nicht lange bitten: „Meine Astrogation hat sechs Systeme herausgefunden, die von hier erreichbar wären – in angemessener Zeit. Unsere Berechnungen gehen davon aus, dass eine Sphäre

innerhalb der PHOEBE den Untergang nicht überstanden hätte. An Bord der PHOEBE war eine Alpha. Diese könnte mit eingeschalteten Schutzschilden die Explosion bewältigt haben."

Thomas sah die Gesprächspartner an: „Wir suchen also nach einer Alpha."

Ro-Latu machte ein undefinierbares Gesicht. Dem GENAR war klar, was das bedeutete: Eine Stecknadel im Heuhaufen wäre dagegen ein Klacks.

„Wir gehen davon aus, dass die Alpha entweder ein Notsignal abstrahlt, welches wir nicht empfangen, oder sie hat eines der sechs Sonnensysteme angeflogen und wartet auf einem Sauerstoffplaneten."

„Oder die Alpha wurde vernichtet", fügte Ro-Latu hinzu.

„Auch das ist korrekt", musste Thomas zugeben, obwohl er verständlicherweise kein Fan dieser Annahme war.

„Diese Möglichkeit schließen wir erst einmal aus", sagte Aurelia streng und Thomas gab ihr Recht. Sonst könnte man schließlich gleich nach Hause fliegen.

„Die PHOEBE hatte drei N2-Androiden der letzten Generation an Bord und wir können mit an Sicherheit grenzender Wahrscheinlichkeit sagen, dass sie zum gleichen Rechenergebnis gekommen sind. Also ist die Nutzung der Alpha schon fast zwingend. Wir reden hier nicht von emotionsgeprägten Entscheidungen eines Individuums, welche durchaus fehlerhaft sein können, sondern von genormten Rechenprozessen hochentwickelter KIs. Die Frage ist jetzt, wohin man sich gewandt hat. Wir können auch ausschließen, dass die N2s das erste System angeflogen haben. Aufgrund der leichten Nachverfolgbarkeit auch von Feindeinheiten wäre das ebenfalls ausgeschlossen. Ich schlage daher vor, dass wir die Systeme in Abhängigkeit, aufsteigend mit der Entfernung, die Nummern zwei, drei und vier absuchen. Zwei wäre 21 Lichtjahre entfernt, drei 37 und vier 42 Lichtjahre." Aurelia sah auf die versammelten Avatare. Alle hatten ihr zugehört und Pat Neubauer machte einen spitzen Mund, nickte und sagte: „Trennen wa uns? Dat ginge schneller."

Thomas stützte seine Arme auf den Tisch und beugte sich vor: „Ehrlich gesagt, bin ich kein Freund davon. Wir hatten Glück gehabt, auf eine schwache Abwehr zu stoßen. Die EGGS haben sicherlich kaum damit gerechnet, dass Schiffe der TENDUA durchkommen. Sie konnten nicht ahnen, dass wir hier auftauchen. Ich vermute, dass wir so ganz

anders empfangen worden wären. Ich erinnere mal an das One-Way-Wurmloch nach NGC 185 und unsere Erfahrungen dort."
„Geht abba ganz schön Zeit bei drauf, wenn wa im Rudel fliegen", kommentierte die Captain der ODIN.
„Nicht unbedingt", widersprach Aurelia. „Stellt euch vor, wir entdecken in diesen Systemen nichts."
„Dann nach fünf, sechs und wennet ganz gut machen willz, siehse noch bei eins vorbei. Is ja möchlich, datt die Alpha wat abgekriecht hat und sie nur nach eins schafften", führte Pat in ihrer unnachahmlichen Weise aus.
„Korrekt", sagte Aurelia und Thomas horchte auf. Sollte Aurelia …
„Ich darf mal an ein Verfahren erinnern", fuhr die Flagg-Captain fort, „welches auf der Suche nach der WALHALLA, wenn ich mich recht erinnere, angewandt worden ist."
Thomas schmunzelte und dachte: ‚Sie hat es tatsächlich …‘
Fragende Gesichter schauten die junge Iranerin an.
„Okay", sagte sie lächelnd. „Ich war wohl die einzige auf der SC-Akademie und sonst könnte nur Thomas sich an das erinnern. Willst du, Thomas?"
„Ja, ausgezeichnet, ausgezeichnet", sagte Thomas. „Das wird tatsächlich auf der Akademie gelehrt?"
„Gehört zum Standardprogramm", versicherte Aurelia. „Unter Einsatztaktik und Planung geschichtlich realer und relevanter Missionen."
Thomas sah die Zuhörer an: „Die Idee kam damals von Glühwürmchen, wie wir sie nannten, also die Namensgeberin unseres Flaggschiffs, Hotaru Kaneko. Brillante Ausführung damals von Paulo Baretta. Beide sind leider nicht mehr unter uns. Ich denke, wir ehren sie auch dadurch, dass wir das Verfahren weiterhin anwenden."
Die Avatare gaben einen interessierten Eindruck weiter. Sie stellten es sich schwierig vor, eine Alpha im Raum zu finden. Das war es auch, aber Thomas begann zu beschreiben.
„Uns ist die Antriebssignatur einer Alpha bekannt. Wir brauchen eine Unmenge von Drohnen, um diese Spur zu finden und sie auch verfolgen zu können. Wir brauchen, wenn wir Glück haben, nur eine Hand voll Messungen, dann wissen wir die Richtung und können auf das System zufliegen."
„Und das funktioniert?", warf Ro-Latu skeptisch ein.

„Dat hasse noch nich im Henkelmann gehabt, wa?" Pat Neubauer feixte, als der GENAR-Captain ein fragendes Gesicht machte.
(Anmerkung des Berichtenden zum Thema Henkelmann: Im Pütt nahmen Arbeiter von zu Hause eine Blechdose mit mehreren Innenunterteilungen mit zur Arbeit. Aufbewahrt wurde darin das Mittagessen. Man stellte die gesamte Dose in heißes Wasser und bekam so eine aufgewärmte Mahlzeit. Da das Ding an einem Henkel getragen wurde bzw. aus dem heißen Wasser gezogen wurde, etablierte sich der Begriff ‚Henkelmann'.)
„Tatsächlich haben wir die WALHALLA damals gefunden", sagte Thomas. „Auch wenn das Schiff wesentlich größer war als eine Alpha, so sind heute unsere Drohnen sehr viel sensibler. Wenn wir keine Spur einer Alpha finden, sparen wir viel Zeit, denn dann hat die Besatzung den Untergang der PHOEBE nicht überlebt. Insofern unterstütze ich die Planungen von Aurelia. Bitte Aurelia, ich sehe, dass du dir schon Gedanken dazu gemacht hast. Bitte mach weiter."
„Gesteuert wird das Prozedere von der KI der HOKA", fuhr Aurelia fort. „Bertrand und Annika programmieren zurzeit schon ein Suchprogramm. Ich brauche von jedem Schiff die Anzahl der einsatzbereiten Scannerdrohnen. Und wir müssen das Kampfgebiet verlassen. Hier werden die Spuren nicht mehr zu detektieren sein. Meine Taktikerin wird einen Kurs festlegen."
Aurelia verstummte und sah den Admiral an.
Thomas schaute einmal in die Runde: „Hat jemand Fragen?"
Das war nicht der Fall.
„Dann sollten wir jetzt anfangen", legte sich der Admiral fest. „Ich möchte hier nicht auf eine wirklich wehrhafte Armada der EGGS warten. Bitte übergebt die NAV-Kopplung an die KI der HOKA. Die Besprechung ist damit beendet. Vielen Dank!"
Die Avatare verschwanden einer nach dem anderen und Aurelia und Thomas verließen den Raum. Vor ihnen lag eine gehörige Geduldsprobe und gerade für Thomas war das auch eine Nervensache. Er hoffte, dass seine Tochter und ihr Freund irgendwo da draußen waren und noch lebten.

09.05.2152, 19:00 Uhr, FOG, Alpha:

Lisa-Ann hatte dem Drängen ihrer mechanischen Begleiter nachgegeben und heute etwas gegessen. Seit fast zwei kompletten Tagen saß sie in der Alpha und bangte um das Leben von Piet. Pilot hatte eben den Patienten mit Hilfe der Stase-Lade untersucht. Sein Fazit war nicht besser ausgefallen als das von vor zwei Tagen.

„Das Vitalsystem wird durch das Gift heruntergefahren. Ich kann nicht erkennen, dass der Körper ein wirksames Mittel dagegen entwickelt. Darf ich fragen, was wir bezüglich der Aktivierung des Notrufes unternehmen sollen?“

Lisa-Ann sah auf. Der Robot hatte nahezu abrupt das Thema gewechselt. Das Problem hatte sie völlig verdrängt. Sie hatte für morgen, beginnend um 15:00 Uhr, den Notruf angeordnet. Sie winkte dem Androiden und sie verließen das Zimmer, in dem Piet lag. Mangels ausgesuchter Möglichkeiten begab sie sich mit der Maschine auf die Kommandoebene. Draußen dämmerte es bereits.

„Was sollen wir tun?“, fragte sie den Androiden etwas hilflos.

„Den Patienten von der Stase-Lade abzukoppeln, würde seinen baldigen Tod bedeuten“, sagte Pilot. „Logisch wäre es, wenn wir hier den Patienten zurücklassen und einen von uns. Der Rest der Besatzung nimmt Abstand von der Alpha.“

Der Androide wartete auf eine Antwort der Captain.

Lisa-Ann erinnerte sich an das blasse und nun schmal gewordene Gesicht des Freundes. Die Stase-Lade versorgte ihn mit allen Stoffen, die der Körper zum Existieren brauchte. Ein wirksames Gegenmittel hatte diese Technik aber nicht. Lisa-Ann erkannte die unbedingte Logik in den Worten dieser hochentwickelten Maschine. Trotzdem sträubte sie sich, den Partner hier einfach liegen zu lassen. Sie stellte sich die Situation vor: Aus der Entfernung konnten sie mit ansehen, dass die Alpha von EGGS-Schiffen angegriffen und vernichtet wurde. Sie würden dann auf sich allein gestellt sein in dieser feindlichen Umwelt. Sie konnte jetzt den Notruf aussetzen, aber dann wäre Piet, wenn sie den Robot richtig verstanden hatte, in ein paar Tagen tot. Die einzige Chance bestand tatsächlich darin, dass sie versuchte, Schiffe der ASF per ÜL-Funk zu erreichen. Die Chance war gering, aber sie war vorhanden.

Lisa-Ann traf eine schwere Entscheidung: „Wir werden pünktlich um 15:00 Uhr das Signal senden und die Alpha nicht verlassen.“

Der Robot sah sie an: „Wenn die EGGS zuerst unser Signal empfangen und vor der Flotte hier sind, ist das tödlich. Wir können das nicht zulassen."
Lisa-Ann begriff, dass die Robots alles tun würden, um sie am Leben zu erhalten.
„Und wenn ich euch alle deaktivieren muss", entschied sie.
„Auch das werden wir, da wir deine Pläne jetzt kennen, nicht zulassen können", wehrte sich der Robot.
Lisa-Ann begriff, dass sie vor einem ernstzunehmenden Problem stand. Sie versuchte es ihrerseits mit Logik: „Versuch dir folgendes vorzustellen, Pilot."
„Ich versuche es."
„Wir verlassen die Alpha und Piet stirbt zusammen mit dem zurückgelassenen Robot beim Angriff der EGGS."
„Die Situation ist nicht schwer vorstellbar. Es ist eine der Optionen."
Lisa-Ann hob eine Hand: „Wie siehst du meine Zukunft?"
„Ich errechne eine nur sehr geringe Chance, dass der Notruf auch gleichzeitig von ASF-Schiffen empfangen wurde. Es ist abhängig davon, ob die EGGS hier nachsehen, ob es Überlebende gibt."
„Geh bitte davon aus, dass die EGGS uns unbehelligt lassen – die bessere Option."
„Nun, dann werden zwei Androiden für deine Sicherheit sorgen."
„Auf diesem Planeten?", hakte Lisa-Ann nach. „Geh davon aus, dass wir längst nicht alle Gefahren kennen. Aber gut, bewerte nur die, die wir kennen."
Der Robot schwieg eine halbe Sekunde – lange für eine derart hoch spezialisierte Maschine.
„Irgendwann wird die Munition ausgehen. Danach die Energie und die Lebensmittel", stellte er fest.
„Genau", sagte Lisa-Ann. „Und dann?"
„Wir werden improvisieren müssen", gab der Androide zu.
„Ja, wir werden mit Knüppeln die Viecher abwehren oder mit Steinen werfen. Ich kann auch versuchen, die so erschlagenen Tiere zu essen. Wir müssten die halbe Alpha mitnehmen, um eine geringe Chance des Überlebens zu sichern. Und wir müssten jetzt damit anfangen, denn nach dem Angriff der EGGS gibt es sie nicht mehr."
Der Robot bestätigte.

„Es macht auch keinen Sinn, die ÜL-Funkanlage auszubauen und woanders aufzustellen. Das ginge zwar, aber für die Reichweite benötigen wir die Energie der Alpha.
„Das haben wir bereits durchgerechnet."
„Dann kommt jetzt das, was am schwierigsten ist für dich zu akzeptieren", kündete Lisa-Ann an. „Ich habe hier keine Lust, nachdem ich Piet verloren habe, jeden Tag um mein Leben zu kämpfen, unter den schwierigsten Bedingungen gerade mal überleben und keine Chance auf eine Besserung zu haben. Kannst du das verstehen? Es fehlte mir der Sinn in meinem Leben!"
Der Robot schwieg ganze fünf Sekunden: „Es heißt, die Hoffnung stirbt zuletzt."
Lisa-Ann wurde sauer: „Habt ihr jetzt auch Philosophie in BRAIN-TOWERS?"
„Wir werden vorbereitet auf menschliche Beweggründe und Verhaltensweisen. Die Natur gibt euch den Überlebenswillen bis zur letzten Sekunde mit."
„Normalerweise", stimmte Lisa-Ann zu.
„Du bist nicht normal?", fragte der Androide nach.
Lisa-Ann hatte tatsächlich das Gefühl, als wolle die Maschine verstehen.
„Ich habe schon einmal einen Partner verloren. Diese Erfahrung macht mir auch heute noch das Leben schwer. Ich befürchte, bei dem nächsten Verlust die Trauer nie mehr ablegen zu können. Daraus ergibt sich für mich ein nicht lebenswertes Leben. Kannst du das nachvollziehen?"
„Nein, weil es mit Gefühlen zusammenhängt. Allerdings kann ich verstehen, dass ein sinnloses Leben schon zu Ende ist, bevor der Tod eintritt."
Lisa-Ann war überrascht: „So ist das und deswegen werde ich hier zusammen mit Piet im Feuer der EGGS-Schiffe sterben. Es fällt mir zwar nicht leicht, aber die andere Option wäre Sterben auf Raten und eine sehr leidvolle Zeit."
„Wir akzeptieren deine Entscheidung!"
Lisa-Ann atmete auf. Die Androiden würden sich ihr nicht in den Weg stellen.

10.05.2152, 15:00 Uhr, FOG, Alpha:

Piets Zustand hatte sich noch einmal verschlechtert. Pilot sah Lisa-Ann fragend an. Die junge Captain nickte ihm zu. Der Robot verstand und drückte auf einen Sensorpunkt an der Funkkonsole. Ein geraffter ÜL-Funkimpuls verließ die Sendeantennen der Alpha. Danach schaltete der Robot das Gerät ausschließlich auf Empfang.
„Alle halbe Stunde", korrigierte Lisa-Ann ihre frühere Entscheidung. Sie warteten gemeinsam und einer der N2-Droiden hielt die Scanner im Auge. Lisa-Ann hatte keine Ahnung, wie sie reagieren sollte, wenn EGGS auf dem Bildschirm zu erkennen waren. Sie warteten bis zum nächsten Sendeimpuls. Lisa-Ann stellte fest, dass sie überflüssig war.
„Ich bin bei Piet. Behaltet alles im Auge und meldet euch, wenn es etwas gibt."
Lisa-Ann verließ die Kommandoebene und suchte ihren Freund auf. Piet lag unverändert in der Lade-Schale. Sie streichelte sein Gesicht und küsste ihn auf die Wange. Ein kleines Mädchen in ihr hoffte, dass der Freund dann sofort die Augen aufschlagen würde.
Das tat er aber nicht.
Sie setzte sich neben ihn und ergriff seine Hand: „Jetzt kommt es darauf an, Piet!"

11.05.2152, 10:10 Uhr, NGC 185, FOG-System:

Wie befürchtet, war der Notruf der Alpha auch von anderen Intelligenzen empfangen worden. Um 10:10 Uhr tauchte ein 500 Meter durchmessendes Schiff der EGGS im FOG-System, nennen wir es mal so, auf. Es hatte weitgehend alle Energiesysteme im Stand-by und war somit schwer anzumessen. Und es wartete ab. Bisher waren die Notrufe in einer gewissen Abfolge aufgetreten. Die Wesen an Bord schienen Geduld zu besitzen. Nichts regte sich – in den nächsten 20 Minuten.
Dann hatte das Schiff lange genug gewartet. Der nächste Funkimpuls war eingetroffen.
Langsam setzte sich das Schiff in Bewegung, und zwar auf den siebten Planeten von der Sonne aus gesehen. Drei der Planeten waren für Sauerstoffatmer geeignet und verfügten über Photosynthese. Der siebte war der sonnennächste von diesen, gemessen am Abstand zur Sonne. Genau von dort kam das Funksignal.

11.05.2152, 11:55 Uhr, ASF HOKA, Brücke:

Flagg-Captain Aurelia Ziaar sah aus den Augenwinkeln, dass Bertrand Moes im Gegensatz zu seiner sonst eher ruhigen Vorgehensweise beide Arme hochriss. Aurelia war selbst erstaunt, wie schnell sie die Schallfeld-KOM zum Sonderbeauftragten für das Aufspüren von ASF-Fliegern in NGC 185 hergestellt hatte: „Bertrand?"
„Wir haben die Spur einer Alpha" haspelte der Mann aufgeregt hervor. Offensichtlich hatte er selbst nicht an den Erfolg seiner eigenen Maßnahmen geglaubt. Aurelia konnte es ihm nicht verübeln.
„Weiter", befahl die Captain.
„In Verlängerung zum Wurmloch geht die Richtung zum dritten System in unserer Reihenfolge", gab der Luxemburger bekannt.
„Gute Arbeit, Bertrand", sagte die Iranerin. „Ich melde mich gleich wieder."
Sie schaltete ab und verlangte von Annika die Flotten-Frequenz sowie die schiffsweiten Verbindungen auf allen Schiffen. Annika von Sell schaltete. Die Captain wollte mehr oder weniger zu allen sprechen.
„Du kannst", rief sie in Richtung der Captain.
Aurelia setzte sich in Positur: „Achtung, hier spricht die Flagg-Captain. Wir haben eine Spur und sie führt ins dritte System. Die angeschlossenen Schiffe übergeben ihre NAV-Kopplung an die ASF HOKA. Wir fliegen unmittelbar dort hin. Admiral bitte auf die Brücke! Ende der Durchsage."
Dann drückte die Captain auf den Buzzer für den Teilalarm.

Admiral Thomas Raven war mit General Ron Dekker im Lage-Raum. Der General war da ziemlich unnötig, aber er leistete seinem Freund den Beistand, den er eben leisten konnte: einen moralischen zumindest. Beide Männer waren hochgeschreckt, als sie die Durchsage von Aurelia Ziaar hörten.
Thomas sprang auf, verschüttete einen Teil seines Kaffees und rannte zum Ausgang des Raumes. Ron hinterher und prallte heftig gegen seinen Freund, als dieser stehengeblieben war und sich nach Ron umdrehte.
„Sorry", brachte Ron heraus und Thomas winkte ab. Die nächsten Worte des Admirals zeugten davon, dass er auch in dieser Lage zielgerichtet und logisch denken konnte: „Ron, hol dir drei oder meinet-

wegen vier Trupps Marines, volle Ausrüstung und ab auf die TON-ROK!“
„Was sollen wir auf der Dreadnought?“, wollte der Marine wissen.
„Ist unser einziges Sprungschiff. Vielleicht brauchen wir den zeitlichen Vorsprung. Und nun lass gehen! Ich befehle den Start.“
„Aye, Thomas. Ich bin unterwegs!“
Ron rannte um seinen Freund herum und Teile der Brückencrew bekam das Vergnügen, einen sehr schnellen General zum Ausgang der Brücke sprinten zu sehen.“
Aurelia sah noch dem davoneilenden Ron Dekker nach, als sie der Admiral ansprach: „Ron besetzt mit Marines die TON-ROK. Wir schicken die Dreadnought vor. Sie kann springen und ist schneller unterwegs.“
„Aye, Admiral. Wir brauchen noch etwa zwanzig Minuten, dann können wir in den Überraum wechseln.“
Thomas grinste: „Dann wollen wir mal hoffen, dass der General von der schnellen Truppe ist.“
Thomas Miene verlor das Humorvolle: „Im Ernst: Warte mit dem Übergang, wenn die Marines noch nicht bereit sind. Schick Tula-Ram die Koordinaten und übergib ihr den Auftrag.“
„Geht klar, Thomas.“

<u>11:30 Minuten später, TON-ROK, Brücke:</u>

„Wir sind komplett“, hörte die Captain der Red-Fight Dreadnought, Tula-Ram, den General aus der unteren Zutrittsschleuse per Bordfunk melden. Der Gute war etwas aus der Puste, aber dafür war die Zeitvorgabe deutlich unterschritten worden.
„Und ab“, befahl sie ihrem XO Lokor-Wit. Die Startfreigabe war bereits gegeben, als die Marines an Bord waren. Tulas orange Augen leuchteten. Endlich bekam die GENAR einen Auftrag, und zwar einen wichtigen. Sie sah aus dem vorderen Teil der Brücke direkt auf einen Teil des Vorderschiffs der ASF HOKA. Das Flaggschiff fiel mehr oder weniger unter ihnen weg. Die Vibrationen teilten der Captain mit, dass das Schiff mit Höchstwerten beschleunigt wurde.
„Koordinaten liegen vor?“
Lokor-Wit hatte längst die Gestik der MENSCHEN übernommen und nickte: „Liegen dem Piloten vor. Sprungberechnungen sind erfolgt. Wir

springen, sobald wir 30% LG erreicht haben, mitten ins System. Die Flotte folgt."

Tula-Ram überschlug grob, wie lange sie auf sich gestellt sein würden. Das verflixte an der ÜL-Geschwindigkeit lag daran, dass man auch im Überraum beschleunigen musste. Und das dauerte. Das war irgendwann egal, ob man 500 oder 5.000 Lichtjahre zurücklegen musste. Bei den erreichten Geschwindigkeiten waren die Zeiten nicht linear. 37 Lichtjahre waren viel zu kurz, um respektable Zeiten zu erreichen – im Bezug zur Entfernung. Tula-Ram rechnete mit anderthalb bis zwei Stunden. Und das konnte möglicherweise eine verdammt lange Zeit sein.

„FALL OUT ZERO SPEED und sobald wir ankommen Toter Mann", ordnete die Captain an.

„Aye, Captain", bestätigte ihr Partner.

Die TON-ROK beschleunigte weiterhin mit Höchstwerten auf den Sprungpunkt zu.

<u>13:31 Uhr, FOG-System:</u>

Die Red-Fight-Dreadnought kam aus dem Überraum heraus und befand sich in Höhe der Umlaufbahn von Planet Nummer 12 von insgesamt 24. Die Aggregate liefen aus und bis auf die Umweltkontrolle war alles abgeschaltet. Der FALL OUT ZERO SPEED ließ das Schiff nur in ganz geringem Maße durch das System fallen. Ein aktiver Scan verbot sich von selbst.

Die TON-ROK hatte Pech gehabt, denn sie war etwa 66 Sekunden nach dem letzten Notruf angekommen und daher war eine genaue Zielverfolgung im Moment nicht möglich.

„Passiver Scan", ordnete die Captain an.

Kurz darauf gab es die ersten Hinweise.

„Planet sieben, acht und neun in der habitablen Zone, Photosynthese und Sauerstoff vorhanden. Planet Nummer Acht wäre der geeignetste für MENSCHEN und GENAR", sagte XO Lokor-Wit. „Sollen wir darauf zufliegen?"

„Wir warten", entschloss sich die Captain. „Wie viel haben wir gescannt?"

„Wir haben passiv eine Effektivität von derzeit 25%, Captain!"

Das war Tula-Ram ganz klar zu wenig. Ein System mit 24 Planeten war sowieso schon unübersichtlich und dann noch halbblind – keine Chance.
„Wir warten. Alle passiven Scans auf Maximum!“
17 Minuten später bekam die TON-ROK einen Hinweis. Er bestand darin, dass ein 500 Meter durchmessendes Schiff der EGGS vor Planet Nummer Sieben abbremste, um in dessen Atmosphäre einzutauchen. Wenn es biologisch möglich gewesen wäre, dann hätte sich Tula-Rams Teint ins blässliche verfärbt. So blieb es bei den leicht bräunlichen Kleinstschuppen. Sie schlug auf die schiffsweite KOM: „General Ron Dekker auf die Brücke!“
Sie schaltete sofort wieder ab und hatte bei Lokor-Wit die nächste Frage: „Wie viel haben wir gescannt?“
„Wir liegen bei 57% Tula.“
Sie machte ein kritisches Gesicht. Das war immer noch viel zu wenig. Aber hier musste sie etwas riskieren: „Auf den Holo-Tank!“
Lokor-Wit schaltete und sie bekam ein Bild des siebten Planeten im Durchmesser von etwa zwei Metern. Ein roter Stecknadelkopf symbolisierte das EGG-Schiff.
„Sehe ich das richtig, dass der Feind innerhalb der nächsten Minuten hinter dem Planeten verschwindet?“
„Korrekt“, sagte ihr XO. „In zwei Minuten und 15 Sekunden.“
„Dann werden wir auf den Planeten zufliegen, Lokor. So schnell es geht. Wir könnten dann vor Entdeckung geschützt sein.“
„Wenn sie keine Sonden hinterlassen haben“, schränkte Lokor-Wit ein.
„Etwas müssen wir schon riskieren“, gab die Captain zurück.

In diesem Moment stürmte, man kann es nicht anders ausdrücken, General Ron Dekker auf die Brücke: „Was gibt's?“
„500-Meter-EGGS-Schiff setzt auf dem siebten Planeten des Systems zur Landung an. Warum, wissen wir nicht – noch nicht. Ich schlage vor, du machst dich mit den Marines einsatzbereit. Du hast eine Alpha, eine Beta und ein paar Sphären zur Verfügung. Die Piloten der Alpha und Beta warten auf dem Landedeck. Vielleicht lässt du eine Gruppe Marines als Reserve hier. Wir beschleunigen in anderthalb Minuten.“
„Ich lasse eine Gruppe hier. Zwei fliegen mit der Alpha, eine mit der Beta. Ich bin unterwegs!“
Ron beeilte sich von der Brücke zu kommen.
„Das EGGS-Schiff ist hinter dem Planeten.“

„Dann los", befahl Tula-Ram.
Die Energieerzeuger der Dreadnought wurden eingeschaltet und die Triebwerke mit Energie versorgt. Die TON-ROK ruckte an und nahm Kurs auf Planet Nummer Sieben.

12. FOG

11.05.2152, 14:02 Uhr, FOG, Alpha:

„Ich muss stören!"
Lisa-Ann, die gerade wieder am Bett von Piet saß, drehte sich um und sah Pilot in der Tür stehen.
„Wir haben die Annäherung eines Schiffes detektiert. Es ist keines aus unserer Flotte."
Lisa-Ann seufzte und stand auf. Sie warf noch einen bedauernden Blick auf Piet, dann folgte sie Pilot auf die Kommandoebene.
„Das Schiff sendet keinen Erkennungscode und allein die ungewöhnliche Größe und Masse weist darauf hin, dass es keins aus unserer Flotte ist."
„Auch nicht eines unserer Verbündeten?"
Pilot schüttelte den Kopf.
„Wo ist das Schiff jetzt?"
„Es ist circa 50 Kilometer von hier gelandet."
Lisa-Ann schreckte hoch und schaute auf die Uhr. Dann schloss sie enttäuscht die Augen. Vor zwei Minuten war der Notruf noch einmal abgesetzt worden.
„Sie müssen uns hier doch detektiert haben, oder?"
„Die entsprechenden Sensoren der Alpha sind offline", bedauerte der N2-Droide. „Die Logik führt allerdings zu dieser Annahme."
„Warum haben sie uns nicht gleich vernichtet? Was sagt deine Logik da?", fragte Lisa-Ann.
„Sie wollen die Besatzung der Alpha lebend."
„Wozu?"
„Wir müssen davon ausgehen, dass sie über uns genauso wenig wissen, wie wir über sie. Man wird uns untersuchen wollen."
Lisa-Ann wurde blass. Untersucht von anorganischen Lebewesen? Da wollte sie lieber sofort sterben.
„Was ist von den Bordwaffen der Alpha noch vorhanden?"

„Wir haben ein funktionsfähiges Geschütz unterhalb der Kommandoebene. Es ist von der Zielaufnahme eingeschränkt, weist zur schiefen Ebene und muss per Hand ausgerichtet und abgefeuert werden."
Lisa-Ann seufzte wieder. Es sah ganz danach aus, als würde heute ihr letzter Tag sein. Aber der Spruch des Androiden bewahrheitete sich jetzt: Die Hoffnung stirbt zuletzt.
„Aktiviere das Geschütz! Ihr drei nehmt euch die stärkste Ausrüstung, jede Menge Munition und was ihr sonst für einen Abwehrkampf braucht und geht nach draußen. Sichert die Alpha auch von hinten! Funk, geringste Intensität und so weit wie möglich Ruhe im Funk!"
Aus einem der Arbeitskonsolen fuhr ein Joystick heraus und ein Bildschirm mit einem Fadenkreuz sprang direkt daneben an. Ganz wehrlos war Lisa-Ann also nicht. Sie beabsichtigte, ihr Leben so teuer wie möglich zu verkaufen.
Der N2 bestätigte und verließ zusammen mit den anderen beiden die Kommandoebene. Lisa-Ann hörte sie, wie sie ihre Ausrüstung zusammensuchten. Sie rief ihr Display auf und checkte die Selbstzerstörung. Fassungslos sah sie das Ergebnis: ‚OFFLINE'.
„Pilot! Bring mir eine kleine Thermalbombe!"
Sie hörte von weiter unten eine Bestätigung. Wenig später war der Androide bei ihr und überreichte ein diskusförmiges Teil. Es wurde kein Wort gewechselt. Der N2 wusste, dass die Selbstzerstörung offline war und was die Captain mit der Thermalbombe wollte, war daher logisch. Die Androiden verließen mit reichlich Ausrüstung die Alpha und Lisa-Ann verriegelte das Schott. Anschließend beschäftigte sie sich mit ihrer Bewaffnung. Sie bewegte den Stick und das Bild auf dem Monitor änderte sich. Auch gelang es ihr, das Bild in engen Grenzen etwas heranzuzoomen. Sie musste zugeben, dass sie auf diese Weise noch nie gekämpft hatte. Ihre Aussichten schätzte sie mit Null ein. Unten in der Stase-Lade starb gerade Piet und sie war nicht bei ihm. Neben der unendlichen Trauer, sie hätte gern ihr weiteres Leben mit ihm verbracht, gesellte sich der unbedingte Wille, hier mit einem gewaltigen Feuerzauber unterzugehen. Diese Scheiß-EGGS würden sie kennenlernen. Lebend bekamen sie eine Captain Lisa-Ann Ralen nicht in die Hand! Sie vergewisserte sich, dass die Thermalbombe neben ihr lag. Ab Aktivierung würde das Ding in 30 Sekunden explodieren. Sie sah recht harmlos aus, war sie aber nicht. Keine zwei Kilogramm

schwer, hier auf FOG noch weniger, hatte sie eine gewaltige Wirkung. Von der Alpha, von Piet und ihr würde nur ein Haufen Asche bleiben. Sie schaute aus dem Fenster.

‚Verdammt', dachte sie. ‚Der Nebel kommt zurück. Nach Sicht feuern wird schwierig.'

Lisa-Ann bedauerte, dass ihr letzter Wille, ihr Leben so teuer wie möglich zu verkaufen, wahrscheinlich vom Nebel verschluckt würde.

<u>Gleiche Zeit, TON-ROK, Landedeck:</u>

General Ron Dekker hatte die drei Trupps Marines, die er mitnehmen wollte, auf Alpha und Beta verteilt und sie warteten auf dem Landedeck der Dreadnought, als sie die Stimme der Captain über die schiffsweite KOM hörten.

„General, wir haben vor einer Minute einen Notruf empfangen. Damit ist eine Signatur übertragen worden. Es handelt sich um die Alpha, die an Bord der PHOEBE stationiert war. Wir können davon ausgehen, dass wir die Gesuchten gefunden haben. Gleichzeitig wurden die Koordinaten des Landeortes übertragen. Wir haben diese bereits in die NAV-Geräte der Alpha und Beta übertragen. Ich riskiere keinen Funkspruch, damit der Überraschungseffekt gegenüber den EGGS nicht verlorengeht. Ich schlage vor, wir setzen euch so ab, dass der Gegner die TON-ROK nicht bemerkt. Der Rest liegt in euren Händen. Wenn ihr die Gesuchten habt, treffen wir uns im zweiten System nach dem Wurmloch. Solange bleibt die TON-ROK hier in Bereitschaft. Einverstanden?"

„Guter Plan", knurrte Ron.

„Wir sind auf Schleichfahrt gegangen und haben in 20 Minuten einen Abstand von 150.000 Kilometern erreicht. Dann setzen wir euch ab."

„Verstanden", gab Ron zurück.

Normalerweise wäre die Dreadnought schneller, aber Tula-Ram wollte das Risiko minimieren, entdeckt zu werden. Sie hatte daher nach der ersten Beschleunigung die Energiezufuhr zu den Triebwerken abstellen lassen. Die Dreadnought fiel jetzt mit der bis dahin erreichten Geschwindigkeit durchs All. Daher brauchten sie ein wenig länger als üblich.

Voller Ungeduld warteten Ron Dekker und 36 Marines in den beiden Fliegern.

Nach exakt 20 Minuten öffneten sich die Raumschotts des Landedecks.
„Ihr habt Starterlaubnis. Viel Glück!“
Ron knurrte ein ‚Danke‘ zurück, dann sah er dem Piloten über die Schulter. Die Alpha, direkt dahinter folgte die Beta, schoss aus dem Landedeck und nahm sofort Kurs auf einen nebelverhangenen Planeten, der Ron aber auch sofort sowas von unsympathisch war.
„So schnell wie möglich runter! Knapp über dem Boden der Topografie in Richtung Ziel folgen. Entfernung bis zum Ziel auf das HUD!“
„Langsam, langsam“, verlangte der Pilot.
„Nein schnell“, sagte Ron bestimmt und schaute den Piloten ernst an.
Der schluckte: „Okay, schnell, festhalten!“
Anschließend bedauerte Ron seine Worte. Seit dem Absturz mit Thomas auf dem MARS hatte er nie wieder solche Bedenken gehabt wie im Moment. Sekundenlang glaubte er, der Pilot hätte eventuell einen versteckten Todeswunsch, als die Alpha mit affenartiger Geschwindigkeit auf den Planeten zustürzte.
Dann endlich fing der Pilot das Diskusschiff ab … – für die Befindlichkeit eines Ron Dekker viel zu spät.

Etwas später, FOG, Alpha:

Lisa-Ann hatte, wie es ihr erschien, eine Ewigkeit gewartet und dabei den Zoom der Zieloptik bis zum Anschlag aufgedreht. Aber die schiefe Ebene versank irgendwo im näherkommenden Nebel. Falls die Feinde von dort kamen, würden sie lange vor den Augen der jungen Captain verborgen bleiben. Lisa-Ann verfluchte das ungnädige Schicksal. Sie hielt den Stick krampfhaft in der Hand und sah mit feucht werdender Stirn auf den dazu gehörenden Monitor. Als Beobachter hätte man auch meinen können, Lisa-Ann hielte sich an der Steuerung der Bordwaffe fest.
Und dann kamen sie.
Lisa-Ann fiel die Kinnlade herunter.
Diese Anorganischen sahen alle anders aus. Manche gingen auf zwei Beinen, andere auf drei, oder manche schlängelten sich auf das Ziel zu. Vom 50cm großen Zwerg bis zum Riesen von vier Metern war alles dabei. So unterschiedlich die Anzahl der Beine, so auch die der Arme. Eins hatten sie alle gemeinsam. Sie schienen aus Diamanten zu beste-

hen, genau wie ihr Schiffe. Überall glitzerte es und sie rückten in Richtung der Alpha vor.
Lisa-Ann ging ins Ziel und wählte einen der größeren Aliens aus. Dann suchte ihr Zeigefinger den Abzug am Joy-Stick.

FOG-System, ASF HOKA, Brücke:

Es wäre Admiral Thomas Raven lieber gewesen, wenn seine Frau nicht auf die Brücke gekommen wäre. Gleichwohl verstand er schon, dass sie aus erster Hand erfahren wollte, ob man ihre Tochter gefunden hatte. Rons Frau befand sich bei ihr, sofort bereit, einzugreifen. Leichenblass stand Dr. Ewa Lenn auf der riesigen Brücke und Aurelia fand tatsächlich die Zeit, zu ihr hinzugehen und sie dazu zu bringen, sich wenigstens irgendwo hinzusetzen. Sie wies Suzan einen Platz ganz in der Nähe zu.
Thomas, der das Geschehen betrachtete, machte wieder einmal, das wievielte eigentlich, Kreuzchen hinter dem Namen Captain Ziaar. Sie schien auch eine gehörige Menge an sozialer Kompetenz zu besitzen. Dieses Vorgehen hatte ja nicht nur er gesehen, sondern viele andere Brückenoffiziere auch. Unzweifelhaft hatte das eine Wirkung auf diese Crewleute.
„Wir verlassen den Überraum in fünf – vier – drei – zwei – eins – jetzt“, rief die Pilotin und das Flaggschiff der Neuen Menschheit sowie die verbliebenen Kugel-Einheiten verließen den Überraum und materialisierten mitten im dritten System nach dem Wurmloch. Genau dort, wo vor einiger Zeit die TON-ROK gestanden hatte.
Thomas blieb nicht viel Zeit, sich zu orientieren.
„Wir werden gerufen – von der TON-ROK, Richtstrahl“, meldete Annika von Sell.
Thomas wurde aufmerksam. Eine stark gebündelte Funkwelle ließ darauf schließen, dass Tula-Ram keine Mithörer dulden wollte. Also mussten welche vorhanden sein, oder?
Thomas hörte seine Flagg-Captain rufen: „Wo kommt der Ruf her? Ebenfalls gebündelt antworten, dann auf den Schirm! Zuzüglich Flottenfrequenz einrichten. Unsere Begleitschiffe sollen wissen, was vorgeht!“
„Siebter Planet“, antwortete Bertrand Moes zugegeben recht knapp, aber ausreichend.

„Funk ausrichten, antworten, dann auf den Schirm“, befahl Aurelia und Annika hatte zu tun. Kurz darauf sahen die orangen Augen von Tula-Ram auf die Brücke. Die GENAR hielt sich nicht lange mit Vorreden auf und kam gleich zum Punkt: „Wir haben den Notruf der Alpha von der PHOEBE aufgefangen. Sie befindet sich auf Planet Nummer sieben. Ein EGGS-Raumer ist von uns aus gesehen auf der Rückseite des Planeten gelandet. Dort ungefähr, wo auch die Alpha notgelandet ist. General Ron Dekker ist unterwegs, um mit drei Trupps Marines die Gestrandeten herauszuholen.“
Tula-Ram verstummte. Offenbar erwartete sie Befehle oder zumindest eine Zustimmung ihres Vorgehens.
Thomas sah zu seiner Frau. Ewa hatte die Hände vors Gesicht geschlagen und ihr Körper zitterte. Ihre Tochter konnte noch leben. Zumindest hatte man einen Hinweis auf ihren Verbleib. Nichts war schlimmer als ein auf Dauer vermisstes Kind. Selbst der Tod war dagegen erträglicher. Dann konnte man wenigstens irgendwann mit dem Verlust abschließen. Suzan war aufgestanden und hatte ihr die Hände auf die Schultern gelegt.
Captain Aurelia Ziaar wollte gerade antworten, als ihre ‚Quasi‘-XO, Kamala Shan, eine Warnung ausrief: „Kontakt! 37 EGGS-Einheiten aufgetaucht. Größe der Einheiten: 1.100 Meter!“
„Gefechtsbereitschaft für die Flotte“, ordnete Captain Aurelia Ziaar an, dann sah sie in Richtung des Admirals. Thomas kam mit großen Schritten von hinten und zeigte auf den riesigen Holo-Tank: „Ich brauche eine Übersicht!“
Aurelia zeigte mit einem Finger auf den entsprechenden Brückenoffizier und als dieser das Zeichen gesehen hatte, wies sie auf den Admiral. Der Mann verstand und um Thomas herum und über ihm entstand ein Holo des Systems. Die 37 Feindeinheiten waren weiter von Planet Acht entfernt und mussten mehr oder weniger an dem Flottenaufmarsch der ASF vorbei.
Thomas Gedanken wirbelten. Sie konnten unmöglich diese EGGS-Einheiten bezwingen. Eventuell aufhalten, solange, dass Ron Erfolg hatte.
„Tula-Ram teilt mit, dass sie als Treffpunkt das zweite System vorgeschlagen hat“, informierte ihn die Flagg-Captain. Thomas war einverstanden. Es war nicht immer möglich, alle Einheiten wieder an Bord zu nehmen, dann war es ratsam, sich zuvor zu verständigen, wo das gefahrlos möglich war. Thomas war mit dem Treffpunkt einverstanden.

Er rief vom Holo weitere Einzelheiten ab. Die EGGS-Schiffe kamen mit überhöhter Geschwindigkeit aus dem Überraum. Die ASF HOKA würde sowieso länger für die Beschleunigung brauchen. Die Kugelschiffe sahen da schon besser aus.
Thomas richtete die Schallfelder in Richtung Aurelia: „Gib Folgendes weiter: Die TON-ROK soll das EGGS-Schiff auf dem siebten Planeten angreifen und vernichten. Unsere Begleitschiffe sollen mit Höchstgeschwindigkeit zunächst auf den siebten Planeten zufliegen und eventuell durchkommende Einheiten bekämpfen. Wir fliegen mit ein viertel Kraft hinterher."
„Verstanden", meldete Aurelia.
Die Flagg-Captain gab die Kommandos weiter, dann wandte sie sich an den Admiral: „Die feindliche Armada wird die HOKA in Kürze erreicht haben."
Thomas sah in Richtung Aurelia: „Wir werden sie aufhalten."
Aurelia schluckte und sagte nichts.
Dann erläuterte Thomas seiner Captain den schnell gefassten Plan. Danach gab es noch eine weitere Rücksprache mit den Kugelschiffen, die sich jetzt in Richtung des siebten Planeten davonmachten.

<u>TON-ROK:</u>

„Jaaa", knurrte Tula-Ram und sie spürte, wie sich ihr Körper auf den Kampf vorbereitete. Sie hatte eben den Befehl entgegengenommen, das 500 Meter durchmessende EGGS-Schiff auf dem achten Planeten zu vernichten. Allerdings musste sie in der Wahl ihrer Mittel etwas vorsichtig sein. 50 Kilometer Abstand zur notgelandeten Alpha waren nicht viel. Das Beiboot der PHOEBE sollte möglichst nicht beschädigt werden.
„Lokor, ich will das zügig hinter mich bringen. Ein gelandetes Schiff dürfte eine leichte Beute sein", rief sie ihrem XO zu.
„Wenn es denn noch auf dem Boden steht", gab der GENAR zu bedenken.
„Was meinst du damit?"
„Eventuell hat es einen Kontakt zwischen den 1.100ern und diesem Schiff gegeben. Kein Captain würde sein Schiff danach am Boden halten."

Tula-Ram knurrte: „Du hast Recht. Gefechtsalarm, volle Beschleunigung. Gunner: Nur ballistische Waffen und nur die größten!“
Die TON-ROK nahm Fahrt auf und bewegte sich dabei im weiteren Orbit um den Planeten herum. Die Scanneranlagen liefen mit höchster Kapazität und die TON-ROK war in einen starken Schutzschirm gehüllt. Langsam umrundete sie den Planeten und kam der Landestelle des EGGS immer näher.
Doch der Kontakt kam dann noch etwas überraschend. Das Feindschiff kam hinter dem Horizont hervor und schoss steil in die Höhe.
„**FEUER FREI**“, schrie Tula-Ram und der Gunner reagierte augenblicklich. Er aktivierte die Abschusssequenzen von zahlreichen Torpedos und darunter war auch eine Ganymed-Jump. Es schlug heftig in den Feindraumer ein und Tula-Ram sah auf dem Holo, dass große Teile des Schiffes einfach wegplatztten.
Aber es schoss zurück – und traf. Der Schutzschirm der TON-ROK wurde bis zur Grenze belastet und aufgrund der mechanischen Kräfte entstanden Schäden. Auf der Brücke roch es nach Ozon, nachdem die Crew ordentlich durchgeschüttelt worden war.
„**Ausweichen, weiterfeuern**“, kommandierte Tula-Ram.
Die Dreadnought wurde recht hart aus dem Kurs gerissen und feuerte weitere Stinger ab. Wieder schlug es beim Feindschiff ein, aber auch die Dreadnought musste den nächsten Treffer einstecken – und dieses Mal gab es Schäden.
„Der Feind flieht“, meldete Lokor-Wit.
„**Verfolgung einleiten, ich will …**“, aber die Captain wurde unterbrochen.
„Geringe Schäden im Triebwerksbereich. Wir haben im Moment nur 30% Leistung. Die Droiden sind unterwegs. Reparaturzeit etwa 15 Minuten!“
„**Scheiße!**“
Lokor-Wit grinste: „Wie ich höre, hast du auch ein paar Schimpfwörter von den MENSCHEN gelernt.“
Die Captain knurrte: „Kann manchmal recht befreiend sein. Melde unseren Teilerfolg der Flotte, Lokor.“
„Geht klar!“
Der GENAR funkte auf der Flottenwelle und teilte mit, dass es ihnen lediglich gelungen sei, das Feindschiff zu beschädigen und zur Flucht zu bewegen.

„Das ist ausreichend“, sagte der Admiral. „Dann hat Ron bei seiner Rettungsaktion leichteres Spiel.“
Lokor-Wit schaltete ab und sagte: „Wenn die mal nicht selbst ein paar Kräfte abgesetzt haben.“
„Du bist wohl für die schlechten Annahmen heute zuständig, was?“, vermutete Tula-Ram.
„Hatte ich bisher unrecht?“
„Nein!“

ASF HOKA, Brücke:

Admiral Thomas Raven stand innerhalb des Holo-Tanks. Bisher lief alles nach Plan. Die Kugelschiffe hatten sich ein Stück weit abgesetzt. Die gegnerische Flotte würde die HOKA in gerader Richtung auf den Zielplaneten in etwa 150.000 Kilometern Entfernung passieren, falls sie sich nicht entschloss, die HOKA direkt anzugreifen. Thomas vertraute darauf, dass sie zunächst versuchen würden, die schnelleren Kugelschiffe noch vor dem Ziel zu erreichen. So leichtfertig gab man als Kommandeur einer Flotte den Geschwindigkeitsüberschuss nicht auf. Die EGGS waren immer noch schneller als ODIN und Co.
Thomas wartete. Ein exaktes Timing war bei seiner Planung von entscheidender Bedeutung. Die EGGS waren noch eine Million Kilometer vom Flaggschiff entfernt.
950.000 Kilometer
900.000 Kilometer
850.000 Kilometer
800.000 Kilometer
„Aurelia, **JETZT!**“
Aurelia gab das Kommando weiter: „Mia, 180 Grad Drehung um die Hochachse – jetzt!“
Natürlich war das Kommando vorher abgesprochen. Die Drehbewegung des 4.680 Meter langen Schiffes war einprogrammiert und die Haupttriebwerke wurden dabei abgestellt.
750.000 Kilometer
700.000 Kilometer
Thomas sah, wie vorn die Sterne seitlich ‚wegwischten‘ – die ASF HOKA drehte sich.

„Achtung an die Besatzungen der Barracudas und Letalis", hallte Aurelias Stimme über die Brücke.
650.000 Kilometer
600.000 Kilometer
Die ASH HOKA hatte sich gedreht und zeigte den gegnerischen Schiffen die Steuerbord-Breitseite.
„Start, wie vorgesehen!"
550.000 Kilometer
Die Einheiten starteten, aber nur soweit, dass sie knapp über die seitliche Wulst der aufliegenden KRATAK-Spindel hinausragten.
Thomas sah zufrieden, dass alle Bomber und die Letalis sich so ausgerichtet hatten, dass sie sich nicht gegenseitig behinderten. Die hinteren Flieger waren etwas erhöht und hatten somit freie Schussbahn.
In diesem Augenblick trafen die Feindschiffe auf eine Wolke aus selbstlenkenden Minen, die zuvor von den Kugelschiffen ausgestoßen worden waren.
„FEUER!", befahl Captain Aurelia Ziaar.
Die Steuerbordbreitseite, verstärkte durch die Barracudas und Letalis, feuerte in den Pulk der Feindeinheiten hinein. Feuerleitrechner unter Kontrolle der KI HOKA verhinderten, dass die Verteilung unregelmäßig erfolgte. Die HOKA feuerte eine Breitseite, bei der sofort fünf der 1.100er EGGS explodierten, viele erlitten schwere Schäden. Es kam noch zum zweiten und dritten Schlagabtausch, dann befahl die Captain das Landen der unterstützenden Flieger. Als der Letzte wieder auf dem Vorderschiff der HOKA verankert war, befahl Aurelia Vollschub und der war genau entgegengesetzt zur Flotte der EGGS. Diese waren offensichtlich völlig überrascht worden, durch die Minen und die Taktik der HOKA. Es gab ein paar Schüsse auf das Flaggschiff, aber nur wenige trafen und dann war man außer Reichweite.
„Sehr gut", kommentierte der Admiral die Tatsache, dass nur noch 25 Schiffe der EGGS existierten. Diese Taktik hatte dem Feind ein Dutzend Schiffe gekostet, die Schäden an den übrigen Einheiten noch gar nicht mitgezählt.
Thomas ließ die Flottenfrequenz einrichten und bedeutete seiner Captain die Fluchtbewegung zu stoppen. Er wollte in Schlagdistanz bleiben. Die HOKA bremste ab und drehte sich wieder mit dem Bug zum Feind.

„Hier ist Admiral Raven. Denkt daran, dass wir die EGGS lediglich aufhalten wollen. Es reicht, wenn wir Ron Zeit verschaffen, unsere Leute zu bergen. Seid vorsichtig! Ich will keine Verluste an Menschenleben! Zeit reicht!"
Thomas ließ abschalten.

ODIN, Brücke:

„Dat dat der Feind auch so sieht, bezweifel ich", kommentierte Pat Neubauer die Anweisung des Admirals. Gleichzeitig befahl sie den Stopp und dann den Flug den Feindschiffen entgegen.
„Ausweichmanöver vorbereiten! Hasse vastanden, Vitali."
„Hab ich!"
„Guuut!"
„Da hängt uns einer im Schlepp", meldete Stefan Bohn von der Scanner- und Taktikkonsole.
„Watte nich sachs. Ich kann son Quengel inne Hacken nicht gebrauchen. Marco, dat is deiner. Ich seh den Fall als erledicht an, klar? Brauchs nich aufn Befehl waaten."
„Völlig klar, Pat!"
„Guuut!"
Gunner Marco Stein machte eine Europa-Jump startklar und als der 500-Meter durchmessende Gegner in Reichweite war und er den Status abgefragt hatte, packte er die Europa wieder weg und nahm eine wesentlich kleinere Ganymed. „Nicht mit Kanonen auf Spatzen schießen", murmelte er und löste den Schuss aus.
Der 500er verging in einer gewaltigen Explosion.
„Dat war allet?", wunderte sich Pat.
„Die TON-ROK hatte bereits gut vorgearbeitet", gab Marco zurück.
„Eine Salve, mehr nich, dann wech, klar?"
Pat bekam Klarmeldungen.
Selbst das gewaltigste Kugelschiff der Flotte stellte sich nicht dem Kampf. Hier befolgte Pat außergewöhnlich gern die Befehle des Admirals.
Auf den anderen Schiffen lief es genauso. Nach Wunsch des Admirals feuerten die Kugelschiffe und wichen dem Gegenangriff aus.
Und es gelang ihnen tatsächlich, die Flotte der EGGS aufzuhalten.

FOG, Alpha, Kommandoebene:

Lisa-Ann schoss wie eine Wahnsinnige. Schnell hatte sie bemerkt, dass die EGGS, jedenfalls die größeren, nicht mit einem Schuss erledigt werden konnten. Die großen Individuen brachen in der Mitte durch und dann hatte Lisa-Ann zwei Gegner. Ab einer gewissen Mindestgröße war dieser Horror-Spuk allerdings vorbei und der Glanz der vielen Facetten verblasste sofort. Daran konnte man gut erkennen, wann der Feind endgültig erledigt war. Was die junge Captain nicht erkennen konnte, war das Ende des gewaltigen Stroms von EGGS-Kriegern. Es kamen immer mehr und es gelang ihnen, Meter für Meter vorzurücken. Zwei der Droiden waren an den Flanken und feuerten dort auf die Gegner, die seitwärts von unten kamen. Der dritte stand unterhalb der Disk und feuerte in dieselbe Richtung wie Lisa-Ann. Dabei bestrich dieser noch den Himmel, wo er im Nebel die Flugsaurier ortete. Lisa-Ann hatte mit Unbehagen festgestellt, dass die Fauna von FOG die Anorganischen in Ruhe ließ.
„**Das ist unfair**", hatte sie geschrien und weitergefeuert.
Mittlerweile liefen der jungen Frau die Tränen an den Wangen herunter. Sie hatte begriffen, dass sie diesen Kampf nicht gewinnen konnte. Der Feind schien über unerschöpfliche Ressourcen zu verfügen, was die Anzahl der Kämpfer anbetraf. Keiner von diesen schien bewaffnet zu sein, aber alle hatten das Ziel, die Alpha zu erobern. Lisa-Ann hatte keinen Zweifel, dass diese Horrorgestalten die Alpha tatsächlich auch geöffnet bekamen. Einige führten entsprechende Werkzeuge mit, denen Lisa-Ann genau das zutraute. Sie dachte an Piet. Ihr Freund würde nicht einmal mitbekommen, dass er starb. In gewisser Weise war er zu beneiden. Sie ging sehenden Auges in den Tod. Sie konnte ihn sehen – den Tod. Er war zwischen einem und vier Meter groß, hatte unterschiedlich viele Arme und Beine und spiegelte das Licht in zahlreichen Facetten und in allen Regenbogenfarben. Sie wünschte, sie könnte diese Erkenntnisse an die Flotte weitergeben.
In diesem Augenblick sah sie auf dem Bildschirm den roten Schriftzug ‚MALFUNCTION'. Sie drückte auf den Auslöser und die Waffe funktionierte nicht mehr. Entweder war das Teil heißgeschossen oder keine Energie mehr vorhanden.
Und die EGGS-Kämpfer kamen näher.

Sie sahen grauenvoll aus und schienen in gewissen Grenzen ihren Körper verändern zu können. Die Köpfe waren lediglich angedeutet. Lisa-Ann konnte weder Augen noch sonstige Sinnesorgane erkennen. Wie verständigten sie sich? Wie orientierten sie sich?
Tiefe Hoffnungslosigkeit machte sie fast bewegungsunfähig.
Sie schaute zur Thermalbombe, die neben ihr auf dem zweiten Sitz lag. Sie durfte nicht zu lange zögern.
„**SCHEISSE!**" Mit Wucht schlug Lisa-Ann auf den Auslöser – in 30 Sekunden sollte ihr junges Leben ein Ende finden und das von Piet dazu. ‚Hoffentlich sehe ich ihn auf der anderen Seite", dachte Lisa-Ann und begriff, dass sie sich zu diesem Thema noch nie Gedanken gemacht hatte. Was kam nach dem Tod? Sie schluchzte.
„Hier ist Ron. Lisa, Piet, könnt ihr mich hören?"
Entgeistert sah Lisa-Ann auf das Normalfunkgerät. Die Rettung war so nah und … ihr Kopf flog herum: Die Thermalbombe!
Ihre Hand schlug auf das Funkgerät: „Ja, gib mir 30 Sekunden!"
Lisa-Ann sprang auf und griff sich die Bombe. Im Kopf zählte sie mit. Fünf Sekunden waren bestimmt schon vergangen … 24 … 23 … 22 … Lisa-Ann verließ hastig die Kommandoebene und rannte die Wendeltreppe herunter 19 … 18 … 17. Sie war unten angekommen und schlug auf den Schalter der Innenschleuse. Das Schott ging auf. 15 … 14 … 13. Sie wartete mit bebenden Lippen auf das Öffnen des Außenschotts und quetschte sich durch.
„**Halt sie auf**", schrie sie dem Robot unterhalb der Disk zu. Diese sah nur kurz zurück und schoss weiter auf die Angreifer.
10 … 9 … 8. Anschließend rannte sie mit weiten Sätzen die Ebene hoch. Sie hatte keine große Ahnung, wie weit es noch war, aber die Schwerkraft war nicht hoch und schließlich hatte sie mal beim SCA-Sport im Diskuswerfen ganz passabel abgeschlossen, genau wie im Rennen. 6 … 5 … 4. Lisa-Ann hielt die Scheibe richtig und holte weit aus, dann warf sie 3 … 2 … 1 – die Scheibe verschwand im Nebel und senkte sich, hoffentlich, dem Abgrund entgegen. Lisa-Ann warf sich auf den Bauch. Offensichtlich hatte sie in der Hektik zu schnell gezählt, denn es vergingen noch fast drei Sekunden, bis vor ihr ein heller Lichtstrahl in die Höhe schoss. Der Nebel kam sofort in Wallung und es wurde windig. Eine Druckwelle gab es nicht, also war die Thermalbombe vor der Aktivierung unterhalb Oberkante Abgrund gewesen. Lisa-Ann atmete auf. Sie musste zurück und Ron einweisen und …

Lisa-Ann drehte sich um und etwa zehn Meter vor ihr stand einer der Flugsaurier. Das Wesen war etwa fünf Meter groß und der scharfe Schnabel maß allein schon über einen Meter. Gruselig fand Lisa-Ann die Tatsache, dass das Wesen über keinerlei erkennbaren Sehsinn verfügte. Allerdings führte der nächste Schritt des Wesens genau in Lisa-Anns Richtung. Sie wich zurück und der Vogel rückte nach. Lisa-Ann wusste, dass der Abgrund irgendwo hinter ihr war. Sie ging weiter rückwärts, immer mit dem Gedanken, dass ihr nächster Schritt auch der letzte sein könnte.
In einem irrwitzigen Augenblick produzierte ihr Gehirn einen Gedanken: SCHADE.
Als der Vogel wie ein sibirischer Tiger brüllte, begann Lisa-Ann zu schreien. Sie schrie in höchster Not und mit aller Kraft. Dann blieb sie stehen und wartete auf den Tod. Der Vogel trat einen Schritt auf sie zu und einen weiteren. Lisa-Ann blieb stehen.
Der vogelartige Saurier machte noch einen Schritt, dann knallte es irgendwoher und dem Vieh fehlte der Kopf. Er schlug der Länge nach hin, wobei er fast Lisa-Ann erreichte.
Weinend sank die junge Captain auf die Knie. Dann sah sie, wie jemand auf sie zugerannt kam. Sie wurde hochgerissen und sah in Rons Augen.
„Wo ist Piet?"
„In … in der Stase-Lade. Es geht ihm nicht gut", stotterte Lisa-Ann.
Ron drückte die leichte Captain einem anderen herbeigeeilten Marine in die Arme: „An Bord der Alpha mit ihr! Haltet diese Mosaikviecher auf. Ich hole Piet."
„Und die Droiden, die Droiden", murmelte Lisa-Ann.
„Okay, machen wir", sagte der Marine, der Lisa-Ann trug und mit ihr in weiten Sätzen in den Nebel hineinrannte. Rings um ihr war ein wahrer Feuerzauber im Gange. Das waren offensichtlich mehrere Trupps Marines am Werk und das mit schwerem Geschütz. Wenig später tauchte eine Alpha auf, aber nicht ihre, erkannte Lisa-Ann. Davor standen mehrere Marines mit schweren Gewehren im Anschlag. Sie wurde in die Alpha hineinbugsiert und eine weibliche Marine kümmerte sich sofort um sie.
„Bist du verletzt?"
„Ich, ich weiß nicht – Piet. Er ist … Ron holt ihn, wir haben ihn in der Stase-Lade am Leben halten können."

Die Schleuse war auf Durchgang gestellt und man hörte von draußen Kampflärm.
„Beruhige dich. Wir haben hier eine komplette Stase-Einheit an Bord. Der General holt Piet. Lass dich untersuchen!"
Die Marine nutzte einen medizinischen Scanner, als Lisa-Ann die angestrengte Stimme des Generals hörte: „Los, die Staseeinheit auf! Ich bringe einen Verletzten!" Ron kam und hatte Piet auf den Armen liegen. Hinter Ron kamen die drei N2-Droiden in die Alpha.
„Ich kann Hinweise zum Gift geben", sagte einer der N2.
„Kommunizier darüber mit der KI", ordnete Ron an, dann gab er Piet in die bereits geöffnete Stase-Kiste. Mit Hilfe eines zweiten Marines hoben sie den Deckel darauf. Die Lampe begann zu blinken, aber so schnell gab es kein Ergebnis. Das Gift musste neutralisiert werden. Die Lampe blinkte weiterhin. Lisa-Ann weinte wieder und Ron setzte sich neben sie und nahm sie in den Arm.
„Sind alle wieder an Bord?"
Ron bekam Klarmeldungen. Daneben feuerten jetzt die Bordwaffen der Alpha.
„Start in Richtung System Zwei. Meldung an den Admiral, dass wir die Gesuchten an Bord haben. Aktion kann abgebrochen werden. Zerstört die havarierte Alpha, dann fliegen wir den Sammelpunkt an!"
Ron sah Lisa-Ann an: „Schön, dass wir dich wiederhaben."
Unter ihnen verging der bisherige Zufluchtsort von Lisa-Ann und Piet. Der Gegner sollte keinen Hinweis auf die Spezies MENSCH bekommen.

Im Kampfgebiet Weltraum nutzte der Admiral den augenblicklichen Druck auf den Gegner. Man hatte die Taktik ergriffen, abzudrehen, den Gegner wieder anzufliegen, das Feuer zu eröffnen und dann wieder abzudrehen. Man hatte eben abgedreht und die EGGS-Schiffe sammelten sich, um gemeinsam den nächsten Angriff effektiv zu beantworten.
„Hier Admiral an alle. Wir waren erfolgreich. Kein weiterer Anflug, ich wiederhole, kein weiterer Anflug! Beschleunigen und ab in den Überraum. Sammelpunkt ist das zweite System vom Wurmloch aus gesehen.
Die EGGS schienen überrascht, als die Flotte nicht zurückkam. Dann war es für eine Verfolgung zu spät.

Neun Stunden später, System Nummer zwei:

Die Lampe an Piets Stasekiste war vor vier Stunden auf Grün gesprungen. Lisa-Ann hatte so lange ausgeharrt und war dann weinend zusammengebrochen. Sie befand sich unter der Wirkung starker Beruhigungsmittel in einer kleinen Kammer der Disk und schlief dem Ende der Reise entgegen. Ron hatte die Sanitäterin gebeten, das Schlafmittel so zu takten, dass die junge Captain am Zielort wieder wach war.
Lisa-Ann hatte geschlafen und nichts geträumt. Sie fühlte sich leidlich erholt, als Ron sie weckte.
„Piet?"
„Der Gute macht noch etwa zehn Stunden Pause in der Stasekiste, Lisa. Mach dir keine Sorgen, der wird wieder. Ella kommt gleich und bringt dir was zum Anziehen. Wir landen in etwa 45 Minuten auf dem Vorderdeck der ASF HOKA. Ich denke, du willst frisch und munter deinen Eltern gegenüberstehen."
„Meine Ma ist auch hier?"
„Ja", brummte Ron. „Zur Unterstützung musste ja unbedingt auch Suzan mit."
Lisa-Ann machte große Augen. Es war allgemein bekannt, dass Ron seine Frau bei Einsätzen nicht gern mitnahm, zumindest dann, wenn sie gefährlich waren. Und dieser war einer der gefährlichsten der letzten Zeit gewesen.
„Wir sehen uns gleich!" Ron wollte sich entfernen, aber Lisa-Ann sagte: „Ron?"
Der Marine drehte sich noch einmal an.
„Danke, Ron!"
Der General lächelte: „Gern. Du weißt doch: Wir lassen niemanden zurück."
Ron verließ den Raum und die junge Marine kam herein, die Lisa-Ann gleich zu Beginn betreut hatte.
„Nebenan ist eine Notdusche. Dort kannst du die Kleidung anziehen, die ich dir mitgebracht habe."
„Oh, danke", bekam Lisa-Ann heraus.
„Kann ich noch etwas für dich tun?"
Lisa-Ann schüttelte den Kopf.

50 Minuten später, ASF HOKA, Vorderschiff:

Flagg-Captain Aurelia Ziaar beobachtete von der Brücke aus, wie eine Alpha und eine Beta auf dem Vorderschiff ihrer HOKA landete. Der Admiral hatte diesen Bereich mit einem Kraftfeld sichern und eine Atmosphäre unter erträglichen Temperaturen einbringen lassen. Der Admiral war auf dem Deck und selbstverständlich auch seine Frau. Suzan Bookley hielt sich etwas im Hintergrund. Aurelia hätte die Geretteten ebenfalls gern begrüßt, aber der Admiral hatte sich ein klein wenig Privatsphäre erbeten. Unter den gegebenen Umständen war das für die Iranerin akzeptabel. Man wusste auf dem Flaggschiff bereits in groben Zügen, was vorgefallen war. Piet Muller würde erst in etwa neun Stunden wegen einer Vergiftung die Staseeinrichtung verlassen können. Der junge Mann hatte nur mit viel Glück überlebt. Captain Lisa-Ann Ralen musste in den letzten Tagen die Hölle durchgemacht haben.

Vorderschiff:

Als Erste kam Lisa-Ann Ralen die kurze Gangway hinunter. Sie wurde gestützt von einer jungen Marine, die diese Aufgabe aber nicht lange übernehmen musste. Ewa kam herbeigeeilt und nahm ihr Lisa-Ann ab. Ewas Augen produzierten reichlich Tränen, als sie ihre Tochter wortlos in die Arme nahm.
Die junge Marine stand dann etwas hilflos herum und nickte dem Admiral zu.
„Ich danke", sagte Thomas Raven und sah auf der Gangway seinen Freund Ron Dekker herunterkommen. Er warf einen Seitenblick auf seine Tochter, aber Ewa hatte diese so in Beschlag genommen, dass er im Augenblick keine Chance hatte, auch nur ein Wort mit ihr zu reden. Er ging stattdessen auf Ron zu und gab ihm die Hand.
„Ich weiß nicht, wie ich dir danken soll, mein Freund!"
„Dann tu es erst gar nicht", empfahl ihm Ron ernst. „Du kennst die Devise, die du selbst ausgegeben hast. Also hätte ich das für jeden getan. Für Selbstverständlichkeiten ist also ein Danke unnötig."
Thomas grinste verlegen: „Jeder, den wir nicht zurücklassen, bedankt sich, Ron. Ich hoffe, meine Tochter hat es schon getan und ich tue es jetzt. Ob du willst oder nicht, mein sturer Freund, Danke."

„Du hast ein wesentlich wichtigeres Wort gebraucht“, sagte Ron ernst. „Du hast mich ‚Freund‘ genannt. Dabei bleibt es, solange ich denken und fühlen kann, Thomas.“
Thomas ging die zwei Meter zum General und nahm seinen Freund in die Arme.
In Rons Augen schimmerte es feucht: „Na, na, Admiral. Was sollen unsere Leute dazu sagen?“
„Ich denke das Richtige.“
Tatsächlich standen ziemlich viele Brückenmitglieder der ASF HOKA direkt vorn am großen Panorama-Fenster/Bildschirm und sahen weit vorn die Szene. Aurelia hatte nur kurz überlegt, ob sie das Kraft eines Befehls verhindern sollte. Sie hatte innerlich mit dem Kopf geschüttelt und die Leute einfach machen lassen. Jetzt zeigte sich, dass es richtig gewesen war, denn sie applaudierten und johlten laut, ohne dass der Admiral es hören konnte. Aber so bauten sie die Spannung der letzten Stunden ab. Thomas ging jetzt zu Frau und Tochter. Ewa gab Lisa-Ann frei und diese fand den Weg in Thomas Arme.
Anschließend ging man, Thomas verabschiedete sich mit einem militärischen Gruß von den mittlerweile angetretenen Marines, zur ULURU.
Captain Aurelia Ziaar sorgte auf der Brücke der ASF HOKA für Ordnung: „So Leute, wieder auf die Plätze, wenn ich bitten darf. Die Show ist vorbei. Meinen Dank für eure Leistungen, ihr wart toll!“ Es gab noch einmal Gejohle, aber jeder machte sich auf den Weg zu seinem Arbeitsplatz.

Zwei Stunden später, ASF HOKA, Brücke:

Ein Signalton erklang und machte darauf aufmerksam, dass eine nicht nur schiffsweite, sondern in diesem Fall flottenweite Durchsage gemacht werden sollte.
Der Admiral erschien auf nahezu jedem Bildschirm der angeschlossenen Schiffe. Er sprach von Bord der ULURU aus.
„Ich denke, die Mission hat vorbildlich funktioniert. Ich bin außerordentlich zufrieden und dem Schicksal sehr dankbar, das mir derart gute Crewleute zur Verfügung gestellt hat. Ich danke euch allen für euren Einsatz. Wir werden jetzt die gröbsten Schäden beseitigen und in etwa elf Stunden Richtung Galaxiswurmloch aufbrechen. Die Pause

dient nicht nur der Reparatur der Schiffe, sondern auch unserer Regeneration. Ruht euch aus. Wir gehen nicht davon aus, dass wir am Wurmloch um die Rückkehr kämpfen müssen, aber wer weiß das schon. Aber ich habe hier noch jemanden, der ein paar Worte verlieren will. Thomas grüßte kurz und machte dann Platz für Lisa-Ann Ralen. Die Tochter des Admirals sah schwer angegriffen aus und jeder konnte sich vorstellen, dass die letzten Tage alles andere als leicht gewesen waren. Ihre Züge waren hart und sie sah müde und abgekämpft aus.
„Hallo“, sagte Lisa-Ann leise. „Ich will euch nicht berichten, wie es uns in den letzten Tagen ging. Das könnt ihr in Kürze meinem Bericht entnehmen. Mich beruhigt die Tatsache außerordentlich, dass bei dieser Rettungsmission niemand gestorben ist. Es gab Verletzte, die ich in den nächsten Tagen aufsuchen werde. Mich bedrückt die Fehleinschätzung, der ich erlegen war. Mittlerweile hat mir mein Vater die ethisch/moralischen Grundsätze der TENDUA erklärt. Ich hätte den unsinnigen Rettungsversuch eher abgebrochen, wenn ich das gewusst hätte. So bleibt mir, aus diesem Fehler zu lernen und euch allen für diese großartige Aktion zu danken. Ich bedanke mich auch im Namen von Piet Muller. Wie beide verdanken euch unser Leben. Lieben Dank dafür.“
Lisa-Ann beugte den Kopf zum Zeichen der Dankbarkeit weit nach vorn und unten. Dann wurde das Bild dunkel. Die Übertragung war zu Ende.

<u>17:45 Uhr:</u>

Der leitende Chefmediziner war erst seit Anfang 2152 an Bord der ASF HOKA. Es handelte sich um Dr. Hayato Nakamura. Der Mann war gerade mal 29 Jahre alt und verfügte, wie der Name vielleicht schon deutlich macht, über japanische Vorfahren. Und so sah er mit seinen 168cm und den dunklen Augen und schwarzen Haaren auch aus. Stets freundlich, aber auch zurückhaltend, guckte er jeden aus seinen zu Schlitzen zusammengezogenen Augen an. Da er leitender Bordarzt auf dem Flaggschiff war, erübrigt sich jedes weitere Wort über seine Qualifikation. Allerdings hatte er schon etwas von der Akademie mitgebracht: Einen Spitznamen. Und trotz seines ewigen Lächelns: Null Humor.
Man nannte ihn Bones.

Nun Bo..., äh, Dr. Hayato Nakamura war anwesend in der Alpha, als Lisa-Ann ihren Freund aus der Stase-Kiste holen wollte. Sie grüßte den Arzt knapp, der mit zwei Droiden in dem eh schon engen Raum anwesend war.
Freundlich lächelnd fragte er Lisa-Ann, ob sie nicht lieber draußen warten wolle.
Er musste sich mit einem entschiedenen ‚Nein' begnügen.
Bones zuckte mit keiner Wimper und sah nach der Schalttafel. Der Genesungsprozess war abgeschlossen, der Patient schlief nur noch und konnte jederzeit aufgeweckt werden.
Der Doc leitete den Weckruf ein, dann wies er die Droiden an, den Deckel abzunehmen. Es dauerte einen kleinen Augenblick, dann schaute Piet über den Rand. Lisa-Ann lief auf die Einheit zu und half Piet aus der Kiste.
„Ich muss noch abschließende Untersuchungen ...", wagte Bones zu bemerken.
Lisa-Ann drehte sich zu ihm um: „Doc, ich bringe ihn sofort in das medizinische Zentrum der HOKA. Bitte gönn uns einen Augenblick!"
„Nun, aus medizinischer Sicht habe ich keine Einwände. Bitte in Kürze!"
Der Doc winkte seinen Helfern und verließ die Alpha.
Piet stand etwas hilflos neben Lisa-Ann: „Wir haben es also überlebt."
Lisa-Ann nahm ihn in den Arm: „Das haben wir, Piet. Mit viel Glück. Lass uns gehen und ich berichte dir, was passierte, nachdem du ausgefallen bist."
Sie verließen die Alpha und machten sich auf den weiten Weg zum medizinischen Zentrum. Piet musste anerkennen, dass ihr Leben tatsächlich an einem seidenen Faden gehangen hatte.
Schließlich hatten sie das Hoheitsgebiet von Bones erreicht.
„Ich warte hier", sagte Lisa-Ann. „Lass uns gleich gemeinsam etwas essen."
Mit etwas wackeligem Schritt ging Piet den Flur des Medo-Zentrums entlang und Lisa-Ann sah hinter ihm her.

<u>19:00 Uhr, ASF HOKA, Kantine:</u>

Der Admiral hatte den Start befohlen, nachdem das letzte Schiff Gefechtsbereitschaft gemeldet hatte. Sie waren unterwegs zum Galaxis-

wurmloch. Lisa-Ann und Piet saßen in der Kantine und hatten jeweils eine Mahlzeit vor sich stehen. Piet stocherte etwas lustlos mit seiner Gabel in der Nahrung herum.
„Hast du keinen Appetit, Piet?“
Piet legte das Besteck neben seinen Teller: „Lieschen, sag, was bin ich für dich?“
Lisa-Ann war perplex: „Du bist mein Freund, mein Partner, eben der Typ, mit dem ich durch dieses Leben gehen will – so lange wie möglich.“
Etwas ratlos sah sie den Mann an. Was bewegte ihn zu dieser Frage?
„Und Johnny?“
Diese Frage traf Lisa-Ann wie ein Pfeil.
„Johnny?“, fragte sie nach. Sie hatte doch nie in Gegenwart von Piet darüber erzählt. Suzan wusste davon und ihre Schwester Rosa-Samantha, sonst niemand. Ihre Gedanken wirbelten.
Piet bemerkte, wie es hinter der Stirn seiner Freundin arbeitete.
„Ich habe zwar dort gelegen wie im Koma, aber ich konnte alles um mich herum hören. Ich habe dabei auch die Geschichte mit Johnny gehört. Das war es, was du mir bei Gelegenheit erzählen wolltest, oder?“
Lisa-Ann senkte den Kopf. Piet wusste es also daher. Und sie hatte alles erzählt. Nun, dann war es eben heraus.
„Piet?“ Sie zog den Namen etwas in die Länge.
„Ja?“ Der Angesprochene beugte sich etwas über den Tisch.
„Ich hatte dir die Sache mit Johnny noch nicht erzählt, weil ich das noch nicht ganz abgearbeitet hatte.“
„Das habe ich bemerkt“, warf Piet ein und sah seine Gesprächspartnerin nachdenklich an.
„Ich denke noch gelegentlich an ihn und ja, es tut mir weh. Er war mein Freund in einer Zeit, als es für mich sehr schwierig war, die Tochter des Admirals zu sein. Ganz ehrlich brachte mich Johnny zurück auf den richtigen Weg. Du kennst die gesamte Geschichte. Er hat mein Leben gerettet und dann starb er. Seine Beerdigung auf dem MOND war einer der schwierigsten Momente in meinem Leben. An all das musste ich auf diesem Höllenplaneten denken und ich hatte nur eine einzige Angst: Dich zu verlieren, genau wie Johnny. Piet, er ist tot und du musst bitte verstehen, dass ich die Erinnerung an ihn hochhalte. Ich habe ihm das zu verdanken, was ich jetzt bin. Das war alles gestern, Piet. Du bist an meiner Seite und ich hoffe, dass das auch so bleibt. Ich

liebe dich und ich möchte, dass du bei mir bleibst. Du wirst meine Liebe nicht mit einem Toten teilen müssen, Piet."
Es war ein paar Sekunden Ruhe, dann stellte Piet die Frage: „Wir haben in den letzten Jahren ein paar Mal richtig viel Glück gehabt, Lieschen. Diese Strähne geht irgendwann zu Ende, und als ich dort so wehrlos lag, habe ich mir eine Menge Gedanken gemacht. Ich hatte ja Zeit. Möchtest du so weitermachen?"
Lisa-Ann ergriff die Hand ihres Freundes und schaute sich in der Kantine um. All diese Leute hatten ihr Leben riskiert, um ihres zu retten. Selbstverständlich war sie bereit, genau dasselbe auch für andere zu tun.
Piet fuhr fort, als er nicht sofort eine Antwort bekam: „Betreffend Johnny weiß du, was zu tun ist?"
Lisa-Ann sah ihren Freund an und biss sich auf die Unterlippe: „Ich glaube ja, Piet. Lass uns die Frage nach unserer Zukunft gemeinsam beschließen. Ich schlage vor, wir nehmen erst einmal eine Auszeit. Niemand wird uns das nach diesem Erlebnis verübeln."
„EDEN?"
Lisa-Ann lächelte. Die Aussicht war sicherlich reizvoll, aber sie hatte etwas anderes im Sinn: „Zunächst GREEN EARTH, dann HELLAS 2.0?"
Piet nickte: „Einverstanden. Es wird gleich Zeit. Die Flotte geht durch das Wurmloch. Möchtest du in deiner Kabine allein …"
Lisa-Ann schüttelte heftig den Kopf: „Ich möchte neben dir liegen, Piet."

Es dauerte doch noch etwas und um 23:30 Uhr erreichte die Flotte völlig unbehelligt den Ereignishorizont des Wurmlochs. Am 15.05.2152, um kurz nach Mitternacht Bordzeit, kam man im TENDUA-System an. Die dortige BUND-Flotte war bereits in den Nachmittagsstunden des 12.05. in Richtung AGUA abgeflogen.

Die ASF HOKA mit ihren Begleitschiffen hielt sich nicht lange im TENDUA-System auf. Captain Aurelia Ziaar grüßte kurz den Ogrufü der Wachflotte, dann beschleunigte man in Richtung AGUA.

15.05.2152, 09:00 Uhr, ARES-System, ASF HOKA, Brücke:

Die Flotte war im ARES-System angekommen und Aurelia Ziaar hatte sie bei Mond DREI zurückgemeldet. Etwas ängstlich hatte Ramona Spinola in die Optik geschaut, aber dann war sie von der Flagg-Captain erlöst worden: „Die Mission war ein Erfolg. Wir haben die Verschollenen wohlbehalten zurück und ansonsten kein Leben eingebüßt."
Die italienisch-stämmige Leiterin der Basis auf Mond DREI atmete sichtlich auf: „Das freut mich zu hören. Ich habe die Bitte, euch zu bewegen, die schiffsweite KOM auf die Teilflotte zu übertragen. Die Präsidentin möchte zu euch sprechen. Es dauert einen Augenblick."
„Selbstverständlich", erwiderte die Flagg-Captain.
Ramonas Gesicht verschwand vom Monitor und Aurelia nickte Annika von Sell zu. Diese hatte mitgehört und richtete diese spezielle Kommunikation sofort ein. Aurelia nutzte den Augenblick, um den Admiral zu informieren. Dieser bewegte sich vom Lage-Raum sofort zur Brücke – war ja nicht weit.
Ein paar Minuten später erschien Dr. Anna Svenska auf dem Bildschirm. Man sah ihr an, dass sie sich hastig auf diese Situation vorbereitet hatte. Sie zog gerade noch einen Kittel aus, den fast alle Wissenschaftler bei ihrer Arbeit in BRAIN-TOWERS trugen. Aurelia hob deutlich sichtbar einen Finger und als Annika nickte, senkte sich dieser. Anna konnte sprechen. Sie wurde gehört und gesehen auf allen Schiffen dieser Teilflotte.
„Es gehört sich, und es ist eine Ehrensache und ein Thema des Respekts, dass die Politik heimkehrende Kämpfer zu Hause empfängt und willkommen heißt. Ich freue mich, dass ihr, wie man mir sagte, vollzählig vom Kampfeinsatz zurück seid. Dabei ist es euch gelungen, das Missionsziel zu erreichen. Ich bin stolz auf euch, auf jeden von euch. Jeder hat einen Teil zum Gelingen der Mission beigetragen. Ich heiße euch herzlich willkommen zurück zu Hause und, im Namen des REGNUMs und der gesamten Menschheit 2.0, bedanke ich mich für euren Einsatz. Vielen, lieben Dank."
Anna lächelte in die Kamera und ein paar Jungs konnten den Schlaf in der nächsten Zeit wieder einmal abhaken.
Dann wandte sich Anna direkt an den Admiral: „Wir haben um 11:00 Uhr eine Krisenstab-Sitzung im PENTHOUSE, Thomas. Es gibt eine wichtige Entwicklung. Bitte bring deine Führungskräfte mit. Ich per-

sönlich habe um diese Unterredung gebeten. Keine Sorge – es ist positiv. Und noch eine Bitte: Lies keine Berichte, die der HOKA jetzt viral zugehen – sei so gut!"
Thomas zog eine Augenbraue nach oben und bestätigte den Termin sowie den Verzicht auf die Berichte. Danach war die Übertragung zu Ende.
Thomas bewunderte das Geschick von Anna. Zu Hause willkommen geheißen zu werden, war und ist für Soldaten wichtig. Als Teil einer Gesellschaft verstehen sie sich dann auch als Teil dessen. In der Vergangenheit der ERDE hatten Politiker die Frauen und Männer ins Feuer geschickt und als sie dann, natürlich weniger, wiederkamen, wurden sie gemieden oder wie Aussätzige behandelt und bestenfalls mit irgendwelchen Versprechungen abgespeist. Die Stichworte Vietnam und Afghanistan waren nicht nur Jan Eggert bekannt. Als Militärstratege hatte auch Admiral Thomas Raven auf der Militärakademie solche Geschehnisse aus der Vergangenheit lernen müssen und nicht vergessen. Ganz egal, wie man als Politiker zu verschiedenen Einsätzen steht: Die Soldaten verdienten und verdienen Respekt.
Thomas ließ wieder die Flottenwelle einrichten: „Die Captains der Einsatzflotte bitte ich um 11:00 Uhr ins PENTHOUSE. Danke, Admiral Ende!"
Thomas war jetzt wirklich gespannt, was man an Neuigkeiten zu bieten hatte.
„Ro-Latu wünscht dich zu sprechen, Thomas", holte Aurelia den Admiral aus seiner Gedankenwelt.
Thomas war einen Augenblick irritiert: „Äh, unter vier Augen, oder?"
„Hat er nicht gesagt."
„Gut, auf den Schirm bitte."
Der GENAR mit den goldenen Augen erschien auf einem Teil der vorderen Übersicht.
Statt Ro-Latu begann aber Thomas das Gespräch: „Bevor da Missverständnisse eventuell auftauchen, Ro-Latu. Unsere Präsidentin hat auch dich begrüßt und auch den GENAR für ihre Mitwirkung bei dieser Mission gedankt."
Ro-Latu neigte leicht den ganzen Oberkörper nach vorn. Als er sich wieder zurückbewegt hatte, begann er zu sprechen: „Das hatte ich auch so verstanden, Admiral. Mich beschäftigt eher die Frage, ob ich auch zu dieser Besprechung soll?"

Thomas lächelte: „Du bist Teil des BUNDes, Ro-Latu. Ich habe keinen Anspruch auf deine Teilnahme, genau wie ich es den Captains der GENUI-Schiffe freistelle, zum Termin zu erscheinen. Diese haben innerhalb unserer Organisation einen Sonderstatus. Ich stelle es dir frei, ob du erscheinst oder nicht. Willkommen bist du auf jeden Fall. Du hättest Zeit, denn dein Schiff sollte eine unserer Werften anfliegen. Du hast dein Leben und das deiner Leute riskiert, um Leute von uns zu retten. Was wäre ich für ein Typ, wenn ich dir die Teilnahme verweigerte?"
„Ein hoher Offizier der ehemaligen GENAR-Flotte", versetzte Ro-Latu schlagfertig.
Thomas winkte ab: „Gib Order, dein Schiff in eine Werft zu fliegen. Ich erwarte dich gern im PENTHOUSE."
Ro-Latu verbeugte sich wieder: „Ich danke und komme."
Thomas entschloss sich, Lisa-Ann und Piet nicht hinzuzuziehen. Beide wirkten noch ordentlich angegriffen und er wollte sie so einfach nicht präsentieren. Er legte sich ein paar Worte zurecht, sollte man nach ihnen fragen.
„Und ich?"
Thomas hatte tatsächlich seinen Freund Ron Dekker vergessen.
„Du kommst mit, genau wie Ewa und Suzan."

<u>11:00 Uhr, PENTHOUSE:</u>

„Methin! Du hier?" Admiral Thomas Raven war überrascht, den Oberbefehlshaber der Solaren Flotte neben vielen anderen natürlich, in seinem Bürotrakt anzutreffen.
Der asketische Major Admiral gab Thomas die Hand: „Ich versprach meiner Frau einen längeren Urlaub auf AGUA. Meine Truppen sind gut organisiert und Anthony eine ausgezeichnete Vertretung. Ich plane meine Abreise erst nach dem Besiedlungsfest. Es sei denn, der Admiral hat eventuell andere Pläne."
Methin lächelte hintergründig.
Thomas sah sich um und alle, wirklich alle, lächelten still vor sich hin. Das Leitungspaar der SCA, Linus Kirklane, Laura sowieso, Benicio Casa war ebenfalls anwesend, und viele mehr. Sie konnten nicht alle am Tisch sitzen.

„Warum habe ich das Gefühl, dass ich hier ordentlich verschaukelt werde?“, grinste Thomas.
Methin gestattete sich die Freiheit, Thomas recht offen anzulächeln: „Gönn uns die Freude und setz dich so bald wie möglich hin.“
Jetzt war Thomas erst recht neugierig.
„Ich habe im Sitzungssaal Getränke eindecken lassen und nachher Tische in der SCA-Kantine reserviert“, rief Hana in den leichten Tumult. **„Bitte jetzt alle in den Sitzungssaal. Hier aus dem Büro heraus, am Treppenhaus vorbei und geradeaus der Raum ist es!“**
(Sie mussten allesamt aus dem Büro heraus in den großen Raum, der hinter dem Treppenhaus lag.)

Die Assistentin des Admirals hatte gesprochen und weil jeder wusste, wie sehr Thomas seine Mitarbeiterinnen schätzte, gab es keinen Widerspruch und alle drängten in die entsprechende Richtung – sofort.
Elara gab Thomas auf dem Weg dorthin zu verstehen, dass er sich bitteschön als Gast zu fühlen habe. Er solle sich hinsetzen, zuhören und staunen. Seine Qualitäten als Gastgeber würden sie und ihre Schwester übernehmen. Elara dirigierte den Admiral sogar auf einen zugewiesenen Platz.
Mittlerweile war auch die Präsidentin aufgetaucht, die zur Freude des Admirals und seiner Frau deren älteste Tochter mitgebracht hatte.
Anna zwinkerte dem Admiral zu und ging in die Mitte des ovalen Tisches, dort, wo ein Mikro aufgebaut war.
Ewa hatte ihrer Tochter zugewunken und saß jetzt ebenfalls.
„Ich mache mal hier die Hausherrin für Thomas“, sagte die Präsidentin lächelnd. „Aber ich werde nur moderieren. Aber, ah ja, da kommt er ja …“
Alle drehten sich zum Eingang und dort sah man Dr. Dr. Alexej Kosanov durch die Tür kommen. Grüßend hob er eine Hand und setzte sich auf einen freien Stuhl irgendwo in den hinteren Reihen.
Für den Admiral wurde die Angelegenheit immer undurchsichtiger.
„So, ich denke, wir sind komplett“, fuhr Anna fort. „Der erste Redner wird Methin Büvent sein. Bitte, Methin, tritt vor!“
Anna ging hinter dem Rednerplatz weg und der Major Admiral nahm ihren Platz ein.

„Ich will die Anwesenden nicht langweilen und Genaueres wird man aus den Berichten entnehmen können. Ich will mich bemühen, das Ganze in Kürze über die Bühne zu bringen."

Methin schaute in interessierte Gesichter.

„Die Hauptrolle meines Berichtes spielen zwei Personen, die nicht anwesend sind. Das Erlebte war ein wenig zu heftig und daher befinden sie sich zur Regeneration auf URMEL 4."

Thomas hob beide Augenbrauen. Ihm war völlig unbekannt, dass man auf diesem nicht ganz harmlosen Planeten sowas wie ‚sich erholen' konnte.

„Es handelt sich um Walter Steinbach und Cynthia Parlett", fuhr Methin fort. „Sie genießen zurzeit die Gastfreundschaft von Brigadier Admiral Roy Sharp."

Thomas ahnte, dass die Mission, auf die er das Paar statt Urlaub geschickt hatte, vielleicht doch nicht ganz so urlaubsmäßig entspannend gewesen war.

„Walter und Cynthia arbeiteten eine Mission ab, die der Admiral für sie vorgesehen hatte. Teil davon war, dass man auf RELAISSTATION nach dem Rechten sah. Dabei entdeckten sie, dass das dritte Wurmloch, bisher defekt, online war."

Thomas Körper versteifte sich. Daher wehte also der Wind.

„Wir haben lange Zeit sehr bedauert, dass das dritte Wurmloch nicht nach Sibirien führt. Walter und Cynthia wagten, nach ein paar Vorsichtsmaßnahmen, den Durchgang. Ich mache es an dieser Stelle kurz: Sie kamen auf dem irdischen MOND innerhalb einer Werft heraus, die angeblich von den TRAX zerstört worden war."

Thomas Raven stand. Und wenn man ihn gefragt hätte, wann und warum er aufgestanden wäre, hätte er es nicht beantworten können. Ein Wurmloch führte von der BE-Galaxie – STEPPENWOLF – RELAISSTATION zum irdischen MOND des SOL-Systems?

„Malte Freiherr von Avenwedde widmete sich den reichlich vorhandenen TRAX dort. Das Labyrinth von Gängen und Hallen ist bisher noch nicht ganz untersucht, ein aufgefundenes BONE wurde gesprengt. Tatsache ist auch, dass die Werft offenbar doch noch funktioniert. Wir haben fast fertige Schiffe dort gefunden. Es versteht sich von selbst, dass wir von hier aus, so schnell uns das möglich war, RELAISSTATION aus Richtung MOND absicherten. Wir haben dort zehn der großen Kampfdroiden stationiert und eine Gruppe Marines mit schwerem Gerät. Als eventuelle Fluchtmöglichkeit steht die CHAIN zur Verfügung, die von Walter und Cynthia dort zurückgelassen wurde.“

Methin Büvent schaute über seine Zuschauer. Der eine oder andere hatte das noch nicht gewusst und somit war das Erstaunen groß.

„Der Komplex wird momentan noch genau untersucht und kartografiert. Ich bin damit am Ende meiner Ausführungen und nun ist Dr. Dr. Alexej Kosanov an der Reihe, wie mir gesagt wurde. Allerdings hat niemand eine Ahnung, ich auch nicht, was er berichten wird.“

Methin trat ab und es gab lauten Applaus.

Thomas setzte sich, ganz sprachlos, wieder hin. In seinem Kopf ratterte es – verständlicherweise.

Der Doppeldoktor nahm den Platz des Redners ein und er zeigte sofort, dass ihm der Umgang mit Zuhörern doch geläufig war.

„So, was wir jetzt haben, passt auf die Mitteilung von Methin haargenau. Und ich darf an dieser Stelle versichern, dass ich dabei die Rolle des Begleiters, Nachrechners, wie auch immer, übernommen habe. Jetzt habe ich die Rolle des Laudators. Ich habe mit der Idee und der Durchführung nichts zu tun. Ich muss das leider weit von mir weisen. Die Lorbeeren gehen ganz klar und exklusiv an unsere Jungdoktorin Rosa-Samantha Ralen!“

Alexej trat etwas zurück und hob beide Arme halb hoch.

Das Publikum applaudierte, aber nicht ein einziger wusste, warum.

Thomas Gesicht war das personifizierte Fragezeichen.

Alexej erlöste die Wartenden: „Ein gewisser und gut bekannter Jan Eggert brachte seinerzeit von TÜRKIS ein violettes Mineral mit. Unsere junge Lady hier hat das Zeug analysiert und in aufwendiger Arbeit festgestellt, wozu man es benutzen kann. Sie bezeichnet es nach weiteren Überlegungen als WLS, als Wurmlochstabilisator.“

Kosanov sah sich triumphierend um – und wurde enttäuscht. Das Publikum wirkte so, als hätte er soeben von sich gegeben, dass man in die Kaffeebecher auf dem Tisch wahlweise auch Tee einfüllen könnte. Mit anderen Worten: Es mangelte an Vorstellungskraft, und zwar erheblich. Lediglich Anna, Rosa-Samantha und auch Alexej wussten, was man darunter unter Umständen verstehen konnte.

Alexej hob beide Hände halb hoch: „Gut, ich erläutere es etwas einfacher!“

„Guter Ansatz!“, lobte Laura aus Richtung des Publikums und einige lachten.

Alexej sah einen nach dem anderen an und lächelte dabei.

„Kurzform: Wir sind in der Lage, ein künstliches Wurmloch zu erschaffen von etwa sechs Metern Durchmesser. Damit können wir über eine Entfernung von bisher angenommenen 500 Milliarden Kilometern, wenn wir dort Sende- und Empfangsanlagen aufbauen, Personen und Material ohne Zeitverlust transportieren. Ich bin fertig und bitte um Applaus für Dr. Rosa-Samantha Ralen, die Urheberin dieser Entdeckung!“

Alexej trat ab und dann nach etwa fünf Sekunden, nachdem man begriffen hatte, was möglich war, gab es keinen Beifallssturm, sondern einen -orkan.

Danach redete alles wild durcheinander und Anna rief noch einmal Alexej zu, sich dazu zu äußern. Nur zögerlich trat Ruhe ein.

„Der Haken an der Sache: Wir brauchen mehr von dem violetten Erz. Wir können nur eine Hand voll Stationen aufbauen. Ich schlage vor, eine auf dem MOND zu stationieren und das Gegenstück auf HELLAS 2.0.“

Es gab ordentlich Beifall, denn so war man in der Lage, fast ohne Raumfahrzeuge, nach STEPPENWOLF brauchte man eins, von BE zum MARS zu wechseln – unter Umgehung des 33-stündigen Umwegs über das Galaxiswurmloch. Zumindest dann, wenn man mit ‚leichtem Gepäck‘ reisen wollte.

Anna hob die Zusammenkunft auf und rief zu Tisch in der SCA-Kantine. Diese Entdeckungen waren Tagesthema und man redete sich anschließend noch die Köpfe heiß. Jeder war bis zum Anschlag aufgedreht. Zunächst war aber klar, dass die LUNA-Werft, so wurde sie genannt, zunächst genau untersucht werden musste.

„Ich will das vor Ort sehen“, sagte Thomas nach dem Kantinenbesuch, als man wieder im PENTHOUSE war, dem Major Admiral. Methin lächelte verstehend: „Das hatte ich mir gedacht, wenn sich dann jemand um meine Familie …“

Ewa stand direkt daneben und hatte das Gespräch mitgehört: „Audra und die Kinder sind uns in GREEN COAST FARM herzlich willkommen. Ihr bekommt ein schönes Häuschen zugewiesen. Ich kümmere mich persönlich, Methin.“

„Ja, dann steht einem Ausflug ins Heimatsystem nichts mehr im Wege."

Anmerkung des Berichtenden:
Der Ausflug des Admirals zum MOND und die Beschreibung dessen, würde diesen Bericht sprengen. Gehen wir davon aus, dass der 2153er Bericht einen Nachtrag für das Vorjahr enthält – diesbezüglich natürlich.

13. SONA-PRIME

13.07.2152, 14:30 Uhr, SONA-PRIME, Regierungspalast:

Richtig, da war doch noch was …
Seit dem 24.04.2152 war Jan der Erste als Interims- oder Aushilfskönig auf dem SONA-Hauptplaneten im Einsatz – fast drei Monate also.
Selbst die Freunde, die Jan in den letzten Jahrzehnten eher als Feiermeier und Sprücheklopfer, zuständig für die ganz flachen Witze, kannten, waren überrascht. Es hatte zwar niemals an Sympathie und Respekt gemangelt, aber dass sich der gute Jan in einen Staatsmann erster Ordnung verwandeln konnte, hätte auch der größte Optimist nicht vermutet. Gut, wir lassen jetzt mal die Brauereibesich... – einweihung weg. Daneben gab es dann auch noch das Ding mit der Destille, hatte der Berichtende aber nicht erwähnt – besser so.
Jan arbeitete eng mit der SONA Salabrina zusammen. Die junge Frau war gescheit, zielstrebig und durchsetzungsstark. Jan wusste das zu schätzen. Mit ihr zusammen drängte er die jeweiligen Fachgremien zu Entscheidungen. Er als Raaja-sup segnete diese anschließend ab. Das Tempo, was das Duo vorlegte, war durchaus geeignet, den festgestellten Stau an Regelungen aufzulösen. Vor 14 Tagen hatten beide festgestellt, dass der Arbeitsaufwand geringer wurde. Die Fachleute mussten nur noch jeden zweiten Tag ins Regierungsgebäude, dann jeden dritten. Die Situation beruhigte sich und aus den Nachrichten, die SONA kannten so etwas tatsächlich, ging hervor, dass man durchaus mit den Leistungen des Raaja-sup einverstanden war. Jan versäumte es nicht, seine Gefährten darauf hinzuweisen.
„Ich denke mal, wir alle tun unseren Teil dazu", sagte Alma und zog die Augenbrauen höher.

Jan widersprach nicht. Tatsächlich ließ er sich oft vertreten, wenn es um Präsenztermine in der Öffentlichkeit ging. Bob hatte gelegentlich nachgefragt, ober er nicht auch … mal wieder …
Ein vielstimmiges ‚Nein' war die Antwort gewesen.

Um 14:30 Uhr betrat Jan sein Büro, um noch ein bis zwei Stunden, je nach Tagesgeschäft, anwesend zu sein. Salabrina erwartete ihn schon.
„Es gibt gute Neuigkeiten", platzte es aus ihr heraus.
„Wir haben die Zwiebelernte verdoppeln können", scherzte Jan.
Salabrina stutzte einen Augenblick, bis sie begriff, dass Jan wieder einen seiner Scherze, die sie aufgrund der Zusammensetzung und damit verbundener Interna – was waren Zwiebeln? – überhaupt nicht verstehen konnte, losgelassen hatte.
„Nein, die Raaji kommt übermorgen zurück!"
Jan lehnte sich nachdenklich zurück. Seit fast drei Monaten machte er hier den ‚Aushilfskellner' und er war nicht unzufrieden mit dieser Situation. In den letzten Jahrzehnten hatte es zu viel Leerlauf gegeben. Lebensjahre, die man einfach abgehangen hatte, ohne etwas Sinnvolles zu tun. Vor allen Dingen die Jahre vor dem Zusammenschluss mit AGUA, also vor 2130, waren da schon etwas eintönig gewesen.
Und damit in gewisser Weise sehr unbefriedigend.
Hier hatte er sich nicht wichtigtun müssen, sondern er war wichtig gewesen. Und er war stolz auf seine Leistung.
„Was ist?", fragte Salabrina, die den guten Jan jetzt schon besser kannte und bemerkte, dass hinter seiner Stirn etwas vorging.
Er sah seine Adjutantin an: „Es hat Spaß gemacht, hier mit dir zu arbeiten. Ich werde mich gern an diese Zeit erinnern."
„Ja, es war toll, aber es ist zu Ende", sagte sie mit etwas Trauer in der Stimme.
„Aber doch nicht für dich, meine Gute."
Salabrina zuckte mit den Achseln: „Ich weiß nicht, ob die Raaji noch Verwendung für mich und die Fachgremien hat."
„Lass mich mal machen", versuchte Jan die junge Frau zu beruhigen. Es wäre doch schade, wenn so ein Talent nicht weiterhin diese Dinge machen könnte – genau wie die Fachkräfte in den Gremien. Jan hatte den einen oder anderen näher kennengelernt. Es waren gute Leute.
„Raaja-sup, wir haben dann übermorgen ein Problem …"

Jan winkte ab: „Ich weiß, ich weiß: Amtierender Raaja-sup und die Raaji dürfen nicht gleichzeitig auf SONA-PRIME weilen. Wir weichen aus nach SONA III. Dieser Planet sollte doch hauptsächlich den MENSCHEN überlassen werden, oder?"
Salabrina bestätigte.
„Ich mache jetzt Feierabend. Wir kommen morgen früh, um uns hier im Hause zu verabschieden. Sagen wir 09:30 Uhr. Wir geben dir einen Bericht, den du höchstpersönlich der Raaji bei ihrer Ankunft übergeben wirst. Des Weiteren lassen wir eine programmierte Sphäre hier. Diese wird allein den Weg nach SONA III und damit zu uns finden. Wir werden uns ein paar Tage Urlaub gönnen. Falls die Raaji nicht mit uns sprechen will, soll sie die Sphäre allein auf den Weg schicken. Wir wissen dann Bescheid. Ansonsten kannst du ja mitfliegen und uns ausrichten, was die Raaji uns sagen will."
Salabrina verbeugte sich.

Jan machte sich auf in den Trakt, den er mit Nina und den Freunden bewohnte.
„Schon zurück? Heute sind wir aber gar nicht fleißig, was?", scherzte Arzu, die Jan auf dem Flur traf.
„**ALLE MA HERHÖRN**", platzte es da aus Jan im püttrologischen Slang heraus. Kurz darauf kamen alle aus ihren Räumlichkeiten bis auf Bob, aber das war egal.
„Die Ra…, also die Kummaree kommt übermorgen wieder und damit sind wir ab morgen flüssiger als Wasser, nämlich überflüssig. Wir verabschieden uns in der Früh um 09:30 Uhr und fliegen dann nach SONA III, wie schon besprochen. Ein paar Tage Urlaub tun uns gut. Elli bitte ich, den Bericht für unsere SONA-Freundin fertigzustellen. Salabrina wird ihn übergeben."
Jan schaute in die Gesichter seiner Freunde: „Ich weiß nicht, wie ihr empfindet, aber es war toll hier, oder?"
Man stimmte Jan zu.
„Dann sollten wir den letzten Abend auf SONA-PRIME würdig begehen."
„Wir gehen aus?", freute sich Elli.
„Nee, lieber nicht. Wie ich uns kenne, sollten wir hier feiern", lehnte Jan ab. „Lasst uns etwas planen!"

Um 21:00 Uhr, die Party mit fetziger Musik war in vollem Gange, klopfte es vehement an der Tür zum Trakt des Raaja-sup. Jan ging hin, öffnete und davor standen alle Bediensteten des Hauses einschließlich Salabrina. Aber nicht diese sprach Jan an, sondern eine ganz junge Frau, die sich, wie sich Jan erinnern konnte, um den Nachtisch zu kümmern hatte.
„Es tut uns leid, dass ihr morgen geht. Wir hatten viel Spaß mit euch und es war uns sehr angenehm, für euch zu arbeiten. Dürfen wir mitfeiern?"
Jan brach in lautes Gelächter aus. Die Frage war so naiv gestellt, dass es schon wieder niedlich war.
„**Rein mit euch!**" Jan riss die Tür weit auf und ging aus dem Weg. Mehrere Dutzend Bedienstete des Hauses marschierten an ihm vorbei.
Es wurde turbulent.
Jan schaffte es noch, bei Salabrina den Verabschiedungstermin auf zwei Stunden nach hinten zu schieben. Danach stand dieser Trakt des Palastes Kopf.

14.07.2152, 11:30 Uhr, SONA-PRIME, Regierungspalast:

„Habt ihr alles?", fragte Jan und man hatte schon früh einige Droiden mit persönlichen Sachen weggeschickt, und so hatte man nur geringes Handgepäck. Mehr konnten sie auch aufgrund ihres Zustandes, den man sozial verträglich als ‚lädiert' bezeichnen musste, nicht tragen. Die Fete war gestern aber mal wieder so richtig ausgeartet. Jan öffnete die Tür und hielt sich vorsichtshalber gleich mal am Rahmen fest.
„GUTEN MORGEN", schallte es ihm aus vielen Kehlen entgegen. Zuerst kniff Jan die Augen zusammen und fasste sich an den Kopf, dann sah er, wer draußen wartete.
Er riss sich zusammen: Dort standen Salabrina und alle Fachleute der verschiedenen Gremien. Und sie standen Spalier.
„Wir haben etwas geübt", sagte die Adjutantin und nickte den Fachkräften zu.
Diese begannen zu applaudieren. Ja, man liest richtig: Sie trampelten nicht auf den Boden, nein, sie klatschten mit den Händen. Für Jan & Co. eine besondere Form der Hochachtung.

„Ich danke, ich danke euch. Ihr habt Großartiges für SONA-PRIME geleistet und die Raaji wäre gut beraten, euch zu behalten. Ich wünsche euch alles Gute, und dass wir uns bald wiedersehn."
Jan ging voran und seine Frau und Freunde hinter ihm durch das Spalier der klatschenden SONA.
Parker trug den Käfig mit Scrat.

16.07.2152, (zwei Tage später) 15:30 Uhr,
SONA III, irgendwo am Meer:

Jan ließ sich gerade den ersten Cocktail des Tages von Parker am Strand servieren. Gut, es war nicht der erste Cocktail, aber der erste mit Alkohol. Jan lag auf einer roten Liege und schaute nachdenklich auf das Meer, welches in leichten Wellen an den Sandstrand plätscherte. Mit 31 Grad Celsius Durchschnittstemperatur und einer etwas höheren Gravitation war dieser Planet sehr geeignet für menschliche Bedürfnisse. Landmasse zu Wasser etwa fifty/fifty. Berge gab es auch und im Norden schneite es sogar hin und wieder. Ein Pendant zur ERDE, dachte Jan Eggert. Seit anderthalb Tagen lagerten sie hier und bisher war keine Nachricht von den SONA angekommen. Sie warteten immer noch auf eine Nachricht von Kummaree oder von SONA-PRIME allgemein.
„Sollen wir heute Fisch grillen?"
Jan meinte natürlich replizierten, also fast täuschend echten, Fisch. Mit seiner lauten Frage weckte er Sam und Johann, die auf gelben bzw. blauen Matratzen lagen, Elli schreckte von einer Decke hoch, die andere gaben an, es egal zu finden und nur Bob reagierte gar nicht.
„Diese Begeisterung", ätzte Jan unzufrieden, dann wurde er von Parker, seinem halbhohen dienstbaren Droiden-Geist angesprochen: „Sir, die Bord-KI der ALBATROS meldet mir über das Droiden-Netz, dass eine Sphäre im Anflug auf unsere Position ist. Es handelt sich um die Sphäre, die der Captain auf SONA-PRIME zurückließ. Ankunft in zwei Minuten und elf Sekunden."
Nun wurde es spannend. Jan stand auf und verzichtete darauf, seine enthusiastisch aufgelegten Gefährten über den Umstand der sich nähernden Sphäre zu unterrichten. Sie würden es früh genug merken.
Dann zischte es leise und tatsächlich wurde Bob aufmerksam – ausgerechnet Bob. Dort wo es eben noch die dicken Qualmwolken gegeben

hatte. Aber mehr als seinen Kopf anzuheben, brachte er aber nicht zu Wege.
Die Sphäre landete etwa 30 Meter neben dem improvisierten Lager und Jan schritt eilig darauf zu. Würde die Kugel leer sein, dann war Kummaree nicht zufrieden mit seiner Arbeit. Vielleicht war aber auch Salabrina an Bord, die eine Nachricht überbrachte.
Mit sehr gemischten Gefühlen stand Jan schließlich vor der Sphäre.
Und als diese sich öffnete, kam eine kleine Person herausgesprungen und flitzte Jan genau in die Arme.
„Janina, wie schön!“ Jan schwenkte das Kind im Kreis und die Kleine jauchzte. Jan setzte das Kind wieder ab und sah verwundert auf Kummaree und Salakar, die ihrer Tochter gefolgt waren.
Jan zeigte mit dem Finger auf die Königin von Sona: „Niemand Blaublütiges mehr auf SONA-PRIME?“
Kummaree hatte lange genug mit Jan zusammengelebt, um diese indirekte Frage zu verstehen.
„Ich denke, wir haben eine sehr emsige und fleißige Raaji-sup damit beauftragt, die Ergebnisse der Gremien zu bestätigen!“
Kummaree fand nach ihrer Tochter in die Arme von Jan. Dieser hielt Kummaree etwas von sich ab und schaute auf deren Bauch.
„Du hast Recht“, schmunzelte die SONA. „Janina soll doch nicht allein bleiben.“
„Meinen Glückwunsch“, sagte Jan, dann wandte er sich an seinen Freund Salakar.
„Hallo mein Freund. Wie war euer Ausflug?“
Salakar grinste und zeigte auf seine Partnerin: „Ergebnisreich, Jan, ergebnisreich.“
Danach fand die Begrüßung mit den anderen Gefährten von Jan statt.

„Die LEFT HAND ist weiter“, sagte Salakar. „Wir müssen ganz dringend auf SONA-PRIME die Rückkehr und das effektive Wirken von Jan dem Ersten feiern. Wenn ihr morgen Mittag vielleicht kommen wollt? Wir wollen einen schönen Empfang für euch vorbereiten. Was die Zeit danach betrifft: Habt ihr nicht Besiedlungsfest auf AGUA? Salabrina wird uns auch weiterhin zur Verfügung stehen und dann müssen wir ja auch noch die ständige Vertretung SONAs auf AGUA einrichten. Jan, wir fühlen uns eingeladen. Wir kommen zum Fest. Ich wollte schon immer mal wieder mit der ALBATROS fliegen.“

Jan war im siebten Himmel – jetzt schon.
Aber der Empfang auf SONA übertraf alles bisher Dagewesene. Die Crew um Jan wurde heftigst gefeiert. Das dauerte ganze drei Tage.
Im Zuge dessen kam über Salakar auch heraus, dass dieser Okular und eine Gruppe von Leuten in den letzten Jahren ständig gegen Kummaree intrigiert hatten. Das betraf das Streuen von Falschinformationen und sonstiger übler Nachrede. Leider war, außer dem Verdachtsfall Okular, niemand bekannt. Man griff nach einer List.
Und diese List bestand aus Jan Eggert.
Jan war perplex, aber Kummaree streichelte ihm zuckersüß die Wange: „Wir wussten, dass du das Problem leicht lösen würdest."
Jan seufzte.

ENDE

An dieser Stelle endet der 29. Bericht der NEULAND-SAGA, der 33. Band inklusive der BLACK-EYE-REIHE. Seit 2130 sind beide Zeitlinien miteinander verbunden und neben Thomas Raven ist auch Jan Eggert mit von der Partie.

Wie wird es weitergehen?

- Offen bleibt immer noch das Thema der MOND-Werft und den dortigen Schiffen.
- BIG GREEN ist nicht erforscht.
- Wird die O.H.R. ihrer Funktion auch weiterhin gerecht?
- Was meinte Piet Muller, als er Lisa-Ann aufforderte etwas zu tun?
- Wird man mehr über die EGGS erfahren?
- Wie laufen die Pläne auf GREEN EARTH weiter?
- Präsidentschaft der Menschheit 2.0?
- Wie setzt man die Erfindung/Entdeckung von Dr. Rosa-Samantha Ralen um?

Daneben gibt es wie immer das eine oder andere aus dem Privatleben der Menschen zu berichten.
Der Berichtende ist selbst gespannt, welche Themen angerissen oder gar abgehandelt werden.

Ich bedanke mich bei allen Lesern/innen für die Treue. Die Reaktionen, die mich per Facebook erreichen, per Rezension, per Mail oder im Gästebuch auf der Homepage, motivieren mich, mir immer neue und hoffentlich auch interessante Geschichten um die altbekannten Protagonisten auszudenken. Gern nehme ich Vorschläge entgegen, und wenn es passt, arbeite ich sie auch in die Romanreihe ein.

<u>Es macht weiterhin sehr viel Spaß für euch zu schreiben!</u>

Es geht weiter mit: 2153 A.D. – XXX – also die Fortführung der Abenteuer um AGUA, im Jahre ab 2153 – also der 30. Neuland-Roman.

Das A.D.-Epos von Harald Kaup
Die Science-Fiction-Romane der besonderen Art.

Bitte beachtet auch die Trilogie:
‚Das 2082-Projekt', Band 1 - HOTHOUSE
‚Das 2082-Projekt', Band 2 - SURVIVAL
‚Das 2082-Projekt', Band 3 – SUPPORT

Desweiteren werden noch zwei weitere Romane zum Thema
‚Das 2082-Projekt' erscheinen.
Der erste davon wahrscheinlich am 01.12.2021 mit dem Titel ‚Das 2082-Projekt' , Band 4 – DEPARTURE.

Und weiterhin:
‚4588 - Es wird einmal ...'
Der dicke Einzelband mit speziellem Thema.

Zum Schluss eine Bitte:

Ich freue mich immer über Kommentare, über positive natürlich besonders. Rezensionen bei Amazon helfen mir, bekannter zu werden. Rezensionen sind schnell gemacht, tun nicht weh und sind der Applaus des Publikums für den Autor.

Neuigkeiten gibt es über meine Homepage:
www.harald-kaup.de
(gern Gästebucheinträge)

Anschreiben per E-Mail unter:
2120adneuland@gmx.de

Freundschaftsanfragen über FB Harald Kaup (Autor), oder @2120ad, sind ausdrücklich erwünscht.
Neuerdings auch auf Instagram unter #kaupharald

Lieben Dank!
Euer Harald Kaup